KB067181

그 겨울에
봄이 오면

그 겨울에 봄이 오면

초판 1쇄 찍은 날 | 2014년 08월 12일
초판 3쇄 펴낸 날 | 2014년 11월 07일

지은이 | 우지혜
펴낸이 | 서경석

편 집 장 | 권태완
편   집 | 최고은
디 자 인 | 신현아

펴낸곳 | 도서출판 청어람
등록번호 | 제387-1999-000006호
등록일자 | 1999. 5. 31
어람번호 | 제5-0381호

주소 | 경기도 부천시 원미구 부일로 483번길 40 서경B/D 3F (우) 420-822
전화 | 032-656-4452 팩스 | 032-656-4453
http://www.chungeoram.com
E-mail | chungeorambook@daum.net

© 우지혜, 2014

ISBN 979-11-316-9147-2 03810

우지혜 장편 소설

Chungeoram
romance
novel

그 겨울에
봄이 오면

도서출판

청어
람

Contents

◆◆ Prologue ◆◆

어릴 때 그녀는 TV를 보는 것을 좋아했다. 특히나 좋아했던 스
토리는 잘생기고 멋진 남자들이 위기에 빠진 여자를 구하는 내용
이었다. 그 과정에서 여자를 위협하고 괴롭히는 나쁜 사람들이 응
징당하는 걸 보는 게 좋았다. 그것이 그녀가 어릴 때 접했던 세상
이었고, 그래서 그녀는 꼭 나쁜 사람이 응징을 당하는 것이 아니
라는 걸 처음으로 알게 된 순간, 세상이 무서워졌다.

경희는 문득 읽고 있던 책에서 고개를 들었다. 가녀린 목덜미를
스치는 부스스한 단발을 성가신 듯 쓸어 넘기며 맞은편에 앉는 여
자는 전보다 더 말라 있었다. 가까운 거리에서도 눈이 들여다보이
지 않는 짙은 색의 선글라스를 벗지 않은 채 테이블을 톡톡 두드
리는 그녀를 바라보며 경희는 혀를 찼다.

"밥은 좀 먹고 다니는 거야? 뭐 좀 먹을래?"

그녀, 해수는 경희의 오랜 친구였다. 미묘하게 밸런스가 맞지 않는 옷차림에서 바깥출입이 익숙하지 않은 듯한 냄새가 난다. 선글라스 아래로 드러난 작은 얼굴은 창백하다. 경희는 몇 달 만에 겨우 얼굴을 보는 친구에게 살갑게 물었지만 해수는 천천히 고개를 저었다.

"생각 없어. 여기까지 어쩐 일이야?"

"근처에 왔다가 생각나서. 집으로 찾아가면 또 문전박대당할까 봐 여기서 기다렸다."

"집은……."

사람 들일 만한 상태가 아니라……. 해수가 낮게 중얼거렸다. 그녀의 카랑카랑한 목소리에는 묵직한 피로감이 배어 있었다. 그 목소리로 고등학생이 알기에 지나치게 복잡한 컴퓨터 용어를 마치 노래처럼 읊어대던 그녀를, 경희는 아직도 기억했다. 통통하게 살이 오른 볼이 복숭아처럼 반지르르 빛나던, 그 사랑스러운 미소로 사람들의 시선을 사로잡던 제 친구의 얼굴이 눈앞의 해수에게 겹쳐질 때마다 경희는 한숨을 삼키곤 했다.

"눈은 괜찮아? 많이 아프다고 하더니."

"가끔 쥐가 신경을 파먹는 것처럼 아파. 지금은 좀 견딜 만해."

"선글라스…… 벗지 않을래? 눈 피곤할 때 그거 쓰고 있으면 안 좋을 것 같아."

경희가 카페 내부를 훑어보았다. 길가에 위치해 있긴 하지만 시간이 늦었고, 주택가 근처라 그런지 손님은 그녀들을 제외하고는 한 테이블뿐이었다. 해수는 핏기 없는 입술을 깨물고는, 짧게 한

숨을 내쉬며 선선히 선글라스를 벗어 테이블에 올려두었다.

그녀의 눈은 여전히 신비하다. 모든 것이 변했지만 해수의 그 눈빛만은 변하지 않았다. 날카롭게 파인 눈매 아래 검은 눈동자가 유달리 크고 색이 짙다. 가만히 그녀의 눈을 들여다보고 있으면 경희는 종종 가슴속이 서늘해졌다. 아무도 모르는, 심지어는 자신조차 모르는 자신의 어떤 것을 들여다보는 듯한 눈이었다.

해수는 피곤한 듯 눈두덩을 꾹꾹 눌렀다. 그녀는 여간해서는 주변을 둘러보려고 하지 않았다. 흘끗 눈을 들어 경희의 얼굴만 짧게 훑어보고는, 흠, 하고 한숨을 내뱉었을 뿐이다. 경희는 피식 웃고 말았다.

"다행이다. 나는 별일 없구나?"

"……곧 죽지는 않겠다."

조금은 가벼워진 듯한 목소리에 묻어 있는 장난기를 알아챘지만 경희는 속 편하게 웃지 못했다. 그저 테이블을 습관처럼 톡톡 두드리고 있는 친구의 손을 조심스레 잡았다. 해수의 손은 얼음처럼 차가웠다.

"얼마 전에 재경이 결혼했어. 기억나?"

"고등학교 때 김세호랑 사귀던? 둘이 체육 창고에서 키스하다 선생님한테 걸렸잖아. 한동안 칠판 낙서의 주인공들이었고."

"작년에 남자친구랑 헤어지자마자 세호랑 우연히 길거리에서 마주쳤대. 그리고 세 달 만에 결혼. 대단하지 않니?"

그제야 비로소 해수의 얇은 입술이 미소 비슷한 것을 그려내었다.

"우연이라."

혼잣말처럼 중얼거리는 말에 경희는 그녀의 눈을 바라보았다. 잿빛 바닥을 물끄러미 바라보고 있는 해수의 입매가 삐딱하게 비틀려 있었다.

"그래. 누군가에게는 우연이 행운의 얼굴을 하고 있을 수도 있겠지."

낮게 가라앉은 그녀의 눈빛은 복잡했다. 많은 감정이 뒤섞여 있었지만, 그중 가장 강렬하게 드러난 것은 '슬픔'이었다. 경희는 가슴이 답답해져 한숨을 삼키고는 일부러 목소리를 밝게 높였다.

"일은 어때? 매일 컴퓨터만 들여다보고 있으니까 눈이 멀쩡할 리가 있나."

"먹고살 만큼은 벌어. 이쪽 계통에서는 이름도 조금은 알려졌고. 코딩, 디코딩 반복하는 게 좀 지겨울 때도 있지만, 그래도 한 번 빠지면 다른 생각 할 틈이 없어."

짧은 머리칼을 쓸어 넘기던 해수가 문득 눈썹을 추켜 올렸다.

"프로그램 하나 보내줄 테니까 컴퓨터에 깔아. 백신 프로그램처럼 베이스에 깔아두고 쓰면 개인정보 해킹당할 염려는 없을 거야."

그거 참 든든하네, 하고 경희가 웃었다. 그녀를 바라보며 가볍게 웃는 얼굴을 하고 있던 해수의 시선이 잠시 경희의 어깨 너머로 빗겨 나갔다. 경희는 그녀의 검은 눈동자가 더욱 짙게 부풀고 있음을 느끼고 허리를 곧추세웠다.

"……해수야?"

"가자."

"뭐?"

"여기서 나가자고."

해수는 벗었던 야상을 대충 잡아채고 경희의 손을 잡고 일어섰다. 얼떨결에 가방만 겨우 챙겨 해수에게 이끌려 카페를 나가던 경희가 뒤를 돌아보았다. 사거리의 횡단보도를 지나가는 사람들이 보였다.

"무슨, 무슨 일이야?"

"일단 여기서 최대한 멀어져. 언제일지 몰라."

걸음이 빨라진 해수를 쫓느라 숨이 가빠진 경희는 연신 뒤를 돌아보았다. 어두워진 밤거리에는 적당한 소음이 흐르고 있을 뿐, 평온한 모습이었다. 경희는 불안한 눈으로 친구의 뒷모습을 바라보았다. 그때였다.

끼익, 하는 날카로운 소리와 함께 굉음이 울려 퍼졌다. 저도 모르게 비명을 내지른 경희가 몸을 움츠렸다. 그녀를 뒤쪽으로 세게 당긴 해수의 시선이 사거리를 향했다. 커다란 트럭이 뒤집혀 있었다. 횡단보도를 지나던 두어 명이 쓰러져 있었고 나머지 사람들은 일정한 거리를 두고 주변에 몰려 있었다.

이런 순간, 바로 이런 순간이 해수가 가장 끔찍해하는 순간이었다. 당장에라도 그들에게 달려가고 싶다. 당장 비켜서라고, 거기서 벗어나라고 목이 터져라 외치는 것이 당연할지 모른다. 그러나 해수의 발은 못이 박힌 듯, 그 자리에서 움직이지 않았다. 그러곤 곧 펑, 하는 굉음과 함께 트럭에서 불꽃이 솟아올랐다. 가까운 거리에서 사고 현장을 바라보고 있던 사람들은 눈 깜짝할 사이 그 화염에 휘말려 불꽃이 되었다.

경희는 온몸을 덜덜 떨었다. 인식하지도 못하는 사이 눈물이 줄

줄 흘러내렸다. 삼 분 전에 그녀가 앉아 있었던 카페 유리창이 폭발의 여파로 산산이 부서져 있었다. 사람들의 고통스러운 비명과 매캐한 연기가 한데 뒤섞여 방금까지 조용했던 사거리를 절망으로 채우고 있었다. 그녀는 천천히 고개를 돌려 멍한 눈으로 친구의 얼굴을 바라보았다.

"아무 말도 하지 마."

해수의 창백한 뺨은 팽팽하게 당겨져 있었다. 사고 현장을 바라보는 그녀의 얼굴에 불꽃의 그림자가 은은하게 일렁였다. 차갑게 굳은 해수의 눈매가 일그러졌지만, 그녀의 입술에서 흘러나온 목소리는 흔들림 없이 또렷했다.

"내가 할 수 있는 일은 없었어. 저건 그냥······."

잠시 숨을 들이켠 해수를 보고 있는 경희의 눈에서는 쉴 새 없이 눈물이 흘러나왔다. 그런 그녀를 흘끗 바라본 해수는 주문처럼 속삭였다.

"지랄 맞은 우연이야."

조심해서 가, 하고 짧게 내뱉은 해수가 걸음을 옮겼다. 어두운 골목으로 걸어가는 그녀의 뒷모습을 바라보며 경희는 천천히 자리에 주저앉았다. 오랜 친구에게 두려움을 느꼈고, 그런 두려움을 느끼는 자신에게 실망했다.

그래도 뭐라도 하지 그랬냐고, 말은 하지 않았지만 그녀가 눈으로 외치는 것을 해수는 들었을지 모른다. 사람들의 죽음에 마치 아무것도 느끼지 못하는 사람처럼 냉랭한 눈을 하고 있는 친구를 짧은 순간 비난하려 했던 자신의 망설임을 읽었을지 모른다.

"구해줘서 고맙다고 했어야 하는데······ 그게 먼전데······."

차가운 돌바닥에 주저앉은 채 경희는 중얼거렸다. 멀리서 타오르는 불꽃의 열기가 바람을 타고 불어왔지만, 눈물 속에 흐릿해진 친구의 뒷모습이 가슴에 남아 경희는 입술을 깨물었다. 구급차가 달려오는 경보음이 요란하게 울려 퍼지고 있었다.

◆◆ #1 ◆◆

"지금쯤이면 위로 보고 올라갔겠죠?"

"……우리 단체로 잘리는 거 아닐까요?"

화창한 월요일 아침이었지만 전산보안팀의 분위기는 좋지 않았다. 회의실에 옹기종기 앉아 있는 그들은 너나 할 것 없이 앞다투어 한숨을 쏟아내고 있었다. 주말 동안 전산망을 뚫고 들어온 누군가의 흔적을 발견한 것이 9시 48분. 난다 긴다 하는 자, 타칭 컴퓨터 박사들이 모여 있는 보안팀이었지만 두 시간여의 악전고투 끝에 알아낸 것이라고는 상대가 어떤 자료들에 접속했는지 뿐이었다.

그 자료 중 하나가 최근 진행하고 있던 휴대폰 메모리 특허 건이었음을 발견하자마자 보안팀장은 울상을 한 채 보고 자료를 작성해 이사실로 올라갔다. 그리고 남은 팀원들은 회의실에 모여 앉아 각각의 노트북을 두드리며 한숨을 내쉬고 있는 상태였다.

"아니, 진짜 귀신이 곡할 노릇 아니에요? 우리 방화벽 코드가 알파벳, 숫자 조합해서 열여덟 자리에 그런 방화벽만 몇 개를 세워뒀는데 어떻게 이런 식으로 치고 빠지지?"

"문제는 무슨 자료에 접속했는가 뿐만이 아니에요. 로그 분석해봤는데 접속한 공유기에 연결된 모든 컴퓨터에 일정한 자료를 일괄적으로 퍼뜨리게 되어 있다고요. 바이러스는 잡히는 게 없는데 그게 뭘지 어떻게 알아요? 용량도 딱 640메가던데."

"쉿. 그 얘기까지는 아직 위에 말 안 했을 거야. 해킹 시도가 있었고 어떤 자료들에 접속했다, 딱 여기까지만 보고하고 있을 거라고. 발견 즉시 방화벽 재구축했고 IP 변동 폭도 늘려서 지금은 안정적이라고 그렇게."

잠시의 정적이 찾아왔다. 한숨과 함께 노트북을 바쁘게 두드리던 팀원들의 귓가에 회의실로 다가서는 발걸음 소리가 들려 그들은 재빨리 허리를 반듯하게 세운 채 일제히 모니터에 빠져들 듯이 어깨를 숙였다. 문이 벌컥 열렸고, 회의실 안으로 들어선 사람을 흘끔거리던 여성 팀원들의 입에서 한숨 같은 감탄사가 새어 나왔다.

"더 진전된 건 없습니까."

낮게 깔린 목소리의 울림이 묵직하다. 회의실 한가운데 버티고 선 남자는 한 치의 흠도 찾아볼 수 없었다. 깔끔하게 빗어 넘긴 머리칼과 떡 벌어진 어깨에 맞춘 듯 떨어지는 블랙 슈트가 고압적이다. 미간을 바싹 좁힌 얼굴은 평소보다 더욱 찬바람이 부는 듯해서 보는 사람을 긴장하게 했지만, 그 와중에도 남자를 바라보며 가슴 설레어 하는 여자들은 여전히 존재했다.

"저, 아직까지는…… 새로 알아낸 사실은 없습니다."

기어들어 가는 목소리로 남자의 곁에 서 있던 직원이 말했다. 그러자 천천히 서릿발 같은 남자의 시선이 직원에게로 향했다.

"새로 알아낸 사실이 없다? 일이 벌어지고 벌써 세 시간이 다 되어가는데 고작 알아낸 거라고는 어떤 데이터에 접속했는지 뿐이란 말입니까? 어떤 목적성을 가지고 언제 어떻게 접근했는지조차 확인되지 않은 겁니까?"

콧잔등에 땀이 맺혀 안경이 미끄러질 것 같아 남자의 곁에 서 있던 팀장은 안경을 추켜 올리며 마른침을 삼켰다. 탄탄하게 뻗은 허리춤에 손을 얹은 남자의 깊게 파인 눈매에는 비아냥이 담겨 있었다.

"인당 일 억씩 받으면서 고작 하는 일이라고는 뒷수습뿐이라니. 보안 유지에 들이는 돈만 일 년에 삼십억입니다. 회사 전체 예산의 30%를 보안에 쏟아붓고 있는데 그 결과가 아주 볼 만하군."

팀원 다섯 명과 팀장의 얼굴이 창백하게 질렸다. 남자의 으르렁거리는 듯한 목소리는 위협에 가까웠다. 그는 사람들을 짧게 훑어보고는 우아한 형태의 입술을 느릿하게 움직였다.

"오늘 오후 6시까지 새로운 소식 하나라도 건져 내는 게 좋을 겁니다. 회사에서 당신들을 단순히 내치는 걸로 끝날 거라 생각한다면 그건 아주 안이한 생각입니다. 기밀 정보 유출의 책임을 물어 죽을 때까지 월급을 차압당하게 될 겁니다. 노예처럼 살고 싶지 않다면……."

남자는 허리를 조금 낮췄다. 그제야 보통 남자보다 훨씬 높은 곳에 있던 그의 눈높이가 얼추 비슷해졌다. 긴장감으로 가득 찬 회의실을 손아귀에 움켜쥐고 있는 듯한 남자가 또렷한 목소리를 내뱉었다.

"당신들의 가치를 증명해 봐, 지금 당장."

흐트러짐 없는 옷매무새를 가다듬은 남자가 허리를 곧게 세웠다. 숨조차 제대로 내쉬지 못하고 있는 사람들의 시선을 떨쳐 내듯 회의실을 나서는 걸음걸이가 단호하다. 그의 발걸음 소리가 들리지 않을 정도의 시간이 흐르고 나서야 사람들의 긴장했던 몸이 천천히 무너졌다. 이마에 송송 맺힌 땀을 닦아내며 팀장이 한숨을 내쉬었다.

"이사님 말씀 들었지? 뭐라도 좋다. 지금부터 밥도 먹지 말고 물도 마시지 말고 화장실도 가지 말고 그놈 추적해. 6시까지 사소한 거 하나라도 잡아내지 못하면 다들 오늘로 끝이야."

단순히 직장을 잃는 것으로 끝나지 않을 미래를 담보 잡힌 사람들의 표정에 절박함이 서렸다. 목을 조이는 듯한 넥타이 매듭을 풀어헤친 팀장은 벌게진 얼굴로 숨을 씩씩 내쉬었다. 그의 아들은 올해 삼수 끝에 겨우 대학에 들어갔다. 그는 흔적을 찾아내지 못하면 만들기라도 할 기세였다.

운성은 손가락을 가볍게 튕겼다. 그의 날카로운 시선은 보안팀에서 뽑아온 '오염된' 폴더 목록에 꽂혀 있었다. 외부에서 접촉한 사내 데이터 네트워크에 등록된 쉰여덟 개의 폴더는 그야말로 가지각색이었다. 이 중에서 그들이 노리는 것이 무엇인지를 감추기 위해 다른 폴더에까지 손을 댄 것이 분명하다.

가장 가능성이 높은 것은 역시 수천억대의 돈이 걸려 있는 휴대폰 메모리 특허 건이다. 그러나 그것을 탐낼 만한 경쟁사의 주인을 알지만 이런 일을 저지를 만큼 그는 영리하지도, 배짱이 좋지도 않다.

　무엇보다 그 메모리 특허는 아직 미완성이었다. 가장 중요한 기술 개발에 관련된 사항이 완전히 업데이트된 상태가 아니다. 반쪽짜리 자료를 빼내기 위해 이렇게 일을 크게 벌일 리가 없지 않은가. 이 정도 실력이라면 차라리 자료가 완성되는 때를 기다렸다가 빼냈을 것이다. 그 정도 계산도 없이 덤비지 않았을 터였다.

　폴더 목록 하나하나를 들추며 운성은 머릿속에 수많은 가능성을 떠올리고 지웠다. 미간에 깊은 주름이 잡혔다. 어느새 시간은 오후 1시를 훌쩍 넘겼고, 생각에 빠져 있던 운성은 개인 전화가 울리고 있음을 한참 후에야 알아챘다.

　"권운성입니다."

　[내가 헛소문을 들었나?]

　장난기 가득한 목소리를 듣자마자 운성의 눈매가 찌푸려졌다. 하여튼 정보 한 번 기가 막히게 빠른 놈이다. 덤덤한 목소리로 무슨 소문, 하고 물었지만 기다렸다는 듯이 대답하는 상대의 말에는 막힘이 없었다.

　[자료 털렸다던데. 괜찮냐? 다행히 아직 내 레이더에만 잡혔는데. 아, 이 소식을 시장에 풀어서 권운성 한번 거꾸러뜨려 봐?]

　"그래. 구치소 들어갈 때 외롭지 않게 동행 부탁한다."

　[어허, 내가 왜? 나는 그런 곳에 갈 사람이 아니야. 알잖아, 고귀한 몸인 거.]

"작년 겨울 시드니. 나한테 동영상 원본 있다고 말 안 했던가."

[이…… 이 개새끼! 야, 이 미친 새끼야! 그거 진짜야? 당장 내놔. 내놔, 이 새끼야!]

"아, 넌 구치소까지 오기도 전에 흔적도 없이 사라지겠군. 시답잖은 장난질 칠 생각이면 꺼져. 놀아줄 시간 없다."

[너 진짜야? 진짜 원본 있어?]

전화를 끊으려 하는 운성의 목소리에 상대가 다급한 목소리를 내뱉었다. 이딴 일에 신경 쓸 때가 아닌데. 운성은 마른 입술을 핥으며 미간을 좁혔다.

"쓸 만한 게 있으면 거래는 그때 해. 지금은 필요 없어……."

[내가 진짜 끝내주는 컴퓨터 보안 전문가를 아는데, 소개시켜줄까?]

테이블을 신경질적으로 두드리던 운성의 손가락이 움직임을 멈췄다. 잘생긴 미간을 일그러뜨린 운성은 고개를 내저었다.

"우리 팀은 머저리들만 모인 줄 알아? 됐다."

[눈앞에서 경찰청 데이터베이스도 뚫는 사람이야. 실력은 내가 보증해. 재작년에 내 과거 조사한 사진을 팔아먹으려던 해결사 한 명이 있었거든. 뭐, 꽤 비밀스러운 사진이었지. 그런데 그걸 보내고 있는 가운데에서 인터셉트했다니까. 그대로 그 해결사 휴대폰까지 들어가서 원본 자료 삭제까지. 진짜 귀신같은 실력이야. 넌 밑져야 본전 아니냐?]

"어린애 장난 같은 실력 논할 수 있는 자리 아니다. 이쪽 팀도 외국에서 석, 박사 공부하고 온 내로라하는 인재들이야."

[그러니까. 그 사람들 30분 안에 경찰청 해킹할 수 있는지 시켜

보라니까.]

운성이 날카롭게 눈을 떴다. 그의 머뭇거림을 읽었는지 대번에 거만해진 상대가 킬킬거리며 웃었다.

[성격이 좀 예민하긴 한데, 까짓 거 친구 좋다는 게 뭐냐. 내가 간절하게 부탁 좀 해놓을게. 그 사람 손에 동영상 원본 꼭 들려 보내라. 카피한 거 소용없어. 다 티 난다.]

"잠깐. 어떤 사람인지 대충이라도 설명을……."

[선글라스 끼고 갈 거야. 벗으라고 하지 마. 그럼 우리 아가씨 잘 부탁한다.]

운성은 뚝, 하고 끊긴 전화를 멀거니 바라보았다.

"……아가씨?"

원래가 평생을 열일곱처럼 살고 있는, 도무지 진심을 종잡을 수 없는 친구지만 이번에는 더더욱 그의 말을 이해하기 힘들었다. 수화기를 바라보던 운성은 결국 짧게 혀를 차며 시선을 산더미처럼 쌓여 있는 서류로 돌렸다. 친구라기보다 악우에 가까운 녀석의 말에 놀아나 줄 시간이, 적어도 오늘은 없었다.

일부 기업 고객들의 보안관리 세미나에 대한 회의가 끝난 것은 4시가 조금 넘은 시각이었다. 운성은 회의 내내 보안팀의 새로운 소식을 기다리고 있었지만 그들은 잠잠했다. 냉철한 얼굴을 굳히고 자리를 지킨 덕에 회의는 살얼음판을 걷는 것처럼 긴장된 분위기 속에서 진행되었고, 끝나자마자 말 한마디 없이 자리에서 일어선 운성 때문에 다른 임직원들은 영문도 모른 채 이유 모를 불안감에 시달려야 했다.

미간을 바싹 좁힌 채 제 사무실에 보안카드를 찍고 들어서던 운성은 그대로 걸음을 멈췄다. 사무실 중앙에 놓인 가죽 소파에 누군가 앉아 있었고, 키보드를 빠르게 두드리는 소리가 울려 퍼지고 있었다. 그 소리는 마치 타악기의 연주처럼 경쾌하고 리드미컬했다.

그는 제 눈을 의심했다. 소파 위로 삐죽 솟은 누군가의 부스스한 머리칼과, 제 사무실의 보안잠금장치를 번갈아 바라보았다. 어디서 어떻게 들어온 사람인가. 저기서 무얼 하고 있는 거지? 짙은 눈썹을 추켜 올린 운성이 천천히 걸음을 옮겼다. 묵직하게 울리는 그의 발걸음 소리에도 소파에 앉아 있는 사람은 꿈쩍도 하지 않았다.

그 사람을 마주 보는 위치에 선 뒤에야 운성은 흠, 하고 낮은 숨을 내쉬었다. 손가락의 움직임을 눈으로 좇기가 어려울 정도다. 마치 피아노로 쇼팽의 곡을 연주하듯 키보드를 두드리고 있는 그 사람은 여자였다.

희한한 체크무늬의 솜 외투는 남자 사이즈인지 여자의 몸을 이불처럼 둔탁하게 뒤덮고 있었고, 검은색 배기팬츠를 입은 다리는 소파 위에서 양반다리를 한 상태였다. 핏기가 질린 듯 창백한 얼굴을 반쯤 가리고 있는 어두운색의 선글라스를 흘끗 본 운성이 팔짱을 꼈다.

1악장의 연주를 마쳤는지 엔터를 누르고 손가락을 꼬물거리던 여자가 고개를 들었다. 빛이 잘 통과하지 않는지 선글라스 너머의 눈이 보이지 않았다. 단지 색이 바랜 듯한 얇은 여자의 입술이 조금 벌어졌을 뿐이다.

"호출하면 3분 내로 경비가 올라올 거야. 뭘 하고 있는 거지? 여긴 어떻게 들어왔어."

운성은 키가 컸다. 꾸준한 운동으로 다져진 단단한 몸과 넓게 벌어진 어깨는 그 체격만으로도 위압감을 주기에 충분했고, 날카롭고 고압적인 표정이 얼굴에 배어 있었다. 서늘한 눈매는 눈빛이 강해 몰아붙이는 듯한 말투와 어우러지면 백이면 백, 사람들은 긴장을 하곤 했다.

그러나 눈앞에 있는 정체불명의 여자는 불현듯 엣취, 하고 재채기를 쏟아내었다. 헐렁한 소매로 대충 코를 훔친 여자는 관심 없다는 듯 다시 고개를 돌렸다. 무언가를 기다리는지 그녀는 키보드 위에서 '트레몰로'를 연주하듯 가볍게 손가락을 떨었다. 운성의 눈매가 길게 찢어졌다. 그는 천천히 키보드가 놓인 탁자의 양 끝을 잡고 몸을 낮췄다. 그의 그림자에 시야가 어두워진 여자가 슬쩍 고개를 들었다.

"귀머거리야? 벙어린가?"

위협적인 운성의 낮은 목소리에도 그녀는 미동도 하지 않았다. 선글라스를 사이에 두고 숨결이 느껴질 만큼 가까운 거리에서 서로를 바라보는 시선을 타고 긴장감이 흘렀다.

"내가 뭘 할 수 있는 사람인지 궁금해요?"

여자의 목소리는 생각보다 맑고 또렷했다. 허술하다는 표현조차 칭찬으로 느껴질 만큼 무방비한 옷차림에서 쉽게 상상되지 않는 목소리와 말투였다. 운성은 문득 그녀의 눈빛이 궁금해졌다. 선글라스를 향해 막 손을 올리려던 그때, 여자의 노트북에서 날카로운 전자음이 울렸다. 운성은 여자의 얇은 입매가 삐딱하게 기울어지는 것을 보았다.

"기대보다는 시시한 일이었네요."

"……무슨 소리지?"

여자는 후우, 하고 한숨을 내쉬었다. 산딸기처럼 달콤한 냄새가 흘러나와 운성은 이맛살을 찌푸렸다. 여자는 풍선껌을 씹고 있었다.

"잠깐 기다려요, 곧 손님이 올라올 테니까."

수수께끼 같은 여자였다. 운성은 천천히 자리에 앉아 여자를 관찰했다. 손톱이 짧게 다듬어진 손가락이 가늘다. 눈을 보지 않아 알 수는 없지만 20대 중후반쯤 되지 않았을까. 이 여자가 그 녀석이 말한 '아가씨'라. 농담이 아니었다는 게 놀랍군.

"나한테 전해줄 물건이 있다고 하던데요."

때마침 여자가 손가락을 까닥였다. 저도 모르게 그녀의 손가락을 무심코 보고 있던 운성이 눈을 들었다. 물건? 하고 눈썹을 모으자 여자는 고개를 끄덕였다.

"동영상이오."

"왜 이런 일을 하지?"

운성은 천천히 단단한 가죽 소파에 몸을 기댔다. 그의 질문이 의외였는지 선글라스 위로 여자의 눈썹이 삐죽 솟았다. 그녀의 작은 움직임 하나도 놓치지 않으리라 다짐한 사람처럼 운성의 눈빛이 집요하게 여자를 따라붙었다.

"그놈과 무슨 관계이기에 대신 그런 걸 받으러 온 거야? 당신이 그 영상을 어떻게 처리할 줄 알고?"

"원본인 게 확인되면 현장 파쇄할 거예요. 파쇄 영상은 실시간으로 송출될 거니까, 쓸데없는 걱정 마시고 줄 건 주시죠."

"묻는 말에 대답은 똑바로 해. 왜, 그놈 대신 여기에 온 거냐고 물었어."

"나와의 대화는 거래 조건이 아니었던 걸로 아는데요."

여자의 태도는 꼿꼿했다. 운성의 서늘한 눈매에 흥미가 번졌다. 그는 매력적인 눈웃음을 흘리며 낮게 말했다.

"동영상 얘기는 당신이 무슨 일을 했는지 확인한 다음에 하지."

흠, 하고 고개를 짧게 끄덕인 여자가 어깨를 으쓱였다. 운성의 눈이 그녀의 선글라스를 주의 깊게 훑었다.

"단순한 햇빛 차단용은 아닐 테고. 절대 벗으면 안 되는 이유가 뭘까. 외모에 신경 쓸 타입은 아니니 쌍꺼풀 수술 따위일 리는 없고. 감광성 질병이라도 있는 건가?"

여자는 대답이 없었지만, 운성은 자신의 도발에 반응하는 그녀의 시선을 본능적으로 느낄 수 있었다. 예리한 바늘이 얼굴을 콕콕 찌르는 듯한 느낌에 그는 슬쩍 미소 지었지만, 그 미소는 오래가지 못했다. 여자가 입을 열었다.

"스물세 살에 군대에서 의병제대를 했죠. 거기서 뭘 봤죠?"

운성의 눈매가 딱딱하게 굳었다. 날카로운 선의 턱이 팽팽하게 당겨지고 입술이 굳게 닫혔다. 금세 온몸의 털을 세우는 공격 직전의 맹수처럼 돌변한 그의 분위기에도, 여자는 초연했다.

"열세 살에는 어머니가 교통사고로 돌아가셨고. 올해 서른셋. 혹시 올해에도 무슨 일이 있을 거라고 생각하나요?"

"너 뭐야."

운성이 천천히 몸을 일으켰다. 그를 감싼 분위기가 거칠어졌음을 느낀 여자가 고개를 가볍게 흔들었다.

"어딘가에는 기록이라는 게 남게 마련이죠. 난 그걸 본 것뿐이에요."

"내 뒷조사를 하셨다?"

"그게 나를 지키는 방법이거든요."

점점 다가오는 운성을 올려다보는 여자가 입을 다물었다. 몸을 낮춘 그가 여자의 턱을 움켜쥐었다. 단단한 손가락에 휘감긴 그녀의 목줄기에서 맥박이 펄떡거리며 뛰고 있었다.

"그건 불공평하지. 당신이 나를 아는 만큼, 나도 당신을 알아야 공평한 거 아니겠어?"

"잠깐만. 그건 그냥 통과 의례 같은……."

운성의 손이 거칠게 여자의 선글라스를 벗겨내었다. 바닥에 나동그라진 선글라스가 둔탁한 소리를 냈다. 여전히 그녀의 목줄기를 쥐고 있던 운성의 눈이 가늘어졌다. 여자는 미간에 주름이 잡힐 정도로 눈을 꼭 감고 있었다. 길게 뻗은 속눈썹이 파르르 떨렸다.

"뭐 하자는 거야. 안 보이는 척이라도 하겠다는 건가?"

"보고 싶지 않아요."

여자의 말에는 기묘한 느낌이 있었다. 곧게 뻗은 눈썹 아래 드러난 이목구비가 제법 미인의 분위기를 풍겼지만, 여자의 얼굴에는 평범하지 않은 어떤 느낌이 있었다.

그녀의 눈빛이 궁금하다. 이 어이없는 상황과 머릿속 깊이 묻어둔 오래전의 기억을 떠올리게 한 그녀에 대해 화가 치밀어 올랐지만, 운성은 동시에 그녀를 향한 강렬한 호기심을 느꼈다. 천천히 그녀의 뺨을 손가락으로 더듬자 여자가 움찔, 고개를 내저었다.

"눈을 뜨지 않으면 당신은 여기서 한 발자국도 못 벗어나."

여자가 입술을 악물었다. 운성은 느긋하게 그녀의 대답을 기다렸다. 건조한 손가락 끝에 닿아오는 살결이 부드럽다. 빼딱하게 깨물고 있는 입술에 비로소 발긋한 핏기가 도는 모습이 이상하게 사람의 시선을 끌었다. 무언가 결심을 했는지 여자가 짧게 혀를 차고는, 입술을 열었다.

"의료 기록을 봤을 땐 병 없이 신체 건강하니 당신이 갑자기 죽을 일이라면 사고밖에 없겠죠. 하지만 여긴 보안 상태가 꽤 괜찮은 사무실이니까, 자연재해가 아닌 다음에야 내 눈앞에서 당신이 죽을 일은 없을 거고. 이런 상황에 자살할 생각도 물론 없을 테니까……."

혼잣말처럼 중얼거리는 그녀의 말이 이해가 되지 않아 운성은 미간을 찌푸렸다. 자신의 죽음에 대해 읊어대는 입술을 바라보며 그는 낮게 혀를 찼다. 이걸 협박이라고 하는 것 같지는 않고. 톡, 하고 여자의 턱을 튕기는 순간, 그녀의 눈꺼풀이 천천히 열렸다.

마치 보는 것이 두려운 사람 같았다. 단번에 눈을 뜨지 않고, 여자는 눈을 낮게 내리깐 채 한참을 망설였다. 마른침을 삼키는지 꿀꺽, 하고 움직이는 여자의 울대가 운성의 손바닥을 간질였다. 제 눈앞에 있는 운성의 가슴팍을 한동안 바라보다가 길게 한숨을 내쉬고는, 그녀는 그의 몸을 훑듯이 느릿하게 눈을 치켜들었다.

그리고 비로소, 두 사람의 시선이 허공에서 얽혀들었다.

아름다운 눈이었다. 검고 큰 동공은 흑요석처럼 어둡게 빛나고 있어 어딘지 비밀스러운 느낌마저 들었다. 분명 그를 보고 있으면서도 저 너머의 어딘가를 바라보는 듯한 눈을 하고 있던 여자가 눈꺼풀을 깜빡였다. 후, 하고 내쉬는 딸기 향의 한숨과 함께 팽팽하게 부풀어 있던 눈매가 느른하게 풀어지는 폼에는 분명한 안도감이 묻어났다.

"그럴 거라고 생각은 했어요. 눈앞에서 사람이 갑자기 죽는 게 늘 있는 일은 아니지."

또다시 스스로에서 되뇌는 듯한 혼잣말을 내뱉던 그녀가 미간을 찌푸렸다. 목덜미를 감싸고 있는 운성의 손가락에 답답함을 느꼈고, 그의 날카로운 시선이 여전히 그녀의 얼굴에 못 박혀 있음을 알았기 때문이다.

"이대로 목 조를 거 아니면 그만 떨어지시죠?"

선글라스 없이 가까이에서 바라본 그의 얼굴은 군더더기 없이 깔끔했다. 남자답게 뻗은 눈썹과 예리한 눈매, 단단해 보이는 입술이 유혹적이다. 가감 없이 또렷하게 보이는 그의 얼굴이 너무 선명해서, 그녀는 새삼 이렇게나 가까운 거리에서 서로 마주 보고 있다는 것이 민망하게 느껴져 고개를 슬쩍 뒤로 젖혔다.

날이 서 있는 듯했던 운성의 입매가 순간 부드럽게 풀어졌다. 느긋하게 손을 물린 운성이 몸을 곧게 세웠다. 부스스한 단발을 쓸어 넘기는 여자를 내려다보며, 운성은 의아한 듯 물었다.

"선글라스를 쓰는 이유가 뭐지?"

"집요하시네. 보고 싶지 않은 게 있어서요."

"그걸 쓴다고 보이지 않는 게 있나?"

"……있어요, 나한테는."

시선을 돌리는 여자의 표정이 살짝 굳어졌다. 그녀에게서 시선을 떼지 못하던 운성의 관심을 돌린 것은, 똑똑, 하고 울리는 노크 소리였다. 들어와, 하는 그의 말에 사무실 문을 열고 들어온 것은 다름 아닌 보안팀의 직원, 이지희였다. 이제야 뭐라도 밝혀낸 건가, 싶어 운성이 미간을 좁혔지만 그녀의 분위기가 심상치 않았다. 파리해진 얼굴을 푹 숙인 그녀는 어깨를 덜덜 떨고 있었다.

"이지희 씨, 무슨 일이죠?"

"이, 이사님. 그게…… 그러니까…….."

"선물은 취소했어요? 이 상황에는 어차피 그걸 건넬 수 없을 텐데."

여자의 목소리에 운성이 그녀를 돌아보았다. 그녀의 시선은 노트북에 꽂혀 있었다.

"일요일 새벽 1시부터 1시 40분까지, 단 40분 만에 이 회사의 시스템을 뚫고 들어와 많은 자료들에 접속하는 건 쉽지 않은 일이죠. 방화벽을 뚫고 들어왔다 나간 시간대를 잡아낼 수 없었던 건 동일한 프로그램으로 시간대를 조작해 뒀기 때문이에요. 같은 프로그램을 다룰 줄 안다는 이야기죠. 40분이라는 짧은 시간 동안 회사의 내부 정보에 손을 댈 수 있었으면서 그 어떤 자료도 다운로드된 흔적은 없어요. 추적해 보니 접속한 모든 폴더는 1분 간격으로 오픈됐더군요. 페이크였단 얘기죠. 가장 오랜 시간 동안 파일을 뒤진 흔적이 남아 있던 폴더는 임직원명부 폴더였어요. 여기서부터 이야기가 시시하게 흘러가기 시작했죠."

지희는 양손을 깍지 낀 채 어쩔 줄 모르고 자리를 서성이고 있었다. 짙은 눈썹을 추켜 올린 운성은 부스스한 머리의 여자의 이야기에 귀를 기울였다.

"그 시간대에 오픈된 파일은 딱 하나. 권운성 이사의 파일이었어요. 그 후부터는 간단했죠. 이 회사에서 보안프로그램으로 쓰는 '이지스'는 프로그래밍 코드 자체가 이중, 삼중으로 되어 있어 디코딩하는 시간이 오래 걸릴 뿐이지 소스를 유지하는 시간은 다른 프로그램에 비해 쓸데없이 길……. 이런 설명은 필요 없죠?"

"그러니까 회사 전산망을 뚫고 들어와서 내 인사 파일을 열어 본 사람이 바로 이지희 씨다?"

"저, 저는 그냥…… 일이 이렇게 커질 줄 몰랐어요! 다운로딩이나 자료 외부 유출 흔적이 없으니 잠깐 시끄럽다 말 거라고……."

"이유가 뭡니까. 인사 자료라고 해봐야 기본적인 인적 사항이 나와 있을 뿐인데, 그걸 보라고 시킨 사람이 누구야."

지희가 기겁한 얼굴로 양손을 바쁘게 내저었다.

"시, 시킨 사람 같은 거 없어요. 그냥 제가, 제가 궁금해서……."

"……궁금해서?"

운성의 얼굴이 일그러졌다. 지희는 울먹이며 얼굴을 푹 숙였다.

"이사님에 대해서 알고 싶은데 알 수 있는 건 아무것도 없고…… 하다못해 사는 곳이라도 알면 뭐라도 할 수 있을 것 같아서…… 그냥 잠깐 자료만 본 거예요. 정말이에요."

그 와중에도 수줍은 듯 얼굴을 붉히는 지희의 표정에 운성은 제 머리로 도무지 이해를 할 수 없는 그녀의 이야기를 되새겼다. 그러니까 회사를 들썩이게 만든 이 소동이 보안팀 직원의 자신에 대한 호기심 때문이었다니. 허탈한 웃음을 뱉어낸 운성이 여자를 흘끗 돌아보았다.

"선물은 무슨 얘기지?"

"사흘 뒤가 생일이던데요. 인사 자료에서 아마 그걸 보고 이거다 싶어서 선물을 산 거겠죠. 일요일 새벽 3시에 인터넷 쇼핑몰에서 꽤 고가의 커프스를 산 기록이 있더군요. 그래서 당신인 걸 알았어요."

지희가 파랗게 질린 얼굴을 들어 그녀를 바라보았다. 여자는 지희를 바라보려 하지 않았다. 여전히 모니터에 시선을 고정한 채 어깨를 으쓱일 뿐이었다.

"사원들 웹 기록 검색을 돌려보니까 그게 걸려서…… 불필요한 자료는 자체 삭제될 거니까 사생활 보호는 걱정하지 말아요."

주춤거리며 몸을 일으킨 여자는 시선을 바닥에 떨군 채 더듬더듬 선글라스를 집어 들었다. 선글라스를 다시 쓰고서야 마음이 놓이는지 한숨을 내쉰 그녀가 몸을 돌려 운성을 바라보았다.

"이제 동영상을 주시죠. 일은 끝난 것 같으니까."

"이지희 씨 처분은 사흘 뒤에 내리겠습니다. 그때까지는 휴가 처리할 테니 회사에서 보지 맙시다. 나가 봐요."

엄중하게 떨어진 그의 목소리에 지희는 눈물 가득한 눈을 닦아내며 도망치듯 사무실에서 빠져나갔다. 짧은 한숨을 내쉰 운성은 다시 손을 뻗어 여자의 선글라스를 벗겼다.

"뭐 하는 거예요?"

"나는 눈을 보고 말하는 타입이라. 거기 앉아 있어."

제 선글라스를 손에 쥔 채 책상으로 걸어가는 운성의 뒷모습을 흘끗거린 여자가 투덜거리며 소파에 앉았다. 눈에 피로가 몰려들어 눈두덩을 꾹꾹 누르던 그녀는 자신의 곁으로 돌아와 USB를 내미는 운성의 손을 바라보았다.

"확인해 봐."

운성은 USB를 노트북에 꽂는 여자의 맞은편에 앉았다. 눈빛이 날카로워진 여자의 손가락이 빠르게 움직이기 시작했다. 눈조차 깜빡이지 않고 일에 몰입한 여자의 입술이 무방비하게 벌어져 있었다. 그는 사람을 훑어보는 버릇이 있었지만, 지금만큼은 마치 고가의 미술품을 감정하는 사람처럼 여자를 세세히 관찰하고 있었다.

그 집요하고 강렬한 시선이 불편한지 결국 여자가 미간을 찌푸린 채 눈을 빼꼼히 들었다. 기다렸다는 듯 그녀의 시선을 잡아챈 운성이 물었다.

"대체 여긴 어떻게 들어온 거지?"

"호기심 많은 사람처럼 안 생겼는데 질문이 많으시네요."

그래, 그는 호기심이 많지 않다. 집요한 성격도, 미련을 갖는 성격도 아니다. 그렇다고 해도 눈앞의 여자는 지나치게 신비스럽지 않은가. 저를 향해 성가시다는 듯 눈매를 찡그리는 여자라니.

운성은 자신을 잘 알았다. 대체로 여자들이 자신을 바라보는 시선에 담겨져 있는 것은 애정과 동경이었지, 무관심과 귀찮음이 아니었다. 그는 미간을 세우며 차갑게 내뱉었다.

"회사 보안과 관련된 사안이니 그냥 넘길 수가 없군."

키보드를 두드리던 여자가 짧게 한숨을 내쉬었다. 멀리 떨어져 있는데도 어쩐지 딸기 향이 나는 것 같은 착각이 들었다. 두터운 솜 외투 안쪽에 손을 쑥 집어넣은 여자가 운성의 눈앞에 무언가를 흔들어 보였다. 신용카드처럼 생긴 검은색 플라스틱 카드였다.

"일종의 바이러스 카드예요. 자기장을 발생시켜 인식하는 단말기의 전류장치를 일시 마비시키죠. 건전지를 쓰지 않는 지문인식 프로그램으로 바꾸는 게 어때요? 뭐. 그것도 뚫을 수 있는 방법이 아주 없는 건 아니지만."

허, 하고 숨을 내뱉은 운성이 팔짱을 꼈다. 여자에게서 풍기는 기묘한 분위기의 원인을 알았다. 그녀는 비현실적이다. 봄이 다가오는 이 시기에 저 두꺼운 솜 외투하며 미형의 얼굴에 전혀 어울리지 않는 덥수룩한 단발머리, 그리고 가만히 바라보면 빨려 들어갈 것 같은 검은 보석처럼 빛나는 눈동자.

"이지희 씨는 왜 제 발로 올라온 거지?"

"그 사람 컴퓨터로 메시지를 보냈어요. 다 알고 있으니 당장 이 사실로 와서 이실직고하라고."

여자가 주머니에서 휴대폰을 꺼냈다. 아직도 저런 휴대폰을 쓰는 사람이 있나, 싶을 정도의 구형이다.

"원본 확인했어요. 현장 파쇄할게요. 영상 송출 코드는…… 그래도 직접 봐야 하지 않아요? 뭐, 그럼 됐구요."

그녀는 심드렁한 태도로 노트북을 덮고 다 해어진 가방에 밀어 넣었다. 테이블에 늘어놓은 외장하드처럼 생긴 두 개의 장비와 처음부터 노트북에 꽂혀 있던 USB를 정리하는 손이 재빠르다. 소파에서 일어선 여자의 손에는 자그마한 콜라병이 들려 있었다. 목이 탔나, 싶어 그녀를 바라보던 운성의 눈매가 추켜 올라갔다. 여자는 제가 준 USB를 그 병에 집어넣고 있었다. 싸아, 하고 기포가 올라오는 소리가 작게 울렸다.

"그래. 그게 파쇄 방법인가?"

"산이에요. USB의 칩을 영구 손상시키는 데 10분도 안 걸리죠. 그런데 정말 당신 호기심이 많네요."

배낭을 어깨에 멘 여자가 운성을 돌아보았다. 그녀의 시선은 그의 손에 들려 있는 선글라스를 향해 있었다.

"이제 줘요."

"우리 회사에서 일할 생각 없나?"

소파에서 천천히 몸을 일으킨 운성이 선글라스를 내밀며 툭 내뱉었다. 여자는 그의 눈을 똑바로 보기 위해 목을 뒤로 젖혀야 했다. 잘 다듬어진 듯한 수려한 이목구비와 타고난 오만함이 흐르는 남자. 권력을 쥐는 것이 익숙한 사람. 어쩌면 이런 사람의 곁이 가장 안전할지도 모른다. 그는 너무나도 강해서, 죽음과는 가까울 것 같지 않았다.

하지만 그런 식으로 마음을 놓는 것이 얼마나 무서운 일인지 여자는 잘 알았다. 받아 든 선글라스를 손가락으로 까닥거리며, 그녀는 고개를 저었다.

"사람들 속에서 일할 수 있는 타입으로 보였어요?"

"하루 종일 아무와도 마주치지 않게 해줄 수 있어. 물론 나는 제외하고."

"규칙적인 생활 못 해요."

"편할 때 일해. 출근하지 않아도 좋아."

흠, 하고 미소와 비슷한 무엇인가가 여자의 입가에 떠올랐다. 선이 고운 그녀의 눈매가 잠깐이었지만 부드럽게 허물어지는 것을 보는 운성의 심장이 덜그럭, 소리를 내었다.

"이 회사에서는 내가 할 일이 없어요."

선글라스를 낀 여자가 몸을 돌리고 걸음을 옮겼다. 그러나 날렵하게 다가와 앞을 가로막는 운성의 몸에 부딪칠 뻔했다. 여자는 신경질적으로 고개를 치켜들었다.

"그럼 당신에게 연락을 하고 싶을 땐 어떻게 하지?"

턱을 당긴 채 그녀를 내려다보고 있는 운성의 눈이 날카롭다. 선글라스로 탁하게 가려진 세상이었지만 그의 눈빛만은 형형하게 보이는 듯했다. 그녀는 짧게 혀를 찼다.

"왜 연락이 필요하죠?"

"……그놈과 비슷한 이유로. 대가가 뭔지 모르지만 녀석이 줄 수 있는 거라면 나도 줄 수 있어."

그는 지나치게 가까이에 있었다. 울림이 낮은 목소리의 속삭임은 잠잠한 수면 같던 여자의 마음에 작은 파동을 일으켰다. 남자로서의 매력이 차고 넘치는 데다, 운성은 그것을 이용할 줄 아는 남자였다.

무엇보다 사람의 속을 들여다보는 듯한 깊은 시선 앞에 그녀는 일순 입고 있는 모든 옷이 낱낱이 벗겨져 하얀 알몸을 드러내게 된 것 같은 민망함을 느끼고 입술을 깨물었다.

역시 그는 위험하다. 오랜 시간 동안 여간해서는 흔들리는 일 없던 그녀의 마음을, 그는 느긋하게 파고들어 오고 있었다. 순간이었지만 그에게 기대고 싶다는 생각이 들어 여자는 얼른 고개를 흔들었다.

문득 몸을 낮추는 남자의 기척이 느껴져 그녀는 눈을 들었다. 숨결이 닿을 것 같은 가까운 거리에서, 운성이 그녀를 바라보고 있었다. 매혹적인 머스크 향이 그녀의 몸을 안개처럼 감쌌다. 온

몸이 저절로 긴장하는 것이 느껴졌다. 남자는 그녀의 작은 변화도 놓치지 않겠다는 듯 집요하게 그녀를 응시하고 있었다.

"말해, 어떻게 해야 당신에게 연락할 수 있는지."

주문을 거는 듯한 나른한 목소리였다. 여자는 두어 번 눈을 깜빡이고는, 한 걸음 물러서 운성의 강렬한 매력의 영향권에서 벗어났다. 그제야 참고 있던 숨을 내뱉고는, 그녀는 턱을 치켜들었다.

"나는 아직 당신을 못 믿어요. 정 필요한 때가 오면 오늘처럼 산호 씨를 거쳐요."

그리고 여자는 재빨리 사무실에서 달려 나갔다. 운성은 미간을 찡그린 채 그녀가 사라진 곳을 돌아보았다. 제 옷소매를 스친 여자의 기척은 공기처럼 가벼웠다. 순간 텅 비어버린 사무실을 훑어보며, 운성은 잘생긴 입매를 삐딱하게 올렸다.

"……문산호. 문산호란 말이지."

손가락을 튕기며 눈을 낮게 뜬 운성은 악우의 철없이 짓궂은 얼굴을 떠올렸다. 건물을 아직 벗어나지 못했을 여자를 잡아두는 것은 어렵지 않은 일이지만 그녀를 그런 식으로 대하고 싶지 않았다. 그녀에게 닿기 위해 거쳐야 하는 것이 산호라는 점이 썩 유쾌하진 않았지만, 적어도 찾을 수 있는 방법은 있는 셈이니 나쁘진 않다.

"제길. 이름도 못 들었군."

혼잣말을 중얼거리며 혀를 차는 운성의 수려한 얼굴에 은은한 미소가 번졌다. 해가 지기 시작한 시각, 고즈넉한 사무실에는 아직도 키보드를 다다닥 두드리는 소리가 울리고 있는 듯했다.

후루룩, 하고 매콤한 소면을 빨아들이는 소리가 울렸다. 룸 안의 어두운 조명이 비추는 테이블에는 음료수와 술병들이 놓여 있었다. 새카만 가죽 소파에 앉아 캬아, 하고 감탄사를 내뱉으며 골뱅이소면을 먹고 있는 남자는 멋들어진 슈트 차림이었다.

또렷한 눈매에 큼지막한 코의 모양새는 사람 좋게 생긴 호감형이었고 반짝이는 눈에는 소년스러운 치기가 맺혀 있었다. 그것은 아직은 세상의 때가 묻지 않은 듯한 순수함이기도 했고, 무지에서 비롯되는 잔인함의 가능성을 품고 있기도 한 묘한 인상을 주었다.

"어려운 것도 아닌데 댁에서 드실 것이지, 꼭 이 시간대에 이걸 찾으시는 이유가 뭐예요?"

청담동에 위치한 일식집 '비향'의 안주인인 채홍은 혀를 차며 산호를 향해 빨간 입술을 삐죽거렸다. 일주일에 한 번 꼴로 꼭 영업이 끝날 때쯤 찾아와 VIP룸을 차지하고 골뱅이소면을 찾는 단골손님인 산호가 못내 귀찮다는 표시를 내비친 것이었지만 콧잔등에 맺힌 땀을 닦아내고 있는 그는 개의치 않는 눈치였다. 애당초 문산호라는 사람은 철저히 마이페이스인 사람이다. 그가 하는 행동에 이유를 붙이는 것은 무의미한 일이었다.

"내가 얘기 안 했나? 내 첫사랑이었던 옆집 누나가 이사 가기 전에 처음으로 만들어줬던 게 골뱅이소면이라고. 긴 생머리가 참 예뻤는데."

"……그거 크림파스타였다고 하지 않으셨어요?"

"어, 그럼. 사실 우리 가족은 어렸을 때부터 한자리에 모여 앉아 식사를 하는 일이 드물었어. 그놈의 돈이 뭔지, 아버지는 뉴욕에, 어머니는 홍콩에, 뿔뿔이 흩어져 있곤 했지. 그럴 때마다 날 돌봐주던 가정부 아주머니가 만들어주신 게……."

"청국장이었다고 하셨죠."

마지막 남은 골뱅이를 콕 집어 시원스런 입매에 집어넣던 산호가 미간을 찌푸렸다. 언뜻 보면 서글서글한 인상이지만 그의 눈은 기분에 따라 금세 오만한 독재자 같은 빛을 띠곤 했다.

"거, 안 사장 기억력이 쓸데없이 좋네."

채홍은 다소곳하게 눈을 내리깔았다. 그가 그런 눈을 할 때면 어린아이 다루듯 조심해야 한다는 것을 그녀는 경험으로 알고 있었다.

"장사하는 사람이니까요. 이유가 뭐든 무슨 상관이겠어요? 저희 집 음식이 입에 맞으신다는 게 중요한 일이죠."

산호의 입매가 빙긋 웃었다. 채홍이 눈치 빠르게 그가 좋아하는 사이다를 컵에 따라 건네는 걸 받아 들던 산호는 순간 벌컥, 열리는 문 쪽을 바라보며 눈을 치켜떴다.

흐트러짐 없는 깔끔한 옷차림에 정이라고는 한 자락도 내보이지 않는 냉엄한 얼굴을 한 그의 몇 안 되는 '친구', 권운성이 방 안으로 들어서고 있었다. 흥미롭다는 표정으로 손에 쥔 컵을 빙글빙글 돌리며 산호가 소파를 툭툭 쳤다.

"네가 먼저 날 찾아오다니. 그래, 내 얼굴이 보고 싶을 때도 됐지? 비겁한 새끼, 그런 걸 영상으로 남겨놓냐!"

"웹캠이 돌아가고 있는 걸 까맣게 잊어버린 건 너야. 난 그걸 삭제하지 않았을 뿐이지. 아, 난 물이면 돼요."

몸을 일으키는 채홍에게 건성으로 손을 내저으며 운성이 셔츠 단추를 풀었다. 갑갑했는지 목을 뒤트는 사소한 움직임으로도 그는 쉽게 여자의 시선을 끈다. 힘줄이 돋은 탄탄한 그의 목줄기를 몰래 훔쳐본 채홍이 뺨을 붉힌 채 방을 나섰다. 산호는 방금까지 골뱅이소면을 먹던 젓가락으로 그릇을 탕탕 내려쳤다.

"고맙다는 인사가 먼저 아니야? 시장에 소문 풀었으면 지금쯤 너네 주식은 똥값이 됐을 텐데!"

"그리고 넌 차 트렁크에 실렸겠지. 일방적인 도움이 아닌 거래를 했는데 인사가 왜 필요해."

"냉정한 새끼. 내가 고등학교 때 분명히 네 피가 파란색인 걸 본 것 같아."

"정서 불안, 우울증을 앓던 그 시절 문산호 말이냐? 퍽 신빙성이 있는 소리군."

울분에 찬 산호가 꽉 쥔 주먹을 붕붕 휘둘렀지만, 날아다니는 파리라도 보는 듯 운성의 시선은 심드렁했다. 내가 죽기 전에 저 잘난 입이 한 번은 막히는 걸 봐야 눈 감고 죽을 수 있을 텐데, 이를 들들 갈던 산호의 눈썹이 순간 삐죽 솟았다.

이러쿵저러쿵 해도 운성과 부대낀 지 20년이 가까워진다. 나른하게 내리깐 눈과 팽팽한 뺨에 번진 기색을 훑어보던 산호가 홍홍, 하고 코웃음을 쳤다.

"내 직감이 그러는데, 아무래도 네가 나한테 뭔가 할 말이 있는 것 같단다."

"그 직감 하난 쓸 만하군. 고맙다는 인사를 들을 기회를 놓치지 않는 걸 보니까 말이야."

놀이동산에서 처음 솜사탕을 발견한 아이처럼 산호의 맑은 눈이 반짝였다. 그는 설레는 마음에 손바닥을 마주 비비며 들뜬 목소리로 외쳤다.

"뭐든 말해! 다 들어준다. 대신 인사는 꼭 잊지 마라."

"……그 여자."

소파에 등을 기대고 있던 운성이 느릿하게 몸을 당겼다. 테이블에 올린 기다란 손가락이 키보드를 두드리듯 탄력적으로 움직였다. 바닥 언저리를 의미 없이 바라보는 운성의 시선을 곁에서 응시하던 산호의 눈이 가늘어졌다. 운성의 입에서 말이 튕겨져 나왔다.

"뭐야?"

아, 이런 결과는 결코 기대하지 않았다. 산호는 순간 어깨를 곧추세웠다. 저 무뚝뚝한 표정이 감추고 있는 것은 분명한 호기심이다. 사람, 특히나 그것도 여자를 향한 호기심이라니! 세상 태어난 이래 사람에 대한 '호기심'이라는 것을 배워본 적이 없는 기계처럼 굴던 저 권운성이? 허, 하고 한숨을 집어삼킨 산호가 목을 가다듬었다.

"그게 궁금해서 여기까지 온 거냐?"

"고맙다고 말할 준비 됐다. 아는 거 모조리 얘기해 봐."

산호의 입술이 길게 당겨졌지만 웃음소리는 흘리지 않았다. 고개를 갸우뚱하며 짧게 혀를 차는 소리에 운성의 기다란 눈매가 그를 향했다.

"이걸 어떡하나. 절호의 기회이긴 한데, 놓쳐야 되겠네."

득달같이 달려들어 책이라도 읽는 듯 읊어댈 것을 기대하지는 않았지만, 그의 앞에서는 입이 가벼운 편인 산호가 제 입술에 대고 단호하게 지퍼를 채우는 시늉까지 할 줄은 몰랐다. 운성이 미간을 좁히며 턱을 치켜들었다.

"호기심 자극하려 했다면 성공이야. 더 보탤 것도 없이 궁금하니까, 그만 얘기하지그래."

"농담 아니고 진심이다. 우리 아가씨 신상 보호는 내 의무이기도 하거든."

산호는 빙글거리며 웃고 있었지만 평소의 그처럼 장난기를 비추지는 않았다. 조용히 그의 기색을 훑던 운성이 느긋하게 벨을 눌렀다. 기다렸다는 듯이 채홍이 얌전하게 문을 열고 들어왔다.

"술 좀 부탁하지."

"자꾸 이러시기예요? 저희는 술집이 아니에요."

채홍이 뾰로통한 표정을 지으면서도 운성을 흘끔거렸다. 넥타이를 풀어 내리는 손가락의 움직임이 느른하다. 결벽증이라도 있는 사람처럼 티끌 한 점 없이 깔끔한 셔츠에 단정하게 매어진 넥타이 차림은 흐트러짐 없는 그의 성격적인 트레이드마크와 같았다. 그런 운성이 경계의 날을 무디게 세우는 순간은 흔하지 않았고, 그럴 때의 그는 한층 더 유혹적인 남자가 되곤 했다.

설레는 마음을 품고 있으면서도 태연하게 내뱉은 채홍의 말에 운성이 잘생긴 입매로 웃으며 몸을 일으켰다. 채홍은 천천히 자신에게 다가오는 위압적인 운성의 분위기에 숨을 죽였다. 그는 어슬렁거리는 표범처럼 느긋한 걸음걸이로 채홍의 앞에 섰다.

"아침에 가게 오픈하러 올 때까지 우리가 지키고 있을 테니까 보안은 걱정하지 말아."

고개를 낮추고 속삭이는 목소리에 반사적으로 목이 움츠러든 채홍이 흠, 하고 목을 가다듬었다. 뺨에 뜨끈한 열기가 올라오는 것 같아 그녀는 애써 마른침을 삼켰다. 긴장감에 입안이 바싹 마르는 느낌이었다.

"그렇게나 마실 생각이세요?"

"저놈이 얼마나 버티는지에 달렸지."

허리춤에 손을 얹은 채 흘끗 뒤를 돌아보는 운성의 눈매가 날카롭게 빛났다.

"그러니까 독한 걸로 부탁해."

운성이 내미는 카드를 받아 든 채홍이 짧게 한숨을 내뱉었다. 이런 일이 자주 있지는 않지만, 적어도 그녀가 익숙해질 정도는 되었다. 운성과 산호는 분명 친구였다. 누구에게도 드러내지 않는 모습을 서로의 면전에 들이댈 정도로 가까운 친구. 물론 가끔은 이렇게, 평범한 친구들 같지 않은 모습을 보일 때도 있었지만 말이다.

"뭘 그렇게 속닥거려? 안 사장은 내 사람이야. 손대지 마."

"내가 왜. 네가 내 사람인데."

가볍게 눈썹을 들어 보인 운성이 산호를 돌아보며 웃었다. 과장되게 온몸을 덜덜 떨며 산호가 버럭 소리 질렀다.

"나한테 페로몬 쏘지 마, 이 미친 새끼야! 징그러워!"

먹히는 것 같아서 더 징그러운데, 중얼거리며 채홍의 어깨를 툭툭 두드리고 몸을 돌린 운성은 팽팽하게 벌어진 셔츠 위로 느긋하게 팔짱을 끼며 낮게 내뱉었다.

"어디, 얼마나 버티나 볼까. 문산호."

"술로 날 죽이기는 쉽지 않다는 걸 아직도 모르시나?"

"쉽지 않을 뿐이지, 불가능한 일은 아니잖아?"

산호는 소파 쪽으로 잔뜩 몸을 물린 채 곧 사냥할 먹이를 앞에 두고 여유를 부리는 맹수처럼 보이는 친구를 올려다보았다. 권운성이 마음먹은 이상, 결과는 이미 정해져 있다고 봐도 좋다. 그는 한숨을 삼키며 눈을 감았다.

미안하다, 해수야. 나는 최선을 다했어…… 나름대로 말이다만.

"그런데 누나는 왜 맨날 검은 안경을 쓰고 있어요?"

해수는 옆자리에 앉은 동우를 흘끔 내려다보았다. 동사무소의 구석에 놓인 구식 컴퓨터를 이용하는 사람은 그녀와 동우뿐이었다. 한참 신나게 타자게임을 하던 아이의 호기심이 이번에는 자신에게 꽂힌 모양이었다. 더벅머리를 건성으로 긁적인 해수가 무심하게 내뱉었다.

"보이는 게 싫어서."

"뭐가 보이는데요?"

그녀를 따라 밤톨 같은 제 머리를 긁적인 동우의 질문에 해수는 입술을 깨물었다. 어렵게 내뱉은 목소리는 마치 신부님 앞에서 고해를 하는 사람처럼 묵직했다.

"검은색."

"어디예요? 어디에 검은색이 보이는데요?"

"몰라, 지금은. 검은 안경을 쓰고 있으니까."

"나도 써보고 싶다."

"타자나 쳐."

"그런데 누나는 어떻게 그렇게 손가락이 빨라요?"

언제 봐도 키보드를 두드리는 해수의 손가락에 감탄을 하게 된다. 구식 컴퓨터로 유일하게 가능한 타자게임에서 1,200타를 찍은 해수는 동우의 우상이었다. 비록 그녀의 머리가 손질하지 않아 부스스하고, 꽤 따뜻해진 날씨에도 이불처럼 두꺼운 외투를 입고 있어 행색이 초라하기 짝이 없었지만 키보드를 두드리는 해수의 손가락만큼은 어린아이의 눈에도 아름답게 보였다.

길고 쭉 뻗은 하얀 손가락이 움직이면 다다닥, 하고 울리는 소리가 듣기 좋다. 동우는 늘 심드렁하지만 그래도 제 질문에 꼬박꼬박 대답을 해주는 해수가 좋았다.

"연습하면 이렇게 돼. 그러니까 타자나 쳐, 말 그만하고."

"누나 오늘도 우리 집에서 라면 먹을 거예요?"

"응."

헤헤, 하고 웃은 동우는 작은 몸을 돌려 모니터를 향했다. 골목

어귀에서 분식집을 하는 그의 엄마는 해수를 썩 좋아하는 것 같지 않았기에 동우는 그녀의 라면에 떡을 몰래 넣을 때마다 엄마의 눈치를 봐야 했다.

해수는 분식집 맞은편 고시원에서 살고 있었다. 그녀가 그곳에 살게 된 것은 두 달이 조금 안 되었지만 이미 골목 사람들은 그녀의 존재를 아주 잘 알고 있었다. 늘 같은 외투를 입고 선글라스를 끼고 다니는 여자. 그녀가 무슨 일을 하는지에 대한 추측이 난무했지만 누구도 정확한 사실을 알고 있지는 못했다. 심지어 그 누구도 선글라스를 벗은 그녀의 얼굴을 본 적이 없다는 사실이 더욱 그녀의 존재를 사람들에게 기이하게 각인시켰다.

매일 오전 그녀는 동사무소에 들러 하릴없이 타자를 치곤 했다. 그러고 있으면 사람들을 마주하지 않고도 오고 가는 사람들의 냄새를 맡을 수 있었고, 그들의 생동감과 기척을 느낄 수 있었다. 꼭 필요한 말 이외에는 사람들과 말을 섞을 일이 좀처럼 없는 그녀에게 이 시간은 '사람'으로서의 자신을 지키기 위해 아주 중요한 시간이었다.

"그만 가자. 배고프다."

해수가 몸을 일으켰다. 어느새 점심시간이 되어 동사무소도 한산했다. 늘어난 트레이닝팬츠 차림으로 걸어 나가는 해수의 뒤를 졸졸 쫓으며 동우가 길게 기지개를 켰다. 햇살에 눈이 부셨다.

인적이 드문 골목으로 들어서던 해수가 문득 걸음을 멈췄다. 어두운 색깔들로 조합된 체크무늬의 솜 외투만 바라보며 쫓아오던 동우도 한 걸음 뒤에서 멈춰 서서 빼꼼히 고개를 들었다.

"누나?"

"신해수 씨?"

좁은 골목을 꽉 채운 검은 차 두 대 근처를 둘러싸고 서 있던 사람들이 그녀를 바라보고 있었다. 해수는 선글라스로 가려진 눈매를 바짝 좁혔다. 이목구비가 낯이 익은 남자가 싱글벙글 웃으며 그녀에게 다가왔다.

지난달 사내 금융관리 프로그램에 침입해 바이러스를 심어둔 사람을 트래킹해 달라는 의뢰를 했던 남자다. 김광재라는 이름의 메일로 의뢰를 받았고, 믿을 수 없으니 꼭 본인을 만나 결과에 대한 설명을 듣고 싶다고 고집을 피워서 그 사람에 대한 정보를 주는 자리에서 봤던 얼굴이다. 그가 아는 것은 그녀의 이름뿐, 연락처, 주소 어느 하나도 알고 있을 리 없다. 해수의 뺨이 긴장감으로 팽팽하게 올라붙었다.

"아이고, 찾기 참 힘든 곳에 계시네. 점심은 아직 안 드셨죠? 만나뵙고 싶어 하는 분이 계시는데, 타시죠."

"의뢰라면 이메일로 하세요."

차게 내뱉은 해수가 한 발짝 움직이자마자 광재가 바짝 앞을 가로막았다. 그는 일반 회사에서 일하는 사람답지 않은 눈을 하고 있었다. 웃고 있지만 전혀 달갑게 느껴지지 않았다.

"좋은 게 좋은 거 아닙니까. 직접 얼굴 보고 하실 말씀이 있다니까, 시간 끌지 말고 가시죠."

뒤에 서 있던 남자들이 그녀를 둘러쌌다. 처음부터 그녀의 의견을 들을 생각은 없었던 것처럼 움직이는 그들의 태도에 해수는 낮게 눈을 내리깔았다. 이런 상황에서는 아무리 발버둥 쳐도 소용없을 것이다. 성가신 일에 엮일 생각은 없다. 귀찮지만 일단 얌전히 따라가서 용건을 듣고 돌아와 종적을 감추는 방법을 떠올리며 해수가 슬쩍 뒤를 돌아보았다. 분위기에 겁을 먹은 동우가 그녀의 옷자락을 잡고 있었다.

두 달 만에 또 이사인가. 이 아이와는 그래도 제법 정이 들었는데. 해수는 몸을 돌려 동우의 머리를 서툴게 쓰다듬었다. 아이의 눈이 동그랗게 커졌다.

"엄마한테 가. 라면은 나중에 먹으러 갈게."

"누나 아는 사람들이에요? 경찰 아저씨들 불러올까요?"

검은 옷을 입은 남자들이 우르르 그녀를 둘러싸고 있는 모습이 아이의 눈에도 심상치 않아 보였는지, 잔뜩 겁을 먹은 듯한 얼굴을 하고 있으면서도 동우는 작게 속삭였다. 그런 아이의 작은 등을 툭툭 두드린 해수가 입술을 끌어 올려 어색하게 웃어 보였다.

"괜찮아, 별일 아니야. 얼른 가라."

눈을 또르르 굴리던 동우가 천천히 걸음을 옮겼다. 도로를 달려가면서도 연신 뒤를 돌아보는 아이를 잠시 바라보던 해수가 한숨을 내쉬었다. 이래서 똥인지 된장인지 구분을 하고 일을 했어야 했는데. 고개를 설레설레 내젓는 해수의 곁에 다가선 광재가 그녀의 팔을 잡았다.

순간 불에 덴 것처럼 해수가 매섭게 그의 손을 떨쳐 냈다. 순순하게 따라올 것처럼 보였던 그녀의 거센 반응에 광재는 인상을 찡그렸다. 해수가 들릴 듯 말 듯 작게 말했다.

"건드리지 마. 지금이라도 당신 딸 핸드폰에 당신이 가장 보이고 싶지 않은 영상을 보내줄 수도 있어."

광재는 미간을 거칠게 좁혔다. 무슨 헛소리냐며 인상을 쓰면서도 가슴 한구석이 철렁했다. 그의 머릿속에는 이제 갓 중학교에 입학한 딸과 그의 핸드폰에 저장되어 있는, 며칠 전 애인과 관계를 하는 장면을 찍은 영상이 떠올랐다. 가능할 리가 없다고 생각하면서도 그는 무심코 그녀에게서 한 발짝 떨어지고 말았다.

"타, 타기나 하시죠."

답지 않게 말을 더듬으며 광재가 차 문을 열 때였다. 끼이익, 하는 소리와 함께 쾅, 하는 굉음이 울려 퍼져 그는 본능적으로 급히 몸을 숙였다.

"뭐야. 무슨 일이야?"

고개를 돌리자 제 차의 뒤를 박고 멈춰 선 차가 보였다. 어떤 머저리 같은 새끼가 이런 거리에서 차를 박아? 험상궂게 표정을 구기며 광재는 허리춤에 양손을 얹었다. 차 문을 열고 나오는 사람의 당황한 얼굴을 기대했던 그는 한층 얼굴을 구겼다.

차에서 막 내린 남자는 말도 안 되는 사고를 낸 사람이라고는 볼 수 없을 만큼 무표정한 얼굴을 하고 있었다. 흐트러짐 없는 깔끔한 슈트 차림의 그는 옷자락을 가볍게 두어 번 털고는, 고개를 삐딱하게 기울인 채 이쪽을 바라본다. 아니, 그의 시선은 정확히 제 곁에 있는 여자를 향해 있었다.

"정신을 어디다 두고 운전을 하는 거야? 엉?"

"아. 브레이크 밟는 걸 깜박했군."

키가 훤칠하고 체격이 건장하다. 탄탄한 몸에 맞춘 듯한 고급스러운 슈트를 입고 있었지만, 조금의 망설임도 없이 이쪽으로 걸어오는 그에게는 기이할 정도의 여유가 풍겨져 나왔다. 광재는 어깨를 굳혔다. 이 사고는 우연이 아니다. 재빨리 눈짓을 하자 주변에서 있던 남자들이 그에게 다가섰다.

"보험이나 부르시지. 일 처리는 우리랑 하자고."

"아니, 내 용건은 저쪽이라서."

제 어깨를 억세게 움켜잡는 남자의 손목을 한 치의 머뭇거림도 없이 가볍게 꺾으며 그가 느긋하게 걸음을 옮겼다. 외마디 비명을 지른 남자가 놀란 눈을 한 채 그를 바라보았다. 의외의 상황에 그 어떤 행동을 취하기도 전에, 그는 이미 해수와 광재의 앞에 서 있었다.

"꽤 바쁜 모양인데, 신해수 씨."

운성은 팔짱을 낀 채 며칠 만에 보는 해수를 위아래로 훑어보았다.

이 여자는 저 옷이 유니폼인 모양이군. 부스스한 머리칼과 변함없는 선글라스, 아무리 좋게 봐주려고 해도 악취미라고밖에 말할 수 없을 차림새에 운성의 미간이 좁혀졌다. 창백한 피부와 핏기 없는 도톰한 입술이 살짝 벌어져 있다. 놀랐나, 싶어 그는 넓은 어깨를 으쓱여 보였다.

"점심 같이 하려면 줄이라도 서야 하나?"

"선약은 우리가 먼저니까 다음에 오시지."

"보아하니 아가씨가 썩 내켜하는 상황이 아닌 것 같은데."

세 사람의 시선이 교차했다. 날이 선 긴장감이 흐르고 있었다. 광재는 다소 번거로워지는 한이 있더라도, 힘이라도 써서 해수를 데려갈 생각이었다. 그는 혀를 차며 뒤에서 그의 눈치를 보고 있는 남자들에게 건성으로 손을 내저었다. 남자들이 위협적으로 운성에게 다가서기 시작했다.

"나도 성가신 일은 참 질색인데."

뒤에서 거친 기색이 느껴짐에도 운성의 시선은 여전히 해수의 선글라스에 꽂혀 있었다. 마치 그 너머의 그녀의 눈동자를 꿰뚫어 보기라도 하듯 날카로운 시선을 보내며 운성이 입꼬리를 올렸다.

"당신이 나를 선택해 준다면, 휘말려 줄 용의는 있고. 어때?"

해수는 헛웃음을 내뱉었다. 사람들과 많이 엮일수록 그녀에게는 좋을 것이 없었다. 특히 운성 같은 남자는 지나치게 매력적이라 위험하다. 마음의 벽이 허물어지느니 차라리 광재를 따라가는 것이 나을지도 모른다고, 그녀의 이성은 당부하듯 작게 속삭이고 있었지만 해수의 입 밖으로 튀어나간 말은 정반대였다.

"이걸 대가로 뭘 요구할 생각은 하지 말아요."

운성의 짙게 뻗은 눈썹이 조금 찌푸려졌다. 그럼에도 그의 얼굴은 험악해 보이는 상황 한가운데 있는 사람이라고는 생각할 수 없을 정도로 평온해 보였다. 여유로운 표정으로 흠, 하고 숨을 고른 운성이 다소 불만스럽게 중얼거렸다.

"점심 식사 같이 하는 정도는 괜찮지 않나?"

해수가 한숨을 내뱉으며 입술을 깨물었다. 운성의 뒤에 바짝 다가선 남자가 그의 어깨를 붙잡았다. 그 순간, 해수가 짧게 고개를 끄덕이는 것을 확인한 운성이 길게 웃었다.

"여기, 여기예요! 이상한 아저씨들이 우리 누나를 막……."

숨이 턱에 차게 경찰의 소매를 붙잡은 채 달려온 동우가 눈을 끔벅거렸다. 긴 다리를 휘둘러 막 누군가의 턱을 멋지게 걷어차는 남자의 뒤에 서 있는 해수가 보였다. 자동차 세 대가 줄줄이 서 있는 가운데 폭력 현장을 맞닥뜨린 경찰이 나태하게 늘어져 있던 어깨를 금세 곧추세웠다. 삑삑, 하고 호루라기를 분 그가 허리춤에 차고 있던 마이크에 대고 버럭 외쳤다.

"거기 뭣들 하는 겁니까! 당장 그만두세요!"

남자들이 웅성거렸다. 얼굴이 울긋불긋했다. 바닥에 쓰러진 채 턱을 매만지던 남자가 뭐라고 웅얼거리자 일사불란하게 사람들은 차에 올라탔다. 동우는 그들에게 미적미적 달려가는 경찰의 뒤를 쫓으며 이마에 맺힌 땀을 닦았다.

"괜찮으세요? 어떻게 된 겁니까? 사고 때문에 시비라도 붙은 겁니까?"

보아하니 뒤에 서 있는 두 대의 차가 접촉 사고가 있는 듯 보여 경찰이 물었다. 막 몸을 일으킨 광재가 험악하게 운성을 노려보며 말했다.

"별일 아닙니다. 경찰이 끼어들 일은 아니에요."

해수를 보호하듯 그녀의 앞을 가로막고 서 있던 운성은 여유롭게 옷매무새를 정돈하고 있었다. 흐트러진 머리칼을 쓸어 넘긴 그가 품 안에서 명함을 꺼내 광재에게 내밀었다.

"차 수리비와 병원비는 이쪽으로 청구해. 증빙서류 잊지 말고."

자신들을 뚫어져라 보고 있는 경찰의 눈을 생각해 광재는 이를 갈며 그의 명함을 받았다. 얼굴이 멀끔해서 방심했다. 갑자기 튀어나온 정체불명의 남자는 몸을 쓰는 게 익숙한 타입이었다. 슈트로 감춰진 단단한 몸은 단순히 헬스나 근육 보조제로 다듬어진 것이 아닐 것이다.

도대체 뭐 하는 인간이야. 광재의 눈이 명함으로 향했다. '한우리재단 이사장 문산호'라고 우아하게 적혀 있는 글씨를 읽는 얼굴이 일그러졌다.

"누나, 괜찮아요?"

동우가 재빨리 해수의 곁에 섰다. 흠, 하고 작게 웃는 것 같았던 해수가 그의 밤톨같이 삐죽한 머리를 쓰다듬었다.

"엄마한테 가라니까."

"이 아저씨는 괜찮은 거예요? 아는 사람이에요?"

이 아저씨, 라는 호칭이 저를 가리킴을 눈치챈 운성이 엄하게 눈썹을 추켜올렸다. 주눅이 든 눈으로 자신을 올려다보고 있는 꼬마를 가만히 바라보며 그는 퉁명스레 내뱉었다.

"너야말로 뭐야. 이 여자랑 아는 사이냐?"

"난 누나 친구예요!"

"……퍽이나 어울리는군."

계절감을 잃은 덥수룩한 솜 외투에 트레이닝팬츠를 입은 여자와 새끼손가락만 한 꼬마라니. 웃음이 절로 흘러나올 것 같은 광경이었다. 저를 무시하는 기색을 느꼈는지 금세 씩씩대는 꼬마에게 코웃음을 친 운성의 시선이 해수에게로 향했다. 그의 말이 달갑지 않은지 도톰한 입술이 툭 튀어나와 있었다.

참 이상한 일이었다. 평소 그의 예민한 미의식에 비추어보면 해괴하다고도 표현할 수 있을 옷차림이 저어될 법도 한데, 색이 옅은 그녀의 입술이 꽤 귀여워 보인다. 그런 생각을 한 제 스스로를 비웃듯 입술을 삐딱하게 올린 운성이 여전히 미련을 버리지 못하고 해수를 바라보고 있는 광재에게 손을 불쑥 내밀었다. 미간을 찌푸린 광재가 그를 노려보았다.

"그쪽 명함도 내놓지. 아, 명함 같은 건 쓸 일이 없는 사람인 가?"

고의적인 비아냥이 담긴 그의 말에 광재가 험악한 기세로 한 걸음 내디뎠지만, 그의 앞을 가로막은 것은 해수였다.

"내가 한 말 잊지 않았죠?"

그녀의 목소리는 잔잔한 강처럼 차분하고 서늘했다. 딸, 영상. 그 두 조합을 금세 떠올린 광재가 멈칫하는 틈을 타, 해수가 중얼거리듯 빠르게 속삭였다.

"의뢰는 이메일로 하세요. 다음에 또 이런 일이 있으면, 그 배후가 누구든 당신의 일상은 더 이상 일상이 아니게 될 겁니다. 모든걸 다 접고 전기와 컴퓨터, 인터넷과 휴대폰을 쓰지 않는 생활을하지 않는 이상, 나는 언제든 당신에게 접근할 수 있어요. 잊지 말아요."

그녀의 목소리는 작아서 전부 알아들을 수는 없었지만, 운성은 광재의 표정이 창백하게 질리는 것만은 확실히 볼 수 있었다. 의아함에 해수를 흘끗 내려다보자, 그녀가 고개를 빼꼼히 들었다.

"저 사람 신상정보는 내가 알고 있어요. 명함 같은 거 필요 없어."

"그것참 편리하군. 가지."

걱정 말라는 듯 여전히 자신을 보고 있는 동우의 어깨를 부드럽게 두드려 준 해수가 운성의 차에 올라탔다. 적어도 아까처럼 날이 서 있는 표정이 아니라 동우는 후우, 하고 한숨을 내쉬었다.

알아서 상황이 원만하게 해결되어 가는 듯하자 나설 자리를 잃은 경찰은 목덜미를 긁적이며 뒤로 물러섰다. 문손잡이를 잡은 운성이 흘끗, 동우를 내려다보았다.

"꼬마, 기사 노릇은 좀 더 크면 해라."

약 올리듯 툭 내뱉는 말에 동우가 동그란 눈을 부릅떴지만, 이어지는 그의 말에 아이는 맥 빠진 표정을 짓고 말았다.

"그래도 잘했다. 힘이 달리던 참이었거든."

"······늙어서 그래요!"

"너도 곧이야."

동우가 단전에 힘을 주고 호기롭게 외쳤지만, 그에 여유롭게 응대한 운성은 날렵하게 차에 올라탔다. 얄밉지만 그는 아이의 눈에도 멋진 남자였다. 또렷한 이목구비의 잘생긴 얼굴과 어른 냄새가 나는 슈트, 특히나 긴 다리를 크게 휘둘러 나쁜 사람의 턱을 걷어차던 그 영웅적인 장면은 동우의 머릿속에 깊게 각인되었다.

두 사람이 탄 차가 멀어지는 것을 바라보며 동우는 쳇, 하고 혀를 찼다. 빨리 태권도 검은 띠를 따야지. 그래서 나도 나쁜 놈들이 누나를 둘러싸면 저렇게 멋있게 구해줘야지. 꽉 쥔 솜방망이 같은 주먹을 빙빙 돌리며 아이는 도로를 다다닥 달려갔다. 여기저기 뛰어다녀서 그런지, 배가 몹시도 고팠다.

◆ ◆ #3 ◆ ◆

채홍은 손님 접대에 정신이 없었다. 예약 손님만 받는 저녁과는
달리 런치 메뉴는 12시부터 100인분 한정으로 정해져 있어서 매
일매일이 전쟁이었다. 다른 방법을 생각해 봐야지, 하고 투덜대면
서도 그때뿐이다. 썰물처럼 빠져나가는 손님들을 뒤로하고 의자
에 앉을 때면 늘 까마득하게 잊고 만다.

바쁘게 움직이느라 뺨에 열이 오른 채홍은 짧게 숨을 몰아쉬었
다. 땀이 맺힌 이마를 소매로 훔치던 그녀는 딸랑, 하는 소리와 함
께 열리는 문 쪽을 반사적으로 바라보다가 몸을 벌떡 일으켰다.

운성과 산호는 '비향'에 자주 들르는 손님이었지만 그들이 낮
에 이곳을 방문하는 일은 거의 없었다. 그렇지 않았다면 이렇게
흐트러진 얼굴로 홀에 나와 있을 생각 따위 하지 않았을 것이다.

채홍은 얼떨떨한 얼굴로 햇살을 후광처럼 뒤로하고 가게 안으

로 들어서는 운성을 바라보았다. 대낮에 보는 운성의 모습은 빛을 휘감은 듯 한결 또렷했다. 그래서 채홍은 그의 깔끔한 블랙 슈트의 어깨 부분에 버젓이 찍혀 있는 흙먼지를 똑똑히 볼 수 있었다.

그녀를 놀라게 한 것은 그것만이 아니었다. 운성은 자연스레 문을 열고 뒤따라 들어오는 누군가를 기다려 주고 있었다. 그 뒤에 들어선 것이 여자라는 것에, 그리고 그 여자의 평범하지 않은 행색에 채홍은 눈살을 조금 찌푸리고 말았다.

흘러내린 머리칼을 깔끔하게 귀 뒤에 꽂던 채홍은 마침 저를 바라보며 눈짓하는 운성에게 서둘러 다가갔다. 선글라스를 쓰고 있었지만 달갑지 않은 표정이 고스란히 드러나는 여자를 흘끔 바라본 채홍이 목소리를 낮췄다.

"무슨 일 있으셨어요?"

"얼굴에 쓰여 있나?"

"아니, 옷에요."

손을 올렸지만 채홍은 널찍한 그의 어깨에 차마 손을 대지는 못했다. 그녀의 손길을 따라 제 어깨를 바라본 운성이 반듯한 미간을 찌푸리며 곁에 서 있던 해수에게 퉁명스레 내뱉었다.

"한마디 해줄 법도 했잖아?"

"못 봤어요."

"그놈의 선글라스."

"미쳤어요?"

눈가에 휙 스치는 운성의 손을 가까스로 피한 해수가 버럭 소리쳤다. 몇 걸음 물러서서 목숨이라도 걸려 있는 것처럼 양손으로 선글라스를 꽉 붙들고 있는 해수를 불만스러운 눈으로 바라보며 운성이 팔짱을 꼈다.

몇 테이블 남아 있는 손님들 중에서도 특히 여자들은 이미 그를 훑어보고 있는 것이 피부로 느껴진다. 여자로서 제 얼굴을 딱히 보고 싶지 않을 이유가 없는데도 저 거추장스러운 안경 나부랭이를 굳이 사수하려 하는 그녀를 운성은 이해할 수가 없었다.

"이미 한 번 눈 마주친 사인데, 새삼 보고 싶지 않을 이유가 뭐지?"

"몇 번을 봤어도 매일이 다르니까요. 그러는 당신이야말로 왜 그렇게 선글라스를 벗기려고 해요?"

"……눈을 보지 않는 건 답답하니까."

운성은 '당신 눈이 보고 싶으니까'라고 튀어나가려던 말의 꽁무니를 가까스로 잡을 수 있었다. 선글라스 밖으로 삐죽 추켜 올라간 해수의 눈썹이 보였다. 그녀는 희미한 벚꽃색을 띠고 있는 입술을 질근질근 씹고 있었다.

"밥 먹으러 온 거니까 밥이나 먹고 가죠."

"그거 쓰고 먹을 생각은 추호도 하지 마. 말했듯이, 나는 눈을 보고 말하는 타입이야."

"말하러 온 게 아니라 밥을 먹으러 온 거잖아요."

"포기해. 작정하면 못 벗길 것 같아?"

선글라스 너머로 그 흑요석 같은 눈동자가 자신을 노려보는 것이 느껴지는 것 같아 운성은 입술을 비딱하게 올려 웃고 말았다. 짧게 혀를 찬 해수가 턱을 치켜들었다.

"벗는 건 좋아요. 보지 않으면 되니까."

"죽지 않을 테니까 안심하고 날 봐."

울림이 좋은 목소리가 나직하게 내뱉은 말에 해수는 순간 탁한 숨을 내뱉고 말았다. 예상조차 하지 못했던 말에 입이 벌어졌다. 정작 폭탄 같은 말을 아무렇지 않게 뱉어낸 남자는 어쩐지 기분이 좋지 않은 듯한 얼굴로 곁에 서 있던 여자에게 무어라 말을 건네고 있었다. 그러나 그가 건넨 무심한 말은 커다란 바위처럼 해수의 무방비한 마음을 세게 짓누르고 있었다.

"들어가지. 저쪽이야."

운성은 어깨를 가볍게 털어내고는 걸음을 옮기다 제 소매를 낚아채는 손길에 선뜻 고개를 돌렸다. 해수의 손가락은 가늘었다. 재킷 소매 끝을 가까스로 붙잡고 있는 듯한 그 길고 약해 보이는 손가락이 옅게 떨리는 것을 본 운성이 미간을 좁혔다.

"그게…… 그게 무슨 말이에요?"

카랑카랑하던 해수의 목소리가 떨리고 있었다. 어깨가 바짝 곧추선 폼이 제법 긴장한 모양이다. 운성은 문득 그녀의 어깨를 감싸 안으려 뻗던 손을 의식하고 서둘러 거둬들였다. 잔뜩 동요하고 있는 지금의 그녀에게 손을 뻗으면 금세 멀어져 버릴 것 같았다.

"그때 당신이 한 말을 생각해 봤어. 이렇게 요약되더군. 당신이 지금 내 눈앞에서 죽지는 않을 것 같으니까, 까짓 거 눈 뜨고 한 번 봐주죠, 라고."

운성은 해수의 얼굴을 가리고 있는 선글라스를 잡아 내렸다. 해수는 반사적으로 눈을 감으며 고개를 돌렸다.

이거야 원, 어지간히 사람을 거부하는 고양이를 길들이는 기분이다. 물리지나 않는다면 다행인가.

운성은 천천히 몸을 낮췄다. 그의 기척이 느껴지는지 해수가 목을 움츠렸다. 창백하게 드러난 얼굴을 잔뜩 일그러뜨리고 있는 폼이 어쩐지 안쓰럽다. 운성은 당장에라도 그녀를 품에 안아 달래주고 싶은 충동을 억누르며, 조용히 속삭였다.

"의료기록에 적혀 있는 것처럼 난 건강하고, 우린 지금 일반 손님은 이런 곳이 있다는 것조차 모르는 VIP룸에 들어갈 거야. 자연재해는 예보된 바가 없고, 자살은 지금은 때가 아닌 것 같으니 사양하지. 어때, 이제 날 볼 수 있겠나?"

그의 나른한 중저음의 목소리는 주문처럼 해수의 마음을 파고들었다. 선글라스를 쓰지 않고 사람을 볼 때의 공포를 그는 모른다. 혹시라도 그 검은 그림자가 등 뒤에 들러붙어 있어서, 또 아무것도 하지 못하고 눈앞에서 사람이 죽는 것을 보게 될지도 모른다는 공포. 무력감. 그리고 줄줄이 떠올라 그녀의 온몸을 생채기 낼 아픈 기억들.

그러나 이렇게 말해준 사람은 처음이다. 지레 겁을 먹고 망설이는 그녀에게 이런 식으로 설명해 주는 사람은 정말이지, 처음이었다.

아무것도 모르는 주제에, 무슨 생각으로 저런 말을 한단 말인가.

해수는 운성의 표정이 궁금해졌다. 그녀가 눈을 뜨기를 기다리는 듯한 남자의 숨소리는 가까운 곳에서 들렸다. 내가 선글라스를 쓰는 이유를 어떻게 생각하고 있을까. 장난으로 받아들이고 웃고 있을까. 아니면.

"눈을 떠. 어려운 일 아니잖아."

귀를 간지럽히는 운성의 낮은 목소리는 적어도 웃고 있는 것 같지는 않았다. 그래, 머릿속으로 재빨리 확률분포를 돌려봐도 그가 지금 모종의 이유로 죽을 가능성은 매우 낮다. 해수는 잡고 있던 그의 소매 끝을 세게 움켜쥐고는, 천천히 눈을 떴다.

그를 처음 '본' 그날처럼, 하얀 셔츠와 스트라이프 무늬가 들어간 어두운 색깔의 넥타이가 먼저 눈에 들어왔다. 조심스레 눈을 깜빡이고는, 해수는 고개를 들었다.

느릿하게 시선이 얽혀들었다. 그는 생각보다 더 가까이 있었다. 키가 훤칠한 운성은 그녀를 향해 몸을 낮추고 있던 참이었다. 입술이 닿을 것 같은 거리에서, 해수는 우아한 느낌마저 드는 단정한 얼굴의 운성을 똑바로 응시했다.

하아, 하고 옅은 빛깔의 입술에서 숨이 터져 나왔다. 운성은 보통의 여자라면 긴장을 해야 할 거리에서, 오히려 눈에 띄게 몸의 긴장을 푸는 해수를 바라보며 헛웃음을 삼켰다. 꽤 자신 있었던 제 남자로서의 매력에 그녀는 조금도 반응하지 않는 듯했다. 그는 웃어야 할지 울어야 할지 알 수 없어 삐딱한 웃음을 머금을 뿐이었다.

"통과한 건가?"

가만히 내려다보는 운성의 강렬한 눈매에는 다소 짓궂은 빛이 서려 있었다. 흥, 하고 낮게 코웃음을 친 해수가 서둘러 몸을 뒤로 물렸다. 운성에게서 풍기는 매력적인 머스크 향이 벗어날 수 없는 여러 겹의 베일처럼 그녀의 몸을 휘감아오는 것이 느껴졌다.

"밥 먹죠. 배고파 죽을 것 같으니까."

어디, 이쪽이라고요? 하고 물으며 씩씩하게 걸어가는 해수는 마치 다른 사람이 된 것 같았다. 방금까지 그녀의 어깨에 감돌던 날카로운 긴장감은 깨끗하게 사라진 후였다. 운성은 그녀의 뒷모습을 바라보며 턱을 긁적였다. 손가락을 튕기는 운성의 입술에서 튀어나온 혼잣말이 고요했다.

"눈앞의 사람이 죽을까 봐 보지를 못한다. 죽음을 암시하는 무언가가 보인다는 뜻인데. 그게 선글라스를 곧 죽어도 벗지 않으려고 버티는 이유고. 문제는……."

구석진 곳에 숨겨진 VIP룸에 몸을 반쯤 걸친 채 자신을 돌아보는 해수를 응시하는 운성의 잘생긴 입매에 느긋한 미소가 걸렸다.

"이 얼토당토않은 이야기를 내가 믿을 것이냐, 군."

단정하게 잠긴 슈트 재킷의 단추를 튕기듯 풀어내며 운성은 걸음을 옮겼다. 그는 지금, 태어나 몇 번 느껴본 적 없는 강렬한 호기심의 불꽃이 천천히 피어오르고 있음을 느꼈다. 매뉴얼대로 움직이는 냉랭한 기계라는 말을 심심치 않게 듣는 그 자신조차 믿기 힘들 만큼의 호기심 말이다.

"그건 좀 벗지그래."

해수의 움직임은 둔했다. 빵빵하게 부푼 솜 외투 때문에 언뜻 몸집이 큰 것처럼 보이기도 했지만 하얗게 드러난 손목과 발목은 마른 가지처럼 앙상하다. 온기가 느껴지는 실내에서는 더울 법도 한데 해수는 외투를 입은 채 부스럭부스럭 움직이며 젓가락질을 하고 있었다.

잘 먹는 것은 좋지만 저래서야 보는 사람도 불편하다. 미간을 좁히며 운성이 내뱉은 말에 고양이처럼 눈을 동그랗게 치뜬 해수가 흥, 하고 코웃음을 치며 중얼거렸다.

"뭐든 못 벗겨서 안달이야."

"……남들 오해 살 만한 말은 사양하지."

"듣는 사람도 없잖아요."

"내가 있잖아."

운성은 해수가 연신 집어먹고 있는 새우와사비샐러드를 그녀 쪽으로 툭 밀어주었다. 사람의 손을 잔뜩 경계하고 있는 들고양이처럼 그를 날카롭게 바라본 해수가 목덜미를 긁적이며 외투를 벗었다. 똑딱이 단추를 뜯어내고 두꺼운 껍질을 벗는 것처럼 외투에서 몸을 빼낸 해수를 보고 있던 운성이 젓가락을 내려놓으며 짧은 한숨을 삼켰다.

해수는 헐렁한 반팔 티셔츠를 입고 있었다. 해골과 장미꽃이 애니메이션 형태로 화려하게 찍힌 쥐색 티셔츠는 촌스럽기 짝이 없다. 그러나 그 품이 큰 티셔츠는 해수의 가느다란 목선과 도드라진 쇄골, 마른 어깨뼈와 한 줌이 채 안 될 것 같은 손목을 고스란히 드러내고 있었다. 운성은 미간을 찡그린 채 팔짱을 끼고 의자에 등을 기댔다.

"그 옷은 본인 취향인가?"

결벽적인 면만큼이나 운성은 심미안이 엄격한 사람이었다. 눈썹을 찡그린 채 도톰한 입술을 열심히 오물거리는 모습이 귀엽다고 해서 저 어이없는 행색을 말 한마디 하지 않고 못 본 척 넘어갈 수는 없다. 그가 하는 말에 귀를 쫑긋 세운 해수는 시선을 들지도 않은 채 웅얼거렸다.

"취향 같은 거 없어요. 잡히는 대로 입는 거지."

"하필 손에 잡힌 것들이 그런 것들뿐인 모양이군."

손가락을 까닥거리는 운성의 잘생긴 눈매가 일그러진 것을 곁눈질한 해수가 입술을 삐죽거리며 부스스한 머리칼을 긁적였다.

"옷은 덥지 않고 춥지 않게 해줄 수 있으면 충분한 거잖아요."

"어디, 석기시대에서 고인돌 좀 굴리다 오셨나? 요즘 세상에 옷은 자신을 드러내는 수단이야. 남들이 나를 평가하는 기준이지."

"그건 사회적인 기준이고, 나는 그 사회에 속해 있지 않아요. 그러니까 상관없죠. 그보다 말 좀 그만 시켜요. 밥 먹는 데 성가시게."

이쯤 되면 자존심이 상하기 시작한다. 운성은 오로지 밥만 먹고 빨리 이 자리를 벗어나고 싶어 하는 것이 역력한 해수의 창백한 얼굴을 바라보며 눈썹을 추켜 올렸다. 미안하지만 그렇게 쉽게 놓아줄 생각으로 오후 미팅까지 미루고 그녀를 찾아온 것이 아니다. 그는 이미 느긋하게 식사할 생각을 접고 팔짱을 낀 채 해수를 관찰했다.

"아까 그치들은 뭐야? 그런 일이 자주 있나?"

이 남자가 진짜. 해수는 살짝 익힌 차돌박이로 감싼 초밥을 막 볼이 미어져라 밀어 넣은 참이었다. 먹음직스러운 숯불 향기가 입안을 맴돌아 침샘을 자극했다. 늘 허기를 채우기 위해서만 먹을 뿐, 맛을 음미하는 식사를 하는 것은 참 오랜만이다. 그만큼 음식은 맛있었고, 해수는 배가 많이 고픈 상태였다.

그러나 운성의 집요한 눈빛은 그녀가 대답을 할 때까지 놓아주지 않겠다는 듯 그녀의 움직임 하나하나에 예민하게 따라붙어 해수를 불편하게 만들었다.

옹고집에 거만하고 자존심만 센 에고이스트 같은 남자. 기어코 무엇이든 제 뜻대로 하고야 말 테지.

해수는 부드럽게 혀끝에서 녹아내리고 있는 초밥을 꿀꺽 삼키고는, 고개를 설레설레 내저었다.

"나한테 일을 맡겼던 의뢰인이에요. 보통은 얼굴을 볼 일이 없어요. 그 사람은 하도 고집을 부리기에 어쩔 수 없이 잠깐 얼굴만 비추고 온 게 전분데, 내가 사는 곳은 또 어떻게 알았는지…… 고시원 3개월 계약하고 들어왔는데 또 이사 가려니 귀찮아 죽겠네."

운성이 불쑥 휴대폰을 내밀었다. 두 번째 초밥에 막 젓가락을 가져다 대고 있던 해수가 눈썹을 추켜 올렸다. 서늘한 느낌이 묻어나는 그녀의 눈매를 심드렁한 눈으로 들여다보며 운성이 말했다.

"그놈 신상정보. 그대로 물러나지 않을지도 모르니까. 무슨 용건으로 찾아왔는지는 모르나?"

해수의 시선이 휴대폰에서 운성에게로 움직였다. 그녀가 눈을 깜빡일 때마다 아름다운 눈동자가 반짝이며 빛을 냈다. 운성은 자신을 물끄러미 바라보는 해수에게서 눈을 뗄 수가 없었다. 그녀의 시선은 두 사람 사이의 공간을 천천히 빨아들이는 듯한 불가해한 느낌을 주고 있었다.

"왜 이래요?"

차돌처럼 매끄러운 눈으로 운성의 마음속을 파고들 것처럼 그를 응시하던 해수의 입술에서 튀어나온 말은 몹시도 방어적이었다. 대답 없이 자신을 바라보며 한쪽 눈썹 끝을 들어 올리는 운성에게, 해수는 한 걸음 물러서듯 다시금 되물었다.

"나한테 왜 이러냐구요."

해수의 검은 눈동자가 파도치는 바다처럼 잔잔하게 일렁였다. 금세 경계의 벽을 세우고 저만치 멀어지는 그녀가 아쉽다.

글쎄, 내가 왜 이럴까. 충분히 생각을 하기 이전에 움직이는 일이 없던 권운성이, 도대체 왜 이럴까. 어떻게 번번이 날 이렇게 충동적으로 만드는 거냐고, 묻고 싶은 건 이쪽이다.

운성은 주름진 미간을 손가락으로 매만지며 짧게 숨을 삼켰다.

"당신의 그 재능이 탐나. 정보로 사업하는 나 같은 사람에게 당신은 희귀한 보석처럼 보이거든. 독점하고 싶은."

허름한 티셔츠에 감싸인 여린 어깨가 숨소리와 함께 들썩였다. 이 여자는 위험해질 수 있는 가능성에 비해 너무나도 무방비하다. 운성은 낮게 혀를 찼다.

'내가 뭘 할 수 있는 사람인지 궁금해요?'라고, 해수는 그를 처음 본 순간 말했다. 아니, 그걸 제대로 알지 못하는 사람은 오히려 그녀 자신이다. 자신이 무엇을 원하는지 정확히 아는 사람이 그녀를 손에 넣었을 때 무슨 일을 할 수 있을까. 어디까지 갈 수 있을까.

한 줄짜리 정보에 수백, 수천억이 움직일 수 있는 시장에서 그녀는 핵폭탄과도 같았다. 운성은 새삼 의뭉스러운 산호의 얼굴을 떠올리며 눈을 내리떴다.

속이 흙탕물 같은 녀석. 아마 죽을 때까지 그 녀석의 속을 들여다보는 것은 불가능할 테지.

"산호 씨한테 무슨 얘길 들었어요?"

먹을 의지가 사라졌는지 젓가락으로 샐러드 한구석을 쿡쿡 찌르며 해수가 물었다. 운성은 천천히 눈을 들어 올려 그녀를 바라보았다.

"아주 기본적인 것들. 이름. 나이. 연락처. 그리고……."

덤덤한 표정을 짓고 있는 해수의 창백한 얼굴을 들여다보며 말을 늘이던 운성이 가볍게 내뱉었다.

"문산호라는 인간과 어떻게 얽히게 되었는지. 그 정도?"

"……입이 그렇게 가벼운 줄 몰랐는데."

"내 요령이 좋다고 해두지."

고급스러운 문양이 새겨진 물컵을 손으로 빙글 돌리던 운성을 흘끔거린 해수가 길게 한숨을 내쉬고는 벗어뒀던 외투를 붙잡았다.

"대충 다 먹었어요. 난 갈 데가 있어서 그만……."

"병원에 바래다줄 테니까 마저 먹어."

놀란 눈으로 자신을 바라보는 해수의 시선을 일부러 외면하며 운성은 젓가락을 들었다. 정갈한 손놀림으로 초밥을 집어 제 접시에 올려주는 그를 보고 있는 해수의 표정에는 혼란이 깃들어 있었다. 운성의 모든 행동과 말은 사람이 낯선 그녀에게 복잡하게 꼬인 코드처럼 느껴졌다.

"오빠 검사 시간이 2시까지라니까, 아직 여유 있잖아?"

"그런 것까지……?"

"요령이 좋다니까."

잘생긴 입매를 끌어당겨 슬쩍 웃어 보인 운성이 그녀를 조용히 바라보았다. 해수는 불현듯 역시 도망쳐야 했다고, 차라리 김광재라는 사람을 따라갔어야 했다고 마음속으로 되뇌었다. 가슴이 두근두근, 느리지만 확실하게 뛰며 심박수를 높이기 시작했다.

"징그러운 새끼. 넌 정말 무시무시한 새끼야. FBI, CIA는 뭐 하나 몰라. 이런 놈을 요원으로 심어놓으면 국가 기밀 빼내는 것도 어렵지만은 않을 텐데."

"그렇게 빼낸 기밀을 쪽쪽 빨아먹고 사는 게 누구시더라? 지구가 멸망한 뒤에도 바퀴벌레랑 손잡고 사이좋게 살 문산호. 네가 있어 인류 멸망은 걱정 안 한다."

"어우, 저 입, 저 입!"

산호는 커다란 덩치에 걸맞지 않게 발을 동동 굴렀지만 찔러도 피 한 방울 나올 것 같지 않은 팽팽한 얼굴을 한 운성은 조용히 찻잔을 들어 올릴 뿐이었다.

술에 취한다고 해서 가볍게 입을 놀리지 않을 자신을 안다. 필름이 끊길 정도로 마신 숱한 술자리에서도 산호는 질문에 질문으로 대답하는 습관이 있어서 허투루 말을 내뱉는 일은 없었다. 그러나 도대체 어떻게 된 영문인지는 몰라도, 운성은 자신을 손아귀에 넣고 굴려 원하는 정보를 쏙쏙 빼내는 것이다. 다음에는 꼭 녀석과의 술자리에 CCTV라도 설치해 둬야지, 다짐을 하며 산호는 짧은 머리칼을 신경질적으로 털었다.

"10년째 같은 상태. 희망은 있는 건가?"

운성은 해수를 들여보내며 언뜻 보았던 남자의 얼굴을 떠올렸다. 꿈을 꾸는 것처럼 평온해 보이던 남자의 얼굴은 꼭 해수처럼 창백했다. 덥수룩하게 자란 머리와 모양새가 오밀조밀한 이목구비의 그는 이름 모를 기계들에 둘러싸여 있었다.

목에 단정히 매어진 타이가 답답한지 매듭을 끌어 내리며 산호가 무거운 한숨을 내쉬었다. 길게 기지개를 켜며 소파에 등을 기댄 그가 천천히 고개를 내저었다.

"식물인간이 다시 깨어날 가능성은 3개월이 지나면 아주 희박해져. 간혹 깨어나는 일도 있다지만 썩 희망적이라고 볼 수는 없지. 단지 해수의 의지가 워낙 강력해서. 하나 남은 가족, 그마저 사라지면 해수도 세상에서 사라져 버릴 것 같아서 그냥 지켜보는 것뿐이야."

서로를 마주 보고 앉았지만 두 사람의 시선은 엇갈려 있었다. 각자의 생각에 빠진 사이에 침묵이 무겁게 가라앉았다. 산호가 허허로운 웃음을 흘리며 혼잣말처럼 내뱉었다.

"그러고 보면 희한한 인연이지? 10년 전 이 병원에서, 우리 셋이 한 공간에 있었다는 거 말이야. 지금처럼."

운성은 미간을 좁힌 채 습관적으로 찻잔을 손가락으로 돌리며 술에 취한 산호가 얼기설기 주워섬기던 이야기를 떠올렸다. 그의 기억에는 희미한 안개처럼 남아 있는, 스물셋의 어느 날이었다.

그날, 한우리병원에서 멀지 않은 곳에 위치한 대형 마트에서 자그마한 폭발 사고가 있었다. 과열된 전자제품에서 일어난 불이 번져 두 층이 순식간에 화마에 휩싸였다. 예기치 못한 사고였기 때문에 사람들의 대처는 기민하지 못했고, 어이없이 열한 명의 목숨을 잃고 말았던 불운한 사고였다.

그때 운성은 그 병원에 입원해 있었다. 국군병원에서 호송된 상태였고, 그가 잠들어 있는 사이 의병제대 절차가 마무리되고 있었다. 가벼운 우울증을 앓고 있었던 부대원의 환각으로 인한 사고에 휩쓸려 운성은 목숨을 잃을 뻔했다. 총알이 그의 폐를 스쳤고, 그는 수술 후 아직 의식을 되찾지 못한 상태에서 제법 입김이 먹히는 위치에 있던 아버지의 의지에 따라 그의 친구 소유인 한우리병원으로 옮겨온 것이었다.

산호는 그날, 마트 폭발 사고로 인한 응급 환자들이 실려 들어오는 서관 로비에 주저앉아 있었다. 스물셋이었던 그는, 병원 이사장 직함을 달고 있는 그의 아버지를 막 만나고 나오는 길이었다.

모든 걸 포기할 수 있을 만큼 사랑한다고 생각하고 함께 미래를 꿈꾸며 동거하던 여자친구가 고작 일억이라는 돈에 깨끗이 돌아섰다는 이야기를 전해주는 아버지는 마치 성가신 날벌레라도 상대하는 것 같은 표정이었다.

"사내 녀석이니 적당히 노는 건 괜찮지만 번거로운 일은 만들지 말거라. 아랫도리 간수 잘 하란 얘기야."

늘 사람들의 시선을 신경 쓰느라 근엄하기 짝이 없는 가면을 둘러쓴 아버지라는 사람의 입에서 나온 말은 그렇게나 천박했다. 돈 때문에 자신을 배신한 사랑, 한없이 더럽게만 보이는 아버지의 행동, 그리고 어쩌면 목숨을 잃을지도 모르는 그의 유일한 친구, 운성.

그때의 산호는 아슬아슬하게 타들어가는 폭탄과 같았다. 팽팽하게 당겨져 있는 어느 하나의 실이 끊어지면 그대로 이성을 놓고 터져 버리고 말 것이다. 그렇게 망연히 병원 로비에 앉아 있던 산호는 저도 모르는 사이 줄줄 눈물을 흘리고 있었다.

그의 얼굴을 아는 간호사와 병원 직원들이 주변에 몰려들어 무어라 말을 걸었지만 아무 소리도 들리지 않았다. 그렇게 막 귀를 닫으려던 찰나, 새된 비명과도 같은 목소리가 화살처럼 날아들었다.

"살려주세요, 우리 오빠. 제발 살려만 주세요! 돈은, 제가 돈은 어떻게든 갚을게요!"

아이의 목소리는 그의 심정만큼이나 처절했다. 기계처럼 넋이 나간 얼굴로 산호는 천천히 고개를 돌렸다. 흙먼지를 뿌옇게 뒤집어쓴 교복 차림의 여자아이가 접수대 직원의 손에 매달리고 있었다.

그 손. 먼지와 검댕으로 더럽혀졌지만 여전히 하얗고 앙상한 그 손은 절실하게 떨리고 있었다. 사람의 목숨이 달려 있는 듯 한없이 묵직한 무게가 느껴져 바라보는 것만으로도 숨이 막힌다. 산호는 눈조차 깜빡이지 못하고 그녀를 보았다. 선이 고운 여자아이는 얼굴이 엉망이 될 정도로 오열하고 있었다.

"저 때문이에요, 저 때문에…… 제가 쓸데없는 말을 해서 오빠 그 사람들을 구하려고 갔던 거였어요! 사람을 구하려고 했다고요! 제발 부탁이에요, 언니……. 돈은 제가 어떻게든 가져올게요! 뭐든 해주세요……. 제발 우리 오빠 이대로 죽게 놔두지 마세요……."

갈퀴처럼 접수처에 앉아 있는 여직원의 손을 부여잡은 아이가 무너졌다. 어쩔 줄 몰라 하는 표정으로 여직원은 소녀의 손을 떼어내려 안간힘을 쓰며 주변을 향해 눈짓하고 있었다. 소녀는 미끄러운 바닥에서 버르적거리며 여직원의 손이 생명줄이라도 되는 것처럼 붙들고 매달리고 있었다. 제발, 제발, 제발.

치마가 뒤집혀 새하얀 다리가 드러나고 옷이 더러워지는데도 오로지 그 손에만 매달리는 그녀의 절망이 산호의 가슴을 물들였다. 가장 소중한 무엇인가가 자신을 빠져나가려던 그 순간, 비슷한 어둠에 휩싸인 소녀의 비명이 그의 뒷목을 움켜쥔 채 물고 늘어지는 것 같았다.

그는 경비의 손에 이끌려 발작하듯 온몸을 뒤틀고 있는 소녀를 멍한 눈으로 바라보다 벌떡 몸을 일으켰다. 빠른 걸음으로 다가간 산호가 막무가내로 경비를 향해 주먹을 날렸다. 무방비한 상태에서 얼굴을 정통으로 얻어맞은 경비가 코를 움켜쥐며 주저앉았고, 소녀는 나동그라졌다.

"씨발, 그 빌어먹을 놈의 돈지랄 좀 작작 해!"

가슴속 오랫동안 웅크리고 있던 무언가를 터뜨리듯 내뱉은 고함 소리가 병원 로비를 쩌렁쩌렁 울렸다. 키가 크고 호남형의 얼굴을 한 청년이 울부짖는 광경은 자연히 사람들의 시선을 끌었다. 접수처에 있던 또 다른 직원이 파랗게 질린 얼굴로 서둘러 인터폰을 들었다. 거칠게 씩씩대며 그녀에게 다가간 산호는 그녀가 들고 있던 인터폰을 부술 듯이 세게 내려놓았다. 광기와도 비슷한 것이 넘실대는 그의 눈빛에 직원은 숨을 죽였다.

"사람 살려달라잖아. 여기 병원이잖아! 그럼 그 지랄 맞은 머리통 좀 작작 굴리고 일단 살리고 보란 말이야!"

"부, 부탁…… 부탁드려요. 제발 부탁드릴게요. 우리 오빠 좀 살려주세요. 제가 돈은 다 갚을게요. 무슨 짓을 해서라도 꼭 다 갚을게요……."

소녀는 접수대 앞에 무릎을 꿇고 양손을 싹싹 빌고 있었다. 울먹이는 목소리가 잘 들리지는 않았지만 듣지 않아도 알 수 있었다. 그녀의 비굴한 듯한 모습에 화가 치밀어 오른 산호가 거칠게 소녀의 손목을 잡아당겼다. 비틀대며 일어선 아이는 무엇을 보고 있는지조차 알 수 없는 눈을 하고 있었다.

"빌지 마. 씨발. 뭘 잘못했다고 빌어? 살려내. 당장 수술해. 뭐든 다 하라고, 빨리!"

넋을 잃은 소녀의 가슴팍에 매달려 있는 명찰이 위태롭게 흔들렸다. 신해수. 산호가 그녀의 이름을 알게 된 것은 수년이 지나, 병원에서 우연히 그녀와 다시 마주쳤을 때였다.

"본 적 있어?"

오랫동안 손질하지 않은 듯 부스스하게 늘어뜨려진 머리와 짙은 색의 선글라스. 놀란 듯 입술을 벌리고 있다가 억센 힘으로 자신의 손목을 움켜쥐던 그날의 해수를 떠올리던 산호가 눈을 깜빡였다. 운성의 날카로운 눈매가 자신을 향해 있었다. 뭘, 하고 눈썹을 추켜 올리며 묻자 그는 테이블을 습관처럼 톡톡 두드렸다.

"그 여자 눈."

산호는 적잖게 놀랐다. 운성이 무엇을 알고 있는지 캐내는 것은 쉽지 않은 일이었다. 그는 타고난 사업가였다. 제가 가진 것을 숨기고 남의 패를 읽어내는 것에 익숙한. 특히나 권운성은 그 방면에서는 아주 탁월한 재능을 보유한 남자였다.

흠, 하고 숨을 고르며 산호는 표정을 다듬었다. 고개를 기울이며 생각을 더듬고는 그는 고개를 끄덕였다.

"뭐, 몇 번쯤."

"좋아. 머지않았군."

"무슨 소리야?"

단정한 입술을 끌어 올려 미소 짓는 운성의 얼굴은 퍽 보기 좋은 것이었지만 그 미소의 의미를 기민하게 눈치챈 산호가 대번에 얼굴을 구기며 몸을 당겼다.

"봤냐, 설마? 벌써? 꼴랑 두 번 만난 주제에? 벗기려고 하지 말라니까!"

"네놈이 소개한 사람이니 무조건 믿을 수가 있어야지. 그래서⋯⋯."

운성 역시 몸을 당겼다. 나른한 듯하지만 팽팽하게 날이 선 눈매였다. 그는 미간을 찌푸리고 있는 산호의 눈을 들여다보며 건조하게 물었다.

"선글라스를 쓰는 이유. 그거 사실인가?"

산호의 시원스런 눈이 일순 검게 부풀었다. 서로를 탐색하는 듯한 예리한 시선이 스쳤다. 그리고 이내, 산호는 빙글거리며 웃고 말았다.

"글쎄. 아가씨 눈이 빛에 많이 약하다는 거 말고 다른 이유가 있던가?"

영악한 여우 같은 놈. 운성은 쳇, 하고 낮게 혀를 찼다. 콧잔등을 찡그리며 눈썹을 씰룩이는 산호의 서글서글한 면상을 쭉 늘려 주고 싶은 마음이 들었지만, 그는 조용히 입을 다물었다. 산호는 양손으로 제 얼굴을 소녀처럼 감싸고는 눈웃음을 쳤다.

"아, 기쁘다, 친구여. 그대에게도 드디어 미련과 집착의 시절이 오는구나! 내 이런 날이 오기만을 얼마나 고대했던가. 깡통 로봇 같은 너에게 신뢰, 라는 단어를 가르쳐 줄 우리 아가씨를 위해 건배라도 해야겠군!"

"너도 아직 배우지 못한 그 신뢰라는 거 말이냐."

"초 치지 마. 그래도 난 초급반 정도는 떼었다고. 너보다는 낫다 이 말이지."

"그래. 이제 그 신뢰라는 걸 제수씨에게도 좀 가르쳐 주지 그래?"

운성이 아까부터 울리고 있는 휴대폰을 산호의 얼굴에 들이밀었다. '제수씨'라고 무뚝뚝하게 적혀 있는 글씨에 미간을 좁힌 산호가 휴대폰을 낚아채 소파 한 켠으로 가볍게 던졌다.

"네 휴대폰은."

"변기에 빠뜨렸다."

"그따위 변명이 통할 거라고 생각하는 거냐?"

"사실이야. 오물에 뒤범벅된 휴대폰을 이 고귀한 내가 꺼낼 순 없잖아. 안 그래?"

"더러운 얘기 집어치워."

몸을 일으키려는 운성의 손목을 서둘러 붙잡은 산호가 부드럽게 눈을 접어 웃었다. 여자들이 봤다면 좋아했을 애교스러운 미소였지만, 운성은 못 볼 걸 본 사람처럼 얼굴을 일그러뜨렸다.

"오늘도 술 안 마실래, 친구?"

"죽을 거면 혼자 죽어라. 제수씨가 네 뒤에 붙인 사람들 들이닥치기 전에 얌전히 들어가. 와인 좋아하던데 한 병 들고 가고."

"이 배신자 새끼! 나 죽으면 무덤에 술 한 잔도 안 뿌려줄 거지, 이 냉혈한 같은 새끼야!"

휴대폰을 집어 들고는 손을 까닥거리며 이사장 방을 나서는 친구의 뒷모습에서 시선을 돌린 산호는 혀를 차며 소파에 몸을 깊게 묻었다. 곧 자신을 찾는 내선 전화가 울릴 것이다. 그전까지 그는 모처럼 떠올린 과거의 흐릿한 상처와 미세한 균열을 보이기 시작한 친구의 철가면에 대해 생각을 하고 싶었다.

느릿하게 눈을 감으며 생각에 잠기는 산호의 반듯한 얼굴에 습한 안개처럼 아련한 미소가 잠시 스쳤지만, 그것은 안타깝게도 환영처럼 금세 사라지고 말았다.

◆ ◆ #4 ◆ ◆

고맙습니다.

해수의 첫마디는 그랬다. 낯이 익은 손으로 갈퀴처럼 그의 소매를 세게 움켜쥐고, 얼굴을 반쯤 가린 선글라스 너머로 그를 뚫어져라 바라보며 내뱉은 한마디. 그때 산호의 주머니에는 만성적인 우울증에 대한 처방전이 들어 있었고, 그는 그것을 힘껏 구겨 막 휴지통에 던져 넣던 참이었다.

누군지 기억하지 못했다. 그저 어쩐지 세상과 동떨어진 듯한 분위기를 풍기는 여자의 목소리가 무언가에 걸린 듯 콱 막혀 있어서, 산호는 함부로 무시하고 돌아설 수 없을 만큼의 무거운 감정을 느낀 것뿐이었다. 그 목소리에 덜미를 붙잡혀 미간을 찌푸린 채 산호는 그녀를 돌아보았다.

"고맙습니다."

덤덤하게 들리는 말투였지만 울음이 묻어날 것 같은 그녀의 인사에 산호는 목을 가다듬었다.

"사람을 잘못 보신 것 같은데요."

대학을 졸업하고 외국 유학까지 다녀왔지만 산호의 인생은 바람 빠진 풍선과도 같았다. 제 인생을 꾸려 나가야겠다는 의지는 조금도 없었고, 그저 그를 이리저리 날리는 부모의 입김에 둥둥 떠다닐 뿐이었다. 남들이 보기에는 부족함 없는 인생이었을지 모르지만, 산호는 가슴 한구석이 마비된 사람처럼 살고 있었다.

"7년 전 이 병원 근처 마트에서 폭발 사고가 난 적이 있었죠."

숨을 고르고 내뱉는 그녀의 목소리는 한층 또렷해져 있었다. 그 말을 듣자마자 산호는 어렵지 않게 머릿속에 어떤 광경을 펼쳐 놓을 수 있었다. 그의 가슴 한 켠이 산산조각 났던 아비규환의 현장. 그에게 등을 돌린 여자, 사고를 당한 친구, 그리고……

그의 절망을 대변하듯 처절하게 울던 먼지투성이의 소녀.

"덕분에 오빠가 살 수 있었어요. 인사를 드리고 싶었지만, 제가 여유가 생겼을 때는 이미 뉴욕에 계시더군요."

산호가 날카롭게 눈썹을 추켜올렸다. 뉴욕에서 돌아온 지 이제 한 달이다. 여자가 자신에 대해 무엇을 알고 있는지 궁금해졌다.

"내가 누군지 알아요?"

"네. 방금 버린 처방전에 어떤 약들이 적혀 있는지도요."

기계처럼 대답하는 여자의 말에 산호의 눈이 크게 부풀었다. 서글서글한 눈매를 험악하게 일그러뜨리는 그의 표정에 그녀는 짧게 한숨을 내쉬고 고개를 숙였다.

"죄송해요. 제가 할 수 있는 일이 그런 것들뿐이라서. 그냥 고맙

다고, 오빠를 살려줘서 고맙다는 인사를 하고 싶었던 것뿐이에
요."

소매가 구깃해질 정도로 꼭 잡고 있던 손을 뿌리치며 여자가 된
소녀는 또 한 번 고개를 깊이 숙였다. 돌아서는 그녀의 소매를, 이
번에는 산호가 붙잡았다.

"오빠는 괜찮습니까?"

그때 해수의 입가에 떠오른 희미한 미소가 그토록 처연하지 않
았더라면, 금방이라도 사라져 버릴 것처럼 애처롭지 않았더라면,
산호는 여전히 안갯속을 헤매며 스스로를 놓아버린 삶을 살고 있
을 것이었다.

상념에 빠져 있던 그의 귀를 아플 정도로 두드리는 전화벨에 고
개를 설레설레 내저은 산호는 소파에서 가볍게 몸을 일으켰다. 인
내심이 길지 않은 마나님의 부름에 의무를 다 할 시간이었다.

"됐다니까요."

삐딱하게 서서 발로 바닥을 툭 차며 내뱉는 해수의 말에 운성은
답답한 한숨을 삼켰다. 그가 직접 집까지 바래다주겠다고 나섰던
여자도 몇 없었지만, 그중에서도 거절하는 여자는 처음이었다. 선
글라스를 오래 쓰고 다녀서 아무래도 이 여자 시력에 문제가 생긴
것이 틀림없다. 운성은 차갑게 미간을 굳히며 말했다.

"집이 어딘지 다 알고 찾아온 놈들인데 그 앞에 진을 치고 있지
않으리라는 법이 어디 있어? 좋게 말할 때 곱게 가지."

"그 사람이라면 걱정하지 말아요. 적어도 내가 이사 가기 전까
지 마음의 결정을 내리진 못할 테니까."

"그걸 어떻게 장담해?"

지하주차장의 하얀 불빛에 비친 해수의 뺨은 밀랍인형처럼 창백해 보였다. 운성은 자신이 도대체 왜 이 여자와 이런 실랑이를 하고 있는지 알 수가 없었지만, 해수를 이대로 혼자 돌려보낼 수는 없었다. 미간을 찌푸린 채 자신을 바라보는 운성을 곁눈질로 흘끔거린 해수가 핏기 없는 입술을 깨물었다.

"약점이 많은 사람이니까요."

고개를 조금 숙이고 있는 그녀를 가만히 바라보며 운성은 낮게 혀를 찼다. 그래, 의뢰인의 뒷조사를 한다고 했지.

그는 조수석 차 문을 열어젖혔다. 곁에 서 있던 해수가 서늘하게 뻗은 눈매를 치켜떴지만 운성은 그녀의 뒤에 서서 차창을 잡았다. 키가 훤칠한 그와 차 문 사이에 갇히다시피 한 해수가 콧잔등을 찡그렸다.

"사회생활을 잘 모르는 것 같으니 하나 알려주지. 남자가 집에 바래다주겠다고 하면, 딱 한 번만 튕겨. 그게 적정선이야."

"그럴 일 없어요."

"앞으로는 있을 거야. 타."

운성이 위협하듯 한 걸음 다가섰다. 좁아진 간격에 그의 향수 냄새가 코끝에 훅 밀려들어 해수는 숨을 멈췄다. 선인장처럼 꼿꼿하게 가시를 세워도 운성은 물러서지 않는다. 오히려 저를 향해 슬쩍 몸을 낮추기까지 하는 통에 해수는 점점 몸을 움츠렸다.

"사람 못 믿어요. 못 믿는 사람 차 타고 싶지 않고."

"믿지 마. 나도 당신 안 믿어, 아직은."

자신을 피하듯 가느다란 목을 기울인 채 눈만 치켜뜨고 있는 해수의 눈을 들여다보며 운성이 낮게 속삭였다.

"날 믿지 말고 당신이 알고 있는 내 약점을 믿어. 그럼 되잖아."

운성은 퍽 기이한 방식으로 그녀의 마음을 파고들었다. 돌아서 생각해 보면 교묘하다, 라고밖에는 평할 수 없는 말투였지만 눈앞에 그 얼굴을 마주하고 있으면 냉정한 판단은 힘들다.

무엇보다 흔들림 없는 이성의 갑옷으로 무장한 듯한 그의 차분한 눈을 보고 있으면 해수의 마음은 어린아이처럼 쿵쾅대며 뛰었다. 의지하고 싶다는 생각에 어깨에 힘이 빠진다.

아주 어릴 적, 그러니까 그녀의 눈이 '보통' 사람들과 같았던 시절, 같은 학교에 다니던 운동부 남학생을 좋아한 이래로 처음 느껴보는 남자에 대한 설렘은 해수에게 한없이 낯설게 다가왔다. 그녀는 면역이 없었다. 그저 밀어내고 거부하는 것밖에는 어떻게 해야 할지 알지를 못했다. 알 수가 없었다.

"……당신 약점은 그렇게 많진 않아요."

"그것참 다행이군. 이제 그만 좀 타지."

순간 스스럼없이 다가온 운성의 손이 해수의 머리칼을 파고들어 뒷머리를 잡았다. 소스라치게 놀란 해수는 목을 빼꼼히 내놓고 있던 자라가 몸통 안으로 사라지듯 재빨리 조수석으로 몸을 밀어넣었다. 그런 그녀의 반응에 눈썹을 슬쩍 들어 올린 운성의 단정한 입매에 알 듯 말 듯한 미소가 스쳤다.

목덜미에 화르륵, 열이 오른 것 같아 해수는 안전벨트를 꾸물거리며 잡아당겼다. 입안이 바짝 말라붙는 갈증이 느껴졌다. 심장 뛰는 소리가 귀에 들리는 것 같다. 마른침을 꿀꺽 삼킨 해수는 솜 외투의 모자를 푹 눌러썼다. 들뜬 마음이 진정되지를 않았다.

"기껏 선글라스를 벗겼더니 이번에는 모잔가?"

차에 올라타며 혼잣말처럼 중얼거린 운성의 말끝에 웃음이 묻어 있다. 웃고 있을까? 그의 표정이 궁금했지만 바라볼 용기가 나지 않아 해수는 흠흠, 하고 헛기침을 하며 고집스레 창밖을 바라보았다. 차 안은 금세 운성의 향기로 가득 차 그녀의 마음을 더욱 들뜨게 만들었다.

"이사는 언제 할 생각이지?"

차가 지하주차장을 벗어나자마자 어느새 선글라스를 다시 쓰고 있는 해수의 옆모습을 바라보며 운성은 아쉬움에 혀를 찼다. 햇빛을 보면 눈이 머는 두더지 귀신이라도 쓰인 것 같다. 삐딱하게 고개를 기울이고 그를 올려다본 해수가 어깨를 으쓱였다.

"며칠 내로 해야죠. 3개월은 채울 수 있을 줄 알았는데."

"고시원을 고집하는 이유가 안전 때문이라면, 괜찮은 오피스텔을 소개해 줄 수 있어."

"사양할게요. 떠돌아다니는 게 차라리 편하니까."

나직하게 중얼거린 해수의 말에는 왠지 모를 씁쓸함이 묻어났다. 한 걸음만 내딛으면 사람들로 넘쳐 나는 번화가인데, 홀로 고립된 섬에서 머물러 그들을 멍하니 바라만 보고 있는 듯한 방관자의 삶. 무덤덤하게 들리는 말투지만 사람들의 온기를 동경하는 것처럼 들리기도 했다. 운전대를 잡은 운성의 눈빛이 짙게 가라앉았다.

누군가가 곁에 있는 것이 당연해 보이는 사람들의 숲에서 그녀는 분명 이질적인 존재였을 것이다. 아무리 사회에서 동떨어져 산다 해도 외로움까지 떨쳐 낼 수 있다는 뜻은 아니다. 살아가면 살아갈수록, 혼자라는 외로움은 진드기처럼 달라붙어 사람의 마음을 갉아먹게 마련이었다.

운성은 답지 않게 감상적인 생각을 하고 있는 스스로를 비웃듯 입술을 비딱하게 기울였지만, 그 입술은 무엇인가를 미처 생각하기도 전에 이미 퉁명스레 말을 내뱉고 있었다.

"준비되면 얘기해."

"왜요?"

"이사를 혼자 할 순 없잖아."

제가 뱉어놓고도 믿을 수 없는 말에 운성은 미간을 찌푸렸다.

미쳤구나, 권운성. 이러다 아주 팔까지 걷어붙이고 짐이라도 날라주게 생겼군.

"왜 혼자 할 수가 없죠? 가방 두 개면 되는데."

뭐? 하고 운성이 가늘게 뜬 눈을 돌려 해수를 바라보았다. 이제는 아예 그녀의 일부처럼 느껴지는 선글라스가 그를 향해 있었다. 동그랗게 뜬 해수의 눈이 보이는 것만 같았다.

"가방 두 개?"

"한 곳에서 6개월 이상 살아본 적이 없어요. 오래 살면 언젠가는 꼭 사람들과 부딪칠 일이 생기죠. 사람들은 원래 자신들과 다른 것을 용납하지 못하니까."

도대체 이 여자는 어떤 삶을 살아온 것인가. 운성의 미간에 주름이 잡혔다. 그는 타고난 성격부터가 다른 이에게 살갑게 다가서는 것과는 거리가 멀다. 게다가 그의 인생을 뒤흔든 두 번의 사고를 겪으면서 운성은 인간관계에 다소 회의적이 되었다.

마음을 주고받으며 의지할 수 있는 사람이 곁에 있느냐고 누군가 묻는다면, 그런 게 왜 필요하냐고 운성은 되물을 것이다. 산호가 종종 농담처럼 내뱉는 인간의 감정을 배우지 못한 고장 난 로봇, 파란 피의 기계라는 말도 틀린 말은 아니다. 그는 사람에 대한 호기심이 없었다.

희로애락을 느끼지 못하는 것은 아니었지만 운성의 감정의 수면은 늘 잔잔했다. 날벌레처럼 스스로에게 제법 자신 있어 하는 여자들이 그에게 날아들었지만 그가 흔들리는 일은 없었다. 그래서 그의 곁에 머무는 사람들은 몹시도 한정적이었고, 운성은 오히려 그 정적인 분위기를 즐기는 편이었다.

그러나 이 여자, 곁에 앉아 흘러내린 선글라스를 성가신 듯 밀어 올리고 있는 창백한 얼굴의 신해수라는 여자의 삶은 상상이 되지를 않았다. 가족이라고는 10년째 식물인간 상태에 빠진 오빠 하나뿐. 제대로 된 대화를 하는 사람이 주변에 있기는 할까.

언제부터 그렇게 살았을까. 사람들의 죽음이 미리 보이는 것처럼 구는 게 단순히 정신적인 착란에서 기인한 것일까, 아니면 사실일까. 어쩌다 그런 일들을 하게 되었을까.

……사는 것이, 힘겹지 않았을까.

운성의 마음의 바다에 미풍이 불고 있었다. 그녀에 대한 호기심이 끊임없이 피어올랐다. 아름다운 눈을 가리고 있는 저 답답한 선글라스를 당장에라도 낚아채서 창밖에 내던져 버리고 싶은 충동이 일었다. 사람을 보는 것이 두렵다면 선글라스가 아닌 제 손으로 가려주고 싶었다.

"좋지 않아."

단단해 보이는 입술에서 툭 튀어나온 말에 해수는 눈썹을 찡그렸다. 무언가 거슬리는지 반듯한 미간을 좁힌 운성의 옆모습은 깎아 놓은 듯 선이 또렷했다. 무슨 소릴 하나 싶어 그 입술을 바라보자, 다소 삐딱한 조소가 흘러나왔다.

"점점 미쳐 가는 것 같군."

"뭐라고요?"

"혼잣말이야."

그 후로 운성은 말이 없었다. 몇 번쯤 그를 흘끔거렸지만 말을 할 생각이 없는지 굳게 입을 다물고 눈썹을 세운 그의 기색에 해수는 조용히 창문에 머리를 기대었다. 그는 퍽 신기한 사람이었다. 제멋대로 사람을 휘두르는 것 같은데 불쾌하지가 않다. 오히려 조금 더 간섭해 주었으면, 하는 바람이 아지랑이처럼 피어올라 돌처럼 굳어 있던 그녀의 마음에 스며들고 있었다.

역시 도망쳐야 했다. 해수는 한숨을 삼키며 눈을 감았다. 운성에게서 느껴지는 은은한 향기와 온기가 뒤섞여 그녀를 부드럽게 감쌌다. 노곤한 오후였다.

고시원 안으로 들어가는 것은 정색을 하고 반대한 해수가 창밖으로 신호를 보내기를 기다리며 운성은 차에 기대어 주변을 둘러보았다. 사거리 골목 안쪽에 위치한 고시원은 창문을 통해 사거리가 훤히 내려다보인다. 2층에서 건물 외벽을 타고 계단이 연결되어 있어 비상시 출입구로 쓰기에는 괜찮은 듯 보였다.

이런 걸 다 계산하고 이 고시원을 선택한 건 아니겠지. 그렇다면 당신이 좀 무서워질 것 같기도 한데, 신해수 씨.

해가 저물어가는 거리는 한산했다. 시장을 보고 어린 자식의 손을 잡고 집으로 돌아가는 여자들과 배달하는 오토바이들이 전부였다. 수상한 기색은 보이지 않아 운성은 팔짱을 낀 채 느긋하게 창문을 올려다보았다. 드르륵, 거친 소리와 함께 반쯤 열린 창틈으로 선글라스가 빼꼼히 보였다.

"별일 없어요!"

성가시다는 듯 입술을 삐죽이며 외치는 폼에 운성은 미간을 좁혔다. 사람이 걱정을 하면 달갑게 받아들일 줄을 모른다. 같이 올라가는 게 싫다고 질겁하는 해수에게 그는 혹시라도 무슨 일이 있으면 '괜찮으니까 빨리 가요'라고 외치라고 당부했다. 그녀는 선글라스를 끼고 있었지만 귀찮은 기색이 역력한 얼굴로 고개를 끄덕이고는 차에서 내렸다. 그리고 한다는 말이 별일 없어요, 다.

그만 가라는 듯 손을 휘젓는 해수를 가만히 올려다보던 운성이 불쑥 외쳤다.

"내일 봅시다!"

"뭐라고요?"

퉁명스레 되묻는 해수의 가느다란 목덜미에 햇빛이 부딪쳐 붉게 부서졌다. 부스스 흘러내린 짧은 머리를 쓸어 쥐는 그녀의 하얀 손가락을 잠시 눈으로 더듬고는, 운성은 그대로 차에 올라탔다.

창밖으로 몸을 반쯤 내밀고 있던 해수가 주르륵 흘러내리는 선글라스를 추켜올리며 인상을 찡그렸다. 밝은 빛에 약해진 동공이 바짝 조여들었다. 내일 보자니. 내일 왜?

천천히 사라지는 운성의 차를 멍한 눈으로 바라보던 해수는 이내 벽을 타고 미끄러지듯 휑한 방 안에 주저앉았다. 일주일 동안 써야 할 에너지를 몽땅 몰아 쓴 기분이었다. 선글라스를 벗고 이렇게 오랜 시간 누군가와 마주한 적이 얼마 만이던가. 마주 앉아 밥을 먹고, 함께 차를 탄 채 이야기를 나누는 것이.

그것은 마치 아무 맛도 나지 않는 미음만 먹고 살던 아이에게 조미료로 범벅된 음식을 한입 먹여준 것처럼 해수의 마음을 자극적으로 일깨웠다. 사람과의 부딪침. 창밖을 내다보면 늘 보이는 평범한 사람들의 단편을 잠시 맛본 것만 같아 해수의 심장은 운성과 함께한 내내 평소보다 빠르게 뛰고 있었다.

"익숙해지지 마, 신해수."

자꾸만 가볍게 들뜨는 마음을 다잡으며 해수는 낮게 중얼거렸다. 묵직하고 매혹적인 운성의 향기와 목덜미에 스쳤던 그의 손의 감촉이 아직 선명하게 남아 있었지만, 해수는 기억을 떨쳐 내듯 느릿느릿 고개를 저으며 선글라스를 벗었다. 뻑뻑한 눈을 비비며 무릎을 그러모아 앉은 해수는 길게 한숨을 내뱉었다.

"어차피 계속될 순 없는 거야."

스스로에게 들려주듯 덤덤하게 속삭인 그녀는 무릎에 얼굴을 묻었다. 색이 희미한 입술이 비스듬히 웃는 것도 같았지만, 그 희미한 미소는 순식간에 연기처럼 흩어져 흔적도 없이 증발되었다.

"QTA사가 자사 연구소의 보안프로그램의 승급을 요청했습니다. 작년 하반기에 연구 개발에 들어갔던 광각렌즈가 완성 단계에 이른 것 같습니다. 백업 파일 보관부터 지정 파일에 엑세스할 수 있는 직원관리프로그램까지, 전반적으로 시스템을 교체할 모양입니다."

"지난달부터 미리 언질을 주긴 했죠. 시간이 얼마나 걸립니까?"

"프로그램 교체부터 직원 교육까지 일주일은 잡아야 할 겁니다. 보안팀 직원 두 명과 마케팅 팀장이 함께 동석해서 진행하는 게 좋을 것 같습니다."

스카이블루 색의 셔츠와 어두운 카키 톤의 타이가 멋스럽다. 널찍한 어깨에 맞춘 것처럼 딱 떨어지는 슈트 재킷이 그려내는 운성의 몸은 군더더기가 없었다. 일정이 미뤄진 덕에 긴 시간 동안 릴레이처럼 이어진 회의에도 그의 자세에는 흐트러짐이 없다. 허리며 다리를 꼼지락거리던 직원들이 그의 눈치를 살피며 자세를 바로잡았다. 불행 중 다행이라면, 그나마 오늘 그는 기분이 좋아 보인다는 점이었다.

무표정하게 정돈된 이목구비에 별다른 기색이 느껴진 것은 아니지만 직원들은 알 수 있었다. 좋은 소식을 알리는 안건을 발표하는 직원을 바라볼 때 부드러워지는 눈매라던가, 컴플레인과 시스템 오류 복구에 대한 안건을 지적할 때 평소보다 목소리가 덜 낮게 깔린다던가 하는 것들 말이다. 덕분에 직원들의 어깨는 긴 회의에도 썩 무겁지만은 않았다.

"그럼 오늘은 여기까지 합시다. 프로젝트별로 진행 상황 보고는 나에게 직접 올리도록 하세요."

수고하셨습니다, 하고 직원들이 일제히 일어섰다.

만년필을 가볍게 손가락으로 돌리며 운성은 문득 창밖을 바라보았다. 해가 저물어가는 시간. 목이 뻐근했지만 그는 입술 끝을 올리며 슬쩍 미소 지었다. 재킷 품 안에서 휴대폰을 꺼내던 운성이 제 앞을 가리는 그림자에 고개를 들었다. 마케팅 팀장을 맡고 있는 김재민이었다.

"저녁 약속이라도 있으십니까?"

그는 운성의 대학 선배였다. 후덕한 얼굴로 웃어 보이는 재민의 말에 운성은 일부러 미간을 좁혔다.

"용건 있으세요?"

"이사님 오늘 생일이시잖습니까. 별일 없으시면 직원들이 생일 파티라도 해드리고 싶다고……."

"약속 있습니다. 고맙지만 사양하죠."

단칼에 잘라 말한 운성이 몸을 일으켰다. 위압적인 느낌이 드는 탄탄한 체격을 흘끔거린 재민이 너털웃음을 지었다.

"실망들 하겠네요. 애인이라도 생기신 겁니까?"

주름이 진 미간을 습관처럼 매만지는 운성의 눈매가 날카롭게 추켜 올라가는 것에 재민은 금세 웃고 있던 입을 다물었다.

"오늘은 오래전 내가 태어난 날과 같은 날짜, 그 이상도 그 이하도 아닙니다. 솔직히 왜 축하를 받는지도 모르겠습니다. 그것도 직원들과 파티라니."

정말이지 끔찍하군, 이라는 말을 집어삼킨 듯한 표정을 하고 있는 운성을 바라보며 재민이 낮게 혀를 찼다.

하여튼 이런 점은 옛날부터 변하지 않는다. 조금쯤은 사회성 있게 굴어도 좋을 것을. 잘생긴 이사 얼굴 가까이서 한 번 볼 기회라고 들떠 있는 여직원들의 상심하는 표정들이 눈앞에 선하다. 재민은 고개를 설레설레 내저었다. 대표로 총대 메고 왔지만 역시나 실패다.

"오늘 내내 기분이 좋아 보이길래 혹시나 했습니다. 그럼 들어가십쇼."

"다음 주 발표할 마케팅 사례 중에 S사 케이스는 빼세요. 특허 관련 얘기가 들어가 있어서 예민하게 나올 수 있습니다."

왜 안 짚고 넘어가나 했다, 내심 중얼거리며 재민은 회의실을 빠져나가는 운성의 뒷모습을 바라보며 혀를 찼다. 완벽주의자에 가까운 그는 가끔 바라보는 사람들을 숨 막히게 하곤 했다. 저런 인간에게도 빈틈이라는 게 있을까. 분명 아침에 눈을 뜨는 순간부터 우리 같은 사람들과는 다르겠지.

알람이 울리는 휴대폰을 부여잡고 버둥거리는 일 없이 기계처럼 일어나 우아하게 커피라도 마신 뒤 잡지 화보라도 찍는 사람처럼 옷을 갖춰 입고 향수를 뿌리는 운성의 모습이 영화처럼 떠올라 재민은 인상을 구겼다.

"질투도 뭐 어지간해야 하지."

비슷한 또래라는 이유로 라이벌이라 생각하기에 운성은 너무 멀리 떠 있는 별이었다. 한숨을 길게 내쉰 재민은 터벅터벅 회의실을 빠져나갔다. 풀이 죽을 직원들과의 회식은 그의 몫이었다.

—방화벽 메인 코드 오류는 잡았습니다. 시스템 재작동 시키면서 같이 보내 드리는 백신 프로그램 돌리세요. N3 버전으로 바이러스 테스트도 한 번 해보시고요.

원격으로 작업하던 해수는 메신저 창에 글씨를 두드린 뒤 파일을 업로드했다. 푹신한 쿠션으로 이루어진 좌식 의자를 뒤로 밀어뜨린 그녀는 바닥을 뒹굴, 굴렀다. 보지 않으려 했지만 자연히 눈이 시계로 향했다. 6시 49분. 그렇게 또다시 밤이 찾아오고 있었다.

"내일 보자더니······."

다섯 번째 내뱉는 말이었다. 새벽부터 눈이 떠져 어쩔 수 없이 일어난 그녀는 머리를 두 번이나 감았다. 거울 속에 비친 부스스한 머리가 새삼 마음에 걸려 구석에 처박혀 있던 드라이기로 뭘 좀 해보려다가 머리가 빗자루처럼 되는 바람에 한 번 더 감아야 했다.

딱 열 벌 있는 티셔츠를 괜히 뒤적거렸고, 무릎이 나온 트레이닝팬츠가 아닌 청바지를 입었다. 하루 종일 그 빳빳한 청바지를 입고 있었던 탓에 다리에 피가 통하지 않는 것처럼 느껴질 정도였다. 족쇄라도 찬 것처럼 답답한 감각이었지만 그럼에도 해수는 벗을 생각은 하지 않았다.

요즘 기계에 비하면 상당히 둔해 보이는 모양새의 휴대폰을 다시 한 번 열어보았지만 여전히 시계 기능에 충실할 뿐이다. 누군가의 연락을 기다려 본 적이 너무 오랜만이라 신경질이 곱절은 나는 것 같다. 고맙다는 의뢰인의 메시지에 입금 내역을 확인한 해수는 혀를 차며 몸을 일으켰다.

"저녁이나 먹어야지."

습관처럼 솜 외투를 집어 들어 팔을 꿰어 넣으며 해수는 선글라스를 챙겼다. 쉴 새 없이 컴퓨터를 돌린 탓에 방이 건조해져 코를 킁킁대며 그녀는 밖으로 나왔다. 이미 밖은 어두워진 후였다.

이 시각의 외출은 어떤 면에서는 오히려 대낮보다 힘들다. 아예 빛도, 인적도 드문 새벽이라면 굳이 선글라스를 쓰지 않아도 돌아다닐 수 있다. 그것이 새벽 공기에 해수가 익숙한 이유였다. 그러나 저녁 시간대에는 돌아다니는 사람도 많고, 의외로 빛도 밝아 그녀의 근원적인 공포를 자극하는 그 꾸물거리는 얼룩 같은 그림자가 쉽게 눈에 띈다.

아직 그 눈에 익숙하지 않았던 시절, 저녁이고 어두우니 괜찮겠지 싶어 선글라스 없이 밖에 나갔다가 술에 취한 아저씨에게 들러붙은 그림자를 보았고, 그녀는 얼마 지나지 않아 무단횡단을 감행하던 그가 트럭에 치여 피를 흘린 채 도로에 누워 있는 모습을 봐야 했다.

나가지 말까. 잠시 망설여졌지만 해수는 배가 고팠다. 혹시나 점심때 연락이 올까 봐 그녀는 집 밖으로 한 발자국도 나가지 않았다. 하루 종일 그녀가 먹은 것이라고는 생수 한 통과 두유 한 팩이 전부였다. 이 시각에 선글라스를 쓰면 시야가 잘 보이지 않는다는 단점이 있지만, 겨우 골목 하나만 걸어 나가면 편의점이 있다. 입술을 짓씹으며 마음을 다잡은 해수는 결국 문을 열고 고시원 밖으로 나섰다.

종종 얼굴을 본 적이 있는 편의점 아르바이트생은 심드렁했다. 성형이라도 했나 싶은 눈치였고, 그런 시선이 차라리 편했다. 해수는 삼각김밥과 컵라면, 과자를 계산한 뒤 종종걸음을 옮겼다.

모든 것이 평소와 다를 바 없었다. 유일한 문제는 이 시각, 고시원 골목에는 간혹 술에게 몸을 맡긴 사람들이 돌아다닌다는 것이었다.

휴대폰을 가지고 나올 걸 그랬나. 그사이 연락을 한 건 아니겠지, 설마. 아니, 내가 왜 이렇게 신경을 쓰는 거야. 잊어, 잊어라,

신해수. 그냥 아무 의미 없이 내뱉은 말에 언제까지 휘둘릴 셈이야. 혼잣말을 중얼거리며 선글라스를 쓴 여자는 형광펜을 칠한 글귀처럼 술에 취한 자들의 눈에 쉬이 포착되었다.

티셔츠에 후드 점퍼만 걸치고 있는 그들은 겨울 이불처럼 두둑한 솜 외투에 파묻혀 있는 여자에 대한 질 낮은 호기심이 들었고, 느릿느릿 사냥감을 향해 접근하듯 천천히 해수에게 다가섰다.

"뭐야, 이 여자."

고개를 내저으며 입술을 삐죽이고 있던 해수가 퍼뜩 고개를 들었다. 남자 세 명이 어느새 그녀를 둘러싸고 있었다. 담배 연기를 훅 뿜어내는 남자를 피해 해수는 고개를 돌렸다. 킬킬거리며 웃는 목소리가 들렸다.

"나 전부터 궁금했거든. 이 근처를 돌아다니는 자유로 귀신이 있다는 얘길 들어서 말이야."

"자유로 귀신이 뭐야?"

"거 왜 있잖아. 자유로 근처에서 두 눈이 시커멓게 뚫린 여자가 차를 멈춰 세운다는 괴담. 그런데 이 여자가 이 동네 자유로 귀신이라길래 꼭 한 번 보고 싶었어. 이 여자 선글라스 벗은 얼굴을 아무도 본 적이 없댄다."

"귀신이라기에는 행색이 너무 초라한데. 저런 점퍼는 재활용 센터에나 굴러다니는 거 아니냐?"

악의적인 웃음소리가 남자들 사이를 떠돌았다. 진한 술 냄새가 풍기자 해수는 눈썹을 세웠다. 어둠을 등지고 선 남자들은 선글라스의 어둠에 가려 그림자처럼 형체만 보일 뿐이었다.

"말도 못 한대?"

"몰라, 나도. 목소리는 들어본 적 없어. 어이, 뭐라고 말 좀 해 봐. 당신 귀신이야, 사람이야?"

눈앞의 남자가 한 걸음 다가섰다. 해수는 일그러진 얼굴을 치켜 들었다.

"내가 귀신이었으면 댁을 괴담의 주인공으로 만들었겠지. 비 켜."

오호, 이것 봐라, 하고 남자가 웃었다.

"말은 하는데? 제법 성깔 있는 모양이다, 야."

"어디 그런 거지 같은 옷이나 입은 주제에 성질이야, 성질이. 어?"

위협하듯 남자가 가슴을 내밀었지만 해수는 움츠러드는 기색이 없었다. 그 꼿꼿함이 오히려 신경에 거슬린 남자는 빈정대듯 웃음 을 흘렸다.

"내친김에 선글라스나 좀 벗어보지? 이거 동네 흉흉해서 살 수 가 있나. 한 동네 사는 이웃끼리 얼굴은 좀 알고 지내야 하지 않겠 어?"

"혹시 알아? 저기 경찰서에 있는 현상수배자 포스터에 이 얼굴 이 떡하니 있을지. 우리도 불안해서 그러는 거니까 협조 좀 해주 시지."

까닥거리며 손가락을 내민 남자가 해수의 선글라스를 툭 하고 건드렸다. 그 손을 매섭게 내치자 남자는 금세 인상을 구기며 욕 을 내뱉었다.

역시 나오는 게 아니었다. 굶어 죽는 한이 있더라도 역시 나오 는 게 아니었다. 오늘이라도 당장 짐을 옮겼어야 했던 건데, 마땅한 고시원을 아직 찾지 못해 미적거리고 있었던 것이 화근이다. 해수는 가슴이 답답해져 탁한 숨을 삼켰다.

이미 기세가 흉포해진 남자들을 막을 도리는 없다. 선글라스를 벗고, 그들과 조금도 다르지 않은 사람임을 보이는 수밖에. 혹시라도 그녀의 눈에 악몽 같은 그림자가 보이는 한이 있더라도, 그렇게 또다시 누군가의 죽음을 목도하게 되더라도 그것은 그녀가 감당해야 하는 일이었다.

지랄 맞은 눈 같으니. 일그러진 눈매로 피가 쏠리는 것 같았다. 해수는 묵묵히 입술을 깨물며 손을 들었다. 힘없는 나비의 날갯짓처럼 파르르 떨리는 손가락이 선글라스의 테두리에 얹어지자 남자들이 숨을 멈췄다.

정말로 뻥 뚫린 두 개의 구멍이라도 기대하는 건가. 그들의 저열한 호기심에 해수가 차갑게 얼굴을 굳혔다. 차라리 정말 그랬으면 좋겠다. 그들을 기겁하게 만들 수 있는, 귀신처럼 끔찍한 눈으로 그들을 노려볼 수 있다면.

풀 길 없는 분노로 자그마한 가슴이 들썩였다. 그렇게 해수가 망설이는 손으로 막 선글라스를 벗었을 때, 그녀의 뒤를 가로막고 서 있던 남자가 갑자기 외마디 비명을 내질렀다.

◆◆ #5 ◆◆

"앗, 따가워!"

"뭐, 뭐, 뭐야?"

술기운에도 잔뜩 긴장한 채 해수의 손가락에 집중하고 있던 다른 남자들이 번개라도 맞은 것마냥 펄쩍 뛰었다. 등을 새우처럼 휜 채 몸부림을 치고 있는 친구의 얼굴을 보던 그들의 시선은 그 와중에도 어둠 속에 창백하게 드러난 해수의 얼굴을 향했다. 걱정보다 호기심이 앞선 것이다.

구체적인 그 어떤 것을 짐작하고 있었던 것은 아니지만, 너무나도 평범한, 오히려 아름답다 말할 수 있을 만큼 처연한 검은 눈동자였다. 그 눈에 빨려들 것처럼 넋을 놓고 바라보던 다른 이도 갑자기 어깻죽지에 느껴지는 따끔한 통증에 소스라치게 놀라 고함을 질렀다.

연이어 비명이 난무하자 얼떨떨한 얼굴로 해수가 고개를 돌렸다. 어둠에 녹아들 듯한 검은 셔츠에 캐주얼한 재킷을 걸친 남자가 손에 들고 있는 무언가를 빙글빙글 돌리며 걸어오고 있었다.

"이 고귀한 몸이 막 아무 때나 나서고 그런 값싼 사람은 아닌데. 도저히 그냥 보고 넘어갈 수가 없네. 구더기만도 못 한 새끼들이 지랄쇼를 하고 있으니 말이야."

"초, 초, 총이야, 저거?"

그들은 정체불명의 분위기에 사로잡혀 이성적인 판단력을 잃은 상태였다. 일단 술에 취했고, 해수에 대한 괴담으로 조성된 일말의 공포감과 직접 눈으로 확인한 그녀의 얼굴의 의외성, 그리고 느닷없이 총을 들고 나타나 스산하게 웃고 있는 해사한 얼굴의 남자가 그들의 혼을 쏙 빼놓고 있었다.

"그래, 총이다. 이 모자란 새끼야."

빵야, 하고 내뱉으며 총을 겨누는 그의 움직임에 남자들이 몸을 숙였다. 그러나 귀를 울릴 듯한 굉음은 들리지 않았다. 바람 빠진 푸슉, 하는 소리와 함께 느껴지는 따끔한 통증에 그들은 오징어처럼 온몸을 뒤틀 뿐이었다.

"사…… 산호 씨."

해수가 눈을 동그랗게 떴다. 후우, 하고 짐짓 연기를 불어내는 듯 플라스틱 총 끝을 향해 입술을 내민 산호가 한쪽 눈을 찡긋거리며 웃고 있었다.

"씨발, 이거 비비탄이잖아!"

"저 미친 새끼가, 아주 쌍으로 지랄이야! 야, 죽고 싶어?"

"……해수, 잠깐 귀 좀 막고 있을까? 내가 또 남의 기대를 배반

하는 그런 짓은 못 하는 사람이라, 이제 막 미친 새끼로 빙의할 참이거든. 이런 건 안 듣는 게 좋아."

플라스틱 총을 바지 뒷주머니에 꽂은 산호가 팔을 휘둘렀다. 쨍그랑, 하고 날카롭게 파편이 튀는 소리가 울렸다. 그제야 그의 다른 쪽 손에 들려 있는 것을 본 남자들의 얼굴이 하얗게 질렸다. 끝이 삐죽삐죽하게 깨진 유리병이 흐릿한 가로등 불빛을 반사시키고 있었다.

"진짜 미친 새끼가 하는 지랄이 어떤 건지 보고 싶어? 감당할 자신들은 있고?"

산호는 서글서글한 눈을 접어 웃었다. 시원스런 입매가 길게 미소를 짓고 있었지만 흘러나온 목소리만큼은 한겨울 서리만큼이나 차갑고 단단했다. 순간 얼음손이 제 목덜미를 콱 움켜쥔 것처럼 숨이 막혀 남자들은 뒷걸음질을 쳤다. 언뜻 까맣게 비친 산호의 눈에는 분명 농담으로 치부할 수 없는 그 어떤 것이 휘몰아치고 있었다.

산호는 가볍게 손목을 돌렸다. 흉기로 돌변한 술병이 위협적으로 번쩍였다. 남자들은 한 걸음 더 물러섰다.

"그래, 우리 아가씨 말처럼 괴담의 주인공이 되는 건 어때. 두 눈 뻥 뚫린 자유로 귀신? 내가 만들어줄 수 있을 것 같은데."

고개를 기울인 채 그들을 향해 시선을 던지는 산호의 얼굴은 가면처럼 무표정하게 굳어져 있었다. 웃을 때 어렴풋이 느껴지던 광기가 이제는 섬뜩할 만큼 무섭게 번져 나오고 있었다. 남자들은 발이 꼬이면서도 허겁지겁 도망치기 시작했다. 금세 눈앞에서 사라진 그들의 흔적을 무심한 눈으로 바라보던 산호는 흐음, 하고 입술을 내밀었다.

"모처럼 지랄할 기회를 잃었네, 아쉽게."

장난감처럼 능숙하게 휘두를 땐 언제고, 들고 있던 유리병에 손을 다칠까 무섭다는 듯 조심스레 그것을 구석에 내려놓은 그는 목덜미를 긁적였다. 작은 입을 멍하니 벌린 채 자신을 보고 있는 해수에게 눈을 돌린 산호가 상쾌하게 웃었다.

"아니, 이게 얼마 만에 보는 해수 얼굴이야. 나 오늘 죽을 것 같아서 그런 표정 짓고 있는 건 아니지? 맞으면 맞다고 그냥 솔직하게 말해줘. 오늘이 마지막 날이라면 정말이지 하고 싶은 게 산더미처럼 쌓여 있……."

"언제부터 보고 있었어요?"

퉁명스러운 말투지만 반가움을 내포하고 있었다. 아, 오늘이 내 기일은 아니구나, 하고 장난스레 중얼거린 산호는 어깨를 으쓱였다.

"방금?"

"괴담 얘기부터 들었으면 처음부터 보고 있었다는 거잖아!"

"거, 내 주변에는 왜 이렇게 머리 좋은 여자들만 있는지 참 의문이라니까."

"그럼 왜 보고만 있었어요? 빨리 좀 나서주지."

"아니, 이 장난감을 만져 보는 게 오랜만이라. 포장 풀고 비비탄 넣는 데 시간이 좀……. 어때, 그래도 제법 쓸 만하지? 하나 사줄까?"

"뭐라고요?"

어이가 없어진 해수가 허탈한 웃음을 뱉었다. 그러고 보니 바닥에 플라스틱 포장과 박스가 굴러다니고 있었다. 자신이 온갖 끔찍한 생각에 빠져 있을 때 구석에서 꼼지락거리며 장난감 총 포장이나 풀고 있었단 말인가. 새삼 문산호라는 사람의 특성이 떠올라 해수는 길게 한숨을 내쉬었다. 긴장으로 쿵쿵대던 심장이 제 속도를 찾고 있었다.

"무서웠어? 미안."

아이를 다루듯 해수의 머리칼을 헝클이며 산호가 말했다. 입술을 삐죽인 해수가 매몰차게 그의 손을 잡아 내렸다.

"여긴 무슨 일인데요?"

"어제 D증권 사람들이 왔다 갔다는 소문이 들려서. 우리 아가씨 잘 있나 궁금도 하고, 뭐 도울 일 없나 싶기도 하고, 근처에 맛있는 닭발집이 있다는 얘길 들은 것 같기도 하고, 뭐 그래서."

주절주절 주워섬기며 산호가 씩 웃었다. 소년처럼 무구한 미소였다. 또 어디서 그런 얘길 들었담. 물어봐야 제대로 대답해 주지 않을 산호를 알기에 해수는 피식 웃고 말았다. 그런 해수를 부드럽게 바라보던 산호가 뒷주머니에 끼워둔 플라스틱 총을 꺼내었다. 이쪽저쪽 살피는 눈이 자못 심각했다.

"그나저나 큰일이네. 이거 그놈 선물인데. 실컷 갖고 논 쓰레기를 왜 자기한테 버리느냐고 성내면 어떡하지, 해수야?"

"그놈이 누군데요?"

"누구긴 누구야, 찌르면 파란 피 나오는 권운성이지. 오늘 생일이거든."

하루 종일 그녀를 괴롭힌 남자의 이름에 해수가 아, 하고 고개를 짤막하게 끄덕였다. 그렇지. 오늘이 생일이다. 커프스를 선물로 샀던 그의 회사 직원을 떠올린 해수가 미간을 찡그렸다.

그러거나 말거나. 따지고 보면 이 수모를 겪은 게 다 그 사람 때문이지 않은가. 내일 보자는 말만 하지 않았어도 해수는 점심을 잘 챙겨 먹었을 것이고, 늘 그렇듯 밖에 나온 김에 편의점에서 저녁거리를 사뒀을 것이다. 이 시각에 굳이 바깥에 나와 이런 일에 휘말리지 않았을 것이다.

시큰둥한 표정을 지은 해수는 산호의 손에 들린 총을 흘끔거리며 빈정대듯 말했다.

"그런데 그런 걸 좋아해요? 나이 서른셋에 장난감 총을?"

"큰일 날 소리! 이건 그냥 장난감 총이 아니야. 대영산업에서 나온 93년도 K2를 소총형으로 개조한 모델이라고. 반사각도 넓혔고 발사 속도도 다섯 배 이상 늘렸어. 오리지널이 가까이 있는 종잇장을 뚫을 정도였다면, 이건 나무에 박힐 정도는 된달까. 얼마나 대단한 건지 알겠어?"

동그랗게 뜬 눈을 반짝이며 열성적으로 설명하는 산호를 올려다보는 해수의 입술이 힘없이 늘어졌다. 일곱 살 꼬마가 따로 없다. 동우를 소개시켜 주면 어쩐지 잘 어울릴 것 같다는 생각을 하며 해수는 퉁명스레 내뱉었다.

"그러니까 그 대단한 장난감 총을, 그 사람이 좋아한다는 말이죠?"

"아니, 내가 좋아하지. 난 내가 좋아하는 걸 선물하는 버릇이 있거든."

참. 그랬지. 해수는 무심코 작년 제 생일이 떠올라 작게 혀를 찼다.

생일은 누군가가 곁에 없는 사람에게는 아무것도 아닌 날이 된다. 아니, 오히려 아무것도 아닌 날보다도 못 한 날이 된다. 자신을 평소보다 더 초라하게 만드는 그날, 오빠를 보러 병원에 들렀다 나오는 해수에게 산호가 선물이라며 가리킨 것은 고가의 스포츠카였다. 그것도 상당히, 아니, 아주 요란하게 개조된.

"나 운전면허 없는 거 몰라요?"

쏟아지는 사람들의 시선 속에 기겁한 눈으로 말하는 그녀에게 산호는 태연한 얼굴로 어깨를 으쓱여 보였다.

"언젠가는 따게 될지도 모르잖아. 일단 내가 보관해 두지, 뭐."
"……그냥 사고 싶었던 거 아니구요?"

그럴 리가, 하고 상쾌하게 웃으며 산호는 그녀의 머리를 툭툭 쓰다듬었다.

"차고 안에 얌전히 모셔둘 테니까, 잊지 마. 운전면허를 따는 날이 오면, 널 기다리는 네 차가 있다는 사실을."

그래도 여기까지 몰고 왔는데 타보긴 해야지? 하고 날렵하게 오픈카 문을 뛰어넘어 좌석에 안착한 산호가 손을 까닥거렸다. 그날, 산호가 고집스레 뚜껑을 닫지 않고 초겨울의 스산한 바람 속을 두 시간 동안 달리는 바람에 해수는 결국 감기로 쓰러지고 말았더랬다.

"선물하기 전에 먼저 써보는 버릇도 있죠. 내 차는 아주 잘 타고 다니시는 것 같던데요."

차고 안에 모셔두기는커녕, 보란 듯이 그 요란하게 도색된 차를 몰고 다니는 산호를 제법 자주 볼 수 있었다. 놀리듯 내뱉은 해수의 말에 산호는 하하, 웃고는 그녀의 얼굴에 선글라스를 씌워 주었다.

"차는 종종 몰아줘야 안 상해요. 관리하느라 나도 바빠. 저녁 먹으러 가자."

"나 이거……."

저녁거리를 벌써 샀는데, 하고 흔들어 보이는 비닐봉투를 잽싸게 잡아챈 산호가 앞장서서 걸어갔다. 조금 마른 듯한 등을 감싸고 있는 재킷이 바람을 맞아 펄럭였다. 후우, 하고 숨을 내뱉으며 고개를 설레설레 내저은 해수는 종종걸음으로 그의 뒤를 쫓았다.

닮았어. 입술을 달싹이며 해수가 혀를 차듯 중얼거렸다. 철저히 마이페이스라는 점에서 산호는 권운성과 닮았다. 물론 그 둘은 절대적인 차이점이 있었다. 다른 이와 구별 지어지는 문산호라는 남자의 가장 큰 특징은, 어디로 튈지 모르는 농구공을 가슴 안에 품은 것 같은 삶을 산다는 점이었다.

전화도 안 받고 문자에 답도 없다. 운성은 다소 초조한 마음으로 운전대를 비틀었다. 마음은 이미 고시원에 도착해 있었지만 몸은 현실에 묶여 조금 느렸다. 그 점이 그를 사납게 만들었다.

역시 그 집에 혼자 두는 게 아니었다. 그녀는 자신을 둘러싼 위험에 너무 둔하다. D증권에서 그녀에게 어떤 일을 맡겼었는지, 또 어떤 일을 맡기려 했는지는 모르지만, 그녀를 찾아왔던 김광재는 심부름꾼 중 한 사람일 뿐이다. 그가 거부하면 다른 심부름꾼을 보내면 그만이지 않은가. 그게 당장 오늘이 아니라는 보장은 없다.

신호에 걸려 차를 세우며 운성은 운전대를 두드렸다. 옆 좌석에 놓아둔 작은 봉투에 눈길이 닿자 잔뜩 날이 서 있던 눈꼬리가 조금은 허물어졌다. 그는 보안이 까다로운 제 소유의 오피스텔 키를 챙겨 나온 길이었다. 그 무방비한 여자를 제 손이 닿는 곳에 두지 않으면 이 막연한 불안함이 사라지지 않을 것 같았다. 그런 생각을 하는 동안 운성은 몇 번이고 스스로에게 되물어야 했다. 왜. 내가 왜.

문득 정신을 차리고 보면 그녀의 앙상한 목덜미를 떠올리고 있었다. 빠져들 것처럼 검고 깊은 눈동자와 창백한 피부, 색이 옅은 입술. 선글라스를 벗고 처음 그의 눈을 볼 때, 불안이 넘쳐흘러 한없이 위태로워 보이는 표정과 이어지는 안도의 한숨. 그는 알아차릴 수 없는 어떤 것을 확인하고 나면 금세 당돌해지는 표정까지, 모든 것이 선명하게 떠오른다.

운성의 단단한 입술이 한숨을 뱉어냈다. 그것들은 불시에 치고 들어와 그의 머릿속을 어지럽혔다. 태어나서 이런 식의 공격을 처음 받아본 운성의 머리는 속수무책이었다.

분명 쓸모가 많은 인재다. 그의 사람으로 둔다면 그가 할 수 있는 일의 경계는 훨씬 넓어질 것이다. 아마 그래서 그런 것이다. 무의식적으로 그녀의 유용함을 계산하고 이러는 것이라 운성은 스스로 납득시키려 했지만, 그의 마음은 그런 결론을 쉽게 받아들여 주지 않았다.

사업가로서의 비즈니스 마인드로 치부하기에 운성은 이미 평정을 잃고 흔들리는 배였다. 분명한 것은, 사업적인 결정을 내릴 때 그는 결코 이런 식으로 휘둘려 본 적이 없다는 것이다.

"도대체 뭐 하는 여자야."

입술 새를 비집고 튀어나온 말에 운성은 잘생긴 미간을 찌푸렸다. 갑자기 제 인생에 등장해서 그의 온 신경의 끝을 잡아채어 독점한 여자. 거리에서 그냥 스쳐 지나갔더라면 그 초라하고 기이한 행색에 고개를 내젓게 만들었을 여자. 두 번 다시 돌아보지 않고, 그대로 잊혀졌을 여자. 그 아무것도 아닌 여자는 어느새 그의 마음 구석에 들어앉아 있었다.

이유도 모른 채 멀미라도 하는 것처럼 들뜬 속으로 해수의 고시원 앞에 도착했지만 운성은 쉽게 내리지 못했다. 차창에 팔을 기대고 뻐딱하게 관자놀이를 짚은 운성은 평소처럼 계산을 하고 논리적인 결론을 얻고자 했지만, 드물게도 그의 머릿속은 백지장처럼 하얗게 변한 채 그 어떤 생각도 떠올리지 못했다. 제 몫의 할 일이 아니라는 것처럼.

"미치겠군."

낯설게 구는 제 자신이 맞지 않는 옷을 입은 것처럼 불편하게 느껴진다. 그는 모든 것을 통제해야 만족하는 완벽주의자였다. 그렇기에 지금 이 상황에 대한 거부감 또한 강렬하게 일고 있었다. 낮게 눈을 내리뜨고 있던 운성은 결국 혀를 차고는 시동을 걸었다.

가자. 그 여자랑은 엮이지 않는 편이 아무래도 좋을 것 같다.

그의 본질과 맞닿아 있는 곳에서 경고등을 켜고 있는 듯했다. 적신호인지, 청신호인지 알아볼 순 없었지만 운성은 번거로운 일에는 휘말리지 말자는 그의 삶의 태도에 대한 관성을 따라 움직였다.

그러나 사거리를 막 벗어나자마자 조수석의 봉투 위에 올려둔 휴대폰이 울렸고, 운성은 급정거를 하고 기다렸다는 듯 서둘러 휴대폰을 집어 들었다.

"여보세요."

[뭘 그렇게 반갑게 받아? 설레게.]

"끊어."

[그래도 생일인데 평소와는 좀 다른 무언가가 있어야 태어난 보람이 있지. 선물 받으러 안 올 거냐?]

"적어도 어린애 장난감이나 받고 싶어서 태어난 건 아닐 테지."

이 새끼 신내림을 받았나, 하고 전화기 너머에서 중얼거리는 산호의 목소리가 들려 운성은 낮게 혀를 찼다. 생일에 별다른 의미를 부여하고 싶지 않았지만 해수를 만날 생각을 접으니 괜히 마음이 산만해진 기분이었다. 이런 날 산호는 썩 좋은 상대는 아니었지만 운성에게는 선택의 여지가 없었다.

막 어디냐고 물으려던 운성은 아직도 꿍얼거리고 있는 산호의 목소리 너머로 어렴풋이 들리는 가느다란 목소리에 미간을 바짝 좁혔다.

[고맙습니다. 아, 아니에요. 전 이것만 먹고 일어날 거라서…….]

"……너 어디야?"

미세하게 날카로워진 운성의 목소리에 산호의 투덜거림이 뚝 멈췄다. 다른 이였다면 그냥 지나쳤을 차이였지만 산호는 그런 파동을 감지하는 특수 레이더를 가지고 있다고 해도 믿을 만큼 감이 좋았다. 잠시 뜸을 들이던 산호가 이내 낮게 웃었다.

[역시 선물이 탐이 나지?]

"애써 준비한 네 성의를 무시할 순 없다고 해두지."

[고맙다는 인사는 두 팔 벌려 환영이네, 친구. 기꺼이 인사할 준비가 되거들랑 비향으로 와.]

끊긴 휴대폰을 무뚝뚝한 표정으로 바라보던 운성이 짧게 한숨을 내뱉었다. 백미러에 해수의 고시원 건물이 그림자처럼 흐릿하게 비치고 있었다.

어차피 다른 곳에 있었단 말이지. 게다가 이 시각에 하필 그 문 산호와 함께.

"미친놈."

운성은 거칠게 차를 출발시키며 중얼거렸다. 그것이 산호를 향한 말인지, 지금 이 순간 그녀가 산호와 함께 있다는 사실에 신경에 바짝 날이 서고 만 스스로를 향한 말인지는 알 수 없었다.

채홍은 1인용 숯불구이 팬에 마블링이 꽃처럼 핀 소고기를 올려주며 해수를 흘끔 내려다보았다. 창백한 피부와 눈에 익은 외투로 그녀가 운성과 함께 왔었던 여자임을 알아채기는 어렵지 않았다. 운성뿐만 아니라 산호와도 연결점이 있는 여자라니, 그녀에 대한 궁금증이 점점 머리를 쳐들고 있었다.

채홍이 준비한 음식을 들고 VIP룸에 들어섰을 때 산호와 선글라스를 가지고 실랑이를 하고 있던 해수는 그녀를 피하듯 재빨리 고개를 돌렸다. 그런 해수의 옆모습을 바라보며 한숨을 내쉬는 산호의 눈빛이 예사롭지 않았다. 늘 제멋대로에 때로는 어린아이처럼, 때로는 세상을 달관한 노인처럼 종잡을 수 없는 산호였기에 그런 표정을 짓는 것은 퍽 드물었다.

"한 사람을 둘러싼 주변에서의 죽음은, 네 생각만큼 그렇게 자주 일어나지 않아."

뜻을 알 수 없는 말을 하는 산호의 눈빛은 저물녘에 흔들리는 바람처럼 아스라했다. 흘끗 산호를 바라보는 해수의 눈이 은은한 불안으로 떨리고 있음을 채홍은 알아차렸다. 그녀는 마치 자신을 보는 게 무서운 사람처럼 몸을 움츠린 채 시선을 피하고 있었다.

"……깨고 싶지 않다면 그 알에서 나오지 않아도 좋아, 해수야."

망설이는 해수를 바라보던 산호는 짧은 한숨을 삼키며 그녀에게 선글라스를 내밀었다. 그것을 받아 들어 한참을 만지작거리던 해수는 입술을 질끈 깨물고는 눈을 치켜떴다. 그래서 채홍은 처음으로 그녀의 눈을 볼 수 있었다.

검은 촛불처럼 일렁이는 눈동자가 신비롭다. 팽팽하게 시위가 당겨진 활줄처럼 긴장한 그녀의 시선에 채홍 또한 무의식적으로 어깨를 굳혔다. 그러나 이내 후우, 하고 한숨을 내쉰 해수의 어깨가 무너져 내렸다. 산호는 그것 보라며 금세 소년처럼 해사하게 웃고 있었다. 기이한 행동들처럼 느껴졌지만 문산호라는 사람이 연관된 이상 어떤 것도 이상할 건 없다. 채홍은 짧게 혀를 차며 음식을 테이블에 늘어놓았다.

그 후로 잠시 관찰한 두 사람을 둘러싼 분위기는 퍽 이질적이었다. 채홍은 먹음직스러운 빛깔로 익어가는 소고기를 전용 집게로 뒤집으며 다시금 산호와 해수를 곁눈질했다. 둘은 다른 사람은 보이지 않아 끼어들 수 없는 어떤 독특한 공간에 앉아 있는 것처럼 보이기도 했다.

넓은 소파에 서로 멀리 떨어져 앉아 제각기 음식을 먹고 있는 그들은 딱히 대화를 많이 하지도, 눈을 마주치며 웃지도 않았지만 마치 두 사람만이 공유하는 질긴 무엇인가가 있는 것처럼 느껴졌다. 침묵이 자연스러운 관계.

보통 사람과도 어려울 그런 관계를 심지어 저 문산호라는 사람과? 채홍은 몇 번이나 당신은 도대체 뭐 하는 사람이냐 물으려는 입술을 애써 꼭 다물어야 했다.

해수의 접시에 고기를 놓아주자 그녀가 검은 눈을 깜빡이며 고개를 슬쩍 숙였다.

"아, 제가 먹을게요. 이렇게 안 해주셔도……."

"그냥 있어. 먹기나 해."

이런 순간 우위가 정해진다. 소파에 한껏 나태한 자세로 앉아 있던 산호가 짧게 내뱉고는 반쯤 빈 물컵에 물을 채워 해수에게 내미는 걸 바라보며 채홍은 애써 태연한 얼굴로 숨을 골랐다. 그의 어린애처럼 종잡을 수 없는 오만함에는 익숙해진 편이었지만, 이렇게 사용인으로 구분 지어버리는 듯한 순간이 오면 저도 모르게 씁쓸해지곤 한다.

태어난 순간부터 좋든 싫든 권력을 부려온 사람이기 때문에, 더 중요한 사람과 그렇지 않은 사람을 구분하는 데 있어 그는 망설임이 없다. 물론 그런 배려를 할 필요도 없는 사람이긴 하지만 말이다. 채홍은 차분한 표정으로 고기를 뒤집었다. 마음이 불편하게 들썩거렸다.

해수는 입술을 삐죽이며 잘 익어 육즙이 고루 퍼져 있는 소고기를 집어 들었다. 자꾸만 사람이 있는 환경에 노출시키려는 산호의 생각을 모르는 게 아니라 그녀는 채홍의 존재를 견디며 잠자코 있었다. 산호는 먹을 것에는 관심이 없다는 듯 소파에 길게 기댄 채 위스키를 잔에 따르고 있었다.

한없이 어린애처럼 붕붕 뜨다가도 입을 다물고 저렇게 눈을 낮게 내리뜰 때에는 가벼운 인사조차 건네기 힘들 정도로 분위기가 가라앉는 사람이다. 해수는 소고기를 오물거리며 혼자 있는 것처럼 눈을 감은 채 술을 한 모금 머금는 산호에게서 시선을 돌렸다.

아까의 전화 통화로 미루어보건대 운성이 곧 나타날 것이다. 이 자리에 제가 있어도 되는 건지 잘 모르겠지만 산호가 자신을 그냥 보내줄 것 같지는 않다. 그는 눈을 감고 있다가도 해수의 젓가락질이 느려지면 금세 멀리 있는 상념의 세계에서 돌아와 그녀를 날카롭게 바라보았다. 산호의 그런 감시하는 듯한 눈빛에 해수는 입술을 삐죽이며 필요 이상으로 음식을 입에 밀어 넣고 있는 중이었다.

"술은 더 준비할까요?"

"오늘은 와인으로. 또 권운성 그놈 수작에 넘어가서 위스키 깔아두지 마, 안 사장. 그럼 정말 미워할 거야."

"권 이사님 팁이 더 후해서 그만. 장사하는 사람 본성 잘 아시잖아요."

"내가 그 팁의 두 배를 줘도 안 사장은 그놈 편을 들 것 같은 이 찝찝한 느낌은 뭐지?"

"미혼과 기혼의 차이겠죠."

늘 사람에게 선을 긋고 대하던 산호가 해수를 유달리 챙기는 것에 대한 은근한 반항심이 발동한 채홍이 자못 냉랭한 표정으로 말했다. 끙, 하고 신음을 내쉰 산호는 심드렁한 얼굴로 해수의 숯불구이 화로 앞에서 턱을 괴었다. 일렁이는 불기운에 산호의 얼굴이 흔들리는 것처럼 보였다.

"이상하지? 시작은 항상 내가 먼저인데 정신을 차리고 보면 다 그놈한테 가고 없다니까. 난 그럴 때 인생의 무상함을 느껴."

가만히 해수를 바라보며 중얼거리는 산호의 시선에 얼핏 애틋함과도 비슷한 감정이 보이는 것 같아 채홍은 작게 혀를 찼다. 정작 해수는 고개를 숙인 채 소고기를 씹으며 목덜미를 긁적이고 있어 그의 그런 시선을 보지 못했을 것이다.

이건 또 무슨 그림이람. 연인을 바라보는 불같은 시선과는 다르지만 감정의 깊이만 두고 보자면 결코 그것보다 얕아 보이지 않는다. 우정인가, 색깔이 닮은 것에 대한 동질감인가. 제 기준으로 무언가를 판단하기에 그는 지나치게 복잡한 사람이다. 한숨을 슬쩍 내쉬던 채홍이 불쑥 물었다.

"일부러 등을 떠미시는 건 아니구요?"

턱을 괴고 있던 산호의 서글서글한 눈매가 순간 갸름해졌다. 짧은 순간이었지만 그 반듯한 얼굴에 수많은 표정이 스쳐 지나가는 것 같았다. 그러나 이내 한쪽 눈을 윙크하듯 찡긋거린 산호가 채홍을 향해 느른하게 웃어 보였다.

"영리한 건 좋은데 그 이상은 나서지 말아."

그 가라앉은 목소리에 미묘하게 돌변한 분위기를 눈치챈 해수가 문득 눈을 들었다. 볼이 볼록 튀어나온 채 열심히 음식을 씹으며 먼저 산호의 표정을 살폈지만 그는 맛있어? 하고 물으며 평소와 같은 얼굴로 눈을 끔벅일 뿐이었다.

"명심할게요."

짧게 대답하는 채홍을 조심스레 바라보자, 그녀는 쌍꺼풀 없이 선이 또렷한 눈으로 해수를 향해 부드럽게 웃어 보인 뒤 방에서 나가려 문고리를 잡았다. 그러나 문고리를 잡자마자 휙 당겨 열리는 문에 딸려간 채홍은 몸의 중심을 잃고 비틀거려야 했다.

"생일이라고 이런 식으로 환영해 주는 건가? 꽤 위험한 서비스 같은데."

◆◆ #6 ◆◆

　훅, 하고 뜨겁게 내쉬는 숨이 느껴져 채홍은 순식간에 얼굴을
붉혔다. 균형을 잃은 그녀의 몸을 든든하게 받친 채 어깨를 감싸
고 있는 남자에게서 그 특유의 머스크 향이 은은하게 감돌고 있었
다. 가슴이 두근거려 채홍은 괜히 옷섶을 매만지며 어깨를 움츠렸
다.

　"오셨어요?"

　슬쩍 고개를 들자 운성의 탄탄한 목덜미와 남자다운 턱 선이 보
였다. 용기 내어 조금 눈을 올려보았지만 애석하게도 운성의 시선
은 그녀에게 향해 있지 않았다. 채홍은 순간 심장이 덜컹거려 마
른침을 삼키며 그의 시선을 따라 고개를 돌렸다.

　"권운성, 요즘 아주 쉬워졌어. 미끼를 던지는 족족 무는 걸 보면
말이야."

느긋하게 웃으며 손가락을 까닥거리고 있는 산호를 조금 빗겨 간 시선이었다. 채홍은 놀란 듯 눈을 동그랗게 뜨고 있다가 뒤늦게 못 볼 걸 본 사람처럼 눈을 질끈 감는 해수의 창백한 얼굴을 바라보며 무거운 한숨을 삼켰다. 예감대로였다.

운성의 마음은 끝나지 않는 겨울잠을 자는 짐승처럼 영영 움직이는 일도, 흔들리는 일도 없을 것이라 막연히 기대했었다. 채홍은 내내 그에게 다가가지 못하는 자신에게 그렇게 변명거리를 주고 있었다.

그러나 변하지 않을 것 같았던 얼음장 같은 운성의 마음이, 느릿느릿 깨어나 길게 기지개를 켜고 있는 것이 그녀의 눈에 보였다. 길고 긴 잠에서 막 깨어난 짐승의 눈이 향한 호기심의 대상은 너무나도 분명해서, 스스로 만든 테두리 안에 갇혀 그를 바라만 보고 있던 채홍의 가슴을 먹먹하게 만들었다.

"생일 선물로 외면이라……. 퍽 기억에 남는 선물이군."

운성은 채홍을 지나쳐 해수에게 다가갔다. 젓가락을 쥔 손을 허공에 든 채 얼굴을 찡그리고 눈을 감은 폼이 얼뜨다. 이 여자는 자신의 모습이 다른 이의 눈에 어떻게 비치는지 조금도 신경 쓰지 않는 것이 분명했다. 그런데 이상하게도, 그런 모습에 자꾸만 웃음이 나왔다.

그는 선뜻 몸을 낮추고 해수의 얄쌍한 턱에 손가락을 대고 느릿하게 올렸다. 가느다란 눈썹이 꿈틀거리는 걸 샅샅이 훑어보며 운성이 낮게 가라앉은 목소리로 말했다.

"이미 봤잖아. 뒤늦게 뭐 하는 짓이야."

"음. 제대로 못 봐서. 혹시 오늘 검은 옷 입었어요?"

해수는 산호에게 받았던 선글라스를 찾으려 소파를 더듬었지만, 그녀가 눈을 감고 있는 사이 산호는 이미 그 선글라스를 낚아채 제 얼굴에 쓰고 있었다. 이거 진짜 어둡구나, 하고 중얼거리며 딴청을 피우는 산호를 흘끗 본 운성이 손가락으로 해수의 뺨을 슬쩍 쓸었다. 부드러운 살결이 메마른 손바닥 끝에 달라붙는 것 같았다.

"아니."

"안 입었다구요?"

순식간에 해수의 목소리가 날카롭게 변했다.

"거, 검은 걸, 검은 그림자를 본 것 같은데……."

운성의 손바닥에 닿은 해수의 뺨이 파르르 떨렸다. 더 창백해질 수 없을 것 같았던 낯빛이 하얀 밀랍처럼 굳어져 가고 있었다. 운성은 저도 모르게 제 옷을 내려다보았다. 짙은 그레이 톤의 슈트 재킷이 어둡게 보였을 수도 있었겠다 싶어 그는 잘게 떨리는 해수의 어깨를 부드럽게 잡았다.

"어두운색 재킷을 입긴 했지. 당신도 알겠지만 여긴 제법 안전한 곳이야. 저 미친놈이 날 죽이겠다고 덤비지 않는 이상은. 그러니까 그 눈 뜨고 선물답게 생일 축하나 해주지그래."

그 미친놈이 설마 나야? 하고 자기 가슴팍을 손가락질하는 산호가 입술을 삐죽거렸지만 이어지는 해수의 말에 그는 입을 꾹 다물었다.

"당신은 몰라요. 사고는 누구도 예상하지 못한 순간에 일어나요. 도미노처럼, 아무런 관계도 없는 것처럼 보이는 어떤 행동 때문에 결국에는 핀이 무너져 사고가 일어나기도 한다구요. 그런 걸

감당해야 하는 내 두려움을 알기나 해요?"

"이것 봐, 신해수 씨. 그깟 게 대체 뭐가 대수야?"

해수는 코앞에서 울리는 운성의 목소리에 눈썹을 바짝 추켜 올렸다. 그의 목소리는 낮고 울림이 깊어 눈을 감고 들으면 미세한 감정 변화를 느끼기 쉽다. 방금 내뱉은, 약간의 짜증이 섞인 듯한 말투가 내포하고 있는 비난에 울컥 화가 치밀어 올랐다.

그깟 거라니, 해수가 반발심에 막 입을 열려고 했지만 운성이 한발 빨랐다.

"당신이 내게서 뭔가를 봤고, 내가 오늘 죽는다고 치지. 그래서 그게 뭐. 죽지 않는 사람은 없어. 당신이 봐도, 보지 않아도 죽을 사람은 죽어. 그런데 뭐가 두렵지?"

운성의 말은 언뜻 심드렁하게 들렸지만 그 어떤 말보다도 정확하게 해수의 마음을 파고들었다. 오랜 시간 그녀의 마음속에 틀어박혀 있던 자책감과 무력감을 뒤흔드는 말이었다. 해수는 제 턱을 감싸 쥐고 있는 운성의 손을 피하려는 것처럼 고개를 저었다.

"당신은 몰라요. 보고도 아무것도 하지 못하는 내가 얼마나 비겁하게 느껴지는지."

"몰라. 나라면 날 비겁하게 생각하지 않을 거니까."

해수의 눈꺼풀 아래 눈동자가 또르르 움직이는 것이 보였다. 핏기가 질린 얼굴이 안쓰럽게 느껴져 운성은 작게 혀를 찼다. 꽤 당돌한 성격처럼 보이면서도 이렇게 대책 없이 겁에 질려 있는 걸 보면 어쩐지 마음이 불편하다. 그래, 화가 나는 것 같기도 했다.

"어떻게 죽을지, 내가 도와준다면 그 사람이 살 수는 있는지, 그렇게 살린 사람이 살면 얼마나 더 살지, 살아 있는 게 과연 누군가에게 도움이 될 사람인지, 그런 것까지 안다면 참견할 생각이 들수도 있겠지만 당신은 그런 거 아니잖아. 내 말이 틀린가?"

해수의 가느다란 목울대가 꿈틀거렸다. 그의 말은 곧고 튼튼한 대나무처럼 느껴져서 기대고 싶어진다. 누군가 말해주기를 기다렸던 말들을, 운성이 거침없이 쏟아내고 있었다. 눈물이 터져 나올 것 같았다.

앙상한 해수의 몸의 떨림이 잦아드는 것을 느낀 운성은 그녀의 어깨를 가볍게 쓸어주었다. 품에 안아 토닥이고 싶었다. 걱정할 것 없다고, 아무것도 무서워할 필요 없다고 말해주고 싶었지만, 어느새 해수의 선글라스를 손끝으로 돌리며 묘하게 웃고 있는 산호의 시선이 따갑게 느껴져 운성은 쯧, 하고 혀를 차고 말았다.

"보인다고 해서 도와야 할 의무는 없어. 죽음에 관여하는 건 인간의 영역이 아니지. 선택의 관점에서 생각해. 쓸데없는 죄책감에 휘둘리며 인생 낭비해도 달라지는 게 없다면, 이젠 좀 더 이기적인 생각을 할 때도 되지 않았나?"

그러니까 눈을 뜨고 날 봐. 운성이 스치는 바람처럼 작게 속삭였다. 해수는 어느새 그의 재킷의 끝자락을 움켜쥐고 있었다. 눈가를 쓰다듬듯 부드럽게 매만지는 손길에 홀린 것처럼 그녀는 천천히 눈을 떴다. 보는 것에 대한 두려움보다, 운성과 눈을 마주치고 그의 표정을 보고 싶은 마음이 더 강해진 것이다.

"이거이거, 우리 아가씨의 열려라 참깨가 피도 눈물도 없는 고철 덩어리 권운성이었다니! 내 평생 저렇게 집요하고 끈적거리게 구는 권운성을 보는 날이 올 줄이야. 관람료라도 내고 싶은데?"

빙글거리며 내뱉은 산호의 말에 짙게 뻗은 눈썹을 찌푸리며 슬쩍 돌아보는 운성의 매끈한 뺨이 보인다. 그냥 그림자였나. 해수는 한숨을 내쉬며 가슴을 두근거리게 하는 머스크 향을 품은 채 제 앞에 몸을 낮추고 앉아 있는 운성의 널찍한 어깨로 시선을 떨궜다. 당연한 듯 어깨를 단단히 붙잡고 있는 그의 커다란 손이 느껴져 새삼스레 얼굴이 뜨거워지는 것 같았다.

"이제 됐으니까 좀 떨어져요."

그의 손이 닿은 곳에서부터 피어오른 열기가 천천히 온몸으로 번지는 것 같아 해수는 애써 운성의 팔을 밀어내었다. 기다란 눈매로 잠시 그녀를 내려다보던 운성이 굽히고 있던 몸을 느릿하게 일으켰다. 빛을 등진 그의 긴 그림자가 해수를 집어삼켰다. 느른하게 풀어진 운성의 표정에 고압적인 기세가 흐르고 있었다.

"그래. 이제 당신이 왜 여기에 저놈이랑 같이 있는지를 들을 수 있겠군."

운성은 해수의 곁에 앉았다. 손끝에 그의 몸이 닿아 해수는 저도 모르게 움찔, 산호 쪽으로 몸을 기울였다. 위스키를 기울이던 산호가 재빨리 양팔을 벌렸다.

"우리 해수, 이쪽으로 와. 권운성 옆에 붙어 있으면 피가 파란색이 돼. 물들어."

딱히 산호에게 갈 생각은 없었지만 운성이 너무 가까이 붙어 있어 온몸이 괜히 긴장되는 것이 부담스러웠던 해수는 슬쩍 엉덩이를 떼었다. 그러자마자 손목이 붙잡혀 세게 당겨졌다. 해수는 당황한 표정으로 제 손목을 잡은 채 미간을 좁히고 있는 운성을 돌아보았다.

"두 사람 어떻게 만났는지는 들었어. 그런데 얼마나 가까운지는 못 들은 것 같군. 말끝마다 우리 아가씨, 우리 해수. 도대체 뭐야?"

"그게 궁금하냐? 난 천하의 권운성이 호기심을 비치는 이유가 더 궁금한데."

산호의 시원스런 입매가 길게 당겨졌다. 장난기 가득한 눈동자가 반짝이고 있었다. 분위기가 자신에게 썩 유리하지 않음을 알면서도, 운성은 물러설 수가 없었다. 검은 눈동자를 또르륵 굴리며 자신을 바라보고 있는 해수의 시선이 느껴졌지만 운성은 잡은 손을 놓지 않았다.

"장담하는데, 그 이유가 제일 궁금한 건 바로 나야."

낮게 말을 뱉어내고 운성이 천천히 고개를 돌렸다. 그를 바라보고 있던 해수가 눈을 깜빡였다. 엄격하고 고고해 보이는 얼굴이 강렬한 시선으로 그녀를 속박하고 있었다.

똑똑, 하는 소리와 함께 문이 열렸다. 덕분에 묘한 긴장감에서 풀려날 수 있었던 해수는 마른 입술을 혀로 핥았다. 와인과 과일을 들고 들어온 채홍의 눈길이 잠시 해수의 손목을 잡고 있는 운성의 손에 머물렀지만, 그녀는 차분하게 가라앉은 표정으로 와인을 테이블에 옮겼다.

"생일 축하드려요, 이사님. 오실 걸 미리 알았다면 선물이라도 준비했을 텐데요."

"좋은 와인 한 잔이면 충분해. 안 사장에게 선물 받을 만큼 거창한 날 아니고."

나른한 듯 눈을 내리깔고 있는 운성의 건조한 말에 채홍은 씁쓸한 미소를 머금었다. 휴게실 안 그녀의 책상 서랍에는 미리 사뒀던 넥타이와 커프스가 있었지만 이렇게 말할 그를 알기에 지금 내밀지 못했다. 며칠쯤 지난 뒤에나 늦었지만 축하드려요, 하고 건네야 덤덤한 얼굴로 받겠지. 미리 챙기고 있었다는 뉘앙스를 풍기면 그는 깔끔하게 선을 긋고는 그녀를 밀어낼 것이다. 새삼 자신의 위치가 느껴져 채홍은 입술을 깨물었다.

운성에게도, 산호에게도 그녀는 그저 적당히 안면이 있고 눈치빠른 음식점 주인일 뿐이다. 어차피 그들은 타인의 침범을 쉽게 허락하지 않는 종류의 사람들이었으니 채홍은 그에 대해 딱히 박탈감을 느낀 적은 없었다.

그러나 갑자기 튀어나온 저 초라한 행색의 여자는 그 두 사람 사이에 당연한 듯 끼어 앉아 그들의 관심을 독점하고 있었다. 볼품없이 창백한 얼굴로 말이다.

고개를 숙인 채 제 손목을 잡고 있는 운성의 불룩 튀어나온 손마디를 보고 있던 해수가 시선을 느끼고 빼꼼히 눈을 들었다. 소리 없이 우아한 동작으로 과일 접시를 내려놓고 있던 채홍이 그녀를 바라보고 있었다. 어둡게 가라앉은 눈빛에 그늘이 겹쳐졌다. 순간이었지만 그 눈빛에 스쳐 지나간 것은 뾰족하게 날이 선 적의였다.

해수는 자신을 거슬려 하는 눈빛에 익숙했다. 그녀는 일반적인 사람들이 사는 세상에서 톡 튀어나온 못처럼 눈에 띄는 존재였고, 그런 그녀를 불편해하는 시선들은 해수에게 일상과도 같았다.

그러나 채홍의 눈은 그것과는 달랐다. 그렇게 일시적으로 생겼다 사라지는 종류의 가벼운 불쾌감이 아니었다. 그녀가 자신을 향해 보내는 적의는 훨씬 더 농도가 진하고 격렬하다. 해수는 목을 가다듬으며 다시금 채홍을 바라보았지만, 이미 그녀는 군더더기 없는 표정으로 입가를 끌어 올려 웃고 있었다.

"더 필요하신 건 없으세요?"

"응. 오늘은 가볍게 놀다 들어갈 테니까 우리 쪽엔 신경 쓰지 않아도 돼. 바라던 바지?"

손을 휘이 내젓던 산호는 테이블에 올려둔 제 휴대폰이 드르륵 거리며 몸을 떠는 것을 보았다. 들떠 있던 눈매가 순식간에 얼음물이라도 끼얹은 것처럼 축 가라앉는다. 운성이 짧게 웃었다.

"가서 받아라. 제수씨도 초대할 거 아니면."

"나간 김에 몸수색 좀 하고 와야겠다. 나한테 위치추적기 달아 놨을지도 몰라."

휴대폰을 손에 쥔 산호가 해수를 향해 눈을 찡긋하고는, 우뚝 서 있는 채홍의 어깨를 감싸며 문밖으로 나섰다. 잠시 머무를 생각이었던 채홍은 얼떨결에 그의 손에 이끌려 방에서 나와야 했다.

다소 원망스러운 눈으로 산호를 흘끔거리던 채홍은 저도 모르게 벽에 몸을 붙인 채 허리를 꼿꼿하게 세웠다. 진동하고 있는 휴대폰을 손으로 빙글빙글 돌리며 산호가 그녀를 가로막고 섰기 때문이다.

꾸준한 운동으로 탄탄하게 다져진 운성의 위압적인 체구에 비하면 그는 조금 더 날렵하고 마른 골격 쪽에 가까웠지만, 훤칠한 키와 늘 그에게 배어 있는 어딘지 위태로운 듯한 분위기는 사람을 압도하기에 충분했다. 산호는 소년처럼 맑게 웃고 있었지만, 가까이서 올려다본 그의 눈동자는 감정이 없는 돌처럼 차갑게 굳어져 있어서 채홍을 오싹하게 만들었다.

"나한테 사람은 두 종류로 나뉘거든. 신경 쓸 가치가 있는 사람, 그렇지 않은 사람. 전자는 또 두 부류로 나눌 수 있어. 내가 공격할 사람, 내가 보호할 사람. 그게 내 인간관계야. 심플하지?"

평소와 다를 거 없이 장난기 어린 가벼운 목소리였지만 채홍은 눈조차 깜빡일 수 없었다. 산호는 그녀에게서 한 걸음 떨어져 있었지만, 마치 보이지 않는 손으로 그녀의 목을 짓누르고 있는 것처럼 느껴졌다. 눈치채지 못한 사이에 두 팔과 다리가 거미줄에 칭칭 감긴 것 같은 구속감에 채홍은 숨을 죽였다. 산호가 낮게 속삭였다.

"나는 안 사장이 영리해서 좋아. 그러니까 자신이 있어야 할 곳이 어딘지 잘 생각하고 행동했으면 좋겠어. 응?"

어깨를 가볍게 두드리는 손길은 솜털처럼 부드러웠지만 채홍은 딱딱하게 굳어진 채 움직이지 못했다. 우아한 고양이처럼 휴대폰을 쥔 손을 살랑이며 음식점을 가로질러 나가는 산호의 뒷모습이 보이지 않을 때까지, 그녀는 온몸을 긴장시킨 채 벽에 등을 붙이고 서 있었다. 굳게 다문 턱이 가늘게 떨리고 있었다.

순식간에 둘만 남겨진 방 안에서 해수는 손가락만 꼼지락거리고 있었다. 채홍의 차가운 눈빛이 마음에 걸렸지만, 곁에 앉은 운성의 존재감만큼은 아니었다. 와인을 들이켜는 듯한 그의 움직임이 느껴져 해수는 일부러 손을 투박하게 흔들었다.

"이건 왜 계속 잡고 있는 거예요?"

"문산호랑 뭐야."

"뭐라고요?"

그녀가 입을 열기를 기다렸다는 듯이 묻는 운성의 말에 해수가 눈을 치켜떴다. 앞을 보고 있는 줄 알았더니 슬쩍 턱을 치켜든 운성은 그녀를 곁눈질로 바라보고 있었다. 가늘게 뜬 눈매가 매력적이다. 큼, 하고 헛기침을 한 해수가 손목을 흔들었지만 운성의 손은 미동도 없었다. 나른하게 풀린 시선으로 그녀를 바라보며 운성은 붉은 와인을 들이켰다.

그는 주량을 알 수 없을 만큼의 주당이었지만, 와인만큼은 예외였다. 산호의 시커먼 속이 뻔히 들여다보였지만 오늘만큼은 그의 손에 놀아나 줄 생각이었다. 어느 정도는 그도 바라던 바였음을 부정할 생각은 없었다.

"내가 당신은 잘 모르지만 문산호가 어떤 인간인지는 알거든. 곁에 불필요한 사람 오래 두는 성격 아니야. 인간관계에 결벽증이 있다고 봐도 좋을 정도지. 그런데 당신은 문산호의 모든 룰을 깨고 있어. 이해가 안 갈 만큼 가까워 보이거든. 둘 다 그게 가능한 타입 같지 않은데 말이야."

해수의 눈이 깜빡였다. 검게 일렁이는 신비한 바다를 들여다보는 운성의 손끝에 미열이 일었다. 잠시 망설이던 해수가 중얼거렸다.

"그 사람은…… 내 통로예요."

"통로?"

의아한 듯 운성의 눈썹이 꿈틀거렸다. 왜 이런 말을 이 남자에게, 싶은 생각이 들었지만 한편으로는 당연하다는 생각도 들었다. 그녀와 문산호, 두 사람을 다 아는 누군가가 그녀의 곁에는 없었다. 운성은 의식이 없는 오빠를 제외하고, 산호에 대한 이야기를 할 수 있는 유일한 사람일 것이다. 해수는 고개를 끄덕거리며 입을 열었다.

"세상과 이어주는 통로요. 삶과 이어주는 통로라고도 할 수 있죠. 내 오빠 살게 했고, 나를 살게 했어요. 구석에 숨어 있는 내게 자꾸만 바깥공기를 불어 넣어주는 바람길 같은 사람이죠. 내가 지금 조금이라도 사람 꼴을 하고 있다면 그건 다 산호 씨 덕이에요."

글쎄, 엄격하게 따지자면 썩 괜찮은 꼴이라고 말하기는 어려운데.

내심 중얼거리며 운성은 소파에 등을 기댔다. 포도는 그의 몸에 마치 흥분제처럼 작용하는 과일이었다. 와인은 두말할 나위가 없었다. 온몸의 근육이 나른하게 풀어지는 듯한 기분에 운성이 깊게 숨을 내뱉었다.

"통로는 무생물이니, 문산호가 당신에게 남자라는 뜻은 아니겠군."

"무슨 소리예요?"

해수가 미간을 찌푸렸다. 그 반응으로 충분했다. 운성의 잘생긴 입매가 길게 미소를 그려내었다.

"혹시 모를까 봐 하는 이야기야. 제수씨가 성격이 보통 아니거든."

그제야 운성이 의미하는 바를 알아챈 해수의 검은 눈동자가 커다랗게 부풀었다. 그녀가 양손을 들어 마구 휘젓는 바람에 그녀의 손목을 잡고 있는 운성의 팔도 허공에서 흔들려야 했다.

"그런 관계 아니에요, 절대로!"

"……어떤 의미로는 그게 더 위험할지 모르지."

운성이 속삭이듯 내뱉었다. 서로에게 이성으로서의 매력을 느끼는 것이 아니라는 건 보면 알 수 있다. 둘을 둘러싼 공기에 그런 종류의 끈적함은 없었지만, 그에 필적하는 깊은 감정을 공유하고 있음은 분명하다. 오히려 그쪽이 운성의 마음에 걸렸다.

유달리 사람을 받아들이는 것에 예민한 두 사람이 경계를 푸는 존재라. 불타는 애정으로 얽힌 것이 아니라는 것은, 시간의 흐름에 따라 식거나 변하는 감정이 아니라는 뜻과 같다. 운성은 은근히 번지는 불쾌감에 미간을 바짝 좁혔다. 그녀에게서 문산호의 그림자를 떼어내는 것은 아무래도 어려울 것이라는 예감 때문이었다.

해수가 목덜미를 긁적였다. 창백한 피부에 돋은 새빨간 흔적이 선정적으로 느껴진다. 운성이 낮은 한숨을 내쉬었다. 저 삐쩍 마른 정체불명의 여자를 상대로 도대체 내가 무슨 생각을 하는 것인가.

"미친놈."

"누가요?"

해수는 오로지 저에게 쏟아지고 있는 운성의 시선을 피하고 싶은 마음뿐이었다. 다른 이들이 보내는 호기심 어린 시선에는 익숙한 그녀였지만 운성의 시선은 다르다. 그는 마치 살갗을 뚫고 들어와 피부 속을 기어 다니는 개미처럼 그녀의 온몸을 간지럽게 만들었고, 해수는 그런 낯선 감각으로부터 도망치고 싶었다.

무심코 내뱉은 듯한 운성의 말에 재빨리 대꾸를 한 것은 그래서였다. 운성의 눈매가 이지러졌다. 이렇게 눈웃음을 치는 사람이었나. 순간 가슴이 덜컹 내려앉는 기분에 해수가 마른침을 꿀꺽 삼

컸다.

"그래서, 어쩌다 문산호랑 이 시각에 여기 있게 된 거지?"

아, 그게, 하고 머뭇거리던 해수는 산호가 있던 자리에 내팽개쳐져 있는 플라스틱 총을 집어 들었다.

"저녁 먹으러 나왔다가 잠깐 술에 취한 사람들한테 붙잡혔는데, 마침 산호 씨가 도와줬거든요. 같이 저녁 먹자기에 여기까지 따라왔어요. 이건 산호 씨가 준비한 생일 선물……."

"다시. 뭐라고?"

가만히 듣고 있던 운성이 목소리를 낮췄다. 나른하게 늘어져 있던 눈매가 금세 날카롭게 각이 잡혀 있다. 뭐가 거슬렸나? 자신이 방금 내뱉은 말을 머릿속으로 떠올리는 해수의 눈에 자그마한 플라스틱 총이 걸렸다.

역시 이게 선물이라는 게 싫은 건가? 그래도 어쩔 수 없지. 해수는 어깨를 으쓱이며 말을 줄였다.

"집 앞에서 산호 씨를 만나서, 같이 저녁 먹으러 온 거예요. 이건 선물."

요점 정리를 하라면 요점만 빼먹을 타입이군. 운성은 혀를 찼다.

"술에 취한 사람들한테 붙잡혔다고?"

"아, 그건 종종 있는 일이에요. 조심한다고 해도 피할 수 없는 일이죠. 대부분은 간단하게 해결이 되는 일…… 아야. 아픈데요."

해수는 꽉 조여드는 제 손목을 흘끗 바라보았다. 여태 그녀의 손목을 감싸 쥐고 있는 커다란 운성의 주먹에 푸릇한 핏줄이 볼록하게 돋아나 있었다. 의아한 눈을 들어 운성을 바라본 해수가 저도 모르게 흠, 하고 헛기침을 하고 말았다.

"술에 취한 사람들에게 붙잡히는 일이 종종 있다?"

"뭐, 밤에 선글라스 쓰고 다니는 걸 못 보는 사람들이 있으니까요. 네가 연예인이냐며 다짜고짜 달려드는 사람들도 종종 있었고. 맨 정신이라면 비웃고 끝내지만 일단 술에 취하면 아무래도 움직이게 되나 보……."

운성의 몸이 다가왔다. 해수는 코앞에 들이밀어진 그의 날카로운 얼굴에 조용히 입을 다물었다. 몸을 돌린 운성은 해수를 완전히 감싸듯 팔로 소파를 짚고 있었다. 그의 품 안에 갇힌 꼴이 된 해수는 멍하니 눈을 깜빡였다. 완연한 어둠으로 물든 운성의 눈동자는 맹수의 이빨처럼 조용히 그녀를 위협하는 듯했다.

화가 났나? 도대체 왜? 놀란 심장이 무섭게 뛰고 있었지만 해수는 영문을 알 수 없었다. 낮게 눈을 내리깔고 있는 운성은 마치 다리에 들러붙은 벌레를 바라보는 오만한 귀족과 같은 얼굴을 하고 있었다. 불쾌, 멸시, 우위에 선 자의 거만함이 드러나는 표정에 해수는 눈을 치켜떴다.

"그래. 술에 취한 남자들에게 붙잡히는 건 자주 있는 일이니 아무것도 아니라는 거군."

"말하자면 그런 셈이…… 죠?"

손목을 잡고 있던 운성의 손이 움직였다. 안도감과 허전함이 동시에 들어 해수는 이맛살을 찌푸렸다. 그러나 그것도 잠시, 운성의 손은 해수의 얼굴을 천천히 감싸고 있었다. 손등이 그녀의 뺨을 부드럽게 쓸었다. 나른하게 느껴지는 촉감에 등에 난 솜털이 모조리 일어서는 것 같았다.

숨결이 느껴질 만큼 가까이 다가온 운성의 시선을 차마 마주할
수가 없어, 해수는 코끝에 닿을 것 같은 그의 입술로 시선을 떨어
뜨렸다. 속삭이듯 운성의 입술이 느리게 움직였다.

"그런 일들은 조심한다고 해도 피할 수 없고."

따뜻하게 데워진 숨결이 해수의 얼굴을 스쳤다. 왜 운성이 자신
의 말을 되풀이하는지 의아할 뿐이라, 해수는 묵묵히 목덜미만 잔
뜩 움츠리고 있었다. 제 뺨과 귀 끝을 슬쩍 더듬는 운성의 손길이
두려울 만큼 달콤했다. 처음으로 솜사탕을 맛본 것 같은 달콤한
쾌감이 희미하게 번지고 있었다.

"당신은 운이 좋았어."

운성의 목소리가 조금 더 낮아졌다. 얼핏 듣기 좋은 그 목소리
에는 미묘하게 빈정대는 듯한 느낌이 담겨져 있어 해수는 눈을 바
짝 치켜떴다. 불빛을 등으로 가리고 있어 운성의 표정은 잘 보이
지 않았지만, 어둠 속에서도 그의 눈은 명멸하는 빛처럼 반짝이는
듯했다.

"이런 일을 당하는 게 처음이라면 말이야."

무슨 일, 하고 되묻지 못하고 해수는 멍한 눈을 깜빡였다. 무슨
일이 일어난 건지 그녀는 잠시 알아채지 못했다. 뺨과 목덜미를
부드럽게 어루만지는 손길과 제 몸에 밴 것처럼 느껴지는 남자의
짙은 머스크 향에 머리가 어지러웠고, 가까스로 흡, 하고 숨을 들
이마신 해수는 그제야 운성의 입술이 제 입술에 닿아 있음을 깨달
았다.

그것은 온몸에 얼음장처럼 차가운 탄산을 들이부은 것 같은 감
각이었다. 제 것이 아닌 타인의 입술과 혀가 그녀를 더듬고 있다.

그 짜릿한 감각이 순식간에 손끝까지 치달리고 있었다. 의식하는 순간 호흡이 가빠졌다. 해수는 어떻게 숨을 쉬어야 하는지를 잊어버린 채 저도 모르게 운성의 가슴에 매달렸다. 주름 하나 없이 깔끔하던 운성의 재킷이 금세 구겨졌다.

뾰족하면서 끈적하고, 매끈하면서 부드럽다. 뜨겁고 달콤한 느낌이 그녀의 입안을 헤집고 있었다. 머리칼이 삐죽 솟는 감각이 낯설다. 살갗에 예민하게 돋아난 가시들을 샅샅이 훑어내는 듯한 느낌이었다. 운성의 손가락이 목덜미에 스칠 때마다 해수는 작게 몸서리를 쳤다. 제대로 생각할 수 있는 모든 이성이 그의 입속으로 빨려 들어가 버린 것 같았다.

와인 때문이다. 운성은 천천히 그녀의 입술을 핥으며 스스로에게 말했다.

해수는 그 아름다운 눈으로, 순진한 얼굴로 내뱉는 말마다 그의 신경을 뒤흔든다. 그녀를 앞에 두면 그는 제 의지대로 움직이지 못하는 목각인형이 되는 것만 같았다. 보이지 않는 실에 조종되는 것처럼, 전혀 생각하지 않았던 행동을 하게 된다. 해수는 그에게 있으리라 생각하지 않았던 충동을 불어넣고 있었다.

무방비한 그녀를 보호해 주고 싶은 동시에 그렇게나 무방비한 그녀에게 화가 나기도 했다. 스스로를 아무렇게나 버려두고 돌아보지 않는다. 마치 그녀 자신은 어떻게 되든 상관없다는 듯이. 알지도 못하는 타인의 죽음에는 그렇게나 예민한 주제에.

일순 화가 치밀어 올라 운성은 해수의 입술을 질끈 깨물었다. 하앗, 하는 신음이 제 입에 의해 막혀 있는 해수의 입술 틈에서 가늘게 새어 나왔다. 유혹하려는 의도가 조금도 없음을 알면서도,

어쩔 줄 모르고 제 가슴에 매달려 있는 해수의 손가락이 가늘게 떨리는 게 시선 끝에 걸리자 그의 남성이 단숨에 고개를 치켜들었다.

자신의 신체 변화가 가장 당황스러운 것은 운성 자신이었다. 그는 건강한 젊은 남자였기에 성욕이 왕성한 것은 아주 당연한 일이었지만, 이런 곳에서 이런 식으로 간단하게 흥분하는 자신이 믿기지 않았다. 그것도 어린애처럼 제 혀를 어쩌지도 못하고 숨만 달싹이는 여자와의 서툰 키스 한 번에 말이다. 기가 막힐 노릇이었다.

"숨은 좀 쉬지."

낮게 갈라진 목소리가 튀어나왔다. 이대로 있다가는 누구에게든 이 민망한 꼴을 들키고 말겠다는 생각에 스스로에게 제어를 걸기 위해 운성이 내뱉은 말이었다. 언뜻 눈에 비친 해수의 창백한 볼에 은은한 열기가 번져 있는 것이 보기 좋다.

그녀의 뺨을 슬쩍 쓰다듬자 해수의 감은 눈이 파르르 떨렸다. 느릿하게 눈꺼풀이 열리고, 윤기가 흐르는 검은 동공이 그를 올려다본다. 복잡한 감정이 어려 있는 그 눈동자를 마주하는 것만으로도 등줄기를 타고 짜릿한 감각이 흘러내렸다.

해수는 말 잘 듣는 아이처럼 가슴을 들썩이며 숨을 내뱉었다. 가만히 자신을 내려다보는 운성의 시선이 느껴진다. 마치 태풍이 휩쓸고 지나간 것 같았다. 생전 처음 느껴보는 짜릿한 자극은 그녀의 헐고 해어진 심장을 갈아 치운 듯했다. 새로운 심장은 전과 다른 속도로 격렬하게 피를 뿜어내었고, 순간이나마 그녀가 살아 있는 것처럼 느끼게 만들어주었다.

"……고마워요."

색이 옅은 여자의 입술에서 어떤 말이 흘러나올지 기다리고 있던 운성의 곧은 미간이 찌푸려졌다. 고마워요, 라는 인사는 그의 어떤 예상과도 들어맞지 않았다. 무슨 생각을 하면 저런 말이 나올 수 있지? 설사 그녀가 뺨을 날렸어도 이보다 놀라지는 않았을 것이다.

"어, 음, 그리고 생일 축하해요."

이 여자가 갈수록. 바닥 언저리를 바라보며 중얼거린 해수가 불현듯 몸을 벌떡 일으켰다. 얼떨결에 그녀를 놓친 운성이 손을 뻗었지만 이미 해수는 재빨리 테이블을 돌아 문가에 선 후였다.

"지금 뭐 하는……."

때마침 벌컥, 문이 열리고 산호가 들어섰다. 휘파람이라도 부는 것처럼 입술을 모으고 있던 산호는 문 앞에 서 있는 해수와 소파에 앉은 채 반쯤 몸을 일으킨 운성을 번갈아가며 바라보다 눈살을 찌푸렸다.

"좋아. 평범하게 생일 축하해 주는 광경은 아닌 것 같고. 우리 아가씨, 왜 일어나 있어?"

"집에 가려고요."

벌써, 하고 되물으려던 산호의 눈매가 일순 날카롭게 벼려졌다. 곁에 다가온 해수가 그의 옷자락을 잡고 있었다.

"집에 좀 데려다 줘요."

산호는 주의 깊게 그녀의 얼굴을 살폈다. 하얀 뺨에 발긋한 열기가 퍼져 있었지만 차분하게 가라앉은 눈동자에는 그가 긴장해야 할 어떤 기색도 찾아볼 수 없었다. 흠, 하고 낮게 숨을 내쉰 산호는 시원스레 웃는 얼굴로 고개를 끄덕였다.

"그럼, 그래야지. 잠깐만 밖에 있어. 이놈한테 선물 증정식만 해주고 나갈 테니까."

운성이 몸을 일으켰지만 산호가 그 앞을 가로막은 사이 해수는 문을 열고 밖으로 나갔다. 운성은 불만스러운 눈으로 닫힌 문을 바라보던 시선을 움직여 산호를 노려보았다.

"할 말 남았어."

"나중에 해. 우리 아가씨 예민하다고 말했잖아. 오늘은 여기까지."

"안 어울리는 짓 언제까지 할 셈이냐, 문산호."

날카로운 운성의 눈매가 차갑게 굳어진 것을 느른하게 바라보던 산호는 한쪽 입가를 비틀어 웃었다. 그는 천천히 몸을 기울여 소파 한 켠에 놓여 있는 플라스틱 총을 집어 들었다.

"해수는 다른 사람과 달라. 사람과 어울리는 법을 아직 배우지 못한 어린아이나 마찬가지지. 그 속도를 맞출 게 아니라면 호기심은 여기서 접는 게 좋아."

운성은 산호가 자신에게 내미는 개조된 총을 마지못해 받아 들며 짧게 한숨을 내뱉었다.

"손가락 하나 들어갈 만한 통로를 숨구멍이라고 생각하는 것 같던데. 바로 옆에 스스로 열 수 있는 커다란 문이 있는데도 말이지. 그렇게 만든 게 네놈 아닌가?"

"어허. 단계를 밟아 올라오게, 친구. 애타는 사람처럼 서두르지 말라고. 그거 안 어울려."

손가락을 까닥거린 산호가 씩 웃으며 등을 돌렸다. 짧게 혀를 찬 운성은 소파에 주저앉았다. 산호의 옷자락을 아이처럼 붙잡고 보란 듯이 그를 외면하던 해수의 옆모습이 떠올랐다. 어쭙잖은 여자들의 질투심 유발 따위가 아니다. 그녀는 분명 그를 피하려 한 것이다.

"골치 아프군."

고마워요, 라고 속삭이던 해수의 목소리를 되새기며 운성은 천천히 눈을 감았다. 태어나 이렇게 어려운 수수께끼는 처음이었다.

◆ ◆ #7 ◆ ◆

해수는 문득 불어오는 바람에 으앗, 하고 얼른 머리칼을 잡았다. 3년을 입어야 하기에 그녀는 일부러 허리춤이 헐렁한 교복 치마를 물려 입었다. 오빠인 준수가 아는 여자 선배의 것이었다. 그 치맛자락이 바람에 무섭게 펄럭여 그녀는 몸을 잔뜩 움츠려야 했다. 곁에 서 있던 경희가 순간 탄성을 내지르며 해수의 옆구리를 쿡쿡 찔러대었다.

"해수야, 저거 봐! 눈 오는 것 같아."

고등학교 1학년, 한참 감수성이 예민한 다른 여학생들과 비교하자면 해수는 만사에 무척이나 무덤덤한 편이었다. 그러나 그런 해수에게도 눈처럼 흩날리는 하얀 벚꽃 잎은 몹시 아름답게 보여 그녀의 시선을 단숨에 사로잡았다.

"예쁘다."

"짜증 나. 왜 꼭 이렇게 벚꽃이 필 때 시험을 봐야 하냐고요. 시험을 1년에 한 번만 보면 안 되나?"

"그래도 오늘로 끝이잖아."

"끝나면 우리 노래방 가자, 노래방! 아니, 일단 햄버거부터 먹고. 아니, 그전에 옷부터 좀 갈아 입……."

"신해수!"

멀리서 우렁차게 제 이름을 부르는 목소리가 들려 해수는 눈을 동그랗게 떴다. 제 등 뒤를 바라보고 있는 경희가 오오, 하고 입술을 모은 채 상기된 얼굴을 하고 있었다.

"누구야?"

"누구긴. 김정욱이지. 쉿, 온다."

가볍게 달려오는 듯한 발걸음 소리에 해수는 큼, 하고 목을 가다듬으며 천천히 고개를 돌렸다. 오후로 접어든 햇살이 따뜻하기는 했지만 반팔 티셔츠만 입고 있기에는 조금 서늘한 감이 있었는데도, 가까이 다가온 정욱은 교복 재킷은 어디다 벗어뒀는지 하얀면 셔츠만 입은 채였다.

그에게서 비누향이 몽글몽글 퍼져 나오는 것 같아 해수는 입술을 깨물었다. 늘 단정한 옷과 부드러운 향기는 좋은 집안의 사랑받는 아이의 상징과도 같아 괜히 해수를 위축되게 만들었다.

정욱은 학교의 인기인이었다. 키가 커서 농구부에 들어간 그가 운동장에서 선배들과 어울려 농구를 하는 모습은 심심치 않게 볼 수 있었다. 말쑥한 외모에 훤칠한 키, 그 또래다운 짓궂음이 공존하는 정욱은 성품이 밝아 이제 겨우 4월인데도 어울리는 친구가 많았다.

해수는 그와 함께 중간고사가 끝난 뒤 열릴 학교 축제의 실행위원을 맡았다. 그것은 그녀의 의지가 아니었다. 실행위원을 정하는 회의 시간에 아이들은 그런 일에 가장 어울리는 정욱에게 자연스레 위원을 하라고 부추겼고, 잠시 고민하던 정욱은 조건을 내걸었다.

신해수가 같이 한다면, 그럼 할게.

17세의 소년 소녀들은 어떤 작은 일에도 들뜰 준비가 되어 있었고, 공공연한 자리에서 내뱉은 정욱의 말은 제법 파급력이 컸다. 덕분에 해수는 최근 온갖 시답잖은 놀림의 대상이 되어야 했지만, 썩 싫지만은 않았다.

제대로 된 대화를 나눌 만큼 친한 사이가 아니었음에도, 해수는 종종 정욱의 시선을 느꼈다. 수업 시간에도, 쉬는 시간에도 소년의 시선은 은근슬쩍 그녀에게 머물렀고, 해수는 그런 정욱을 돌아보다가 몇 번이고 눈이 마주쳤다. 그럴 때마다 수줍은 듯 웃으며 정욱은 눈을 돌렸고, 해수는 멋쩍은 얼굴을 하면서도 두근거리는 가슴을 가라앉히곤 했다.

"시험 잘 봤어? 나래는 수학 망쳤다고 그러던데."

목덜미를 긁적이며 정욱이 말을 걸었다. 나래는 중학교 때부터 정욱과 같은 학원을 다녔던 친구로, 그들은 모두 같은 반이었다. 학기 초 정욱에게 쏠리는 여학생들의 관심 속에서 그와의 친분을 자랑처럼 으스대며 은근히 다른 아이들의 접근을 막는 나래의 마음의 빛깔은 모르려야 모를 수가 없었다.

전교 1등, 부모님은 명문대 교수, 유복한 가정의 사랑받는 외동딸. 그런 타이틀을 가지고 있는 나래가 최근 자신을 경계하고 있음을 은연중에 느끼고 있던 해수였다. 나래가 까칠하게 구는 게 그녀를 제치고 이번 수학경시대회 추천을 받은 것 때문인지, 아니면 어렴풋이 느껴지는 저를 향한 정욱의 관심 때문인지는 알 수 없었다.

"음. 좀 어려웠던 것 같기는 한데, 난 수학보다 영어를 더 못 본 것 같아. 모르는 단어들이 많이 나와서."

"맞아. 영어 많이 어려웠지. 나도 절반은 찍었어."

해맑게 웃는 정욱을 바라보는 해수의 눈이 가늘어졌다. 그 정도로 어렵지는…… 않았는데. 어색하게 웃어 보이자 그녀의 얼굴을 흘끔거리고 있던 정욱이 헛기침을 하며 고개를 돌렸다.

"오늘, 시험 끝나고 뭐 해?"

"경희랑 노래방 가…… 기 전에 햄버거 먹을까 하는데."

해수는 곁에 서서 마구 손을 내젓고 있는 경희의 행동에 미간을 찌푸렸다. 왜, 뭐, 하고 눈으로 물었지만 경희는 해수와 정욱을 바라보며 이상한 표정을 짓고 있을 뿐이었다.

"아, 그래?"

어딘지 어색한 느낌이 드는 정욱의 목소리에 해수는 의아한 듯 눈을 치켜떴다. 한숨을 푹 내쉰 경희가 둘 사이에 끼어들었다.

"미안해, 해수야. 생각해 보니까 오늘 엄마가 집에 일찍 들어오라고 한 걸 깜박했다. 노래방은 내일 가자."

"뭐? 오늘 너희 부모님 상가 모임 가셨다고 하지 않았어?"

"어…… 그래, 가셨지. 그래서 집에 일찍 들어오라고 하신 거야. 경재 혼자 있으면 불안하니까. 나, 나는 화장실 때문에 먼저 갈게."

미처 붙잡기도 전에 슬리퍼를 신은 채 달려가는 경희의 뒷모습을 바라보며 해수의 말간 얼굴이 당혹으로 물들었다. 경재 혼자 있는 게 불안하다니. 한 살 차이 남동생인 경재와 허구한 날 싸우는 경희가 할 소리는 아니었다. 뭐야, 도대체.

"그럼 오늘 학교 끝나면 할 일 없는 거지?"

정욱이 눈꼬리를 접은 채 웃어 보이는 통에 해수는 얼떨떨한 얼굴로 고개를 끄덕였다.

"그런데 왜?"

"어, 그게, 우리 축제 실행위원이잖아. 시험도 끝났으니까 이런 저런 얘기도 좀 하고, 상의도 좀 할 겸 오늘부터 학교에 남아서 준비하는 게 어떨까 싶어서. 아, 그리고 경희한테 들었는데 너 컴퓨터에 대해서 잘 안다며? 매일같이 그런 책들만 끼고 있던데……."

"잠깐. 그전에 나 너한테 물어볼 게 있었는데."

"응? 뭔데?"

정욱이 말라붙은 입술을 가까스로 움직이며 들뜬 눈을 들었다. 밤하늘처럼 어둡지만 그래서 아름다운 해수의 눈동자가 자신을 똑바로 바라보고 있어 가슴이 쿵쿵 뛰었다. 사교적인 성격이라 사람들과 어울리는 걸 어렵게 생각해 본 적이 없는 그였지만, 해수는 뭔가 달랐다.

나른한 오후 수업 시간, 창가 자리에 앉아 멍하니 창밖을 바라보는 그녀의 옆모습은 늘 자석처럼 그의 시선을 끌어당겼다. 길게 풀어 내린 머리칼을 쓸어 넘기는 손짓이나, 웃으며 장난치는 경희를 바라보는 차분한 시선 같은 것을 볼 때마다 소년의 설익은 심장은 통제를 잃고 뛰어대곤 했다.

"왜 나를 걸고넘어진 거야?"

"뭐?"

"실행위원 말이야. 하기 싫으면 그냥 싫다고 하면 될 일이지, 왜 나를 걸고넘어진 거냐구. 솔직히 난 그런 거 귀찮은데."

바람이 불었다. 머리칼이 또 흩날려 해수는 미간을 찌푸리며 뒤엉킨 머리를 쓸어 넘겼다. 심드렁한 표정을 짓고 있었지만, 그녀는 조용히 자신을 내려다보고 있는 정욱의 시선에 은근히 긴장하고 있었다. 소년은 할 말이 많은 눈으로 자신을 보는 것에 비해 정작 내뱉는 말은 그다지 길지 않았다.

"너랑 같이 하고 싶어서."

"그러니까 나랑 왜? 혹시라도 내가 너 대신 귀찮은 일을 해줄 거라고 생각한다면 오산……."

"저기, 나…… 네가 좋은 것 같아."

점심시간이 끝나가고 있었다. 해수는 멍한 눈을 깜빡였다. 바닥 언저리를 내려다보고 있던 정욱이 결심한 듯 고개를 들었다. 선하고 부드러운 눈매로 해수를 바라보며, 정욱은 말을 정정했다.

"네가 좋아, 신해수."

이성에게 한 첫 고백은 다소 충동적이었지만 정욱은 심장이 터질 것 같아 당황스러움을 느낄 여유가 없었다. 놀란 얼굴을 하고 있는 해수의 반응과 대답이 두려웠다. 그는 얼른 한 발짝 물러섰다.

"시험 끝나고 교실에 남아 있어. 알았지?"

"자, 잠깐만. 야!"

무슨 말을 해야 할지 머릿속이 멍해 있던 해수는 한발 늦게 정신을 차렸지만 이미 정욱은 성큼성큼 멀어진 후였다. 해수는 입술을 깨물며 고개를 푹 숙였다.

네가 좋아. 그 짧은 말이 어지러울 정도로 해수의 머릿속에 메아리치고 있었다. 얼굴에 열이 올라 후, 하고 숨을 내쉬던 해수는 누군가 투박하게 제 어깨를 붙잡는 느낌에 화들짝 놀라 고개를 돌렸다.

"스무 살 되기 전에는 연애 안 하기로 하지 않았나?"

"이거 놔, 신준수. 어디서 나타난 건데?"

양손으로 해수의 어깨를 꽉 잡은 채 그녀의 정수리에 턱을 대고 있는 것은 준수였다. 해수는 가능한 한 그를 학교에서는 마주치고 싶지 않았지만, 그런 그녀를 골려주듯 준수는 어디선가 불쑥불쑥 튀어나오곤 했다.

"왕자님 아냐? 1학년 김정욱."

"오빠가 어떻게 알아?"

"석태가 농구부잖아. 성격도 괜찮다고는 하더라만, 난 저렇게 생긴 애 별로더라. 비주얼이 너무 평범하잖아. 뻔한 얼굴이랄까, 개성이 없⋯⋯."

"아픈데 머리 좀 치우지."

"너 어제 머리 안 감았지. 그럴 거면 머리를 자르던가."

턱으로 머리를 콕콕 찧는 느낌에 해수가 재빨리 고개를 번쩍 치켜들었다. 해수의 머리에 정통으로 턱을 부딪친 준수가 으악, 하고 괴성을 내뱉으며 커다란 몸을 반으로 접었다.

"혀, 나 혀 잘린 것 같아!"

"뻥치지 마. 나 간다."

"8시 전에는 들어와, 인마."

몇 걸음 걸어가던 해수가 팩 고개를 돌렸다. 턱을 만지작거리며 인상을 찌푸리고 있는, 이미 반쯤은 학생 티를 벗은 듯한 열아홉의 준수가 거기 서 있었다.

"8시면 아직 한낮이야!"

"하나뿐인 오라비 걱정시키지 말고. 안 들어오면 바로 지구대에 신고한다. 오빠 알지?"

어우, 조선시대가 따로 없다니까, 투덜거리며 해수는 일부러 터벅터벅 걸음을 옮겼다. 뒤에 서서 그 모습을 가만히 바라보는 준수는 작게 혀를 차면서도, 피식 웃고 말았다.

"꼬맹이 다 컸네, 서운하게."

그것은 벚꽃이 눈처럼 흩날리던 4월의 어느 날이었다. 시험을 마치고 정욱과 어색하지만 설레는 시간을 보내다 시내에서 영화를 한 편 보고 돌아가던 길, 8시가 다 되어가는 시각에 압박감을 느낀 해수는 신호가 거의 꺼지기 직전의 횡단보도로 뛰어들었고, 한산한 도로에 막 좌회전을 해서 달려오는 오토바이와 부딪치고 말았다.

그리고 병원에서 눈을 떴을 때, 그녀는 전과는 다른 세상을 보게 되었다.

흘러내린 눈물이 목덜미를 적셨다. 해수는 천천히 눈을 떴다. 강한 햇빛이 창을 타고 쏟아지고 있었다. 한동안 축축한 눈물을 닦을 생각도 하지 못하고 멍한 눈으로 천장을 바라보던 해수는 몸을 일으켰다. 온몸이 노곤했다.

참 오랜만이었다, 준수가 나오는 꿈을 꾼 것은.

너무나도 평범해서 아름다운 줄도 모르고 지나쳤던 시간들. 지금에 와서는 그립다는 말로도 표현하지 못할, 꿈에서라도 보게 되면 눈물부터 나게 만드는 아스라한 기억들.

눈시울이 뜨거워져 해수는 잠시 그대로 앉은 채 눈을 감았다. 어렸을 때 부모님을 잃었기에 그녀가 기댈 수 있는 가족은 준수뿐이었다. 외가 쪽 친척이 골방 하나를 내어주며 고등학교 졸업할 때까지만, 이라는 조건을 걸었을 때도, 하나뿐인 이불을 제게 덮어주고 맨바닥에서 커다란 몸을 웅크리고 자는 준수가 있었기에 그녀는 외롭지도, 서럽지도 않았다.

새로 옮긴 고시원은 지은 지 얼마 되지 않아 새 건물 특유의 냄새가 진동했다. 해수는 길게 한숨을 내쉬며 눈을 뜨고는, 짐을 풀지도 않고 던져 놓은 가방에 손을 뻗어 옷가지 사이에 넣어둔 액자를 꺼냈다.

그녀의 고등학교 입학식, 얻어 입은 교복 차림으로 뾰로통한 표정을 짓고 있는 그녀와 해수의 어깨를 감싸 안고 제법 의젓하게 웃고 있는 준수의 사진이었다.

사진. 사진이야말로 얼마나 사치스러운 것이던가. 인생을 기록한 사진이 많다는 것은 제법 행복한 인간이라는 뜻이다. 우선 사진으로 남기고 싶을 만큼 행복한 순간이 많아야 하고, 그것을 사진으로 일일이 찍어 남겨야 한다. 그렇게 찍은 사진들을 잘 보관해 두고 때때로 꺼내어보며 과거를 되새긴다는 것은, 그만큼의 여유가 있는 삶이어야 가능한 일이었다.

누군가는 평범한 일이라 말할지 모르는 그런 것들이야말로 해수에게는 사치였다. 제 의지와는 관계없이 어느 날 갑자기 강제로 일상에서 밀려난 그녀였기에.

해수는 제가 가진 유일한 사치품인 오래된 사진을 더듬었다. 웃고 있는 준수의 얼굴을 손끝으로 그려보다 톡, 하고 튕겨도 보았다. 눈가에 고여 있던 눈물이 소리 없이 떨어져 손가락을 적셨다.

"……오빠가 봐줬으면 하는 사람이 생겼는데."

낮게 잠긴 목소리가 칼칼했다. 텅 빈 방을 고요하게 울리는 혼잣말은 해수에게 더 이상 낯선 것이 아니었다.

"이번엔 트집 잡을 게 하나도 없을걸. 되게 멋있고 잘난 사람이거든. 무엇보다 겁이 없어. 세상에 무서운 게 없는 사람 같아. 그 사람 옆에 있으면……."

선글라스를 붙잡고 실랑이를 할 때 다소 짜증스러운 표정을 짓고 있던 운성의 얼굴이 떠올라 해수는 슬쩍 입술을 올렸다.

"왠지 내가 겪어온 것들이 아무것도 아닌 일이 되는 것 같아. 그까짓 게 뭐가 대수냐고. 눈을 뜨고 보라고, 결국에는 누구나 겪는 일을 조금 빨리 알게 되는 것뿐이라고. 보고도 아무것도 하지 않는 내가 당연하다고, 그렇게 말해."

조용히 뺨에 젖어드는 눈물을 손등으로 거칠게 닦아내며 해수는 연신 중얼거렸다.

"내가 그날 그랬었다면. 어설프게 정의의 사도 흉내를 낼 생각을 하지 않았다면. 사람들이 많이 죽을 거라고, 그 지랄 맞은 검은 그림자가 보인다는 내 말을 오빠가 믿지 않았더라면. 그랬다면 지금쯤……."

어쩌면 오빠는 내 곁에서 그 남자를 흉보고 있을지도 모르지.

뭐, 그 산적 같은 놈이 손을 잡았다고? 절대 안 돼. 너 인마, 외출 금지야. 나는 그 새끼 얼굴이 마음에 안 들어. 집에 한번 데려와 봐. 오빠가 얘기 좀 해봐야겠어. 그러면서 갖은 트집을 잡다 못해 말투가 건방지다고 멱살을 잡았을지도 모를 일이다.

울컥 눈물이 터져 나왔다. 액자를 깨뜨릴 것처럼 세게 움켜쥔 해수의 앙상한 몸이 이불 위로 무너졌다. 뼛속 깊이 사무치는 외로움과 죄책감이 그녀를 발끝부터 천천히 집어삼키고 있었다.

옆에 있어줘. 날 혼자 버려두지 말아요. 제발. 누구든 좋으니까, 곁에 있어줘요…….

액자를 끌어안은 채 숨을 죽여 우는 해수의 여린 등을 찬란한 햇살이 어루만지고 있었지만, 짙푸른 새벽과도 같은 어둠에 빠진 그녀에게는 닿지 않았다. 그 어둠은 깊고도 깊은, 혼자서는 결코 빠져나올 수 없는 우물과도 같았고, 그녀는 이 순간 철저히 혼자였다.

"그래서 왕자와 공주는 행복하게 살았답니다……. 이런 걸 읽고 크니까 다들 인생이 장밋빛으로만 흘러갈 거라고 안이하게 생각하다가 뒤통수 맞고 정신 못 차리는 거지. 안 그래요? 혹독한 현실이 나만큼은 피해가겠지, 그러면서. 소아병동에 이딴 동화책은 죄다 치우라고 말해야겠어."

산호는 혀를 차며 들고 있던 동화책을 바닥에 내팽개쳤다. 깨끗한 병실을 울리는 소리에 그는 흘끗 침대에 누워 있는 준수의 얼굴을 보았지만 미동조차 하지 않는다. 핏기 없는 그 창백한 얼굴을 물끄러미 바라보던 산호는 철제 의자에 등을 기대었다. 오후의 나른한 햇살이 블라인드를 뚫고 은은하게 병실을 비추고 있었다.

그의 하루 일과 중 가장 평온한 시간이자 조용한 시간이었다. 비록 매번 아픈 상처에 소금을 듬뿍 뿌리는 기분이 들긴 했지만, 산호는 이 시간을 좋아했다. 눈앞에 사람이 누워 있지만 인기척을 느낄 수 없는 기이한 적막감. 그것이 오히려 늘 엉망으로 엉킨 실타래처럼 복잡한 산호의 머릿속을 조금이나마 차분하게 만들어주곤 했다.

"동화가 아닌 현실은 참 잔인한데 말이에요. 그 속에서 행복의 파랑새를 찾았다는 사람들이야말로 정신병자 아닙니까. 내가 이상한 게 아닌데."

일부러 주머니에서 부스럭거리며 약봉지를 꺼낸 산호가 투덜거렸다. 가슴에 품은 말을 밖으로 뱉어내는 것이 좋다는 주치의의 권고를 떠올린 산호의 말쑥한 얼굴에 희미한 미소가 번졌다.

의사의 권고를 이렇게나 성실하게 이행하다니. 나도 퍽 착한 사람이지 뭐야. 물론 오직 이 공간, 신준수라는 환자 앞에서만 가능하다는 옵션이 붙긴 하지만.

산호는 병실 안에 있는 화장실로 향했다. 약봉지를 일일이 뜯어 변기에 쏟은 후 물을 내리는 산호의 표정은 가면을 쓴 것처럼 무표정했다.

소용돌이치며 빨려 들어가는 물과 알약들을 바라보던 산호는 흠, 하고 숨을 내쉬었다. 의식적으로 입꼬리를 올리자 그를 아는 사람이라면 몹시 친숙하게 느낄 미소가 만들어졌다. 작게 콧노래를 부르며 산호는 다시 의자로 돌아와 앉았다. 옆에 놓인 탁자에는 몇 권의 책이 쌓여 있었다. 생각 없이 그중 한 권을 뽑아 들어

뒤적거리며 산호는 중얼거리듯 말했다.

"가끔 그래요. 행복해 죽겠다는 얼굴을 하고 있는 사람이 보이면 그 얼굴을 벽에 처박아 버리고 싶죠. 아, 이건 과거형. 요즘은 별로 안 그럽니다. 그 정도 충동 조절은 해요, 이제는. 김 박사가 돈만 처먹는 밥통은 아니라서 꽤 쓸 만한 방법을 말해줬거든."

날렵한 턱을 긁적이며 생각에 빠진 산호가 느리게 말을 이었다.

"해수가 그런 얼굴을 하고 있다고 생각하면. 그 아이가 행복해 죽겠다는 얼굴로 나를 보고 있다고 생각하면…… 흠. 방금 봤어요? 이 표정을 보고 김 박사가 들고 있던 펜을 떨어뜨리더라니까. 그렇게 바보 같았나. 예의라는 걸 몰라, 그 양반은. 김씨인 주제에."

책장을 넘기는 산호의 손가락이 까닥거렸다. 가습기에서 뿜어져 나오는 축축한 공기에 의자를 조금 옆으로 옮긴 그의 눈은 책을 향해 있었지만 읽는 것은 아니었다.

"나는 사실 어떻게 해야 해수가 행복해질지 잘 모르겠거든. 그래서 이것도 해보고, 저것도 해보고 있긴 한데. 어떻게 생각해요? 그 아이가 사람을 만나고, 좋든 싫든 감정을 나누고 부딪치는 게 좋을까? 나는 해수가 편할 대로 살아가게 놔두는 게 좋은 일이라고 생각하지만, 결국 사람을 떠나서 살 수는 없는 일이기도 하고. 그건 너무……."

쓸쓸하니까. 산호는 말을 삼켰다. 그가 입을 다물면 병실은 고요해진다. 그것이 마치 준수가 자신의 말을 기다리는 것처럼 느껴져 그는 그저 빙긋 웃었다. 책장을 넘긴 산호가 음, 하고 다시 입을 열었다.

"운성이라고. 있어요, 내 친구. 고등학교 때부터 질긴 인연. 뭐, 나만큼은 아니지만 제법 생겼어. 애가 성격이 비인간적이긴 한데 나쁜 놈은 아니에요. 내가 살면서 질투라는 걸 느껴본 적이 없는데, 얼마 전에 한 번, 그놈한테 느꼈어. 내가 해주지 못한 걸 해수에게 해줄 수 있는 놈인 것 같아서. 나는 해수가 다칠까 봐 주변을 빙빙 돌기만 했는데, 그놈은 그냥 단번에, 해수의 사정거리 안으로 쑥 들어가더라고. 몰인정한 놈. 그놈은 옛날부터 죽자고 표적 중앙만 노리는 스타일이었어. 8점, 9점 다 무시하고 오직 딱 10점만. 진짜 재수 없지 않습니까?"

으스러지게 꽉 쥔 주먹을 붕붕 돌리며 불평을 털어놓은 산호가 콧방귀를 꼈다. 표정이 없는 준수의 얼굴이 마치 그에게 동조하고 있는 것처럼 보여 산호는 어깨를 으쓱였다.

"뭐, 이런 게 딸 가진 부모 마음 같은 건가? 준수 씨가 해수 옆에 있었으면 더 재밌어지는 건데 말이에요. 그놈 당황해서 절절매는 꼴을 술안주 삼아서……."

드르륵, 하고 문이 열리는 소리에 열띤 흥분을 늘어놓던 산호가 미간을 찌푸린 채 고개를 돌렸다. 새카만 선글라스와 두툼한 후드 점퍼가 무릎까지 축 늘어져 있는 것이 눈에 띄어 산호는 벌떡 일어섰다.

"해수야?"

"……여기서 뭐 해요?"

목소리 끝이 사정없이 갈라진다. 서글서글한 눈매를 크게 뜨고 있던 산호는 그녀를 향해 성큼 다가갔다. 그를 올려다보는 해수의 반응이 더디다. 창백한 뺨에 붉은 기운이 넓게 퍼져 있는 것을 본 산호가 대뜸 그녀의 이마를 짚었다. 따뜻한 열감이 느껴졌다.

"너 뭐야. 감기야?"

"아니, 이건 그냥……."

"그냥?"

너무 울어서 그래요, 라고 말할 수 없었던 해수는 일부러 미간을 찌푸리며 산호의 손을 떼어냈다.

"여기서 뭐 하냐니까요."

"몰랐어? 신준수 씨랑 나 절친인 거. 나 있을 땐 막 얘기도 하고 그래. 너만 오면 자는 척하는 거야."

흠, 하고 낮은 웃음소리가 새어 나왔다. 비밀 이야기라도 하듯 몸을 낮추고 속삭이는 산호의 표정은 그의 꿈결 같은 말을 믿어주고 싶을 만큼 천진했다. 입술을 깨문 해수가 천천히 걸음을 옮겼다.

"무슨 얘기를 했는데요?"

"뭐, 자식을 어떻게 키우는 게 좋은가, 그런 훈육법에 대해서?"

산호는 피식 웃으며 의자에 힘겹게 앉는 해수를 눈으로 좇았다. 가뜩이나 앙상한 몸이 무너질 것 같다. 불안한 마음에 곁에 바짝 다가서자 해수가 선글라스를 벗었다. 어, 하고 산호는 놀란 눈으로 그녀를 바라보았지만 해수의 시선은 흔들림 없이 준수의 얼굴에 곧게 닿아 있었다. 햇빛이 닿지 않은 그녀의 옆모습은 그늘에 잠긴 채였다.

"나쁘네, 신준수. 그 목소리 제일 듣고 싶어 하는 건 난데. 왜 나한테는 말을 안 해."

눈두덩이 부었다. 거칠게 갈라진 입술에 핏방울이 말라붙어 있었다. 지친 목소리를 토해내듯 뱉어낸 해수는 몹시도 피곤해 보여 산호는 가슴 한 켠을 누군가 날카로운 것으로 마구 찌르는 듯한 통증을 느꼈다. 타인의 시선에 노출되지 않을 때는 늘 그렇듯 그의 표정이 차갑게 일그러졌다.

"내과 진료 안 끝났어. 말해둘 테니까 가서 진료받고 와라. 열 있다."

"……내가 미워서 나한테만 말을 안 하나? 그런 거겠죠?"

그냥 지나치지 못할 이야기였다. 산호는 천천히 다른 의자를 옆에 두고 앉았다. 얼핏 덤덤한 얼굴을 하고 있는 해수였지만 불온한 기색이 그녀 곁을 서성이고 있었다.

"나 때문에 이렇게 됐으니까. 우리 오빠 꽤 괜찮은 인생을 살았을 텐데. 뭐든 잘했거든요. 공부도, 운동도, 하다못해 싸움도 잘했어요. 그러니까…… 내 원망 많이 하고 있겠죠? 어디에 있든."

"해수야."

"억울하면 일어나면 될 텐데. 욕하고 때려도 다 맞아줄 자신 있는데, 바보같이."

그렇게나 눈물을 흘려댔는데도 조용히 눈을 감고 누워 있는 준수의 얼굴을 보자 가슴에 뜨거운 것이 치밀어 올랐다. 아마 이래서 그를 꿈에서조차 자주 볼 수 없는 것인지도 몰랐다. 생생하게 움직이는 준수와 대화를 나누다 꿈에서 깨고 나면, 혼자라는 사실이 더욱더 뼈저리게 느껴진다. 그것은 견디기 힘들 만큼 잔인한 벌이었다.

산호의 손이 해수의 머리를 감쌌다. 부드럽게 끌어당기는 손길에 저항하지 않고 해수는 산호의 어깨에 머리를 기댔다. 어느새 눈물이 흘러내려 뺨을 적시고 있었다.

"틀려. 그런 생각 안 해. 아마 다시 그 순간이 온다고 해도 똑같은 선택을 할 거야. 이렇게 될 미래를 알고 있었다고 해도, 널 구하기 위해서 움직였을 거야. 그걸 후회하는 일은 없어."

어깨를 토닥이며 내뱉는 산호의 말에는 한 치의 망설임도 없었다. 울음 속에서도 실없는 웃음이 터져 나와 해수가 입술을 깨물었다.

"오빠가 그러던가요?"

"내가 오빠라면 그랬을 거야. 네 위로 천장이 무너지는데 내 안위를 생각할 겨를이 어딨겠어?"

"신준수는 그렇게 다정한 성격 아니에요."

"세상 모든 오빠는 똑같아."

사람을 보는 것은 무섭지만, 사람의 체온은 얼마나 그리웠던가. 체온을 나누는 것은 누군가 곁에 있음을 느낄 수 있는 가장 확실한 방법이었고, 세상에 홀로 존재하는 것이 아니라는 것에 대한 증명이었다.

해수는 자신의 어깨를 감싸고 있는 산호의 손길에서 온기를 느꼈다. 차갑게 얼어붙었던 마음이 조금은 따뜻해진 것 같았다.

"처음엔 오빠를 제대로 볼 수가 없었어요. 안정기에 들어섰지만 식물인간 상태니까, 언제 발작이 일어날지도 모른다고 하고, 그래서…… 겁이 났거든요. 그런데 지금은, 오빠를 보는 게 두렵지가 않아요. 오히려 내가 알 수 있었으면 좋겠어. 이렇게 있다가 내가 모르는 사이에, 오빠가 떠나기라도 한다면……."

해수의 어깨가 움츠러들었다. 산호의 손이 안심시키듯 그녀의 어깨를 두드렸다. 사람과 사람이 나누는 온기가 두 사람의 마음에 스며들었다.

"그건 정말 견디지 못할 것 같거든요."

"그거 꽤 긍정적인 발전인데. 그 범위를 나한테까지 확대하는 게 어때?"

그건 좀, 하고 입술을 삐죽거리는 해수의 반응에 산호는 낮게 웃었다. 눈물이 잦아든 해수의 말간 얼굴을 흘끔 내려다본 산호는 쓴웃음을 머금었다.

"아는 사람을 잃는다는 거, 너한테 힘든 일이라는 거 알아. 그래도 조금 이기적인 말을 하자면, 난 알고 싶거든. 내가 지금 죽는다면 말이야. 어차피 죽을 거, 그걸 네가 조금이라도 미리 알려준다면⋯⋯."

잠시 숨을 들이켰다. 낮게 내리뜬 산호의 눈이 무겁게 가라앉았다.

"적어도 마지막에 인사 정도는 할 수 있잖아."

한 방향을 향해 있는 두 사람의 시선이 잠시 허공에 머물렀다. 닮은 듯, 다른 시선이었다. 해수는 천천히 눈을 감으며 중얼거렸다.

"생각해 볼게요."

"그래. 어, 준수 씨가 책 좀 읽어달란다. 넌 안쪽 방에서 눈 좀 붙여. 쓰러지게 생겼어."

"잠깐만 이러고 있을게요."

따뜻한 사람의 체온에 기댄 채 잠들어 있는 준수의 얼굴을 보는 것이 좋았다. 그것은 잠시나마 그녀가 다른 이와 다르지 않은 평범한 일상 속에 있다는 듯한 착각을 할 수 있게 해주었다.

"좋다. 특별히 내 비싼 어깨 무료로 렌탈해 주지."

가볍게 어깨를 퉁기고는 책을 집어 든 산호의 목소리가 느릿하게 공기를 타고 흘렀다. 카뮈의 '이방인'이었다.

"그런데 가만 생각해 보면, 나는 마른 나무 둥치 속에 들어 있는 것은 아니었다. 나보다 더 불행한 사람들도 있는 것이었다. 사실이건 엄마의 생각이었는데 엄마는 늘 말하기를, 사람은 무엇에나 결국은 익숙해지는 것이라고 했다."

깊고 나른한 목소리가 해수의 귓가를 맴돌았다. 평소와 다르게 격렬한 감정의 기복을 쏟아낸 그녀는 반쯤 가사 상태에 빠져 있는 것과 다름없었다. 머리 위쪽에서 뱉어지는 산호의 목소리를 듣고 있던 해수의 눈꺼풀이 천천히 감겼다.

몇 장쯤 읽었을까. 책장을 넘기며 글을 읽던 산호는 어깨에 기대고 있는 해수가 스르르 미끄러짐에 재빨리 어깨를 낮췄다. 슬쩍 돌아보니 죽은 듯 눈을 감고 있는 창백한 얼굴이 보인다. 산호는 낮게 한숨을 내쉬며 조심스러운 손길로 책을 덮었다.

어깨에 닿은 해수가 소리 없이 내뱉는 숨결에 열감이 느껴진다. 산호의 눈이 그녀와 꼭 닮은 준수에게로 향했다.

"어떻게 하면 전화를 해서 나 아프다, 하는 어리광을 부리게 만들 수 있을까요? 그것까진 너무 욕심인가."

부스스하게 헝클어진 해수의 머릿결을 가볍게 쓰다듬으며 산호가 헛웃음을 흘렸다. 경계하며 털끝을 세우고 도망치지 않는 것만으로도 다행이라고 여겨야 할지 모른다.

균형을 잃은 해수의 어깨를 단단히 붙잡아 부드럽게 토닥이며 산호는 블라인드 틈 사이를 밀고 들어온 햇살에 눈을 찌푸렸다. 그러나 고요하지만 평온한 그 시간은, 이내 짧게 울리는 인터폰에 의해 깨어졌다.

어지간하면 방해받고 싶지 않았는데. 미간을 좁힌 채 팔을 길게 뻗어 인터폰을 집은 산호가 네, 하고 짧게 내뱉었다.

[로비에 권운성 이사님 들어오셨습니다. 거기 계시다고 말씀드릴까요?]

"……하여간에 얄미운 새끼. 타이밍 하고는."

[예, 예에?]

"얘기해요, 이리로 오라고."

불쾌함이 역력히 묻어나는 목소리에 긴장하는 비서의 기색이 느껴졌지만 산호는 아랑곳하지 않고 인터폰을 내려놓았다.

"오늘은 좀 오붓하게 보내나 했더니. 뭐, 그놈이 어떻게 나오는지 놀려나 볼까?"

심술궂은 얼굴로 해수의 어깨를 톡톡 두드린 산호가 입술을 삐죽 내밀었다.

"걱정 마라, 해수야. 천하의 권운성을 이렇게 움직이는 거 보니까, 아무래도 네가 그놈을 인간으로 만들어주고 있는 것 같거든. 준수 씨도 그놈 오면 자세히 좀 봐요. 쓸 만한 놈으로 보이는지. 아닌 것 같으면 바로 신호 주고. 그럼 내가 쫓아낼게."

그는 적막한 병실에서 홀로 중얼거리는 것을 어색해하지 않았다. 산호는 해수의 어깨를 감싼 채 덮었던 책을 다시 태연스럽게 펼치고는, 곧 들이닥칠 폭풍을 기다리며 즐거운 듯 시원한 입매로 미소를 그려내었다.

◆◆ #8 ◆◆

능구렁이 같은 놈.

운성은 이를 악물었다. 탄력적인 입술이 팽팽하게 당겨졌다. 그는 미래창조과학부에서 주최한 '정보 보안 컨설팅 포럼'에 참석한 참이었다. 현재 고객들과 미래의 고객들에게 얼굴 도장만 가볍게 찍으러 왔던 그는 최근 주목받는 IT 시스템을 개발한 외국계 회사의 담당자와 이야기 중이었다. 수많은 경쟁자를 제치고 얻은 기회였다.

전에 없는 새로운 것, 전보다 나은 것을 개발하는 모든 사람은 그의 잠재적 고객이다. 특히 산업적으로 적용할 수 있는 시스템의 경우 그 가치는 지금 당장 예측할 수 없을 정도이니 보안에 신경을 쓰는 것은 당연하다.

운성은 적당히 그들의 불안감을 부채질하면서 자신의 외모와 말투로 그들을 사로잡는 일에 능했다. 명함을 건네면 90% 이상은 의뢰 전화를 하곤 했다.

대화는 순조로웠지만 운성의 미간이 날카롭게 서 있는 것은 산호, 아니, 정확히는 산호를 통해야만 접근할 수 있는 여자, 해수 때문이었다.

그녀는 사라졌다. 흔적도 없이 증발해 버렸다. 며칠 뒤 찾아간 고시원은 깨끗이 비워졌고, 그녀가 간 곳을 아는 사람은 아무도 없었다. 그것이 운성이 산호를 떠올리며 능구렁이 같은 놈이라 욕하는 이유였다.

산호가 모를 리 없다. 최근 일부러 그의 연락을 피하고 있는 산호의 웃는 모습이 불쑥 떠올라 운성은 얼굴을 구겼다.

"직접 찾아오라 이거지. 오냐. 간다, 가."

"네? 뭐, 뭐라고 하셨습니까?"

이를 으득거리며 낮게 내뱉는 말에 심상치 않은 기운을 느꼈는지 맞은편에 앉아 있던 남자가 더듬거리며 물었다. 장신의 탄탄한 몸에 맞춰진 듯한 슈트를 갖춰 입은 운성은 사람을 긴장시키는 분위기가 있었다.

흐트러짐 없는 냉엄한 표정과 여유로우면서 정확한 말투는 다소 오만하게 느껴지지만 그렇기에 위축이 되면서도 그의 능력에 대한 신뢰가 생긴다. 물샐틈없이 일을 관리하는 완벽주의자. 운성의 날카로운 얼굴과 잘 다듬어진 몸이 그렇게 말하고 있는 듯했다.

운성은 몸을 일으키며 슈트 재킷 안쪽에서 명함을 꺼냈다. 던지듯 건네자 허둥거리며 남자가 명함을 받아 들었다.

"보안프로그램 절차와 견적 논의에 대해서는 전문가를 붙여 드릴 수 있습니다. 연락하시죠. 오늘은 제가 좀 바쁘군요. 먼저 일어납니다."

그 담당자와 대화를 나눌 기회를 잡기 위해 경쟁자들이 하이에나처럼 몰려 있는 상황이었다. 다른 테이블에 앉아 있던 재민이 당황한 얼굴로 일어섰지만, 운성은 어느새 긴 다리로 우아하게 자리를 빠져나간 뒤였다.

이 있을 수 없는 상황을 어떻게 받아들여야 할지, 재민은 멍한 눈을 깜빡였다. 운성은 고객을 유치하는 일에 있어서는 단 한 번도 지금과 같은 태도를 취한 적이 없었다. 그는 늘 지금의 이 일보다 중요한 것은 아무것도 없다는 듯 상대에게 집중했고 차분하지만 열정이 가득한 눈으로 자사의 장점을 어필했다. 그런데 지금, 그는 장기적인 거물 고객을 눈앞에서 내팽개친 것이나 다름없었다.

"우리 이사님 연애라도 하시나……."

근래 어딘지 신경 쓰이는 일이 있는 것처럼 굴었던 운성을 떠올리며 재민은 저도 모르게 내뱉고는 화들짝 놀랐다. 학교 후배이기 때문에 다른 직원들보다 운성을 조금 더 안다고 할 수 있었지만, 그와 연애라는 단어는 물과 기름처럼 상극은 아니더라도 썩 어울리는 조합은 아니었다.

기다렸다는 듯이 다른 테이블의 경쟁자들이 몰려드는 것을 보며 재민은 한숨을 길게 내쉬고는 재빨리 그 틈새를 파고들었다. 그는 이사가 아닌 일개 팀장이었고, 그 말은 이 고객을 놓친 이유를 아무도 이해해 주지 않을 것이라는 뜻이었다.

성급한 발소리에 이어 드르륵, 하고 문이 열리는 소리가 들렸지만 산호는 움직이지 않았다. 조용히 책장을 넘기는 손길은 마치 더디게 책을 읽고 있는 듯했지만, 사실 산호의 모든 신경은 문손잡이를 잡은 채 자신과 해수를 바라보고 있을 운성에게 가 있었다. 산호의 느긋한 입술이 짧게 미소를 그렸다.

산호가 해수의 오빠, 준수의 병실에 있다는 얘기를 듣고 한걸음에 달려온 운성의 눈썹이 가파르게 치솟았다. 몸을 거꾸로 처박아 탈탈 털어서라도 신해수가 어디에 있는지 알아낼 생각이었던 그는 어두운 패턴의 외투를 입은 채 산호의 어깨에 기대어 있는 여자를 보자마자 얼굴이 일그러졌다.

문산호의 어깨에 기댈 수 있는 여자가 있으리라 생각해 본 적이 없었다. 산호는 아이처럼 반짝이는 눈에 짓궂음이 묻어나는 미소를 짓는 것이 익숙한 사람이었기에 멀리서 그를 보고 접근하려는 여자들은 많았지만, 그의 경계선은 철저했다.

자세히 보면 운성보다 더 폐쇄적인 것이 산호였다. 그는 사람들과 능숙하게 어울리는 것 같으면서도 결코 자신의 공간 안으로 들이는 법이 없었다. 선을 넘어 지나치게 가까워진다 싶으면 방금까지 웃고 있다가도 금세 날을 세우고 돌변한다.

공작처럼 화려한 그의 겉모습에 홀려 멋모르고 그에게 다가가던 대부분의 사람들은 영문도 모르는 사이 썰물을 타고 뭍으로 흘러나온 자신들을 깨닫게 된다. 정신을 차리고 보면 또다시 문산호라는 사람은 손이 닿을 수 없는 저 먼 곳에 있곤 했기에 얼떨결에 떨어져 나가는 사람들이 부지기수였다.

심지어 여자라니. 어릴 적 자신보다 돈을 선택했던 여자 이후에 산호는 일종의 결벽증이 생긴 사람처럼 굴었다. 그는 사람을 잘 믿지 않았지만 그중에서도 '여자'에게는 마음 한 자락도 내어주는 법이 없었다.

사실상 집안끼리 맺어지는 결혼식을 하는 그날까지 산호는 아내의 얼굴을 본 적도 없었다. 그녀는 어떤 이유에서든 산호에게 적당한 관심을 보이고 있었지만 산호에게 그녀는 거리에서 마주치는 낯선 여자와 다름없다는 것을 운성은 잘 알고 있었다.

그토록 까다롭고 복잡한 인간이다. 그런 문산호의 어깨에 미동 없이 기댄 해수의 기울어진 뒷모습을 바라보는 운성의 마음에 미묘한 감정이 치솟았다. 그가 알 수 없는, 그리고 가질 수 없는 무엇이 두 사람 사이에 있는 듯했고, 그런 생각은 운성을 지금껏 겪어본 적 없는 감정의 소용돌이 속으로 끌어들였다.

"너 나랑 뭐하자는 거야, 문산호."

"쉿. 자는 사람 둘이나 있다."

승천을 앞둔 이무기도 저 자식에 비하면 귀여운 병아리나 마찬가지다. 돌아보지도 않고 대답하는 나지막한 산호의 목소리에 얼핏 웃음기가 묻어난다. 운성이 짧게 한숨을 내쉬며 미간을 좁혔다.

손만 뻗으면 닿을 곳에 있는 산호의 널찍한 등을 걷어차고 싶어 발이 근질거렸지만, 그의 어깨에 기대어 있는 해수와 침대에 누워 있는 그녀와 닮은 오빠를 의식하지 않을 수 없었다.

"나한테 고맙다는 인사, 몇 번 빚졌더라?"

"그래서 이렇게 얌전하게 있어주잖아."

"하긴, 낯설긴 하다. 권기계가 이러는 거."

"피차 마찬가지겠지. 언제까지 그러고 있을 셈이야."

잠들었는지 그들의 대화에도 해수는 움직임이 없었다. 운성은 곁에 서서 몸을 굽혀 그녀의 얼굴을 들여다보았다. 색색거리는 숨소리조차 없이 조용히 눈을 감고 있는 해수의 창백한 얼굴에는 아직 마르지 않은 눈물 자국이 남아 있었다.

선글라스도 없는 맨 얼굴에 눈물까지. 산호를 향하는 운성의 눈길이 사납게 기세를 다듬었다. 못 본 척 외면하며 산호는 책장을 넘겼지만, 거칠게 책을 빼앗는 운성의 손길에 얌전히 어깨를 으쓱였다. 낮고 위협적인 운성의 목소리가 병실을 울렸다.

"무슨 일이야?"

"이런 불친절한 새끼, 사업하는 인간들 말은 도대체가 정확한 법이 없어. 내가 여기에 있는 이유를 묻는 거야, 내 안부를 묻는 거야? 대화를 하겠다는 의지가 있으면 좀 성의껏 질문을……."

"인내심 시험하지 마. 한계 머지않다."

이크, 하고 엄살을 부리듯 눈을 동그랗게 뜬 산호가 씩 웃으며 해수를 흘끗 바라보았다.

"나도 몰라. 갑자기 나타났는데, 피곤한지 쓰러져 버렸지 뭐야. 뭐, 물론 내 어깨가 기대고 싶을 만큼 매력이 넘치긴 하지. 우리 아가씨에게도 통할 줄은 몰랐……."

"이 여자, 이사 간 곳이 어디야?"

산호의 말을 가차 없이 자르며 운성이 물었다. 입술을 삐죽이며 산호는 보란 듯이 한쪽 팔로 감싸고 있던 해수의 어깨를 부드럽게 토닥이며 제 쪽으로 조금 당겼다. 운성의 시선이 칼처럼 그의 팔에 꽂혔다. 눈을 깜빡이는 산호의 얼굴에는 내 심술보를 자극해서 좋을 거 없을 텐데, 하고 뻐기는 기색이 역력하다.

죽기 전에 저걸 대차게 걷어찰 수 있는 기회가 한 번은 와야 할 텐데. 운성은 이를 악물었다. 그의 서늘한 시선에도 산호는 싱긋 웃어 보일 뿐이었다.

"오늘은 거기로 데려가지 않는 게 좋겠어. 집에서 도망쳐 나온 것 같거든."

"……도망쳐?"

"하긴, 네놈이 뭔가로부터 도망치는 사람의 마음을 알 리가 있겠냐. 열도 좀 있고 가벼운 탈수 증세도 있어서 주사 한 대 놨다. 온 김에 보호자실 침대로 옮겨줘. 서너 시간 푹 잘 수 있게."

운성은 병실 안쪽을 향해 턱짓하는 산호와 해수를 흘끗 바라보았다. 잠시 무언가를 생각하는 듯 그의 날카로운 턱이 바짝 당겨졌다. 이내 짧은 숨을 토해낸 운성이 낮게 중얼거렸다.

"도망치는 심리는 모르지만 도망칠까 봐 불안한 심리는 알 것 같군."

작은 목소리였지만 놓치지 않고 고스란히 알아들은 산호의 눈이 동그랗게 커졌다. 운성의 손이 거침없이 해수의 몸으로 파고들어 가볍게 안아 들었다. 여자를 이런 식으로 안아 들어본 적이 없지만 뾰족하고 앙상한 뼈가 손에 닿는 걸 보면 상당히 마른 것이 틀림없다. 잘생긴 눈썹이 잔뜩 찌푸려졌다.

산호의 어깨가 아닌 제 가슴에 기댄 채 죽은 듯 잠들어 있는 해수의 얼굴을 내려다보는 운성의 눈이 어둡게 가라앉았다. 누군가를 바라보며 애처로움을 느낀 것은 처음이었다.

상처 없는 사람이 어디 있겠냐마는, 그 상처에 삶을 잡아먹힌 듯한 해수를 보고 있으면 화가 치밀어 오른다. 뭐가 그렇게 무섭고 두려워서 방구석에 잔뜩 웅크리고 앉은 채 한 걸음도 떼지를 못하는가. 다른 사람과 조금 다를 뿐이고, 그건 결국 누구나 마찬가지다.

"내 집으로 데려간다. 어지간하면 연락하지 마라."

"어허. 왕자님, 그거 납치 같은데?"

"그러니까 보호자에게 말하는 거잖아."

운성의 움직임에는 군더더기가 없었다. 조금의 망설임도 없이 해수를 안고 병실을 걸어 나가는 그의 반듯한 뒷모습을 바라보며 산호는 기가 차 허, 하고 숨을 뱉어냈다.

"'우리 아이가 달라졌어요'에 제보라도 해야겠는데, 이거. 혼자 보기 아까운…… 아차, 사진이라도 찍어둘걸!"

산호는 혀를 쯧쯧 차고는 준수를 돌아보았다.

"준수 씨, 봤어요? 저놈이 아까 내가 얘기한 그놈인데. 어때요, 영 별로죠? 쓸데없이 힘자랑이나 하고. 야, 권운성 캐릭터 진짜 막 변하네."

준수가 누워 있는 침대에 턱을 괸 채 문밖을 바라보던 그는 투정이라도 부리는 것처럼 불만스러운 말투를 내뱉었다.

"해수 보호자는 심신상실 상태구만, 저 하고 싶은 말만 던지고 가면 단가."

그 보호자가 설사 나를 의미한다고 해도 말이야, 하고 느릿하게 덧붙이는 산호의 입술이 습관처럼 미소를 지었지만, 그것은 아무런 온도도 느낄 수 없는 플라스틱 같은 표정에 불과했다. 후, 하고 짧게 한숨을 내쉰 산호는 의자에 등을 기댄 채 책을 다시 주워 들었다.

적막한 오후, 어쩐지 쓸쓸하게 느껴지는 나른한 목소리가 침묵이 가라앉은 병실에 작은 균열을 일으키고 있었다.

운성은 낮게 숨을 삼키며 왼쪽 어깨를 돌렸다. 때 이른 봄이 왔는지 날씨는 지나치게 따뜻했고, 온몸에 미열이 있는 해수를 안고 와 제 침대에 뉘이고 나니 그의 몸은 땀범벅이었다. 널찍한 침대 한가운데에서 잠들어 있는 여자의 핏기 없는 얼굴을 잠시 바라보던 운성은 천천히 몸을 일으켰다. 그는 몸에 달라붙은 슈트 재킷을 벗어 휴대폰을 꺼내었다.

"여보세요. 권운성입니다. 집에 와서 먹을 만한 것 좀 만들어주셔야겠어요. 아뇨. 몸이 안 좋은 사람이 먹을 만한 가벼운 것들로. 청소는 됐습니다, 시끄러우니까. 아, 오는 길에 '비향'에 좀 들렀다 오세요. 음식 몇 개 준비해 놓으라 일러둘 테니까."

해수가 잘 먹던 새우샐러드와 차돌박이초밥을 떠올리며 운성이 빠르게 내뱉었다. 영문도 모른 채 연신 예, 하고 대답하는 상대와의 통화를 끝낸 그의 시선이 언뜻 시계로 향했다.

회사에 들어가 마무리해야 할 일이 있었지만 해수를 눕혀둔 채 집을 비울 수는 없었다. 마지막으로 봤을 때, 그러니까 알 수 없는 충동에 이끌려 그녀에게 입을 맞춘 그때, '고맙다'는 말을 하며 슬금슬금 제게서 도망치던 해수가 떠올라 운성은 미간을 찌푸렸다. 그 말의 의미는 아직도 알아내지 못했다.

"속을 알 수 없는 인간은 문산호 하나로 충분한데 말이야."

혀를 가볍게 찬 운성이 휴대폰을 다시 집어 들었다.

"아, 김 팀장님. 이번 주에 열릴 이사회에서 보고할 P사 보안시스템 업그레이드 자료, 이메일로 보내주세요. 아무래도 오늘은 회사에 못 들어갈 것 같습니다. 별일은 아니에요."

응, 하고 작게 뒤척이는 소리가 들려 운성은 흘끔 고개를 돌렸다. 가느다란 눈썹 사이 미간에 주름이 잡힌 해수가 이불을 밀쳐낸 채 돌아눕고 있었다. 마지막으로 통화할 상대에게 전화를 걸며 운성은 그녀에게 다가갔다.

안 좋은 꿈이라도 꾸는 것일까. 안쓰러울 정도로 창백해진 해수의 이마에 땀방울이 송골송골 맺혀 있었다. 굳게 닫혀 있던 혈색을 잃은 입술이 순간 벌어지며 뜨거운 숨을 토해내었다. 운성은 저도 모르게 해수의 이마에 손을 얹었다. 열이 오르고 있었다.

[네, 권 이사님. 안채홍입니다.]

활기찬 생기가 느껴지면서도 차분한 목소리였다. 운성은 해수의 땀으로 젖은 제 건조한 손바닥을 바라보았다. 문산호, 이 자식. 주사를 제대로 놓긴 놓은 거야?

"지금 밖인 것 같군."

휴대폰 너머로 소음이 들려 운성은 미간을 찌푸렸다.

[소규모 세미나에 식사 주문이 들어와서 고객분들 테이스트 조사 좀 하느라 나와 있어요. 무슨 일 있으세요?]

"가게에 식사 부탁 좀 하려고. 메뉴에 없는 거라 안 사장에게 일부러 전화한 건데, 밖이라면 됐어."

[아니에요, 이사님. 그 정도 못 해 드릴 만큼 능력 없지 않아요, 저. 가게로 들어가는 중이구요.]

해수의 목덜미 안쪽을 더듬자 금세 축축해진 이불이 손에 잡혔다. 뜨거울 만큼은 아니지만 온몸에 열이 번져 있었다. 따뜻한 날씨에 두껍게 껴입고 있는 옷의 탓도 있을 것이다. 짧게 혀를 찬 운성이 해수의 외투를 벗겨내려 손을 뻗었다.

[이사님?]

"그래. 그럼 전에 먹었던 새우와사비샐러드, 차돌박이초밥 좀 부탁하지. 내 이름 대고 아주머니가 픽업하러 갈 거야."

[댁으로 가져가시는 거예요?]

음, 하고 애매한 대답을 하며 운성은 힘겹게 외투에서 해수의 한쪽 팔을 빼내었다. 티셔츠가 땀에 젖어 해수의 몸에 달라붙어 있었다. 반듯한 이마에 흐트러진 그녀의 머리칼을 쓸어 넘겨주며 운성이 더운 숨을 내뱉었다. 그도 해수 못지않게 땀에 젖어 있었다.

[괜찮으시면 제가 들고 갈까요? 아, 저, 가게 들어갔다가 어차피 논현로 쪽으로 가야 할 일이 있거든요. 시간도 딱 맞을 것 같은데요……]

채홍은 대답이 더딘 운성의 눈치가 이상했는지 잠자코 그의 대답을 기다렸다. 운성의 손끝에는 해수의 티셔츠가 잡혀 있었다. 벗겨내고 땀을 닦아주는 게 맞는 일이다. 그러나 운성은 다른 의미의 열기가 제 몸을 침범하는 것을 느꼈다.

열에 들뜬 해수의 입술이 꽃잎처럼 벌어져 있었고, 새하얀 피부에 울긋불긋 열꽃이 번지고 있었다. 마르고 가냘픈, 무기력한 해수의 몸은 운성의 깊은 곳에 내재된 가학적인 열망을 부추기는 듯했다.

의식을 잃은 여자에게 욕정을 느끼다니. 네가 미쳐도 단단히 미쳤구나.

운성은 길게 한숨 섞인 신음을 흘리며 붙잡고 있던 해수의 티셔츠를 놓았다. 그녀의 열기가 제게로 옮겨온 것 같았다. 일부러 시선을 돌리고는 이마를 짚은 채 거칠어지는 숨을 고르던 운성의 귓가에 이사님, 하고 작게 부르는 소리가 들렸다. 그는 서늘한 눈매를 일그러뜨리고는 가라앉은 목소리를 뱉어내었다.

"안 사장."

[아, 네, 이사님.]

"……병간호 해본 적 있나?"

네? 하고 되묻는 채홍의 목소리를 들으며 운성은 침대에서 몸을 일으켰다. 이불을 뒤척이는 소리가 들렸지만 그는 그대로 등을 돌린 채 방을 나오고 말았다.

이런 날이 올 거라 채홍은 생각해 본 적이 없었다. 남몰래 운성을 가슴에 품고 있었지만 그가 여자를 특별하게 대하는 것을 본 적이 없었고, 하물며 그 상대가 자신이 될 거라는 막무가내적인 희망을 품을 만큼 어리석지도, 어리지도 않았다. 그저 잊지 않고 가게에 들르는 그를 자주 볼 수 있으면 그것으로 충분하다고, 그렇게 자신의 마음을 다스리고 있었다.

그렇기에 용기를 내어 묻기는 했지만 진짜로 운성이 제집에 그녀를 들일 거라고는 생각하지 못했다. 음식을 들고 문을 열어주는 아주머니에게 인사를 한 채홍은 너무 긴장한 나머지 하마터면 신발을 신은 채 들어갈 뻔했다.

"도련님은 씻고 계셔요. 환자분은 안방에 계시다고 전해달라 하셨습니다."

부드러운 미소를 머금은 중년의 아주머니는 어딘지 들떠 있는 듯했다. 밑반찬을 만들고 있는지 고소한 냄새가 집 안에 은은하게 번져 있었다. 혼자 살기에 지나치게 넓은 집과 주인을 꼭 빼어 닮은 것처럼 군더더기 하나 없이 깔끔하게 정리된 내부를 홀린 듯 훑어보고 있던 채홍은 그녀의 말에 화들짝 놀라 얼른 고개를 숙인 채 걸음을 옮겼다.

그의 집에 들여보내 준 것만으로도 그녀는 이미 특별대우를 받은 셈이었지만, 누가 아픈지는 몰라도 그 사람의 병간호를 그녀에게 맡겼다는 것은 특별대우 그 이상의 의미로 다가왔다. 채홍은 이 기회를 절대 놓치고 싶지 않았다.

방문을 열자 옅게 배어 있는 운성의 향기에 가슴이 쿵쿵 뛰기 시작했다. 뺨이 발긋하게 달아오른 채홍은 서둘러 트렌치코트를 벗어 팔에 걸친 채 침대에 누워 있는 사람에게 천천히 다가갔다.

그리고 땀에 젖은 얼굴을 베개에 파묻고 있는 여자를 확인한 순간, 채홍의 얼굴은 딱딱하게 굳어졌다. 허공에 들떠 있던 심장을 누군가 세게 내동댕이친 것 같은 충격이 느껴져, 그녀는 한동안 멍한 눈으로 운성의 침대 한 켠에 누워 있는 해수를 바라보아야 했다.

운성은 수건으로 젖은 머리를 털었다. 등 근육이 바짝 조여들 만큼 차가운 물로 샤워를 하고 나니 가슴 부근을 뜨겁게 데우던 열기가 조금쯤은 사그라진 것도 같았다.

아랫도리에 뇌를 지배당하는 열일곱도 아니고. 고개를 내저으며 티셔츠를 꿰어 입고 운성은 제 뺨을 가볍게 두드렸다.

"정신 차려, 권운성. 이거야 문산호한테 미친놈 소릴 들어도 할 말이 없겠군."

지금까지 저지른 짓만 해도 충분히 그답지 않다. 그걸 알면서도 가장 먼저 침대에 누워 있을 해수를 떠올리는 걸 보면 제 머리가 정상은 아니었다. 건조한 손으로 얼굴을 쓸어내리고는 운성은 서둘러 계단을 내려갔다. 앞치마를 단정히 맨 아주머니가 국자로 커다란 냄비를 휘젓다가 고개를 돌렸다.

"도련님, 손님 오셔서 안방으로 들여보냈어요. 지금 누룽지백숙 끓이고 있는데, 그 아가씨 몸이 얼마나 아프신지…… 병원은 안 가보셔도 되는 거예요?"

"병원에서 데리고 오는 길입니다. 체력이 많이 떨어져서 그런 것 같으니까 걱정 안 하셔도 돼요."

안산댁은 운성의 본가에서 17년 동안 일한 사람이었다. 운성의 청소년기부터 지켜봐 왔던 그녀였기에 지금 이 일이 얼마나 이례적인지를 잘 알고 있었다. 그녀는 아직 물기가 남아 있는 머리를 손으로 대충 넘기며 안방으로 흘끗 시선을 보내는 운성을 바라보며 웃음을 머금었다.

"시원한 물 한 잔 하셔야겠어요. 여기."

마른 입술을 무심코 핥으며 안방을 보고 있던 운성이 안산댁이 내미는 물컵을 받아 들었다. 그제야 그는 자신이 입안이 바짝 마를 만큼 갈증을 느끼고 있었음을 깨달았다. 단숨에 컵을 비우는 운성을 눈치껏 살펴보던 안산댁이 빈 컵을 받으며 능청스러운 목소리로 물었다.

"많이 좋아하시나 봐요?"

"······예?"

운성이 뻣뻣하게 목을 돌렸다. 평소와 다름없이 서늘하고 날카로운 표정이었지만 눈가에 스치는 일말의 당혹감을, 안산댁은 놓치지 않았다. 흐뭇한 웃음이 번져 나왔다.

"아파서 누워 있는 아가씨요. 그렇지 않고서야 도련님이 직접 집에도 들이고, 먹을 것까지 챙기실 리가 없잖아요. 도련님 봐온 지가 몇 년인데 제가 그런 것도 모를라구요."

"글쎄, 그런 거랑은 좀 다릅니다. 저한테, 필요한 사람이라 이러는 거예요."

말을 뱉고 나서야 운성은 제 말이 변명처럼 들린다는 생각이 들어 미간을 좁혔다. 안산댁은 처음으로 운성이 귀엽다는 생각을 했다. 그가 중학생 교복을 입고 있을 때도 하지 않았던 생각이었다.

"제가 아는 도련님은 사람을 집에까지 들여서 이런 수고를 하느니 차라리 상대를 포기하고 말 성격인데요. 저 녀석은 계산 없이 움직이는 법이 없다고, 아버님이 늘 입버릇처럼 말씀하셨잖아요."

무표정한 것처럼 보이지만 어쩐지 곤란한 기색을 드러내는 운성의 모습에 안산댁은 입술을 깨물며 웃음을 참았다.

일찍 세상을 떠난 그의 어머니 대신 운성을 돌봐왔던 것은 그의 이모, 효주였다. 외국에 나가 있는 그녀가 돌아오는 대로 이 소식을 전해주리라, 생각하는 안산댁을 일견하며 운성이 낮게 혀를 찼다.

"행여나 집에 쓸데없는 소리 돌지 않게 해주세요. 시끄러운 거 질색하는 거, 아시죠?"

제 속을 읽은 것처럼 엄하게 내뱉는 운성의 말에 안산댁은 에그머니, 하고 입을 가렸다. 조리대를 톡톡 두드린 운성은 물병과 컵을 챙기고 돌아섰다.

"마저 정리하고 가세요. 조심하시고."

안산댁은 안방으로 들어가는 운성의 뒷모습을 흘끔거리며 혀를 내둘렀다. 일에만 빠져 사는 것으로도 모자라 도무지 사람을 깊게 만나는 법이 없던 운성이 여자를 만난다는 소식을 들으면 덮어놓고 기뻐할 효주의 얼굴과 차갑게 굳어 있는 운성의 얼굴이 번갈아 떠올랐다. 선택의 기로에 놓인 그녀는 길게 한숨을 내쉬며 국자를 잡았다. 일단 결정은 그의 이모가 돌아오고 나서 해도 늦지 않았다.

"들어가도 될까?"

"어머. 그럼요, 이사님."

채홍은 차가운 물에 적신 수건을 든 채 몸을 일으켰다. 캐주얼한 옷차림의 운성의 모습에 잠시 가슴이 설레었지만, 그녀에게 짧게 눈짓을 하고는 곧장 해수의 곁으로 다가가는 그의 태도에 이를 악물었다.

"옷은 아주머니가 주신 티셔츠로 갈아 입혔어요. 열은 좀 떨어지고 있는 것 같구요. 해열제까지는 안 먹여도 될 것 같은데……."

"음. 주사를 맞고 왔으니 약은 필요 없을 거야. 그놈이 믿을 만한 놈은 아니지만 적어도 이 여자에 대해서 장난을 칠 리는 없거든."

운성은 해수의 말간 뺨을 손등으로 가볍게 쓸었다. 아무것도 아닌 듯한 행동이지만 그런 행동을 하는 것이 권운성이라면 이야기는 달라진다. 잠들어 있는 해수의 얼굴을 훑어보는 운성의 시선, 손짓 하나하나가 전에 없던 감정을 담고 있었다. 채홍은 얼른 눈을 내리깔았다. 왠지 모르게 눈물이 차오를 것 같았다.

"일부러 와줘서 고맙군. 약속이 없다면 저녁이라도 먹고 가라고 하고 싶지만, 일이 있다고 했었지."

"아니에요. 어차피 지나가는…… 길이었으니까요."

새삼 볼일이 있다고 둘러댄 제 변명을 떠올린 채홍이 의자에 수건을 올려두었다. 어쩌면 이렇게도 하나같이 다른 이의 감정에 무심한 사람들인가. 처음부터 그걸 알고 시작한 주제에 이제 와서 제 감정을 알아달라고 섭섭한 마음을 갖는 게 이기적이라고 생각하면서도, 채홍은 답답함을 이기지 못하고 입술을 깨물었다.

"이사님."

머뭇거리며 두어 걸음 다가섰다. 몸을 굽힌 채 해수를 바라보던 운성이 고개를 돌렸다. 흠 없이 반듯한 얼굴. 차갑게 느껴지는 무표정한 그 얼굴에 어쩌다 이렇게 가슴이 뛰게 되어버렸는지. 채홍이 위태로운 얼굴로 막 그의 뺨에 손을 뻗을 때였다.

"하지 마. 후회할 거야."

덤덤하게 뱉어낸 운성의 목소리가 서늘했다. 순간 등줄기에 얼음물을 끼얹은 것 같아 채홍이 멍한 눈을 깜빡였다. 고개를 기울인 채 그녀를 들여다보는 운성의 또렷한 눈매가 무심히 빛나고 있었다.

"잠깐 놀아달라면 그래 줄 수 있어. 그런데 그렇게 싸구려 감정

품는 사람 아니잖아. 내 눈이 틀렸나?"

채홍의 손이 힘없이 떨어졌다. 그의 공간 안에 들어와 편한 옷을 입고 있는 운성을 앞에 두자 그가 전에 없이 가깝게 느껴져 용기를 내보았지만, 운성은 그녀가 어디까지 접근할 수 있는 사람인지를 적당히 잔인하게 일러줄 뿐이었다. 입술이 파르르 떨렸다.

"……제가 주제넘었네요. 죄송합니다."

채홍은 숨을 고르며 한 걸음 물러섰다. 그의 말이 맞다. 말로 뱉어내고 나면 분명 후회할 것이다. 그러나 이미 한 자락 내비친 마음은 완전히 주워 담을 수가 없었다. 채홍은 떨리는 눈을 들어 무심한 표정을 하고 있는 운성을 바라보았다.

"그런데 한 가지만 여쭤볼게요. 대체 저 여자의 어디가, 이사님 마음에 든 건가요?"

흠, 하고 운성이 짧은 한숨을 내쉬었다. 강철처럼 차갑고 단단해 보이던 그의 옆모습이 일순 무너졌다. 미간을 찌푸린 채 잘생긴 입매를 끌어 올려 웃고 있는 운성을 응시하던 채홍의 가슴이 거세게 진동했다.

"글쎄. 호기심 때문인가."

그녀가 아는 한 운성은 자신이 어디로 가는지, 무엇을 원하는지 아주 잘 알고 있는 사람이었다. 그 자신도 확신하지 못하는 어떤 말을 내뱉는 일은 결코 없었다. 어두운 안개 속을 한 치의 망설임도 없이 헤쳐 나가는 듯한 그런 강함과 단호함이 운성에게는 있었다.

그래서 지금, 겸연쩍은 듯 턱을 긁적이는 그가 한없이 낯설게 느껴져 채홍은 한숨을 삼켰다. 전에도 멀었지만, 그는 더욱더 멀어졌다. 톡, 하고 떨어지는 눈물을 손등으로 몰래 닦아낸 채홍이 의자에 걸쳐 뒀던 코트를 잡아챘다.

"그럼 가볼게요. 오늘 일은 잊어주세요."

"신세진 것만 기억하지."

채홍은 나직하게 말하며 침대 맡에 앉는 운성에게 고개를 숙인 뒤 걸음을 옮겼다. 저녁 안 먹고 가느냐 묻는 아주머니를 지나쳐 집을 완전히 빠져나오고 나서야 그녀는 안심하고 눈물을 내보낼 수 있었다.

◆◆ #9 ◆◆

꿈. 또 꿈인가. 해수는 몸을 뒤척였다. 귓가에 들리는 소음이 낯설다. 그녀가 머무는 고시원은 오고 가는 자동차 소리와 아이들이 뛰노는 소리가 꽤 선명히 들린다. 그런 것에 비해 지금 그녀의 귓전을 두드리는 소리는 낮고 조용하고, 무엇보다 이질적으로 가까웠다.

"······스템 설정 오류를 잡아내는······ 보안 키 코드를 다시 한 번 확······."

마치 물속에 잠긴 채 바깥의 소리를 듣는 것처럼 머리가 웅웅거린다. 겹겹이 싸여 불분명하게 들리던 목소리가 점점 또렷해져 갔다. 내가 잠에서 깬 건가, 하고 생각한 순간 온몸의 감각이 천천히 돌아왔다.

부드럽고 푹신하다. 팔과 다리를 감싼 이불은 청결한 소리를 내며 사각거렸고 코끝에 은은한 향기가 스쳤다. 어디선가 맡아본 적이 있는 향기였지만 선뜻 떠오르지는 않는다. 그녀는 늘 얇은 이불과 요를 깔고 생활했다. 그래서 지금 그녀의 온몸을 탄탄하고 매끄럽게 받치고 있는 매트리스의 감촉이 낯설게 느껴져, 해수는 저도 모르게 손으로 바닥을 더듬었다.

이런 게 있을 리 없는데, 생각하며 그녀는 느릿하게 눈을 떴다. 지나치게 편안하고 조용하다. 그녀의 눈에 비친 공간은 널찍했다. 오렌지빛의 조명이 방 안을 나른하게 밝히고 있었고, 멀리 탁 트인 창문 밖으로 보이는 풍경은 어두웠다. 밤이었다.

"왜 직원들이 휴가를 내면 휴대폰부터 끄는지 알 것 같군."

비아냥대는 듯한 남자의 목소리가 들려 해수는 눈을 깜빡였다. 매서운 칼날처럼 단호한 그 목소리는 아주 쉽게 누군가의 얼굴을 그녀의 머릿속에서 불러냈고, 해수는 자신이 생각한 바로 그 얼굴이 막 눈앞을 스쳐 지나가는 것을 보았다.

운성은 침대를 등진 채 혀를 찼다. 지금 업데이트하고 있는 금융기업용 보안시스템상의 오류를 발견한 개발팀 담당자의 전화였다. 뭐든 일일이 자신에게 확인을 받으려 하는 그의 허술함에 짜증이 치밀어 오른 운성이 입매를 비틀었다.

"어떻게 해서든 내일 오전 9시까지 오류 잡아내세요. 기밀 유지 철저히 하고."

주눅 든 목소리로 예, 하고 대답하는 상대와의 통화를 끝낸 운성은 막 테이블에 휴대폰을 던지려던 손을 한숨과 함께 거둬들였다. 잠들어 있는 해수를 생각해서 큰 소리로 담당자를 윽박지르지도 못했다. 후우, 하고 숨을 삼킨 운성이 낮게 혀를 차며 언뜻 시계를 보았다.

"아직까지 안 깨는 건 정말 이상한데. 문산호 이 자식, 무슨 주사를 놓은 거야."

"……여기 어디예요?"

둔탁하게 가라앉은 목소리가 가냘프게 들려 운성이 재빨리 몸을 돌렸다. 다소 멍한 눈을 하고 있었지만 해수가 눈을 뜬 채 그를 바라보고 있었다. 잠깐 앓았다고 금세 홀쭉해진 듯한 그녀의 창백한 얼굴을 말없이 바라보던 운성은 그녀를 향해 성큼 걸음을 옮겼다.

눈을 떴을 때 누군가가 곁에 있었던 적이 없었던 해수는 몹시 당황한 상태였다. 얼떨결에 아무런 준비도 하지 못한 채 운성을 봤고, 다행히 그에게 어두운 그림자는 들러붙어 있지 않았지만 잠에서 깨자마자 사람을 보는 일이 있을 거라 생각해 본 적이 없었던 해수는 패닉 상태에 빠졌다.

아무런 생각도 하지 못한 채, 그녀는 무릎을 굽히고 침대 맡에 앉아 서슴없이 제 이마에 손을 얹는 운성을 올려다볼 뿐이었다. 심장 뛰는 소리가 점점 커지고 있었다.

"열은 내렸고. 대체 몇 시간이나 잤는지 알아?"

퉁명스러운 말투였지만 이상하게도 따뜻함이 느껴져 해수는 묵묵히 눈을 깜빡였다. 손끝에 힘이 들어가지 않았다. 그녀의 몸을 덮은 이불만큼이나, 이마를 더듬는 운성의 손바닥에서 온기가 느껴져 해수는 짐짓 미간을 찌푸렸다.

"내가 왜 여기 있어요?"

"병원에서 정신 놓고 잠들었던 거, 기억 못 하는 모양이군."

"여긴 병원 같지 않아서 묻는 건데요."

"내 집이야."

운성은 동그랗게 눈을 치켜뜨는 해수를 가만히 내려다보았다. 이마를 짚었던 손이 자연스레 그녀의 머리칼을 쓸어 넘겨주었다. 그 간지러운 감각에 해수가 목을 움츠렸다.

"그러니까 내가 왜 당신 집에……."

"보호자에게 위임받았거든. 배고플 텐데 괜찮으면 그만 일어나지. 질문이 있으면 먹으면서 하자고. 나도 배고프니까."

아직 머리가 멍한 상태라 그런지 운성의 말이 잘 이해되지 않았다. 하지만 이상하게도, 그의 말을 듣자마자 배에서 꼬르륵 소리가 나는 것 같았다. 허기가 밀려왔다.

몸을 일으키려던 해수의 손이 미끄러졌다. 짧게 혀를 찬 운성이 다가와 손을 뻗어 그녀의 등을 단단하게 받쳤다. 몸을 감싼 운성의 향기와 등에 닿은 그의 체온에 해수는 머리가 아찔해져 잠시 숨을 골랐다. 머리에 열이 오르는 것 같았지만 그녀의 사정 따위는 아랑곳하지 않고 운성은 해수를 일으켰다. 등이며 손에 자꾸만 스치는 그의 손길이 신경 쓰여 해수는 연신 마른침을 삼켰다.

가뜩이나 앙상한 몸이 중심을 잘 잡지 못하는 것 같아 운성은 그녀의 몸을 반쯤 감싸 안은 채 잠시 기다렸다. 고개를 숙이고 있는 해수의 처연한 목선이 그의 눈을 파고든다. 그 방치된 유혹으로부터 애써 시선을 돌리던 운성에게 해수가 느릿하게 물었다.

"그런데 이건 누구 옷이죠?"

"아무것도 안 봤으니 걱정 마. 땀을 많이 흘려서 어쩔 수 없었어."

"당신이 갈아입혔어요?"

솔직히, 적당히 놀려볼 심산도 있었다. 뭐라고 대꾸할까, 생각하며 해수를 바라본 운성은 헛기침을 하고 말았다. 그를 향해 있는, 새카만 보석처럼 윤이 나는 해수의 눈동자가 품고 있는 순수한 경악에 감히 농담을 던질 마음이 들지 않았던 것이다.

"……아니야. 움직일 수 있겠어?"

"진짜 아니에요?"

"보고 썩 즐거울 것 같지가 않거든. 못 걷겠으면 기대."

무뚝뚝한 그의 말에 눈가가 발긋해진 해수가 눈썹을 추켜세우고는 운성의 팔을 날카롭게 쳐내었다.

"환자 아니에요. 두 다리 멀쩡하다고요."

느리지만 꼿꼿한 걸음으로 방을 빠져나가는 해수의 뒷모습을 바라보며, 운성은 길게 한숨을 내쉬었다.

"당신, 방금까지 환자였는데."

나직하게 혼잣말을 내뱉은 운성은 주변을 두리번거리고 있는 해수에게 다가가며 고개를 설레설레 내저었다. 제 집에 누군가 있는 장면이 기이하게 느껴졌지만, 기분이 나쁘지는 않았다. 아니, 오히려 누군가 강아지 털로 가슴을 간지럽히는 것 같은 달콤한 감각이 느껴져 운성은 작게 웃고 말았다.

해수는 안절부절못하고 손톱을 물어뜯었다. 진한 카페인을 연신 들이킨 것처럼 마음이 붕 떠서 몹시 산란하다. 아직 열이 남아 있는지도 모른다. 나른한 기운이 퍼져 있는 어깨를 스스로 감싸 안은 채 해수는 무표정한 얼굴로 음식을 식탁에 나르고 있는 운성을 불안을 감춘 눈으로 훔쳐보고 있었다.

그녀에게는 이 모든 것이 낯설었다. 다른 사람의 집에서, 다른 사람의 옷을 입고 그가 차리는 밥상 앞에 앉아 있다니. 물론 그가 차렸다는 말은 순전히 요리를 그저 식탁에 늘어놓았다는 뜻이지만 말이다. 어떻든 해수에게 느껴지는 혼란함은 매한가지였다.

그녀의 정상적인 인간관계는 열일곱이 끝이었다. 남들과 다른 것을 보게 된 이후로 해수는 평범하게 사람을 대할 수 없었고, 오빠의 사고 후에는 다른 이와의 일반적인 사귐에 대한 희망의 끈을 놓았다. 행복해질 수도, 행복해져서도 안 된다는 생각이 그녀를 은연중에 지배하고 있었다.

전혀 시도를 해보지 않은 것은 아니다. 덕분에 몇 번의 잔인한 상처도 입었지만, 그렇기에 그녀의 유일한 통로인 산호를 얻을 수 있었고, 해수는 그거면 됐다고 생각해 왔다.

물론 가끔은, 뼈저리게 외로운 순간이 왔다. 편의점에서 시답잖은 농담에 낄낄거리며 서로의 어깨동무를 하고 있는 교복 입은 학생들을 볼 때. 시장에서 장을 보고 아이의 손을 잡은 채 저녁 메뉴를 설명하며 집으로 돌아가는 여자를 볼 때. 왁자지껄한 술집에서 반쯤 풀린 눈으로 허공을 향해 삿대질하는 여자의 어깨를 감싸고 토닥이는 누군가의 손을 볼 때.

해수는 불현듯 그녀의 마음에 쳐들어온 외로움으로 숨이 막히곤 했다.

그러나 그녀가 가질 수 없는 것들이었다. 눈이 멀지 않는 한, 해수는 검은 그림자와 함께 살아가야 했다. 그녀 자신도 납득하지 못하는 그것을 다른 이에게 어찌 설명한단 말인가. 해수는 수차례의 비웃음 끝에 사람을 포기하는 법을 배웠고, 그렇게 외로움을 강제당해야 했다.

"시간이 지나도 먹을 수 있는 차가운 음식들이라 다행이군. 죽이 낫겠다면 말해, 저기 한 솥 있으니까."

그러나 이 남자. 이 남자는 무엇인가. 해수는 손끝을 물어뜯었다. 감정의 온도가 낮은 사람이라고, 처음 봤을 때 생각했다. 화를 차갑게 내는 사람. 스스로를 완벽하게 통제하는 사람. 마치 기계처럼 두려움을 모르는 그런 사람. 어둠을 겪어보고도 그 안으로 들어서는 것을 망설이지 않는 강한 사람.

어떻게 그럴 수가 있을까. 그에게는 모든 것이 간단해 보인다. 운성은 복잡한 설명을 하려는 시도 없이도 너무 쉽게 그녀의 비밀을 알아챘고, 믿었다. 심지어 그녀가 품고 있는 억울한 죄책감을 털어내라 충고까지 했다. 아무리 설명을 하려 해도 두 번 듣지도 않고 헛소리로 치부할, 그 누구보다도 설득시키기 어려운 몹시도 이성적인 얼굴을 하고 있으면서.

그의 행동은 이해할 수 없는 것들투성이다. 해수는 운성이 그 누구보다 제 속 가까운 곳까지 밀고 들어왔다는 것, 그래서 자신이 불안하고 두려움을 느끼고 있다는 것을 깨달았다. 다시 멀어질까 봐, 언제 그랬냐는 듯 제 인생에서 사라져 버리면 자신이 느끼게 될 거대한 상실감이 무서우면서도 그곳까지 다가온 그에게 기대고 싶다는 모순된 감정이 그녀의 가슴속에 움트고 있었다.

해수는 문득 그의 생일날을 떠올렸다. 손목에 자국이 남을 정도로 세게 붙잡고 있던 그의 손, 오만하게 치켜든 날카로운 턱 선과 검게 빛나던 낮게 내리깐 눈, 순식간에 그녀의 숨을 앗아갈 것처럼 모든 것을 빨아들이던 농밀한 키스.

그 순간 해수는 제 손목을 잡아채는 손길에 소스라치게 놀라 하마터면 의자에서 미끄러질 뻔했다. 운성이 반쯤 몸을 일으킨 채 눈썹을 찌푸린 얼굴로 그녀를 보고 있었다.

"실컷 먹으라고 음식 깔아놨더니 손만 먹고 있군. 몇 살이야, 대체."

"……이거 놔요. 놔야 먹을 거 아니에요."

운성은 겨우 어지러운 생각에서 벗어난 듯 또렷한 눈을 하고 있는 해수를 보며 미간을 좁혔다. 손가락을 물어뜯고 다리를 달달 떠는 해수는 보고 있는 자신마저 불안하게 만들었다. 가만히 응시하자 인상을 찡그린 채 해수가 얼른 젓가락으로 초밥을 집었다. 자그마한 입안으로 그 초밥을 밀어 넣는 것을 보고서야 운성은 손을 놓고 자리에 앉았다.

일단 하나를 먹기 시작하자 젓가락의 움직임이 빨라진다. 홀쭉했던 볼을 부풀리며 열심히 음식을 우물거리는 해수의 모습에 운성의 눈가가 부드럽게 풀어졌다.

그녀가 언제 깨어날지 알 수 없었고, 갑작스레 자리를 비운 그를 찾는 각 부서의 담당자들이 20분 간격으로 전화를 해대서 본의 아닌 자택 근무를 해야 했기에 운성도 저녁을 먹지 못했지만, 안산댁이 준비한 밑반찬 몇 가지와 비향에서 가져온 음식이 해수의 입으로 조금씩 사라지는 걸 보고 있자니 허기가 사라지는 기분이었다.

"왜 안 먹어요? 맛있는데. 이거 그때 그 음식점에서 먹은 거 맞죠?"

"사람 말을 어디로 듣는 거야. 이사할 준비되면 얘기하라고 했잖아."

누가 할 소리를, 하고 입술을 꿍얼거리며 해수가 눈을 치켜떴다. 나른하게 눈을 내리깐 운성이 초밥을 제 접시에 옮겨주고 있었다. 이런 식의 친절은 해수의 평소 성격상 괜찮다고 거절할 법도 했지만, 어서 안 먹고 뭘 하냐는 듯 미간을 슬쩍 좁히는 운성의 기세에 딴죽을 걸 수가 없었다.

무엇보다 누군가가 자신을 챙겨주는 듯한 행동을 하는 것에 그녀는 한없이 약했다.

"가방 두 개니까 혼자 할 수 있다고 했잖아요. 뭣보다, 왜 당신이 내 이사에 신경을 쓰죠? 요즘 그 회사 한가해요?"

"신경 쓰이게 하니까."

덤덤하게 중얼거린 운성의 말에 막 와사비 소스에 버무려진 새우를 입안에 넣던 해수가 콜록, 하고 기침을 내뱉었다. 찡한 매운맛이 코끝에 진동했다. 갑자기 눈물이 차올라 해수는 코를 움켜쥐었다. 운성이 낮게 혀를 차며 물을 건네주었다.

제대로 된 연애는커녕 인간관계를 맺어본 적도 없는 해수였지만 운성의 말과 행동들이 평범하지 않다는 것은 느낄 수 있었다. 안 그렇게 생겼는데 바람둥이인가? 아니면 설마 그런 말들에 여자들이 설렌다는 걸 모르나?

운성이 준 물을 마시며 화끈 달아오른 가슴속을 잠재운 해수가 목을 가다듬었다.

"나 말고도 신경 쓸 일들이 많을 텐데요."

"지금은 당신이 제일 신경 쓰이는군."

해수는 그대로 꼿꼿하게 굳었다. 운성이 몸을 일으켜 그녀의 입가를 손으로 훔친 탓이다. 입가에 다 묻히기나 하고, 중얼거리는 운성의 행동이 너무나도 자연스러워서 해수는 놀란 눈을 깜빡일 뿐 할 말을 잃었다.

어중된 긴장감을 깨뜨리듯 갑자기 경고음처럼 날카로운 소리가 들려 운성이 고개를 돌렸다. 제집에서 날 법한 소리는 아니다. 해수를 흘끔 바라보자 그녀는 젓가락을 입에 문 채로 의자에서 일어서고 있었다.

"당신 거야?"

"휴대폰. 내 옷 어디 있어요?"

"안방 의자에."

가져다줄 테니 먹고 있으라고 말하려 했지만 이미 해수는 하늘거리는 걸음으로 안방으로 사라진 후였다. 운성은 그녀가 사라진 방향을 바라보며 테이블을 두드렸다.

왜 당신 이사에 신경을 쓰냐고? 그거야 답답하니까. 어디에 있는지, 뭘 하고 있는지 알 수 없는 게 싫으니까. 전화는 안 받고 문자에는 답이 없다. 그녀에게 접근할 수 있는 유일한 '통로'는 전 우주를 통틀어 가장 능글맞은 인간이라 그에게서 원하는 답을 듣는 것은 하늘의 별 따기만큼이나 어렵다. 그러니 내가 신경을 쓸 수밖에.

"왜 답답하냐고 묻는다면, 아직은 해줄 말이 없군."

운성은 짧게 한숨을 내쉬며 냉장고 문을 열고 맥주를 꺼냈다. 그는 답을 찾아내는 데 익숙한 사람이었지만 이 문제는 조금 더 시간이 필요한 것 같았다.

휴대폰을 들여다보며 방에서 나오는 해수의 걸음이 느리다. 운성은 그녀의 손에 들려 있는 휴대폰이 전과 다르다는 것을 눈치챘다. 눈썹을 찌푸린 채 거실 한복판에 서서 잠시 휴대폰을 보던 해수의 얼굴에 애매한 미소가 번졌다.

"급한 일 아니면 마저 먹지."

"나한테 급한 일은 아닌데……."

귓가를 긁적이며 다가온 해수가 의자에 털썩 앉았다. 할 말이 있는 사람처럼 손가락으로 젓가락을 이리저리 흔들던 해수가 맥주를 마시는 운성의 옆모습을 흘끔거렸다.

" '이지스'는 썩 잘 만들어진 보안프로그램이 아니에요. 덩치가 큰 거에 비해 정보 처리 능력은 더디죠. 코드를 효율적으로 짜서 만든 게 아니라 그래요. 게다가 한 사람이 만들고 손본 게 아니라 여러 사람이 업데이트하면서 자기 식으로 부분 수정을 하다 보니까 더 복잡하게 꼬인 거고. 오류는 계속 생길 거예요. 이참에 아예 다른 프로그램으로 바꾸는 게 어때요? 계속 그걸 쓰고 싶다면 작정하고 손을 좀 보던가."

"무슨 소릴 하는 거야."

운성이 미간을 좁혔다. 새우만 골라 입안에 넣은 해수가 금세 이맛살을 찌푸렸다. 와사비 맛이 자극적이고 맵지만 자꾸만 먹게 된다.

"에러 떴죠? 정보 접근이 가능한 레벨을 관리하는 코드가 충돌해서. 그러다 자동으로 보안 해제돼서 락 풀리면 그 회사에서 돈 받고 보호해 주고 있는 정보들은 무방비한 상태가 될 텐데요. 어디 보자, 최근에 어디랑 계약을 새로 했더라?"

맥주를 내려놓은 운성의 눈매가 가늘어졌다. 네가 그런 걸 어떻게 알아, 하고 조용히 묻는 듯한 시선의 온도가 낮았다. 해수는 목덜미를 긁적이며 초밥을 집어 들었다.

"내가 만들었어요, 3년 전에. 상업화를 하려던 게 아니라, 그냥 이것저것 테스트하느라 일부러 코딩을 좀 꼬아놨는데, 그래도 그걸 사겠다는 회사가 있길래 헐값에 팔았죠. 지난번 당신 회사에 갔을 때 그 프로그램을 쓰고 있어서 놀랐어요. 그때 트래킹 태그를 붙여뒀죠. 그 프로그램에 에러가 생기면 이렇게 휴대폰으로 알림이 와요."

천연덕스러운 표정으로 해수가 휴대폰을 눈앞에 흔들었다. 운성은 팔짱을 끼며 헛숨을 들이켰다. 그녀가 뭘 할 수 있는 사람인지, 자신은 짐작조차 하지 못하고 있다는 사실을 깨달았다. 해수는 그와는 전혀 다른 세계의 지식을 꿰뚫고 있는 사람이었다.

"그 트래킹의 목적이 뭔지 궁금하군."

"알려주려고요, 혹시 문제가 생기면."

운성의 눈매가 조금 커졌다. 해수는 서둘러 덧붙였다.

"산호 씨가 그때 말했었거든요. 친구에게 급한 일이 생겨서 도와주고 싶다고. 그 사람 입에서 '친구'라는 소리가 나오는 건 처음 들어서. 또 마침 내가 만든 프로그램이기도 했고."

"우리 회사에서 일할 생각……."

"없는데요."

"당신에게 필요한 게 뭐야. 뭐든 준비해 줄 수 있어."

해수가 천천히 눈을 들었다. 운성의 단정한 얼굴이 그녀를 향해 있었다. 그 날카롭고 강렬한 눈동자를 마주하던 해수의 입술이 삐딱하게 일그러졌다.

"내가 정말 갖고 싶은 건, 아무도 줄 수 없는 거예요. 어떻게 해야 가질 수 있는지 나도 모르니까."

가느다란 목소리가 흔들렸다. 운성은 목적 없이 괜히 젓가락으로 음식을 뒤적이는 해수를 바라보며 짧은 한숨을 삼켰다.

"원인을 모르니 그걸 없애줄 순 없지만, 당신이 동경하는 게 평범한 사람들과 같은 시간이라면 아주 불가능한 얘기는 아닌 것 같은데."

"다 아는 것처럼 말하지 말아요."

"다 알았으면 말이 아닌 행동을 했겠지."

날을 세우고 튀어나온 해수의 말을 운성은 덤덤하게 맞받아쳤다. 해수의 검은 눈동자가 자신을 노려보는 것이 느껴졌지만 그는 입매를 끌어 올려 가볍게 웃어 보였다.

"그 평범한 시간을 맥주로 시작하는 건 어때? 식사는 대충 다한 것 같으니."

해수는 얼떨결에 자신을 향해 굴러오는 맥주 캔을 붙잡았다. 전부터 느꼈지만 이 남자의 페이스는 종잡을 수가 없다. 차갑게 물기가 맺힌 캔을 양손으로 쥐고 있던 해수가 머뭇거리며 말했다.

"술, 마셔본 적 없는데요."

"……지금까지 한 번도?"

운성은 고개를 끄덕이는 해수를 바라보며 들으라는 듯 혀를 찼다.

"인생에 집착이 없어 보이는 이유를 이제 알겠군."

"마셔보진 않았지만 취한 사람들은 많이 봤어요. 그렇게 되고 싶지는 않은데."

"취하면 사람은 안 하던 행동을 하게 되지. 그렇게 자신을 풀어 놓는 방법도 가끔은 나쁘지 않아."

"소리 지르고, 울고, 물건도 막 던지고…… 그러던데요?"

"그런 모습 누군가에게 보인 적 있나?"

예를 들어 문산호라던지, 라는 말을 꺼내지 않은 것은 운성의 뛰어난 인내심의 결과였다. 콧잔등을 찡그리고 있던 해수가 고개를 내젓는 걸 본 운성의 입술이 만족스러운 미소를 그려내었다.

"뒷감당은 내가 할 테니, 마음대로 해봐. 무슨 짓을 하든 다 받아줄 테니까."

부드러운 느낌마저 드는 운성의 표정에 해수는 얼른 시선을 떨궜다. 가슴이 두근거렸다.

술집을 지나치며 봤던 풍경들이 떠올랐다. 인사불성이 되어 제 몸을 가누지 못하는 사람들도 있었고, 묵혔던 감정을 토해내던 사람들의 솔직한 얼굴도 있었다. 하나같이 그들의 곁에는 누군가 있었고, 그것이 해수가 한 번도 술을 마시려 하지 않았던 까닭이었다.

이걸 마시면, 내가 취하면 저 남자는 어떻게 할까. 그 사람들 곁에 있어준 사람들처럼 나를 지켜봐 줄까. 화를 내고 우는 나를 토닥여 줄까.

이것은 그녀에게 일종의 기회였다. 운성이 아니면 누가 그녀에게 술을 함께 마시자 청하겠는가. 그래, 이것은 그의 말대로 평범한 사람들처럼 시간을 보내는 방법이다. 대체 술이 어떤 이유로 사람에게 안 하는 행동을 하게 하는지에 대한 호기심도 한몫했다.

해수는 입술을 깨물고는, 맥주 캔을 두 손으로 꽉 쥐었다. 뚜껑을 따고 한 모금 들이켜자 목을 타고 따끔한 탄산이 시원하게 흘러 내려갔다.

그것은 이어질 참혹한 전쟁의 서막이었다.

음. 낮은 신음이 입술 사이로 흘러나왔다. 온몸의 감각이 허공을 부유하는 것처럼 느껴졌다. 눈이 불에 타는 것처럼 따끔거려 해수는 눈물과 함께 겨우 눈을 떴다.

"아우, 머리야."

저도 모르게 말을 내뱉을 정도로 머리가 지끈거렸다. 처음 느껴보는 종류의 그 두통은 멀미와도 닮아 있었다. 오랫동안 배를 탄 것처럼 속이 울렁거리고 시야가 흐릿해 해수는 베개에 얼굴을 비비며 신음을 뱉어냈다.

그러나 그녀의 손끝은 이질감을 쉽게 잡아냈다. 제집에 있을 리 없는, 나비 날개처럼 얇고 부드러운 천의 촉감이 느껴져 해수는 멍한 머리를 들었다.

"아, 여기 고시원이…… 아니었지."

침구가 엉망으로 구겨져 있는 침대 한가운데에 앉아 있는 자신을 훑어본 해수가 눈을 비비던 손을 툭 떨어뜨렸다.

잠깐, 내가 여기 왜 이러고 있더라. 기억을 더듬으려 했지만 매캐한 연기로 꽉 찬 것처럼 머리가 멍멍하다. 깊은 한숨을 내쉬며 침대에서 일어서던 해수의 눈에 테이블에 놓여 있는 메모지에 휘갈겨진 글씨가 들어왔다.

—일어나는 대로 연락해.

　간결한 말과 전화번호였지만 어딘지 모르게 미간에 주름이 잡힌 운성의 얼굴이 떠오른다. 웃는 얼굴로 쓴 것 같지는 않은 뉘앙스가 느껴진달까. 왜 그러지, 무슨 일이 있나, 하고 눈을 깜빡이는 순간 해수의 머릿속에 흐릿한 장면들이 지나갔다.

　"……줄게요. 그게 뭐 어렵다고. 웹하드에 저장해 둔 툴이 있으니까 지금 당신 컴퓨터로도 가능해……."
　"술기운에 할 수 있는 일은 아닌 것 같은데. 맨 정신으로 해. 급하지 않아."
　"날 무시하는 거예요?"

　"으악!"
　해수는 저도 모르게 제 뺨을 찰싹, 때리고 말았다. 언뜻 떠오른 기억 속의 그녀는 운성의 곁에 나란히 앉아 있었고, 그 말을 하면서 조각 같은 운성의 양 뺨을 잡아 주욱 늘리고 있는 것은 분명 자신의 손이었다. 해수의 얼굴이 하얗게 질려가기 시작했다.
　"서, 설마. 아닐 거야."

　"이것 봐요. 사실 코드 오류를 바로잡는 건 참 간단한 일인데. 그러니까 내가 하고 싶은 말은 이 프로그램 자체가 잘못된 거라니까요. 양심도 없지, 허점이 얼마나 많은데. 요즘 같은 시대에 시스템보다 네트워크해킹에 더 취약하게 만들어진 데다 특정 코드를 포함한 백신과 충돌하게 되어 있다고요. 거기다 개인별 로그인할 때 정보를 담게 되어 있는 레지스트리가 일정 시간이 지나면 자동으로 삭제되도록 해놨는데 그 코딩이 꼬여…… 됐으니까 일단 노트북부터 줘봐요. 신세계를 보여줄 테니까."

불쑥 혀가 꼬인 목소리로 책이라도 읽는 것처럼 빠르게 읊어대며 손을 내젓는 자신을, 어울리지 않게 조금 얼떨떨한 눈으로 바라보던 운성의 표정이 떠올라 해수는 희미한 미소를 지었지만, 뒤이어 엄습하는 불길한 느낌에 눈살을 찌푸렸다.

"잠깐. 내 휴대폰. 노트북이 어디 있지?"

바닥에 발을 내딛는 순간 지구가 흔들리는 것처럼 머리가 어지러웠지만 해수는 깊게 심호흡을 했다. 일단 사태 파악이 우선이다. 그녀는 느릿하게 걸음을 옮겨 거실로 향했고, 널찍한 소파 앞 테이블에서 화면이 열려 있는 노트북을 발견했다. 휴대폰은 바닥에 떨어져 있었다.

지끈거리는 관자놀이를 부여잡고 휴대폰을 집어 드는 순간, 해수의 얼굴이 뻣뻣하게 굳었다.

—'AEGIS' EJO1284Q2 closed. AM 4:28

그녀가 프로그램에 심어둔 바이러스성 코드가 보낸 문자였고, 그것은 보안프로그램인 '이지스'가 자체 시스템 셧다운을 진행했다는 뜻이었다. 그제야 해수는 일의 심각성을 깨닫기 시작했다.

◆ ◆ #10 ◆ ◆

"그게 무슨 말입니까? 원인 조사를 할 필요가 없다니?"

쉿, 하고 입술에 손을 대고 있는 사람은 재민이었다. 그는 입사 이래 가장 충격적인 사태 앞에 쑤셔놓은 벌집처럼 흥분하고 있는 보안팀 직원들 앞에서 목을 가다듬었다.

"미리 알리지 못한 점은 죄송합니다만, 아시다시피 보안 문제가 걸려 있어서 비밀리에 진행한 프로젝트입니다. 이전의 해킹 문제도 있고 해서 이사님은 현재 우리 회사 네트워크의 보안프로그램에 대한 심각한 불신에 시달리고 계셨습니다. 그 와중에 실제로 그 프로그램의 개발자를 찾아내어 '이지스' 프로그램의 장단점을 알게 되었고, 비효율적인 몇 군데를 손보기로 하신 겁니다. 셧다운한 상태에서 업그레이드를 진행할 예정이니, 원인 조사 같은 것은 필요 없습니다. 모든 것은 계획대로이니까요."

재민은 운성이 알려준 그대로 읊으며 뺨을 실룩였다. 모든 것은 계획대로라니. 거짓말도 이 정도면 사기다.

　새벽녘에 보안프로그램이 죽으면서 모든 사내 네트워크에 접속이 불가능해졌다는 소식을 듣자마자 운성에게 알렸을 때, 재민은 처음으로 크게 당황한 그의 목소리를 들을 수 있었다. 그러나 그것도 잠깐, 짐작 가는 곳이 있었는지 짧게 혀를 차고는 방금의 시나리오를 들려주는 운성의 목소리는 평정을 되찾고 있었다.

　"아니, 아무리 그래도 저희들한테까지 비밀로 하실 필요가 있으셨습니까? 개발자를 찾았다면 공동 작업을 진행하는 게 더 좋았을 텐데요."

　"어, 뭐, 글쎄요. 아마 프로그램 특허에 관련된 모종의 일이 있었던 것으로 짐작이 됩니다만. 오늘 내로는 원상복구될 겁니다. 아마도요."

　그 개발자가 누구냐며 달려드는 보안팀 직원들을 떼어놓고 엘리베이터로 도망치듯 달려간 재민은 한숨을 몰아쉬었다. 그는 자신이 무슨 말을 내뱉고 있는지 이해조차 하지 못하고 있었다. 엘리베이터 문이 열리자마자 재민은 급한 걸음으로 이사실로 향했다.

　운성은 의자에 길게 몸을 기댄 채 눈을 감고 있었다. 얼핏 편안한 휴식을 취하는 것처럼 보이기도 했지만 반듯한 미간에 깊이 파인 주름이나 경직된 입매 같은 것이 그렇지 않음을 드러내 보이고 있었다. 침묵에 잠긴 사무실에는 긴장의 공기가 떠돌았다.

　재민은 유리문을 노크했다. 한숨을 내쉬는 것처럼 운성의 눈꺼풀이 묵직하게 열렸다.

"대외적으로는 시스템 점검 공지를 띄워둬서 몇몇 문의 전화 말고는 잠잠합니다. 보안팀은 그 개발자가 누군지에 대해 의아해하는 것 같지만 큰 문제가 될 것 같지는 않고요. 그런데…… 시스템은 언제쯤 복구가 되는 건지요? 업그레이드가 되기는 하는 겁니까? 다른 사람들은 몰라도 보안팀에서는 눈에 불을 켜고 찾아볼 것 같은데요."

"모릅니다, 나도."

"……예에?"

재민은 제 귀를 의심했다. 그가 아는 권운성이라면, 오늘 몇 시까지 어떤 점들이 업그레이드가 되어 있을 거다, 한 점 의혹이 없는 정확한 답변을 하고도 남았다. 그런데 모른다니. 회사를 발칵 뒤집어놓은 이 상황에서 모른다니?

그리고 이어진 상황에 재민은 제 눈을 의심해야 했다. 운성이 가볍게 웃고 있었던 것이다. 그 미소는 참으로 묘했다. 마치 어찌해야 할지 모르겠다는 듯, 망설임이 묻어나면서도 어쩐지 자조적인 그 미소는 권운성답지 않았기에 묘했다. 재민은 눈을 부릅뜨고 눈앞의 운성을 다시금 보았지만 어색한 그의 표정은 변함이 없었다.

재민이 자신을 어떻게 보든 말든 운성의 시선은 오로지 전화기를 향해 있었다.

일어났을까. 몸은 괜찮을까. 어제 일을 기억은 하고 있을까. 기억을 한다면 지금쯤 무슨 생각을 하고 있을까.

이건 분명 정상이 아니다. 그의 회사의 유명세의 기반인 보안프로그램이 예고 없이 닫혔고, 그것은 심각한 문제였다. 평소의 그라면 모든 촉각을 예민하게 곤두세우고 이 사태가 회사에 미칠 영향을 객관적인 숫자로 계산하는 데 집중했을 터였다.

그런데 지금 운성의 기민한 머릿속을 지배하고 있는 것은 오직 해수에 대한 생각뿐이었다. 새벽녘에 이 소식을 들었을 때, 잠들어 있는 그녀를 억지로 깨워 빠르게 사태 수습을 할 수도 있었지만 그는 그러지 않았다.

전화를 받았을 때 운성은 제 무릎에 쓰러져 잠든 해수의 뺨에 흘러내린 눈물을 닦아주고 있었고, 그보다 더 다급한 일이 벌어졌다고 해도 막 눈물 젖은 눈을 감고 잠든 해수를 깨울 생각은 하지 않았을 것이다.

그 여자가 애처롭다. 한 걸음. 어둠을 감당할 딱 한 걸음만 내딛고 나면 금세 아이처럼 순수한 여자로 돌변하는 그녀가.

술기운이 올라 붉게 물든 뺨으로 미소 짓던 해수의 얼굴이 떠올라 운성은 미간을 좁혔다.

"심장이 둥둥 뜬 기분인데요. 내 손발이 내 것이 아닌 것 같은 느낌? 이런 맛에 술을 마시는구나. 좋은 것 같은데……."

운성에게서 빼앗다시피 받아낸 노트북 키보드를 연주하듯 두드리는 그녀의 손길은 여전히 아름답다는 말이 어울렸다. 해수는 양반다리를 하고 앉은 채 모니터에 순식간에 올라가는 푸른 글씨들을 확인하고 있었다. 그 곁에서 맥주를 마시며 운성은 그녀의 얼굴을 감상하듯 훑어보았다.

자그마한 손을 펴고 접으며 말을 내뱉은 해수의 입술이 호선을 그랬다. 선물을 받고 들뜬 아이처럼 그녀의 얼굴은 해맑았다. 고작 맥주 두 캔에 해수의 제법 단단해 보이던 방어벽은 깨끗하게 사라졌다. 하얀 속살을 내비치듯 맨얼굴을 드러낸 해수는 사랑스러웠다. 잘 웃었고, 눈과 뺨은 생기로 빛났다. 운성은 그녀에게서 눈을 뗄 수가 없었다.

원래 이런 사람이었을까. 그녀를 감싼 불행이 닥치기 전의 신해수는 저렇게 쉽게 웃는 여자였을까. 누구나에게 사랑받기 충분한, 아름답고 순수한 여자.

"에러는 잡았고, 거슬리는 코드들은 이제 좀 정리됐어요. 모르긴 몰라도 용량도 속도도 훨씬 나아졌을걸요. 테스트를 한 번 돌려는 봐야 할 텐데, 그건 시간이 좀 걸릴 거예요. 내친김에 프로그램을 아예 셧다운시키고 한 번 해보는 것도 괜찮……."

"언제부터 그랬지?"

"뭐가요?"

"그 눈. 뭔가를 보는 거 말이야."

가느다란 손가락으로 복잡한 명령어를 순식간에 날려 보내고 손가락을 까닥거리던 해수의 움직임이 멈췄다. 운성은 조용히 그녀를 응시했다. 스읍, 하고 길게 숨을 들이켠 해수가 테이블을 더듬어 맥주 캔을 잡았다.

"그런 게 왜 궁금해요? 아니, 그보다 왜 그렇게 쉽게 믿어요? 그게 믿어져요?"

"아주 믿는 건 아니야. 당신이 그렇다니까 그런 셈 치는 거지. 해될 거 없잖아."

"그런 것치고는 꽤 진지하게 묻는 것 같은데요."

"알고 싶으니까."

맥주를 꿀꺽, 넘기던 해수의 눈이 천천히 운성에게로 향했다. 커다란 소파 한 켠에 느긋하게 앉아 있는 그는 그다지 멀리 있지 않았다. 은은하면서 깊은 머스크 향이 부드럽게 해수를 감쌌다. 운성의 나직한 한마디가 순식간에 거실의 공기를 뒤바꿨다.

"나는 사람이 궁금했던 적이 없었어. 다른 사람들이 하는 말과 행동은 그저 스쳐 지나가는 바람과 다를 게 없었지. 나는 그 속에서 내게 이득 될 게 뭔지를 파악하면 그뿐, 그 이상의 호기심을 가져본 적이 없어. 그런데."

들고 있던 맥주 캔을 손가락으로 튕기자 탕, 하는 소리가 낮게 울려 퍼졌다. 운성은 삐딱한 미소를 짓고 있었다.

"당신이 궁금해. 득이 될지 해가 될지를 따지기 이전에, 신해수라는 여자가 궁금하다고. 그래서 알고 싶어, 당신이란 사람에 대해서."

옅은 조명 아래에서 자신을 바라보는 해수의 눈동자는 마치 살아 있는 보석 같았다. 아득한 슬픔을 머금고 고요하게 반짝이는 검은 보석. 입을 맞추고 달래주고 싶을 만큼 애처로운.

눈물이 떨어질까 싶은 찰나 해수는 짧게 웃음을 내뱉으며 고개를 돌렸다. 양반다리를 하고 있던 무릎을 모아 끌어안은 해수의 작은 목소리가 허밍처럼 흘러나왔다.

"열일곱 살 때 사고가 있었어요. 횡단보도를 건너다가 오토바이에 부딪혔죠. 다리가 부러진 것뿐이었지만, 넘어질 때 눈을 다쳤어요. 수술이 필요할 정도로 심각했나 봐요. 그리고 정신이 들어 눈을 떴을 때, 그때가 내 악몽의 시작이었죠."

기억을 더듬는 듯한 해수의 시선이 먼 곳을 응시했다.

"나도 왜인지는 몰라요. 왜 하필 이런 게 보이기 시작했는지. 처음엔 어렴풋이 보이는 그 검은 그림자가 뭔지도 몰랐어요. 퇴원하는 날 응급실을 지나쳐서 나가다가, 버스 전복 사고로 다친 사람들이 실려 들어오는 걸 봤죠. 총 다섯 명이었는데, 그중 두 사람의 등 뒤에 그게 붙어 있었어요."

운성은 해수의 손가락이 떨리기 시작한 걸 보고 미간을 찌푸렸다. 그녀는 무릎을 세게 끌어안은 채 고개를 파묻고 있었다. 어깨를 곧추세우고 목을 움츠린 해수의 옆모습에 긴장감이 감돌았다.

"그리고 얼마 지나지 않아 그 두 사람이 죽었죠. 하지만 그때까지도 난 그게 뭔지 몰랐어요. 눈이 아직 다 낫지 않아서 이상한 게 보인 것뿐이라고, 그렇게 생각했죠. 학교로 돌아갔고, 한동안은 괜찮았어요. 자살을 결심한 3학년 선배와 계단에서 마주치기 전까지는."

운성은 잘게 떨고 있는 해수에게 다가갔다. 무릎을 쥐고 있는 해수의 손등 뼈가 하얗게 도드라져 있었다. 가까이 다가앉은 운성의 손가락이 그녀의 손바닥을 다소 거칠게 파고들었다. 손톱자국이 남을 만큼 세게 움켜쥐고 있던 주먹을 감싸는 운성의 온기에 해수는 입술을 깨물었다.

한 번도 입 밖으로 내어본 적 없는 이야기였다. 누군가와 기억을, 생각을 나누는 것의 홀가분함을 느낀 적이 언제였던가. 여기 있다고 말하는 것처럼 제 손을 가볍게 더듬는 운성의 손길이 그녀를 조용히 기다려 주고 있었다. 사람의 온기가 불러일으킨 작은 충동은 그녀의 입을 열었고, 한 번 열린 입은 멈추지 않았다.

"난 그때 수학경시대회에 나가기로 되어 있었어요. 그 선배는 3학년 대표였죠. 옥상 쪽 계단으로 올라가는 그 선배에게 인사를 하려고 불렀어요. 그때 그걸 봤죠. 이상하죠? 난 그때까지 그게 뭔지 몰랐는데도, 응급실에서 봤던 장면이 바로 생각났어요. 그런데 있잖아요. 내가 이름을 불렀을 때, 그 선배가 흘끔 나를 돌아봤거든요. 머리가 흘러내려서 얼굴은 잘 보이지 않았지만, 웃고 있었어요."

결국 눈물이 흘러내렸다. 운성은 동그맣게 몸을 말고 있는 해수의 어깨를 말없이 감싸 안았다. 제 가슴에 기댄 해수의 뺨이 금세 축축하게 젖었지만, 그녀는 말을 멈추지 않았다. 목소리가 울먹임으로 변해갔다.

"계단을 내려오는 내내 생각했어요. 뭔가 이상하다고. 그런데 사실 난 그때 알고 있었던 거예요. 무서웠을 뿐이에요. 도망친 거죠. 웃고 있었으니까 괜찮다고, 이상하다는 걸 알고 있었으면서도 계속 그렇게 중얼거렸어요. 웃고 있었으니까. 그러니까 괜찮아. 그렇게."

쉬이, 하고 달래듯 운성이 중얼거리며 해수의 뺨을 쓸었다. 부드럽게 눈물을 닦아내고 흐트러진 머리칼을 쓸어 넘겨주었지만 눈물은 금세 다시 뺨을 적셨다.

"내가 뭔가를 했다면. 그 선배를 붙잡았다면 뭔가 달라졌을까요? 술에 취해 사거리에서 차에 치였던 남자도, 공사장 계단에 벽돌을 지고 올라가던 남자도, 전철을 기다리며 서 있던 여자도, 다들 달라졌을까요? 살 수 있었을까요? 난 매일 그런 생각을 하면서 살아요!"

한 번 터져 나온 눈물은 해수의 마음속 해묵은 외침과도 같았다. 아무도 들어주는 사람이 없어 입 밖으로 내뱉어본 적이 없었던 그것은 이제야 비로소 형태를 갖춘 채 흘러나올 수 있었다. 해수는 운성의 손을 움켜쥔 채 그의 가슴에 매달렸다.

"내가 왜, 도대체 내가 왜 이런 꼴을 당해야 하는데요. 그딴 걸 보면서 살아가는 것도 끔찍한데, 왜 우리 오빠까지, 왜 나한테서 우리 오빠까지 뺏어가는 건데! 살려보겠다고, 뭔가 해보겠다고 처음으로 나섰던 거였어요. 죽는 사람이 너무 많아서, 그걸 그냥 보고 있을 수가 없어서……. 그런데 결국 뭐야…… 차라리 외면했으면, 모른 척했으면 적어도 신준수가 그따위로 누워 있는 일은 없었을 거잖아!"

도대체 왜, 하고 해수가 무너졌다. 운성은 오열하는 해수의 등을 감싸 안은 채 서툰 손길로 그 마른 등을 쓸어내렸다. 어깨를 뒤틀고 가슴을 내려치는 해수의 손길에도 그는 움직임 없이 굳건하게, 그녀를 안은 팔을 풀지 않았다.

"당신 잘못이 아니야."

바라보는 사람의 가슴을 저릿하게 하는 울음을 터뜨리고 있는 해수의 귓가에, 운성은 강하게 속삭였다. 품 안에서 고개를 내젓는 그녀를 좀 더 세게 끌어안은 그는 몇 번이고 해수에게 속삭여 주었다.

당신 잘못이 아니야. 그 어떤 것도, 당신 잘못이 아니야.

버둥거리는 움직임이 잦아들고 울음소리가 사라질 때까지, 운성은 그렇게 해수를 안은 채 등을 토닥였다. 앙상하게 마른 등을 쓰다듬는 운성의 입가에 쓴웃음이 번졌다. 이 여리고 상처 입은 여자에게 해줄 수 있는 일이 없다는 사실이, 그를 난생처음으로 무력감에 빠뜨리고 있었다.

"……사님, 이사님?"

"듣고 있습니다."

재민은 아직 생각에서 다 빠져나오지 않은, 어둡게 침잠해 있는 눈을 한 채 성가신 듯 대꾸하는 운성을 바라보며 한숨을 삼켰다.

듣고 있기는 개뿔. 지금까지 자기가 무슨 얘길 했는지 어디 한번 말해보라고 되묻고 싶었지만 그러기에 그는 갚아야 할 대출금이 너무 많았다. 그래서 재민은 최대한 제 목숨 줄에 지장이 없도록 정중한 말투로 물었다.

"정말 연애라도 하시는 겁니까?"

그제야 운성의 관심이 온전히 재민에게로 쏠렸다. 지나칠 만큼 강렬한 시선에 재민은 헛기침을 하며 슬쩍 고개를 돌렸다. 시간이 지나도 익숙해지지 않는 게 있다면, 그건 날카롭게 자신을 바라보는 운성이 입을 열기 직전의 긴장감일 것이다.

"그게 회사 일과 무슨 관련이 있습니까."

재민은 떡 벌어지려는 입을 가까스로 부여잡았다. 설마, 진짜로? 저 권운성이 연애를? 평소와 다를 바 없이 차갑게 느껴지는 운성의 말투였지만 적어도 부정은 하지 않았다. 심드렁한 표정으로 다시 전화기를 바라보는 운성의 말끔한 옆모습을 흘끔거리며 재민은 혀를 내둘렀다. 도대체 그에게 무슨 일이 벌어지고 있는 건지 재민은 궁금해 미칠 지경이었다.

"그, 추, 축하드립니다. 어떤 여자분이신지, 로또 맞으셨네요.

물론 이사님 같은 분을 감당할 수 있는 여성이라면 보통 분은 아니겠지만요. 분명 대단한 미인이시겠죠?"

흠, 하고 코웃음과도 같은 소리가 들려 재민은 또 한 번 경악했다. 오늘의 운성은 수년간 그의 머릿속에 단단하게 뿌리박고 있던 권운성이라는 사람의 틀을 깨고 있었다. 정말 웃겨서 웃었다는 듯한 표정을 지은 운성이 낮게 중얼거렸다.

"대단한 여자긴 하지, 여러 의미로."

"예?"

"비밀스러운 사람이니 유출은 이쯤 해두죠. ZEDA사에서 컨택이 올 걸 대비해서 미리 팀을 꾸려두는 게 좋을 겁니다. 작년 경쟁사의 소프트웨어 유출 건에 대한 PPT 준비해서 미팅할 때 자연스럽게 흘리세요. 지지부진한 설명 안 먹힙니다. 최대한 간결하면서 여유 있게 대응할 수 있는 팀원으로 배치하고, 여자는 안 돼요. 개인적인 이유로 불편하다고 하더군요."

"제 얘길 정말 듣고 계셨……. 아, 예, 알겠습니다."

포럼에서 운성이 자리를 박차고 나간 뒤 ZEDA사의 담당자를 붙잡느라 진땀깨나 뺐던 재민이 마른 입술을 핥았다. 벌 떼처럼 모여들어 명함과 팸플릿을 건네는 경쟁사들 사이에서 겨우 인사를 나눈 것뿐이었지만, 운성의 말을 듣고 있자니 이미 어느 정도의 줄다리기는 그의 선에서 끝낸 모양이다.

그럼 그렇지. 고객 포섭의 달인, 무적의 권기계가 어딜 가나? 몰래 혀를 차던 재민은 짤막한 전자음과 함께 울리기 시작한 운성의 개인 전화를 바라보았다. 한 번의 벨이 채 울리기도 전에 운성은 사냥감을 낚아채듯 수화기를 들었다. 그답지 않은 행동에 재민의 눈이 또 한 번 경악으로 물들었다.

"여보세요."

[어, 저, 신해수입니다.]

머쓱함이 고스란히 전해지는 솔직한 목소리에 운성의 입매가 부드럽게 흔들렸다. 아직 낯설지만 반가운 달콤함이 가슴에 서서히 번졌다.

"아픈 데는."

[음? 괜찮아요. 머리만 좀.]

"머리가 아픈가?"

[그냥 좀 어지러우…… 그것보다, 저, '이지스' 다운됐죠? 오토 체킹 한 시간 지나면 자동 복구되게 해놓는다는 게 어제 손보면서 시간 설정을, 그, 깜빡한 것 같은데…… 30분쯤 지나면 완벽하게 복구될 거예요. 혹시 회사 보안에 심각한 문제가 생겼다면 내가 어떻게 해서든…… 거기 별일 없나요?]

전화를 하면서도 키보드를 두드리고 있는지 다다닥, 하는 소리가 빗소리처럼 들린다. 난감한 기색이 역력한 그녀의 목소리를 감상하듯 눈을 낮게 내리뜨고 있던 운성이 중얼거렸다.

"숙취인가 보군, 고작 맥주 두 캔에."

[……뭐요?]

"아침은. 먹었나?"

[지금 아침 먹을 정신이…… 코드는 왜 이렇게 중첩되게 짜놓은 거야.]

퉁명스레 중얼거리며 다소 과격하게 키보드를 두드리는 소리가 수화기 너머로 전해졌다. Allegro(빠르게)에서 Agitato(격렬하게)

로 곡의 흐름이 바뀐 듯했다. 운성은 짧게 혀를 찼다.

"이것 봐, 신해수 씨."

[잠깐만. 그러니까 여기서 디프로그되는 코드가 뭘로 설정이…… 여기서 분명 어셈블리어로 콜드 오프 시키게 프롬프트를…… 시스템 변수가 왜 이따위야?]

"신해수, 사람 말 좀 들어."

[음? 뭐라고요?]

운성은 반쯤 모니터에 빠져들어 있을 해수의 모습을 어렵지 않게 떠올리고는 헛웃음을 흘렸다. 그녀가 자아내는 타악기의 아름다운 리듬은 멈출 줄을 몰랐다. 눈앞에 있었다면 당장 노트북 전원을 뽑아버렸을 텐데. 운성은 고개를 내저으며 말했다.

"30분이 아니라 세 시간이 걸려도 좋으니까 일단 밥부터 먹어. 부엌에 어제 만들어놓은 음식이 있을 거야. 데워서 먹고 얌전히 집에 있어. 어디 가지 말고."

소리가 멈췄다. 운성은 수화기 너머의 기색을 살피며 미간을 좁혔다. 지금 그녀가 어떤 표정을 짓고 있는지, 이 침묵이 무엇을 의미하는지에 대한 궁금증이 치솟아 그는 기다리지 않고 물었다.

"내 말 듣고 있나?"

[왜 그래요, 나한테?]

얼핏 날을 세운 듯 들리지만 그 밑바탕에 두려움과 망설임이 깔려 있음이 느껴진다. 사람을 대하는 게 서투르기에 오히려 이질적인 무언가를 빠르게 알아채는 해수는 길들이기 어려운 들고양이와 다르지 않았다.

운성은 쓴웃음을 머금었다. 확실한 것은 해수가 어제 일을 기억하지 못한다는 것과, 그 사실이 의외로 강한 충격으로 느껴진다는 것이었다. 짙게 뻗은 운성의 눈썹이 날카롭게 치켜 올라갔다.

"지난밤을 기점으로 당신과 내 관계가 좀 달라졌거든."

헉, 하고 재민이 황급히 숨을 들이켜는 소리가 들렸지만 운성은 신경 쓰지 않았다. 그는 수화기에서 이어지는 침묵에만 집중했다. 숨소리조차 들리지 않는다. 운성은 속삭이듯 목소리를 낮췄다.

"기억해 내지 않아도 좋아. 당신이 기억하든 하지 않든 어차피 달라지는 건 없을 테니까."

[그게, 무슨 뜻이에요?]

"아침은 꼭 챙겨 먹어. 그래야 두통이 가실 거야. 저녁때 보자고."

수화기를 내려놓은 운성은 짧게 숨을 내뱉었다. 아직 귓전에 남아 있는 해수의 목소리가 그의 표정을 부드럽게 만들었다. 인정해야 했다. 그는 지금 당장 집으로 달려가 그녀를 보고 싶은 충동에 시달리고 있었다. 창백한 피부를 쓰다듬고 여린 어깨를 감싸 안아 주고 싶었다. 어린아이처럼 해맑게 웃던 해수의 얼굴이, 보고 싶었다.

"……단단히 미쳤군."

"그, 그러게 말입니다."

나직하게 흘러나온 운성의 말에 저도 모르게 덧붙이던 재민의 얼굴이 제 실수를 깨닫고 파랗게 질렸다. 그러나 일생일대의 천운인지 운성은 곰곰이 다른 생각에 빠져 있는 듯 말이 없어, 그는 재빨리 고개를 숙여 인사한 뒤 도망치듯 방에서 나왔다.

빅뉴스다. 재민은 방금 천하에 오만하기 짝이 없는 독재자 권운성이 여자에게 매달리는 현장을 두 눈으로 똑똑히 본 것이다. 살 갑게 상대를 챙기며 여느 남자와 다름없이 달콤한 말을 내뱉는 걸 봤으면서도 그는 자신의 눈을 믿을 수가 없었다. 다른 사람에게 말을 한다 해도 누구도 믿지 않을 것이다.

"도대체 어떤 여자길래……."

재민은 뻣뻣한 걸음을 옮기며 마른침을 꿀꺽 삼켰다. 견고한 철 옹성 같은 저 권운성을 발밑에 조아리게 만든 여자가 있다니! 상 상조차 가지 않는다. 그는 넋 나간 얼굴을 한 채 엘리베이터로 향 했다. 버튼을 누르는 걸 잊어버려 한참 동안 오지 않는 엘리베이 터 앞에 서 있으면서, 재민은 운성의 말과 표정을 곱씹으며 온몸 을 덜덜 떨어야 했다.

휴. 해수는 짧게 한숨을 내쉬며 기지개를 켰다. 완전히 복구된 '이지스'의 네트워크가 정상 작동하는 걸 확인하고서야 그녀는 단단히 굳히고 있던 어깨를 움츠렸다.

"별일 없을 리가 없는데."

꼿꼿한 자세로 한참을 앉아 있었더니 다리가 저릿저릿하다. 입 고 있는 헐렁한 맨투맨 티셔츠는 소매가 너무 길어 몇 번을 고쳐 접어야 했다. 해수는 그 티셔츠에서 은은하게 흘러나오는 운성의 향기를 맡으며 괜히 간지러운 목덜미를 벅벅 긁었다.

'이지스'에 접속한 직원 중 몇 명의 IP에 따라붙어 그들의 메신 저 창을 불러낸 뒤 잠시 훑어보았지만 그들 고유의 업무에 관련된 이야기나 시시콜콜한 사담뿐인 걸로 보아 보안프로그램이 다운된 것에 대해서는 어떻게든 잘 둘러댄 모양이다. 해수는 천천히 몸을 일으켰다.

새삼 어제 있었던 일들이 어지럽게 떠오른다. 준수의 꿈을 꾸었
고, 그가 그리워 병원에 갔다가 산호를 만났다. 지쳐 잠들었는데
눈을 떠보니 어느새 여기였고, 운성과 함께 저녁도 먹고 난생처음
술도 마셨다. 그 모든 것이 자신에게 일어났던 일들이 맞는지 의
문이 들 정도였다.

"이상한 사람이야."

해수는 멋쩍게 중얼거렸다. 자세한 건 기억이 나지 않는다. 기
억의 단편들이 보여주는 내용은 조각이 나 있어서 전체적인 그림
을 그릴 수가 없었다. 그에게 무언가 쓸데없는 이야기를 한 것 같
기도 하고, 처음으로 마신 술에 취한 뇌가 각성이라도 했는지 무
섭도록 집중한 상태에서 '이지스'의 코드를 뜯어고친 것 같기도
하다.

그러나 그런 것은 아무래도 좋을 만큼 해수의 머릿속을 강렬하
게 채운 기억이 있었다. 그 기억 속에서 자신이 무슨 말을 했는지
는 떠오르지 않았지만, 그 말을 듣고 운성이 어이없다는 듯 웃음
을 터뜨렸던 것만은 똑똑히 기억할 수 있었다.

철가면이라도 뒤집어쓴 것처럼 무뚝뚝한 얼굴을 부드럽게 무너
뜨리고, 운성은 분명 웃었다. 그 순간 두 사람을 둘러쌌던 그 공
기. 그 편안함.

……누군가와 함께 있다는 게 그렇게나 따뜻하게 느껴질 줄이
야.

부엌으로 무거운 걸음을 옮기던 해수는 길게 한숨을 내쉬었다.
한 걸음을 디딜 때마다 가슴이 파도를 타듯 작게 울렁거린다. 불

안함과 설렘이 뒤섞인 짙은 얼룩이 그녀의 마음을 물들이고 있었다.

"지난밤을 기점으로 당신과 내 관계가 좀 달라졌거든."

운성의 낮은 목소리가 귓가에 울려 퍼졌다. 상대가 어떻게 나오든 상관없다는 듯 단호하고 거리낌 없는 말투. 운성의 말과 행동에서는 늘 그 무엇에도 흔들리지 않는 확고한 의지 같은 것이 물씬 묻어난다.

부정할 수 없이 오만한 사람이지만, 망망대해에 떠 있는 해수에게 그런 운성의 오만함은 그녀 하나쯤 기대어도 미동 없을 만큼 단단한 부표와 같이 느껴졌다. 그녀는 한 번도 그런 사람을 본 적이 없었다.

"뭐가 어떻게 달라졌다는 건데. 사람이 말을 제대로 하는 법이 없어."

반항하듯 투덜거린 해수는 고개를 내저으며 비척비척 걸음을 옮겼다. 어제는 정신이 없어서 제대로 둘러보지 못했지만 혼자 살기에 지나치게 넓은 그곳은 그녀가 익숙하게 생각해 왔던 '집'이라는 개념과는 아주 많이 달랐다.

해수에게 집이란 좁고 어두운 사각의 방이었다. 가장 많은 시간을 보내는 곳이지만 익숙해지지 않는, 매일이 낯선 그런 방. 항상 벗어나고 싶지만 얄팍하게나마 그녀에게 안식을 제공해 주는 유일한 공간. 그것이 그녀에게 있어 집의 의미였다.

다른 사람의 집에 와본 것은 처음이다. 와볼 일이 있을 거라 생각해 본 적도 없었다. 해수는 무척이나 널찍한 운성의 집을 신기한 눈으로 돌아보았다. 블라인드를 반쯤 걷어 눈부신 햇살이 거실로 쏟아져 들어오고 있었다.

가구 하나부터 벽지까지 흠 하나 잡기 어려울 만큼 깔끔하게 구성되어 있다. 그래서 생활감이 느껴지지 않는 모델하우스처럼 보이기도 했다. 어제의 흔적이 남아 있는 거실의 소파와 테이블만이 이질적인 느낌을 자아내고 있었다.

해수는 괜히 헛기침을 하며 부엌을 둘러보았다. 인덕션 위에 커다란 솥이 놓여 있다. 머뭇거리며 그 뚜껑을 열어본 해수의 눈이 크게 부풀었다.

부드럽게 풀어진 누룽지가 하얗게 잘 익은 닭과 어우러져 고소한 향기가 먹음직스럽게 풍기고 있었다. 이런 음식은 처음 봤다. 해수는 침을 꿀꺽 삼켰다. 먹는 것에 대한 즐거움을 잘 모르는 그녀는 항상 의무감으로 끼니를 때우곤 했지만, 운성을 알고부터 자꾸만 맛보게 되는 새로운 음식들이 은근히 반갑게 느껴졌다.

잘 정리되어 있는 식기에 선뜻 손이 가지 않았지만 해수는 커다란 그릇에 따뜻하게 데운 누룽지백숙을 듬뿍 담았다. 김이 모락모락 오르는 백숙을 바라보는 입가에 저절로 군침이 고인다. 한 숟가락 떠서 입안에 넣기가 무섭게 해수의 손놀림이 빨라지기 시작했다.

휴대폰이 울린 것은 눈 깜짝할 사이 백숙 한 그릇을 깨끗하게 비우고 운성의 말처럼 말끔히 사라진 두통에 신기해하고 있을 때였다. 수화기 너머에서 들리는 목소리는 쾌활했다.

[푹 자고 일어났나, 우리 해수? 몸은 좀 어때?]

"아, 괜찮아요. 멀쩡해요."

[아직 그 집이야?]

"네. 곧 나가려고요. 그런데 내가 어디 있는지 알아요? 어떻게? 산호 씨가 날 넘긴 거예요?"

[음. 거기 좀 더 있는 게 어떨까?]

해수는 미간을 좁혔다. 질문에 제대로 된 대답을 하지 않는 것은 문산호의 특성이었지만, 어쩐지 머뭇거리는 기색이 느껴졌던 것이다.

"무슨 말이에요?"

[별일은 아니고. 새로 이사한 고시원 건물 말이야, 가스 배관 쪽에 좀 문제가 있는지 며칠 공사를 해야 한다길래. 인부들 번잡하게 드나들 텐데 신경 쓰이지 않겠어? 거기가 썩 불편하지 않다면 며칠 있는 것도 괜찮을 것 같은데.]

"불편하지 않을 리가 없잖아요."

[여기보단 나을 거야, 안전하고.]

후우, 하고 짧게 숨을 내쉬는 산호의 호흡이 느껴져 해수는 눈을 가늘게 떴다. 그가 이상한 것은 하루 이틀 일이 아니지만 뭔가가 다르다.

"무슨 일 있어요?"

[무슨 일은 늘 있지. 네가 신경 쓸 일이 아닐 뿐이야. 그럼 밥 잘 챙겨 먹고, 그놈이 사탕 준다고 해도 들은 척도 하지 말고. 알았지?]

"그게 무슨 헛소리…… 아, 잠깐만요."

콧잔등을 찡그리던 해수가 휴대폰을 붙잡았다. 멀어지던 산호의 숨소리가 되돌아왔다.

"물어볼 게 있는데요."

[권운성에 대해 궁금한 게 생겼어?]

낮게 웃는 산호의 기색에 해수는 입술을 깨물었다. 차라리 귀신을 속이는 게 쉬울 것이다. 늘 사람 머리 꼭대기에 앉아서 싱글거리고 있는 듯한 산호를 떠올리며 해수는 마지못해 입을 열었다.

"아무래도 어제 제가 큰 실수를 한 것 같아서요. 그것 때문에 회사에 피해가 있을지도 모르겠고. 뭐, 최근에 생일이었기도 하고, 고마운 일도 있고…… 어, 그래서 선물, 같은 걸, 뭔가 해야 하지 않을까 싶기도 한데……."

힘겹게 더듬더듬 말을 꺼내던 해수가 한숨을 내뱉었다. 곧이어 껄껄 호쾌한 웃음을 내뱉으며 자신을 놀려댈 산호가 눈에 선했지만, 문산호는 그녀의 예상대로 움직이지 않았다.

의외의 침묵이 흘러 해수는 질끈 감았던 눈을 뜨고는 여보세요, 하고 목소리를 내었다. 수화기 너머로 바람이 서늘하게 불어오는 소리가 흘러 들어왔다. 전화가 끊겼나, 싶어 휴대폰을 들여다볼 때쯤 산호의 목소리가 들렸다.

[시계. 시계가 어떨까?]

"산호 씨가 좋아하는 거 말고요."

그의 습성을 아는 해수가 투덜거렸다. 흠, 하고 작게 웃은 산호가 대답했다.

[나는 시계 안 좋아해.]

어쩐지 차분하게 가라앉은 듯한 목소리가 낯설다. 해수는 눈을 치켜떴다.

"정말 무슨 일 있는 거 아니⋯⋯."

[내 생일날도 기대할게, 우리 해수. 권기계보다 못 한 선물 주면 슬퍼할 거야, 아주 많이. 그만 끊는다.]

웃음기 어린 목소리로 빠르게 내뱉은 산호가 수화기 너머에서 사라졌다. 그를 미처 붙잡지 못한 해수가 얼떨떨한 표정으로 휴대폰을 내려다보았다. 통화 종료 시간이 깜빡이던 액정은 금세 새카맣게 꺼졌다.

"급한 일이라도 있었나."

혼잣말을 중얼거리며 해수는 목덜미를 긁적였지만 산호의 종잡을 수 없는 행동은 그의 습관과도 같다는 사실이 떠올랐다. 그보다 시계. 시계라⋯⋯. 고개를 갸웃거리던 해수가 종종걸음으로 자신의 외투를 찾았다. 창밖으로 비치는 바깥의 날씨가 아주 좋았다.

해수와 통화를 끝낸 산호는 길게 숨을 들이켰다. 가슴 언저리가 심하게 당겼다. 부어오른 것 같은 입가를 손등으로 훔치자 빨갛게 피가 묻어났다. 아직은 서늘한 공기를 폐부 깊숙이 빨아들이며 산호는 벽에 등을 기대었다.

"권운성 무에타이 배운다고 설칠 때 따라다닐걸. 꼴 한번 거지 같군."

옷에 잔뜩 묻은 흙먼지를 힘 빠진 손길로 털어내던 산호가 아야, 하고 신음을 뱉었다. 어디 부러진 곳은 없는 것 같았지만 그렇다고 아프지 않다는 뜻은 아니었다. 산호는 천천히 걸음을 떼어 골목을 벗어나 차도로 향했다. 오전의 거리를 한가롭게 걸어가던 여자 두 명이 갑자기 튀어나온 남자의 행색에 작게 입을 가리며 비명을 질렀다.

"저, 괘, 괜찮으세요?"

그녀들이 말을 걸 용기를 냈던 것은, 비록 험하게 구겨지고 먼지투성이였지만 남자가 걸친 슈트가 고급 브랜드임을 알아보았기 때문이다. 등이 구부정했지만 키가 큰 듯 보이는 그가 흘끗 고개를 돌렸다. 붓고 터졌음에도 충분히 매력적인 얼굴이었다.

"입, 입술에 피가……."

"맞은 거 아닙니다."

부어오른 입술 새로 흘러나온 목소리는 환한 햇살을 무색하게 할 만큼 서늘했다. 여자들은 저도 모르게 한 발 물러섰다. 똑바로 마주친 남자의 눈빛은 밤처럼 어둡고 깊었다. 목덜미에 오스스 긴장감이 돈다.

위험한 사람인가 싶어 서둘러 눈을 피하려 할 때, 팽팽하게 표정을 굳히고 있던 남자가 씩 웃었다. 거짓말처럼 순식간에 더없이 서글서글한 호남형의 얼굴이 나타났다.

"사냥하러 왔다가 여우에게 물린 개 꼴이 됐을 뿐이죠. 그냥 맞은 거랑은 아주 큰 차이가 있다는 뜻이에요."

두 여자는 얼빠진 표정으로 그들에게서 등을 돌린 뒤 택시를 잡아타는 남자를 바라보았다. 대낮에 여우한테 홀린 기분이었다.

산호는 딱딱한 시트가 불편해 인상을 찡그렸다. 기사가 그를 돌아보고는 그보다 더 얼굴을 구겼다.

"아니, 손님. 꼴이 그게 뭡니까? 시트에 먼지 다 묻겠네."

"아무 데나 가까운 병원으로 갑시다."

"아이고, 피 묻은 손으로 시트를 만지면 어떡합니까? 잘 지워지지도 않는데!"

"입 다물고 운전하면 두 배. 그렇게 보고 있으면 이대로 내려서 도망갈 건데. 나라면 운전합니다. 돈을 벌어야 먹고살지, 이 각박한 세상에. 안 그래요?"

기사는 게슴츠레한 눈으로 산호의 행색을 재빨리 훑었다. 말쑥한 얼굴에 좋은 옷, 고급 시계를 차고 있는 폼이 돈깨나 있어 보이긴 한다. 지친 듯 미간을 좁히고 흐트러진 머리를 쓸어 올리는 그에게서 고개를 돌린 기사는 입을 다물었다.

산호는 커다란 손바닥 안에서 휴대폰을 굴리며 생각을 정리하다 낮게 눈을 떴다. 전화가 울리고 있었다.

[D증권 최재훈 전무 쪽 사람들이 맞습니다. 몽타주 확인됐습니다.]

"사진에 찍힌 네 놈 중에 턱 각지고 문어처럼 생긴 새끼 있지."

[아…… 예.]

"약점 찾아. 돈, 가족, 여자, 과거, 뭐든 좋아. 먼지 한 톨까지 탈탈 털어서 내 앞에 가져와."

[최재훈이 아니라 그 남자를요? 그 남자가 중심입니까?]

"그 새끼가 제일 아프게 때렸거든."

[누구를 말입니까?]

"거, 오늘 왜 이리 다들 말이 많아?"

순간 숨죽인 채 백미러를 흘끔거리고 있던 기사가 마른침을 꿀꺽 삼켰다. 임원용 가죽 의자에 편하게 앉아 펜대나 굴릴 것처럼 말끔한 얼굴을 한 손님의 갸름한 눈매에 일순 흉포한 빛이 어린 것을 본 기사는 거칠게 뱉어진 일갈에 운전대를 꽉 잡았다. 손이 잘게 떨렸다.

[알아보겠습니다.]

짧은 대답과 함께 통화가 끊어진 휴대폰을 습관처럼 손가락으로 빙글빙글 돌리며 산호는 혀를 찼다.

그는 해수가 새로 이사한 고시원 주변의 환경을 돌아보러 온 참이었다. 근처에 있는 괜찮은 오피스텔을 권했지만 넓은 집은 적응이 안 된다며 해수가 거절했던 것이다. 가까운 편의점이 두 개 있었고 시야도 트인 편이다. 유흥시설은 그다지 눈에 띄지 않아 전처럼 취객들이 시비를 걸 일도 없을 것이고, 근처 골목에 지구대도 있었다.

이 정도면 위치는 나쁘지 않다 판단한 산호는 미신에 기반을 둔 오랜 습관대로 해수의 방문 앞에 소금을 뿌리러 가다가, 험상궂은 얼굴을 한 남자들과 마주쳤다. 고시원 내 해수의 방문은 문고리가 부서져 있었고, 누가 봐도 그들은 해수의 방에서 나오는 길이었다.

"주인 없는 집에 참 당당히도 드나드네. 딱 봐도 강도 같은 낯짝인데 경찰은 왜 안 잡아가지?"

"넌 뭐 하는 새끼야. 이 방 주인 알아?"

남자들의 사진을 찍어 일단 재단 산하 정보팀에 전송한 산호가 내뱉은 말에 그들은 금세 산호를 둘러쌌다. 키는 그가 가장 컸지만 체격은 반쪽이다. 목덜미를 긁적이던 산호는 한숨과 함께 주먹을 탈탈 털었다.

"욕은 내가 더 잘한다, 새끼야. 사람이 품위를 갖추고 고급스럽게 대해줄까 했더니, 이런 대접 처음이라 분에 넘치지?"

"뭐?"

가죽점퍼를 입은 덩치 큰 남자의 동그란 민머리가 딱 문어를 닮았다고 생각할 무렵, 그가 눈을 부라리며 물었다.

"혹시 네놈이 한우리재단의 문산호냐?"

"그 이름은 너 같은 놈들이 부를 이름이 아닌데."

"야, 이 새끼 맞는 것 같은데? 그때 그 새끼!"

그때? 하고 눈을 치켜뜨기가 무섭게 주먹이 날아왔다. 산호는 데친 문어에 소금을 치는 듯한 자세로 현란하게 품 안에 넣어왔던 소금을 흩뿌렸다. 그러나 짠맛에 퉤퉤 침을 뱉으면서도 남자들의 주먹은 멈추지 않았고, 애석하게도 문산호는 그럴싸한 허우대에 비해 근력이 썩 좋지 않았다.

기억을 더듬자 얼굴이 욱신거리는 것 같아 산호는 이맛살을 찌푸렸다. 다른 놈들은 몰라도 이 고귀한 얼굴에 상처를 낸 문어 새끼는 용서할 수 없다. 다리의 빨판 하나까지 모조리 씹어 먹어주지. 이를 으드득 갈던 산호는 울상을 지으며 얼얼한 턱을 움켜쥐었다. '그때'의 의미를 어렴풋이 알 것도 같았지만, 그보다 우선적으로 생각해야 할 것이 있다.

D증권의 최재훈 전무. 해수의 근처에서 어슬렁거리던 사람들의 끈을 쥐고 있는 남자였다. 금융인들끼리 모여 어쭙잖은 파티를

하는 자리에서 한 번 본 적이 있었다. 야망이 크고 돈 욕심이 많은 두꺼비 같은 놈. 산호는 불쾌함에 미간을 찌푸렸다.

그는 D증권 내에서 VIP들의 해외 운용 자금을 담당하고 있었다. 그런 놈이 해수를 왜. 휴대폰을 장난감처럼 빙글빙글 돌리는 산호의 손가락이 움직임을 멈췄다.

금융계는 전산 보안이 핵심이다. 특히나 움직이는 돈을 눈으로 볼 수 없는 해외 자금의 보안이 뚫리면 그것은 그야말로 눈먼 돈이 되는 것과 다름없다. 해외 자금의 움직임은 문제가 생겼을 경우 추적이 힘들고 협조 요청도 번거로운 것에 비해 숫자 조작이 용이하다. 어떤 이들에게는 블루오션이 될 수 있다는 뜻이었다.

"구린내가 나는군."

최재훈이라는 자가 무슨 짓을 하든, D증권의 사장 승계가 어떤 식으로 흘러가든 산호와는 관계없는 일이었지만, 그가 해수에게 손을 뻗치려고 한다면 이야기는 달라진다. 낮게 내리뜬 산호의 눈매가 차갑게 굳어졌다.

"차, 창문을 좀 열까요?"

머뭇거리는 기사의 목소리에 산호가 흘끗 눈을 들었다. 백미러로 자신을 보고 있는 기사의 표정이 어쩐지 불편해 보였다. 산호는 눈꼬리를 접어 살갑게 웃었다.

"편할 대로 하세요, 저는 신경 쓰지 마시고."

창문이 열리자 차가운 바람이 불어와 열기를 내뿜는 산호의 뺨을 감쌌다. 깊게 숨을 내쉬던 산호는 천천히 창가에 팔을 뻗어 부어오른 얼굴을 기대었다.

"……권운성, 이 거지 같은 새끼."

입술을 비틀며 이 사단을 일으킨 것이 분명한 악우를 향해 욕지거리를 내뱉어보았지만 기분은 나아지지 않았다. 머리칼이 사정없이 흩날리는 바람 속에서, 산호는 눈을 감았다. 복잡하게 엉켜 있는 미친 여자의 머리처럼 늘 엉망인 제 머릿속을 바람이 파고들어 깨끗하게 비워주기를 바라며 그는 조용히 중얼거렸다.

"우리 해수한테 선물도 받고, 좋겠네. 하여튼 운도 지랄 맞게 좋은 새끼예요."

하얗게 느껴지는 햇빛이 감은 눈꺼풀 위로 쏟아졌다. 대중없는 콧노래를 흥얼거리며 바람을 맞는 산호의 부푼 입술이 쓸쓸한 곡선을 그리고 있었다.

해수는 잠시 주변을 둘러보았다. 사람들로 가득한 백화점까지 발길을 한 자신이 믿어지지 않았다. 이런 충동적인 짓을 하다니 아무래도 어제 마신 술기운이 아직 몸에 남아 있나 보다, 생각하면서 그녀는 저도 모르게 인적이 드문 쪽으로 발걸음을 옮겼다. 그나마 지나다니는 사람 수가 적은, 그녀의 방을 몇 개 합쳐 놓은 것처럼 널찍한 매장들이 즐비한 곳에 들어서고서야 해수는 짧게 안도의 숨을 내쉬었다.

패션에 대해 아는 것이 없었지만 그녀의 눈에도 낯익은 브랜드들이 보여 해수는 잠시 걸음을 멈췄다. 누군가에게 선물을 한다는 것 또한 생각해 본 적 없는 일이다. 선물은 누군가에게 고마운 일이 있거나 잘 보이고 싶어서 하는 것이었고, 해수는 둘 다 해당 사항이 없었다.

시계. 산호가 던져 준 단서를 떠올리며 해수는 미간을 좁혔다.

운성은 어느 순간을 떠올려 봐도 몸가짐에 흐트러짐이 없다. 그는 진열되어 있는 마네킹처럼 늘 깔끔하게 옷을 입었고 취향이 고급스럽다. 잘은 모르지만 어지간한 선물은 줘봐야 받지 않을 것처럼 느껴지는 오만함이 있었고, 해수는 자신이 하는 선물이 의미 없이 벽장 속에 처박히는 신세가 되지 않기를 바랐다.

선물을 주면 좋아할까. 해수는 자신이 선물한 시계를 손목에 찬 운성을 떠올려 보았다. 순간 창백한 얼굴에 발그레한 열기가 번졌다.

"그냥 인사치레일 뿐이야."

짧게 혀를 차며 중얼거린 해수는 가장 가까운 매장으로 들어섰다. 보안프로그램 테스트를 위해 시간을 정해두고 국정원 시스템에 침입했을 때도 긴장하지 않았던 그녀였지만, 어서 오세요, 하고 허리를 굽혀 인사하며 자신을 위아래로 훑어보는 여직원의 눈빛에 헛기침을 하고 말았다.

"찾으시는 제품이 있으신가요, 손님?"

지현은 한숨을 삼키며 습관적인 미소를 지었다. 매장 앞을 서성이다 들어온 손님은 딱 봐도 '불량품'이었다.

맙소사, 내가 10년 전에 입던 옷을 걸쳐도 저거보단 낫겠네. 그녀는 얼른 곁에 서 있던 은정과 눈짓을 교환했다. 백만 원은커녕 만 원도 없을 것 같은 쭉정이는 일찌감치 내쫓는 게 상책이다.

지현은 고고하게 턱을 치켜든 채 자신들의 매장에 조금도 어울리지 않는 여자를 향해 다가갔다. 선글라스를 끼고 있는 여자가 흘끗 고개를 들었다.

"시계를 찾고 있는데요."

"네, 손님. 시계 말씀이십니까?"

심지어 시계? 넥타이, 양말, 벨트도 아니고 시계란 말이지. 저 멀리 진열 제품을 정리하고 있던 은정이 코웃음을 치는 것이 들려 지현은 가까스로 웃음을 참았다. 힘주어 다문 입술이 파르르 떨렸다.

"실례지만 직접 착용하실 시계를 찾으시나요?"

"아뇨. 저는 쓰는 게 있어서."

오래되어 색깔이 바랜 듯 탁한 빛의 외투 주머니를 뒤진 여자가 꺼낸 것을 본 지현은 눈을 질끈 감았다. 어쩌다 우리 매장에 이런 게 왔담.

여자의 손바닥에 들린 것은 별 볼 일 없는 스톱워치였다. 동그란 형태의 그것은 시장 좌판에서 만 원이면 살 수 있을 것이다. 어린애도 아니고, 지현은 내심 혀를 찼다.

"그럼 선물하실 걸 찾으세요?"

"네, 남자용으로."

꼴에 남자 시계란 말이지. 지현의 입술이 삐딱한 곡선을 그렸다. 여자의 행색을 다시 한 번 훑어본 지현은 일부러 환한 웃음을 지으며 말했다.

"손님, 저희 매장의 남성용 시계는 가장 저렴한 제품이 칠백팔십만 원에 판매되고 있습니다. 보여 드릴까요?"

너 같은 게 어디 명품관에 와서 시계를 찾아, 하는 듯한 메시지를 거만한 말투로 전달하며 지현은 여자를 바라보았다. 유달리 어두운 선글라스를 낀 여자의 시선이 느껴진다. 놀랐으면 알아서 나가, 하고 눈으로 말했지만 여자는 갸름한 턱을 끄덕였다.

"보여주세요."

지현은 못마땅한 얼굴로 뒤에 서 있는 은정을 흘끔거렸다. 재미있다는 표정으로 어깨를 으쓱이는 그녀는 팔짱을 끼고 있었다. 후우, 하고 한숨을 내쉬며 지현은 진열대 쪽으로 걸어갔다. 이런 손님이 매장에 오래 머물면 우리 매장 이미지만 나빠지는데. 미간을 찌푸린 지현은 건성으로 진열대를 가리켰다.

"여기서 보세요."

여자는 이런 매장에서 물건을 고르는 게 처음임을 분명히 드러내는 어정쩡한 태도를 취하고 있었다. 정말 구질구질하지 뭐야. 지현은 유리장 너머로 시계를 바라보는 여자에게서 시선을 돌리며 혀를 쯧, 하고 찼다.

"이것 좀 볼 수 있을까요?"

"어머, 손님. 그건 저희 매장에서도 가장 고가품이에요."

곁에서 보고 있던 은정이 웃으며 끼어들었다. 선글라스를 낀 여자가 말없이 그녀를 바라보았다.

"그런데요?"

차분한 목소리였지만 끝이 날카롭다. 말만 하고 물건을 꺼낼 생각을 하지 않는 은정과 지현을 응시하는 눈빛은 선글라스에 가려 보이지는 않았지만, 지현은 미묘하게 느껴지는 긴장감에 헛기침을 하며 미소 지었다.

"잠시만요. 꺼내 드릴게요."

만 이천 원도 아니고 천이백만 원짜린데. 지현은 내심 불퉁거리며 벨벳 진열대를 조심스럽게 꺼내었다. 장갑을 착용하고 부드러운 천으로 시계를 감싼 지현은 마지못해 입을 열었다.

"블랙세라믹 배젤에 세라믹이 믹스된 브레이슬릿이 아주 고급스러운 세라믹 스틸 모델입니다. 요즘 잘나가는 젊은 남자 배우분들이 많이 착용하셔서 유명해진 모델이구요, 감각적이면서 묵직한 느낌이라 3, 40대 젊은 CEO 분들이 선호하세요. 아, 들고 보실 거면 장갑 끼세요, 장갑."

시계를 받아 들려는 듯 손을 내미는 여자의 행동에 기겁한 지현이 그녀의 손을 가로막았다. 짜증이 일어 신경이 곤두선다. 여자에게 장갑을 건네고 혀를 차던 지현의 귓가에 또각, 하는 구두 소리가 들렸다. 은정의 목소리가 명랑하게 치솟았다.

"어머, 오셨어요, 대표님?"

지현이 눈을 동그랗게 뜨고는 매장 안으로 들어서는 여자에게 서둘러 다가갔다. 정중하게 허리를 굽힌 지현의 얼굴에 세련된 미소가 흘렀다.

"어서 오십시오. 저희 매장을 찾아주셔서 감사드립니다."

"전에 주문한 만년필."

우아한 목소리가 흘러나와 지현은 두 손을 모은 채 천천히 고개를 들었다. 눈앞에 선 여자는 예쁘다는 칭찬마저 천박하게 느껴질 만큼 고고한 모습이었다. 명품 브랜드에서 수년을 근무한 지현의 눈에 여자가 걸친 휘황찬란한 아이템들이 보였다. 도자기처럼 매끈한 피부에는 한 치의 흠결을 찾아볼 수가 없었다.

문득 그 얼음 조각처럼 차가운 여자의 시선이 향하는 곳을 눈치챈 지현이 낭패스런 표정을 지었다. 진즉 쫓아냈어야 했는데, 입술을 깨문 지현이 서둘러 여자가 주문해 뒀던 만년필을 둔 서랍을 향해 바쁜 걸음을 옮겼다.

주문 제품을 보관해 둔 서랍은 선글라스를 낀 여자가 서 있는 방향에 있었고, 서두르던 지현은 그녀의 어깨를 세게 밀치고 말았다.

딸그락, 하는 소리가 매장에 울려 퍼졌다. 지현이 고개를 돌렸고, 은정의 작은 탄식이 그녀의 귓등을 때렸다.

"어머, 어떡해!"

지현의 눈이 휘둥그레해졌다. 천이백만 원이 바닥을 나뒹굴고 있었다. 그녀는 몸을 굽혀 바닥에 떨어진 시계를 재빨리 잡아채었다. 후, 하고 있지도 않은 먼지를 부는 시늉을 하는 지현의 미간에 깊은 주름이 잡혔다. 세라믹 배젤 부분에 가느다란 흠집이 보였다.

"괜찮아? 시계 괜찮아?"

은정도 기겁한 얼굴로 다가와 물었다. 울상을 짓던 지현이 흠집을 가리켰다. 순간 얼굴이 창백해진 은정이 입술을 깨물었다. 어떡하지, 하고 가늘게 떨고 있는 지현의 손에서 시계를 받아 든 은정은 한쪽 어깨를 감싼 채 자신들을 보고 있는 선글라스의 여자를 노려보았다.

이 매장은 연대 책임이었고, 점주가 흠집에 대한 책임을 묻는다면 그녀도 무사하진 못할 것이다. 시대에 한참은 뒤떨어진 듯한 행색을 하고 있는 이 여자를 그냥 보낼 수는 없다는 영악한 생각이 퍼뜩 머리를 스쳤다.

"손님, 이렇게 함부로 시계를 들고 계시면 어떡해요? 다른 곳도 아니고 배젤에 흠집이 생겼잖아요. 이러면 물건 정상 판매가 힘들어지거든요."

"……가만히 서 있는 나한테 와서 부딪친 건 그쪽이었던 것 같은데요."

"모르시겠어요? 이 시계는 시장 바닥에서나 볼 수 있는 그런 싸구려들과는 달라요. 한두 푼짜리도 아니고, 손님께서 들고 계신 순간 그 제품의 관리 책임은 손님께 있는 거라구요. 명품 처음 다뤄보세요?"

선글라스를 낀 여자의 얇은 입술이 조금 벌어졌다. 초라한 행색으로 미루어보건대 그녀 같은 사람이 명품이나 매장 관리에 대해 무언가를 알 것 같지 않았다. 은정은 사납게 눈을 치켜뜨고 여자에게 시계를 내밀었다.

"일정 부분 책임을 지셔야 할 거예요. 점장님께 연락드리고 사고 처리할 테니까 일단 신분증 좀 주시겠어요?"

해수는 멍한 눈을 깜빡였다. 선글라스를 껴서 그렇겠지만 그녀의 눈에는 시계의 흠집이 보이지도 않는다. 시끄럽게 몰아붙이는 여자의 목소리가 피곤하게 느껴졌다. 게다가 그녀는 신분증을 가지고 있지도 않았다.

해수는 짧게 한숨을 내쉬었다. 권운성이라는 남자 덕에 참 다양한 경험을 해보는 그녀였다. 뺨을 팽팽하게 굳힌 해수는 건조하게 내뱉었다.

"그럴 필요 없어요, 그 시계 살 테니까."

지현이 눈을 부릅떴다. 여자가 내뱉을 거라 상상조차 하지 못했던 말이었다. 멀뚱한 눈을 몇 번 깜빡이자 여자는 둘러메고 있던 가방을 열었다. 그녀가 진열장 위에 꺼낸 것은 두툼한 서류봉투였다.

"이, 이게 뭔가요?"

"얼마인지 못 들은 것 같은데. 얼마죠?"

여자가 서류봉투를 뒤집었다. 빳빳한 오만 원권 지폐 다발이 쏟아졌고, 지현과 은정은 그 자세 그대로 석상처럼 굳었다.

해수에게 돈은 숫자에 불과했다. 그녀가 돈을 쓰는 것은 단 세 경우였다. 밥을 사 먹을 때, 컴퓨터나 노트북 하드웨어를 갈아 치울 때, 그리고 준수의 병원비를 낼 때.

레귤러하게 맡고 있는 보안 컨설팅에, 이메일로 의뢰를 받는 일들을 할 때마다 통장에 돈은 쌓여갔지만 그녀는 딱히 그것을 쓸 일이 없었다. 옷이 얼마인지, 영화비가 얼마인지 하는 돈의 개념이 해수에게는 없었다. 그녀는 그런 '사회적인' 생활과는 거리가 멀었다.

무엇보다 실물의 돈이 아니라 인터넷상의 숫자에 불과한 돈이라면 그녀는 얼마든지 만들어낼 수 있었다. 흔적을 지우는 것이 번거롭고 또 굳이 그럴 필요가 없기에 하지 않을 뿐이다. 그런 해수에게 돈은 그다지 큰 의미가 없었다. 그것이 절박했던 시절이 꿈처럼 느껴질 만큼.

지현은 마른침을 꿀꺽 삼키고는 눈앞에 있는 현금다발을 응시했다. 백 장 단위로 묶여 있는 오만 원권 묶음이 일곱 개. 삼천오백만 원이 그녀의 눈앞에 있었다. 가장 먼저 든 생각은 위조지폐의 위험성이었다.

그렇지 않고서야 저런 행색을 한 여자가 수표도 아니고, 이렇게 빳빳한 현금다발을 가지고 있을 리 없다. 게다가 그 돈을 다 낡은 저런 가방에 넣어서 다니다니. 절대로 있을 수 없는 일이었다.

"천, 천이백만 원입니다, 손님. 카드로 결제하시면 무이자할부가 가능하……."

"카드 없어요. 그냥 주세요. 케이스에만 넣어주면 됩니다."

성가신 듯 손을 내젓는 여자의 행동에 지현의 불안감이 증폭되었다. 아무래도 수상쩍다. 비슷한 생각을 하는 듯 잔뜩 긴장한 얼굴을 하고 있는 은정과 눈짓을 교환한 지현은 진열대 아래쪽에 있는 비상버튼을 찾아 손을 더듬거렸다. 그렇게 슬금슬금 움직이던 제 손목을 갑자기 낚아채는 손길에, 지현은 작게 비명을 내지르며 상대를 바라보았다.

"그만둬요."

가만히 매장 한 켠에서 그들을 바라보고 있던 여자였다. 결이 좋은 긴 생머리를 늘어뜨린 붉은 입술의 여자. 제 손목을 가로막은 여자의 손가락에서 반짝이는 커다란 보석을 멍한 눈으로 바라보던 지현의 귓가에 여자의 목소리가 차갑게 울렸다.

"내가 아는 사람이야."

해수는 그 말에 미간을 좁힌 채 곁에 다가선 여자를 흘끗 바라보았다. 날카로운 얼굴형에 선이 또렷한 눈매가 여자의 차가운 미모를 더욱 강조하고 있었다. 어디선가 본 적이 있다. 해수가 의아한 눈을 굴리며 기억을 더듬을 때, 여자가 입을 열었다.

"이렇게 인사할 기회가 생길 줄은 몰랐네요. 그이는 도무지 당신을 보여주려 하질 않아서요."

그제야 해수의 작은 입술이 천천히 벌어졌다. 사진에서 본 적이 있는 얼굴이었다. 여자는 우아한 입매를 올려 서늘하게 웃어 보였다.

"만나서 영광이군요. 문산호의 신기루, 신해수 씨."

채서진. 호텔 사업으로 시작해서 백화점과 문화 사업 쪽으로 영역을 넓힌 K그룹의 차녀이자 의류 수입과 유통계의 블루칩으로 떠오른 SJ 어패럴의 대표.

그녀는 산호와 결혼한 여자였다.

서진은 소위 본처 소생이었다. 그녀의 아버지는 주체할 수 없는 돈만큼이나 따라붙는 여자가 많았고, 그는 여자들에게 정력과 돈을 쏟아붓는 것을 마다하지 않았다.

서진에게는 배다른 형제자매가 넷 있었다. 아버지는 여자는 좋아했지만 아이를 좋아하지는 않았다. 그나마 다행이라고 할 수 있었던 것은 그 네 명의 엄마가 다 다르다는 사실이었다. 어리석게도 뭉칠 생각을 하지 않고 서로에게 불필요한 경쟁의식을 불태우는 아이들을 견제하는 것이 서진의 차녀로서의 역할이었다.

그런 생활을 하면서 서진은 단 한 가지 원칙을 세웠다. 덜떨어져도 좋다. 못생겨도 좋다. 단, 여자 문제를 일으키는 남자와는 살지 않겠다, 가 그 원칙이었다. 어차피 결혼은 그녀 뜻대로 할 수 없는 일이었기에, 그 한 가지 원칙만을 아버지에게 내민 서진이 고를 수 있는 남자는 셋이었고, 그녀는 그중 한우리재단의 문산호를 골랐다.

서진은 그의 우울증 병력을 알고 있었지만 어차피 집안끼리 맺어진 결혼이기에 크게 신경 쓰지 않았다. 뭣보다 재단의 이사장으로서 사회 활동을 무난하게 하고 있었기에 누구나 갖고 있는 정서적인 불안 정도라고 생각했다. 그러나 문산호는 그녀가 지금까지 겪어온 그 누구보다도 속을 알 수 없는 사람이었다.

결혼한 지 햇수로 2년. 결혼식 날 처음으로 서로의 얼굴을 보고 인사를 나눈 이후로, 서진이 산호의 얼굴을 본 날을 모아보면 넉 달쯤 될 것이고, 얼굴을 보며 이야기를 한 날은 한 달쯤 될 것이다. 한마디로, 남과 다름없는 사이였다.

이 생활이 만족스럽다고 생각했다. 그녀는 종종 같은 집에서 마주쳐도 인사 한마디 건네지 않는 남편에게 익숙해졌다. 공식 행사에 더없이 서글서글한 미소로 쾌활하게 사람들에게 인사를 하다가도, 보는 눈이 사라지는 순간 인형처럼 변하는 그 말끔한 얼굴에도 익숙해졌다고 생각했다. 처음에는 집에서의 그 표정이 가면을 쓰는 거라고 생각했지만, 사실은 그 반대임을 깨닫기까지는 오랜 시간이 필요하지 않았다.

그녀의 얄팍한 만족감에 균열을 일으킨 것은 결혼한 지 1년 남짓이 지난, 산호가 가면을 쓰지 않은 어느 순간이었다. 늦은 밤 잠에서 깨어 물을 마시러 부엌에 나왔을 때, 서진은 서재의 문틈으로 새어 나오는 불빛을 보았다.

책이라도 보는 모양이지, 하고 등을 돌리려 했을 때 그녀는 산호가 통화를 하고 있음을 알았다. 짤막한 말투였지만 그녀는 그가 오피스텔을 알아보고 있음을 알아채고 서재로 다가섰다. 설마 집이라도 나가려는 건가? 의아함에 귀를 기울인 서진은, 그때 처음으로 '신해수'라는 이름을 알게 되었다.

원래 그런 사람이라고, 속을 내보이고 누군가와 가까워지는 것을 꺼려하는 사람이라고 생각했는데 여자가 있었다니. 결혼한 이래로 단 한 걸음도 좁히지 못한 남편과의 관계를 떠올린 서진은 여자로서의 자존심을 앞세워 그날부터 남편에게 사람을 붙였다.

그러나 문산호는 퍽 비밀스러운 사람이었다. 신해수라는 여자와 엮일 때는 더더욱 그랬다. 사람을 붙인 3개월 동안 그녀가 얻어낸 것은 고작 한 장의 사진이었고, 그 사진 속의 문산호는 그녀는 단 한 번도 본 적 없는 얼굴을 하고 있었다.

서진은 배신감과도 비슷한 감정을 느꼈다. 남편으로서의 그를 믿은 것은 아니었지만 적어도 저를 놔두고 그처럼 초라한 여자 앞에서 모든 걸 내려놓은 듯한 표정을 짓는 것은 그녀에 대한 기만이었다.

문산호가 비밀스러운 사람이라면 신해수는 비밀 그 자체였다. 하는 일도, 사는 곳도 일정치 않은 데다 휴대폰은 늘 선불폰을 사용하고 그마저도 수시로 바꿔었으며, 현금만을 쓰는 모양인지 소유한 신용카드 한 장 없어 어떤 사람인지 추적이 쉽지 않았다.

서진은 제가 그녀에게 느끼는 것이 질투와 닮아 있다는 것을 알지 못했다. 하루에도 몇 번씩 생각날 때마다 산호에게 전화를 하기 시작한 것은 그때부터였다.

"갑작스러운 일정이 생겨서요. 참, 베로니카 좀 병원에 데려가세요. 어제부터 몸이 안 좋은 것 같더니 아침에 먹은 걸 토하더라구요."

결혼 전부터 키우던 애견의 상태를 떠올리며 집을 봐주는 도우미 아주머니와 통화를 마친 서진은 천천히 몸을 돌렸다. 실제로 본 해수는 키는 작지 않지만 도톰한 외투에도 가려지지 않는 왜소한 체구였다. 그 후로 신해수의 사진은 여러 장 얻었지만 선글라스를 벗은 얼굴은 단 한 장도 본 적이 없었다.

얼마나 대단한 여자야, 당신.

비스듬히 앉아 커피를 마시는 해수를 바라보며 서진은 붉은 입술을 비틀었다. 냉기 어린 표정으로 걸어가 차분히 의자에 앉자 해수가 고개를 들었다.

"남자 시계를 사던데. 중요한 사람인가 봐요?"

얼음을 깎아놓은 것 같은 사람이다. 어느 한 군데 흠잡을 수 없이 균형 잡힌 미인이라 더 그렇게 느껴지는지도 모르겠다. 내뱉는 한마디 한마디가 차게 느껴져 해수는 눈썹을 세웠다. 적의인지 본래 성격인지 가늠하기 어려웠다.

"제가 신세를 진 사람이라서요."

"신해수 씨가 신세를 지는 남자가, 문산호 말고 또 있었나?"

혼잣말처럼 중얼거렸지만 알아듣기 어렵지 않은 또렷한 목소리였다. 해수는 들고 있던 커피잔을 내려놓았다. 서진의 매끈한 눈매가 그녀를 흥미롭다는 듯 훑어보고 있었다.

"얼마나 궁금했는지 알아요? 당신이 어떤 사람인지. 얼굴도 제대로 찍히지 않은 당신 사진을 앞에 두고 갖은 상상을 했어요. 그런데 당신에 대해 아는 게 없으니, 그냥 쓸데없는 망상에 불과할 뿐이었죠. 문산호를 사로잡은 걸 보면 평범하진 않겠다 했는데, 내 생각이 맞았네."

서진은 짙은 선글라스를 낀 채 자신을 묵묵히 바라보고 있는 해수를 노려보았다. 허름한 옷에 창백한 피부, 손질하지 않은 부스스한 머리의 그녀는 많은 사람들 속에서도 마치 외딴 섬처럼 동떨어져 있는 느낌을 주었다.

"오해하지 말아요. 그이와 만나지 말아달라 부탁할 생각도, 그 가느다란 목을 조르며 협박할 생각도 없으니까. 그냥 궁금해서, 이야기를 좀 하고 싶었을 뿐이에요."

표정을 알 수 없게 만드는 선글라스를 당장에라도 잡아채고 싶었지만 서진은 일부러 느긋하게 의자에 등을 기대며 가볍게 웃었다. 손가락 끝이 차갑게 식는 기분이었다.

"그 시계 주인이 문산호는 아니길 바랄게요. 그이는 액세서리를 하는 법이 없으니까. 애써 구매한 시계가 쓰레기통에 처박히면 아깝잖아."

"시계는 좋아하지 않는다고 하더군요. 다른 사람 거예요."

서진은 고아한 눈썹을 추켜 올렸다. 다소 무뚝뚝한 말투를 구사하는 눈앞의 여자는 그녀가 일반적으로 다뤄온 사람들과 달랐다. 불안해하거나 위축된 기색이 보이지 않았고, 오히려 무심한 것처럼 보였다. 그녀가 상상하는 그런 관계라면, 이런 반응은 뭔가 이상하다.

"문산호가 지금 어디서 뭘 하고 있는지 알아요?"

"아니요."

"마지막으로 만난 게 언제죠?"

"어제, 잠깐."

하, 하고 서진이 눈살을 찌푸렸다.

"마지막으로 통화한 건?"

"오늘 오전이오."

해수의 대답은 막힘이 없었다. 오히려 성실하게 대답하는 모습이 더 짜증스럽다. 서진은 흘러내린 머리칼을 천천히 쓸어 넘겼다.

"사람을 붙여도 가끔은 종적을 알기 힘든 그 남자가, 당신에게는 참 쉽군요."

해수는 무릎 위에서 꼼지락거리던 손을 바라보던 눈을 들었다. 그녀로서는 최대한의 예의를 갖추려 노력하는 중이었다. 만나본 적도, 만날 일도 없었지만 산호와 결혼한, 그의 아내라는 사실만으로 앞에 앉은 미인은 해수에게 그런 대우를 받기에 충분한 사람이 되었다.

그러나 서진의 차가운 말투에 어쩐지 불쾌함이 묻어나는 것 같아 해수는 덩달아 미간을 찌푸렸다. 긴장감이 귓가를 맴돌았다.

"언제부터였어요? 그이와 그런 관계가 된 게. 설마 처음부터 눈이 맞은 건 아닐 테고. 그랬다면 문산호의 비정상적인 취향이란 걸 탓해야 하잖아."

빠르고 날카롭게 내뱉는 서진의 말에 해수는 아, 하고 색이 옅은 입술을 벌렸다. 문득 운성의 말이 떠올랐다. 오해를 하고 있는 건가, 싶어져 그녀는 서둘러 고개를 저었다.

"산호 씨는 저에게 고마운 사람이에요. 어떻게 해도 갚을 수 없는 빛이 있는. 눈이 맞고, 그런 관계 아닙니다."

이런 식의 대화를 어떻게 해야 하는지 해수는 알지 못한다. 애초에 그녀는 자신의 마음을 표현하는 일에 익숙하지 않았지만 서진의 오해는 바로잡고 싶었다. 그래야 했다.

"남녀 관계가 아니다?"

"네."

서진은 느릿하게 숨을 들이켰다. 왜일까. 선글라스로 가려진 두 눈이 자신을 똑바로 바라보는 것처럼 느껴졌다. 도톰하게 튀어나온 입술은 오히려 그런 질문이 의아하다는 듯 비뚤어져 있다. 사람을 관찰하는 버릇이 있는 서진은 미간을 좁혔다. 거짓말처럼 들리지 않았다.

"무슨 일을 하죠?"

"컴퓨터 보안시스템에 관련된 일을 합니다."

"벌이가 좋나 봐요. 내가 전혀 모르는 업계라서 감이 안 오는데. 현금을 그렇게 가방에 넣어 다닐 정도인 걸 보면."

"오늘은 선물을 사려고 왔으니까요."

"애인인가요?"

서진은 해수의 입술이 힘없이 벌어지는 것을 보았다. 조금은 퉁명스럽게 들리는 말투로 줄곧 망설임 없이 대답하던 그녀는 순간 뒤통수라도 세게 얻어맞은 사람처럼 그대로 정지했다. 서진의 말을 이해하지 못한 것 같기도, 무슨 말을 해야 할지 모르는 것 같기도 했다.

그녀의 반응에 서진은 그제야 눈앞에서 식어가던 커피를 마실 수 있었다. 날카롭게 서 있던 신경이 조금 가라앉는 듯했다. 뒤늦게 해수는 정신을 차린 듯 세차게 고개를 내저었다.

"아니에요. 그냥 신세를 좀 진 일이 있고, 저 때문에 곤란해진 일도 있고, 또 생일이기도 하고 해서 겸사겸사 선물을……."

"가깝지도 않은 사람에게 그런 이유로 선물하기에는 조금 과한 아이템인 것 같은데. 대체 어떤 신세를 졌길래 그래요? 당신 목숨이라도 구해줬나요?"

해수는 잠시 말이 없었다. 생각을 하는 건지, 대답을 하지 않으려는 건지 알 수가 없어 답답했지만 서진은 그녀를 독촉하려 하지 않았다. 지금까지 경험한 적 없는 독특한 분위기를 품고 있는 해수는 단단한 조개처럼 느껴졌다. 닦달한다고 해서 원하는 정보를 토해내는 종류의 사람이 아니라고, 서진은 판단했다.

"마음을……."

해수가 작게 중얼거렸다. 서진은 찻잔을 내려놓고 귀를 기울였다. 선이 또렷한 목소리였지만 끝이 조금 떨리고 있었다.

"마음을 편하게 해줘요. 그건 저에게 목숨을 구해주는 것과 다르지 않고요."

해수의 말에는 사람의 여린 곳을 자극하는 무언가가 있었다. 서진은 선글라스로 가려진 창백한 얼굴을 조용히 바라보았다. 순간이었지만 그녀의 말을 이해할 수 있을 것 같은 기분이 들었다. 마음을 편하게 해주는 사람이라. 서진 역시 그런 사람이 곁에 있다면 무얼 내줘도 아깝지 않을 것이었다.

짧은 한마디였지만 서진은 많은 것을 짐작할 수 있었다. 마음을 편하게 하는 것이 가장 절실한 사람이라면 누구보다 심적으로 고단한 삶을 살고 있다는 뜻이다. 누구나 가진 평범한 상처나 아픔보다 훨씬 더 깊고 어두운 곳에 빠져 있는 사람. 아직 그 진창에서 헤어 나오지 못한 사람. 서진은 그런 사람의 냄새를 해수에게서 맡을 수 있었다.

"그 남자도 당신을 좋아하나요?"

"그런 거 아니에요."

서진은 기가 찬 웃음을 흘릴 뻔했다. 해수의 말투는 무척이나 솔직했다. 시계의 주인에 대한 이야기를 하는 그녀의 목소리는 은 연중에 조금 높아져 있었고, 핏기가 질린 듯 말갛던 피부에 부드러운 홍조가 은은하게 번지고 있었다. 어린아이처럼 순수하게 느껴지는 그 숨김없는 변화에 서진의 입술이 호선을 그렸다.

신해수는 그녀의 적이 될 수 있는 사람이 아니다. 그녀가 상상했던 수많은 성격의 신해수가 있었지만 그중 누구도 이렇게 제 약점이 될지도 모르는 감정을 고스란히 내보이는 순진한 사람은 아니었고, 서진은 명백히 자신보다 약해 보이는 사람에게는 관대해지는 습성이 있었다. 서진의 고압적인 얼굴이 누그러졌다.

"하긴. 남자에게 사랑받겠다는 의지가 있어 보이진 않는군요."

냉소적인 말을 흘리면서도 서진은 우아하게 미소 짓고 있었다. 평소라면 그냥 지나쳤을 말이다. 그러나 그 순간, 해수는 되묻고 말았다.

"왜 그렇게 생각하시죠?"

"당신이 아무리 돈이 많아도, 선글라스를 벗으면 절세미인이라고 해도 그런 모습을 좋아할 남자는 없지 싶은데. 자기 자신을 방치해 두고 있는 여자에게 대체 어떤 남자가 매력을 느끼겠어요?"

해수의 턱이 조금 당겨졌다. 여자로서의 자신을 생각해 본 적 없었던 그녀에게 서진의 말은 작은 충격을 주었다. 꾸미고 단장하는 일은 자신을 봐주는 누군가를 위한 일이다. 그 옷이 당신 취향이냐며 미간을 찌푸리던 운성이 떠올랐다.

아니, 나는 그에게 잘 보이고 싶은 게 아니야. 고개를 저으면서도 해수의 시선은 자신의 허름한 옷으로 향했다.

"특히 그런 시계가 어울릴 만한 남자라면 안목이 제법 까다로울 텐데. 비싼 선물을 사는 것보다 차라리 제대로 된 옷을 갖춰 입는 게 어때요, 신해수 씨."

껍데기만 부부로 살고 있다고 해도 문산호는 자신의 남편이다. 그것은 소유물에 대한 집착과도 같았다. 그런 그의 내연녀라고 생각했던 여자가 '저런' 사람일 줄은 꿈에도 몰랐던 서진은 작게 혀를 찼다.

지금 그녀의 눈에 비친 해수는 남자뿐만이 아니라 세상과 동떨어져 사는 별세계의 사람처럼 보였다. 문산호와 어떻게 연결되어 있든, 적어도 내연녀는 아니라는 확신이 들었지만 그렇다고 해서 딱히 친절하게 대해줄 마음은 들지 않는다.

"그 만년필은 누구 선물인가요?"

해수가 불쑥 물었다. 색깔은 옅지만 도톰한 모양이 보기 좋은 입술이 불만을 표출하듯 삐딱한 선을 그리고 있었다. 피식 웃은 서진이 대답했다.

"문산호의 가장 가까운 사람. 내 사람으로 만들고 싶지만, 그 길이 퍽 까마득한 사람. 취향이 아주 까다로워서 선물 고르기가 여간 어렵지 않죠. 생일에 맞춰주려고 했는데, 수공예로 주문 제작한 물건이라 며칠 늦어졌어요."

골치 아픈 생각을 하기 싫어 질문을 돌려줬던 해수의 눈썹이 치켜 올라갔다. 서진이 말하는 사람이 누군지 알 것 같았다.

"권운성 씨 선물이군요."

느긋하게 풀어진 듯했던 서진의 뺨이 팽팽하게 당겨졌다. 금세 눈꼬리를 날카롭게 치뜬 서진이 비아냥대듯 말했다.

"그 사람도 알아? 당신, 내 생각보다 문산호와 더 가까이에 있네."

"저는 가끔 산호 씨의 일을 도울 뿐이에요. 그러다가 그 사람과도 알게 된 거구요."

해수는 날이 서 있는 서진에게 차분하게 설명했다. 산호는 한 번도 그녀에게 서진에 대해 언급한 적이 없었지만, 자신에게 이렇게나 신경을 쓰는 걸 보니 제법 사이좋은 부부인 모양이었다. 그래서 해수는 그녀의 오해를 더더욱 풀어주고 싶다는 생각에 한마디 덧붙였다.

"이 시계는 권운성 씨에게 줄 겁니다."

그 말을 들은 서진은 처음에는 이해가 가지 않는다는 듯 고운 인상을 조금 찌푸렸다가, 기억을 더듬는지 시선을 아래로 떨궜다. 그러고는 이내, 처음으로 소리 내어 깔깔 웃기 시작했다. 그 모습이 너무 갑작스러워 해수는 그녀의 웃음이 끝나기를 조용히 기다렸다.

"실례했어요. 믿어지지가 않아서. 참 많은 걸 생각하게 하는 한마디네요."

어디서부터 짚어야 할지, 서진은 미소가 남아 있는 얼굴로 중얼거렸다. 권운성이 누구던가. 그는 선물을 주는 데도 용기가 필요한 사람이다. 어지간한 사람 중에서도 까다롭고 어려운 사람이었으며 틈을 보이지 않는 사람이었다.

그런 그에게 신세를 졌다고 선물을 하려는 생각을 하셨다? 그것도 바닥에 굴러 흠이 난 시계 따위를. 저런 행색을 하고서. 아니, 중요한 건 그런 것들이 아니다.

서진이 가장 믿을 수 없는 것은, '마음을 편하게 해줘요'라는 해수의 말이었다. 눈빛 한 번으로 앉은 자리를 가시방석으로 만드는 것이 권운성이라는 사람이다. 누구에게나 냉정하고 오만한 독재자. 그런 그의 앞에서 마음이 편해진다니. 이 말을 어떻게 해석해야 하나.

서진은 눈앞의 여자를 새삼 훑어보았다. 운성과의 연결고리는 눈을 씻고 찾아봐도 보이지 않는다. 그녀는 가느다란 손가락으로 휴대폰을 들었다.

다섯 번 걸면 한 번 받는 문산호보다 통화가 어려운 사람이다. 서진은 문자를 선택했다. '지금 제 앞에 신해수 씨가 있네요. 누군지 아시죠?'라는 문자를 보낸 휴대폰을 내려놓고 해수에게 무어라 말을 하려던 서진은 믿을 수 없는 상황에 빠졌다. 문자를 보낸 지 몇 초 되지도 않은 휴대폰에 권운성, 이라는 이름이 깜빡이고 있었다.

"당신 덕분에 처음으로 운성 씨에게 전화를 받아보네요. 이걸 영광이라고 해야 하나."

전화기 너머에 있는 운성이 어떤 말을 할지 궁금함과 동시에 기가 막혀 서진은 해수를 흘끗 바라보았다. 여전히 표정을 알 수 없는 그녀는 묵묵히 찻잔에 입술을 묻고 있었다.

"채서진입니다."

[거기 어딥니까.]

"그건 주로 제가 하던 대사였는데. 이런 날도 오는군요?"

[감격은 나중에 만끽하시고. 어딥니까, 그 여자.]

서진은 미간을 좁히며 테이블을 톡톡 두드렸다. 있을 수 없는 일이 연달아 일어나자 오히려 아무런 생각도 떠오르지 않는다. 한 번도 들어본 적 없는, 약간의 불쾌함과 긴장감, 그리고 어쩌면 초조함과도 비슷한 감정이 묻어나는 운성의 목소리를 들으며 서진은 해수를 똑바로 바라보았다.

"어떤 관계인지, 제가 궁금해해도 될까요?"

[제수씨가 궁금해해야 할 건 따로 있는 것 같은데.]

"예를 들면요?"

[문산호가 지금 왜 병원에 있는지, 같은.]

"그 사람은 주로 병원에 있죠."

[아, 이사장이 아니라 환자로 있다는 말을 깜빡했군.]

서진이 순간 벌떡 일어섰다. 그녀의 가냘픈 목에 매달린 목걸이가 반짝임을 내며 거칠게 흔들렸다.

"어딜…… 다쳤나요? 왜, 무슨 일로 병원에 있죠?"

[기뻐하긴 이릅니다. 다쳤지만 꽤 멀쩡하거든. 다음은 어느 병원인지 궁금할 테고, 그럼 뭘 해야 하는지도 알겠죠.]

순간적으로 가빠진 숨을 고르던 서진의 눈길이 해수에게 향했다. 운성의 뜻은 분명하다. 그녀는 조용히 자리에 앉으며 해수에게 휴대폰을 내밀었다. 할 일 없이 찻잔의 무늬를 손톱으로 따라 그리고 있던 해수가 고개를 들었다.

"받아봐요."

해수는 바짝 마른 입술을 깨물며 휴대폰을 받았다. 왠지 간지러운 듯한 목덜미를 손톱으로 긁으며 그녀는 네, 하고 목소리를 내었다.

[어디 가지 말라니까.]

낮은 숨소리가 섞인 목소리가 귓가를 간질인다. 딱딱하고 퉁명스러운 말투지만 이상하게도 운성의 목소리는 따뜻한 느낌이 든다. 해수는 큼, 하고 헛기침을 했다.

"볼일이 있어서. 왜요?"

[어디에 무슨 볼일이 있어서 채서진을 만나게 된 거지?]

"음, 우연히요. 지나가다가."

[우연히 지나가다가 만날 수 있는 사람 아닌데. 거기 어디야.]

"S백화점 옥상 카페인데요."

[꼼짝 말고 거기 있어, 데리러 갈 테니까.]

"그럴 거 없……."

[말 들어. 당신 지금 혼자 움직일 수 있는 상태 아니야. 곧 가지.]

해수는 통화가 끊긴 휴대폰을 내려다보며 미간을 찌푸렸다. 사람 말 안 듣는 게 누군데 훈계야. 마음에 반동이 일면서도 간질거려 해수는 얼굴을 이상하게 구기고 말았다.

해수에게 건네받은 휴대폰에 운성이 막 보낸 문자를 확인한 서진은 짧게 심호흡을 했다. 낯선 이름의 병원에서 문산호가 다쳐 누워 있는 이유를 알아내는 것이 급선무다. 그녀는 단축번호를 눌렀다.

"나야. 중동 참조은병원 오후에 들어온 환자 목록 확인해 봐. 문산호 이름 있으면 연락해. 어떤 상태인지도 알아내고."

"산호 씨에게 무슨 일, 있나요?"

해수의 창백한 얼굴이 굳어졌다. 그녀는 휴대폰을 테이블에 내려놓는 서진을 바라보며 물었다. 바람결에 조금 떨리던 산호의 목소리가 떠올랐다.

"아쉽게도 많이 다친 건 아닌 모양이에요. 거기까진 무슨 일로 간 건지. 대체 왜 이름도 못 들어본 그런 변두리 병원에 있담."

중동 참조은병원. 해수는 입술을 깨물었다. 그녀가 사는 곳 근처에서 본 적 있는 이름이다. 우리 집에 왔었나. 오다가 무슨 일이라도 당한 건가. 가늘게 떨리는 손가락으로 주먹을 말아 쥔 해수가 막 일어서려 할 때였다.

"그쪽이 나설 자리 아니에요."

서진의 목소리는 매끄럽고 단호했다. 해수는 의자 손잡이를 잡은 채 그녀를 바라보았다.

"많이 다친 게 아니라고 하더라도, 무슨 일인지는 알아야……"

"문산호가 멋대로 날뛴다고 당신도 그러도록 놔둘 거란 생각은 말아요. 내 인내심은 여기까지니까."

또렷한 눈을 치켜뜬 서진이 날카롭게 해수를 노려보았다.

"그 남자는 세상에 선이란 게 없어요. 어디든 자기가 가는 곳이 길인 사람이니까. 그럴 땐 주변 사람이 조심해 줘야 해요. 같이 선을 넘어가다가는 둘 다 길을 잃게 되거든."

해수는 묵묵히 경고와도 같은 말을 내뱉는 서진의 입술을 바라보고 있었다. 서진은 짧게 혀를 차며 가볍게 몸을 일으켰다.

"하지만 권운성 씨는 정반대죠. 그 사람은 따지자면 길 잃은 양들의 길라잡이 같은 사람이니까, 홀리는 것도 무리는 아니지. 운성 씨와 만나기로 했나요?"

"이쪽으로 오겠다고 하던데요."

"두 사람 혹시, 같이 저녁도 먹을 예정이에요?"

"그건 모르겠습니다."

"그럼 그 남자와 같이 저녁을 먹을지도 모르는데, 그렇게 있겠다는 건가요?"

해수의 입술이 무슨 뜻인지 모르겠다는 듯 작게 벌어졌다. 서진은 가느다란 손가락으로 테이블을 짚은 채 몸을 숙였다.

"남들과 다른 것을 보는 사람들의 시선은 여러 가지가 있죠. 당신을 보는 눈으로 운성 씨도 보게 할 거예요? 그건 너무하지 않나. 나라면 좀, 부끄러울 것 같네요."

가만히 자신을 향해 있는 해수의 시선이 느껴져 선이 날카로운 눈매로 빙긋 웃은 서진은 몸을 곧게 세웠다.

"적어도 그 촌스러운 선글라스는 벗는 게 어때요? 그걸로 감추고 싶은 게 뭔지는 모르겠지만, 상대에 대한 아주 기본적인 배려 차원에서라도."

또각거리는 서진의 구두 소리가 한적한 카페를 울리며 멀어졌다. 그녀의 뒷모습을 보느라 고개를 든 해수의 시야에 그녀를 바라보며 웃고 있는 젊은 남녀가 보였다. 순간이었지만 발가벗겨진 듯한 수치심이 온몸을 휘감았다. 익숙하지 않은 세상의 문이 열렸고, 해수는 그곳에서 환영받지 못하는 존재였다.

운성은 초조함이 묻어나는 발걸음을 옮겼다. 불쑥 전화해서 영문 모를 욕지거리를 내뱉던 산호는 운성이 통화를 끊기 직전 해수를 며칠 더 맡아달라는 말로 그를 붙들었다.

[D증권의 최재훈이 해수를 찾고 있어. 그 아이가 뭘 할 수 있는지 어느 정도는 아는 모양이야.]

"보호자 흉내는 그만두기로 한 거냐? 나한테 맡아달라는 걸 보니."

[효율성을 따졌다고 치지. 내가 데려와도 어차피 또 백마 탄 왕자님이 내 품에서 뺏어갈 것 같아서 말야. 내 말이 틀리냐, 권기계? 이제 권낭만이라고 불러줄까?]

놀리듯 말을 길게 늘이는 산호의 전화를 미련 없이 끊고 운성은 집에 전화를 했지만 응답은 없었다. 해수의 새로 바뀐 휴대폰 번호는 알지 못했지만 산호에게 전화를 걸어 다시 묻는 것은 결코 있을 수도, 있어서도 안 되는 일이었다.

서진에게서 문자를 받기 전까지 그는 초조함에 어떤 일에도 집중하지 못했다. 스스로가 바보가 된 것 같은 느낌. 오만하기 짝이 없는 권운성에게 이런 일은 처음이었다.

"하여튼 손이 많이 가는 여자야. 말을 그냥 듣는 법이 없지."

혼잣말을 중얼거리며 옥상 카페로 들어서던 운성의 눈매가 가늘어졌다. 안쪽 탁자에 홀로 앉아 있는 해수를 찾기는 어렵지 않았다. 미간을 잔뜩 찌푸린 채 이를 악물고 있는 그녀는 선글라스를 벗은 채 눈을 꼭 감고 있었다. 가느다란 어깨가 조금 떨리는 것 같았다.

그걸 본 순간, 운성은 자신에게 다가서는 점원을 물리치고 그녀를 향해 걸음을 재촉했다. 날카로운 눈매에 바짝 날이 섰다.

"무슨 일이야. 왜 이러고 있어?"

감은 눈꺼풀 너머로 울리는 낮은 목소리에 해수가 몸을 움찔했다. 가까이 왔는지 시야가 어두워지고, 그의 오묘한 머스크 향이 느릿하게 손을 뻗는 것 같았다. 해수는 입술을 깨물었다.

"사람들이 나를 어떻게 보는지 알아요."

"선글라스 어딨어."

"그런데 지금까지는 그런 걸 신경 쓰지 않았어요. 그럴 이유가 없었으니까."

운성은 해수의 곁에 선 채 기다란 몸을 낮췄다. 해수는 무릎에 올려둔 선글라스를 꼭 쥐고 있었다. 무슨 일이 있었나. 그녀를 보호하듯 해수의 의자와 테이블을 양손으로 잡은 채 그는 주변을 흘끗 둘러보았다. 북적이는 사람들 중 간혹 이쪽을 의식한 시선들이 있었지만 적어도 공격적인 기색을 띤 사람은 보이지 않았다.

"그런데 너무 억울하잖아. 내가 바란 것도 아닌데, 왜 날 가만히 놔두지 않죠? 알지도 못하면서 이러쿵저러쿵. 왜 나만 피해야 해요? 아무도 알아주지 않는 죄책감 따위, 그게 뭐라고!"

카랑카랑한 목소리가 잘게 떨렸다. 운성은 가만히 해수의 얼굴을 들여다보았다. 팽팽하게 당겨진 뺨, 악물고 있는 입술, 굳게 감고 있는 눈과 부서져라 선글라스를 움켜쥐고 있는 작은 주먹. 긴장을 넘어 겁을 먹고 있다. 운성은 짧게 한숨을 삼켰다.

"볼 거예요. 보고, 외면하는 법을 배울 거예요. 모든 것은 익숙해지게 마련이니까."

해수의 눈꺼풀이 파르르 떨렸다. 몇몇 사람이 그녀를 흘끔거리고 있었다. 가늘게 뜬 눈으로 그녀를 내려다보던 운성은, 해수의 눈꺼풀 사이에 위태로운 틈이 열리자마자 생각할 겨를도 없이 손을 뻗어 그녀를 품에 끌어안아 눈을 가렸다. 놀란 듯 숨을 들이켜는 해수의 몸은 잔뜩 경직되어 있었다.

"준비가 안 됐잖아. 그렇게 떨고 있으면서. 천천히 해, 그래도 늦지 않아."

"놔요, 이거!"

잔뜩 치켜뜬 눈에 들어온 것은 운성의 단단한 가슴팍뿐이었다. 봐주리라, 그 지긋지긋한 그림자에 익숙해지리라, 생각하면서도 한편으로는 어쩔 수 없는 공포를 끌어안고 있었던 해수는 운성을 밀어내려 했지만, 힘이 들어가지 않은 손은 자꾸만 미끄러졌다.

따뜻한 온기가 느껴지는 너른 품과 그녀를 감싸는 운성의 향기는 마치 신경이 곤두서 있는 해수를 토닥여 주는 것 같았다. 천천히 어깨며 등을 쓸어주는 손길이 투박하지만 다정하다. 해수는 제 뺨을 감싸며 머리칼을 쓸어 넘기는 손에 이끌려 고개를 들었다.

그녀의 시야를 채운 것은 운성의 반듯한 얼굴이었다. 단단하고 흔들림 없는 시선, 우아하면서도 단정한 얼굴이 그녀를 보고 있었다. 시선이 맞닿았지만, 해수는 처음으로 두려움 없이 사람을, 그를 마주 볼 수 있었다. 두려움을 느낄 틈을 주지 않겠다는 듯, 운성의 눈이 강렬하게 그녀를 사로잡고 있었다.

"어둠을 벗어나는 데는 각오가 필요해. 그렇지 않은 발버둥은 자해일 뿐이지. 그런 식으로 서두르지 마. 마음이 다치지 않게 시간을 두고 준비를 해. 당신 자신을 위한, 이기적인 삶을 살 준비를. 도와줄 테니까."

운성의 눈빛은 깊고 어두웠지만 맑았다. 겉치레로 하는 말이 아
니다. 그것은 스스로의 힘으로 무언가를 이겨낸 자의 회고처럼 들
렸고, 해수는 그 순간 서진이 말한 '길 잃은 양들의 길라잡이'라는
말을 마음으로 이해할 수 있었다. 어느새 눈물이 배인 눈을 깜빡
이며 해수는 입술을 깨물었다.

"……당신이 왜요. 왜 날 도와요?"

"글쎄. 스스로에게 물어봐. 날 이렇게 만든 건 당신이니까."

단단해 보이는 입술을 삐딱하게 기울이며 뱉어낸 운성의 말에
들썩이던 가슴이 가라앉았다. 무뚝뚝한 말투였지만 그 퉁명스러
움이 오히려 서툰 다정함처럼 느껴진다. 부드럽게 해수의 손을 파
고든 운성의 손이 선글라스를 빼내었다. 해수는 제 얼굴에 선글라
스를 씌워주는 운성을 가만히 바라보았다.

"그 준비는 아침마다 내 얼굴을 보는 걸로 시작하기로 하지."

"뭐라고요?"

"그리고 당신이 뭔가 착각하는 것 같은데."

왜 이야기가 그렇게 되냐고 묻기 전에 운성이 몸을 일으켰다.
짐짓 인상을 찡그리며 심각한 표정을 짓는 그의 모습에 해수도 덩
달아 미간을 좁혔다.

"사람들이 당신을 그 선글라스 때문에 이질적으로 보는 건 아
냐. 오히려 그, 기괴…… 난해한 패션 때문이라는 쪽이 더 맞겠지.
취향을 바꿔볼 생각은 없나?"

해수는 매끈한 소재의 슈트 재킷을 벗는 운성을 물끄러미 바라
보았다. 깔끔한 셔츠로 감싸인 팽팽한 어깨가 드러났다. 취향 같은
거 없다니까, 하고 웅얼거리는 그녀에게 운성은 재킷을 내밀었다.

"당신 외투. 벗고 이걸 걸쳐."

"그게 무슨 차이가 있는데요?"

해수는 선글라스는 추켜올리며 되물었지만 운성은 대답 없이 재킷을 내민 채 움직이지 않았다. 하얀 셔츠를 입고 우뚝 서 있는 위압적인 자세의 그는 말 한마디 하지 않아도 사람들의 시선을 끌어모은다. 운성의 등에 못 박히는 여자들의 시선을 흘끔거린 해수는 인상을 찡그리며 입고 있던 외투를 벗고 운성의 재킷을 받아들었다.

부드럽게 몸을 감싸는 그의 커다란 재킷은 마치 뒤에서 운성의 든든한 몸이 자신을 끌어안는 듯한 포근함을 주었다. 입고 있던 외투보다 훨씬 얇았지만 기분 탓인지 더 따뜻하고 가볍다. 운성이 품고 다니는 좋은 향기가 흘러나왔고, 그것은 해수의 긴장된 어깨를 어루만져 주려는 듯 묵직하고 부드러웠다.

"허리 곧게 펴, 슈트 구겨지지 않게. 내가 그런 쪽엔 좀 예민해서 말이야."

팔짱을 낀 채 해수를 내려다보며 중얼거리는 운성은 어느새 가볍게 웃고 있었다. 부스스한 머리에 투박하고 큰 선글라스, 남자의 슈트 재킷을 걸친 앙상한 몸의 여자의 조합은 독특하지만 나쁘지 않다.

해수는 사람들의 시선을 몸으로 느끼는 일에 익숙했다. 선글라스를 끼고 있으면서도 의식적으로 상대의 눈을 바라보지 않으려하는 습관이 배어 있었고, 덕분에 자신을 향한 눈길을 피부로 느끼곤 했다.

그래서 그녀는 자신이 운성의 재킷을 걸치는 것과 동시에, 신기하게도 많은 것이 변하는 것을 단번에 알아차릴 수 있었다. 이물질을 솎아내려는 것처럼 거북하게 자신을 바라보던 시선이 사라졌다. 해수는 천천히 고개를 들어 주변을 둘러보았다. 동화 속에 나오는 마법 망토라도 입은 듯한 얼떨떨한 기분이 들었다.

"이제 저녁 먹을 준비가 된 것 같군."

운성이 곁에 있어서일까. 아니면 그의 말처럼 고작 옷 때문인가. 해수는 자신에게 내민 운성의 손을 홀린 듯 잡았다. 가볍게 일으켜진 해수의 굳어 있던 어깨가 힘없이 늘어졌다.

노골적으로 따라붙는 사람들의 시선이 따끔거릴 정도였지만, 그것이 더 이상 불편하게 느껴지지 않았다. 성큼 걸음을 옮기는 운성에게 이끌려 카페를 빠져나가던 해수는 부럽다, 하고 중얼거리는 여자의 속삭임을 들었다. 심장이 세차게 뛰기 시작했다.

"먹기는 잘 먹는군."

"맛이 있으니까요."

운성은 깨끗하게 비운 해수의 접시를 흘끗 보았다. 먹성은 꽤 좋은 것 같은데 왜 저렇게 말랐어. 갸름한 얼굴과 헐렁한 티셔츠로 가려졌지만 뼈가 그대로 드러나는 어깨선을 바라본 운성은 짧게 혀를 차고 말았다. 그 불만스러운 기색에 해수가 눈을 치켜떴다.

"궁금한 게 있어요."

"나도 그래."

하루 종일 궁금했던, 당신과 나의 관계가 달라졌다는 게 무슨 뜻이냐 물으려던 해수는 곧장 튀어나온 운성의 대답에 미간을 좁혔다. 고급 한정식집의 한 켠에 따로 마련되어 있는 별실은 고즈넉한 느낌이 들었다. 시골의 어느 한적한 풍경을 그대로 가져다 놓은 것처럼 꾸며져 있는 창밖을 내다보며 해수는 잠시 목을 가다듬었다. 길쭉한 손가락으로 넥타이 매듭을 잡아 내린 운성이 먼저 입을 열었다.

"D증권에서 맡겼던 일이 대체 뭐지? 왜 당신을 못 찾아 안달이야."

"또 누가 날 찾았어요?"

"그래. 그게 당신이 궁금해하는 것에 대한 대답이고."

검은 보석처럼 조명 아래 반짝이는 해수의 눈동자가 흔들렸다. D증권에서 자신을 찾는 사람이 또 나타났다는 사실이 어떻게 그와의 관계가 달라진 것에 대한 대답이 된단 말인가. 의아하다는 듯 자신을 바라보는 해수를 마주한 채 운성이 낮게 눈을 떴다.

"꽤 과격한 방법도 불사할 정도로 간절하게 당신을 찾고 있어. 새로 이사한 고시원도 이미 알아냈으니, 한동안 내 집에서 지내야 할 거야. 그게 당신이 아침마다 내 얼굴로 시작해야 하는 이유지."

내가 궁금한 건 그게 아닌데요, 하고 퉁명스레 대답하려던 해수는 문득 입을 다물었다. 산호의 전화 내용과 서진의 말이 떠올랐기 때문이다.

"산호 씨가 다친 이유가 그곳과 관련이 있나요?"

"그놈 일은 신경 쓰지 마. 걱정이 사치일 만큼 아주 멀쩡하니까. D증권, 뭐야?"

"그럴 생각 없어요."

들고 있던 숟가락을 얌전히 내려놓으며 내뱉은 해수의 말에 의자에 등을 기대고 있던 운성의 눈매가 날카로워졌다. 그녀의 창백한 얼굴은 어느새 차분하게 가라앉아 있었다.

"내 일은 내가 알아서 해왔고, 앞으로도 그럴 거예요. 새로 이사가 필요하다면 하면 그만이고, 날 찾지 못하게 그 사람들 협박하는 거 어렵지 않아요. 굳이 당신 집에 있을 이유 없다는 뜻이에요."

"나라서 거부하는 건가?"

불쑥 되물은 운성의 말에 해수의 눈이 크게 뜨였다.

"왜 그런 뜻이 되죠?"

"당신이 이사할 그 어느 곳보다 내 집이 더 안전해. 굳이 내 집을 피하는 이유가 뭐지?"

"그런 게 아니라 난……."

"그렇게 도망 다니며 떠돌아다니는 게 좋다?"

운성은 해수의 눈이 차갑게 굳어지는 걸 외면하며 느긋하게 웃어 보였다.

"세상으로부터 숨기에는 이미 늦었어, 신해수 씨. 당신을 주목하는 눈이 많아졌거든. 지금까지처럼 안이한 방법으로 피할 수 있을 거라고 생각하지 마. 당신을 노리는 사람들은 살아 숨 쉬는 인간들이야. 실제로 당신 손발을 묶고 그 목을 조를 수 있는 인간들. 위험이라는 건 그런 거야. 타인의 죽음을 예고하는 검은 그림자 따위가 아니라, 직접 손을 뻗어 당신 숨통을 조이는 게 진짜 위험이라고. 그런데 나는……."

해수는 떨리는 눈으로 운성을 바라보았다. 가볍게 테이블을 두드린 그는 혼잣말처럼 짧게 내뱉었다.

"당신이 위험한 걸 두고 볼 생각이 없거든. 그러니까 내 집에 있어."

침묵이 별실 안을 채웠다. 해수는 그의 날카로운 시선을 피해 고개를 돌렸다.

이상하다. 운성은 마치 그녀의 마음을 가지고 저글링을 하는 것 같았다. 그의 한마디에 편안하게 마음이 놓이다가도 또 금세 미친 듯이 심장이 뛰기도 한다. 복잡하게 얽힌 감정들이 널뛰기를 하는 듯했지만 어느 것이든 한 번도 느껴본 적이 없다는 것만은 같았다.

새삼 살아 있음을 실감하게 하는 그런 감정들이 반가우면서도, 한편으로는 무척이나 두려웠다. 갑작스레 찾아온 이유를 알 수 없는 이 변화가 자신에게 미칠 영향이, 그 후폭풍을 감당해 낼 수 있을지가 무서워 해수는 무의식적으로 핑계를 찾았다.

"내가 쓸모가 있는 거죠? 그래서 곁에 두고 볼 생각인가요? 도움이 필요하면 그냥 부탁을 해요. 하지만 당신에게 묶여서 일을 할 생각은 없어."

찻잔을 내려놓던 운성이 미간을 찌푸렸다. 물론 그녀의 능력이 탐이 나는 것은 분명한 사실이고, 그걸 말로 내뱉은 적도 있지만 지금은 그런 마음과는 다르다는 것을 그는 확실하게 자각하고 있었다. 저런 말을 하며 선을 긋는 해수의 태도가 단단히 거슬리는 것을 보면 그것도 제법 중증이다. 나직하게 숨을 내쉰 운성이 눈을 들었다.

혈색이 없는 피부이기에 더 도드라지는 듯한 해수의 검은 눈동자가 자신을 향해 있었다. 사람을 홀리는 고요한 밤바다처럼 빛나는 그 눈은 아름다웠고, 동시에 애처로웠다. 가만히 그녀를 바라보던 운성이 입을 열었다.

"요즘 나답지 않은 짓을 자주 하는데, 생각해 보니 그럴 때마다 당신이 관련되어 있더군. 미팅을 미루기도 하고, 보고를 들으면서 다른 생각을 하기도 하지. 화가 나야 하는데 화가 나질 않고, 전과는 다른 행동을 해, 내가. 눈에 안 보이면 걱정이 되고, 웃는 얼굴을 보면 안심을 하지. 내가 왜 이런다고 생각하나?"

조금씩 부풀어 오르던 가슴이 금방이라도 터질 것처럼 두근거렸다. 해수는 숨조차 내쉬지 못하고 눈을 크게 뜬 채 운성을 응시했다. 일견 차가운 듯하지만 똑바로 바라보는 그의 시선은 지나치게 강렬해서 피할 여유를 주지 않았다.

"당신은 분명 내게 쓸모가 있어. 당신이 생각하지 못하는 방식으로 말이야."

선이 매력적인 운성의 입술은 심술을 부리듯 비딱하게 미소 지었다. 커다란 눈을 깜빡이는 해수의 표정에 짧게 고개를 내저은 운성이 잘생긴 미간을 좁히며 엄포를 놓았다.

"그러니까 D증권이 무슨 일을 의뢰했는지 말해. 이 정도 마음먹었으니 당신이 입 다문다고 그냥 넘어가지 않아. 쓸데없는 시간 낭비란 뜻이지."

탄력 있는 운성의 목소리에 맞춰 두근거리는 가슴을 가라앉히려 해수는 재빨리 숨을 들이켰다. 분명 정답을 알고 있는 것 같으면서 일부러 뜸을 들이는 듯한 운성의 느긋한 표정에 불만이 솟았지만 해수는 아직 그 답을 들을 자신이 없었다.

테이블에 올려진 길쭉한 손가락이며 소매를 걷어 드러난 탄탄한 팔이 자신과 전혀 다른 남자임을 뚜렷하게 드러내고 있었다.

고개를 숙인 채 흘끗 눈을 치켜뜨자 기다렸다는 듯 눈을 맞춰오는 운성의 얼굴이 얼마나 매력적인 모습을 하고 있는지 새삼 깨달은 해수는 서둘러 눈을 내리깔았다.

미쳤어, 신해수. 무슨 생각을 하는 거야.

고개를 짧게 내저은 그녀는 자꾸만 불쑥 고개를 쳐드는 낯선 감정을 외면하고자 입을 열었다. 그의 말마따나, 작정하고 알아내려 한다면 말을 하지 않을 이유가 없었다. 그런 사람이다.

"D증권에서는 자체 개발한 금융 관리 프로그램을 쓰고 있어요. 시스템상 설정되어 있는 특정 코드가 고객이 보유한 자산에 따라 등급을 나누고, 그 등급에 따라 오픈되는 카테고리와 접근할 수 있는 정보가 각각 다르죠. 그런데 지난달 프로그램 내부에 그 인식 코드를 착각하게 만드는 스파이웨어가 들어온 거예요. 특정 카테고리에 접속하는 VIP 회원의 개인정보를 외부로 송출하도록 만들어져 있는 악성코드였죠. 그건 보안프로그램이 어떤 프로세스로 굴러가는지를 아주 잘 알아야 만들 수 있는 것이었고, 즉 내부 소행일 가능성이 크단 얘기죠. 그 코드가 개인정보를 어디로 보내고 있는지를 트래킹 해달라는 게 D증권 담당자의 의뢰였어요."

"성공은 했나?"

해수의 눈썹이 바짝 추켜 올라갔다. 심드렁한 표정과 삐죽 튀어나온 입술에서 자신의 질문을 비웃는 듯한 기색을 느낀 운성의 눈매가 가늘어졌다.

"시스템을 이루는 일부분이 다르긴 하지만 다른 은행 보안프로그램과 비슷한 형태라 분석하는 데 오래 걸리지 않았어요. 태그를 달아둔 가상 VIP 회원을 만들어 접속시켜 두고, 그 스파이웨어가 유령의 개인정보를 파내는 동안 송출 경로를 추적했죠. 프로그램 개발원 중 한 명이었고, 그 사람의 형이 최근 경쟁 회사의 해외투자 사업부로 직장을 옮겼더군요. 내가 컴퓨터로 뭘 할 수 있는지, 아직도 모르겠어요? 나한테 불가능한 일은 없어요."

갸름한 턱을 내밀며 날카롭게 말하는 해수의 말에 운성은 낮게 웃었다. 말투로 미루어보아 그녀에게는 꽤 손쉬운 일이었던 모양인데, 성공했냐 물어본 자신의 말에 자존심이 상한 것이다. 컴퓨터에 관한 그녀의 기술은 확실히 압도적이지만, 아름다운 눈을 치켜뜨고 입을 꾹 다물고 있는 폼은 꼭 심통 난 아이 같아 운성의 딱딱한 마음을 금세 부드럽게 만들었다.

하나씩 그에게 드러내는 표정이 늘어난다. 해수의 감정이 그 창백한 얼굴에 조금씩 드러날 때마다 운성은 두근거리는 자신의 심장박동을 느낄 수 있었다. 품고 있던 호기심이 채워지면 사라져버릴 것 같았던 그의 감정은 오히려 그 덩치를 점점 키우고 있었다.

"그 일을 좋아하는군. 이유가 뭐지?"

"알고 보니 매사가 궁금한 것투성이네요. 사람들에게 관심을 갖지 않는다더니."

"그게 당신이니까."

낮게 눈을 깔고 있던 운성의 무심한 듯한 시선이 얼굴을 스치자 긴장이 손끝을 휘감는다. 그래, 해수는 비로소 서진의 말을 완벽히 이해할 수 있었다. 운성은 짧은 눈길로도 앉은 사람을 편하게도, 불편하게도 할 수 있는 사람이었다. 그녀는 나지막하게 내뱉었다.

"그 세계는 단순해요. 모든 게 잘 구획화된 계획도시 같죠. 변수가 많지만 그 한도를 계산할 수 있고, 그렇게 완벽한 계산 속에 만들어진 프로그램은 아름답기까지 해요. 빈틈이 없는 견고한 성 같거든요. 누구도 내 허락 없이는 그 성에 접근할 수 없는, 그런 세계가 컴퓨터 안에서는 가능하죠."

덤덤한 표정처럼 보였지만 해수의 고집스러운 눈매에서 사람에 대한 경계심을 읽을 수 있었다. 운성은 짧게 혀를 찼다. 해수는 그가 겪어온 누구보다도 속이 복잡한 여자였고, 어쩌면 그런 점에 매혹되고 있는지도 몰랐다.

"그럼 먼저 허락을 구해야겠군."

운성은 묻는 듯한 시선을 던지는 해수의 눈을 조용히 들여다보며 낮게 말했다.

"그 견고한 성에 내가 좀 들어가야겠거든."

운성의 또렷한 눈매가 부드럽게 이지러졌다. 그 서늘한 미소는 위험해 보였지만 그렇기에 누구든 유혹할 수 있을 것 같은 매력을 담뿍 담고 있었다. 해수는 순간 몸을 일으키는 운성을 당황한 눈으로 바라보았다.

"그만 갈까? 내일부턴 제법 바쁠 테니."

"누가요?"

"우리 둘 다."

서두르라는 듯 훤칠한 몸을 곧게 편 채 해수에게 손을 까닥거리는 운성의 얼굴에 미묘한 미소가 흘렀다. 어쩐지 미끼라는 걸 알면서 그 먹이를 무는 산짐승이 된 듯한 기분이 들었지만, 해수는 무심코 그의 손을 잡고 말았다.

담배 연기가 안개처럼 엷게 퍼져 있었다. 널찍하고 충분히 고급스럽지만 만족스럽지는 않은 제 사무실을 훑어보며 가늘게 눈을 뜨고 있는 남자는 D증권의 최재훈이었다. 그는 담배를 재떨이에 짓누르며 곁에 서 있는 비서의 말에 귀를 기울였다.

"한우리 쪽에서 우리 뒤를 캐고 있는 게 맞습니다."

"도대체 무슨 관계야? 문산호 이사장과 신해수라는 그 여자는. 내연녀라도 되는 건가?"

"그럴 가능성이 높습니다. 알아보니 여자가 머물 곳도 직접 알아봐 주곤 했답니다. 그게 고시원이라는 게 좀 이상하긴 합니다만."

"그런데 그 여자가, 요즘은 권운성의 옆에 있다?"

재훈은 책상에 놓여진 사진을 두터운 손가락으로 툭툭 두드렸다. 문산호에 권운성이라. 몹시도 골치 아픈 조합이다. 재단의 돈을 업은 문산호와 내로라하는 기업들의 기밀 정보를 손에 틀어쥐고 있는 권운성은 결코 무시할 수 없는 위치에 있는 사람들이었고, 상대하기 번거로운 타입의 인종들이었다.

"하필 엮여도 꼭. 신해수를 따로 빼낼 수는 없나?"

"권운성의 눈을 피하기가 쉽지 않습니다. 늘 곁에 두고 있는데다 그 회사는 보안상 쉽게 드나들 수도 없어서요."

"그래서 그 여자 약점이 뭐야."

"……오빠가 하나 있습니다."

재훈의 눈썹이 꿈틀거렸다. 소리 없는 재촉에 비서는 말을 덧붙였다.

"한우리병원에 입원해 있는데, 유일하게 남은 가족입니다. 10년째 의식불명이라는데, 꼬박꼬박 병원에 찾아가는 것 같습니다."

"확실해? 그게 그 여자를 손에 넣을 수 있는 카드가 확실하냔 말이야."

"밤에도 절대 선글라스를 벗지 않는 걸로 봐서 눈에 무슨 문제가 있는 것 같기도 하지만 확인된 바는 없습니다. 이전 동네 주민들도 몇 달 동안 선글라스 벗은 얼굴을 한 번도 본 적이 없다고 하더군요. 그래도 지금으로서는 그 오빠가 가장 유력한 카드입니다."

"병원에 쓸 만한 놈을 찾아봐. 그 여자 장님인가?"

"거동에는 문제가 없는 것처럼 보였습니다만."

그는 사진 속에 운성의 곁에 서 있는 여자의 행색을 새삼 들여다보았다. 새까만 선글라스를 낀 말라비틀어진 이 밀랍 같은 여자에게 도대체 무슨 매력이 있어서 권운성이나 문산호 같은 남자들이 달라붙어 있는 것인가. 그들은 여자 놀음에 빠질 단순한 타입이 아니다.

"돈 냄새를 맡은 거지. 영악한 새끼들. 좋은 건 나눠 먹어야 하는 건데 말이야."

휘파람을 불며 손가락을 까닥거리던 재훈이 미간을 좁혔다. 환율분석팀에서 보고한 바에 의하면 가장 가까운 환율 변동일은 일주일 후였다. 그전까지 그는 신해수라는 여자가 필요했다. 아니, 그의 계획은 오히려 그녀로 인해 시작되었다.

최근 일어났던 정보 유출 사건을 해결한 것이 한 보안프로그램 전문가라는 이야기를 들은 그는 우연찮게도 문제가 됐던 바이러스가 하려던 일이 자신이 종종 꿈꾸던 일과 비슷함을 알게 되었다.

VIP 회원들의 자산에 자유롭게 접근할 수 있는 권한. 그는 그가 관리하는 VIP들의 해외 자산, 특히 드러나서는 안 되는 어마어마한 규모의 돈을 잘 알고 있었다. 신해수라는 여자가 그 천재적인 능력으로 보안망을 뚫고 그들의 계좌에 들어가 숫자를 조금만 건드려 준다면, 향후 몇 년간은 들키지 않을 자신이 있었고 그 몇 년간 그는 엄청난 돈과 함께 행적을 감추고 해외로 사라지면 그만이었다. 신해수의 능력이, 그에게 그것을 가능케 할 것이다.

미련한 사장의 발밑에서 십수 년간 맡아온 남의 돈 냄새는 이제 지긋지긋하다. 기회가 왔고, 재훈은 그것을 잡아볼 생각이었다.

재민은 허겁지겁 회사를 향해 걸음을 옮겼다. 감기가 오려는지 몸이 찌뿌듯해서 일어나는데 시간이 오래 걸렸던 탓에 지각이 코앞이었다. 시계를 바라보며 회사를 향해 달려가던 재민은 무심코 멈춰 섰다. 눈앞에 낯선 풍경이 펼쳐지고 있었던 것이다.

"정말 이럴 필요가 있다고 생각해요?"

"두 번 말 안 하는 성격인데 열 번은 말하게 하는군. 일을 하라는 게 아니라 그냥 내 눈이 닿는 곳에 있으라는 거잖아."

"그냥 집에 있겠다니까요."

"가만히 있을 거라는 말을 나더러 믿으라는 건가?"

재민은 눈을 비볐다. 허리를 앞으로 약간 숙인 채 눈을 크게 떠 보았지만 실랑이를 벌이고 있는 두 사람은 점점 더 또렷해질 뿐이었다. 넓은 어깨에 딱 맞춘 듯한 슈트를 입은 운성의 부러운 뒷모습은 분명 낯익은 것이었지만, 그에게 팔을 잡힌 채 퉁명스레 말을 내뱉고 있는 여자는 처음 보는 사람이었다.

여자치고는 작지 않은 키였지만 걸치고 있는 검은색 후드 점퍼는 지나치게 커서 앙상한 몸을 더욱 말라 보이게 만들었다. 그러고 보니 그녀가 걸치고 있는 점퍼가 낯이 익다. 재민은 눈을 휘둥그레 떴다. 뒤에 새겨져 있는 금색 마크를 보니 틀림없이 작년 단합대회 때 제작했던 회사 점퍼였다.

"그러니까 지금 저게 권 이사 옷이라고 한다면…… 설마 저 여자가……?"

운성은 선글라스를 낀 여자의 손을 세게 당겼다. 반쯤 그의 품에 안기다시피 한 여자가 고개를 반항적으로 치켜드는 것이 보였다.

"사람 시선을 끌고 싶다면 방법은 여러 가지지. 보는 사람도, 그리고 나도 즐겁게 해줄 방법 하나를 써볼까? 당신도 나쁘진 않을 거야."

운성의 손이 여자의 뺨을 감쌌다. 망설임 없이 몸을 낮추는 그의 움직임에 소리 없는 비명을 지른 것은 재민이었다. 천하의 권운성이 회사 앞에서 여자에게 키스를 하려 하고 있었다! 그 여자가 틀림없었다. 대단한 여자. 비밀스러운 사람이라는 '그 여자'.

뚫어져라 그들을 지켜보던 재민은 막 운성의 턱을 머리로 들이받는 여자의 행동에 또 한 번 입을 떡 벌리고 말았다.

"가면 되잖아요. 어디, 이쪽이던가?"

선글라스를 낀 여자가 씩씩하게 건물을 향해 걸음을 옮겼다. 재민의 시선이 턱을 감싸 쥔 채 날카롭게 눈을 치켜뜨고 있는 운성에게 향했다. 재민은 순간적으로 곧 눈앞에 펼쳐질 참담한 지옥도의 모습을 그려보았지만, 그의 등줄기에 소름이 돋은 것은 그것 때문이 아니었다. 찡그린 얼굴로 짧게 웃음을 터뜨리고 있는 운성은 그가 알고 있는 권운성이라는 사람과 조금도 들어맞지 않았다. 그 괴리감이 재민의 발을 움직였다.

"이, 이사님? 여기서 뭐 하시는 겁니까?"

"김 팀장님."

재민은 돌아보지 않고도 놀라는 기색 하나 없이 그의 이름을 부르는 운성의 목소리에 저도 모르게 늘어져 있던 어깨를 곧추세웠다. 언제 웃고 있었냐는 듯 평소의 냉엄한 표정으로 돌아온 운성의 시선이 재민에게로 향했다.

"지각까지 2분 남았군요. 안 들어가십니까?"

주름이 잡힌 가슴 언저리를 가볍게 털어내고는 옷매무새를 가다듬은 운성이 태연한 얼굴로 성큼 걸음을 옮겼다. 멍한 표정을 짓고 있던 재민은 경보하듯 다리를 놀리다 결국 참다못해 흘끗 고개를 돌려 운성을 바라보았다.

"그 여자분이신 거죠? 회사까지는 어쩐 일로 오신 겁니까? 그것도 같이."

마케팅부가 요즘 제법 한가한 모양이군. 최근 3개월간 담당했던 프로젝트 요약해서 보고하세요, 라고 칼처럼 날아오는 부메랑을 맞을 확률이 99.9%지만 묻지 않을 수 없었다. 호기심에 져버린 제 입을 원망하던 재민은 운성의 입에서 흘러나온 낮은 목소리가 생각보다 부드러움에 놀라 슬쩍 고개를 들었다.

"눈을 뗄 수가 없어서 말입니다."

화창한 날씨에 쏟아지는 햇빛이 눈부신지 한쪽 눈을 찡그린 운성의 잘생긴 입매가 유려한 곡선을 그리고 있었다. 그의 시선은 이미 멀어진 해수의 뒷모습을 좇고 있었다. 긴 다리로 천천히 그녀를 따라가는 운성을 멀거니 바라보며 재민은 조용히 제 뺨을 잡고 길게 늘려 보았다. 꿈이 분명했다.

해수는 소파에 앉아 키보드를 두드리던 손을 멈추고 흘끗 고개를 들었다. 누군가와 전화 통화를 하는 운성은 유창한 영어를 구사하고 있었다. 나른하면서도 힘 있는 저음의 목소리가 듣기 좋다. 손가락을 꾸물거리며 그의 목소리를 감상하던 해수가 문득 아, 하고 눈을 깜빡였다.

가방을 뒤지는 작은 손에 매끈한 케이스가 잡혔다. 기껏 선물을 사놓고 주지도 못했네. 피곤했는지 어제는 집에 가자마자 운성의 침대를 차지하고 잠들어 버렸다. 꿈도 꾸지 않고, 자면서 한 번 깨지도 않고 그렇게 안락하게 숙면을 취해본 적이 얼마만이던가.

깊은 잠을 만끽한 해수는 자신을 부르는 목소리에 상쾌하게 눈을 떴고, 바로 제 곁의 침대 맡에 걸터앉아 자신을 내려다보고 있는 운성과 눈이 마주쳐 비명을 내지르고 말았다.

"익숙해져. 아침마다 그 눈으로 날 보는 것에 말이야. 그리고 확인해. 아무것도 보이지 않는다는 걸. 그게 먼저야."

"……그러다 어느 날 갑자기 보이면. 방심하고 익숙해졌을 때 그걸 보면 더 힘들 거란 생각은 안 해요?"

"가까운 사람의 갑작스러운 죽음은 누구에게나 고통스러운 법이지. 그걸 미리 알 수 있었길 간절히 바라며 과거를 후회하는 사람들에게는 당신의 능력은 오히려 행운일 수도 있어."

수건으로 젖은 머리칼을 털어내던 운성은 낮게 읊조리듯 말했다. 혼잣말처럼 들리기도 하는 그 말에 해수는 이불로 얼굴을 반쯤 가린 채 날카로운 운성의 옆모습을 조용히 바라보았다.

행운. 그렇게 볼 수도 있는 것이었나. 말도 안 되는 소리라고 치부하기에 운성의 말은 가볍지 않았다.

어릴 적 사고로 어머니를 잃었던 때를 떠올리기라도 하는 걸까. 짧은 침묵에 잠긴 그의 눈매가 어쩐지 쓸쓸해 보인다는 생각이 들어 해수는 조심스레 그의 뺨을 향해 손을 뻗었지만 운성이 막 몸을 일으키는 바람에 그녀는 재빨리 손을 물리고 말았더랬다.

뭘 하려고 했던 거야, 신해수. 그 순간의 민망함이 떠올라 해수는 헛기침을 내뱉었다. 전화를 하던 운성이 저에게 고개를 돌린다. 무슨 일이냐 묻는 듯한 시선을 보내는 그에게 고개를 저어 보인 해수가 몸을 일으켰다.

간혹 안을 흘끔거리는 직원들을 신경 쓰는 해수를 눈치채고 블라인드를 내려놓은 운성의 방을 둘러보며 해수는 눈가를 꾹꾹 눌렀다. 선글라스 없이 무언가를 보는 시간이 길어질수록 마음을 겹겹이 가리고 있던 베일이 하나씩 사라지는 것처럼 느껴진다. 무채색의 세상이 색을 입고 있었다.

사무실 한 켠에 서서 하늘을 바라보고 있는 해수가 신경 쓰인 운성은 통화를 적당히 마무리했다. 그의 목소리가 끊기자 기다렸다는 듯 고개를 돌려 자신을 바라보는 해수의 행동에 운성은 미간을 좁혔다.

"하고 싶은 말이라도 있나?"

"줄 게 있어요."

의아함에 눈썹을 추켜 올리던 운성은 해수가 멋쩍은 손길로 주머니에서 꺼내어 책상 위에 툭 내미는 케이스를 바라보았다.

"어제 주려고 했는데 정신이 없어서. 그냥, 뭐, 생일도 됐고 여러 가지로 도와준 일에 대한 감사 표시도 할 겸. 마음에 안 들면 나한테 다시 줘요."

"아직 보지도 않았어. 케이스가 선물은 아니잖아?"

중얼거리다 다시 케이스를 집으려는 해수의 손길을 막으며 운성이 내뱉었다. 선물을 주고서 3초 만에 다시 가져가려는 사람은 처음 봤다. 손가락을 꼬물거리며 인상을 찌푸리고 있는 품이 귀엽게 느껴져 운성은 피식 웃었다.

선물. 선물이라. 해수의 안목에 커다란 불신을 품고 있는 운성은 그 안에 무엇이 들어 있는지는 사실 그다지 궁금하지 않았다. 중요한 것은 그녀가, 자신에게 무언가를 줄 생각을 했다는 점이었다. 단단한 손가락을 뻗어 케이스를 매만지는 운성의 입매가 부드럽게 풀어졌다.

딸칵, 하는 소리가 들려 해수는 눈을 치켜뜨고 운성의 표정을 살폈다. 찰나였지만 곧게 뻗은 눈썹이 꿈틀거리는 것을 놓치지 않았다. 마음에 안 드나. 흠집이 티 나나? 해수는 입술을 오물거리며 손을 뻗었지만 운성에게 가로막혔다. 둘의 시선이 부딪쳤다.

"그래도 사람이 선물을 주는데 고맙다는 인사는 못 할망정. 내놔요."

"당신이 몰라서 하는 말이야. 지금 이 표정이 최대한으로 고맙다고 말하고 있는 표정이라고."

뻥을 칠 거면 좀 그럴싸하게 치던지. 해수는 미묘한 표정을 짓고 있는 운성을 흘겨보며 몸을 돌렸지만 이내 운성에게 손목이 잡혔다.

"또 뭐요?"

"당신이 산 건가?"

운성은 뭘 그런 걸 묻느냐는 듯 눈살을 찌푸리는 해수의 얼굴을 들여다보았다.

"몰랐는데. 돈이 많나, 신해수 씨?"

"훔친 거냐고 묻고 싶은 거예요?"

"돈까지 많은 여자는 뭘로 공략해야 할지 고민이 늘었다는 소리 하려던 거야."

해수는 알쏭달쏭한 말을 내뱉고는 손목을 불쑥 내미는 운성을 물끄러미 바라보았다. 선이 날카로운 운성의 눈매가 짓궂은 모양새를 하고 있었다.

"뭐 해? 채워줘야지."

"뭐라고요? 아니, 왜……."

"시계 선물이 처음이라 모르는 모양인데, 그게 오랜 관습이야. 어려운 일도 아니잖아."

시계를 내밀고 있는 운성의 눈치를 슬쩍 살폈지만 그는 지나치게 당당하다. 목덜미가 간지러운 느낌이 들었지만, 해수는 입술을 깨물며 시계를 받아 들어 운성의 손목에 채워주었다. 손끝에서부터 열기가 타올라 순식간에 얼굴을 물들였다.

됐죠, 하고 거두려는 해수의 손가락을 운성이 움켜쥐었다. 가느다란 제 손가락을 옭아매고 그 틈을 파고들어 오는 손길에 기습이라도 당한 것마냥 심장이 쿵쾅거린다. 손톱을 더듬던 손가락이 손등을 부드럽게 쓸어내리며 조금 당기는 바람에 해수는 그에게로 한 발 다가서고 말았다. 의자에 앉아 자신을 올려다보는 운성의 시선이 따가울 정도로 느껴졌다.

"그 답례는 이걸로 하지."

해수는 운성이 그의 반대쪽 손목에서 풀어내는 시계를 바라보다 아, 하고 미간을 좁혔다. 제가 사온 시계와 똑같은 것이었다.

"가지고 있는 거였어요?"

"음. 당신과 취향이 같다는 게 썩 기쁘지만은 않군."

짐짓 한숨을 내쉬며 고개를 내저은 운성은 자신이 차고 있던 시계를 해수의 가느다란 팔목에 채워주었다. 품이 남아 스르륵 흘러내리는 시계가 그의 손에 걸려 멈췄다. 손목을 잡고 있는 운성의 온기에 저절로 어깨가 움츠러든다. 그에게서 느껴지는 온기는 따뜻하기만 한 것이 아니었다. 간지럽고 설레면서 불안하고, 달콤하면서도 갈증이 난다. 해수는 갈라진 목소리로 중얼거렸다.

"난 스톱워치만 써요. 시간을 재가면서 테스트할 일이 많으니까. 이런 시계 볼 일이 없다구요."

"이건 그냥 시계가 아니잖아. 내가, 당신에게 준 시계지."

운성이 잡고 있던 손을 조금 더 당겼다. 주춤거리며 해수는 그에게 더 다가섰다. 늘 올려다만 보던 운성을 내려다보고 있자니 괜한 긴장감이 어려 해수는 마른침을 삼켰다.

나직한 목소리가 그녀를 어루만지듯 부드럽게 울렸다.

"그리고 앞으로는 시계 볼 일이 많아질 거야. 내가 생각나서 보고, 나랑 만나기로 한 시간을 확인하려고 보고, 나중에는 습관이 돼서 보게 될 테지."

"그런 습관 반갑지 않은데요."

두려움이 앞서 운성의 말꼬리를 잡아챘지만 그의 눈은 이미 웃고 있었다. 운성의 입에서 나오는 한마디 한마디에 마음이 정처 없이 들뜬다. 둥둥 뜨는 마음을 다잡고 싶었지만 뜻대로 되지 않았다.

"걱정은 나중에 해도 늦지 않아. 익숙해지는 게 먼저라고 했잖아."

"그게 얼마나 무책임한 말인지 몰라요?"

"그게 왜 무책임한 말이지?"

"그랬다가 당신이……."

떠나기라도 하면. 이 불시에 찾아온 감정이 왔던 것처럼 그렇게 어느 날 갑자기 사라져 버리면. 경험해 본 적 없는 데서 오는 미지의 공포에 덜컥 숨부터 막힌다. 해수는 입을 꾹 다물었다.

그러나 굳어 있는 해수의 표정을 보는 운성의 단정한 얼굴에는 미소가 번지고 있었다. 탄력적인 입매가 부드러운 선을 그리는 것에 해수는 더더욱 인상을 찌푸렸다.

"뭐가 웃겨요?"

"날 잃을까 봐 불안하다?"

"뭐라고요? 내가 언제 그런 말을……."

"그럼 더 머뭇거릴 필요가 없겠군."

해수는 거세게 허리를 끌어안는 손길에 미처 비명도 지르지 못했다. 의자에서 몸을 일으키는 운성을 놀란 눈으로 바라보며 고개를 치켜든 해수의 입술에 운성의 것이 닿았다.

꼼짝도 못 할 정도로 단단히 허리를 붙잡은 것에 비해 입술에 닿는 감촉은 솜털처럼 부드럽다. 해수는 장난처럼 금세 닿았다 떨어지는 운성의 입술을 치뜬 눈으로 바라보았다. 손목을 잡고 있는 운성의 손이 새삼 뜨겁게 느껴졌다.

고개를 삐딱하게 기울인 채 그녀를 들여다보고 있던 운성이 가볍게 웃었다. 서늘한 느낌을 주는 날카로운 눈매가 유연하게 휘어져 있었다.

"그런 불안을 사라지게 하는 방법은, 내가 알기로는 이것뿐인데."

흑석처럼 검게 빛나는 눈동자를 조용히 바라보며 운성이 속삭였다. 그녀는 대체적으로 그의 예상을 벗어나는 언행을 일삼았고, 지금 막 색이 연한 입술로 내뱉는 말 또한 그의 기대를 배반하지 않았다.

"……나한테 뽀뽀하면 좋아요?"

해수의 창백한 뺨이 발긋하게 물든 것을 보지 못했더라면 적잖이 당황했을 말이었다. 운성은 손을 들어 그 아이 같은 뺨을 조심스레 감쌌다. 파르르 떨리는 속눈썹이 사랑스러웠다.

"당신은?"

서로의 코끝이 스치고 향기가 천천히 뒤섞였다. 운성은 손바닥에 느껴지는 보드라운 살갗에 눈을 낮게 떴다. 조용하지만 묵직한 흥분이 그의 몸에 번지고 있었다. 짧게 두어 번 눈을 깜빡인 해수의 입술이 열렸다.

"나쁘진 않은 것 같기도…… 읍."

길게 웃은 운성의 입술이 거세게 부딪쳤다. 연한 입술을 훑으며 빨아들이는 자극에 해수는 정신을 차릴 수가 없었다. 깊이 입술을 겹친 채 입안을 제 것처럼 훑어내는 혀의 움직임을 쫓아가기도 버겁다. 숨이 막혀 가슴이 들뜬 해수는 허리를 단단히 지탱한 운성의 손에 무너졌다. 깨끗한 운성의 셔츠를 온 힘을 다해 붙잡은 탓에 잔뜩 주름이 잡히고 나서야 그녀는 숨을 토해낼 수 있었다.

입술은 젖어 있는데도 목은 바싹 마르는 기분이다. 가슴이 벅차고 어쩐지 온몸에 찌르르 울리는 듯한 자극이 맴돌았다. 제 몸을 온통 휘감고 있는 운성의 향기마저 자극적으로 느껴져 해수는 색색거리는 숨소리를 내며 흥분을 가다듬었다.

"키스는 어때. 이번에도 고맙다고 할 건가?"

낮게 잠긴 운성의 목소리가 귀 끝을 스쳤다. 말꼬리에 웃음기가 묻어나는 게 당황한 와중에도 얄밉게 들린다. 해수는 입매를 비딱하게 기울였다.

"좀 별론데요."

"그거 아쉽군."

은근한 손길로 허리를 길게 쓰다듬은 운성이 한 걸음 물러섰다. 아름다운 눈동자가 촉촉이 물들어 있고 갸름한 뺨에 혈색이 도는 게 보기 좋았지만 어쩐지 화가 난 듯 해수는 눈을 잔뜩 치켜뜨고 있었다. 붉게 물들어 조금 부풀어 오른 해수의 입술을 쓰다듬은 운성이 매력적인 미소를 지었다.

"나는 좋았거든."

뭐라도 손에 잡히는 게 있었다면 집어 던졌을 것이다. 느긋한 운성의 말에 얼굴이 달아오른 해수가 막 퉁명스러운 말을 내뱉으려 할 때, 내선 전화가 울렸다.

[이사님, 이사회 미팅 참석하실 시간입니다.]

"지금 가죠."

기회를 놓친 해수는 얼굴을 구기고 소파에 털썩 앉았다. 책상에서 자료를 챙긴 운성이 그녀 앞에 섰다.

"회의 끝나고 점심 먹을 거야. 나가서 그 시계 줄부터 좀 줄여야겠군. 한 시간 반 정도 걸릴 테니 어디 가지 말고 여기 있어."

"두 발 멀쩡한데 왜 자꾸 어디 가지 말라……."

해수는 몸을 굽혀 제 뺨에 입을 맞추는 운성의 행동에 그대로 굳었다. 그는 무슨 일이 있었냐는 듯 구겨진 셔츠를 가볍게 털어 내며 눈썹을 세웠다.

"걱정된다고 했잖아. 말 들어."

슈트 재킷을 갖춰 입은 운성이 완벽한 모습으로 방을 나설 때까지 해수는 입술을 작게 벌린 채 움직이지 못했다. 뇌세포가 모두 멈춰 버린 것 같았다. 소리를 지르고 싶기도, 웃고 싶기도 했지만 동시에 운성의 너른 등짝을 걷어차고 싶기도 했다.

권운성이라는 남자는 그녀가 파악하기에 다소 복잡한 사람이었지만, 적어도 한 가지만은 확실했다.

"얄미운 남자라니까."

해수는 그대로 소파에 쓰러져 누웠다. 넘쳐흐르는 민망함에 손바닥을 들어 얼굴을 덮으면서도, 그녀의 입술은 부드럽게 허물어졌다.

◆ ◆ #14 ◆ ◆

　꼬르륵, 하고 배가 울린다. 해수는 미간을 좁힌 채 앙상한 팔목
에서 덜렁거리는 시계를 돌려보았다. 운성이 말한 시간은 이미 30
분이나 지나 있었고, 최근 들어 왕성한 활동을 보이는 위장이 적
극적인 허기를 주장하고 있었다.

　"왜 이렇게 늦어."

　노트북을 닫고 실내를 서성이던 해수는 목덜미를 긁적였다. 미
팅이 생각보다 오래 걸리는 건가. 그럼 내 점심은?

　"지키지도 못할 말로 사람 가둬두기나 하고. 이게 감금이지 뭐
야."

　깔끔하게 정리되어 있는 책상을 발로 툭 치는 해수의 미간에 주
름이 잡혔다. 팔목에 아슬아슬하게 매달려 있는 시계가 불편하기
도 했지만, 마치 주문에라도 걸린 것처럼 자꾸만 시계판을 들여다

보게 되고, 마음이 초조해진다. 누군가를 기다리는 것이 참 낯설다.

부스스한 머리칼을 자꾸만 헤집던 해수가 결국 탁자에 올려둔 선글라스를 집었을 때였다. 바깥에 소란스러운 소리가 들려 그녀는 문 쪽으로 걸음을 옮겼다.

"해킹 시도가 있었다고?"

"정확한 건 아직 모르겠습니다. 제3 서버의 유지 보수를 담당하는 PC에서 5분 전에 악성코드가 잡혔는데 확산 속도가 너무 빠릅니다."

"3서버 접근 제어 방식이 뭐지?"

"DAC로 되어 있습니다."

"엑세스코드 설정 담당자가 누구야?"

"김성식 대리인데…… 신혼여행으로 지금은 자리를 비운 상태라서……."

"그게 지금 무슨 상관이야, 서버운영시스템이 어떻게 뒤집힐지 모르는데! 일단 전화해! 어디로 어떻게 퍼지고 있는지 추적하고 있어? 보안팀 전원 소집해!"

보안팀장은 침을 튀기며 소리쳤다. 제3 서버에서 관리하는 IP 주소는 IPv4와 IPv6 네트워크가 공존하고 있어서 다른 서버에 비해 보안 위협이 더한 편이었다. 주로 과학 기술 업체의 정보를 보관하는 서버이기에 모든 스토리지에 접근할 수 있는 엑세스코드가 유출되기라도 하면 그건 정말이지 재앙이었다.

입이 바짝 마른 그는 하나둘씩 뛰어오는 직원들을 향해 다급하게 손짓했다.

"잡아! 어떻게 해서든 잡아. 이사님 귀에 들어가기 전에 무조건 잡아!"

무전 호출을 받고 달려온 직원들이 헐레벌떡 자리에 앉았다. 개중에는 사내 식당에서 점심을 먹다 급하게 달려와 아직 입을 오물거리는 사람도 있었다. 여러 명이 동시에 두드리는 키보드 소리가 요란하게 울려 퍼졌다.

보안 관제에서 문제를 발견했을 때는 곧장 시간 싸움으로 이어진다. 시스템을 감염시키는 코드를 먼저 따라잡아 외부에 유출된 정보를 확인하고 그 정보를 교란시키는 작업이 동시에 이루어져야 한다. 특히나 기밀 정보를 다루는 이 회사에서는 자주 있는 일이었지만, 겪을 때마다 느끼는 긴장감은 실로 엄청났다.

팀장은 저도 모르게 입술을 물어뜯었다. 빠른 속도로 화면이 넘어가는 모니터를 바라보는 눈빛이 거무죽죽했다. 그는 딱히 그가 부리는 직원들보다 능력이 뛰어나서 팀장직을 맡게 된 것은 아니었다. 연봉도 얼마 차이 안 나는데 괜히 하겠다고 해서는, 이런 일이 벌어질 때마다 좌불안석이다.

"한둘이 아니에요. IP 변동폭이 너무 커서 트래킹이 쉽지 않습니다."

"네트워크 2차 방화벽까지 접근했어요. 터널링 때문에 서버가 불안정합니다."

"2차도 뚫렸습니다. 코드 분석은 아직이구요."

손가락을 덜덜 떨며 팀장이 얼굴을 구겼다. 지켜만 보고 있을 때가 아니다. 뭐라도 해야지, 싶은 생각에 제자리로 바쁘게 걸어가던 그는 눈을 부릅떴다. 누군가 제 의자에 앉아 있었다.

"다, 당신, 누구야?"

짧은 머리의 여자는 선글라스를 끼고 있어 얼굴이 잘 보이지 않았다. 도대체 어디서 솟아났는지 모를 도깨비 같은 여자에게서 느껴지는 기묘한 당당함에 팀장은 얼떨떨한 눈으로 그녀를 훑어보았다. 무릎까지 내려오는 헐렁한 후드 점퍼에는 회사 마크가 새겨져 있었지만 한 번도 본 적 없는 얼굴이다. 게다가 아무리 자유 복장이라고는 해도 이렇게까지 무신경한 옷차림으로 출근하는 직원은 없다.

본능적으로 제 모니터를 훑어보던 팀장의 얼굴이 하얗게 질렸다. 전 직원이 컴퓨터에 개인 암호를 지정해야 하는 것이 회사의 원칙이었고, 잠시 자리를 비우더라도 반드시 암호 화면으로 돌려두어야 했다. 그러나 이미 그의 컴퓨터는 오픈된 채 여자가 입력하는 고속의 명령어에 의해 가동되고 있었다.

"당장 비켜! 도대체 뭘 하고 있는 건가?"

"눈이 있으면 봐요, 내가 뭘 하고 있는지."

키보드를 연주하듯 두드리는 여자의 손가락은 빨랐다. 그러면서도 절도가 있는 것처럼 느껴져 그 소리가 조금도 듣기 거북하지 않았다. 적어둔 코드를 보면서 쳐도 이렇게까지 빠를 수는 없을 것이다. 이중, 삼중으로 이루어진 복합적인 명령어를 눈 깜짝할 사이에 쏟아내는 바람에 그는 제대로 해독을 하기도 전에 넘어가 버리는 화면을 멍한 눈으로 바라봐야 했다.

"명색이 보안팀 컴퓨터가 왜 이렇게 구식이야. 이런 하드로는 3D 게임이나 돌리는 게 고작이겠네요. 이 회사 돈 잘 버는 줄 알았더니, 내실이 없네. 2세대는 뒤떨어진 것 같은데 이런 걸로 뭘 잡겠다고."

혼잣말처럼 중얼거리면서도 손놀림은 조금도 느려지지 않는다. 그 날카로운 기세는 다소 허술해 보이는 여자의 행색을 뒤덮을 정도로 위압적이어서, 팀장은 뭐라 반박할 타이밍을 놓치고 말았다. 중간중간 눈으로 확인한 코드의 의미를 알아채고 나서는 더더욱 말을 할 수가 없었다.

여자의 손끝에서 만들어진 간결하면서도 정확한 수식은 치밀하게 짜여진 설계도처럼 보여 그는 나직한 감탄사를 내뱉고 말았다. 그녀가 날려 보낸 아름다운 명령어는 겹겹이 쌓여 있는 방화벽의 틈 사이를 쏜살같이 파고들어 단숨에 악성코드의 덜미를 잡았다.

마치 잘 갈린 발톱을 휘둘러 약삭빠른 먹잇감을 낚아채는 사냥의 현장을 보고 있는 듯한 긴박감이 느껴져 팀장은 숨을 죽였다. 마른침이 꿀꺽, 하고 넘어갔다.

"어어, 자, 잡혔습니다. 누구야? 영우 씨가 한 거야?"

"아…… 저 아닌데요. 선배님 아니셨어요?"

영우는 안경 너머로 어리둥절한 눈을 끔벅였다. 뉴욕에서 박사 학위를 땄다는 3년차 선배의 실력이라 생각하고 내심 감탄하고 있었던 그는 주변을 둘러보았다.

모두의 손이 멈춘 가운데 유일하게 소리를 내는 손이 있었다. 아까부터 넋을 놓고 그 손을 바라보고 있던 팀장은 신기한 눈으로 여자를 다시 훑어보았다. 생각을 하고 키보드를 두드려서는 불가능한 속도였다. 무의식적으로 손을 움직이고 있는 듯한 여자는 이제 악성코드의 흔적을 추적하기 시작했다. 가뜩이나 빠른 손에 가속이 붙었다.

"저 사람 누구예요?"

영우는 선배에게 물었지만 답을 듣지 못했다. 그는 호기심에 구부정한 자세로 모니터를 들여다보고 있는 팀장의 곁으로 다가갔다. 목을 빼고 화면을 가득 채웠다 이내 넘어가는 코드를 재빨리 읽어낸 그의 눈이 커졌다.

흔적을 지우며 서버에서 빠져나가는 악성코드는 그 확산력만큼이나 빠르게 사라지고 있었다. 쫓고 쫓기는 줄다리기를 하고 있던 여자의 미간에 주름이 잡혔다.

"이 고물 컴퓨터."

원격제어를 하는 상대는 여럿이 동시에 움직이는 것이 분명했다. 여자는 믿을 수 없는 속도로 따라잡아 거의 근원지까지 접근했지만 그 앞에서 그녀를 우회시키고 있는 방화벽을 뚫느라 애를 쓰고 있었다. 돕고 싶지만 도저히 끼어들 수 있는 상황이 아니다. 영우는 어느새 주먹을 꼭 쥔 채 네트워크 안에서 치열하게 벌어지는 공방전을 지켜보았다.

"'이지스'의 오토락시스템 가동시켜서 서버 안정화부터 하세요. 곧 바이러스 퍼질 거예요."

여자의 엷은 입술 사이로 흘러나온 말에 어느새 그녀 주변에 몰려 있던 보안 직원들의 귀가 쫑긋 섰다. 팀장이 당황한 얼굴로 큰소리를 내뱉었다.

"바이러스? 또 어디서 말입니까?"

"여기서요."

여자가 만들고 있는 바이러스 코드를 확인한 영우가 서둘러 자리로 달려갔다. 손바닥에 식은땀이 흘러 자꾸만 키보드를 두드리는 손가락이 미끄러졌지만, 그녀의 생각을 읽은 것은 영우뿐이었다. 단축키를 눌러 암호화시스템을 불러낸 영우가 재빨리 외쳤다.

"준비됐습니다!"

"너 뭐 하는 거야?"

"저걸 그냥 보내는 것보다 약간의 불편함을 감수하는 게 낫겠죠."

영우를 돌아보던 팀장은 여자의 말에 멍한 눈을 깜빡였다. 쉴 새 없이 움직이던 여자의 손가락이 잠시 멈추고는, 이내 엔터키를 가볍게 눌렀다.

모니터를 가득 채우고 있던 코드들이 일시에 사라졌다. 팀장은 마른침을 삼켰다. 일이 어떻게 돌아가고 있는지는 알 수 없었지만 좋은 징조가 아니라는 것은 분명하다. 그는 한숨을 내쉬고 있는 영우를 바라보았다.

"뭐가 어떻게 된 거야? 넌 뭘 한 거고?"

"근원지를 못 잡을 것 같으니까 정보 송출 경로라도 끊으려고 방금 저분이 바이러스를 보냈어요. 어디서 보낸 코드인지 추적은 실패했지만, 그쪽도 해킹한 정보를 날렸을 거예요. 대신 우리 쪽 서버에 저장된 일부 데이터도 같이, 삭제됐을 겁니다."

"……뭐라고?"

영우의 머뭇거리는 대답에 팀장의 얼굴이 하얗게 질렸다.

"'이지스'는 분 단위로 자동백업이 이루어지게 되어 있으니까 데이터 손실은 걱정하지 않아도 되잖아요. 뚫린 구멍이 어디인지 찾는 데 시간이 좀 걸리겠지만."

여자는 언제 꽂혀 있었는지 모를 USB를 뽑아 든 손가락을 까닥이며 의자에서 일어섰다. 선글라스를 끼고 있어서 그런지 더더욱 무표정해 보이는 그녀의 다소 불친절한 말에 팀장의 입술이 파르르 떨렸다.

"지, 지금 그게 무슨 소리…… 어떤 데이터가 삭제됐는지를 대체 어느 세월에 찾으란 말입니까? 그보다 당신 대체 누굽니까? '이지스'에 대해서는 어떻게 그렇게 잘 알아요?"

얼추 반나절이면 되지 않나 하고 웅얼거리던 해수는 순간 흠, 하고 짧게 내뱉는 한숨 소리를 들었다. 탄식보다는 체념에 더 가까운 그 한숨은 길길이 날뛰는 팀장 바로 뒤에서 흘러나왔고, 한숨의 주인을 알아챘는지 전기라도 맞은 것처럼 몸을 부르르 떤 팀장은 재빨리 몸을 돌렸다. 짙은 눈썹을 곧추세운 운성의 서늘한 얼굴이 거기 있었다.

팀장의 낯빛이 파랗게 질렸다. 이 사태에 대해서 어떻게 설명해야 할지 감이 잡히지 않았다. 이렇게 해고당하는 건가. 대출금은, 아들 대학 등록금은 이제 누가 어떻게 갚지? 목을 움츠린 채 긴장하고 있는 팀장의 귀에 운성의 날 선 목소리가 들렸다. 듣기 좋은 나지막한 소리였지만 그의 귀에는 천둥소리와 다를 바 없었다.

"사무실에 가만히 있기가 그렇게 힘들었나?"

"난 도와주려고 한 거예요."

"누구를. 그리고 왜."

"당신…… 회사를? 곤란해하는 것 같아서요. 배도 고프고."

여자와 운성의 사이에 이어지는 이해 못 할 대화에 팀장이 눈을 굴렸다. 권 이사와 아는 사인가, 이 여자?

"설명에는 정말이지 재주가 없군. 무슨 일입니까?"

고개를 짧게 내저은 운성의 말꼬리가 자신을 향해 있음을 깨달았지만 팀장은 열심히 주판을 굴리고 있었다. 무슨 말을 어떻게 설명해야 제 자리를 보전할 수 있을지를 가늠하고 있는 그를 대신해 영우가 헛기침을 하며 나섰다.

"악성코드 침입이 있었습니다. 제3 서버의 정보 해킹 목적이었던 것 같은데 실시간 패킷 처리 속도가 너무 빠른데다 변형 공격이 다중적이라…… 어, 그런데 여기 이분이 도와주셨습니다. 출처 확인은 못 했지만 표적화된 바이러스를 보내 유출된 정보는 오염시켰고, 지금은 서버도 안정된 상태입니다."

물론 덕분에 며칠 야근을 해야 할 것 같다는 말은 눈치껏 삼킨 영우였다. 운성의 시선이 그것 보라는 듯 당당하게 턱을 치켜드는 해수에게 닿았다. 날카로운 눈매가 가늘어졌다.

"저 여자가 어떤 사람인 줄 알고 컴퓨터를 맡깁니까. 다들 제정신입니까?"

서릿발처럼 차가운 말투에 직원들의 어깨가 딱딱하게 굳어졌다.

"그녀가 무슨 정보를 어떻게 다뤘는지 똑똑히 이해하고 설명할 수 있는 사람, 이 중에 한 명이라도 있는지 모르겠군."

운성의 눈길을 피해 직원들이 고개를 숙였다. 워낙 순식간에 벌어진 일인데다, 그녀가 만든 코드를 보고 해독하는 시간보다 새로운 코드를 만들어내는 여자의 손이 더 빨랐던 탓이다. 팀장이 눈치를 보다 재빨리 해수를 향해 손가락질을 했다.

"당신 대체 누굽니까? 갑자기 튀어나와서 무슨 짓을 한 거냐고요. 일단 그 선글라스부터 벗고 이야기를……."

냉각된 분위기에 머쓱한 얼굴로 목덜미를 긁적이던 해수는 갑작스레 제 얼굴로 뻗어온 팀장의 손을 피하지 못했다. 작은 비명과 함께 해수가 고개를 숙였지만 그녀의 목소리는 거의 동시에 팀장의 입에서 뱉어진 고함 소리에 묻히고 말았다.

"이, 이사님!"

"……무슨 짓이야."

운성이 한걸음에 다가서서 팀장의 손목을 잡아채었다. 통증이 느껴질 정도의 악력에 팀장이 넓적한 얼굴을 구겼다. 손목의 저릿함보다 검게 가라앉은 운성의 눈빛이 그의 가슴을 더욱 서늘하게 했다.

"함부로 손대면 곤란하지."

평이한 어조였지만 여자를 몸으로 가리고 선 운성에게서 위압감이 느껴져 팀장은 몸을 움츠렸다.

"하, 하지만 이사님, 그 여자가……."

"나는 보안팀이 현장을 관리하지 못한 책임을 물은 겁니다. 가만히 컴퓨터에 앉아 있는 여자 하나 제지하지 못한 데다, 그 여자가 무엇을 어떻게 만졌는지조차 제대로 알지 못하는 무능력을 탓하는 거란 얘기죠. 그녀가 작정하고 네트워크를 마비라도 시켰다면, 당신들이 막을 수나 있었겠습니까. 정보는 우리의 무기이자 재산이고, 그걸 잃을 위협을 제거하는 게 당신들 보안팀이 하는 일인데도 말입니다."

꿀 먹은 벙어리처럼 입을 다문 직원들을 무심한 눈으로 훑어본 운성이 등을 돌렸다. 고개를 숙인 채 눈을 질끈 감고 있는 해수의 창백한 뺨을 손등으로 슬쩍 쓰다듬자 눈썹을 바짝 치켜세운다. 그 자그마한 등을 감싸고 품으로 당기자 주춤거리며 따라온다. 달래 듯 앙상한 어깨를 토닥이며 운성이 작게 속삭였다.

"혼자 두면 꼭 무슨 일이 생기는 것 같은 느낌은 내 착각인가?"

"약속은 지키라고 있는 거잖아요, 한 시간 반이라더니."

"책상을 떠나서는 아무 일도 못하는 노인네들이라 말이 길어져서. 일은 안 하겠다고 하지 않았나?"

"고마우면 고맙다고 말로 해요."

몸으로 하고 싶은데, 하고 낮게 속삭인 운성의 입술이 해수의 이마를 스쳤다. 기겁한 해수가 품에서 빠져나가려 했지만 운성은 여유 있게 그녀의 허리를 휘감고 있었다.

넋을 놓은 얼굴로 두 사람을 바라보는 직원들의 표정은 하나같이 똑같았다. 방금까지 눈빛과 숨소리만으로 그들을 찍어 누르던 남자가 금세 부드러워진 눈매로 여자를 바라보는 이 광경이 믿어지지 않았기 때문이다. 팀장은 제게로 단단한 손을 불쑥 뻗는 운성의 기척에 놀라 차렷 자세를 취했다. 들고 있던 선글라스를 눈짓하는 그에게 재빨리 건네는 손이 가늘게 떨렸다.

"사내에서 가장 위험부담이 큰 일을 하는 게 바로 보안팀입니다. 긴장들 하시고, 오늘 일은 꼼꼼하게 파악해서 보고서 올리세요."

"예, 알겠습니다."

간결하게 떨어지는 운성의 말에 기다렸다는 듯이 직원들이 고개를 끄덕였지만 그들의 시선은 운성의 가슴을 밀어내며 선글라스를 끼고 있는 여자를 향해 있었다. 아까부터 그녀를 주의 깊게 보고 있던 영우는 용기를 내어 그녀에게 다가섰다.

"저, 수고하셨습니다. 데이터마이닝 코드를 변형한 바이러스를 그렇게 쉽게 조작하시는 걸 보고 깜짝 놀랐어요. 라이브러리 함수를 수행하다 오류가 발생할 변수가 적지 않았을 텐데요. 정말 인상 깊었습니다."

해수는 눈을 깜박였다. 순박한 인상의 청년의 말에 겸연쩍은 기분이 들어 그녀는 헛기침을 하며 말했다.

"'이지스'의 인터페이스와 소스코드를 잘 아니까요. 아직 허술한 구석이 많지만 오늘 같은 경우는 차라리 그래서 다행이었던 셈이었죠."

"'이지스'를 정말 잘 아시는군요? 코드 트래킹 하면서 임기응변으로 우회로를 택했다기에는 너무 익숙한 것처럼 보여서 놀랐거든요."

이런 이야기를 나눠본 적도 별로 없는데다 환해진 얼굴로 아이처럼 흥미를 드러내는 영우의 모습에 해수는 조금 우쭐해졌지만 애써 덤덤한 표정을 지으며 대답했다.

"내가 만들었으니까요."

"……네?"

"거기까지."

점점 가까워지는 두 사람의 거리를 못마땅한 눈으로 바라보고 있던 운성이 짤막하게 내뱉었다. 제게로 쏟아지는 해수와 영우의 시선을 튕겨내며 그 사이에 선 운성은 미간을 좁힌 채 영우를 돌아보았다.

"저 여자가 '이지스'의 개발자가 맞고, 뛰어난 프로그래머인 것도 맞아. 덧붙여 지금 아주 배가 고픈 상태고. 그러니 호기심은 거기까지만 하지. 더는 당신이 궁금해할 부분이 아니야, 한영우 씨."

영우는 얼떨떨한 얼굴로 입을 다물었다. 5개월 전에 여기로 이직한 후로 운성과 마주칠 일은 제법 있었지만 이렇게 정면으로 독대를 한 적은 처음이었다. 먼발치에서, 혹은 회의를 하면서도 수시로 사람을 위축되게 만드는 그의 오만한 위압감은 충분히 느낄수 있었지만, 지금 느껴지는 압박감에 비하면 아무것도 아닌 생각이 들었다.

상사가 아닌 남자로 느껴져 더 위협적인 그의 눈빛에 영우는 본능적으로 숨을 멈췄지만 다행히 운성의 관심은 그에게 오래 머물지는 않았다.

"회사에서 일할 생각이 아니라면 관심 갖지 마. 점심 먹으러 가지."

해수는 자신을 지나치는 운성의 딱딱한 목소리에 눈썹을 추켜올렸다. 무언가 거슬리는 일이라도 있다는 듯 날카로워진 인상에 어쩐지 웃음이 나온다. 꼭, 마치, 자신이 다른 사람과 말을 섞는게 싫은 사람처럼 굴고 있지 않은가. 얼음 기계 같은 저 매끈한 얼굴에 어울리지 않게도 말이다.

"생각해 보니까 괜찮을 것도 같아요."

"뭐?"

고개 숙인 사람들 사이로 성큼 걸어가던 운성이 멈춰 섰다. 천천히 그에게 다가간 해수의 창백한 얼굴에 희미한 미소가 걸려 있었다.

"회사에서 일하는 거. 어차피 한동안 나 여기로 데리고 나오려던 거 아니었어요? 다른 사람이랑 같이 프로그래밍 해보는 것도 재미있을 것 같은데."

"사람들 속에서 일할 수 없는 타입이라고 말한 건 당신이야."

"이기적인 삶을 살게 도와준다고 한 건 당신이죠."

"청개구리야? 스카우트 제의는 말도 꺼내지 못하게 했잖아."

"뺑쟁이. 말만 번지르르하고, 가만 보니까 지키는 법이 없어."

"신해수, 당신……."

운성은 쳇, 하고 혀를 차고는 돌아서서 척척 걸어가는 해수의 뒷모습을 바라보며 우뚝 섰다. 예기치 못한 그녀의 반격에 말문이 막힌 것이다. 그는 짧은 한숨을 내쉬며 깊게 주름이 진 미간을 매만졌다. 숨죽인 채 자신을 보고 있는 직원들 사이의 영우를 흘끗 돌아본 운성의 단단한 턱이 당겨졌다.

재빨리 시선을 피하며 흩어지는 직원들을 뒤로하고 그는 해수의 뒤를 쫓았다. 좁혀진 미간은 풀어질 줄을 몰랐다.

성급하게 뒤를 따라오는 운성의 세찬 발걸음 소리에 해수는 저도 모르게 작게 웃었다. 사람과의 대화가 재밌다. 밀어도 보고, 부딪쳐도 보고, 튕겨져 나오는 과정에 가슴이 들뜬다. 말을 할 때마다 보이지 않는 감정이 오가는 듯한 기분이었다.

제 한마디에 표정이 미묘하게 변하는 운성을 보고 있으면, 누군가에게 말을 건네는 것이 두렵지 않아진다. 벽을 향해 돌아오지 않는 메아리를 기다리며 혼잣말을 할 때는 느껴본 적 없는 감정의 파도가 몰아치고 있었다.

힘 있는 손이 자연스레 제 손목을 잡는다. 어느새 곁에 선 운성이 잘생긴 미간을 찡그린 채 뭔가 못마땅하다는 듯 입술을 삐딱하게 기울인 것이 보였다. 그의 단단한 옆모습을 올려다보며 해수가 작게 속삭였다.

"고마워요."

"그 말을 남들과는 다르게 쓰고 있는 건가? 항상 어울리지 않는 상황에 하는 것 같아서 말이야."

일부러 퉁명스레 말을 내뱉던 운성이 순간 입을 다물었다. 꼬물거리는 해수의 손가락이 조심스레 그의 손을 잡고 있었다. 차갑지만 부드러운 손가락의 감촉에 운성의 가슴이 사춘기 소년처럼 덜컹거렸다.

"고마우니까 고맙다고 하는 거죠. 인사는 그런 거 아닌가요?"

"……제대로 된 인사는 이런 거지."

묵직한 머스크 향이 다가와 선글라스를 밀어젖혔다. 기다란 몸을 굽힌 운성의 입술이 거침없이 그녀의 입술을 찾았다. 짧게 부딪친 입술이 겹쳐지고, 빠르게 입안을 훑은 운성의 혀가 작게 벌려진 해수의 도톰한 입술을 핥았다.

익숙해지게 만들려고 작정한 사람처럼 기습적으로 키스하는 운성의 속내가 고스란히 들여다보였지만, 해수는 싫지 않았다. 오히려 자꾸만 두근거리는 가슴을 주체하기 힘들 정도였다.

아래로 깔려 있던 운성의 눈꺼풀이 올라가고 매력적인 눈동자가 드러났다. 짓궂은 미소를 감추고 있는 것 같은 그 시선에 해수가 이맛살을 찌푸리며 속삭였다.

"회사에서 이래도 되는 거예요?"

"권력자의 특권이라고 해두지."

낮게 웃음을 흘린 운성은 좀 더 단단하게 그녀의 손을 잡았다. 부스스해진 머리칼을 괜히 쓸어 넘기며 그에게 이끌려 걸음을 옮기는 해수의 입가에 희미한 미소가 번졌다.

지현은 입술을 삐죽이며 다리를 두드렸다. 하루 종일 서 있는 일이라 다리가 퉁퉁 붓는 건 일상이었기에 그녀가 지금 기분이 나쁜 것은 그 이유 때문은 아니었다.

다른 지점 매출보다 뒤처졌다는 이유로, 덧붙여 그녀의 접객 태도가 불량하다는 컴플레인이 들어왔다며 매니저에게 아침부터 야단을 맞은 탓이다.

아니, 명품 사는 사람들이 자기한테 편한 지점에서 사는 게 뭐 어때. 어차피 본사에서 매출은 합산될 거고, 살 사람이면 우리 매장이 아니더라도 다른 매장에서 사겠지. 그게 왜 내 탓이야?

그녀는 진열대를 닦고 있던 걸레를 신경질적으로 집어 던졌다. 담배나 한 대 피울까 싶어 주변을 둘러보았다. 물량 확인하러 창고에 내려간 파트너는 감감무소식이라 더 신경질이 난다. 어차피 오전 내내 잠시 둘러보는 손님 두어 명이 있었을 뿐, 매장은 조용했다. 옆 매장 인경에게 잠깐 부탁이나 할까 싶어 걸음을 떼던 그녀는 이내 멈춰 섰다. 낯익은 여자가 매장 안쪽으로 걸어오고 있었다.

"저 쭉정이……."

엄밀히 따지자면 물건을 사서 매출을 올려줬으니 그런 표현은 걸맞지 않았지만 지현의 머릿속에는 그런 이미지로 박혀 있었다. 허름한 옷 대신 검은 후드 점퍼를 입고 있었지만 창백하게 마른 얼굴이며 투박한 선글라스는 쉽게 잊히지 않는 특징적인 것이었다.

가만히 서서 바라보고 있자 여자가 걸음을 멈췄다.

"시계 줄을 줄이러 왔는데요."

어우, 짜증 나. 인상을 구겼지만 어쩔 수 없이 얼굴에 미소를 띠운 지현의 목소리가 매장을 날카롭게 울렸다.

"남자분 시계 사가셨죠? 사이즈가 안 맞던가요?"

"아뇨, 이건 제가 하게 돼서. 좀 많이 줄여야 할 것 같은데요."

뭐야, 결국 주지도 못한 건가. 하긴 이런 여자가 주는 선물을 덜컥 받아먹을 남자도 흔치 않겠지. 탈이라도 날 것 같잖아. 지현은 속으로 비아냥거리며 여자가 내미는 시계를 받아 들었다.

"보증서 가져오셨죠?"

"보증서요?"

"저희 매장에서 구매하신 제품이 맞는지, 혹시 가품은 아닌지 확인하기 위해서 보증서를 보고 수리를 해드려야 하거든요. 안 가지고 오셨어요?"

여자를 둘러싼 분위기는 성곽처럼 단단하게 느껴졌지만 자신의 말 한마디에 조금씩 당황하는 허술함이 보인다. 익숙하지 않은 옷을 입어 어색한 듯한 그런 허술함이 지현의 가학성을 부추겼다. 아무것도 모르는 사람을 내려다보며 놀리고 싶은 마음. 늘 고객들을 올려다보며 상대해야 하는 지현에게는 자주 있는 기회가 아니었다.

시계를 내려다보던 지현은 눈살을 찌푸렸다.

"손님, 이건 저희 매장에서 사신 제품이 아닌데요. 사용감도 좀 있고. 이런 제품은 저희가 수리해 드릴 수 없어요. 보증서도 없으시잖아요?"

"어, 그렇군요. 그럼 어쩔 수 없……."

뭐야, 시시하게, 하고 혀를 차려던 지현은 막 매장 안으로 들어서는 인영에 눈을 반짝 들었다. 그러고는 입을 딱 벌리고 말았다.

그래, 명품 매장에서 일하면서 저런 사람을 만나야 보람이 있지. 입고 있는 슈트가 맞춤옷처럼 어울리는 남자는 키, 체격, 얼굴 어디 하나 흠잡을 곳이 없었다. 넥타이와 커프스, 구두 센스도 좋다. 깔끔하게 빗어 올린 헤어스타일과 날카로운 이목구비가 남성적이다. 명품 패션 화보에서 걸어 나온 듯한 남자가 천천히 다가옴에 지현은 서둘러 옷매무새를 매만졌다.

"아직 멀었나."

"통화 끝났어요? 혹시 보증서 같은 거 가져왔어요? 그거 없이는 수리 안 된다는데요."

별로 필요도 없는 건데 도로 가져가요, 하고 불쑥 시계를 내미는 해수에게서 그것을 받아 든 운성이 미간을 좁혔다. 넋 나간 표정을 하고 있는 직원에게 다가선 그는 진열대를 툭툭 두드렸다.

"정확히 3주 전 목요일에 구매했고, 고객 리스트에 권운성이라는 이름이 있을 테니 찾아봐요. 강인섭 매니저는 자리를 비웠나? 사람 불편하게 하는군."

그의 시선이 잠시 스쳤을 뿐인데 지현은 찬물을 급하게 들이켠 것처럼 가슴이 서늘해짐을 느꼈다. 잠시만 기다리세요, 하고 더듬거리며 컴퓨터를 두드리던 그녀의 얼굴이 파랗게 질렸다. VIP 고객이다. 특수 관리라고 표시까지 되어 있는.

그녀는 서둘러 고개를 숙였다.

"죄송합니다, 고객님. 다른 지점에서 넘어온 지 얼마 되지 않아서 바로 알아보질 못했⋯⋯."

"이 여자 손목에 맞춰줘요."

그런 사정 따윈 관심 없고, 라는 말이 들리는 것 같았다. 지현은 그의 손이 가느다란 여자의 손목을 서슴없이 잡아 진열대 위에 올리는 것을 보았다. 낮게 혀를 차는 소리가 들렸다.

"왜 이렇게 말랐는지. 먹을 땐 성인남자 뺨치면서."

"말랐든 뚱뚱하든 무슨 상관이에요."

"왜 상관이 없지?"

해수는 멀뚱한 얼굴로 자신을 내려다보는 운성을 바라보며 미간을 찌푸렸다. 그럼 도대체 무슨 상관이 있다는 말인가. 그녀의 선글라스 너머의 시선을 알아차린 운성이 몸을 낮췄다. 나직하지만 풍성한 목소리가 덤덤하게 흘러나왔다.

"내가 보고 만질 몸인데."

너무 무심한 얼굴로 말해서, 해수는 말의 의미를 쉽게 알아채지 못했다. 흠, 하고 헛기침을 하며 얼굴이 빨개진 직원을 흘끗 보고, 다시 운성을 올려다본 그녀는 그제야 가늘게 눈을 접으며 웃고 있는 그의 표정에 새빨갛게 얼굴이 달아올랐다.

"미쳤어요? 당신 변태야?"

버럭 소리를 지르며 저도 모르게 찰싹, 하고 내려친 곳은 운성의 입술이었다. 손가락 끝에 운성의 곧은 콧날이 걸렸다. 입을 틀어막을 것처럼 버둥거리는 해수의 차가운 손을 쉽게 잡아 내리며 운성이 눈썹을 찌푸렸다.

"마음이 가는 여자를 안고 싶어 하는 남자를 변태라고 부르지는 않아. 한글 공부부터 다시 시켜야 하나, 이 여자는 도통 한글을 제대로 쓸 줄을 모르는군."

으악, 악, 악, 하고 괴성을 지르며 해수가 고개를 내저었다. 온 얼굴이 빨갛게 물들어 있었다.

"안 들려. 아무 소리도 안 들려."

"그러니까 이제라도 명심해, 신해수. 당신 옆에 있는 나는 남자야. 오빠 대신도, 일로 이용해 먹으려는 것도 아닌, 당신을 여자로 보고 있는 남자라고. 그걸 잊으면 곤란하지."

재빨리 몸을 돌려 도망가려는 해수를 뒤에서 가로막은 운성이 입술을 올려 웃었다. 차가운 인상이 연기처럼 사라지고 매력적인 입매가 드러난다. 그녀의 손목을 다시 잡아 진열대에 내밀며 퇴로를 차단한 운성은 해수의 머리 위에 가볍게 턱을 얹었다.

"빨리 맞춰서 해주지. 이 여자 취미가 도망가기라서 시간이 많지 않거든."

지현은 열기로 달아오른 뺨으로 엉겁결에 끄덕이며 서랍에서 도구를 꺼냈다. 남자의 널찍한 품에 가로막힌 여자가 못내 부러웠다.

"여기 다시는 못 오겠네."

혼잣말처럼 작게 중얼거리는 해수의 목소리에 운성이 고개를 기울였다. 선글라스 틈으로 기다란 속눈썹이 깜빡이는 게 보인다. 그녀의 등을 지키듯 뒤에 버티고 서서 팔을 뻗어 해수를 품에 가둔 운성이 물었다.

"어떻게 여기서 시계 살 생각을 다 했지? 백화점 돌아다니며 쇼핑하는 타입 아니잖아. 시계를 무사히 사온 걸 칭찬이라도 해줘야 하나."

"어린애 취급당할 나이 아니에요. 뭐, 해프닝이 없었던 건 아니지만 별일 없이 사왔고."

"……해프닝?"

"어머, 고객님! 어쩜 이렇게 손가락이 가늘고 예쁘세요? 반지가 너무 잘 어울리실 것 같아요!"

지현은 시곗줄을 분리하고 나사를 조이던 손으로 해수의 손을 덥석 잡으며 활짝 웃었다. 갑자기 톤이 높아진 그녀의 목소리가 의아한지 두 남녀의 시선이 그녀에게 꽂혔다.

도대체 어떻게 저런 여자가 저런 남자를 얻었는지는 알 수 없지만, 저 무지막지한 포스의 VIP 고객이 푹 빠져 있는 여자에게 자신이 큰 실수를 한 것은 분명하다. 여자의 입에서 그 '해프닝'의 전말에 자신이 언급되기라도 하면, 저 남자는 절대로 그냥 넘어가지 않을 것이다. 매장 매출의 10%를 홀로 내고 있는 VIP의 한마디는 그녀의 명줄을 쥐고 있었다. 지현은 최대한 살갑게 웃으며 말을 이었다.

"두 분이 너무 잘 어울리시기도 하고, 제가 죄송스러운 마음도 있고 해서 선물로 저희 브랜드에서 나온 신상 커프스를 드리고 싶은데요."

월급의 반 가까이가 깎이는 소리가 들렸지만 아예 잘리는 것보다는 낫다. 그러나 여자에게는 한풀 꺾여 보이던 남자의 몸에 배인 날카로움이 지현을 향해 덤덤하게 날아왔다.

"그런 건 차고 넘쳐서. 여자가 할 만한 건 없습니까?"

"어, 저, 그럼, 서, 선글라스! 선글라스를 좋아하시는 것 같은데. 그때도 쓰고 오셨잖아요. 저희 제품 굉장히 고급스럽게 잘 나왔는데……."

월급의 반 이상이지만 기어들어 가는 목소리를 내며 지현은 이를 악물었다. 그러나 선글라스를 쓴 여자는 고개를 내저었다.

"아뇨. 저는 특수 코팅된 것만 쓰거든요. 지금 것도 충분히 쓸 만하고."

선물 필요 없는데, 하고 덧붙이며 고개를 돌리던 해수의 눈이 무언가에 쏠렸다. 은색의 사각형 모양의 조그마한 물건이 진열대 구석에 있었다. 해수가 손가락으로 가리켰다.

"저거 혹시 USB인가요?"

"아, 네, 손님. 제품을 구매하신 VIP 고객님들께 증정해 드리고 있는 특수제작 상품입니다."

"정 무언가를 주고 싶으시다면 저게 좋을 것 같은데요. 몇 기가죠?"

"128기가입니다. 고사양 제품으로 외면에는 스털링 실버로 고급스러운 느낌을……."

"하고많은 것 중에 USB라니."

짧게 혀를 차며 내뱉은 운성의 목소리에 해수가 흥, 하고 콧방귀를 뀌었다.

"여기 있는 것 중에서 내가 사용할 만한 건 저것뿐인데요."

"앞으로 선물할 때 참고하지."

웃음기가 묻어나는 운성의 목소리에 가슴이 풍랑을 맞은 파도처럼 일렁였다. 아까의 '남자' 발언 이후에 그의 시선을 제대로 맞추지 못하는 해수였다. 새삼 등에 맞닿아 있는 운성의 따뜻한 가슴이, 은은하게 풍겨오는 그의 묵직한 향기가 그녀의 마음을 뒤흔들었다.

한없이 냉정할 것만 같았던 그의 새로운 모습을 발견할 때마다, 가만히 자신을 들여다보는 그 고요한 시선을 마주할 때마다 그에게 더 가까워지고 싶은 자신의 욕구를 느끼고 해수는 깜짝 놀라곤 했다. 그는 이미 충분히, 그녀에게 남자였다.

함께 있는 내일을 당연한 듯 언급하는 그의 말이 부드럽게 부는 서풍처럼 해수의 등을 떠민다. 그런 운성의 마음이 보이면 해수는 낯선 감정에 휩싸였다. 단단한 그의 커다란 손을 꼭 잡고, 어디든 따라가고 싶은 마음. 가깝게 닿아 있는 그의 온기를 놓치고 싶지 않다.

……욕심을 내볼까.

해수는 제 손에 딱 맞게 채워지는 시계를 묵묵히 바라보았다. 큼지막한 시계가 안 어울릴 거라 생각했지만 줄을 맞추고 보니 제법 멋이 있다. 그녀는 주춤거리면서도 손을 뻗어 곁에 있는 커다란 운성의 손등을 건드렸다. 그 손목에 걸려 있는 자신과 같은 시계를 바라보고 있자, 이내 운성의 손이 해수의 손등에 겹쳐졌다. 온기가 찌르르 핏줄을 타고 달렸다.

이상하게 호들갑을 떠는 태도로 떠들고 있는 여자의 목소리는 들리지도 않았다. 그녀는 가만히 제 손을 겹쳐 잡은 운성의 손등을 바라보았다. 이것은 결국 신뢰의 문제였다. 사람을, 그 감정을 과연 믿을 수 있을 것인가. 해수는 그런 문제에 서툴렀지만, 용기를 낼 수 있을 것 같았다. 이렇게 그가 당연한 듯 손을 잡아준다면.

"다 됐으면 가지."

직원이 빠른 손놀림으로 포장까지 해준 선물을 건네며 운성이 그녀의 손을 이끌었다. 해수는 그의 건조한 손을 꼭 붙잡고, 걸음을 옮겼다. 그렇게 그녀는 차가운 듯하면서도 어딘지 다정한 느낌이 드는 서풍에 떠밀려, 어두운 동굴 밖으로 한 걸음을 내디딜 수 있었다.

◆◆ #15 ◆◆

"저녁에 가볼 데가 좀 있는데."

차에 올라타서 안전벨트를 당기며 내뱉은 해수의 말에 운성은 되묻듯이 눈썹을 추켜 올렸다. 해수는 주머니에서 휴대폰을 꺼내며 말을 이었다.

"별일 아니라고는 해도 걱정이 돼서요. 산호 씨, 어디가 어떻게 안 좋은 건지."

"그냥 걷다가 건달이랑 시비가 붙어서 몇 대 맞은 정도라더군. 주먹을 부르는 관상이니까. 특히 그 입이 말이지."

건조하게 내뱉으면서도 눈이 웃고 있다. 그 모순적인 표정에 호기심이 고개를 들었다. 해수는 운성의 각진 옆모습을 흘끔거렸다.

"궁금했는데, 산호 씨랑 언제부터 알게 된 사이예요?"

미간을 좁히며 짐짓 불쾌함을 표시하는 듯한 표정을 지어 보이지만 어쩐지 진짜처럼 느껴지지 않는다. 운성은 늘 위장을 하고 사는 카멜레온처럼 보였다. 본심과 다른 표정을 짓는 것이 마치 습관처럼 몸에 밴 듯했지만, 이제 해수의 눈에는 진심이 아닌 것의 그 미세한 차이가 조금은 보이는 듯했다.

"고등학교가 이 악연의 시작이지. 그놈은 정말, 미친놈이었거든."

고개를 내저은 운성이 낮게 혀를 찼다. 고등학교 당시의 문산호는 말 그대로 '또라이'로 유명했다. 우울증이 심해서 한 달 내내 한마디도 내뱉지 않았다는 말도 있었고, 특정 단어를 말하면 금세 눈이 뒤집혀 짐승처럼 덤벼든다는 말도 있었지만 누구도 그 단어가 무엇인지는 알지 못했다.

말로만 듣던 산호를 처음으로 정면에서 마주친 날이 떠올라 운성은 눈살을 찌푸렸다. 피와 폭력이 난무하던 현장이었다.

운성은 퍽 무감했다. 어릴 때 사진을 보면 제법 아이답게 웃기도 했던 모양이었지만, 열일곱의 권운성에게 감정이란 이미 사라진 단어였다.

그에게는 딱히 화가 나는 일도, 뛸 듯이 기쁜 일도 없었다. 좋은 성적에 대한 선생님들의 칭찬, 뛰어난 외모에 대한 또래 소녀들의 열광에도 운성은 반응하지 않았다. 어머니를 눈앞에서 잃은 그날 이후, 마음이 움직일 수 있는 통로를 굳게 닫은 것처럼, 어쩌면 감정을 느끼는 것에 죄책감이라도 느끼는 사람처럼 그는 표정을 지웠다.

운성은 그저 바람에 흩날리는 나뭇잎이었다. 정해진 환경, 정해진 기대와 정해진 미래를 위해 톱니바퀴가 굴러가듯 그렇게 하루를 살고 있었다. 그것이 좋지도, 나쁘지도 않았다. 그런 감정을 느끼고 싶은 생각도 없었다.

그는 담임에게 불려가 곤두박질친 반 평균에 대한 이야기, 또는 하소연을 듣고 오는 길이었다. 반장이라는 직책은 종종 귀찮았다. 반 평균이 떨어진 것은 그의 책임도, 담임의 책임도 아니다. 목표가 없거나, 머리가 나쁘거나, 태생적으로 책을 보면 좀이 쑤시거나 다른 유혹과 자극에 빠져들기 쉬운 타입의 아이들을 학교더러 개조하라는 것은 애초부터 무리한 기대다.

"부모님도, 선생님 말도 안 들리는 귀에 제 말이 들릴까요."

반 분위기를 잘 잡아달라 그의 손을 잡고 말하는 담임에게 무심한 얼굴로 내뱉은 말이었다. 30분 버텼으면 됐다 싶어 본심을 내비치자 실망한 얼굴을 하며 그제야 담임은 그의 손을 놓아주었다. 사람의 반응이란 참 간단하고도 빠르다.

운성은 교복 재킷을 가볍게 털어내며 수돗가 쪽으로 향했다. 화장실의 나프탈렌 냄새가 몹시도 싫어 그는 수돗가를 애용했다.

더위가 목덜미를 끈적하게 스치는 시기. 여름이 오고 있었다. 운성은 쏟아지는 서늘한 물에 얼굴을 적셨다. 손을 꼼꼼하게 닦고 물을 잠그던 그의 귀에 둔탁한 소리가 들렸다.

"……다고 해, 새끼야!"

욕설과 폭력이 뒤엉킨 소리가 나직하게 교정을 울리고 있었다. 운성의 무표정한 얼굴이 잠시 그쪽을 향했다. 학교 건물 옆 구석진 곳에서 소동이 벌어지고 있었고, 그와 거리는 멀지 않았다. 서너 명이 하나같이 욕지거리를 내뱉고 있었고, 그 욕의 끝에 달린 이름은 같았다.

"문산호 이 새끼, 진짜 재수 없네. 야, 너 병신이야? 말을 못해? 대답을 하라고, 이 병신 새끼야!"

"부잣집 아들이라더니 너네 집도 참 갑갑하겠다. 너 같은 걸 아들이라고. 어이, 문산호. 죽었냐? 엉?"

낄낄거리며 쏟아지는 미성숙한 말들에서 야만의 냄새가 묻어났다. 운성은 짧게 한숨을 내쉬었다. 귀찮은 일은 질색이다. 그러나 그는 소리가 나는 쪽으로 발걸음을 돌렸다.

때리는 사람은 여럿인데 맞는 사람의 소리는 들리지 않는다. 의식이라도 잃었다면 이 자리에 있었다는 이유만으로 자신은 더 번거로워질 수 있었다. 본능적인 계산이 그의 머리를 스쳤고, 운성은 천천히 소리를 죽인 채 여전히 둔탁한 폭력이 벌어지고 있는 현장에 다가섰다.

머리를 감싼 채 바닥에서 몸을 웅크린 사람을 짓밟고 걷어차며 웃고 있는 아이들은 세 명이었다. 낯이 익은 얼굴도, 그렇지 않은 얼굴도 있었지만 하나같이 저열한 표정이라는 것은 다르지 않았다. 교복 재킷이 찢어지고 하얀 셔츠에는 피가 불규칙적으로 번져 있었다. 사람이 죽을 만큼의 피는 아니다. 운성의 건조한 시선이 피해자의 얼굴에 닿았다.

흙먼지를 뒤덮은 머리칼에 가려 눈은 보이지 않았지만, 창백해진 입술이 웃고 있었다. 발길질이 닿을 때마다 입술이 파르르 떨렸지만 금세 다시 호선을 그렸다. 마치 지금 상황을 즐기기라도 하는 듯이.

그 기이한 광경에 운성은 흠, 하고 눈썹을 찌푸렸다. 그리고 그때 누군가가 외쳤다.

"하긴, 뭐. 길거리에서 술이나 팔던 창녀 뱃속에서 나왔으니 격이 안 맞긴 하지. 안 그래? 야, 이 운동화 버려야겠다. 쓰레기를 밟았더니 더러워진 것 같……."

그것은 눈 깜짝할 사이였다. 빈사 상태에 빠진 줄 알았던 아이가 날렵하게 몸을 일으켰다. 그는 막 쓰레기 운운하던 녀석의 등에 달라붙었고, 처음부터 목표였다는 듯 단번에 허둥거리는 녀석의 귀를 물었다.

난생처음 느껴보는 날카로운 고통이었을 것이다. 제 귀를 온 힘을 다해 물고 있는 거머리 같은 아이의 머리를 쥐어뜯을 것처럼 부여잡고 내뱉는 비명에 나머지 두 명이 깜짝 놀라 뒤로 물러섰다. 그만큼 그 비명은 섬뜩한 데가 있었다.

운성은 몸부림치는 아이에게서 떨어져 나와 퉤, 하고 침을 뱉어내는 사람의 얼굴을 보았다. 붉게 물든 입술이 반쯤 쉰 목소리를 내뱉었다.

"거 더럽게 맛없네. 더러는 맛있는 놈도 있더니만."

땀과 먼지로 엉켜 있는 머리를 대충 쓸어 넘기며 허리를 곧게 펴던 그는 아이구야, 하고 느긋한 신음을 흘렸다. 귀를 감싼 채 바닥을 뒹굴고 있는 아이의 얼굴을 정확히 겨냥하고, 그는 발길질을 세차게 날렸다. 멍한 눈을 하고 있던 주변의 두 사람이 더 멀어졌다.

"이 새끼들은 대가리에 똥이 찼나. 하고 싶은 대로 하라는데 왜 꼭 초를 쳐, 치기를. 엄살 그만 피워라, 새끼야. 내가 요즘 이가 안 좋아서 아주 물어뜯지도 못했구만."

반듯한 이를 시원스레 드러내 보이며 소년이 소리 없이 웃었다. 마르지 않은 피가 묻어 있는 입술이 그리는 곡선의 힘은 그 어떤 말보다 강력했다. 두 사람은 그와 시선조차 마주치지 못하고 금세 줄행랑을 쳤고, 바닥에 드러누운 아이는 미동이 없었다.

운성의 눈에는 보였다. 그는 정신을 잃은 것이 아니다. 예상하지 못한 공포에 집어삼켜져 침조차 삼키지 못하고 숨죽인 채 덜덜 떨고 있는 것이다. 웅크린 어깨가 가늘게 떨고 있었다.

"어, 관람객이 있었네. 재밌게 봤으면 천 원만 주라. 배가 고파서 힘이 없지 뭐야."

문산호, 라고 적혀 있는 명찰은 반쯤 깨져 있었다. 다리를 절뚝거리며 다가오는 그는 씩 웃고 있었다. 흙먼지와 핏자국만 아니라면 꽤 친화적인 미소라고 평가해 줄 만도 했다. 운성은 그 번들거리는 검은 눈을 바라보았다. 지금까지 주변에서 한 번도 본 적이 없는 눈빛이었다. 한시도 쉬지 않고 격랑의 파도가 몰아치는 태풍에 휘말린, 그런 어지러운 눈.

운성은 말없이 주머니에서 돈을 꺼냈다. 그가 무심히 내민 것은 푸릇한 지폐였다.

"재밌었다, 천 원으로는 부족할 만큼."

"야, 이 새끼, 너 돈 많구나!"

눈꺼풀을 까뒤집을 만큼 크게 뜬 눈으로 지폐를 바라본 산호가 반갑게 달려와 운성을 덥석 끌어안았지만, 이내 무슨 일이 일어났는지도 눈치채지 못한 채 바닥을 나뒹굴었다. 키가 제법 큰 산호를 가볍게 내던져 놓고는 손바닥으로 제 옷에 묻은 먼지를 털어내는 운성의 미간이 좁혀졌다.

"소문이 무색하네, 권운성. 무자비한 놈. 부상자를 또 내던지다니. 넌 한 번 때린 데를 기억했다가 다음에 또 때릴 놈이야. 적으로 삼지 말아야겠어."

"맞는 걸 즐기는 것 같던데. 나한테 고맙다고 해야 하는 거 아닌가."

발딱 일어선 산호는 고개를 기울였다. 무뚝뚝한 운성을 길게 훑어본 그는 이내 상쾌하게 웃었다.

"그러니까 친구 하자. 나 너 마음에 든다."

"난 네 몰골 전혀 마음에 들지 않아. 저리 가라."

"냉정한 새끼. 이대로 그냥 가면 교무실 가서 권운성한테 맞았다고 피해자 코스프레할 거야."

"믿을 사람 없어. 그 정도 신뢰는 있거든."

"사람이 틈이 없어, 재수 없게. 야, 그럼 이거 줄 테니까 나랑 친구 해."

운성은 주머니를 뒤적거리고는 무언가를 내미는 산호의 손을 물끄러미 내려다보았다.

"뭐냐, 이게."

"약. 먹으면 좋아, 머리에."

이중으로 겹쳐진 약봉지는 이미 꼬깃꼬깃해져 있었다. 지저분한 얼굴로 이를 드러내며 웃고 있는 그의 말을 믿어주는 것은 심각한 무리수다. 운성은 짧게 한숨을 내쉬었다.

"그런 거 안 먹어도 좋다, 내 머리."

"……너 진짜 재수 없다. 아냐?"

"알아."

"근데 네 표정을 보니까……."

산호의 입매에 웃음이 사라졌다. 금세 서늘하게 굳은 표정은 절로 긴장을 불러일으켰다. 운성은 날카로운 눈으로 그를 응시했다.

"나보다 너한테 필요한 약이 맞는 것 같은데."

그는 서슴없이 운성의 손을 잡고 약을 쥐어주었다. 그러고는 신이라도 난 사람처럼 한껏 손을 흔들어 보이고는 절뚝이며 교문 밖을 향해 걸어갔다.

"소문보다 더 미친놈이군."

혼잣말을 중얼거리며 운성은 구겨진 약봉투를 바라보았다. 약이 많기도 하다. 그는 고개를 내저으며 다시 수돗가로 향했다.

이틀 뒤 양호실, 일주일 뒤 체육 창고에서 마주치고, 결국 주말에 아버지와 식사하는 자리에서 우연히 마주친 친구 부부의 아들이라며 소개를 받음으로써 그들의 악연은 이어지게 되었다.

그렇게 산호는 운성의 단단히 굳어진 마음속 수면에 최초로 돌을 던져 심상을 흩트린 이가 되었고, 운성은 산호가 날뛰기 전 자신의 고삐를 맡길 수 있는 유일한 사람이 되었다.

허, 하고 작게 웃는 소리가 들려 운성은 흘끗 고개를 돌렸다. 해수의 보드라운 입매에 언뜻 장난기가 걸려 있는 듯 보였다.

"그때부터 성격이 그랬어요?"

"내 성격이 왜."

"산호 씨한테 이상한 놈이라고 욕할 자격 없어 보이는데."

"그놈하고 비교하는 거야, 지금? 나를?"

"인정해요. 두 사람 분명 닮은 데가 있어요."

"세상에는 해서는 안 되는 말이라는 게 있어, 신해수."

"왜요. 그게 사실이라서요?"

운성의 미간에 주름이 졌다. 고집스레 다물어진 입술을 바라보는 해수가 결국 웃음을 터뜨리고 말았다. 가면 같던 표정이 사라진 운성의 얼굴이 꼭 심통 난 어린애처럼 느껴진 탓이었다.

완연한 봄이 왔는지 따뜻한 햇살이 창을 타고 넘실거렸다. 그 봄볕이 마음까지 파고들었는지 가슴이 두근거린다. 해수의 시선이 핸들을 잡고 있는 운성의 손에 가 닿았다.

크고 단단하지만 한편 참 예쁜 손이다. 길쭉한 손가락이며 곧은 마디가 그렇다. 제 머리를 쓰다듬고, 어깨를 감싸주며 든든하게 해주는 고마운 손이었다. 손등에 돋아난 푸른 핏줄을 따라 눈을 움직이는 해수의 손가락이 꿈틀거렸다. 잡고 싶다. 부드럽지는 않지만 그 건조함이 오히려 좋다. 머뭇거리며 손을 들던 해수는 문득 울리는 벨소리에 퍼뜩 놀라 고개를 돌리고 말았다. 운성의 전화였다.

"여보세요. 아, 예, 알고 있습니다. 늦지 않게 가죠. ……이모님께서요?"

나직한 운성의 목소리가 톡 튀었다. 해수의 귀가 쫑긋거렸다.

"그럼 한 시간 일찍 가겠습니다."

낮게 한숨을 내쉬며 간결한 통화를 끝낸 운성은 잠시 침묵을 지켰다. 안 좋은 일인가 싶어 흘끗 눈을 들자 운성이 입을 열었다.

"병원에 데려다 줄 테니 오늘은 문산호 옆에 있어. 난 좀 늦을 거야."

"무슨 일, 있어요?"

"새삼스러운 일은 아냐."

평소와 다르지 않은 말투였지만 어딘지 모르게 선을 긋는 듯한 느낌이 든다. 해수는 양손을 맞잡은 채 손가락을 꼼지락거렸다. 그녀의 망설임을 읽은 운성이 느릿하게 말을 걸었다.

"제수씨도 있을 텐데, 불편하지 않겠어?"

자신과 관련 있는 사람이라는 걸 알았으니 함부로 대하지는 않을 테지만, 채서진이라는 여자 자체가 워낙에 얼음으로 조각한 꽃 같은 사람이었다. 이제 조금씩 사람을 대하는 법을 배우고 있는 해수에게는 지나친 상대다 싶어 한순간 운성은 데리고 갈까 생각했다. 그러나 데리고 가면 더 큰 산들이 해수를 둘러쌀 것이다. 차라리 채서진 하나가 낫지, 결론 내린 운성의 마음에 해수가 말을 덧붙였다.

"상관없어요. 피해서 산호 씨를 만나는 게 더 이상해. 한 번 만난 거지만, 산호 씨를 많이 좋아하는 것 같던데요. 또 오해 사는 건 사양이에요."

"많이 좋아한다라……. 한 번 보고 그걸 파악하다니, 제법인데."

커다란 손이 해수의 머리를 가볍게 쓸어 넘겼다. 좋기도 하고 부끄럽기도 하지만 놀림당하는 듯한 기분도 든다. 해수는 눈썹을 추켜올렸지만 운성의 말이 한발 빨랐다.

"때로는 자기 마음이 자기한테만 보이지 않을 때가 있어. 누구나 어느 정도는 그렇지만, 그녀는 특히 그런 타입이지."

"산호 씨를 좋아한다는 걸 모른다는 거예요? 그렇지만 결혼했잖아요. 좋아서 결혼한 게 아니에요?"

"그건 문산호용 질문이군. 나에게 물을 땐 나에 대한 걸 물어야지, 이 매너 없는 여자야."

"……몇 시에 와요?"

어딜 가는데요? 회사까지 억지로 데려가면서 이번엔 왜 나와 같이 가지 않는 거죠? 안 좋은 일인가요? 나에게는 말하고 싶지 않은 거예요, 아니면 말할 필요가 없다고 생각하는 거예요? 물어봐도 되는 건지 아닌 건지를 모르겠을 땐 어떻게 하는 게 맞는 거죠?

해수는 많은 질문 속의 한마디를 골라내었다. 최대한 무관심하다는 듯 툭 내뱉은 말이었다. 그러나 대답이 없어 그녀는 눈동자를 또르륵 굴렸다.

"자정은 넘길 테지만 최대한 빨리 와야겠군. 당신이 시계를 너무 많이 보지 않도록 말이야."

날 선 눈매가 유려한 곡선을 그리며 웃고 있었다. 달콤한 솜사탕을 크게 한입 베어 문 것처럼 마음이 기분 좋게 부풀어 오른다. 그러나 해수는 일부러 입술을 삐딱하게 비틀었다.

"보긴 누가. 익숙하지 않아서 며칠 내로 잃어버릴지도 몰라요."

"시계에 GPS 추적 장치 붙어 있어. 버려도 찾는 건 시간문제야."

"뭐라고요?"

"농담이야."

"이…… 파렴치한!"

"심각하게 말하는 건데, 한글 공부 다시 할 생각 없나? 개인 강사 붙여줘?"

딱히 틀린 말은 아니라고 생각하면서도 운성은 짐짓 심각한 얼굴로 중얼거렸다. 창백한 뺨에 발그레한 홍조를 띤 채 씩씩대는 해수의 반응이 귀여워 자꾸만 손이 간다. 손등을 꼬집는 해수의 반격이 이어졌지만 그는 짧게 웃으며 그 작은 손을 움켜쥐었다. 정면을 바라보는 눈매는 차분하게 가라앉았지만, 꿈틀거리면서도 얌전히 있는 해수의 손이 그의 마음에 온기를 불어넣어 주고 있었다.

보고 싶으면 전화해. 금방 올 테니까.

운성의 목소리를 떠올리며 해수는 입술을 깨물었다. 아직도 손끝에 그의 온기가 남아 있는 것 같았다. 입술에 손바닥을 가져다 대자 그의 향기가 은은하게 옮아 있었다. 그 손을 부적처럼 꼭 쥐고는 해수는 걸음을 옮겼다.

"……가 말이 된다고 생각해요?"

격양된 목소리가 문밖으로 화살처럼 튀어나왔다. 막 문을 열려던 해수가 움직임을 멈췄다.

"당신은 늘 그런 식이지. 최소한의 역할이 어디까지인지를 정하고, 딱 그만큼만 하잖아. 의무처럼! 그러더니 결국…… 결국 이런 문제까지……!"

여자의 목소리는 화가 난 듯 떨리고 있었지만, 그 뒤에는 슬픔이 낮게 깔려 있었다. 이어지는 목소리에 해수는 한발 물러섰다. 산호의 것이었다.

"의무가 맞아, 필요에 의해 만났으니까. 비즈니스 파트너인 나에게 뭘 기대하는 건지 모르겠군."

산호의 목소리가 분명 맞았지만, 한없이 낯설게 들린다. 탁하게 쉰 목소리는 돌처럼 딱딱했다. 엉뚱하지만 따뜻함이 느껴지던, 해수가 알던 그의 목소리와는 사뭇 달랐다.

"설명을 할 준비가 되면 말할 생각이었어. 적어도 지금 재단과 K그룹이 합동으로 진행하는 문화예술재단 창립 건은 정리를 할 시간이 필요했으니까. 그게 당신에 대한 예의라고 생각했는데, 내 생각이 틀렸나?"

쨍그랑, 하고 무언가 깨지는 소리가 해수의 귀를 날카롭게 두드렸다. 문을 열고 들어가야 할까. 해수는 망설이며 문고리를 붙잡았지만 쉽게 열지 못했다. 실낱같은 문틈으로 어두운 공기가 새어나와 복도를 천천히 물들이고 있었다.

"그래, 차라리 죽어. 일만 문제없이 끝내면, 당신 따위 어떻게 되든 나야 상관없는 일이니까!"

벌컥, 문이 열리고 여자가 나왔다. 길고 가지런한 머리칼, 화려하지만 우아한 얼굴에 눈물 자국이 있었다. 낯익은 얼굴의 차가운 시선이 해수에게 꽂혔다. 새파란 불꽃처럼 적의가 타올랐다.

"설마. 당신은 알고 있었던 거 아니지? 대답해, 신해수!"

"……뭘 알고 있었냐고 묻는 건지 모르겠……."

"채서진!"

벼락처럼 거친 외침이 터져 나왔다. 병실에서 걸어 나온 산호가 해수의 멱살을 쥐려던 서진의 팔을 세게 잡아채었다. 해수에게 등을 보인 채 산호가 낮게 속삭였다.

"한마디도 하지 마. 누구도 그럴 권리 없어."

당장 팔을 부러뜨리기라도 할 것 같은 기세였다. 잡힌 팔목에서 통증이 느껴져 서진은 볼 것 없이 손을 휘둘렀다. 짝, 하는 소리와 함께 산호의 고개가 돌아갔다.

"결국 저 여자야? 껍데기처럼 살아온 당신 알맹이가 저 여자야?"

"원만한 비즈니스 유지가 나와 당신이 할 일이지. 쓸데없는 관심 거두고 당신 할 일을 해. 나는 내 할 일을 하고 있으니까."

서진은 눈앞의 낯선 남자를 노려보았다. 또다. 또 한 번도 본 적 없는 얼굴을 하고 있다. 그녀 앞에서 드러내는 산호의 감정은 모두 누군가에게 보여주기 위한 가짜였다. 그러나 지금, 서진은 처음으로 순수한 화를 짐승의 이빨처럼 맹렬히 드러내는 산호를 보고 있었다. 팽팽하게 올라붙은 뺨이 빨갛게 부어오르고 있었다.

"놔, 가줄 테니까."

차게 내뱉은 서진의 말에 산호는 순순히 손을 떼었다. 서진의 분노 어린 시선이 해수에게로 향했다. 꼴도 보기 싫은 선글라스. 그녀는 해수를 향해 비웃음을 내뱉었다.

"관심 끌기 위한 수단도 참 참신하군, 신해수 씨. 맨얼굴을 드러낼 자신이 그렇게도 없어요?"

"쓸데없는 소리 하지 말랬잖아."

넓은 어깨가 해수를 가로막았지만 해수는 손을 뻗어 산호를 밀었다. 그녀를 돌아본 산호는 천천히 선글라스를 벗는 해수의 행동에 입을 다물었다.

아무런 이상도 없다. 오히려 검고 아름다운 눈동자였다. 고요한 신비를 간직하고 있는 듯한 비밀스러운 눈동자를 마주한 서진이 얼굴을 일그러뜨렸다. 드러난 해수의 얼굴이 묘하게 차분한 것 같아 그게 거슬렸다.

"불쾌하게 했다면 사과드리겠습니다. 저에게는 쉽게 털어놓을 수 없는 사정이 있고, 선글라스는 그걸 가리기 위한 선택일 뿐이에요. 하지만 그게 가끔은 사람들을 불편하게 만든다는 걸 알아요. 다른 의도는 전혀 없습니다. 그러니까……."

창백한 뺨이 잘게 떨린다. 동요 없는 눈을 하고 있지만 미세한 긴장감이 흘러나오는 듯했다. 해수는 핏기 질린 입술을 깨물고는, 또렷하게 내뱉었다.

"절 오해하고 산호 씨에게 화를 내진 마세요."

서진은 실소를 내뱉었다. 문산호를 저렇게 움직이면서 오해를 하지 말라? 그녀의 시선이 해수를 가로막고 우뚝 서 있는 산호에게로 향했다.

"권운성을 동정해야 하나? 아니면 당신을?"

"……내 주변에는 왜 이리 영리한 여자들뿐인지."

다시 가면을 쓴 것 같은 얼굴로 산호가 씩 웃었다. 서진은 분이 차올라 파르르 떨리는 입술을 세게 깨물고는, 몸을 돌려 걸어갔다. 또각거리는 구두 소리가 한참 동안 복도를 울렸다.

"이게 정말 권운성의 힘이라면, 해수야, 나는 지난 3년을 도대체 뭘 한 건지 모르겠다."

어깨를 으쓱이며 돌아선 산호의 표정은 평소와 그다지 다르지 않았다. 한쪽 뺨에 빨간 손자국이 난 것만 빼면 말이다. 몇 분만 늦게 왔더라도 능청스레 뭐든 둘러댔을 그에게 깜빡 속아 넘어갔을 것이다.

그러나 지금, 눈을 들어 산호의 표정을 살피는 해수의 얼굴은 경직되어 있었다. 그 창백한 뺨을 톡톡 두드리며 산호가 몸을 낮췄다.

"이렇게 쉽게 벗어도 돼? 권운성이 도대체 무슨 사탕을 준 거야? 용기 나는 사탕?"

"무슨 일이에요. 왜 물어도 나한테는 제대로 대답해 주지 않아요? 알아야 뭐라도 할 수 있잖아요, 내가."

미간을 좁힌 해수의 눈동자가 일렁거렸다. 그 잔잔한 흔들림을 바라보던 산호는 가지런한 이를 드러내며 웃었다.

"넌 항상 넘치게 해주고 있어. 들어가자."

앞장서서 걸어가는 산호의 뒷모습을 묵묵히 바라보던 해수가 눈을 찌푸렸다. 바닥을 밟고 선 그는 맨발이었고, 그의 움직임을 따라 새빨간 핏자국이 점점이 흔적을 남기고 있었다.

"산호 씨, 발! 발 다친 거 아니에요?"

음? 하고 고개를 숙인 산호는 대수롭지 않은 얼굴로 목덜미를 긁적였다.

"나오다가 아까 깨진 유리병을 밟았나. 해수, 잠깐 들어오지 말고 기다려. 사람 불러 치운 다음에 들어가야겠다."

치료 먼저, 하고 산호를 붙잡으려 했지만 그는 이미 병실 안으로 성큼 들어선 후였다. 전화기를 들고 나직하게 몇 마디를 내뱉는 그 뒷모습이, 전보다 더 마른 것처럼 보여 해수는 고개를 떨궜다. 새하얀 바닥에 찍힌 산호의 발자국을 멍하니 바라보는 눈에 이유 모를 눈물이 울컥, 차오르고 있었다.

"병원 싫어하면서 여기까지 와주고. 마실 것 줄까?"

산호는 거즈를 붙인 발을 까닥거리며 물었지만 침대 맡에 의자를 당겨 앉은 해수는 묵묵부답이었다. 고개를 사선으로 기울여 해수의 얼굴을 들여다보며 산호가 물었다.

"용기 사탕 약발 벌써 떨어진 거야? 그래도 한 번 벗었는데 얼굴은 제대로 보여주는 게……."

"생각해 보면 항상 그랬어요."

해수가 무겁게 입을 열었다. 그녀를 따라 고개를 든 산호가 눈을 깜빡였다.

"나에 대해선 뭐든 알고 있잖아요. 내가 어떤 사람인지, 뭘 좋아하는지, 어떤 생활을 하는지. 가끔은 나보다도 더 나를 알고 있는 것처럼 느껴지니까. 이 세상에 산호 씨만큼 날 아는 사람은 없을 거예요. 그런데 나는, 아는 게 없어요. 돕고 싶어도 어떻게 도와야 할지 알 수 없을 만큼, 나는 산호 씨에 대해 아는 게 없어. 왜냐하면……."

"내가 바라지 않으니까."

적막한 병실에 두 사람의 시선이 길게 부딪쳤다. 누구도 피하는 사람은 없었다. 산호는 자신의 대답에 놀란 눈을 하는 해수를 조용히 응시하다가, 이내 입술을 올려 시원스레 웃었다.

"나는 부끄럼쟁이거든. 들키고 싶지 않은 게 너무 많아. 게다가 조각이 너무 많아서, 뭘 꺼내 보여야 할지도 알 수가 없게 되어버렸어."

해수는 침묵했다. 자신의 말을 기다리는 그 차분한 눈동자를 마주하며 산호는 머쓱한 듯 중얼거렸다.

"누구에게나 나는 하고 싶은 대로 행동하지. 그중 어떤 게 진짜 나냐고 묻는 질문은 수백 번도 더 들었지만, 어떻게 대답해야 할지 도통 모르겠단 말이야. 그저……."

서글서글한 눈매가 접혔다. 소년처럼 순수한 웃음이 산호의 말쑥한 얼굴에 퍼져 있었다.

"네가 보고 있는 내가 진짜 나라면 좋겠다고는 생각하지만."

그래서 네가 소중해. 산호는 말을 삼켰다. 밤하늘처럼 깊은 어둠을 머금은 채 반짝이는 해수의 눈동자를 바라보며, 그는 속으로 되뇌었다. 그래서 네가 소중해, 해수야.

"자부심을 가져야지, 우리 해수. 따지고 보면 사실 나에 대해 제일 많이 아는 사람이 너란 말이지. 권운성은 기계니까, 사람 중에서는 네가 최고야. 어때. 뿌듯하지?"

금세 또 장난기 어린 표정을 짓는 산호의 말에 해수는 혀를 차고 말았다. 늘 수수께끼 같은 사람인데, 그를 제일 많이 아는 사람이 나라니. 그럼 대체 다른 이에게 문산호란 어떤 사람이란 말인가. 결국은 아무런 답도 주지 않는 산호를 흘겨보며 해수는 팔짱을 꼈다.

"궁금한 게 있어요."

"권운성에 대한 거라면 뭐든 물어봐."

자신에 대한 것이라면 답을 하지 않겠다는 말이다. 해수는 이제 그 정도는 눈치챌 수 있었다. 싱글거리며 웃고 있는 산호에게 '알고 있었느냐'며 자신을 윽박지르던 서진에 대해 묻고 싶었지만 제대로 된 대답을 기대할 수 없다는 걸 안다. 그래서 그녀는 짧게 한숨을 내쉬며 입을 다물고 말았다.

"아, 그렇지. 그게 궁금하겠구나."

산호가 고개를 주억였다. 눈을 곧게 뜨고 자신을 바라보는 해수의 시선을 웃음으로 돌려주며 산호가 칼칼한 목을 가다듬었다.

"오늘 권운성이 어딜 갔는지. 그 성격에 살갑게 설명을 늘어놓았을 리는 없고. 날이 날이니만큼 가라앉은 느낌도 좀 풍겼겠지. 그러면 제가 멋있는 줄 안단 말이야. 계산적인 새끼."

"……가라앉아 보이지는 않는데."

"뭐라? 그게 정말인가? 이거, 우리 해수 약발도 만만치 않은데."

"도대체 무슨 말이에요."

분명 외국어가 아닌 같은 나라 말을 쓰고 있음에도 산호의 언어를 이해하는 것은 때때로 어렵다. 지금 같은 경우가 그랬다. 산호는 인상을 찌푸린 해수를 향해 가볍게 웃으며 중얼거렸다.

"오늘이 그 녀석 어머니 기일이라 본가에 제사 지내러 간 거야. 매년 그러니까."

아, 하고 해수의 입술이 작게 벌어졌다. 전화 통화를 끝낸 뒤의 짧은 침묵이 떠올랐다. 그러고 보면 말없이 운전대를 잡고 있던 옆모습에서 일상적인 서늘함 외의 어떤 무거운 분위기가 느껴졌던 것 같기도 했다. 해수가 머뭇거리며 말했다.

"교통사고였다고, 자료에서 본 적이 있어요."

"가슴 아픈 사고였지. 나도 썩 운이 좋은 놈은 아니지만, 그놈도 나 못지않아."

가슴 아픈 사고. 낮게 눈길을 떨어뜨리는 산호의 씁쓸한 미소에 해수는 미간을 좁혔다. 그녀의 가라앉은 분위기를 느꼈는지 흘끔 눈을 들어 올린 산호가 툭 물었다.

"궁금하구나."

"묻지 못했어요. 듣지 않아도 내가 알아볼 수 있으니까 굳이 물어볼 필요도 없고."

"해수야."

산호의 손이 해수의 뺨을 가볍게 두드렸다. 부드러운 손길이지만 나무라는 듯한 부름에 해수가 입을 다물었다.

"그런 건 서류로는 알 수 없고, 그래서도 안 되는 일이야. 특히나 본인이 입을 열지 않은 상태에서는 더더욱. 권운성에게 나 같은 취급 받고 싶은 건 아니지, 우리 해수?"

말랑한 뺨을 슬쩍 꼬집은 산호 때문에 해수는 불퉁한 표정을 짓고 말았다. 그런 해수를 조용히 바라보며 산호가 나직하게 말했다.

"그러니까 권운성에게 직접 들어. 그걸 제 입으로 네게 말할 수 있다면, 그 기계 같은 놈도 인간이 되겠다는 의지가 생겼다는 뜻이니까. 그렇게만 된다면……."

말을 멈춘 산호를 올려다보았지만 그는 어딘가 먼 곳을 바라보듯 시선을 길게 던지고 있었다. 허공 어딘가를 잠시 헤매던 산호가 어렴풋이 웃었다.

"제대로 된 일 하나 하고 가는 셈이 되겠지. 나처럼 완벽한 전략가가 또 있었을까? 제갈공명도 울고 갈 텐데! 술 한 잔 나눌 기회가 있으려나."

"도대체 그건 또 무슨 소리예요?"

여전히 제 볼을 잡고 있는 산호의 손을 떼어내며 해수가 투덜거렸다. 뜻 모를 웃음을 짓고 있는 산호를 보고 있자니 그림자 같은 불안감이 흐릿한 안개처럼 그녀의 마음속에 스며들었다. 해수는 본능적으로 그의 손을 붙잡았다.

"아무 일도 없는 거죠?"

산호의 시선이 해수의 작은 손에 덮인 자신의 손으로 향했다. 차가운 해수의 손이 시원하게 느껴진다. 그는 미열이 있었다.

가늘고 길게 뻗은 손가락. 저 손가락이 자신의 손을 잡았던 그 어느 때가 떠올랐다. 고맙습니다, 하고 세상에 더없이 외로운 목소리로 중얼거리던 그때. 그런 목소리는 세상에 저 하나밖에 낼 수 없을 거라 생각했던 바로 그때. 혼자가 아닌 둘임을 알려줬던 그때.

반드시 행복하게 만들어주고 싶다는 결심을 하게 만들었던 그때.

"D증권을 쫓고 있어. 네 고시원에 사람을 보냈더라고. 너에게 어떤 일을 시키고 싶은 모양이야. 그러니까 권운성 곁에 얌전히 붙어 있어. 그게 최선이야."

"뭔지 몰라도 내가 할 수 있는 거라면 해주면 그만이잖아요."

"그런 일은 한 번으로 끝나는 법이 없지. 널 꼭두각시처럼 부리려 할 거야. 그런 진창에 들이고 싶지 않아, 절대로."

밝아진 표정이 눈에 띈다. 여전히 햇빛과는 거리가 먼 듯 창백하지만 조금은 혈색이 좋아진 것처럼 보였고, 갸름한 뺨에는 살이 조금 올랐다. 제가 아는 그 누구보다 마음이 곧고 강한, 무엇도 두려워하는 법이 없는 권운성의 곁이 그녀가 가장 평범하게 살아갈 수 있는 곳이다. 산호는 또 한 번의 확신을 얻었고, 그 확신은 이기심으로 흔들리는 그의 마음을 지탱해 주었다.

"왜 그 사람이랑 친구가 되려고 했어요? 첫 만남이 썩 유쾌한 것 같지도 않던데요."

"들었어? 허, 권기계 반쯤은 사람 됐네. 또 자기만 멋있어 보이게 말했겠고. 안 봐도 훤하지, 그 새끼 스타일. 하여간 방심할 수 없는 기회주의자라니까."

"……좋아하면 일부러 나쁘게 말하는 버릇 있어요? 그 사람 믿잖아요. 그런 사람 둘도 없으면서 괜히."

산호는 단호한 해수의 말에 짐짓 상처받은 표정을 지으며 웅얼거렸다.

"며칠 같이 있었다고 벌써 그 새끼 편을 드네, 우리 해수. 역시 마성의 권기계야. 천부적인 재능이 있는 사람을 따라잡을 순 없지. 슬프게도 말이야."

과장되게 어깨를 들어 올리며 한숨을 길게 내쉰 산호가 눈썹을 추켜올렸다. 입술을 꼬물거리는 해수의 표정을 훑으며 그는 피식 웃었다.

"내가 아무리 지랄을 떨어도 그 새끼는 동요하지 않으리라는 걸 알았거든. 무시하고 외면하는 사람은 있었지만, 똑바로 마주하면서 동요하지 않는 사람은 있을 수 없다고 생각했는데, 그 새끼가 그러고 있더라고. 그때 생각했지. 이런 놈을 내 사람으로 만들면 내가 정말 미치지는 않을 것 같다고. 그래도 어느 정도에서 멈춰질 것 같다고. 그런 생각이 들게 하는 눈을 하고 있었어, 그때의 권운성은."

지금은 정상인도 미치게 만드는 눈을 하고 있지만 말이야, 하며 개구쟁이 소년 같은 얼굴을 하는 산호의 말에 해수는 작게 웃었지만, 검은 눈동자에 어쩔 수 없는 쓸쓸함이 스쳤다.

"그런 사람을 발견할 수 있었다는 건 분명한 행운이겠죠. 나와 닮았지만, 살아가는 방법이 다른 사람. 가끔은 세상에 존재한다는 것만으로도 큰 위로가 되는 그런 사람이요."

"그 말 그냥 넘길 수 없는데. 지금 그 새끼랑 내가 닮았다는 거야? 파란 피의 기계 같은 냉정한 권운성이랑 다정하고 감성 넘치는 이 문산호가?"

"그래서 본능적으로 끌린 거 아니에요? 기본적으로는 아주 복잡하고, 그 복잡한 내면을 감추는 게 습관처럼 몸에 배었다는 점은 아주 똑같잖아요."

"가. 해수 너 가라. 내가 이래서 권운성 옆에 있으면 물든다고 그랬던 거야."

"그런 권운성 씨 곁으로 보낸 게 어디의 누구예요?"

"여기 있는 잘생기고 배려심 깊은 문산호?"

턱 밑에 손바닥을 대고 꽃처럼 살랑거리는 미소를 짓는 산호의 얼굴을 손바닥으로 훅 긁어내린 해수는 얼굴을 찡그리고 있었다. 킬킬대며 웃는 산호의 경쾌한 목소리가 고요한 저녁의 병실을 산발적으로 두드리고 있었다.

◆◆ #16 ◆◆

"알았다면 공항으로 마중 나갔을 텐데요."

"내가 언니 제사 그냥 넘기는 거 봤니? 말만 번지르르한 건 변하질 않는구나."

효주는 짧은 머리를 쓸어 넘기며 가볍게 웃었다. 열세 시간의 비행에도 지친 기색은 없었다. 40대 중반의 나이에도 훤칠한 키와 날씬한 몸매에 블랙 슈트를 갖춰 입고 있는 그녀는 늘 그렇게 흐트러짐이 없었다. 스스로의 흠을 본능적으로 찾아내는 운성의 버릇은 분명 그녀의 교육 때문일 것이다.

그녀는 운성의 어머니와는 나이 차이가 많이 나는 동생이었다. 그래서 더더욱 언니를 존경하며 컸다고 했다. 너무나도 젊고 아까운 나이에 사고로 언니를 세상에 떠나보냈을 때, 그녀는 막 대학을 졸업한 상태였다.

운성의 할아버지는 돈 마를 틈이 없는 만석꾼이었다. 외교관이었던 그의 아버지는 그 재력을 기반으로 해외의 여러 곳에 적을 두고 사업을 시작했다. 어머니의 사고 이후로 아버지는 더더욱 한국에 머무는 시간이 짧아졌고, 운성의 훈육은 효주의 몫이었다. 그럴 필요는 없었지만 아직은 어린 조카를 모른 척하기에 효주는 언니를 너무 사랑했고, 그만큼 그리워했던 것이다.

제사를 치르자마자 방으로 들어가 버린 아버지와는 몇 마디도 채 나누지 않았지만, 그들 사이에서는 자연스러운 일이었다. 제사 음식으로 깔끔한 안주상을 차려낸 안산댁에게 상을 받아 든 운성은 그녀와 거실에 마주 앉았다. 효주가 술병을 들었다.

"어디 얘기 좀 들어볼까?"

"어떤 얘기 말입니까."

한 잔씩 따른 술을 말끔히 털어 넣은 두 사람의 시선이 부딪쳤다. 효주의 한쪽 입가가 삐죽 올라갔다.

"다 큰 조카에게 궁금한 게 하나 말고 또 있겠어? 여자 말이야."

운성의 날선 시선이 부엌에서 뒷정리를 하고 있는 안산댁에게로 향했다. 그녀는 괜한 헛기침을 하며 잽싼 걸음으로 손을 닦으며 창고로 몸을 피했다. 짧은 한숨을 삼킨 운성이 예리하게 쏟아지는 효주의 시선을 마주했다.

"안산댁 눈치 주지 마. 게이 아니면 고자라고 생각했던 내 조카가 집에 여자를 들였다는데, 내가 이 정도도 못 물어봐? 어떤 아가씨야? 물어볼 때 대답하렴. 내 손으로 데려오기 전에."

노릇하게 구워진 깻잎전을 한입 베어 물며 효주는 그녀와 닮은 눈매를 하고 있는 조카를 응시했다. 어울리지 않게 대답을 고르는 듯 반응이 더디다. 설마 했는데 진짜인 모양이네. 효주의 얇은 입술이 미소를 그려내었다.

"네가 데려오는 사람이 남자라도 난 찬성이야. 마음 둘 곳을 찾았다는데 뭐가 문제겠니? 심지어 예쁘장한 젊은 여자라면서. 내가 납치라도 해올까 봐 걱정하는 거니?"

"가뜩이나 노리는 사람 많은 여잡니다. 이모님까지 보태지 마세요."

"어머. 그렇게 인기가 많아? 널 이렇게 애태울 만큼?"

"다루기 힘든 보석 같은 여자라서. 시간이 좀 필요해요."

효주는 술을 따르며 깔깔 웃었다. 그러고 보니 늘 차게 얼어붙어 있던 표정이 누그러진 듯도 했다. 누구도 마음에 들이지 않기 때문에 강한 것과 누군가를 마음에 품어 강한 것은 삶의 태도가 몹시도 다르다. 효주는 제 하나뿐인 조카가 후자가 되길 바랐다.

"궁금해서 잠도 못 자겠다. 대체 어떤 아이일지. 언제 보여줄 거니?"

"언제 출국하세요?"

"내쫓을 생각부터 하는 거야?"

"저 하나도 벅차 해요. 아직 일러요."

"세미나 두 건, 컨퍼런스 한 건. 체류 기간 보름 예정이야. 그래도 일러?"

"무조건 예뻐해 주실 겁니까?"

"말이라고."

술잔을 부딪치며 효주가 흐드러지게 웃었다. 서늘한 눈매였지만 반짝이는 눈동자는 아직 소녀 같은 데가 있었다. 그의 피에 흐르는 것과 똑같이 계획주의자인 그녀를 가만두면 날짜에 시간까지 잡을 것을 안다. 운성은 미간을 좁혔다.

"그럼 이제 이모님 얘길 듣고 싶은데요."

"무슨 얘기?"

"다 큰 조카가 혼자인 이모님께 궁금한 게 하나밖에 더 있겠습니까. 남자 말입니다."

"열 살은 더 먹어야 할 수 있는 질문이야. 아직 멀었어."

"입국하실 때 옆 좌석 남자분이 티켓을 같이 결제하셨다던데요. 다섯 살 연하라는 그분도 함께 체류하십니까?"

효주의 눈이 가늘어졌다. 그 시선을 여유로운 얼굴로 받아내며 운성이 잔을 비웠다.

"먼저 시작했으니 나도 가만있을 수는 없겠는데."

"인사는 어린 사람이 먼저 하는 게 예의니까요."

"그 아이가 너 좋다고 하는 건 맞니? 내가 키웠지만 썩 여자들에게 관심받을 성격은 아닌데."

운성의 눈썹이 삐죽 솟았다.

"탓할 수 있는 대상이 있으니 좋군요."

"그 사람도 나랑 같은 스케줄이야. 같이 일하는 닥터거든."

알고 있었지만 운성은 그저 고개를 끄덕였다. 효주가 얼굴을 바싹 들이밀었다.

"인사시켜 주지 않으면 내가 찾아갈 거야. 벌써부터 너무 예쁘니까."

짧은 한숨을 내뱉은 운성이 말없이 잔을 들었다. 효주는 건배, 하고 밝게 외치며 잔을 가볍게 부딪쳤다.

해수는 무심코 손목시계를 바라보던 자신의 뺨을 찰싹 때렸다. 몇 번째야, 대체. 주문에라도 걸린 사람처럼 그녀는 물을 마시러 부엌에 가다가, 책장에 빽빽하게 꽂혀 있는 책을 들여다보다가, 컴퓨터로 의뢰받은 작업을 하다가 습관처럼 손목시계를 들여다보고 있었다.

빽빽한 눈을 비비자 따가움에 눈물이 어린다. 해수는 눈을 감고 잠시 소파에 등을 기댄 채 길게 한숨을 내쉬었다. 적막한 새벽의 공기가 운성의 거실을 채우고 있었다.

2시 40분. 의뢰받지도 않은 부분의 코드 오류를 발견하고 심심풀이로 수정하고 있던 해수는 미간을 찌푸리며 결국 노트북을 덮었다. 어둠과 고요는 그녀의 오래된 친구였지만, 지금은 어쩐지 거북하게 느껴져 해수는 소파에서 몸을 일으켰다.

참 이상한 일이었다. 나와는 관계없는 세상의 소리들을 문 너머로 들으며 해수는 늘 홀로 잠들었다. 그런데 익숙해야 할 지금 이 상황에서 왜 허전함을 느끼고 있는지, 거실을 벗어나지 못하고 계속 굳게 닫혀 있는 문만 바라보고 있는지 의아하다.

"딱히 기다리는 건 아닌데. 할 일도 있고, 잠이 안 와서 이러고 있는 거지."

듣는 이 없는 널찍한 거실을 서성이며 해수는 혼잣말을 내뱉었다. 딱 3시. 3시가 되면 무조건 침대로 들어가야지. 그때쯤이면 잠이 올 거야.

괜히 발소리를 내며 손을 물어뜯던 해수가 귀를 쫑긋 세웠다. 엘리베이터가 도착하는 소리. 그리고 문이 열리고 불규칙적인 발걸음 소리가 들렸다. 그 소리가 문 앞까지 다가와 해수는 당황한 얼굴로 두리번거렸다.

어떻게 하지. 어디 있는 게 자연스럽지? 침대에 누워서 자는 척을 할까? 망설이는 사이 이미 비밀번호를 누르고 있다. 해수는 재빨리 소파에 앉아 노트북을 열었다. 키보드를 두드리고 있자 이내 문이 열렸다.

"와, 왔어요?"

어색함에 문 쪽을 돌아보지도 못하고 인사를 했지만 돌아오는 답이 없다. 미간을 좁히며 고개를 돌리자 단정한 얼굴을 하고 있는 운성이 현관 벽에 기댄 채 그녀를 바라보고 있었다.

"뭐 해요? 안 들어오고."

"잠깐."

머쓱한 기분이 들어 소파에서 엉거주춤 일어서는 해수를 만류하듯 운성이 고개를 가볍게 저었다. 어두운 거실에 스탠드가 쏟아내는 은은한 조명을 받고 있던 해수가 망설이며 다시 앉았다.

"왜 그러는데요?"

되묻는 해수의 눈이 의아한지 크게 부풀어 있었다. 화장기 없는 옅은 얼굴에 손질하지 않은 머리카락, 그런 가운데 도드라지는 그 검은 눈동자를 감상하듯 바라보는 운성의 입가에 조용한 미소가 떠올랐다.

기다리는 사람이 있다는 것. 그것은 곧 돌아갈 곳이 있다는 뜻이기도 했다. 그런 걸 기대한 적도 없었고 필요하다는 생각을 해본 적도 없었지만, 운성은 지금 이 순간을 그냥 흘려보내고 싶지 않다는 생각이 들었다.

"익숙해지는 건 정말 순간이군."

"무슨 소리예요, 도대체?"

"보낼 수가 없어지면 어떡하나."

"저기, 혹시 술 마셨어요?"

어떡하긴, 잡아야지. 운성은 결국 참지 못하고 소파에서 일어서는 해수에게로 다가갔다. 정종으로 끝내지 않고 와인까지 권하는 효주를 거절하지 못한 탓에 다소 걸음이 더뎠지만, 그는 천천히 해수와의 거리를 좁혔다.

해수는 나른한 눈으로 자신을 바라보며 슬쩍 뺨을 감싸는 운성의 손에 큼, 하고 헛기침을 내뱉었다. 열기를 품은 듯 운성의 손은 뜨거웠다.

"내가 너무 늦었군."

"기다린 거 아니에요. 급하게 마쳐야 할 일이 있어서 막 하던 참이었어요."

낮게 웃으며 그녀의 뺨을 손등으로 쓸어내린 운성이 소파에 앉았다. 멀뚱히 그를 내려다보자 등받이에 길게 등을 기댄 운성이 옆자리를 툭툭 두드렸다.

"앉지."

엘리베이터가 도착하는 소리가 들리던 때부터 이미 해수의 심박수는 점점 빨라지고 있었다. 넥타이를 풀어 내리는 손길과 거칠게 잠긴 숨소리에서 평소와는 다른 느낌이 풍겼다. 엄격하리만치 깔끔하게 각이 잡혀 있던 분위기는 씻은 듯이 사라지고, 우아하게 발톱을 감춘 듯 노련한 맹수의 얼굴을 한 운성이 그녀의 가슴을 떨리게 했다.

주춤거리며 운성의 옆자리에 앉은 해수가 목덜미를 긁적였다. 피곤한 듯 길게 숨을 내쉬는 운성을 흘끔거리며 해수는 조용히 물었다.

"산호 씨한테 들었어요, 어머니 기일이었다고."

괜찮아요? 하고 덧붙이려던 해수는 순간 입을 다물었다. 스르르 미끄러진 운성이 그녀의 무릎을 베고 누운 것이다. 숨을 쉬지 못할 만큼의 압박감이 그녀의 몸을 경직시켰다. 그대로 딱딱하게 몸을 굳힌 채 해수는 눈동자만 뻑뻑하게 내려 운성을 보았다. 그는 눈을 감고 있었지만, 가지런한 입술이 완만한 곡선을 그리고 있었다.

"오래전이라 어머니 얼굴은 단편적으로밖에 기억나지 않아. 잊고 사는 날이 많으니까, 이런 날이라도 하루쯤 생각해야지. 그런 날이야."

이런 각도에서 내려다보는 그의 얼굴은 전혀 다른 사람처럼 보인다. 치켜뜬 눈썹도, 사람을 긴장시키는 날카로운 눈빛도 보이지 않았다. 정돈된 이목구비가 편안한 표정을 짓고 있었다. 미간 사이에 주름처럼 자리 잡은 세로줄을 제외하면 말이다. 부드러운 선을 그리고 있는 운성의 입매가 느릿하게 움직이는 것을 해수는 조용한 눈으로 바라보았다.

"이모님이 계셔. 어머니를 많이 닮으셨지. 그래서 그분에게는 약해질 수밖에 없단 말이야."

"……가족이 많네요."

운성은 한숨 같은 웃음을 짧게 흘렸다. 해수이기에 가능한 말이라는 생각이 들었던 것이다. 어머니는 일찍 돌아가셨고 형제는 없다. 이모가 한 명 있다고 해서 보통은 가족이 많다는 소리를 하지는 않을 것이다.

해수는 천천히 손을 들어 눈앞에서 까닥거리는 운성의 손을 의아하게 응시했다. 뭘 해달라는 뜻인지 알 수가 없었던 것이다. 잠시 기다리던 운성이 결국은 미간을 찌푸리며 말했다.

"손."

"내 손이 그렇게 좋아요?"

불퉁거리면서도 얼굴이 달아오른 해수가 머뭇거리며 운성의 손을 투박하게 잡았다. 그 손을 끌어당기며 운성이 중얼거리듯 내뱉었다.

"지금은 잡아주고 싶어서 그런 거야."

"핑계는."

낮게 웃는 목소리가 듣기 좋다. 해수는 이런 순간이 믿기지가 않았다. 누군가를 기다리고 곁에 있는 것으로도 모자라서 무릎베개를 해주고 있다니. 꿈처럼 낯설었지만, 그렇기에 달콤한 순간이었다.

고른 숨소리와 뒤섞인 운성의 묵직한 향기에 가슴이 두근거린다. 질끈 깨문 해수의 입술에 수줍은 미소가 스쳤다. 평온하고 나른한 공기가 두 사람 사이에 깃털처럼 부드럽게 내려앉았다.

"산호 씨는 많이 다치진 않았더군요. 그런데 좀 이상한 이야기를 하는 것 같……."

"쉿."

운성이 조용히 제 입술에 손가락을 올렸다. 저도 모르게 그 소리에 입을 다문 해수가 의아한 눈으로 운성의 얼굴을 내려다보았다. 미간에 잡힌 세로줄이 늘어나 있었다.

"이 여자 영리한 줄 알았더니. 아니면 일부러 그러는 건가."

"무슨 소리예요?"

"나한테 할 말이 그 녀석 이야기밖에 없어?"

반듯하고 잘생긴 미간에 문신처럼 새겨진 주름이 신경 쓰인다. 어루만져 풀어주고 싶었지만 어색함에 손가락이 운성의 이마 근처를 하염없이 배회한다. 그런 마음과는 반대로 퉁명스러운 말이 해수의 입 밖으로 튀어나갔다.

"그럼 또 어때서요. 나도 알고 당신도 아는 사람인데."

"욕할 거 아니면 하지 마. 듣기 싫어."

단호하게 흘러나온 낮은 목소리가 듣기 좋다. 차가운 말투지만 어쩐지 그답지 않게 귀여운 느낌이 들어 해수는 숨죽여 웃고 말았다.

가깝게 느껴지는 그의 온기가, 은근히 비치는 그의 마음이, 직설적으로 가슴을 파고드는 그의 말이 좋았다. 그래, 조금 더 닿고 싶을 정도로, 더 가까워지고 싶을 정도로, 해수는 그가 좋았다. 눈치채지 못하는 사이에 이미 운성은 영영 열리지 않을 것처럼 굳게 닫혀 있던 문을 열고 그녀의 성안으로 한 걸음을 들여놓았다.

그걸 깨닫는 순간, 두렵고도 벅찬 감정이 해일처럼 일시에 몰려와 해수의 마음을 쥐고 사정없이 흔들어대었다.

침묵이 이어지자 운성은 낮게 눈을 떴다. 그러나 잠시 열렸던 그의 시야는 다시 어둠으로 물들고 말았다. 차가운 해수의 손바닥이 그의 눈을 덮고 있었다.

"눈 가리고 나에게 뭘 하고 싶을지 충분히 이해는 하는데, 감당할 수 있겠어?"

"……어떤 분이셨는지 물어봐도 돼요? 어머니."

운성의 단단한 입술이 잠시 정지했다. 예상치 못한 질문에 조금 딱딱하게 굳은 말투가 흘러나갔다.

"그게 갑자기 왜 궁금하지?"

"당신이 알고 싶어졌거든요."

2연타를 맞은 듯한 기분에 침묵하는 운성을 향해 해수의 목소리가 작게 쏟아져 내렸다.

"나도 말해주고 싶지만, 난 할 얘기가 없어요. 부모님 사진 한 장 남은 게 없고, 기억도 없어서. 대신 당신 이야기가 듣고 싶어요. 어떤 분이셨는지, 어떻게…… 돌아가셨는지. 나한테 말해줄 수 있다면."

어디서 솟았는지 모를 용기였다. 거절당할 것에 대한 두려움이 있었지만 자신에게는 이야기를 해줄지 모른다는 알 수 없는 자만심도 있었다. 스스럼없이 성큼성큼 다가온 운성이 그런 자신감이 생길 만큼 둘 사이의 간격을 좁혀놓았던 것이다.

운성이 눈을 깜빡이는지 손바닥에 그의 속눈썹이 스치는 느낌이 들었다. 해수는 조용히 그의 입술이 움직이기를 기다렸다.

"손이 아주 매웠어."

"손?"

"아버지 탓에 어릴 때 외국 이곳저곳을 옮겨 다니며 자랐는데, 싸울 일이 차고 넘쳤지. 말을 제대로 못 해서 시비 거는 놈들이 많았거든."

"삐딱한 성격 탓이 아니라요?"

"그때 난 천사였어."

미간을 찌푸리며 당당하게 내뱉는 말에 해수의 표정이 구겨졌지만, 태연히 눈을 감고 있던 운성은 짧게 한숨을 내쉬고는 말을 이었다.

"집에 다쳐서 들어가면 등이며 엉덩이를 때리곤 하셨는데, 덩치 큰 상급생들 주먹보다 그 손이 더 무서웠어. 아마 싸우지 말라고 그러신 거겠지만 그 손이 내가 운동을 해야겠다 결심한 계기였지. 팔이 부러지는 건 아프지 않았는데, 그 손바닥에 등을 맞으면 며칠은 얼얼했거든."

"또요?"

"음. 조용하게 웃는 사람. 하루에 몇 마디 하지 않을 정도로 무뚝뚝한 아버지를 보면서 종종 그렇게 웃으셨는데, 그러면 항상 아버지는 헛기침을 하며 고개를 돌리곤 했지."

"왜요? 사이가 안 좋으셨어요?"

해수의 질문에 흠, 하고 짧게 웃으며 운성이 고개를 저었다.

"아버지가 2년 동안 짝사랑해서 결국 결혼했다는 얘길 들었어. 대학 시절 선후배로 만났는데, 캠퍼스 한가운데에서 꽃다발을 들고 세 시간을 서 계셨다더군. 도서관에 있는 어머니를 만나려고 말이야."

언제부터인가 어머니의 이야기를 입 밖으로 꺼내본 적이 없던 운성은 생각보다 많은 기억이 제 머릿속에 있다는 걸 깨달았다. 부엌에서 메이드와 함께 음식을 만들며 콧노래를 부르던 어머니, 서류 더미를 끌어안고 굳이 거실 소파에 앉아 노트북으로 일에 빠져 있다가 한 번씩 고개를 들어 그런 어머니를 오랫동안 바라보던 아버지.

　그 사이로 뛰어 들어가던 그가 노트북 선에 걸려 넘어지면 달려
오는 것은 어머니였다. 넓은 서재 놔두고 왜 굳이 여기서 일을 하
냐는 잔소리에 주섬주섬 노트북을 챙겨 서재로 들어가면서 아버
지는 운성의 머리를 쥐어박곤 했다. 그래, 그런 적이 있었다. 그런
따뜻한 가정이 있었다.

　"많이 사랑하셨나 봐요, 어머니를."

　"……그래서 아직 나를 용서하지 못하시는 거지."

　하려던 말이 아니었지만 불쑥 튀어나오고 말았다. 해수의 손가
락이 놀란 듯 작은 새처럼 꿈틀거려 운성은 그 손을 더 세게 움켜
쥐었다. 누군가에게 이런 이야기를 하게 되는 날이 올 줄은 몰랐
다. 얼마나 깊이 감춰뒀는지 그조차도 알지 못해 잊고 살던 이야
기가, 바람을 타고 흐르듯 자연스럽게 그의 입 밖으로 흘러나왔
다.

　"사고였어. 그날 나는 몸이 많이 아파서 학교를 가지 않고 오전
내내 자다가 오후가 되어서야 좋아하던 가수의 신보가 발매되는
날이라는 걸 알아차렸지. 집에는 아무도 없었고, 몸은 가뿐해진
상태였어. 학교가 끝날 시각이 되면 그 앨범을 구하는 건 불가능
해질지도 모른다는 생각에 그걸 사러 나갔어."

　그날의 서늘한 바람이 생생하게 떠올랐다. 햇빛이 찬란하게 쏟
아지는 거리를 달려갈 때 땀으로 젖은 살갗을 파고들어 시원하게
느껴지던 그 바람. 앨범을 손에 넣고 기쁜 마음으로 횡단보도 앞
에 섰을 때 그는 맞은편에서 자신을 찾으며 두리번거리는 어머니
를 보았다.

"어머니를 불렀지만 목소리가 잘 나오지 않았어. 다른 방향으로 가는 어머니가 보여서 빨리 달려가는 게 낫겠다는 생각이 들었지."

횡단보도를 달렸다. 다시금 세찬 바람이 그의 젖은 몸을 할퀴었고 운성은 일순 현기증을 느꼈다. 비틀거리던 그의 귓가에 운성아, 하고 자신을 부르는 목소리가 들렸다.

"그때 난…… 어머니 얼굴을 보지도 못했어. 무언가에 강하게 부딪쳐서 바닥에 쓰러졌거든. 그게 어머니였고, 차에 나 대신 치여 쓰러져 계신 걸 보자마자 그대로 기절했지."

운성의 커다란 손이 가늘게 떨리는 것 같아 해수는 그의 손을 부드럽게 감싸 쥐었다. 어둠 속에서도 팽팽해진 뺨이 그의 눈을 가린 손끝으로 느껴진다. 한겨울의 눈바람이 드나드는 것처럼 가슴 한 켠이 시렸다. 울컥이는 숨을 삼키며 해수는 그저 운성의 손을 꼭 잡았다.

"그래서 난 지금도 락은 안 들어. 그때 그 가수가 아주 유명한 락밴드였거든."

보기 좋은 입술이 웃는 것처럼 기울었지만 해수는 마주 웃어주지 못했다. 오랜 시간이 흘러 풍화된 바위처럼 담담해진 목소리가 더 아프게 가슴을 찌른다. 참았지만 기어코 흘러나온 눈물이 방울져 떨어졌다. 운성의 눈을 가린 그녀의 손등을 타고 흘러내린 눈물이 굳어진 그의 뺨을 적셨다.

그의 감정의 문이 굳게 잠긴 것은 그때부터였을 것이다. 절망하는 아버지를 바라보며, 온몸의 혈관을 타고 퍼져 나가는 죄책감을 견디지 못해 운성은 차라리 그 문을 닫아버렸다. 그는 기쁨을 느낄 자격이 없었고, 슬픔은 참아내기에 지나치게 버거웠다. 감정을 지우고 기계적인 삶을 사는 것이, 그때의 그가 선택할 수 있었던 유일한 길이었다.

"아픈 이야기를 들으면 그 아픔을 나눠 갖게 되지. 당신에게는 굳이 이런 이야기를 하고 싶지 않았는데."

스스로의 아픔만으로도 벅찬 그녀에게 어둡고 묵직한 짐을 얹어줄 생각은 없었다. 운성은 효주와 마신 와인을 탓하고, 그 자신의 자제력을 탓했다. 뺨을 타고 턱 선에 맺히는 해수의 눈물에 미안한 마음이 들었다.

"다른 사람의 아픔은 내 아픔만큼 무겁지 않고, 제 아픔이 없는 사람 앞에서는 그런 이야기가 나오지도 않는 법이죠. 그러니까 얼마든지 해요. 뭐든 좋으니까 듣고 싶어."

물기에 젖은 해수의 목소리가 그의 귓가를 어루만졌다. 따뜻하게 느껴지는 그 작은 숨소리가 운성의 가슴을 천천히 채우고 있었다. 그는 피식 웃고 말았다.

"내 불행이 최고다, 경쟁이라도 하는 건가? 문산호까지 삼파전이 벌어지면 아주 볼 만하겠군."

"아무리 그래도 1등은 나일걸요."

"자랑할 대목이 아니야, 신해수."

엄하게 내뱉는 운성의 말에 웃음이 나온다. 해수는 눈물로 젖은 뺨을 어깻죽지에 슥슥 닦았다. 불행이라고만 생각했던 일을 가지고 농담을 할 수 있으리라고는 상상조차 해본 적이 없었다. 장난거리가 되기에 그녀의 등에 짊어진 불행은 너무 크다고 생각했던 것이다. 그러나 지금은, 과연 그만큼 무거웠던가, 모든 것을 포기하고 살아갈 만큼 무섭고 두려웠던가 반문하게 된다.

불행은 그녀 혼자만의 것이 아니었다. 행복이 다른 이들만 누릴 수 있는 특권이 아니듯이.

"당신은 그만하면 행복한 거잖아요. 어머니와의 추억도 있고, 나를 알아주는 친구도 있으니까."

"당신도 나쁘진 않아."

"어딜 봐서요?"

"다 가진 나를 곁에 두고 있잖아."

여유롭게 움직이며 말을 뱉어내는 운성의 입술을 바라보던 해수가 헛웃음을 흘렸다. 지나치게 뻔뻔하고 당당하다. 눈가를 덮은 손바닥에 힘을 주어 꾹 누르자 눈을 찡그리는 기척이 느껴진다. 매력적인 향기 사이로 달콤한 술 냄새가 퍼졌다.

"지금 제정신 아니죠?"

"제정신으로 이런 말을 하는 사람도 있나?"

"어떻게 그렇게 말이 막히는 법이 없어요?"

"못 느꼈나 본데, 당신 앞에서는 종종 있더군."

우아하게 곡선을 그리는 입술이 얄밉다. 흥, 하고 코웃음을 친 해수가 그 입술을 흘겨보았다.

"퍽이나 자부심이 느껴지네요."

"고맙다면 인사를 해야지. 내 방식으로 해주면 더 좋고."

운성의 손가락이 제 입술을 가리킨다. 얌전히 무언가를 기다리는 듯한 그 행태가 기가 막히다. 대체 뭐가 고마워서 인사를 하라는 거야? 눈매를 찌푸리면서도 해수는 자꾸만 웃음이 흘러나와 입술을 깨물었다.

선이 가지런한 운성의 입술을 바라보자 심장이 쿵쿵거린다. 제 무릎을 베고 누운 그에게 가슴 뛰는 소리가 들리지 않을까 걱정될 정도였다. 머뭇거리던 해수는 재빨리 몸을 낮춰 그 입술에 도장을 찍듯 제 입술을 눌렀다 떼었다. 찰나에 느껴진, 건조하지만 부드러운 감촉이 열병처럼 그녀의 얼굴을 홧홧하게 달궜다.

"됐죠?"

"너무 짧아서 눈이었는지 코였는지 알 수가 없는데."

그러니까, 하고 운성의 손이 제 눈을 가리고 있는 해수의 손을 잡아 내렸다. 어둠에 익숙해진 눈이 날카롭게 해수를 찾았다. 양손을 모두 그에게 잡힌 해수는 어색한 얼굴로 그와 눈을 마주쳤다.

"다시 한 번 부탁해도 될까?"

유혹하듯 나른하게 눈매를 접으며 운성이 웃었다. 마치 그녀가 인사를 해준다면 참으로 행복할 것 같다는 듯한 순수함을 가장한 그 미소가 너무 매력적이어서, 속는 기분이 들었음에도 해수는 자신을 잡아당기는 손에 이끌려 몸을 낮출 수밖에 없었다.

멈칫거리며 수줍게 다가간 입술이 겹쳐지고, 운성의 손이 그녀의 목덜미를 감싸 당겼다. 비틀린 각도에 제대로 맞물리지 않는 입술이 허전하다. 운성은 천천히 몸을 일으켰다. 눈을 꼭 감고 있던 해수의 눈꺼풀이 느릿하게 열리고, 아름다운 눈동자가 그를 응시했다.

"인사는 이쯤 하지."

해수는 제게로 다가오는 운성을 마주 보며 본능적으로 어깨를 움츠렸다. 희미한 조명을 등에 업은 운성의 눈은 가만히 바라보기 어려울 만큼 강렬한 빛을 쏟아내고 있었다. 심장이 뛰고 살갗이 간지럽다. 우물쭈물하는 해수를 품에 가두듯 양팔로 소파를 짚은 운성이 씩 웃는가 싶더니, 곧장 그녀의 입술을 파고들었다.

입술이 세게 부딪치고 겹쳐졌다. 어쩔 줄 모르고 무방비하게 벌어진 그녀의 입안을 헤집으며 빨아 당긴다. 불을 품은 것처럼 뜨거운 열기가 입술을 타고 온몸으로 번지고 있었다.

그와의 키스가 처음이 아니었음에도 낯설게 느껴져 해수는 가쁜 숨을 내쉬었다. 매달리듯 운성의 셔츠를 붙잡고 있는 그녀의 등을 쓸어내리는 손길에 해수는 어깨를 잘게 떨었다. 제대로 된 생각을 할 수 없을 만큼, 하복부 근처를 짜릿하게 울리는 기이한 감각을 동반한 자극적인 키스였다.

푹신한 무엇이 머리에 닿았다. 하얗게 탈색된 머릿속에서 허둥거리던 해수는 잔뜩 긴장하고 있던 어깨에 힘을 풀었다. 어느새 그녀를 소파에 눕힌 운성의 입술이 해수의 뺨을 스쳤다. 귓가에 닿는 숨결에 목덜미의 솜털이 모조리 일어섰다.

"뭐, 뭐 하는 거예요?"

"키스만 하고 살 순 없잖아."

"그게 무슨…… 흣!"

낮게 깔린 목소리가 짓궂게 내뱉은 말에 항의하려던 해수가 몸을 움츠렸다. 부드럽게 뺨을 훑어 내리는 입술과 동시에 운성의 손이 그녀의 헐렁한 티셔츠 안으로 파고들어 온 것이다. 타인의 손이 닿은 적 없는 맨살을 쓸어내리는 손길이 생경하다. 저절로 몸에 힘이 들어가 복부가 납작해지고 다리가 오므라들었다.

"자, 잠깐. 이런 거는…… 그, 그러니까……."

아얏, 하고 목에서 따끔한 느낌이 들어 해수가 미간을 찌푸렸다. 이를 세워 가볍게 목덜미를 문 운성이 쉿, 하고 그녀를 달래었다. 물었어, 지금? 아니, 문제는 그게 아니었다. 납작한 배를 타고 올라온 운성의 손길이 그녀의 가슴을 감싸고 있는 속옷 위를 더듬고 있었던 것이다.

"생각보다 더 말랐군."

제 몸을 단단하게 품에 가두고 있는 운성의 향기에 속절없이 가슴이 떨리면서도, 민망함에 어디로든 도망가고 싶은 기분이 들었다. 해수는 초조하게 운성의 셔츠를 움켜쥐었다. 어떻게 움직여야 할지, 손을 어디다 둬야 할지 알 수가 없을 만큼 머릿속이 아찔했다.

"신해수."

"왜, 왜요."

가슴을 부드럽게 감싼 운성의 손바닥은 데일 것처럼 뜨거웠다. 낮게 잠긴 목소리가 부르는 제 이름에 숨이 멎을 것 같았다. 머뭇거리며 눈을 들자 가만히 그녀를 들여다보고 있는 운성의 검은 눈과 마주쳤다.

"당신이 싫다면 아무것도 하지 않아."

단단한 손바닥에 닿은 해수의 속살은 마시멜로처럼 하얗고 부드럽다. 그대로 입술을 대면 머리가 어지러울 정도로 달콤한 맛이 혀끝을 마비시킬 것 같았지만, 운성은 서두르지 않았다. 본능을 억제하지 못하는 것은 짐승과 다를 바 없다. 비록 눈앞에 하얗게 드러난 해수의 살결에 단번에 흥분으로 일어선 하체가 불편했지만, 그는 어디까지나 평온한 얼굴로 가늘게 떨리는 해수의 눈을 마주하며 속삭였다.

"시간이 필요하다면 기다릴 수 있어. 그러니까."

"……."

"무서우면 무섭다고 말해."

아마 자신이 얼마나 세게 운성의 셔츠를 잡고 있는지 모를 것이다. 하얗게 핏기가 질린 해수의 손가락을 흘끗 바라본 운성의 입술이 조용히 웃었다. 품 안에 가둬두었는데도 도망가려 하지는 않는다. 아름다운 눈동자에 긴장감이 흘렀지만 불쾌함은 보이지 않았다. 그것만으로도 꽤 큰 수확이다. 운성의 손이 해수의 솟아오른 가슴을 쓸어내리며 등허리를 토닥였다.

"저기……."

머뭇거리던 해수가 운성의 손을 잡았다. 창백한 뺨이 열기로 빨갛게 달아올라 있었다. 미간을 좁힌 운성이 말을 하라는 듯 눈을 깜빡였다.

"내가 만져도 돼요?"

"……뭐라고?"

"당신이 만지면 너무 긴장되고, 아무 생각도 안 나서 무서운지 안 무서운지도 모르겠단 말이에요."

그래. 허를 찌르지 않으면 신해수가 아니지. 운성은 허, 하고 웃고 말았다. 치켜뜬 눈이 또랑또랑하다. 호기심마저 비치는 듯한 눈동자에 이쪽이 도리어 겁이 날 지경이다. 운성의 눈썹이 가파른 직선을 그렸다.

"그래서 어딜 만지겠다는 거야."

"뭐, 그냥, 대충, 여기저기?"

대답 하고는. 눈동자를 이리저리 굴리며 입술을 깨무는 모양새가 예쁘다. 짧게 신음을 삼키는 운성의 머릿속에 '여기저기'가 어디까지를 포함하는 말인지에 대한 계산이 오갔지만 정답을 알 수는 없었다. 몸을 내던져 모험을 하는 수밖에.

"사지, 육신 다 내어줄 테니 마음대로 해봐, 그럼."

그렇게까지는 필요 없는데, 웅얼거리던 해수는 한숨을 길게 내쉬었다. 운성이 몸을 일으켜 그의 품에서 벗어나자 숨통이 조금 트이는 것 같다. 금방이라도 집어삼켜질 것 같아 내던진 말이었는데 오히려 더 긴장이 된다. 마른침을 삼키는데 목구멍을 넘어가는 것이 돌덩이 같았다. 무심한 표정을 짓고 있는 운성의 말간 얼굴을 정면으로 보는 것조차 쉽지 않아 해수는 손가락을 꾸물거렸다.

"이, 일단 어깨 좀, 만져 볼까요?"

웃음을 참는 듯 운성의 가슴이 들썩였다. 심술이 솟아 해수는 손을 뻗어 운성의 어깨에 턱 하고 손을 얹었다. 반듯하게 뻗은 어깨가 보기 좋다는 생각을 여러 번 해서 그런지 제일 먼저 손이 가는 곳이었다. 손에 느껴지는 남자의 몸은 생각보다 단단했다. 꼼지락거리는 손가락이 정처 없이 어깨 언저리를 헤매었다.

"손장난이 하고 싶으면 찰흙 한 덩이 사다 줄까?"

"눈 좀 감아봐요."

이 여자가 진짜. 운성이 미간을 찌푸렸다. 들뜨게 만들어놓고 어깨 안마라도 하는 것처럼 굴더니 또 불시의 기습이다. 그래 봐야 어디 팔이라도 주물거릴 셈인가. 앞으로의 갈 길이 까마득함을 새삼 자각한 운성은 체념의 한숨을 내쉬고는 얌전히 눈을 감았다.

귀에서 뛰는 것 같던 심장이 운성의 시선에서 벗어나자 조금 조용해지는 것 같았다. 해수는 큼, 하고 목을 가다듬었다. 반듯하게 앉아 있는 운성의 모습이 비로소 눈에 들어왔다.

이렇게 보고만 있어도 가슴이 뛴다. 제 입술에 닿았던 그의 입술. 제 가슴에 닿았던 그의 손. 남자다운 어깨와 단단한 몸. 두렵지만 닿고 싶다. 조금 더, 그와 가까워지고 싶었다.

침묵이 길다 싶어 운성이 무어라 입을 떼려던 참이었다. 어깨를 짚은 손에 힘이 들어가더니 천천히 목덜미를 더듬는다. 방심하고 있던 운성의 몸이 굳었다. 그가 품은 열기와 섞여 해수의 손가락은 미지근하게 데워져 있었다. 그 손이 힘줄이 솟은 목덜미를 타고 올라와 뺨을 감쌌다. 온몸의 신경세포가 알알이 일어서는 것 같았다.

가까이 다가오는 해수의 기척이 느껴졌다. 망설임이 묻어나는 손길로 어색하게 운성의 뺨을 어루만지던 해수가 중얼거렸다.

"난 당신이 좋은가 봐요."

이런 걸 하고 싶은 걸 보면, 하고 잦아든 목소리를 품은 해수의 입술이 운성의 것에 닿았다. 도톰한 운성의 입술을 서툴게 핥아낸 해수는 조심스레 그의 목을 끌어안았다. 뺨과 뺨이 닿고, 서로의 머리카락이 스쳤다. 어렴풋이 느껴지는 심장의 두근거림이 닮아 있었다.

"그러니까 조금만 기다려 줘요, 준비가 될 때까지."

내가 두 발로 서서 당신 곁에 설 수 있을 때까지. 머뭇거리지 않고 당신 손을 잡을 수 있을 때까지. 눈을 감은 채 해수가 속삭였다. 운성의 손이 대답하듯 그녀의 허리를 당겨 안았다.

"그동안 살이나 좀 찌우지. 그래야 기다린 보람이 있을 것 같거든."

"……남자들은 마른 여자 좋아하지 않아요?"

"당신은 너무 말랐어. 아무리 부드럽게 안아도 어디 한 군데 부서질 것 같으니 뭘 할 수가 있어야지."

장난치듯 엉덩이를 꽉 움켜쥐는 손길에 해수가 비명을 내질렀다. 도대체 뭘 어떻게 할 생각이길래? 동그랗게 커진 해수의 눈을 마주한 운성의 잘생긴 입가에 웃음이 매달렸다. 가볍게 뺨에 키스하자 구시렁거리면서도 그의 목덜미에 얼굴을 파묻는다. 그 따뜻한 체온을 가슴 가득 끌어안으며 운성은 조용히 눈을 감았다.

뭐라 말로 표현할 수 없는 감정에 가슴이 벅차올라, 그는 숨이 막힌다며 등을 두드리는 해수의 주먹에도 한동안 그렇게 가만히 그녀를 안은 채 움직이지 않았다.

◆◆ #17 ◆◆

"도대체 저분 정체가 뭡니까? 왜 이사님이랑 같이 출근해서 그 방에서 꼼짝도 안 하는 건데요? '이지스' 단독 개발자라는 게 사실이에요? 우리 회사에서 스카우트한 겁니까?"

"너, 이 회사 나가면 더 좋은 회사 들어갈 수 있을 것 같냐?"

"……갑자기 그런 건 왜 물으세요?"

"자신 없으면 닥치고 일이나 하라고. 오늘까지 ZEDA사에서 보안패치 업그레이드 요구하지 않았어? 입만 놀리지 말고 손을 놀리란 말이다."

"궁금하다고 말도 못 합니까!"

"권운성 이사가 그 이야기의 중심이라면 그렇지."

영우는 동료들의 수다에 흘긋 고개를 돌려 운성의 방을 바라보았다. 며칠째 화제가 되고 있는 그녀는 분명 권운성 이사의 여자였다. 그렇지 않고서야 그때의 그 날 선 경계심을 설명할 길이 없었다.

"정말 대단한 실력이었는데 말이에요."

저도 모르게 중얼거린 영우는 자신에게 쏠린 시선에 어색하게 웃어 보였다. 다단계로 복잡하게 꼬인 코드를 마치 단축키로 불러내는 것처럼 만들어내던 여자의 손가락이 떠올랐다. 그렇게 아름다운 코드는 본 적이 없었다. 맹렬하게 느껴질 정도로 빠르고 군더더기 하나 없이 매끄러웠다. 호기심이 자꾸만 그의 눈길을 운성의 방으로 돌렸지만, 그녀를 볼 수 있는 기회는 쉽게 오지 않았다.

딸칵, 하고 마침 운성의 방문이 열려 영우는 재빨리 눈을 들었다. 모니터 너머로 잔뜩 찌푸린 얼굴의 운성과 곁에 선 여자가 보였다. 그녀는 늘 그렇듯 선글라스를 쓰고 있었지만, 창백한 피부와 오밀조밀한 입술이 제법 미인일지도 모른다는 기대감을 불러일으켰다.

"다시 한 번 생각해 보지그래."

"왜 이렇게 말려요? 당신 도우려고 하는 건데. 이대로 관리하는 데이터가 늘어나면 결국에는 서버 확충을 해야 할 텐데, 그러면 하루 이틀 정도 네트워크가 불안해질 수 있다고요. 그 보안시스템을 구축해 주겠다는데, 돈다발 쥐어주며 부탁하지는 못할망정."

"혼자 할 수 있잖아. 얼마든지 하라니까, 혼자."

"몇 번 말해요, 멀티코드 어택을 테스트해 보려면 동시에 '이지스'를 움직여 줄 사람이 필요하다고. 되게 똑똑한 줄 알았더니, 같은 얘기를 왜 몇 번이나 물어봐요?"

직원들은 필요 이상으로 조용했다. 키보드를 두드리는 소리가 간헐적으로 울려 퍼질 뿐이었다. 때문에 해수의 목소리는 또렷하게 사람들의 귓가를 파고들었다.

그들에게 해수는 놀라운 사람이었다. 그녀가 늘 선글라스를 쓰고 있든, 운성의 방에서 나오지 않든 그런 건 아무래도 좋았다. 한 번씩 이렇게 자신들은 감히 면전에 대고 기침조차 하지 못할 권운성을 향해 콧방귀를 뀌는 모습을 보는 것만으로도 10년 묵은 체증이 쑥 내려가는 기분이 들었던 것이다. 숨죽인 직원들의 만면에 웃음이 번지고 있었다.

한편 운성은 당당한 얼굴로 자신을 보고 있는 해수 앞에 팔짱을 낀 채 서 있었다. 하고 싶은 건 뭐든 하게 해주겠다고 생각했다. 하물며 그것이 자신을 돕는 일이라면 더할 나위 없이 기뻐야 당연하다. 그러나 운성은 할 수만 있다면 제 말을 다시 주워 담고 싶은 심정이었다.

재촉하듯 자신의 등을 쿡쿡 찌르는 해수의 손을 꽉 잡으며 운성은 낮게 혀를 찼다.

"사실은 다른 직원이 더 유능해. 더 좋은 학교를 나왔고 경력도 더 오래됐지. 그런데 왜 굳이 한영우 씨를 고집하는 거야?"

"지난번 해킹 시도 때 유일하게 내 말을 알아들은 것 같았단 말이에요. 손발이 맞아야 뭘 하지. 일일이 설명해 가면서 할 수 있는 작업이 아니에요. 시간 싸움이라고요. 당신이야말로 왜 이렇게 그 사람이랑 일을 못 하게 하는 거예요?"

"남자잖아."

"……뭐라고요?"

"내가 알아듣지 못할 대화를, 심지어 남자와 단둘이 나눈다? 말리지 않는 게 미친놈이지."

"지금도 충분히 미쳐 보이……."

"뭐?"

눈썹을 추켜 올린 운성의 주위로 서늘한 냉기가 감돌았다. 그러나 해수는 제 손을 잡은 운성의 손을 흔들며 입 모양으로 말했다. 사람들 다 이쪽 보고 있는 것 같은데.

입술을 꼭 깨물며 웃고 있는 해수의 표정에 운성은 한숨을 내쉬었다. 웃었으니 됐다 싶은 생각이 드는 걸 보면 미친놈이 된 게 맞다.

"한영우 씨."

"아, 예! 이사님!"

우렁차게 대답하며 영우가 벌떡 일어섰다. 손을 까닥거리는 운성의 부름에 그는 뻣뻣한 다리를 움직여 두 사람 앞에 섰다. 어쩐지 긴장감이 목덜미를 짓눌러 그는 고개를 숙인 채 눈을 들지 않았다.

"제3 서버의 임시 보안시스템을 구축할 겁니다. 회의실에서 이 사람과 함께. 자세한 설명은 가서 들어요."

"알겠습니다."

"그리고 당신이 명심해야 할 게 있어."

운성이 슥 몸을 낮췄다. 단단하게 각이 잡힌 위압적인 상체를 슬쩍 낮추는 것만으로도 긴장감이 배가된다. 영우는 침을 꼴깍 삼키며 조심스레 눈을 들었다. 그의 생각을 속속들이 읽는 것처럼 날카로운 시선이 잠시 영우의 얼굴에 머물렀다.

"필요 이상으로 가깝게 앉지 말고, 일과 관련 없는 질문은 그 어떤 것도 하지 말 것. 알겠습니까."

"아, 예. 그렇게 하겠습니다."

"그럼 내가 하는 건 돼요? 아얏."

놀리듯 일부러 끼어드는 해수의 뺨을 손가락으로 슬쩍 꼬집자 금세 미간을 찌푸린다. 누가 먼저 시작했는데, 하고 엄하게 눈매를 굳히자 해수는 헛기침을 하며 고개를 돌렸다. 짧게 혀를 차며 운성이 턱짓을 했다.

"최대한 빨리 끝내도록 해요."

"예, 이사님. 저, 이쪽입니다."

어깨를 으쓱거린 해수는 속 편하게 손을 흔들어 보이고는 영우의 뒤를 따랐다. 그녀가 재밌어하는 게 누군가와 함께 일을 하는 것인지, 그를 놀리는 것인지 알 수 없었다. 물론 짐작 가는 쪽은 있었지만 말이다. 운성은 길게 한숨을 내쉬고는 방으로 들어갔다. 검토해야 할 결재 서류가 한가득이었다.

" '이지스' 에 이런 기능이 있는지 전혀 몰랐습니다."

"히든 옵션(Hidden Option)이에요. 다중코드 분석할 때 유용하죠. 나도 잊어버리고 있었는데, 다행히 이건 그동안 아무도 안 건드린 모양이네요. 그런데, 거기서 이게 다 보이나요?"

해수는 키보드를 두드리던 손을 멈추고는 고개를 돌렸다. 회의실 테이블에서 그녀와 의자 두 개를 사이에 두고 앉아 있는 영우는 길게 몸을 빼고 노트북 화면을 바라보고 있었다. 겸연쩍은 표정으로 영우는 목덜미를 긁적였다.

"대충 보입니다."

"그렇게 무서워요? 권운성 이사님이."

운성이 무섭기도 하지만, 천연덕스럽게 고급 명령어를 눈으로 따라가기도 힘들 정도의 속도로 쏟아내는 눈앞의 여자도 어떤 의미로는 무서웠다. 창문으로 들어온 햇빛을 받고 있는 그녀의 얼굴은 조금의 티도 보이지 않을 만큼 하얗게 빛나고 있었다.

톤 다운된 노란 니트에 청바지 차림의 그녀는 많이 잡아봐야 서른도 채 되지 않아 보인다. 대체 어디서 어떤 교육을 받았기에 지금까지 그가 우수하다고 알아온 많은 사람들을 평범하게 보이게 만드는가. 잠시 망설이던 영우가 입을 열었다.

"혹시 메사추세츠에서 학교를 다니셨습니까?"

"비행기 타본 적도 없는데요. 아, 지금 쓰는 코드를 잘 봐둬요. 이따가 내가 어택 포인트를 지정해 주면 당신이 써야 하거든요. 이건 2009년 쇼핑몰 고객정보 유출 사건 때 썼던 'bot'라는 악성 코드를 변형시킨 거예요. 내가 썼다는 건 아니고. 내가 썼으면 안 들켰을 거거든요. 방화벽을 뚫는 타임 라인을 너무 길게 잡아서 꼬리를 잘라도 흔적이 남았던 거죠. 지울 자신이 없으면 차라리 아예 스토리지를 날리는 방법도 있었을 텐데. 그러면 일이 너무 커지나. 다 봤죠?"

"예? 아, 자, 잠깐만요."

이야기를 듣느라 잠시 그녀의 얼굴을 흘끔거리던 영우가 당황한 손을 내저었다. 의아한 듯 입술을 작게 벌리는 해수의 표정을 보는 것이 민망했지만 그는 몸을 일으켜 화면에 떠 있는 글씨를 재빨리 읽었다.

"대단한데요."

해수는 영우의 입에서 튀어나온 감탄사에 눈을 깜빡였다. 순진한 소년 같은 얼굴로 입을 딱 벌린 영우가 고개를 끄덕거렸다.

"이러면 코드 변환이 쉬워져서 조작도 간편해지고, 단시간에 퍼지는 확장성도 기가바이트 급이구요. 이런 게 한 번 퍼지면 어떻게 복구를 하죠?"

"꼼꼼한 백업이 최선이죠. 물론 그 백업이 하드웨어적인 방법으로 이루어지고 있다면 그 백업까지 날리게끔 되어 있으니 무용지물이겠지만. 네트워크 백업까지 이걸로 건드리지는 못하지만 그거야 다른 바이러스로 공략할 수 있고."

"일반적인 백신에는 안 걸리겠는데요."

"못 잡아요. 이런 코드로 작정하고 들어오면 털리는 수밖에 없죠."

영우는 목덜미에 소름이 돋아 머리가 멍해졌다. 가슴이 철렁 내려앉을 정도로 무시무시한 소리를 덤덤하게 내뱉는 해수의 목소리가 섬뜩하게 느껴질 정도였다. 그녀가 지금 이 악성코드로 그들의 회사 서버를 공격한다면 '이지스'를 무력화시키고 원하는 정보를 분류해 빼돌리기까지 10분도 채 걸리지 않을 것이다.

"저, 권운성 이사님과…… 그러니까 이 회사의 아군이신 거죠?"

"이 회사의 아군은 아닌데."

단호하게 흘러나온 해수의 대답에 영우는 저도 모르게 주먹을 꽉 쥐었다. 오늘따라 그 속이 조금도 들여다보이지 않는 그녀의 선글라스가 무섭게 느껴진다. 그녀는 손가락을 몇 번 움직이는 것만으로 이 회사의 모든 정보를 빼낼 수 있었다. 그런 그녀가 아군이 아니라면 도대체 회사는 어떻게 되는 거지? 바닥이 푹 꺼지는 듯한 느낌에 눈을 끔벅이던 영우의 귀에 해수의 목소리가 들렸다.

"물론 그 사람에게 필요한 일이라면 뭐든 하겠지만요."

구원과도 같은 말이었다. 순간 후우, 하고 길게 한숨을 내쉰 영우가 해수에게 바짝 고개를 들이밀었다.

"역시 그렇죠? 이사님 애인이 맞으시죠? 진짜 잘 어울리십니다!"

"……그럴 리가?"

해수의 손가락이 멈췄다. 잘 어울린다니. 그에게, 내가?

작게 입을 벌린 채 자신을 바라보는 듯한 해수의 시선에 영우가 아차 싶어 몸을 뒤로 물렸다. 운성의 서늘한 시선이 떠올라 저도 모르게 주변을 휘이 둘러본 영우는 목덜미를 긁적이며 말했다.

"사적인 대화 하지 말라 하셨지만 정말 이 말은 꼭 하고 싶었거든요. 정말 잘 어울리세요. 사실 저야 이 회사에 입사한 지 얼마 되지 않았지만, 권운성 이사님 소문은 귀에 못이 박히게 들었거든요. 실제로도 몇 번 겪었고요. 그런데 저, 개발자님이 이사님 대하시는 거 보고 다들 기함했습니다. 지금은 몰래 응원하고 있고요."

"으, 응원이요?"

"진짜 그런 성격 아니신데 이사님은 개발자님께는 항상 굽혀주시는 것 같아서요. 뭐, 그게 좀 멋있기도 하지만, 직원들 입장에서는 은근히 통쾌한 부분도 있고. 그만큼 사랑받고 계시는 거니까, 회사에는 쭉 나와 주셨으면 좋겠습니다. 부탁드릴게요."

원만한 회사 분위기를 위해서요, 하고 덧붙이던 영우는 빨갛게 달아오른 해수의 얼굴을 보고는 허겁지겁 그녀에게 다가섰다.

"어, 어디 아프세요?"

"아니요. 음, 저, 코드 마저 수정해 보죠."

"아, 예!"

해수는 자꾸만 흐트러지는 입매를 단단히 깨물었다. 덕분에 미간에 잔뜩 주름이 잡혀 영우가 안절부절못하며 그녀의 눈치를 살폈지만, 해수는 애써 노트북 화면에 시선을 못 박은 채 한참 동안 한마디도 하지 않았다. 입을 열면 소리 내어 웃어버리고 말 것 같았다.

"ZEDA사의 담당자와 이번 주 내로 회의 일정 잡아서 진행합시다. 해외 네트워크를 기반으로 설정한 보안시스템의 사례를 요구할 가능성이 높으니까 자료 준비하고, 그쪽 IT 담당자가 직접 시연해 볼 수 있게 회의실에 세팅해 두세요."

수화기를 내려놓은 운성의 시선이 아래로 떨어졌다. 손목을 알맞게 조이고 있는 시계는 훨씬 이전부터 차고 있었던 것과 같은 물건인데도 어쩐지 낯선 느낌이 든다. 시계판을 손가락으로 툭툭 두드린 운성의 입가에 아스라한 미소가 스쳤다.

"쓸데없는 소릴 하고 있는 건 아니겠지."

몇 시간은 참견 말고 놔두라고 해수가 큰소리쳤지만 물가에 내놓은 어린아이처럼 도무지 마음이 놓이질 않는다. 결국 의자에서 일어서 그녀에게 가려던 운성의 발목을 잡듯 내선 전화가 울렸다.

"네."

[저, 이사님. 손님이 찾아오셨습니다.]

"방문 스케줄은 없었던 걸로 아는데."

[그게, D증권에서 오신 최재훈 전무님이라고 하면 아실 거라

고…….]

책상을 짚고 상체를 숙이고 있던 운성의 널찍한 어깨에 바짝 힘이 들어갔다. 공격적으로 느껴질 만큼 날카로운 시선이 허공을 할퀴었다.

"제 발로 오셨다? 꿍꿍이가 있거나 나를 우습게 봤거나 둘 중 하난데. 어느 쪽이든 불쾌하긴 마찬가지군."

[예? 저, 그냥 가시라고 할까요?]

"들여보내요."

너구리 사냥이 취미는 아니지만, 기껏 찾아온 먹잇감을 놓아 보내줄 만큼 친절한 성격도 못 된다. 테이블을 가볍게 두드린 운성의 가지런한 입술에 서늘한 미소가 걸렸다.

사무실 문을 열고 들어선 재훈은 풍채가 좋았다. 잘 갖춰진 비즈니스 슈트를 단정하게 차려입은 그는 고객들의 신뢰를 얻어내기에 부족함이 없어 보였다. 전체적으로 부드러운 인상이지만 끝이 뾰족한 눈매는 술수에 능한 느낌을 준다.

탐욕스럽고 교활한 너구리. 그것이 운성의 눈에 읽힌 최재훈의 모습이었다. 그와는 몇 번쯤 이런저런 자리에서 마주친 적이 있었지만 가까이 둘 만한 인물은 아니었다.

"하하. 갑자기 찾아와서 일에 방해가 된 건 아닌지 모르겠군요."

"잡상인 하나 드나든다고 방해받을 정도라면 이 자리에 앉아 있을 자격이 없는 겁니다. 앉으시죠."

붙임성 있게 웃고 있던 재훈의 얼굴이 굳어졌다. 날카롭게 갈린 화살을 품고 있는 듯한 말이었지만 그를 대하는 운성의 태도는 어디까지나 정중했다. 예상은 했지만 생각보다 더 대하기 힘든 남자다. 별수 없이 웃어넘기며 재훈은 소파에 앉았다. 호출 버튼을 누르려던 운성이 흘깃 그를 돌아보았다.

"차 한 잔이 필요할 만한 이야깁니까?"

"그게 무슨……."

"하실 말씀이, 차 한 잔을 마시며 들어야 할 만큼 중요한 것이냐 물은 겁니다. 찾아오신 성의가 있으니 얼굴은 마주했지만, 이야기를 들을 시간을 내주는 건 전혀 다른 문제라서 말입니다."

재훈은 조용히 숨을 들이마셨다. 문산호가 제 뒤를 캐고 있었고, 그렇다는 건 권운성도 어느 정도는 자신에 대해 알고 있다는 뜻이다. 그는 경직된 입매를 풀며 가볍게 웃었다.

"아, 권운성 이사님 바쁘신 거야 나도 잘 알죠. 다른 건 모르겠지만, 안 들으면 후회할지도 모른다는 얘기는 꼭 하고 싶군요."

"그건 제가 결정할 일입니다. 말씀하시죠."

운성은 재킷 단추를 풀며 느긋하게 소파에 앉았다. 그와 정면으로 이야기를 나눠본 적이 없었던 재훈은 마른침을 삼켰다. '예의'라는 이름의 얇디얇은 한 겹의 천으로 가리고 있을 뿐, 그의 눈빛은 어지간해서는 마주하기 힘들 만큼 날카롭고 강했다. 기이한 여유에 둘러싸여 있었지만 분명한 적대감이 느껴져 재훈은 긴장감을 물리치려 주먹을 꽉 쥐었다.

"내가 관리하는 고객들 중 괜찮은 투자처를 찾고 있는 분들이 몇 계십니다. 이사진이 뛰어나서인지 업계에서 단독으로 고속 성장하고 있는 이 회사를 추천하려고 하는데, 어떻게 생각하는지 묻고 싶어서 왔지요. 참 좋은 기회 아닙니까?"

"투자, 재무 관리를 담당하는 사람은 따로 있습니다. 찾아가면 필요한 서류를 줄 겁니다."

"적합 판정을 받는다면 투자금의 규모가 아주 커질 거예요. 몇십억 수준이 아니란 뜻이죠. 최근 이 회사 이사회 주요 안건이 조직 확충이라고 들었습니다. 찾는 곳이 많아지니 회사를 키우는 건 당연한 수순이지요. 그렇다면 투자금이 필요할 거고. 안 그래요?"

손목시계를 내려다보는 운성의 표정에는 변화가 없었다. 투자자를 찾고 있다는 믿을 만한 소식을 들었기에 이곳에 찾아올 생각을 했던 재훈은 그의 표정을 유심히 관찰했지만 얻어낼 수 있는 것은 없었다.

무심한 얼굴로 다 끝났습니까, 내뱉으며 자리를 털고 일어나는 운성의 태도에 그는 크게 헛기침을 하고 말았다.

"요즘 신해수 씨와 가깝게 지낸다고 들었는데."

가장 좋은 시나리오대로 순순히 흘러가리라 기대를 한 것은 아니었지만 그 자그마한 희망이 무너지는 데는 오래 걸리지 않았다. 성급하게 튀어나온 말에 조용히 돌아보는 운성의 입매가 웃는 듯했지만, 그 미소 같지 않은 미소에 재훈은 가슴 한 켠이 서늘해지는 것을 느꼈다.

아무리 머리가 좋고 노련하다 해도 자신보다 열 살도 더 어린 젊은이다. 회사에 큰 도움이 될 거래를 제안하면 신해수를 내어주지 않을 이유도 없을 것이다. 그가 파악한 권운성은 냉정한 일 기계였고 사람과 엮이는 것을 달갑게 생각하지 않는 타입이었다. 그러니 문산호라면 또 몰라도, 사업에 대한 욕심이 있는 권운성이라면 오히려 이런 제안이 먹힐 가능성이 크다.

그는 문산호가 부인의 눈을 피해 신해수를 권운성에게 부탁한 것으로 생각하고 있었고, 그것은 애석하게도 아주 큰 착각이었다.

"어려운 일을 부탁하려는 건 아닙니다. 그저 잠시 만남을 주선해주면 돼요. 신해수 씨가 뛰어난 IT 보안 전문가라는 걸 알고 있습니다. 부탁할 일이 있고 정당한 대가를 지불할 생각이니 잠깐 그녀와 이야기를 할 수 있게만 해주면……."

"며칠째 벌레 몇 마리가 들러붙어서 아주 피곤하게 하던데."

낮게 읊조리듯 말하는 운성의 목소리가 방 안의 청량한 공기를 날카롭게 가로질렀다. 재훈은 얼핏 느긋해 보이는 눈썹을 들어 올렸다. 긴장감을 일으키는 눈빛으로, 운성이 그를 정면에서 노려보고 있었다. 단번에 속을 꿰뚫어 헤집을 듯한 시선이었다.

"신해수는 내 사람입니다. 이용할 누군가가 필요하다면 다른 이를 찾아보시죠."

자신에게 속한 무언가에 대한 명백한 소유욕을 드러내는 말이었다. 순간 울컥 분이 솟은 재훈의 넉넉한 얼굴이 붉게 물들었다.

"그녀에게 전에도 일을 맡긴 적이 있었고, 실력이 워낙 좋아서 또 다른 일을 부탁하려는 것뿐인데 지나친 경계 같……."

"부탁?"

운성의 눈썹이 꿈틀거렸다. 흠 없이 잘생긴 이목구비의 얼굴이 성큼 다가왔다. 재훈은 저도 모르게 어깨를 움츠리며 가까워진 그를 올려다보았다. 탄탄한 어깨를 낮춘 운성의 검은 눈동자가 그를 응시하고 있었다.

"사람을 붙여 뒤를 캐고 집을 뒤지는 게 부탁을 하기 위해서였

다? 조금 더 성의 있는 변명을 준비하지 그러셨습니까. 그 정도는
세 살 어린애를 상대할 수준인 것 같은데."

"권운성 이사!"

"말했습니다, 내 사람이라고."

제 몸을 덮은 짙은 그림자에 그대로 빨려 들어갈 것 같은 착각
에 재훈은 몸을 뒤로 물렀다. 테이블을 짚은 채 당장에라도 덮쳐
올 것처럼 긴장 어린 분위기로 그를 장악하던 운성이 느릿하게 입
을 열었다.

"나는 내 세계에 여러 사람을 두지 않습니다. 그러니까 더 이
상……."

날 선 눈매가 재훈의 얼굴을 짧게 훑었다. 마른침이 꿀꺽 넘어
갔다.

"그 여자에게 접근하지 마."

송곳니를 드러낸 맹수가 느긋하게 꼬리를 흔들며 주변을 맴돌
고 있는 듯한 기분이었다. 재훈은 이를 악물었다. 제 생각이 틀려
도 단단히 틀렸음을 깨달았다. 그가 예상했던 것보다 신해수는,
권운성에게 훨씬 더 깊은 존재였다.

"이 말을 하려고 들렀습니다. 뜻은 충분히 전한 것 같으니 그만
가보시죠."

"……다시 한 번 생각하는 게 좋을 텐데. 나는 그 여자가 꼭 필
요하거든."

"진흙탕에서 구르길 원한다면 얼마든지. 내 취향도 사실은 그
쪽이라서. 모든 일이 말로 해결된다면 그만큼 지루한 세상도 없겠
죠."

입가를 끌어 올리며 금방이라도 자신의 목덜미를 물어뜯을 것처럼 호전적으로 웃는 운성에게서 시선을 돌리며 재훈이 몸을 일으켰다. 협상은 제대로 된 말조차 꺼내지 못하고 결렬이다. 잔뜩 찌푸린 얼굴로 돌아서던 그는 똑똑, 하고 어쩐지 어색하게 느껴지는 노크 후에 벌컥 열리는 문 앞에 멈춰 섰다.

　"테스트는 오후에 돌릴 건데 나 배가 고프…… 아."

　선글라스를 밀어 올리며 당황한 듯 한 발 물러서는 여자를 내려다보는 재훈의 눈이 가늘어졌다. 이미 사진으로 여러 번 본 적이 있는 얼굴이다. 그는 틈을 놓치지 않고 친근하게 웃으며 손을 내밀었다.

　"이거 반갑군요, 신해수 씨."

　"누구세요?"

　"물러서."

　운성의 엄중한 목소리가 짧지만 묵직하게 울렸다. 멋쩍은 얼굴로 두리번거리는 해수의 곁으로 성큼 다가온 운성의 손이 그녀의 손목을 낚아챘다. 해수는 순식간에 그의 너른 등에 시야를 가로막혔다. 날을 세우는 운성의 눈빛에 재훈이 어깨를 으쓱이며 웃었다.

　"품 안에 가둬두는 것도 한계가 있을 텐데요."

　"고작 날파리 몇 마리 잡는 데 긴 시간 필요하겠습니까. 멀리 안 나갑니다."

　재훈은 눈앞에서 단호하게 닫히는 문을 등지고 돌아섰다. 웃음기가 남아 있던 표정이 싸늘하게 굳어졌다. 엘리베이터를 타고 건물을 벗어난 후에야 그는 휴대폰을 꺼내 들었다.

"권운성 24시간 마크해. 빈틈 보이면 기회되는 대로 밀어버려."

건방지고 오만한 새끼. 그 잘난 얼굴이 얼마나 오래 가나 어디 두고 보지.

쉬운 길이 막혔다면 장애물을 부수고 치워 버리면 그만이다. 재훈은 제가 빠져나온 건물을 흘끗 올려다보고는 퉤, 하고 침을 뱉었다.

"그러니까 결국은 신경아세포종과 관련된 단백질 3종류를 비활성화시키는 물질을 찾는 게 급선무다, 그게 지난 2013년 프로젝트의 목적이었잖아. EGF(Epidermal Growth Factor) 신호 기제를 교체한다, 분해효소를 인공적으로 합성한다 말만 번지르르하게 해놓고 결국 1년 연구 예산만 허공에 뿌렸지. 그거에 대한 변명을 굳이 세미나를 열어서 두 시간 동안 늘어놓다니, 염치도 좋군."

딱 떨어진 블랙 슈트를 입은 효주가 시니컬하게 내뱉었다. 큰 키에 자세가 유달리 곧은 중년의 여성은 지나가는 사람들의 시선을 끌었지만 본인은 조금도 개의치 않는 눈치였다. 재준은 손에 들고 있던 따뜻한 커피를 내밀었다.

"박 교수님 처가가 K그룹 아닙니까. 예산 신경 쓰며 연구하는 다른 사람들과는 아무래도 환경이 다를 수밖에요. 연구실로 출근하는 날이 한 달에 사나흘밖에 안 된다니 말 다 했죠."

"제자리걸음을 하다못해 후진을 하고 있으니 하는 말이지. 짜증이 너무 나서 안 되겠다. 아껴둘까 했는데 더 못 버티겠어."

"무슨 말씀이세요?"

"만나고 싶은 사람이 있었거든. 점심 알아서 먹고 저녁에 호텔에서 봐."

"신경외과 교수 모임 오후 3시라고 하지 않으셨……."

"내가 거길 왜 가. 텃세 부릴 인간들만 한가득인데. 한국에 오래 머물 것도 아닌데 그딴 식으로 낭비할 시간 없어. 간다."

"아, 잠시만요, 선배님."

효주는 앞을 가로막는 재준을 올려다보았다. 그는 170㎝가 넘는 그녀를 작아 보이게 할 만큼 키가 컸다. 차분한 얼굴은 부드러운 인상인데다 매너가 몸에 배어 있어 그들이 일하고 있는 LA 현지에서도 제법 인기가 많다. 재준은 효주의 팔을 잡고 무언가를 내밀었다. 장갑이었다.

"해 지면 아직 쌀쌀합니다. 늘 손이 차가우시잖아요."

물끄러미 장갑을 내려다보던 효주의 미간에 주름이 잡혔다.

"너무 커. 껴봐야 금방 벗겨져서 잃어버릴걸. 됐다."

"괜찮아요, 잃어버려도."

재준은 고집스레 그녀의 손에 장갑을 쥐어주었다. 안경 너머의 눈이 슬쩍 웃고 있었다.

"선배님 손이 상하는 것보다는 싸게 먹히는 거니까."

"너……."

병원 내에서 그의 별명은 '미스터 하이드'였다. 후배나 스태프를 다룰 때는 빈틈없이 냉정하고 가차 없지만 사적인 자리에서는 또 금세 저렇게 살갑게 웃곤 했다. 그런 이중적인 면이 오히려 더 큰 매력으로 작용하는 모양인지 심심찮게 데이트를 신청하는 여자들을 볼 수 있었다.

효주는 짧게 혀를 차며 중얼거렸다.

"행여라도 우리 조카 눈에 띄지 마. 나랑 엮여서 인생 말리는 수가 있어. 그럼 이건 가져간다. 땡큐."

긴 팔을 쭉 뻗어 택시를 잡은 효주가 가벼운 몸으로 차에 올라탔다. 사라지는 택시를 바라보는 재준의 입가가 삐딱하게 기울어졌다.

"아직 시간은 있으니까, 언제든 한 번은 인사할 기회가 있겠죠."

서늘한 한국의 바람은 정말이지 그녀를 닮았다. 아직 주변에 머물러 있는 효주의 향기가 아쉬워 숨을 깊게 들이마시며 그는 느긋하게 걸음을 옮겼다.

"지금 어디라고 하셨습니까?"

[네 입장 최대한으로 생각해서 먼저 너한테 가는 거야. 아가씨 한 번 보자.]

"며칠이나 지났다고…… 아직 이르다고 말씀드렸을 텐데요."

운성은 옆 좌석에 앉아 있는 해수를 흘긋 보았다. 이제 겨우 내민 손을 조심스레 잡게 된 그녀를 효주에게 보이는 것이 이 관계에 도움이 될지 확신이 서지 않았다. 그러나 효주는 망설임이 짧고 결단이 빠른 성격이었다.

[안 잡아먹어, 네 손으로 보여주면. 주변머리 없는 녀석 같으니. 보나 마나 살가운 말 한마디 없이 멀쩡한 얼굴 하나 믿고 그냥 밀어붙이고 있을 거 아냐. 마음 표현 제대로 못 하는 남자, 매력 없다.]

"이제 와 배운다고 뭐가 달라집니까. 하던 대로 얼굴로 미는 게 효과는 빠른 것 같은데요."

[어떻게, 내가 알아서 찾아가?]

"……5분만 주세요. 다시 전화 드릴게요."

짧게 혀를 차며 운성은 미간을 좁혔다. 그 옆모습을 훑어보던 해수는 눈동자를 또르르 굴렸다. 휴대폰 너머로 얼핏 들린 목소리는 분명 또렷한 여자의 것이었다. 운성의 날 선 표정에 변화는 없었지만 어쩐지 곤란해하는 기색이 느껴져 해수는 제 눈을 의심했다. 호기심이 그녀의 입을 열고 튀어나왔다.

"어떤 분이에요?"

신호등에 걸려 차를 세운 운성의 시선이 그녀를 향했다.

"무슨 뜻이지?"

"방금 전화한 여자분. 어떤 분이길래 당신을 그런 표정으로 만드는지 궁금해서."

"내 표정이 어떤데."

"바이러스를 트래킹하는데 이중 방화벽에 막혔어요. 그중 어떤 게 페이크인지 알 수가 없는 듯한 표정?"

"더 간단하게 설명할 수 있잖아."

"어떻게요?"

"당신에게 키스를 했는데 정말 여기서 멈춰야 하나, 생각하는 표정."

"으악!"

해수가 손을 파다닥거리며 운성의 입을 막았다. 그런 그녀의 손을 부드럽게 잡은 운성은 차를 길가에 세웠다. 입술을 삐죽 내민 해수가 눈을 치켜뜨고 있었다.

"당신을 보고 싶어 하는 분이 계셔."

"나를요? 누가요? 의뢰예요?"

"내 이모님이야."

해수의 커다란 눈동자가 조용히 깜빡였다. 가느다란 그녀의 손가락을 단단히 쥔 채 운성은 그녀의 눈을 들여다보았다.

"이, 이모님이 저를 왜? 무슨 일로?"

"마음에 둔 여자가 있다고 했고, 내 입에서 한 번도 그런 말을 들어본 적이 없으니 궁금하신 거겠지."

해수의 목울대가 꿀꺽, 움직였다. 운성의 말은 아무렇지 않은 어조에 비해 너무 큰 감정을 품고 있었다. 움찔거리는 그녀의 손등을 가볍게 두드리며 운성이 차분하게 말했다.

"성격이 강하고 여간해서는 포기하는 법이 없으시니, 언제든 들이닥쳐 당신을 만나고야 말 거야. 갑자기 당하는 것보다 차라리 나랑 같이 있을 때 보는 게 나을 테지만, 불편하다면 딱 잘라 말해 두지."

"불편한 게 아니라……."

"아니라?"

"마음에, 들어 하실 리가 없잖아요."

입술을 깨물며 해수가 작게 내뱉었다. 그를 알게 되고, 그에게 다른 이들과는 다른 감정을 품게 되면서 해수는 스스로를 사회적으로 바라보는 법을 배웠다. 운성은 어느 곳에서나 그 중심에 서기에 부족함이 없는 사람이었다. 늘 당당하고 사람들의 시선 속에 있는 것이 자연스럽다. 그러나 자신은 어떠한가. 여전히 그들의 세계에는 어울리지 않는 모난 돌이었다.

"아마 보자마자 한마디 하실 거야."

마음의 준비를 하라는 뜻인가. 해수는 고개를 숙인 채 운성의 목소리에 귀를 기울였다.

"고맙다. 그다음에는 이렇게 손을 잡고 말씀하시겠지. 제발 이 목석같은 녀석 좀 참고 버텨달라고."

해수는 자신의 두 손을 겹쳐 잡은 운성을 올려다보며 미간을 찌푸렸다. 못마땅하다는 듯한 표정을 지어 보인 운성이 고개를 내저었다.

"장담하는데, 당신이 고릴라처럼 생겼어도 쌍수 들고 환영하실걸. 어떤 사람이든, 내 마음 둘 사람을 만났다는 사실만으로 감사하실 분이니까."

"……좋은 분이시네요."

낮게 가라앉은 목소리가 울컥였다. 운성의 손가락이 해수의 뺨을 부드럽게 감싸 올렸다. 환한 햇빛 아래 더욱 까맣게 보이는 눈동자가 물기에 젖어 반짝이고 있었다.

"가족이니까."

귓가를 스쳐 머리카락을 쓸어 넘기는 손길에서 다정함이 묻어난다. 해수는 그 손에 뺨을 기대었다. 운성의 입술이 스치듯 부드럽게 이마에 와 닿았다. 웅성대던 마음이 차분하게 가라앉았다.

"내 옆에 서 있기만 해도 당신은 그분 사랑 독차지야."

"왜 이렇게 거짓말 같지?"

"난 거짓말을 잘하지만 아무 때나 하진 않아."

"그런데 나 혹시 고릴라 닮았어요? 그래서 고릴라 운운한 거예요?"

"그럼 변태라는 말을 부정할 수 없겠군."

고릴라에게 키스하고 싶은 거니까. 낮게 읊조린 목소리와 함께 짓궂은 소년처럼 웃어 보인 운성의 입술이 해수의 입술을 삼켰다. 따뜻한 숨결이 온몸에 퍼져 긴장으로 굳어졌던 목덜미를 이완시켜 주는 것 같았다. 금방이라도 거칠게 몸이 달아오를 것 같던 밤의 키스와는 달랐다. 입술이 닿고 서로의 숨을 들이켜는 것은 같았지만 안심하라고 속삭이며 마음을 풀어주는 듯한 부드러운 입맞춤에, 해수는 결국 고개를 끄덕이고 말았다.

◆ ◆ #18 ◆ ◆

　약속 장소인 R호텔 내에 위치한 레스토랑 개인 룸에 도착했을
때, 해수는 효주의 얼굴을 제대로 보기도 전에 이미 그녀의 품에
안겨 있었다. 다른 사람의 손길이 아직 낯설었지만, 특히나 손위
여성의 손길은 더더욱 그렇다. 본능적으로 피하려고 몸을 물리는
그녀의 등을 단단히 껴안는 효주의 팔에는 힘이 넘쳤다.

　효주는 과연 운성의 핏줄이라는 느낌이 드는 사람이었다. 당당
하고 거침없는 태도, 아름답게 정돈된 이목구비의 얼굴과 깔끔하
고 고급스러운 취향의 옷차림이 꼭 닮았다. 무표정한 얼굴이라면
차갑게 느껴질 것 같은 인상이었지만, 그녀는 시종일관 해수에게
웃는 얼굴을 보여주었다.

　운성의 말대로였다. 그녀의 첫마디는 '고마워요'였고, 그다음
말은 '믿을 건 얼굴밖에 없는 무뚝뚝한 녀석이지만 마음 준 사람

속 썩이진 않을 겁니다' 였다. 덤으로 해수는 곁에 앉아 미간을 심각하게 좁힌 채 멋쩍은 얼굴을 하고 있는 운성을 볼 수 있었다.

효주가 만들어낸 공기가 너무 따뜻해서, 해수는 그 어떤 두려움도 느낄 겨를 없이 자연스레 선글라스를 벗고 말았다. 그녀가 무조건적으로 보내주는 호의 가득한 시선이 정말 저를 향한 것이 맞는지, 해수는 얼떨떨해서 음식의 맛을 느낄 겨를이 없을 정도였다.

"이것도 좀 먹어봐요. 지금도 참 예쁘지만 저렇게 성격 나쁜 녀석을 상대하려면 더 힘을 길러야지. 이 불고기도 이렇게 쌈에 좀 싸서……."

"사람 입에 들어갈 사이즈로 싸서 주셔야죠."

"불만이면 네가 좀 싸서 주던가. 그 정도 눈치는 있는 줄 알았더니."

"괜찮습니다. 제 손으로 먹을게요."

조심스레 끼어든 한마디에도 착하다는 칭찬 연발에 머쓱할 지경이었다. 맛있는 음식은 죄다 그녀에게 몰아주다 못해 고생이 많다며 불쑥 창백한 뺨을 쓰다듬어 주는 효주의 손길이 갑작스러우면서도 다정하게 느껴져, 멋쩍게 웃어 보이는 해수의 눈가에 울컥 눈물이 차올랐다.

"밥을 먹자 하셨으면 적어도 밥은 편하게 먹게 해주셨어야 하는 거 아닙니까."

"차 가져왔지? 계산이나 하고 앞으로 가지고 오렴. 먼저 나가 있을 테니까. 갑시다, 해수 씨."

식사를 마치고 일어서서 팔을 이끄는 효주의 손길에 해수는 운성을 돌아보며 끌려 나갔다. 효주는 사람을 거북하지 않게 이끄는 힘이 있었다. 한 끼 식사를 같이 했을 뿐인데 이미 그녀는 해수를 오랫동안 알아온 사람처럼 대하고 있었고, 어색하게 느껴지는 것이 당연할 그녀의 행동은 오히려 해수의 가슴 깊은 곳에 묻혀 있었던 애틋한 그리움을 불러일으켰다.

시간이 지날수록, 이 따뜻한 여성의 손을 놓고 싶지 않은 것은 해수였다.

"진심을 말하는 것이 어색한 성격이에요. 남자들은 다들 그렇지만, 저 녀석은 특히나 그렇지. 도무지 제 속을 내보이지 않아서 나도 고작 몇 년 키웠지만 답답해 죽는 줄 알았다니까. 변명도 없고, 설명하는 법은 더더욱 없고."

한낮의 햇살에 눈이 부시다. 온기를 품은 바람이 나뭇잎을 흔들어 듣기 좋은 소리를 내었다. 해수는 곧은 자세로 곁에 선 효주의 목소리에 귀를 기울였다.

"많이 외롭게 컸어요. 마음에 빗장을 꽁꽁 채워놔서 풀릴 날이 오기는 할까, 오래 기다렸는데 이렇게 열쇠가 딱 나타난 걸 보니까 한결 마음이 놓이네."

"저……."

해수는 어렵게 말문을 열었다. 부드러운 표정으로 그녀를 응시하는 효주의 시선이 느껴져 점점 고개가 떨궈졌다.

"제가 권운성 씨에게 도움이 될지 모르겠습니다."

"도움?"

"저는 저 사람에게 정말 많은 도움을 받고 있어요. 이렇게 바깥에 나와서 바람을 맞으며 보통 사람처럼 밥을 먹는 일상이 가능하게 된 건 권운성 씨가 곁에 있었기 때문이에요. 그렇지만 저는, 저 사람이 왜 제 곁에 있어주는지도 모르겠고……."

"해수 씨."

해수는 퍼뜩 고개를 들었다. 운성과 많이 닮은 눈매의 효주가 가만히 그녀를 바라보고 있었다.

"운성이를 좋아해요?"

해수의 눈동자가 크게 일렁였다. 좋아한다. 독선적으로 보였던 언행마저 이제는 달콤하게 느껴질 정도로. 그가 자신을 바라볼 때마다 심장이 뛰고, 그 품이라면 기대도 된다고, 아무 걱정 하지 않아도 될 거라고 안심하게 된다. 운성은 어느새 그녀의 성안으로 안개처럼 스며들었고, 그 자리는 그가 아닌 누구의 것도 될 수 없었다.

"……네. 네, 좋아해요. 사람에 대해서 저는 모르는 게 많지만, 그 사람이 아닌 다른 사람을 마음에 들여놓는 일은 상상조차 할 수 없어요. 그 사람이기에 가능한 일이에요. 좋아해요, 많이."

한 번 입 밖으로 내뱉자 감정은 말이 되어 봇물처럼 터져 나왔다. 가슴이 그녀의 말에 호응하듯 두근거린다. 해수는 자신의 손을 부드럽게 잡는 손길에 눈을 들었다. 효주가 맑게 웃고 있었다.

"운성이가 당신을 만났고, 그래서 어느 누구에게도 보인 적 없던 마음 한 켠을 내놓을 수 있게 되었다면, 그것 역시 당신이기에 가능한 일이에요, 해수 씨. 무엇보다 감정을 감추는 일에 익숙하던 저 녀석이 저렇게나 표정이 풀어진 건 순전히 당신 때문이겠죠? 아마 하늘에서 보고 있을 우리 언니도 참 고마워하고 있을 거예요. 아, 알고 있나?"

"네, 들었어요."

혹시나 했던 효주의 눈이 놀라움으로 가득 찼다. 운성이 순순히 제 입으로 그 사고 이야기를 했단 말인가. 아직 세상의 때가 묻지 않은 듯 맑은 눈을 하고 있는, 무슨 사연이 있는지 사람을 대하는 게 서툴러 보이지만 이 특별한 아가씨를 절대 놓쳐서는 안 된다는 생각이 들었다. 효주는 해수의 손을 단단히 잡고 토닥거렸다.

"사람이 사람에게 할 수 있는 일들은 우리의 상상을 초월해요. 사람으로 인해 삶을 포기하기도, 다시 살아갈 힘을 얻기도 하지요. 서로가 서로에게 의지할 수 있는 존재가 되었다면, 그 손 절대 놓지 말아요. 그런 기회는 여러 번 오지 않고, 그 기회를 놓치면 눈감는 날까지 후회를 하게 되거든."

단정한 효주의 입매가 쓸쓸하게 기울었다. 오랜 시간 다듬어져 이제는 밋밋하게 변해 버린 어느 날의 추억을 떠올리는 듯한 미소였다. 해수는 입술을 깨문 채 고개를 끄덕였다.

"기억하겠습니다."

"한국에 길게 있진 않겠지만 자주 봤으면 좋겠네. 너무 부담스러워하지는 말아요. 맛있는 거 같이 먹고, 같이 저 목석같은 녀석 홍도 보고. 저 녀석이 멀쩡해 보이는 거에 비해 썩 좋은 남자 노릇을 못 할까 봐 내가 걱정이 돼서. 응?"

"네."

사람이 좋아진다. 그들과 눈을 마주치고 이야기를 하는 것이 즐거워진다. 언제든 덮칠 준비를 하고 그녀를 기다리고 있을 어두운 그림자를 두려워하느라 바닥만 훑어보던 해수의 시선이 똑바로 앞을 향하게 되었다. 나를 기다려 주고 좋아해 주는 사람들. 그들의 배려와 호의가 자꾸만 움츠러드는 그녀의 손을 이끌어준다.

걱정. 얼마나 따뜻한 말인가. 세상에 연이 없는 그녀와는 거리가 먼 단어였지만, 그 말은 이제 제법 가까워져 친숙해질 정도가 되었다.

어깨를 늘어뜨리고 있던 해수의 등이 곧게 펴졌다. 선글라스 너머로 보이는 세상은 한낮에도 여전히 어두웠지만, 지나가는 사람들의 얼굴을 하나하나 보는 것이 더 이상 두렵지 않았다.

"저기 나오네. 난 볼일이 있어서 근처 병원까지만 데려다 달라고 해야겠어. 갈까요?"

해수는 고개를 끄덕였다. 건물 주차장에서 빠져나오는 운성의 차가 보였다. 운전석으로 비치는 그의 실루엣을 보는 마음이 새삼스럽게 두근거려 해수는 괜히 헛기침을 내뱉으며 걸음을 떼었다.

그리고 그것은 순식간이었다.

어디서 튀어나왔는지 모를 트럭이 그녀의 시야를 가로막았다. 귀를 찢을 듯한 굉음이 울려 퍼져 해수는 걸음을 멈추고 반사적으로 귀를 막았다. 무릎에 힘이 빠져 다리가 후들거렸다.

운성아, 하고 멀리서 효주의 목소리가 들리는 것 같았다. 그 목소리는 넋을 잃은 듯 연기처럼 흐물거렸다. 탁한 숨을 뱉어내며 해수는 고개를 들었다. 모든 것이 형체를 잃고 일그러진 듯 보였다.

운성의 차를 들이받은 트럭이 속도를 올리며 골목을 빠져나가고 있었다. 거미줄 모양으로 깨진 앞 유리창이 보인다. 차의 앞부분이 볼품없이 구겨져 있고 뿌연 연기가 피어오르고 있었다. 앞을 향해 달려가는 효주의 뒷모습이 그림자처럼 흐릿하게 보여 해수는 제 것이 아닌 것처럼 느껴지는 손으로 눈을 비볐지만 여전히 시야는 흐릿했다.

"운성아!"

효주는 휴대폰을 꺼내며 달려갔다. 119를 누르는 손이 다급했다. 심장이 멎을 만큼 놀랐지만 의사로 일하면서 쌓인 대담함이 그녀를 무의식적으로 움직였다. 슈트 재킷을 벗어 손에 감은 후 반쯤 깨진 유리창을 내려치자 후두둑, 두꺼운 유리들이 떨어졌다. 차 문을 열며 그녀는 반사적으로 휴대폰에 대고 외쳤다. 테헤란로 620번지 근처. 교통사고가 났습니다. 응급 상황이에요.

"운성아, 괜찮아? 의식 있어? 내 말 들리니?"

에어백에 맞고 튕겨 나갔는지 운성의 고개가 뒤로 꺾여 있었다. 이마가 찢어졌는지 선명한 피가 흘러내려 운성의 뺨을 적시고 있었다. 효주는 이를 악물고 운성의 어깨를 잡았다.

"정신 차려, 운성아. 정신 놓으면 안 돼. 내 말 들리면 눈 좀 떠 봐, 이 녀석아!"

맥을 짚고 운성의 몸을 이곳저곳 둘러보았지만 겉으로 보이는 심각한 외상은 없다. 문제가 된다면 머리다. 뒷목을 단단하게 지탱한 채 다급하게 외치자 감겨 있던 운성의 눈꺼풀이 파르르 떨렸다. 낮게 갈라진 목소리가 신음과 뒤섞여 탁하게 흘러나왔다.

"눈은 좀…… 천천히 뜰게요. 골이 울려서."

하느님, 감사합니다. 효주는 믿는 종교가 없었지만 눈물과 함께 그런 말이 튀어나왔다. 천천히 눈을 뜨려는 운성의 뺨을 쓰다듬던 효주의 생각이 해수에게로 뻗어 나갔다. 얼마나 놀랐을까, 싶어 고개를 돌린 효주의 미간이 일그러졌다.

군데군데 몰려 있는 사람들 사이에도, 그녀가 방금까지 있었던 자리에도, 해수는 보이지 않았다. 운성이 눈을 뜨고, 구급차가 달려오는 소리가 멀리서 들렸지만 해수의 흔적은 어디서도 찾을 수 없었다.

"많이 놀란 것 같은데. 물이라도 좀 드릴까?"

해수는 멍한 눈을 깜빡였다. 머릿속에 벌 한 마리가 들어와 정신없이 날아다니는 것만 같았다. 누군가의 손이 다가와 그녀의 선글라스를 낚아채는 바람에 시야가 갑자기 환하게 밝아지고 나서야, 그녀는 널찍한 고급 승용차의 뒷좌석에 앉아 있는 자신을 인지했다.

그래, 사고가 났다. 먼발치에서 운성의 차 앞부분이 찌그러진 것을 바라보며 넋을 놓고 있던 해수는 갑작스레 누군가 입을 틀어막고 끌고 가는데도 저항할 수가 없었다. 다리에 힘이 풀리고 머리가 어지러워 정신을 놓지 않는 것이 고작이었다.

"이봐, 신해수 씨. 너무 걱정하지 말아요. 이야기가 잘 풀리면 강남대로 한 바퀴 돌고 내려줄 테니까 말이야. 이렇게 번거로운 방법은 쓰고 싶지 않았지만, 느긋하게 기다렸다가 당신에게 접근하기에는 내가 시간이 많지 않아서 말입니다. 게다가 당신 보디가드 이빨이 좀 날카로워야 말이지."

거칠고 낮은 목소리는 음색이 탁하다. 해수의 고개가 기계처럼 뻣뻣하게 돌아갔다. 낯이 익은 얼굴이 옆자리에서 그녀를 흘끗 바라보며 웃고 있었다. 얼핏 호의적인 얼굴로 보이지만 눈빛이 교활하다. 해수의 얼굴을 주의 깊게 훑어본 그가 고개를 기울였다.

"어이구, 이렇게 미인인데 선글라스는 왜 문신처럼 쓰고 다니실까? 햇빛에 반응하는 각막 알러지라도 있으신가? 별 상상을 다 했지 뭡니까. 하하."

"……당신이에요?"

재훈의 눈썹이 장난스럽게 움직였다. 그를 바라보는 해수의 얼굴이 순식간에 기이할 정도로 무표정하게 굳어졌다.

"방금 그 사고, 당신이 한 거예요?"

재훈은 씩 웃으며 손을 내밀었다.

"덕분에 신해수 씨와 이렇게 대화할 기회를 얻었군요. 내가 어떤 식으로 일을 하는 사람인지도 알았겠고. 날 좀 도와주면 좋겠는데. 물론 대가는 섭섭하지 않게 줄 겁니다."

해수의 빛바랜 입술이 굳게 다물어졌다. 차가운 돌을 품은 듯한 검은 눈동자가 미동 없이 그를 바라보고 있었다. 재훈은 길게 숨을 들이쉬며 억지웃음을 지었다.

"이걸 보여주는 편이 이야기가 빠르겠군요."

그의 신호에 따라 조수석에 앉아 있던 사람이 무언가를 건네주었다. 작은 노트북이었고, 흐릿한 영상이 나오고 있었다. 한 번 보라는 듯 고개를 까닥이는 남자에게서 눈을 떼고 해수는 천천히 고개를 돌렸다.

화면에 비춰지고 있는 곳은 익숙한 병실이었다. 침대에 누워 있는 창백한 얼굴을 보는 순간 해수는 저도 모르게 마른 숨을 내뱉었다. 누군가 목줄을 틀어쥔 것처럼 숨이 막혀왔다.

"오빠 상태가 오랫동안 호전되지 않아서 마음고생이 참 심했을 것 같은데. 신해수 씨에게 혹시 무슨 일이라도 생기면 오빠는 누가 돌보나."

딱하다는 듯 재훈이 혀를 찼다. 그 소리가 송곳처럼 해수의 귀를 파고들었다. 눈을 부릅뜬 채 화면에 고정된 해수의 시선을 흘끗 바라보며 그가 말했다.

"한우리재단의 문산호와도 관계가 있는 건 알고 있어요. 하지만 그 병원에 내 손이 닿는 사람도 몇 정도는 있지. 뭐, 저기 들어오는 의사라던지. 보입니까? 카메라 향해서 손 흔드는 거."

병실로 들어온 하얀 가운을 입은 남자가 정확히 카메라 쪽을 올려다보며 손을 까닥였다. 해수의 눈이 짧게 깜빡였다. 마른 어깨가 눈에 띄게 떨리는 것을 보며 재훈은 여유롭게 말을 이었다.

"신해수 씨에게는 어렵지 않은 일일 겁니다. 지난번에 했던 일과 크게 다르지 않아요. 그냥 의뢰를 하고 대가를 주면 서로 좋은 일인데 권 이사가 지나치게 걱정을 해서 일이 괜히 번거로워졌을 뿐이지."

"말해요."

여린 꽃잎 같은 입술에서 짤막한 말이 튀어나왔다. 핏기가 질린 얼굴에 비해 무감정한 목소리였다.

"내가 무슨 일을 하길 바라는지."

남자의 입에서 웃음이 터져 나왔다. 그는 고개를 끄덕이며 무릎을 탁, 하고 내려쳤다.

"말이 통할 줄 알았어요. 이틀 뒤, D증권 전산서버가 새벽 3시부터 한 시간 동안 정기점검에 들어갑니다. 그때 간단한 일을 몇 가지 해주면 돼요. 이건 건물 보안실 출입증입니다. 직접 들어와서 작업해야 안전해요. 외부 접속은 자동으로 기록하고 실시간으로 보고가 올라가게 되어 있어서."

해수는 남자가 건네는 서류봉투를 받아 들었다. 다시 노트북 화면으로 향하는 해수의 시선을 눈치챈 재훈은 짧게 웃었다.

"권운성도, 누워 있는 신준수 씨도, 해수 씨 덕에 아주 잘살 수 있을 거예요. 사고는 났지만 권운성 그 친구 정도면 금세 털고 일어날 겁니다. 딱 그 정도의 사고였으니까. 뭐, 워낙 건방져서 언제 무슨 일이 일어나도 이상하진 않겠지만 말이죠. 안 그래요?"

그의 말에 담긴 의미는 소름이 끼칠 만큼 분명했다. 잘 전달이 됐으리라 생각하며 내심 웃고 있던 재훈은 조용히 손을 내미는 해수를 의아한 눈으로 바라보았다.

"선글라스, 주세요."

얼음처럼 차게 느껴지는 목소리가 등골을 섬뜩하게 만들었다. 이런 반응은 그의 예상과는 너무 달랐다. 지나치게 침착해 보이는 것도, 지금 상황에 선글라스 따위를 챙기는 것도 평범한 사람의 행동이라고는 볼 수 없었다. 그녀의 눈치를 살피던 재훈은 잠시 망설이다 선글라스를 내밀었다.

"이건 정말 궁금해서 묻는 건데, 대체 선글라스를 쓰는 이유가 뭐죠?"

받아 든 선글라스를 끼고 창밖을 향해 고개를 돌린 해수가 작게 내뱉었다.

"돈을 준다니까 일은 맡을게요. 선금은 50프로, 나머지는 일을 마친 후에 받죠. 그러니까 일단……."

"일단?"

"내려줘요, 아무 데서나."

표정이 드러나지 않는 해수의 생각을 읽을 수가 없었지만, 재훈은 등을 좌석에 느긋하게 기대며 말했다.

"어떻게 행동해야 할지 충분히 알아들었으리라 생각해요. 늘 해수 씨가 하던 일을 하면 누구에게 어떤 일도 일어나지 않을 겁니다. 혹시라도 이 일을 해수 씨 주변 사람들이 알게 되면, 누군가는 불행해질 수도 있겠죠. 우린 보는 눈과 듣는 귀가 많거든."

해수는 아무런 말도 하지 않았다. 색이 옅은 입술을 굳게 다문 채, 창밖을 조용히 바라보고 있을 뿐이었다. 그녀의 침묵은 마치 투명한 물에 퍼지는 잉크처럼 차 안의 공기를 조용히 어지럽혔다. 마음 한 켠이 어쩐지 불안하게 흔들렸지만, 재훈은 차분하게 마음을 가라앉혔다. 거역할 수 없는 약점을 틀어쥔 꼭두각시를 부리는 것은 어려운 일이 아니다. 가느다란 입매를 억지로 움직여 재훈은 미소 지었다. 그의 꿈이 점점 가까워지고 있었다.

"내가 참 다양한 이유로 병원을 다녔지만 권운성을 찾으러 가는 날이 올 줄이야. 가해자 같은 피해자를 만났으니, 뺑소니는 괘씸하지만 그 운전자에게 동정심이 생기는데. 변호사는 내가 붙여줄까?"

킬킬 웃으며 산호는 통화를 끝낸 휴대폰을 손으로 빙글 돌렸다. 검사를 마치고 막 나온 참이라 그는 아직 옷을 챙겨 입지 못한 상태였다. 가감 없이 드러난 알몸의 상체가 서늘한 공기에 휩싸여 소름이 돋아 있었다. 흘끗 고개를 돌리자 거울에 비친 어깨뼈가 도드라져 보여 그는 흠, 하고 고개를 이쪽저쪽으로 기울였다.

"살이 빠지니 더 잘생겨 보이는 것 같은데. 나쁘지 않군, 나쁘지 않아."

"문산호 환자분, 선생님 문진하셔야 되니까 오늘은 도망가지 마세요. 앞에서 지키고 있을 거예요."

문을 똑똑 노크하는 소리와 함께 들리는 낭랑한 목소리에 산호의 눈매에 짓궂은 기운이 스쳤다. 그는 흠, 하고 헛기침을 하고는 소리쳤다.

"거, 살 날 얼마 남았는지도 모르는 환자한테 너무 매정하네. 검사 잘 받았으면 됐지, 뭘 또 문진을 하신다고. 참 부지런한 선생님일세."

"지난번에도 MRI 찍고 사진만 보고는 도망가셨잖아요. 얼마나 진행됐나 확인만 한다고 되는 게 아닌 거 아시면서! 어떻게 자기 몸에 그렇게 무책임하세요?"

"부지런한 선생님에 잔소리쟁이 간호사라니. 이 병원에 환자가 없는 이유를 알겠군. 장사 이렇게 하면 망합니다. 장기 환자와는 적당한 거리감을 둬야 서로 지치지 않는 법인데."

"백수라고 하지 않으셨어요? 병원 운영에 대해서 뭘 안다고 그러세……"

딸칵, 하고 열리는 문에 간호사, 정희는 뒤로 물러섰다. 헝클어진 머리를 털어내며 불쑥 튀어나온 산호는 고개를 숙인 채 한 손으로 셔츠 단추를 잠그고 있었다.

개구진 소년 같은 말간 얼굴은 다소 말랐지만 큰 키에 뼈대가 곧은 그는 언제 봐도 가슴이 두근거릴 만큼 멋있었다. 특히나 이런 구석진 병원에서는 쉽게 볼 수 없는 외모였기에 그녀는 산호가 방문환자 명단에 적혀 있는 날이면 거울을 수십 번 보곤 했다. 비록 그의 병이 그다지 희망적이지 않다는 생각에 이내 허무해지곤 하지만 말이다.

"오늘은 정말 급한 일이 있어서 가는 겁니다. 도망가는 게 아니에요. 사진은 전에 알려 드린 이메일로 보내줘요."

"검사 결과보다 급한 일이 도대체 뭔데요?"

허름한 병원 복도를 성큼 걸어 나가며 산호는 한쪽 눈을 찡긋해 보였다.

"죽기 전에 다시 볼일이 있을까 싶은 좋은 구경?"

"또 그런 말을 아무렇지 않게!"

그녀의 말에 대답하듯 손을 흔들거리며 병원 밖으로 빠져나가는 산호의 뒷모습을 바라보던 정희는 한숨을 내쉬었다. 정말이지 알 수 없는 남자였다. 잊을 만하면 바람처럼 나타나 검사를 하고 사라진다. 머리가 정상이 아니라는 소리를 어깨너머로 듣긴 했지만 자기 몸 상태에 저렇게나 미련이 없는 것처럼 구는 환자는 처음이었다.

"그냥 빨리 치료 시작하지……."

안타까운 목소리를 내뱉으며 혀를 차던 그녀의 귀에 또각거리는 소리가 들렸다. 예약 환자는 없었는데 누구지, 싶어 재빨리 고개를 돌리던 정희는 딸꾹, 하고 저도 모르게 숨을 삼키고 말았다.

눈앞에 나타난 여자는 말 그대로 아름다웠다. 결이 좋은 긴 머리카락을 느슨하게 묶고 디자인이 심플한 블랙 원피스를 입은 그녀는 흠 잡을 데 없는 미인이었다. 차갑게 가라앉은 시선에 압도당한 정희는 반사적으로 고개를 숙였다.

"어, 어서 오세요. 예약하셨습……."

"방금 나간 문산호 씨, 여기서 어떤 검사를 받는지 알고 싶은데."

"예?"

얼떨떨한 얼굴을 하던 정희는 헛기침을 하며 고개를 저었다.

"그런 정보는 타인에게 알려 드릴 수가 없게 되어 있는데요."

"타인 아닙니다."

여자의 서늘한 눈매가 날카로운 모양을 띠었다. 같은 여자인데도 가슴이 설렐 만큼 우아하면서도 어쩐지 깊은 곳에 감춰진 슬픔이 배어 나오는 것 같은 눈이었다.

"난 그 남자와 결혼한 사람이에요."

예상했다는 듯 그녀가 망설임 없이 내보인 것은 가족관계증명서와 신분증이었다. 채서진, 이라는 이름을 당황한 눈으로 훑어보는 정희의 입에서 한숨이 흘러나왔다. 일이 성가셔질 것 같은 불길함이 그녀의 어깨를 무겁게 짓누르기 시작했다.

"아니, 일이 좀 생겨서 병원이야. 깜짝이야. 뭘 그렇게 놀라? 내가 아니라 조카가 사고를 좀 당해서 경과 지켜보고 들어가려고…… 온다고? 뭐 하러? 시간 남으면 2차 세미나 준비나 마저 하고 있어. 박 교수팀이 벼르고 있을 테니까."

효주는 짧게 한숨을 내쉬며 재준과의 통화를 끝냈다. 다행히 운성은 10번 갈비뼈 골절과 일부 타박상 정도로 심각한 상태가 아니었다. 한숨 돌리고 나자 사라진 해수가 걱정되기 시작했다.

"내가 챙겼어야 했는데. 사람들 몰려드는 통에 정신이 없어서 못 봤나. 몸도 약해 보이던데 쓰러지기라도 한 거 아냐? 연락처를 알아야 전화라도 해볼 텐데."

혹시나 해서 운성의 휴대폰을 켜봤지만 암호 설정이 되어 있어 해수의 연락처를 알아낼 수 있는 방법이 없었다. 운성이 깨어나길 기다리며 병원 복도를 서성이던 효주는 멀리서 걸어오는 낯익은 얼굴을 알아보고 눈을 크게 떴다.

"산호…… 산호야!"

"아, 이모님. 계셨군요."

긴 다리로 성큼 다가온 산호가 고개를 숙여 인사했다. 산호와는 운성의 고등학교 시절 여러 차례 엮인 적이 있어 효주도 그가 낯설지 않았다. 게다가 지금까지도 '친구'라는 이름으로 운성의 곁에 있는 유일한 이였기에 반가운 마음에 효주는 그의 손을 덥석 잡았다.

"여긴 어쩐 일로…… 혹시 운성이 입원한 거 알고 온 거니?"

"한우리 계열 병원이라 관련자가 환자로 등록되면 연락이 오게 되어 있어서요. 과연 권운성답군요, 대낮에 뺑소니를 당하다니. 아니, 더 권운성다운 건 고작 한 달이면 털고 일어날 갈비뼈 골절이라는 사실인가."

혼잣말처럼 중얼거리던 산호는 효주와 눈이 마주쳐 씩 웃어 보였다. 운성과 닮은 눈매로 산호를 흘겨보던 효주는 그의 귀를 세게 잡아당겼다.

"이, 이모님! 아픈데요? 으억."

"경상이라 아쉽니? 응?"

"저는 그, 약자 입장에서 생각을 하는 버릇이 있어서. 백주대낮에 강남에서 트럭 뺑소니라니, 누군가 작정하지 않고서는 있을 수 없는 일이죠. 권운성은 제 몸에 해를 끼친 적을 너그러이 용서해 줄 위인이 아니니 그치는 이제 목줄 물어뜯길 일만 남지 않았습니까. 사실 동정은 그쪽에 해야…… 이모님, 혹시 목마르세요? 음료수 사올까요?"

한층 날카롭게 좁혀진 효주의 눈매에 산호는 얌전히 꼬리를 내리며 웃었다. 깊은 눈매 속의 눈동자가 아이처럼 반짝이는 것은 고등학교 때와 조금도 달라지지 않았다. 말쑥한 성인과 짓궂은 소년 사이의 경계선은 그 눈빛이었다. 금방이라도 전혀 예기치 못한 충동적인 행동을 불쑥 해버릴 것 같은, 끊임없이 흔들리며 파도치는 눈빛.

효주는 산호의 귓바퀴를 한 번 꼬집고는 등을 툭툭 쳤다.

"왜 이렇게 말랐어. 밥은 잘 먹고 다니는 거야?"

"제가 마른 건 밥을 잘 못 먹어서가 아니에요."

습관처럼 입가를 끌어 올려 미소 짓는 산호의 표정에 효주의 눈썹이 추켜 올라갔다. 아픔을 참는 듯한 미소도 예전 그대로였다. 약점을 보이지 않으려 자신을 숨기는 표정도.

"여기가 텅 비어서 그런 거지."

제 가슴을 쿡쿡 찌르며 산호는 읊조리듯 중얼거렸다. 순간이었지만 감정이 모두 증발된 것 같은 무표정이 스쳐 지나갔다. 무어라 말을 하려던 효주는 이내 씩 웃으며 자신을 돌아보는 산호의 표정에 말문이 막히고 말았다.

"걱정하지 마세요. 트럭 번호판이 위조품이었다고 해도 상대를 찾을 방법은 얼마든지 있으니까. 일단 권운성이 살아 있으니, 뒷일은 걱정할 필요가 없죠. 짐작 가는 데가 없는 것도 아니고."

"······네가 걱정이 돼, 산호야. 넌 괜찮은 거니?"

산호의 시선이 자신의 손을 꼭 잡고 있는 효주의 손등으로 향했다. 가지런한 입매가 감정 없는 곡선을 그리며 그녀의 손을 겹쳐 잡았다.

"전 괜찮지가 않아요. 하지만 방법이 없죠, 늘 그랬듯이."

"산호야."

"그래도 미인의 걱정은 언제나 기분이 좋네요."

잠시 흔들리던 표정이 평소처럼 느긋한 얼굴로 돌아와 태연스레 눈을 찡긋거린다. 이런 얼굴이 되면 무슨 말을 해도 더 이상 속내를 내비치지 않겠다는 뜻이다. 효주는 혀를 차며 차가운 산호의 손을 부드럽게 토닥였다.

"자꾸 안으로만 숨기려고 하지 말아. 운성이는 마음 내줄 사람이 생긴 모양이던데, 너는 아직이야?"

"이모님도 만나셨어요, 우리 해수를?"

"신해수 씨를 알아?"

"그렇지, 이게 권운성이지. 도망칠 구멍 하나 안 남기고 아주 원천봉쇄를 하는구만. 이 무섭고 치밀한 새끼."

궁얼거리며 혼잣말을 내뱉던 산호는 의아한 눈으로 자신을 바라보는 효주의 시선을 느끼고 고개를 들었다.

"해수는 제······."

뭐라고 표현해야 할지 망설이는 사람처럼 산호는 잠시 말을 멈췄다. 아니, 머릿속에 떠오른 말이 있었지만 굳이 내뱉을 필요가 없다는 걸 알고 있기에 그는 입을 다물었다. 짧게 심호흡을 하고는, 산호는 몸에 배인 습관 같은 미소를 지었다.

"동생 같은 아이예요. 반드시 행복해져야 하는. 권운성 정도라면 아마 그 행복을 지켜줄 수 있을 거라고 생각해서, 그래서 소개시켜 줬어요, 제가."

내 평생 가장 잘한 일이 되기를. 가지런한 이를 드러내며 웃는 산호가 어쩐지 그대로 사라져 버릴 것 같아 효주는 무의식적으로 그의 손을 더 꼭 잡았다. 축축하게 느껴지는 차가운 땀이 밴 산호의 손바닥을 더듬는 효주의 미간이 바짝 좁아졌다.

"너 혹시⋯⋯."

"예?"

"아니다. 그럼 해수 씨 연락처를 알겠구나. 나랑 같이 있다가 운성이 사고 나는 모습을 봤거든. 내가 정신이 없어서 그 아이를 못 챙겼는데, 나중에 뒤돌아보니까 안 보이더라고. 걱정이 돼서⋯⋯ 산호야?"

"연락드릴게요."

효주는 어느새 차갑게 굳어진 얼굴을 한 산호를 붙잡으려 했지만 돌아서는 그가 한발 빨랐다. 병실 복도를 걸어가다가 이내 달리기 시작하는 산호의 뒷모습을 바라보던 효주의 시선이 자신의 손바닥으로 향했다. 산호의 손을 맞잡았던 그녀의 손바닥은 식은 땀으로 흠뻑 젖어 있었다.

비가 내리기 시작했다. 봄이 왔다고 안심했던 사람들을 놀리듯 내리는 비는 겨울의 서슬 퍼런 냉기를 품고 있었다. 해수는 천천히 병원 안으로 걸음을 옮겼다. 머리부터 발끝까지 젖어 있었지만 추위를 느끼지는 못했다. 온몸의 감각이 죽어버린 것 같았다.

눈을 깜빡이면 트럭이 운성의 차를 덮치는 장면이 떠오른다. 또 한 번 깜빡이면 침대에 누워 있는 준수가 보였다. 도대체 왜. 아무 렇지 않은 얼굴로 사람은 그렇게나 잔인하고 끔찍한 말을 내뱉을 수 있는가. 자신이 원하는 것을 위해 인간은 어디까지 갈 수 있을까.

숨을 내쉬지 못할 만큼 가슴이 답답하게 조여들었다. 원망의 화살의 끝은 스스로를 향하고 있었다. 입술을 깨문 해수의 손이 힘없이 병실 문을 열었다. 희미한 스탠드 불빛이 밝히고 있는 병실은 고요했고, 여느 때와 다름없이 침대에는 창백한 얼굴의 준수가 있었다.

젖은 머리에서 빗방울이 흘러내려 턱 끝에 맺혔다. 그것은 이내 터져 나온 눈물과 뒤섞여 기어코 바닥에 후두둑 떨어지고 말았다.

"그럴 필요 없었어, 신준수."

가늘게 떨리는 목소리가 허공을 갈랐다. 해수는 입술이 터질 정도로 세게 깨물었다.

"날 구할 필요 없었다고. 그날 날 구해서 오빠 10년을 그렇게 누워 있고, 그날 날 구해서 오늘 그 남자가 사고를 당했어. 나더러 대체 어떻게 하라는 거야…… 어떻게 살라는 거야!"

무릎이 꺾여 해수는 그대로 바닥에 주저앉았다. 고요한 병실은 여린 흐느낌으로 가득 찼다.

"사는 게 이렇게 무서운데…… 사람이 이렇게 무서운데…… 혼자 남겨둘 거였으면 차라리 구하지 말지. 이럴 거였으면 그 때 깔려 죽게 내버려 뒀어야지, 도대체 왜!"

이제 겨우 한 발 내디뎠는데. 아침에 눈을 뜨는 게, 이제 두렵지 않게 됐는데. 사람의 온기에 이제 막 익숙해졌는데. 눈을 마주치고, 손을 잡고 그의 체온을 느끼며 지금과는 다른 삶을 이제야 겨우 꿈꾸게 됐는데.

무서웠다. 온몸이 덜덜 떨릴 정도로 두려웠다. 아무도 없는 어둠 속으로 숨고만 싶었다. 준수를 지킬 자신도, 저 때문에 사고를 당한 운성을 바라볼 용기도 나지 않았다. 그저 이대로 연기처럼 사라져 버리고만 싶었다.

"······네 덕분에 산 사람도 있어."

혁, 하는 한숨과 함께 무너지는 해수의 몸을 단숨에 끌어안은 목소리가 중얼거렸다. 비를 잔뜩 머금어 냉기가 느껴지는 셔츠 너머로 들썩이는 가슴이 단단하다. 뜨겁게 달아오른 체온이 차게 식은 해수의 몸을 감싸고 있었다. 달려왔는지 거친 숨소리가 해수의 귓가를 스쳤다.

"그렇게 울지 마, 해수야. 제발, 그렇게 울지 마."

무슨 짓이든 해버릴 것 같으니까. 산호는 말을 삼키며 뼈가 도드라진 해수의 어깨를 더 세게 끌어안았다. 비에 젖은 두 사람의 머리카락이 축축하게 뒤엉켰다.

"신준수한테 전해줘요. 나 없을 땐 산호 씨한테 말도 하고 그런댔잖아. 이게 다 너 때문이라고, 그날 날 구한 너 때문이라고 말 좀 해달라구요!"

산호의 손가락이 해수의 젖은 머리를 감쌌다. 딱딱한 바닥에 무릎을 꿇고 있는 그의 가슴에 해수의 눈물이 스며들고 있었다. 낮게 가라앉은 목소리로 산호가 속삭였다.

"네 잘못이 아니야. 운이 나빴을 뿐이고, 누구에게나 그런 일은 있어. 네 잘못이라서가 아니라, 세상에 존재하는 수없이 많은 불운 중의 하나일 뿐이야. 속이 터질 만큼 억울해도, 누구도 어떻게 해줄 수 없는. 결국은 체념하고 받아들일 수밖에 없는, 더럽고 치사한 불운."

마른 등을 토닥이며 중얼거리는 산호의 눈이 어둡게 가라앉았다. 숨죽인 채 울고 있는 해수의 입술이 자꾸만 그의 젖은 어깨에 아프게 스치고 있었다. 천천히 그녀의 뺨에 얼굴을 기대고는, 산호는 눈을 감았다.

"그러니까 마음 아픈 말 좀 그만하라고…… 준수 씨가 전해달래."

오랫동안 맞은 비로 이미 뼛속까지 감각이 사라진 듯한 기분이었지만, 한 방울씩 떨어지는 해수의 눈물이 어깨에 닿을 때마다 아릿한 통증이 느껴져 산호는 깊은 한숨을 조용히 삼켜야 했다. 그 어떤 진통제로도 나을 것 같지 않은 아픔이 말라붙은 그의 가슴을 집어삼키고 있었다.

◆ ◆ #19 ◆ ◆

"권운성은 멀쩡해."

빗방울이 창문을 두드리는 소리만이 병실을 채우고 있는 가운데, 산호의 목소리가 끼어들었다. 숨소리조차 내지 않고 소파에 앉아 있는 해수의 곁에 서서 산호는 자꾸만 잠기려는 목에 힘을 주어 크게 소리를 내었다.

"그 새끼들이 잘못 판단한 거야. 건드릴 생각이었다면 아예 죽일 결심으로 덤벼야 후환이 없는 상대인데, 경고랍시고 어설프게 굴었으니. 차라리 나한테 조언을 구했다면 성심성의껏 도와줬을 텐데 말이야. 손 안 대고 코 풀 수 있었는데, 진짜 아깝다."

가벼운 농담처럼 던져진 말에도 해수는 반응이 없었다. 똑, 하고 머리카락에서 떨어진 빗방울이 모여 바닥에 작은 웅덩이를 이루고 있었다. 벽에 기대고 있던 산호가 유령처럼 느릿하게 몸을 움직였다.

보호자를 위한 안쪽 작은 방에서 들고 온 이불을 조심스레 해수의 젖은 어깨에 둘러주는 산호의 손이 잠시 멈칫했지만, 그는 이내 손을 거두고 다시 해수의 곁으로 돌아왔다. 그녀의 옆자리는 비어 있었지만, 그는 앉을 생각이 없었다.

"이모님 만났다면서. 멋진 분이시지? 네 걱정 많이 하시더라. 우리 해수, 어딜 가나 하여튼 예쁘다고 난리야. 새삼스럽게. 그렇지?"

그 말에 움찔, 하고 해수의 작은 어깨가 떨렸다. 가만히 그 움직임을 지켜보며 산호는 제 목덜미를 손바닥으로 쓸어내렸다. 머리가 어지럽다 싶더니, 열이 나는지 젖은 옷이 들러붙은 몸이 뜨끈하게 달아오르고 있었다. 후, 하고 열띤 숨을 내쉬고는, 산호는 습관처럼 씩 웃었다.

"어떻게 해줄까."

어둠에 묻혀 버린 듯한 해수를 조용히 내려다보며 유혹하듯 속삭인다. 달처럼 하얗게 떠오른 해수의 창백한 뺨을 바라보는 산호의 눈매가 가늘어졌다.

"죽여 버릴까?"

감정이 없는 듯한 목소리가 낮게 허공을 비행했다. 해수는 천천히 고개를 들었다. 한없이 깊은 우물처럼 속이 조금도 들여다보이지 않는 눈으로, 산호가 웃고 있었다.

"귀찮아서 당분간 지켜볼까 했는데, 주제를 모르면 가르쳐 주는 게 예의인 것 같기도 하고. 권운성을 건드리는 건 상관없는데, 자꾸 너에게 손을 대려고 하잖아. 권낭만 깨어나면 내 복수의 기회가 없을지도 모르니까, 지금 바로 쥐도 새도 모르게. 그렇게 할까, 해수야?"

다정한 목소리지만 맹독을 품은 파충류처럼 차갑다. 일순 산호의 눈에 어둡게 일렁이는 감정을 알아본 해수는 입술을 깨물었다. 농담처럼, 아무 의미 없는 말처럼 내뱉고 있지만 그의 눈은 분명한 메시지를 담고 있었다. 그것은 등골이 서늘해질 만큼 냉정하게 타오르는 분노였다. 가면 같은 미소로 숨기고 있었지만, 그는 지금 분명 화가 나 있는 것이다.

해수의 시선이 병실 천장을 훑었다. 준수를 비추던 카메라를 통해 어딘가에서 지켜보고 있을까. 간혹 번거로운 일에 휘말린 적은 있었지만, 그녀는 사람을 미워하지는 않았다. 그럴 만큼 깊이 엮인 적이 없었던 것이다. 그러나 이번은. 이번만큼은.

해수가 손을 뻗었다. 산호는 딱딱하게 힘이 들어가 굳어진 제 손끝을 아이처럼 쥐는 해수의 손가락을 바라보았다. 온몸을 휘감고 똘똘 뭉쳐 있던 열기가 해수의 손을 통해 모조리 빠져나가는 것 같았다.

"내가 해요, 내 방식으로."

나직하게 내뱉는 해수의 눈길이 산호에게로 향했다. 아득하지만 어둠 속에서도 맑게 빛나는 듯한 그녀의 눈동자는 늘 그렇듯이 아름답다. 차분하게 가라앉은 해수를 물끄러미 내려다보던 산호는 피식 웃으며 그녀의 손을 가볍게 쥐고 흔들었다.

"이제 정말 내가 필요 없구나. 해줄 수 있는 게 없네."

"그냥……."

잠시 말을 멈춘 해수는 눈앞에 누워 있는 준수의 얼굴을 잠자코 바라보았다.

"이렇게 있어주는 걸로 충분해요."

사방이 벽으로 가로막힌 것처럼 숨통이 조여들 때, 틈이 있다는 걸 알려주는 한줄기 바람처럼 그렇게 있어주면.

마음을 날카롭게 가다듬으며 해수는 깊게 심호흡을 했다. 그런 그녀를 어둠 속에서 바라보는 산호의 표정이 파도에 휩쓸린 모래성처럼 사각거리며 무너져 내렸지만, 그것은 찰나에 불과했다.

차갑게 굳어진 얼굴로 산호는 고요히 열이 오르는 눈을 감았다. 제 것이 아닌 듯 무감각해진 손끝에 유일하게 느껴지는 해수의 체온에 기댄 채, 이대로 잠들어 버리고 싶을 만큼 그는 피로했다.

운성은 낮은 신음을 삼켰다. 깊게 숨을 들이켜자 뼈근한 통증이 가슴을 파고든다. 효주를 안심시켜 돌려보낸 이후로 그는 잠들지 못했다. 서늘한 새벽의 기운이 캄캄한 병실을 가득 채우고 있었고, 결국 운성은 몸을 일으켰다.

천천히 창문의 블라인드를 올리자 그 틈으로 넘실거리며 들어온 가로등의 불빛이 침대에 기댄 운성의 그림자를 길쭉하게 만들었다. 운성은 조용히 눈을 감았다.

그의 뇌는 생각을 하자고 마음먹기도 전에 이미 논리적인 계산에 빠져들었다. 코너를 돌아 달려오면서 전혀 속도를 줄이지 않던 트럭을, 운성은 주시하고 있었다. 그대로 달려와 부딪쳤다면 이 정도 부상으로 끝나지 않았을 테지만, 정방향으로 달려오던 트럭은 충돌 직전 방향을 슬쩍 틀었고 동시에 운성은 후진했다. 그러지 않았다면 살아는 있었더라도 제법 크게 다쳤을 것이었다.

대낮에 강남대로에서의 대담한 뺑소니. 목적이 없을 리가 없다. 삐딱하게 웃으며 운성은 짧게 혀를 찼다.

"경고를 할 생각이었다면 좀 더 영리하게 굴었어야지."

인간은 생각에 따라 행동한다. 이런 식의 적당히 무모하면서 거친 수법은 목적에 눈이 멀어 애가 탄 사람이나 할 법한 행동이다. 그는 많은 적이 있었다. 쉴 새 없이 기밀을 빼돌리려는 내부 사람도, 그를 이간질하려는 외부의 경쟁자도, 그의 자리를 탐내는 사람도, 그가 무너지길 바라는 사람도 많았지만 굳이 그런 사람들의 얼굴과 수법을 일일이 떠올려보지 않아도 이 일의 배후는 분명했다.

운성은 휴대폰을 내려다보았다. 사고로 정신이 없어서 뒤늦게 돌아보았지만 해수를 찾지 못했다는 효주의 말에 그는 하마터면 효주의 앞에서 욕설을 지껄일 뻔했다.

해수를 손에 넣기 위한 질 낮은 협박의 대상이 된 것이다. 탐욕스러운 너구리가 할 법한 짓이라는 생각에 속이 뒤틀렸다.

'공주님 확보'라는 문자가 산호에게서 오지 않았다면 그는 당장에라도 병원을 뛰쳐나갔을 것이다. 부러진 갈비뼈가 폐를 찔러 숨을 쉬지 못하는 한이 있더라도 기어코 최재훈을 찾아 짓밟고 말았을 것이다. 설사 그들이 해수를 납치했다 하더라도 그녀의 능력이 필요하니 몸을 상하게 하지는 않을 것이라는 논리적인 생각을 하면서도, 치밀어 오르는 격한 분노가 그의 이성을 마비시켰던 것이다.

"권운성, 사람 다 됐군."

신음 같은 한숨을 내뱉으며 운성은 목을 뒤로 젖혔다. 가슴이 뻐근하게 당겼지만 그는 짧게 혀를 찼을 뿐, 짙게 번지는 고통을 조용히 짓씹었다. 그것이 초조함을 견디는 그의 방법이었다.

눈앞에서 그의 사고를 봤고, 그 직후 최재훈이 그녀를 데려갔다면 자신을 들먹이며 하는 협박에 해수는 겁을 먹었을 것이다. 오빠의 사고와 연관 지어 또다시 스스로를 탓하며 숨어버릴지도 모른다. 운성을 초조하게 만드는 것은 바로 그 점이었다.

"그걸 알고 이런 식으로 판을 짰다면 아주 멍청한 건 아닌데."

교활한 최재훈의 얼굴을 떠올리며 운성이 서늘하게 웃었다. 어떻게 되돌려 줘야 그의 인생에 가장 큰 타격이 될지를 반사적으로 계산하던 그의 두뇌는 문득 멀리서 들리는 듯한 발소리에 그대로 정지했다. 느리게 가까워지고 있는 그 소리는 몹시도 가벼워 자연스레 누군가를 떠올리게 만들었다.

자박자박, 복도를 걸어오던 소리는 문 앞까지 다가오고 나서야 잠시 멈춰 섰다. 망설임이 고스란히 읽혀져 창가에 등을 기대고 문 쪽을 바라보는 운성의 가슴이 무겁게 뛰었다. 예민하게 곤두선 신경줄이 금방이라도 끊어질 것처럼 팽팽하게 당겨졌을 무렵, 비로소 찰칵, 문이 열렸다.

발소리를 죽인 채 조심스레 병실로 들어서던 해수의 눈이 빈 침대를 거쳐 창가에 서 있는 운성에게로 향했다. 어둠을 등지고 서 있어 표정이 잘 보이지 않았지만 뻣딱하게 서 있는 그는 환자복을 입고 있을 뿐, 여전히 사람을 압도하는 날 선 분위기를 품고 있었다. 그 모습이 정말 아무렇지도 않아 보여 해수는 입술을 깨물었다. 안도의 눈물이 배어 나왔다.

"어딜 헤매다 이제야 오는 거야."

퉁명스럽지만 한편으로 따뜻하게 느껴지는 목소리에 목이 멘다. 해수는 가만히 서서 운성을 응시했다. 팔짱을 낀 채 짐짓 인상을 쓰고 있는 얼굴선이 변함없이 날카롭다.

무사해 줘서 고마워요. 강한 사람이어서 고마워요. 이렇게 기다려 줘서, 고마워요.

하고 싶은 말이 많았지만 정작 해수의 입술을 비집고 튀어나간 말은 매우 딱딱했다.

"자고 있는 줄 알았는데. 아직까지 안 자고 뭐 하는 거예요?"

"생각."

"무슨 생각을 새벽 3시가 넘도록 해요."

"당신이 안 올까 봐."

1인실은 널찍했다. 문 앞에 서 있는 해수와 창가에 기대고 있는 운성의 거리는 제법 멀었지만 고요한 병실을 가로지르는 운성의 목소리는 더없이 또렷하게 해수의 귓가에 부딪쳤다.

"겁먹고 도망쳐 버릴까 봐, 발 뻗고 잠을 잘 수가 있어야지."

"……원망 안 해요?"

"누굴. 그리고 왜."

"나 때문에 사고 난 거예요. 하마터면 당신 정말 크게 다칠 뻔했다고요."

"확실한 건가?"

"뭐라고요?"

해수는 예기치 못한 운성의 질문에 미간을 찡그렸다. 그 창백한 얼굴을 관찰하듯 찬찬히 바라보던 운성은 태연한 얼굴로 말했다.

"자랑은 아니지만, 내가 썩 사람들의 사랑을 받는 성격은 아니라서 말이야. 그중 한 명쯤은 날 차로 치고 싶었을 수도 있지. 용서할 마음은 없지만 이해가 안 가는 건 아니야. 객관성은 내 많은 장점 중 하나지."

"그게 무슨 말도 안 되는 소리예요? 당신 사고는 나 때문에……!"

"감당해."

짤막하게 날아온 말에 해수는 숨을 멈췄다. 다른 생각을 할 틈을 주지 않겠다는 듯 집요하게 그녀의 시선을 붙들고, 운성이 말을 이었다.

"당신이 그런 사람이라서, 혹시나 있을지 모를 위험은 당신을 선택한 내 몫이야. 그러니까 당신은 나에 대한 부채감을 감당해. 그 죄책감을 견디고 내 곁에 있어. 장담하는데, 그 선택 후회하지 않게 해주지."

"그렇게 간단한 일 아니잖아요."

"복잡할 건 또 뭐지?"

당장에라도 그녀에게 다가가 여린 어깨를 끌어안고 허튼 생각하지 말라고 말하고 싶었지만, 운성은 단단하게 끼고 있는 팔짱을 풀지 않았다. 결국 한 발을 떼는 것은 그녀 자신의 몫이다. 남의 손에 이끌리지 않고 스스로 내딛는 한 걸음은 그렇게 차곡차곡 쌓여 그녀의 마음을 굳건하게 만드는 기반이 되어줄 것이다. 자신이 선택한 길에 대한 의지는 쉽게 변하지 않는다. 운성은 해수가 그녀 스스로의 의지로 자신을 선택하기를 바랐다.

"이기적인 삶은 그런 거야. 타인에 대한 죄책감을 이겨내는 게 그 시작이지. 나를 놓은 대가로 그 볼품없는 죄책감을 끌어안고 살아봐야 남는 건 없어. 그러니까."

짧게 숨을 들이켜자 날카로운 송곳으로 가슴을 후벼 파는 듯한 통증이 매섭게 번졌다. 그럼에도 해수에게서 눈을 떼지 않고, 운성은 손을 내밀었다.

"이리 와서 내 손 잡아, 신해수."

흐느낌과 닮은 숨소리가 흘러나왔다. 해수의 마른 어깨가 떨리고 있는 것이 희미하게 보인다. 운성은 요동치는 불안함을 억누르며 조용히 기다렸다.

"나는, 지금까지 누군가와 함께 살아갈 생각을 해본 적이 없어요."

"나도 마찬가지야."

"나 때문에 또 무슨 사고를 당하게 될지 몰라요."

"그건 내가 더 하고 싶은 말이군. 주변에 이를 가는 사람들이 워낙 많아서 말이지."

눈물을 머금고 던지는 말에 꼬박꼬박 대답하는 운성의 목소리는 신기할 정도로 느긋하다. 잠시 숨을 고르던 해수의 뺨을 타고 눈물이 떨어져 내렸다.

"지금 잡으면 절대 안 놓을 거야. 내가 지겹고 무서워서 도망치고 싶어지는 날이 와도, 당신이 갈 곳은 없어요. 인터넷도 전화도 안 되는 무인도라도 가서 평생 숨어 살지 않는 이상, 어딜 가도 난 당신을 쫓아갈 수 있다고요. 그래도 날 받아들일 수 있겠어요?"

"그것참……."

운성의 단정한 입매가 부드러운 곡선을 그렸다.

"열렬한 고백이군. 이왕이면 그런 말은 다른 사람들과 같은 언어로 표현을 해주면 고맙겠는데. 좋아한다거나 사랑한다거나."

"좀 더 심각하게 들어요. 앞으로 당신 인생이 나 때문에 어떻게 달라질지 모른다고요!"

"바라던 바야."

"권운성 씨!"

"당신을 만나고 나는 이미 변하기 시작했어."

느긋하게 말하고 있었지만 몸속을 할퀴는 듯한 통증은 점점 커지고 있었다. 운성은 미간을 좁힌 채 심호흡을 했다. 날카롭게 치뜬 눈으로 여전히 그 자리에 서 있는 해수를 응시하며, 그는 무겁게 입을 열었다.

"열세 살 때 어머니는 나를 구하려다 돌아가셨어. 스물세 살 때 군대에서 우울증을 앓던 후임이 총기사고를 냈지. 사고 며칠 전부터 야간근무를 할 때 귀신이 보인다고 하더군. 도저히 못 하겠다고, 나더러 대신 좀 해달라고, 정말 절실하게 부탁했어. 그게 사실이라면 어디 한번 증명해 보라고, 등을 걷어차서 근무에 내보낸 게 바로 나야. 그날 녀석은 내무반에 총을 난사하고 스스로 목숨을 끊었어."

소리 없이 해수의 커다란 눈에서 눈물이 떨어졌다. 평정을 가장하고 있었지만 운성의 마음의 균열이 보이는 것 같았다. 그는 힘겹게 숨을 들이켜며 말을 이었다.

"나 때문에, 내 잘못으로 누군가 목숨을 잃었다는 죄책감이라면 지긋지긋할 정도로 잘 알아. 그래서 그동안은 외면하며 살아왔지, 당신을 만나기 전까지는."

그래서 뜻대로 기뻐할 수도, 슬퍼할 수도 없었다. 감정이 전달

되어야 할 통로를 가로막고 있는 죄책감이 너무 컸고, 진심을 표현할 상대도 없었다. 그렇게 운성의 얼굴에서는 표정이 사라졌던 것이다.

그러나 아픔에 집어삼켜져 잔뜩 웅크린 채 살고 있는 해수를 만났다. 제 잘못이 아닌데도 그 상처를 등에 짊어지고 있는 그녀를 위로하면서, 그제야 그는 자신의 상처를 객관적으로 들여다볼 수 있게 되었다. 그렇게 그의 삶은 조금씩 달라지고 있었다.

"그런 죄책감은 영영 사라지지 않아. 마지막 눈감는 날까지 함께하겠지. 그렇다고 내가, 당신이 웃을 자격이 없는 건 아니야. 그것과 함께 살아갈 용기를 내면 되는 거지. 그게 내가 당신을 만나서 얻은 결론이고, 그래서 나는 당신이 아니면 안 돼, 신해수. 알아듣겠어?"

또다시 비가 내리나. 창문을 두드리는 빗소리가 후두둑, 병실을 울렸다. 부러진 갈비뼈로 인한 통증은 만성적인 그의 가슴속 아픔에 비하면 사소하게 느껴질 정도다. 운성은 가만히 고개를 숙인 해수를 바라보았다. 그리고 오래지 않아 해수의 발이 움직였다.

"……무르기 없기예요."

한 발, 더 다가온다. 점점 가까워지는 해수의 검은 눈동자를 바라보는 운성의 얼굴에 얇게 깔려 있던 긴장감이 부드럽게 무너졌다.

"후회해도 소용없어요."

스스로 다짐하는 것처럼 들리는 해수의 목소리는 떨리고 있었지만 또렷했다. 어서 와. 부르는 듯 길게 뻗은 운성의 손이 해수를 향해 가볍게 까닥거렸다. 이를 악물고는, 눈물 젖은 눈을 든 해수의 떨리는 손가락이 그의 손끝에 닿았다. 순식간에 손가락을 타고 열기가 흘러드는 것 같았다. 그리고 세게 당겨져, 해수는 운성의 단단한 가슴에 안겼다.

허허벌판에 맨몸으로 서서 세찬 겨울바람을 힘없이 맞아야 하는 눈사람처럼 딱딱하게 굳어져 있던 몸이 사르르 녹아내리는 듯했다. 따뜻한 사람의 온기가 그녀의 온몸을 휘감고 있었다.

"같이 살자, 사람들 사는 것처럼."

낮은 목소리에 눈물이 울컥 솟는다. 해수는 얇은 환자복 너머의 운성의 몸을 굳게 끌어안았다. 어느새 익숙해져 버린 그의 살 냄새를 깊게 들이마시자 가슴 곳곳에 깊게 패인 외로움의 구멍들이 하나둘씩 채워지는 기분이 들었다. 발버둥 쳐도 벗어나지 못할 정도로 어깨를 꽉 감싸 안은 채 아이를 달래듯이 귓가와 머리칼, 목덜미에 스치듯 입을 맞추는 운성에게 온전히 몸을 내맡긴 해수가 속삭였다.

"당신을 만나서 정말 다행이야."

"고맙다면 인사를 해야지."

새순이 돋을 것처럼 간질거리는 느낌이 가슴 깊은 곳에서부터 피어오른다. 그의 존재가 감사했지만, 이런 순간마저 느긋하게 웃으며 무언가를 종용하는 운성은 확실히 얄밉지만 거부할 수가 없다. 그녀는 꼬물거리며 뺀 두 손으로 운성의 양 뺨을 감쌌다. 마른 등을 쓰다듬고 있던 그가 해수를 내려다보았다. 더없이 가까이에서 마주 보는 두 시선이 고요히 얽혀들었다.

"키 좀 낮춰줘요. 입술이 안 닿는다고요."

눈썹을 찡그리며 투덜대는 해수의 말에 운성은 웃음을 터뜨리고 말았다. 이렇게 사랑스러운 여자가 또 있을까. 까치발을 들고 입술을 내민 자그마한 얼굴을 보고 있는 것만으로 메마른 가슴에 피가 돈다.

신해수라는 여자가 곁에 있는 삶. 그녀와 함께 일상을 보내고, 더 많은 표정을 드러내는 것을 바라보며 사는 삶. 그것은 자연스레 '행복'이라는 단어를 떠올리게 했다. 그가 손에 쥘 수 없을 거라 일찍부터 포기하고 묻어뒀던, 한없이 멀리 있던 그 단어.

운성은 해수의 허리를 끌어안으며 입술을 내렸다. 작고 도톰한 입술에 닿고, 그녀와 숨을 섞으며 온기를 나누었다. 품에 매달려 오는 여린 몸을 놓고 싶지 않았다. 두근거리며 뛰는 자신의 심장 박동이 낯설면서도 듣기 좋았다.

음, 하고 운성의 입술로 막혀 있던 해수의 입에서 촉촉한 목소리가 흘러나왔다. 부드럽게 부딪치던 입술이 각도를 달리하며 깊이 파고들었다. 뜨겁게 얽히는 혀가 주는 자극에 해수는 금세 숨이 차기 시작했다. 손가락 끝이 가늘게 떨리고 가슴이 들썩인다.

"어디까지 가볼까."

운성이 흐트러진 목소리로 중얼거렸다. 제 몸을 다 덮고도 남을 널찍한 어깨를 붙잡은 채 해수가 숨을 몰아쉬었다. 열기로 달아오른 뺨과 목덜미를 느릿하게 쓸어내리는 운성의 손길에 저절로 몸이 긴장한다. 작게 솟은 가슴을 농밀하게 스친 운성의 손이 홀쭉한 배와 허리를 맴돌자 해수는 입술을 깨물며 그의 손목을 붙잡았다.

"나, 나는 해본 적이 없어요!"

큼, 하고 사레들린 듯한 낮은 기침 소리가 터져 나왔다. 해수는 어쩐지 허를 찔렸다는 듯한 눈을 하고 있는 운성의 손목을 쥐고 있던 손을 천천히 놓았다. 보지 않아도 알 수 있었다. 얼굴이 새빨개졌을 것이다. 어색하게 목을 가다듬은 해수가 말했다.

"그래서, 그, 어떻게 해야 하는지도 잘 모르겠고, 좀 무섭기도 하고, 그리고 여긴 병원이고…… 그리고 보니 당신 환자잖아요!"

멀쩡해 보여서 잘 몰랐는데, 하고 덧붙이며 해수가 불시에 운성의 환자복을 들춰 올렸다. 탄탄하게 근육이 조여져 있는 남성의 복부가 눈앞에 드러나자 순간 부끄러워졌지만 이내 해수는 그의 가슴팍에 감겨져 있는 붕대를 확인하고 인상을 찌푸렸다.

예기치 못한 그녀의 행동에 당황했지만, 험악한 표정을 짓고 있는 해수를 말릴 수는 없어 보인다. 그르렁거리는 한숨을 삼키며 운성이 미련이 남은 목소리를 내뱉었다.

"별거 아냐. 일상생활에 지장 없을 정도라더군. 당신을 안는 건 일상생활에 포함되는 거고, 그러니 괜찮다는……."

"누워요, 당장."

"……뭐?"

"누워서 쉬란 말이에요. 지금이 대체 몇 시인지 알기나 해요? 4시가 다 되어간다고요."

자연스레 손목시계를 들여다본 해수가 엄한 얼굴로 침대를 손가락질했다. 이런 식으로 쓰라고 준 시계는 아니었는데. 운성의 가지런한 입매에서 탄식이 흘러나왔다.

"사람 혼을 빼놓고 얼렁뚱땅 뜻대로 끌고 나가려는 건 하여튼 정말 똑같아."

"그놈 옆에 자꾸 갖다 붙이지 마."

"아픈 척 안 하려는 것도, 약한 모습 보이지 않으려는 것도."

속이 상한 듯 심통 맞게 튀어나오는 해수의 목소리에 운성은 어깨를 으쓱이며 침대에 앉았다. 한 발 다가서서 팔짱을 끼고 자신을 내려다보는 해수를 바라보며, 그는 침대 한 켠을 툭툭 쳤다.

"당신도 눕지."

"뭐라고요?"

"얼굴만 보고 갈 생각이었나? 밖이 어떤 상황인지 빤히 알면서. 늑대 소굴을 혼자 쏘다닐 생각 집어치우고 이리 와."

퉁명스레 말하며 운성이 침대 한 켠에 다리를 세우고 누웠다. 길쭉한 그의 텅 빈 옆자리를 바라보며 해수는 침을 꼴깍 삼켰다. 앞섶이 느슨한 환자복을 입은 운성의 나른한 모습은 마치 그녀를 유혹하는 것 같아 가슴이 떨린다. 해수는 헛기침을 하며 고개를 저었다.

"나는 바빠요. 할 일이 있어서. 얼른 자요."

"뒤통수를 맞았는데 잠이 올 리가. 아, 내 빚, 혹시라도 대신 갚을 생각은 말아."

느긋하게 흘러나온 말에 해수가 눈썹을 치켜세웠다. 운성은 눈을 감은 채 말을 이었다.

"최재훈의 숨통을 조일 방법은 많지. 고르는 게 귀찮을 만큼. 그러니 당신은 가만히 있어."

"내 거예요. 내가 할 거라고요."

"난데없이 따귀를 맞은 건 나야. 복수에 대한 우선권은 나에게 있다고 생각하는데."

"지저분한 협박을 받은 건 나예요! 시작도 나였고."

저도 모르게 큰 소리를 낸 해수가 입을 다물었다. 그러나 이미 운성은 눈을 떴고, 그 날 선 시선을 돌려 해수를 바라보고 있었다.

"최재훈을 만났나?"

잘생긴 미간을 좁히며 몸을 일으키려 하는 운성에게 다가가 해수는 그의 어깨를 눌렀다. 어쩔 수 없이 침대에 걸터앉은 자세가 된 해수는 운성을 내려다보며 마음을 가다듬었다. 제게 닿는 운성의 시선은 청량하지만 그렇기에 금방이라도 베일 것처럼 날이 서 있었다.

"오빠를 지켜보고 있어요. 병원 내에 사람도 풀어뒀고. 이틀 뒤 D증권에 들어가 일을 해주지 않으면 오빠도, 그리고 당신도 무사하지 못할 거라고."

"너구리치고 판을 크게 벌이는군. 이 나라에서 발붙이고 살 생각이 없는 모양인데."

서늘하게 가라앉은 목소리를 내뱉은 운성이 자신의 어깨를 붙들고 있는 해수의 팔을 가볍게 쥐었다.

"당신은 걱정할 것 없어. 손쓰는 건 이쪽이 빨라."

"내 말 좀 들어줘요."

해수는 차분하게 내뱉었다.

"병원에서 외부로 송출되는 신호를 잡아서 CCTV 영상을 바꿔치기할 수 있어요. 그사이 오빠를 다른 곳으로 옮겨서 보호하면 돼요. 그건 산호 씨와 이야기가 됐고, 오늘 오전 중에 해결할 거예요. 다만 생각을 해봤는데, 이틀은 나 혼자 그 사람에 대한 준비를 하기에 부족할 것 같아서 당신한테 부탁을 좀 하고 싶은데."

검은 눈동자는 곧은 의지로 가득했다. 운성은 짧게 한숨을 내쉬며 잡고 있던 해수의 팔을 부드럽게 쓸어내렸다. 완전히 그에게만 기대지 않는다는 점이 불만이라면 불만이었지만, 움츠리거나 피하지 않고 스스로 일을 해결하려는 것은 좋은 징조다.

"뭐든 말해, 들어주지."

"사람 좀 빌려줘요. 손이 필요해요. 지난번 영우 씨 정도면 도움이 될 것 같은데."

"……또 그 남자가?"

"같이 일해보니까 손발도 제법 맞고, 이해가 빨라요. 특히 금융보안프로그램 설계에 익숙하고, 강점도 취약점도 잘 알고 있더라고요. 이 회사 오기 전에 K은행 금융연구센터에서 일한 적이 있대요. 2교대로 일하다가 프로젝트 끝날 무렵 응급실에 일주일 간격으로 세 번 실려가서 그만뒀다고. 아야. 왜 이렇게 꽉 잡아요?"

흐음, 하고 길게 숨을 내쉬며 제 팔을 세게 쥐는 운성을 내려다보며 해수가 미간을 찌푸렸다. 마른 입술을 핥은 운성은 짧게 혀를 찼다.

문산호 하나로 모자라서 한영우까지. 사람들 속에서 그들과 어울리는 것을 조금씩 받아들이는 해수를 보는 것까지는 좋았지만, 그녀에게 가까워지는 사람이 생길 것이라는 생각은 하지 못했다. 이렇게 유치한 독점욕이라니. 이러다 친구가 생겨 함께 술도 마시며 돌아다니기라도 한다면. 아이처럼 순수하고 신비한 눈동자를 가진 매력적인 이 여자는 다른 세계로 얼마든지 발돋움을 할지도 모른다.

"무슨 생각을 하길래 그렇게 험악한 얼굴을 하는 건데요?"

"차마 입 밖에 내기도 부끄럽군. 30년 넘게 달고 다닌 내 머리가 한 생각이라고 믿고 싶지 않을 정도야."

운성은 머리를 털어내며 옆자리로 팔을 뻗었다. 허리를 비틀어
그를 내려다보고 있던 해수가 눈썹을 추켜 올렸다.

"베고 누워. 안고 자면 잠깐이라도 잘 수 있을 것 같으니까."

"내가 무슨 곰 인형이에요?"

"끔찍한 소릴. 그런 취미 없어."

순간 운성이 품 안에 곰 인형을 끌어안고 잠든 상상을 한 해수
의 입에서 웃음이 터져 나왔다. 그녀가 왜 웃는지 눈치채고 인상
을 구긴 운성이 해수의 팔을 잡아끌었다. 순순히 그의 팔을 베고
누운 해수의 머리카락이 흩어졌다.

운성의 손이 당연한 듯 그녀의 허리를 감싸 안는다. 손을 운성
의 가슴팍에 대자 따뜻함이 느껴져 해수는 빙그레 웃고 말았다.
몸속 가득히 운성의 향기가 채워지고 있었다.

"이게 처음이자 마지막이야."

귓가에 낮게 속삭이는 운성의 말에 해수가 빼꼼히 눈을 들었다.
그녀의 이마에 운성의 단단한 입술이 스쳤다.

"안고 그냥 자는 거."

소리 없는 비명을 내지르며 해수가 운성의 가슴에 얼굴을 묻었
다. 숨을 크게 들이쉬기만 해도 근육이 헤집어지는 듯한 통증이
온몸에 번졌지만 운성은 잠자코 해수의 등을 끌어안았다. 아무리
숨쉬기 힘들 만큼 가슴이 아프다고 해도, 아기 같은 냄새를 풍기
며 온전히 보드라운 살결을 제 몸에 맞붙이고 있는 해수 때문에
잔뜩 성이 난 하반신의 통증에 비하면 아무것도 아니었다.

◆ ◆ #20 ◆ ◆

재훈은 VIP 고객들의 자산 투자 현황에 대한 보고를 마치고 사
장실을 나섰다. 흘끗 돌아보는 시선이 교만했다. 이곳 생활을 정
리할 준비는 모두 마친 상태였다. 행적을 감추기 위해 2박 3일간
세계 곳곳을 경유할 비행 스케줄을 짰놨다. 종착지는 스위스였다.

어차피 제 재산을 관리하지 않는 사람들의 돈이다. 관리하지 않
는다는 것은 없어도 그만인 돈이라는 뜻이 아니겠는가. 예금 인출
이나 조회 주기를 봤을 때 적어도 한 달 이상은 찾지 않을 돈의 규
모는 그의 호화로운 평생을 책임지고도 남았다. 넉넉한 얼굴에 만
족스러운 미소가 떠올랐다.

"아, 전무님. 부사장님이 안에서 기다리고 계십니다."

"그래? 무슨 일로?"

"손님과 함께 계십니다."

비서의 말에 뻣뻣하고 융통성 없는 그를 떠올리며 재훈이 얼굴을 구겼지만, 이런 생활도 며칠 남지 않았다는 생각에 금세 기분이 좋아졌다. 손을 까닥이며 문을 열고 자신의 사무실에 들어선 재훈은 몇 걸음 들어가지 못하고 멈춰 섰다. 널찍한 소파에 기대고 있는 두 사람의 얼굴을 확인한 순간 어깨가 딱딱하게 굳었다.

"이제 끝났나? 여기 새로운 VIP 고객님이 찾아오셔서 내가 여기로 막 안내를 해드린 참이네. 워낙 예치할 금액도 크지만, 특별히 최재훈 전무를 찾아서 말이야. 최 전무와는 어떻게 안면이 있는 건가?"

"직접 찾아오셔서 인사를 하신 적이 있습니다. 그 성의를 도무지 모른 척 그냥 넘길 수가 없어서 말입니다."

선이 가지런한 입매를 끌어당겨 길게 웃는 남자의 말에 재훈의 목덜미가 바짝 경직되었다. 아무리 그래도 이건 너무 멀쩡하지 않은가. 사고가 나기 전과 조금도 다를 것 없이 고압적인 얼굴을 하고 있는 그는 권운성이었다.

이 시점에 권운성이 찾아왔다는 것은 신해수가 털어놓았다는 뜻일 수 있다. 그러나 뺑소니 트럭을 벌써 찾았을 리도 없고, 그 운전기사와 자신을 연관 지을 증거는 없다. 돈은 현금으로 건넸고 트럭기사는 어젯밤에 괌으로 가는 비행기를 탔다.

보복이라도 하러 온 것인가. 자신을 법으로 엮어 넣을 증거는 아무것도 없으니 개인적인 복수를 하러 온 것일 가능성은 있겠지. 재훈은 기민한 눈으로 운성의 표정을 살피며 넉살 좋은 미소를 지었다.

"권 이사님이 직접 여기까지는 어쩐 일이십니까?"

"꼭, 최 전무님께 부탁드릴 일이 있어서 왔습니다. 지난번 대화가 즐겁긴 했지만, 그때 제대로 이해하시지 못한 부분이 있는 것 같기도 하고 말입니다."

여유로운 얼굴로 웃고 있는 운성의 눈은, 그러나 목줄기를 서서히 틀어쥐는 것처럼 재훈을 압박하고 있었다.

"그럼 말씀들 나누시고. 난 그만 나가보지."

"아니, 부사장님 의견도 필요할 것 같으니 잠시 같이 있어주시면 고맙겠습니다."

"그런가?"

"앉으시죠."

운성이 재훈을 향해 손짓하며 소파에 앉았다. 주객이 전도된 꼴이었다. 그의 몸에 배어 있는 느긋함은 재훈을 초조하게 만들었다. 마른침을 삼키며 재훈은 자리에 앉았다.

"장황한 거 좋아하지 않으니 간단하게 말씀드리겠습니다. 최전무님께 100억을 맡기고 싶습니다."

손바닥이 하얗게 될 정도로 주먹을 꽉 쥐고 있던 재훈이 퍼뜩고개를 들었다. 제대로 들었는지 확신할 수가 없었다. 만면에 미소를 띠고 있는 인섭과 냉정한 표정을 짓고 있는 운성을 번갈아바라보며 재훈은 고작 예? 하고 되묻고 말았다.

"이익잉여금과 투자금의 일부를 합한 금액이 그 정도 됩니다. 외환채권으로 보유할 생각입니다. 작년 IK기업의 예치금을 미스매칭 투자해서 환헤지 구간의 원화이자로 꽤 벌이가 좋았다는 말을 들어서요. 그 프로젝트를 진행한 게 최재훈 전무님이라고 하더군요."

무슨 생각을 하는 것인가. 갑자기 찾아와서 난데없는 투자 얘기를 하는 운성을 뚫어져라 바라봤지만 그의 정돈된 얼굴에서는 아무런 생각도 읽어낼 수가 없었다. 눈으로 어서 잘 구슬려 보라고 재촉하는 인섭을 외면하며 재훈이 무의식적으로 대답했다.

"미스매칭 투자는 방향성 투자 전략입니다. 환헤지 롤오버 시점의 환율이 어떻게 될지, 시중 은행의 금리가 어떻게 변동될지에 대한 위험을 안고 가야 합니다. Positive Carry가 크긴 하지만 안정적인 투자라고 쉽게 권유할 수는 없……."

"안정을 원했다면 그냥 은행에 예치해 뒀겠죠. 저는 투자를 하러 온 겁니다. 100억은 베이스 라인이고, 석 달 정도 후에 환율시장 분석을 통해서 차차 증액할 예정입니다. 회사 계좌에 몇 년째 잠들어 있는 돈이라 돈놀이나 좀 해볼까 싶어서 왔으니 너무 부담 가지실 필요는 없습니다."

덫이다. 운성의 날카로운 눈과 마주친 재훈의 뺨이 가늘게 떨렸다. 그는 위험한 얼굴로 웃고 있었다. 어떻게 해서든 그를 거절하라고, 재훈의 본능이 외치고 있었다.

"그렇다고 해도 소액도 아니니, 환채권 투자는 권해 드리고 싶지 않군요. 국채나 회사채 쪽으로 투자를 해보시는 게 좋을 것 같습니다. 담당자는 제가 소개시켜 드리죠."

"그거 아쉽군요."

재훈의 말을 끝까지 듣지도 않고 운성이 몸을 일으켰다. 당황한 인섭이 덩달아 일어섰다.

"D증권의 환채권 투자 방식이 마음에 들었는데, 관리자가 만류하니 별수 없죠. 이미 이곳에 채권 투자를 위임한 다른 투자자도 많은 것으로 아는데, 이렇게 단호하게 거절할 정도로 담당자가 위험하다 생각하고 있다는 걸 그분들도 아실지 모르겠습니다."

"귀, 권 이사, 어딜 가시나?"

인섭은 운성의 앞을 가로막으며 재빨리 재훈을 향해 눈짓했다. 곧장 서류를 가져와서 서명을 받지는 못할망정 정신 나간 사람처럼 딱딱한 얼굴로 서 있는 재훈이 이해가 되지 않았다.

"최 전무, 우리 권 이사가 허투루 알아보고 왔을 사람도 아닌데 거 자세히 이야기 좀 나눠보게. 우리 회사는 공격적인 투자 방식을 모토로 삼고 있잖은가. 그걸 다 알고 찾아온 고객을 이런 식으로 돌려보내는 법이 어디 있나?"

재훈은 그제야 운성이 인섭을 붙잡아둔 이유를 알 수 있었다. 유려한 화술로 사람을 궁지에 몰아넣고 인섭을 담으로 둘러 세워 빠져나가지도 못하게 만든 것이다. 생각했던 것보다 더 수법이 노련한 자다.

그는 오만하게 턱을 치켜든 채 자신을 바라보며 삐딱하게 웃고 있는 운성의 눈을 피해 고개를 숙였다. 무엇을 하려고 하는지 알 수가 없어서 더 두렵다. 평정을 가장하고 있었지만 등골에 식은땀이 흘러내렸다.

"일단 앉게, 앉아. 뭐라 해도 고객의 의견이 가장 중요하지 않나. 어서 앉아요, 권 이사. 최 전무는 절차라도 설명 드리고 있게. 필요한 서류는 내가 말해둘 테니."

인섭은 재훈의 어깨를 툭툭 두드리고는 서둘러 방을 나섰다. 무겁게 가라앉은 밀도 높은 공기 사이를 가르며 운성의 낮은 웃음소리가 날아들었다.

"뭘 그렇게 긴장하십니까, 아직 시작도 안 했는데."

재훈은 번개라도 맞은 것처럼 몸을 크게 움찔거렸다. 태연한 표정을 지어 보이려 했지만 얼마나 성공했는지는 의문이다. 경직된 미소를 지으며 재훈이 말을 내뱉었다.

"긴장이라니, 제가 긴장을 할 이유가 어디 있습니까, 고객님 앞에서."

"그렇지. 그렇게 나오셔야 일이 재미있어지지."

재훈은 그 순간 모든 것을 포기하고 차라리 사과를 하는 게 나을 것 같다는 생각을 했다. 그만큼 눈앞에 앉아 있는 남자는 그의 본능을 겁에 질리게 만들었다. 고작 30대 초반. 남다른 능력과 위압감을 지니고 있다 해도 보통 사람이라면 사회생활이 아직 10년도 안 된 '대리' 직급 정도일 텐데 그가 지닌 위압감은 분명 남다른 구석이 있었다.

신해수를 납치해서 일을 시킬 수도 있었지만 뒤처리가 위험하고 복잡하다. 눈앞에서 그를 살짝 다치게 해서 겁을 주고 신해수를 움직이는 게 수월한 방법이라 생각했던 그의 계획이 균열을 일으키며 흔들리고 있었다.

"돈 관리, 잘 부탁드립니다. 믿고 맡기는 거니까, 고객의 신뢰에 보답을 해주셔야 하지 않겠습니까."

재훈은 자신을 잡기 위한 그물이 막 날아오는 것을 보면서도 옴짝달싹 못 하고 있어야 하는 듯한 좌절감에 빠졌지만, 지금 그가할 수 있는 일은 없었다.

"이거 젊은 나이에 정말 호쾌하구만. 실망시키지 않을 걸세."

"오후에 해당 계좌로 입금될 겁니다. 최 전무님이 잘 관리해 주시리라 믿고 가죠."

인섭은 아까부터 창백한 얼굴로 말이 없는 재훈의 등을 떠밀었다.

"가서 점심 식사라도 같이하지. 최 전무가 좋은 곳 많이 아니까, 사양 말고 가게나."

"부사장님도 함께 가시죠. 지난번 사모님과 함께 필드에서 마주쳤을 땐 제대로 인사도 못 드려서 마음 쓰이던 참이었습니다."

"뭘 그렇게까지. 그럼 가자고. 좋은 데로 안내하지."

재훈은 줄곧 운성의 생각을 읽어보려 했다. 절대 그냥 왔을 리가 없었다. 그가 이 일을 맡아야만 하는 이유가 있을 것이다. 그러나 딱히 문제가 될 내용은 없었고, 인섭의 앞에서 그는 예의를 차리는 영민한 사업가의 얼굴을 하고 있었다. 발걸음이 떼어지지 않을 정도로 찜찜했지만 큰 계약에 들뜬 인섭이 자꾸 등을 밀어대는 바람에 어쩔 수 없이 근처 일식집으로 걸음을 옮겨야 했다.

"아, 이런. 부사장님."

운성은 조용히 인섭의 팔을 잡았다. 앞장서서 가던 재훈과는 몇 걸음 떨어진 위치에서 그는 아차 싶은 표정으로 인섭에게 낮게 말했다.

"아무래도 사무실에 인감도장과 지갑을 두고 온 것 같습니다."

"그래? 다시 올라갔다 오겠나?"

"음. 그건 번거로우니 저와 함께 온 직원에게 잠시 들렀다 가라고 해도 괜찮겠습니까? 같이 회사로 들어갈 계획이었던 터라 차에서 기다리고 있을 겁니다."

"그럼, 괜찮지. 회사에 전화해 두겠네. 권 이사 부하직원이 곧

들를 거라고. 인상착의나 뭐, 그런 걸 설명해 둘까?"

"제 명함을 줄 겁니다. 아주…….."

운성의 날카로운 얼굴에 어쩐지 뿌듯한 미소가 번졌다.

"예쁜 여직원이죠."

"거 대단한 미인인가 본데? 권 이사 그렇게 웃는 거 처음 보는 것 같네."

농을 거는 인섭의 말에 단정한 운성의 입매가 호선을 그렸다. 일식집 앞에 서서 자신들을 기다리고 있는 재훈에게 다가서는 걸음이 느긋했다.

해수는 잠시 숨을 가다듬었다. 익숙하지 않은 블라우스에 정장 치마만으로도 답답해서 숨을 쉬기가 힘들었지만, 더 큰 문제는 구두였다. 낮은 굽으로 골랐는데도 그녀는 균형을 잡지 못해 비틀거리고 있었다. 물론 가장 큰 문제는 그녀가 손에 들고 있는 선글라스였다.

"아무래도 눈에 띄겠지."

눈을 마주치고 몇 마디를 나눠야 하는 최재훈의 여비서가 하필 곧 죽음을 앞에 두고 있을 확률은 미미하다. 그러나 혹시라도 마주칠지 모르는 그림자를 외면할 마음의 준비를 하며, 해수는 깊게 숨을 들이마셨다. 시간이 많지 않았다.

복도를 천천히 걸어가는 발목이 삐끗했지만 해수는 침착하게 재훈의 사무실 앞에 멈춰 섰다. 비서가 몸을 일으켰다.

"어떻게 오셨습니까?"

"방금 다녀가신 권운성 이사님 심부름으로 왔습니다."

화려하게 화장을 하고 있는 비서에게서는 아무것도 보이지 않았다. 안도의 숨을 삼킨 해수가 명함을 내밀자 여자는 금세 화사하게 웃었다.

"네. 안으로 들어가세요. 같이 찾아드릴까요?"

"아니오."

해수가 고개를 저었다. 의외의 단호함에 비서의 미소가 어색해졌다.

"그게, 회사 기밀 서류를 함께 두고 오셨다고 해서. 외부인 눈에 띄면 이사님이 무척 곤란해지십니다. 보안을 생명으로 하고 있는 회사니까요."

아, 하고 비서는 크게 고개를 끄덕였다. 사람의 시선을 사로잡는 운성의 모습을 떠올리며 얼굴이 붉어진 비서는 눈앞의 부하직원과 친하게 지내는 게 좋을 거라 생각하고 친근하게 말을 붙이려 했지만, 그녀는 고개를 까닥 숙이고 사무실로 들어가 버렸다.

"나오면 같이 밥이라도 먹자고 해볼까?"

설레는 마음으로 비서는 의자에 앉아 거울을 들여다보았다. 뭉개진 립스틱이 마음에 들지 않아 그녀는 주변을 둘러본 후 화장실을 향해 총총걸음을 옮겼다. 볼일을 보고 화장을 고친 뒤 자리로 돌아왔을 때는 이미, 눈이 유달리 아름답던 손님은 사라진 후였다.

영석은 휴대폰을 바라보며 한숨을 삼켰다. '투약해' 라는 문자를 보낸 것은 그의 고용주였다. 마취과 의사로 이 병원에 일하던 그에게 접근한 사람이 건넨 돈은 적지 않았다. 그는 빚보증을 서고 잠적한 아버지 때문에 허구한 날 집에 들이닥쳐 협박을 하는 사람들에게 시달리고 있었다. 돈은 그가 품고 살아온 인간적인 윤리를 외면하게 할 만큼 절실했다.

가슴 한 켠에 넣어둔 앰플을 슬쩍 확인한 영석의 입술이 바싹 말랐다. 언제든 문자가 날아오면 신준수에게 투여하기로 한 약이었다. 일부러 발작을 일으켜 응급 상황을 만들게 될 것이다. 누군가에게 보여주기 위해서. 그래서 그 누군가를 압박하고 등을 떠밀기 위해서.

주변을 살피며 그는 조용히 병실 안으로 들어섰다. 널찍한 병실은 늘 그렇듯 적막하다. 심전도를 체크하는 기계음이 간헐적으로 침묵을 깨뜨리고 있었다.

왜 이런 일을 시키는지 그는 묻지 않았다. 돈을 받은 시점에서 이미 그는 인간적인 호기심을 포기했다. 그래도 이미 생사를 논하기 어려운 상태의 환자라는 것과, 환자를 죽이는 약이 아니라는 점이 그의 마음을 덜 무겁게 만들었다.

영석은 침대에 불쑥 솟아 있는 형체를 향해 천천히 다가섰다. 아주 간단한 일이다. 환자의 팔에 연결되어 있는 튜브에 주삿바늘을 찔러 넣으면 10분 이내에 발작이 시작될 것이다. 그는 크게 숨을 들이마시고, 떨리는 손을 들어 튜브를 잡았다. 잠시의 망설임 후에, 그의 손은 가느다란 주사기의 피스톤을 밀어 넣었다.

"얼마나 받으셨나?"

불쑥 튀어나온 목소리에 영석은 소스라치게 놀라며 비명을 내질렀다. 떨어뜨린 주사기가 바닥을 뒹굴었다. 그는 경악한 눈으로 부스럭거리며 침대에서 몸을 일으키는 환자를 바라보았다. 홀쭉

한 얼굴이지만 말간 생기가 도는 것이 오랫동안 누워 있던 환자로
는 보이지 않았다. 무엇보다 형형하게 빛나는 눈동자가 짓궂게 웃
고 있었다.

　그러나 그 표면적인 장난기는 눈 깜짝할 사이에 사라졌다. 무표
정하게 고개를 꺾으며 턱을 긁적이는 남자의 눈이 검게 일렁였다.
잔인한 포식자처럼 흉포해 보이는 어둠이 그의 눈을 점령했다.

　"어떤 약인지 빨리 설명하는 게 좋을 거야. 내가 죽으면 당신은
살인자고, 내가 죽지 않으면 당신을 최하 살인미수로 만들 거거
든. 그런데 사실 둘의 차이는 별로 없어. 어느 쪽이든 당신 인생은
이미 지랄 맞은 노선을 탔으니까. 그래도⋯⋯."

　흠, 하고 숨을 들이켠 남자가 입가를 당겨 씩 웃어 보였다. 말끔
한 얼굴과 어울리는 제법 호감이 가는 보기 좋은 미소였지만 어쩐
지 섬뜩한 기운이 등골을 쓸어내려 영석은 돌덩이 같은 침을 꿀꺽
삼켰다. 금방이라도 남자의 입에서 사형 선고가 떨어질 것 같았다.

　"살인자의 인생이 좀 더 지랄 맞겠지? 한 번 사람을 죽이면, 무
슨 짓을 해도 절대 그전의 인간으로 돌아갈 수가 없거든. 짐승의
인생이 남아 있을 뿐이지."

　"그, 그런 약 아닙니다! 그냥 일시적 심근경색을 일으킬 뿐입니
다. 바로 노르에피네프린을 투여하면 전혀 문제될 것 없습니다.
바, 바로 준비해 올 테니까 조금만 여기 계시면⋯⋯."

　상황을 냉정하게 파악할 시간도, 여유도 없었다. 영석은 그저 이
상황을 모면해야겠다는 생각에 병실을 빠져나가려 했지만 그러지
못했다. 태연한 얼굴로 침대에서 일어선 환자가 그의 앞을 가로막
으며 손목을 까닥이고 있었다. 튜브는 연결되어 있지 않았다.

"죽일 생각도 없이 판을 이렇게 크게 벌이다니. 사냥하려던 맹수에게 목 물려 죽기 딱 좋은 멍청한 사냥꾼이로세."

무표정한 얼굴로 서늘하게 속삭이는 말에 영석은 어깨를 덜덜 떨었다. 그는 본래가 소심한 성격이었다. 지금의 상황을 버텨낼 만큼의 강단이 그에게는 없었다.

"자, 자, 잘못했습니다. 부탁, 아니, 협박을 받았어요. 누가 그랬는지 다 말해 드리겠습니다. 어쩔 수가 없어서…… 저도 어쩔 수가 없어서……."

다리에 힘이 풀렸는지 영석이 주저앉았다. 시뻘게진 얼굴로 숨을 씩씩 내뱉으며 횡설수설하는 그를 내려다보던 산호가 기다란 몸을 굽혔다. 바닥을 뒹굴던 주사기를 집어 든 산호는 천천히 허공을 향해 피스톤을 밀었다. 노란색의 액체가 가늘게 솟아올랐다.

"……차라리 독약이었다면 좋았을까."

혼잣말처럼 낮게 중얼거린 산호의 시선이 먼 곳을 향했다. 멍한 눈으로 자신을 바라보는 남자의 시선을 느끼고 그는 남자를 돌아보며 습관처럼 입술을 올려 웃었다. 철없는 소년처럼 순수한 미소였다.

재훈은 초조한 마음으로 방을 서성였다. 운성이 찾아와 일을 맡긴 것으로도 찜찜한데 신해수에게 쐐기를 박기 위해 신준수에게 보냈던 사람에게서는 소식이 끊겼다. 거기다 방금 회사 보안시스템에 이상 징후가 발견되었다는 전화가 온 것이다.

모든 것이 자신의 생각과 다르게 흘러가고 있었다. 뿐만 아니라 이 흐름이 어디로 이어질지를 조금도 예상할 수가 없었다.

그는 휴대폰을 들어 단축키를 눌렀다. 네, 하는 짧은 대답이 흘러나왔다.

"권운성 지금 어디 있어?"

[신해수 살던 장교동 고시원에서 지금 자택 쪽으로 이동 중입니다.]

"신해수도 같이 있나?"

[네.]

"고시원에는 왜 간 거지?"

[그건 잘 모르겠지만, 일행이 한 명 더 있습니다.]

재훈의 두꺼운 눈썹이 치솟았다.

"누구야?"

[권운성 쪽 회사 직원인 것 같습니다. 회사에서부터 같이 고시원으로 왔습니다.]

"고시원엔 얼마나 머무른 거지?"

[두 시간 좀 넘었습니다.]

"도대체 뭘 하고 있는 거야."

혼잣말처럼 중얼거리며 재훈은 이를 악물었다. 저어, 하고 머뭇거리는 목소리가 귓가를 파고들었다.

[일은 예정대로 진행되는 겁니까?]

그와 한배를 타고 일을 도맡아 하던 비서의 목소리가 흔들리고 있었다. 재훈이 날카롭게 내뱉었다.

"자네, 지금 무슨 말을 하는 건가!"

[죄, 죄송합니다.]

"돈 받고 싶으면 토 달지 말고 하라는 일이나 제대로 해. 알겠어?"

통화를 끝낸 재훈이 작게 욕지거리를 내뱉었다. 다시 울리는 휴대폰을 찡그린 얼굴로 바라본 재훈이 퉁명스레 전화를 받았다.

"여보세요."

[아, 최 전무님. IT 보안팀 박 과장입니다. 후처리 보고를 해달라고 메모 남기셨더라고요.]

"어떻게 된 거야? 해킹 시도로 추정된다고 하던데, 무슨 일이 일어난 거냐고?"

[별거 아닙니다. 악성코드에 감염된 사용자가 로그인하면서 보안시스템에 에러가 좀 떴던 모양인데, 지금은 정상적으로 가동되고 있습니다.]

"확실해? 그러니까, 인터넷 뱅킹이나 네트워크에는 아무런 문제가 없는 게 확실하냔 말이야."

[특이점은 없어 보이지만 마침 내일 정기점검이 잡혀 있으니 그때 좀 더 면밀히 살펴볼 예정입니다. 보안시스템 자체에는 이상 없습니다.]

그래, 하고 중얼거린 재훈의 손이 힘없이 떨어졌다. 신경에 거슬리는 일들이 연속적으로 일어나고 있었지만 그것들을 연결할 실마리를 발견하지 못하고 재훈은 불안에 잠긴 눈을 이리저리 굴렸다. 손쉬운 일이라고 생각했던 스스로를 원망해도 이미 늦은 듯한 기분이었다.

"고마워요, 영우 씨. 덕분에 훨씬 수월하게 끝낸 것 같아요."

해수는 뒷좌석을 돌아보며 말했다. 허리를 꼿꼿하게 세운 채 불편하게 앉아 있던 영우가 순박한 눈을 깜빡였다.

"아, 아닙니다. 많은 공부가 됐습니다."

사실 그는 식은땀을 흘리고 있었다. IP를 교란시키고 해수가 건네준 수많은 이용자 ID와 비밀번호로 D증권에 동시 접속해서 시스템 과부하를 일으키는 것이 그의 역할이었다. 그 작업을 위한 간이 프로그램의 코드를 해수와 함께 만들어내는 과정은 분명히 큰 공부가 되었지만, 그는 제가 한 일이 정확히 어떤 일인지를 알지 못해 내심 불안해하고 있는 중이었다.

"저, 그런데…… 정말 앞으로 같이 일하게 되는 겁니까?"

백미러로 흘끗 뒤를 보는 운성과 눈이 마주친 영우가 입을 다물었다. 왜 이런 일이 필요했느냐 묻고 싶었지만, 운성의 눈을 보면 말이 목구멍으로 다시 기어들어 갔다.

"'이지스'를 제대로 다듬고 보완하는 작업을 하게 될 거예요. 잘 부탁할게요."

해수의 말에 긴장하고 있던 영우의 눈이 반짝거렸다. 그는 이미 해수의 능력과 그녀가 만들어내는 아름다운 코드에 매료되어 있었다. 곁에서 함께 일하게 된다면 그가 평생 모르고 지나갔을 세계를 조금이나마 엿볼 수 있게 될 것 같았다.

"그보다 심약하게 생긴 얼굴로 의외군. 불법적인 일이라고 언질을 줬는데도 선뜻 받아들이다니."

운전대를 잡은 운성의 목소리가 낮게 울렸다. 영우는 제게 도와달라 제안하는 해수를 가로막듯 법을 어기는 일이지, 하고 딱딱하게 내뱉던 운성을 떠올렸다. 그리고 그 말에 이어진 해수의 말 또한 떠올리며 피식 웃었다.

"나쁜 놈을 벌하는 일이라고 하셨으니까요."

하나뿐인 내 오빠의 생명을 두고 협박했어요. 그런 사람을, 용서할 수가 없어서요.

선글라스를 벗고 처음으로 마주한 해수의 얼굴은 생기 없이 창백했지만 검게 빛나는 눈동자만큼은 또렷했다. 미형의 얼굴에 단호하고 아름다운 눈동자는 사람을 매혹시키기 충분했다. 그녀의 곧은 눈을 바라보며 영우가 내뱉은 말은 충동적이었다.

"같이 일하게 해주세요. 그럼 도와드리겠습니다."

그 말이 운성에게 어떻게 들릴지 그는 조금도 예상하지 못했다. 그저 순수한 열정이 이끄는 대로 내뱉었을 뿐이다. 마지못해 허락하는 운성의 차갑게 일그러진 표정을 봤다면 이렇게 속편한 얼굴로 앉아 있지 못했을 터였다.

운성은 고개를 기울인 채 찌푸린 미간을 손으로 문질렀다. 굳이 그럴 필요가 없다고 말했는데도 선글라스를 벗은 얼굴을 보인 해수도, 그녀를 바라볼 때는 눈조차 깜빡이지 않고 집중하는 영우도 썩 마음에 들지 않는다.

웃고 있던 영우는 백미러로 그와 눈이 마주치자 금세 경직된 얼굴이 되어 시선을 돌렸다. 잠시 사라졌던 긴장감이 다시 그의 목덜미를 움켜쥐고 있었다. 위축된 어깨를 일부러 털어내며 영우가 헛기침을 했다.

"저, 그런데 신해수 씨…… 라고 불러도 될까요? 어느 쪽에 사십니까?"

"아, 난……."

"나랑 같이 살아. 앞으로도 그럴 거고. 질문이 너무 많다고 생각하지 않나?"

이제 겨우 한 번 물어봤을 뿐인데요, 하는 말을 내뱉으려면 호랑이 입에 머리를 집어넣을 정도의 용기가 필요해 보여 영우는 잠자코 입을 다물었다. 그는 순진해 보인다는 말을 많이 들었지만 식구가 많아 눈치는 빠른 편이었다.

"그런데 두 분…… 혹시 결혼은 언제 하시나요?"

컥, 하고 기괴한 소리가 들려 영우가 고개를 빼꼼히 내밀었다. 해수가 입을 틀어막고 있었다. 맞은편 차의 헤드라이트에 비친 얼굴이 새하얀 달처럼 떠올랐다. 그는 재빨리 운성의 눈치를 살폈다. 매끈하게 잘생긴 그 옆모습을 훑어보며 제가 내뱉은 말이 홈런인지 파울인지 가늠하던 영우의 광대가 볼록하게 튀어나왔다. 운성의 입매가 느른하게 풀려 있었던 것이다.

"겨, 결혼이라뇨? 왜, 왜, 왜 그런 생각을……."

기침을 잘못했는지 목에 가시가 돋아난 듯 따끔거려 해수는 침을 꼴깍 삼켰다. 커다란 눈이 이쪽저쪽 바쁘게 굴러갔다. 여유가 생긴 영우는 반듯하게 시트에 등을 기대고 앉았다.

"이사님 말씀도 그렇고, 또 같은 시계를 차고 계셔서요. 그냥 만났다 헤어질 상대와 나눠 갖기에는 너무 비싼 물건이 아닌가 싶어서. 아, 이건 제 개인적인 생각입니다. 물론 이사님이 능력이 넘치시니까, 음, 선물을 하셨을 수도 있겠지만요."

예물로 주고받기에 충분한 시계를 나누어 차고 있다는 것은 그 생각에 꽤 든든한 뒷받침이 되어주었다. 무엇보다 여자와 관련된 루머가 전무했던 권운성이 다른 시선을 아랑곳하지 않고 회사까지 함께 데리고 오는 여자라는 사실만으로도 사내에는 이미 소문이 파다하게 퍼져 있었다. 게다가 그 소문에 기름을 끼얹는 듯한 운성의 거리낌 없는 애정 표현은 남몰래 그를 마음에 품고 있던 숱한 사내 여직원들을 들썩이게 만들었다.

권운성 이사 정도면 어디에서든 탐낼 사윗감이니 비록 겉으로 보이는 해수의 행색이 썩 훌륭하진 않지만 아마 대단한 재력가 집안의 외동딸일 것이다, 혹은 잘나가는 정치가의 숨겨둔 딸일 것이라는 두 가지 가설이 가장 유력했다. 해수와 함께 일해본 영우는 둘 다 아닐 거라 생각했지만 굳이 입 밖에 내어 사람들의 시선을 끌 생각은 없었다.

해수는 헛기침을 하며 고개를 설레설레 내저었다. 영우의 눈이 바쁘게 두 사람을 오갔다.

"글쎄요. 그런 건, 어, 생각해 본 적도 없고……."

"생각해 봐."

당혹스런 얼굴을 하고 있던 해수의 눈이 크게 뜨였다. 툭, 하고 덤덤하게 내뱉은 운성은 눈길조차 주지 않고 정면을 주시하고 있었다. 날카로운 옆모습이 매력적인 그림자를 그려내고 있었다.

"뭐라고요?"

"같이 살자고 했잖아. 당신도 동의한 줄 알았는데."

"그게, 그, 그건 다른 의미 아니었어요? 그러니까 같이 살아 나가자, 뭐 그런……."

"다른가?"

해수의 입술이 작게 벌어졌다. 운성의 목소리는 크지 않았지만 언제나 그렇듯 정확하게 그녀의 마음을 파고들었다.

"살자, 살아 나가자의 차이는 중요하지 않아. 포인트는 '같이'에 있는 거지. 조금만 기다려, 한국어 과외 알아보고 있으니까. 내가 답답해서 데리고 못 살겠군."

"당신은 대체, 뭐가 그렇게 맨날 쉬워요? 결혼이라니!"

"다른 여자와 사는 내가 상상이 되나?"

순간 해수의 검은 눈동자가 얼음처럼 차게 굳었다. 차 안을 채운 잠시의 정적이 무거웠다. 신호에 걸려 차를 세운 운성이 해수를 돌아보았다. 그의 날카로운 눈이 웃고 있었다.

"난 안 돼. 하고 싶지도 않군. 이제는 다른 남자가 당신을 바라보는 것도 거슬려서 말이야."

영우는 문득 백미러를 스쳐 자신을 바라보고 있는 운성의 시선을 느끼고 헛숨을 들이켰다. 짧지만 뜻하는 바가 무엇인지 충분히 알아들을 수 있을 만큼의 강렬한 시선이었다. 그는 어색하게 웃으며 서로를 바라보고 있는 두 사람 사이에 말을 내던졌다.

"어, 저…… 증인은 제가 되어드리겠습니다. 예, 무척 영광이네요. 아주 잘 어울리십니다. 태어나는 아기는 못해도 제2의 빌 게이츠, 마크 주커버그가 되겠는데요."

흐억, 하고 해수의 입에서 또 한 번 괴성이 튀어나왔다. 양쪽 귀를 틀어막으며 '안 들려'를 외치는 해수의 뺨을 부드럽게 쓸어주고는 다시 운전대를 잡는 운성의 잘생긴 입매가 시원스레 웃고 있었다. 새빨갛게 달아오른 그녀의 뺨의 열기가 손끝에 고스란히 묻어나 운성의 마음을 따뜻하게 데워주었다. 그는 비로소 조금의 거리낌도 없이 가벼운 마음으로 웃을 수 있었다.

◆◆ #21 ◆◆

아, 집이다. 저도 모르게 중얼거린 해수가 운성의 집 안으로 들어섰다. 살풍경하다 생각했던 처음과는 달리 이제는 마음을 놓을 수 있는 공간으로 보이기 시작했다. 누룽지백숙과 초밥을 먹던 식탁, 운성과 처음으로 맥주를 마셨던 소파, 그가 없을 때 손으로 더듬어보았던 책장에 빼곡하게 꽂혀 있는 책들. 익숙하고 포근한 기분이 들게 하는 것들.

"집이 이런 느낌이라는 걸, 잊고 있었어요."

해수의 작은 목소리가 널찍한 거실을 울렸다. 뒤로 다가선 운성의 팔이 그녀의 허리를 끌어안았다. 순간 몸이 펄쩍 뛰었지만 헛기침을 하며 몸을 굳히는 해수를 보던 운성이 웃음을 삼켰다. 그의 기색을 느꼈는지 해수가 날카롭게 눈을 뜨며 곁에 서 있는 그를 흘겨보았다.

"피곤할 텐데 들어가 쉬어. 하이라이트는 내일이니까."

"만족스럽지 않은 거죠? 내 방식이."

"음. 확실히 너구리 사냥용은 아니지. 쓸데없이 우아하잖아."

미간을 좁히며 혀를 차는 운성의 말에 해수는 입술을 삐죽였다.

"그럼, 뭐, 똑같이 트럭으로 받을 생각이라도 한 거예요?"

"그런 창의력 없는 대응은 내 취향이 아니라……. 그리고."

운성의 팔이 해수의 어깨를 감싸고 부드럽게 두드렸다.

"되로 받았으면 말로 갚는 게 복수의 정석이야. 최재훈은 당신을 만난 게 참 다행이지. 그래도 살아서 숨은 쉴 수 있게 됐으니."

"감옥에 넣는 걸로 충분하잖아요. 100억 횡령이면 규모가 크니까 그래도 몇 년은 들어가 있을 텐데."

흠, 하고 짧게 숨을 들이마신 운성은 자신을 올려다보고 있는 해수를 응시했다. 새카만 눈동자가 맑게 반짝이고 있었다. 한 사람의 인생을 송두리째 뒤흔들 수 있는 힘이 있으면서도, 해수는 자신의 선을 넘지 않는다. 그의 기준에서는 지나치게 너그럽다 싶어 혀를 차다가도, 그 선을 스스로 지키는 해수를 보며 마음이 놓이는 것은 사실이었다.

"나쁜 성격이었다면 아주 제대로 된 악당이 됐을 텐데 말이지."

"뭐라고요?"

"그런 성격이어서 고맙다고, 신해수."

입술을 끌어 올려 씩 웃는 운성의 표정에 가슴이 간질거린다. 해수는 목을 가다듬으며 눈동자를 또르륵 굴렸다.

어깨에 놓인 묵직한 손의 느낌이 좋다. 맞닿은 살갗을 통해 전달되는 체온을 놓치기 싫었다. 같이 살자고 속삭이던 목소리가 떠올라 귀 끝이 달아올랐다.

고개를 조금 숙이고 있는 해수의 옆모습을 바라보던 운성이 그녀의 어깨를 슥슥 문지르고는 손을 뗐다. 안쪽으로 걸어가며 재킷을 벗는 그의 등이 꿈틀거리는 걸 바라보던 해수가 마른침을 삼켰다. 아직, 아직은 떨어지고 싶지 않았다.

"내일은 8시쯤 일어나면 될 거야. 당신이 정장 입은 모습을 볼 수 있겠군. 오늘처럼 불편하다고 내가 보기도 전에 벗어버리면……."

운성은 말을 멈췄다. 가느다란 두 팔이 그의 허리를 끌어안은 것이다. 뒤에서 새근새근 느껴지는 해수의 따뜻한 숨이 깊게 파인 그의 등골을 타고 흘렀다.

이러다가 돌발행동의 대명사라도 될 기세군, 신해수.

아무것도 아닌 손길에도 오싹할 정도의 흥분이 솟아오른다. 갈비뼈가 저릿할 정도로 크게 숨을 들이쉬며 운성이 그녀의 손등에 손을 얹었다.

"당신 몸에 닿아 있고 싶어요."

순탄하게 기도로 흘러 들어가던 숨이 역행했다. 쿨럭, 기침을 내뱉는 바람에 들썩이는 운성의 탄탄한 배를 좀 더 감아 안으며 해수는 그의 등에 뺨을 기댔다.

"그냥 안고 자면 안 되나?"

투정부리듯 속삭이는 해수의 목소리에 묵직하던 가슴의 통증이 사라지는 것 같다. 대신 두통이 그의 머리를 파고들어 운성은 지끈거리는 이마를 짚었다.

"이거 봐, 신해수 씨. 이쪽 사정도 좀 생각해 주지?"

"어제도 잘 잤잖아요."

"나는 아니었어."

"당신한테 안겨서 자는 게……."

잦아드는 해수의 목소리는 마치 형체를 지닌 것처럼 운성의 등을 간지럽히고 있었다.

"너무 좋았단 말이에요."

가슴이 지나치게 두근거려 잠들기까지 시간이 걸리기는 했지만, 그 무엇보다 따뜻하고 안심이 되는 품이었다. 아침에 눈을 떴을 때 앞에 보이던 그의 가슴에 손을 올려 두근거리는 심장을 느끼면서, 그와 함께 박동하는 제 심장이 사랑스럽다 생각했다.

허리쯤에 올려져 있던 운성의 팔이 조금도 무겁지 않았다. 숨을 쉴 때마다 가슴을 채우는 그의 향기마저 달콤하게 느껴져, 해수는 숨을 죽인 채 그의 품에서 한동안 꼼짝도 하지 않았다.

매일 그렇게 잠들 수 있다면. 한 이불 속에서 서로의 체온을 나누며 아침을 맞이할 수 있다면, 더 이상 그 어떤 것도 두려움이라는 이름으로 그녀의 마음을 파고들지 못할 것만 같았다.

"환자에게 너무 잔인하군."

거절은 애초부터 불가능한 일이다. 제 허리를 간절하게 감싸고 있는 해수의 손이 부드러워서, 등에 스치는 해수의 입술이 짜릿해서, 서슴없이 몸을 맡기며 기대오는 해수의 마음이 고스란히 느껴져서 운성은 그저 혀를 차며 깊은 한숨을 내쉬었다.

차라리 다리를 부러뜨릴 것이지. 운성은 미간을 좁히고 최재훈의 얼굴을 떠올리며 속으로 욕을 내뱉었다. 절대휴식을 강조하던 의사의 얼굴도, 몇 알 남지 않은 진통제도 떠올랐다.

"좋아. 하지만."

고개를 바짝 드는 해수의 기색이 느껴져 운성은 허리에 감겨져 있는 그녀의 손을 단단히 잡았다.

"내 이성을 너무 믿지 마. 최근 영 제 기능을 못 하고 있어서 말이야."

나직하게 내뱉는 운성의 입술이 보기 좋은 곡선을 그리고 있었지만, 그의 등에 기대고 있던 해수는 미처 보지 못했다.

이렇게나 다른 건가. 해수는 제 입을 원망하며 떨리는 눈을 깜빡거렸다. 피곤에 지쳐 병실에서 그에게 얼떨결에 안겨 잠들었을 때와 '침대'라는 특정한 공간에 앉아 씻고 나오는 운성을 기다리는 지금은 천지 차이였다. 목이 느슨한 티셔츠를 걸치고 젖은 머리를 수건으로 털어내며 운성이 한 걸음씩 다가온다. 점점 짙어지는 그의 향기에 해수는 심장이 터지고 말 것 같아 이불만 꼭 움켜쥐었다.

은은한 조명등의 불빛이 침실을 채우고 있었다. 대충 말랐는지 손으로 슥슥 머리를 빗어 넘기던 운성이 문득 고개를 들어 그녀를 보았다. 헐렁한 티셔츠를 입어 마른 어깨가 고스란히 드러나는 해수가 제 침대에 가만히 앉아 그를 바라보고 있었다. 바쁘게 눈을 깜빡이는 폼이 불안해 보여 운성은 피식 웃고 말았다.

"어, 어서 와요. 나 졸려."

잔뜩 긴장하고 있는 게 손바닥 보듯 빤히 보이는데도 제법 대범하게 이불을 들추며 해수는 침대를 툭툭 쳤다. 아, 이 여자를 정말 어떡하면 좋지. 운성은 쓴웃음을 지으며 해수가 비워둔 침대 한

컨에 걸터앉았다. 그러자 꼭 천적으로부터 몸을 숨기는 야생동물처럼 이불을 코끝까지 끌어 당겨 그 속에 푹 파묻힌 해수가 눈만 굴리며 그를 바라본다.

"안아달라고 부탁한 건 당신이란 걸 잊지 않았으면 좋겠군."

"왜, 왜요?"

"조금만 더 가면 떨어질 것 같아서 말이야."

느긋하게 침대에 몸을 뉘인 운성이 턱짓을 했다. 침대 가장자리에 겨우 걸쳐 있는 것처럼 누워 있던 해수가 꼼지락거리며 조금 안쪽으로 들어왔다. 그녀를 향해 팔을 뻗으며 운성이 손을 까닥거렸다.

"더 가까이. 안을 수가 없잖아."

반쯤 잠겨 낮게 깔린 운성의 목소리에 등에 쭈뼛 소름이 돋는다. 이 남자는 왜 침대에만 누우면 저렇게 눈을 나른하게 뜨지? 심장 떨리게. 분명 안고 자면 안 되냐고 물은 것은 자신이었는데 선뜻 몸이 움직이지 않는다. 해수는 마른 입술을 핥으며 슬금슬금 그에게로 몸을 밀었다.

묵직한 머스크 향에 사로잡혔다 싶을 때 운성의 커다란 손이 그녀의 어깨를 부드럽게 쓸어내리며 허리를 감아 당겼다. 흡, 하고 그의 품으로 딸려 들어간 해수의 입술이 그의 가슴에 부딪쳤다.

"5분 내로 잠들면 아무 일도 없을 거야. 노력해 봐."

이마에 스치는 따뜻한 숨결이 중얼거리는 말에 해수가 눈을 치켜떴다. 날카로운 선의 턱이 보인다.

"왜 5분인데요?"

"내 인내심의 기준이야."

"잠들지 않으면요?"

"궁금한가?"

운성이 고개를 숙였다. 희미한 빛 아래 그와 눈이 마주친 해수는 또다시 제 입을 원망했지만 이미 늦었다. 운성의 손이 그녀의 턱을 쥐고 치켜 올렸다. 거칠게 다가온 입술이 맞물렸다. 정신을 차리기도 전에 입안을 파고든 혀가 넘나드는 자극에 해수는 잘게 어깨를 떨었다.

흥분이 파도처럼 밀려든다. 저도 모르게 운성의 가슴에 매달려 있던 그녀의 팔을 젖히며 들어온 단단한 손이 그녀의 가슴을 움켜쥐었다. 꺅, 하고 소리도 지르기 전에 더 깊게 들어온 운성의 혀가 해수의 것을 세게 휘어 감았다.

하아, 하고 누군가의 입에서 젖은 한숨이 새어 나왔다. 지끈거리는 입술이 자유로워진 것을 느낀 해수가 꼭 감고 있던 눈을 천천히 떴다. 여전히 운성의 손안에 잡혀 있는 가슴이 민망한 한편, 거기서부터 시작된 짜릿함이 온몸으로 번져 나가고 있었다. 어느새 몸을 반쯤 일으켜 아슬아슬하게 입술이 닿을 듯한 위치에서 자신을 내려다보고 있는 운성과 눈이 마주쳐 해수는 밭은 숨을 내쉬었다.

"나는 환자야."

"으응. 자, 잠깐만."

유혹하듯 나른하게 속삭인 운성의 손이 움직였다. 부드럽게 얇은 천으로 가려져 있는 가슴을 쓰다듬던 그의 손가락이 봉긋하게 솟은 해수의 가슴 정가운데를 튕기듯 문질렀다. 통증과 닮아 있지만 그것은 쾌감에 가까웠다. 난생처음 느껴보는 감각에 해수의 눈이 크게 뜨였다.

"그래서 당신이 저항하면 아무것도 할 수 없지."

가슴을 움켜쥐었던 손이 느릿하게 배를 타고 내려왔다. 하늘거리는 얇은 티셔츠 사이로 파고들어 간 손은 소름이 돋아 있는 해수의 살갗을 쓸어 올렸다. 가슴과 팔 안쪽의 여린 살을 더듬는 메마른 손바닥의 감촉에 해수는 허리를 떨었다.

"싫다고 한마디만 해."

귓바퀴를 핥아 올리며 운성이 속삭였다. 속옷의 후크가 풀리자 무방비하게 드러난 가슴을 운성의 손바닥이 덮었다. 그의 손이 스칠 때마다 온몸의 열기가 한곳으로 쏠리는 기분이었다. 바짝 솟은 유두를 무관심한 듯 손가락으로 꾹 누르며 지나가는 운성의 행동에 해수는 하악, 하고 신음을 내뱉고 말았다.

"그럼 바로 멈출 테니까."

작게 들썩이는 가슴을 손바닥으로 둥글게 쓸어 올리며 운성은 해수와 눈을 맞췄다. 속이 조금도 들여다보이지 않을 정도로 새카만 눈동자에 달뜬 흥분이 차오르고 있었다.

말랑한 살결이 그의 손을 놓아주지 않는다. 해수의 신호를 놓치지 않으려는 듯 그녀와 줄곧 눈을 맞추는 운성의 손이 천천히 허리를 타고 내려갔다. 헐렁한 트레이닝팬츠의 고무줄을 밀어 내리며 엉덩이를 쓰다듬자 해수가 그의 팔을 붙잡았다.

"아, 아직 아프잖아요. 괜찮아요?"

"당신이 협조하면."

제 이기심이 투영된 눈이라 그런지, 해수의 커다란 눈에서는 그에 대한 걱정 말고 어떤 거부 의사도 찾아낼 수 없었다. 길게 웃은 운성의 입술이 가느다란 목덜미를 스치며 내려와 가슴 언저리를 헤매었다. 무릎에 걸린 반쯤 벗겨진 바지 사이로 드러난 허벅지 안쪽을 파고드는 손과 기어코 발갛게 자극받은 유두를 한입에 삼켜 단숨에 휘감는 혀의 뜨거움에 해수는 신음을 내뱉었다.

"하앗……."

한 번도 남의 손이 닿은 적 없었던 곳을 운성의 손이 뒤덮었다. 다리 사이를 더듬는 손가락에 저절로 한숨이 흘러나온다. 원을 그리며 부드럽게 마찰하는 손가락을 따라 허리가 떨린다. 수치심이 머릿속을 채웠지만 금세 밀려온 쾌감에 씻은 듯 사라지고 말았다.

자극으로 한껏 부풀어 오른 가슴이 세게 움켜쥐어짐과 동시에 아래를 파고드는 손가락에 해수의 다리에 바짝 힘이 들어갔다. 감기에 걸려 체온이 높아진 것처럼 몸이 달아올랐다. 가슴을 집요하게 괴롭히는 운성의 혀가 움직일 때마다 제 의지와는 무관하게 허리가 튕겨졌다.

"아아, 그, 그만. 제발 그만해요!"

"젖었어."

쪽, 하고 해수의 입술에 키스하며 운성이 짓궂게 속삭였다. 말하지 않아도 알고 있다. 운성의 손가락이 주는 생소한 자극에 빠져들어 이미 속옷이 축축하게 젖어 있었다. 민망함에 얼굴을 감싸며 해수가 고개를 좌우로 흔들었다.

"싫은 거야, 부끄러운 거야."

티셔츠는 목까지 밀어 올려져 있고 속옷이 벗겨진 새하얀 가슴이 발갛게 물들어 있었다. 한쪽 다리를 접은 채 그 다리 사이에 자리 잡은 운성의 손목을 잡고 있는 모습이 외설적이다. 그녀 자신은 조금도 의도하지 않았겠지만 희끄무레한 조명 아래 드러난 그 모습에 운성의 남성이 빳빳하게 일어섰다.

그럼에도 운성은 참을성 있게 해수의 표정을 살폈다. 얼굴을 가리고 있는 손을 부드럽게 잡아 내리자 눈을 맞추지 못하고 입술을 깨물고 있다. 그는 짧게 한숨을 내쉬며 가볍게 해수의 뺨에 입술을 꾹 눌렀다.

"좋아. 인내심을 더 키워보지."

그리고 해수의 몸을 덮치듯 내리고 있던 몸을 일으키려 할 때, 가녀린 손이 그의 팔을 잡았다.

"왜요?"

"뭐?"

"저항, 안 하고 있는데 왜."

금방이라도 울 것처럼 눈매가 흐트러져 있었지만, 해수의 목소리는 흔들리지 않았다. 음, 하고 낮은 신음을 삼킨 운성이 낮게 눈을 내리떴다.

"떨고 있잖아."

"무서워요. 당연하잖아요, 뭐든 다 처음인데. 그렇지만……."

해수는 머뭇거리다 입술을 열었다.

"무서운 것과 싫은 건 다르잖아."

처음으로 느껴보는 정신을 앗아갈 것 같은 쾌감도, 적나라하게 느껴지는 남자의 몸도 두려웠지만 그것이 운성이라면. 더없이 차가운 얼굴을 하고 있으면서도 가슴을 따뜻하게 데워주는 시선을 끝없이 보내주는 운성이라면. 아니, 그런 운성이기에 그와 더 가까이 닿고 싶었다. 부끄러울지라도, 누구와도 공유해 본 적 없는 낯선 경험을 그와 함께하고 싶었다.

"그리고 나, 공부도 좀 했어요."

"……뭐라고?"

뒤통수를 세게 얻어맞은 듯한 충격에 운성의 눈이 순간 멍해졌다. 미간을 찌푸리며 기억을 더듬는 것 같은 표정을 짓던 해수의 손이 움직여 그의 바지 앞섶을 덮쳤다. 당혹감이 두 사람을 삼켰다.

"지금 선 거죠? 딱딱한 느낌인데."

"신해수. 당신 지금……."

"발기가 안 되었다면 이걸 손에 쥐고 위아래로 흔드…… 읍!"

운성의 입술이 그녀의 입을 막았다. 해수는 온몸으로 그녀를 바닥에 짓누를 것처럼 키스하는 운성의 기세에 얼떨결에 그의 어깨를 붙잡았다. 단단해진 운성의 하복부가 그녀의 허벅지를 스쳤다. 거칠게 파고드는 혀 놀림에 정신을 차릴 수가 없었다. 입술 새로 달콤한 타액이 흘러내렸다.

"모범생에게는 걸맞은 대우를 해줘야지."

단숨에 팬티 끝을 잡고 끌어 내리는 운성의 손길에 해수는 비명을 내질렀다. 아무리 그래도 본능적인 거부감에 막아보려 했지만 속옷은 이미 무릎에 걸려 있는 바지와 함께 바닥을 나뒹굴고 있었다. 다리를 움츠리자 운성이 천천히 티셔츠를 벗었다. 하얀 가슴 보호대가 보여 해수는 흥분으로 들뜬 신음을 뱉으면서도 눈살을 찌푸렸다.

"아무래도 괜찮을 것 같지 않은데…… 하앗."

"날 걱정할 여유가 없을걸."

수풀을 헤치고 파고든 운성의 손가락이 천천히 그녀의 몸 안으로 들어왔다. 미끌거리는 감촉에 해수가 입술을 깨물었다. 이물질이 몸 안에 들어선 느낌이 거북하다.

그러나 곧 운성의 입술이 그녀의 가슴을 물었다. 살짝 깨물고 핥아내는 혀의 움직임에 저절로 다리 힘이 풀어졌다. 도톰하게 솟아오른 돌기를 엄지로 자극하며 해수의 뜨겁게 달아오른 안에서 움직이는 운성의 손바닥이 미끈한 애액으로 젖어들고 있었다.

"자, 잠깐, 느낌이 이상해요……. 하아……."

"좀 아플 거야. 괜찮겠어?"

땀이 배어난 해수의 여린 목덜미에 입을 맞추며 운성이 속삭였다. 이미 정상적인 생각을 할 수 있는 이성은 종적을 감춘 상태였다. 제 어깨에 매달려 신음을 흘리고 있는 해수를 빨리 안고 싶다는 생각만이 그를 움직이고 있었다. 그녀의 젖은 피부와 은은하게 피어오르는 체향이 거미줄처럼 운성을 옭아매었다.

"난, 나는 좋아요. 당신이 좋으니까."

할딱이는 숨을 뱉어내며 해수가 작게 말했다. 끈적하게 달아오른 공기 사이로 두 사람의 시선이 마주쳤다. 낮게 신음을 뱉어낸 운성이 해수의 가느다란 허벅지를 밀어젖혔다.

"부드럽게 하긴 틀렸군."

그르렁거리듯 탁하게 중얼거린 운성이 천천히 해수의 몸 안으로 자신을 밀어 넣었다. 처음으로 느껴보는 통증에 비명이 튀어나올 뻔했지만 해수는 입술을 깨물었다. 뜨겁게 젖은 손이 그녀의 가슴을 어루만졌다.

"괜찮아. 숨 쉬어."

그 손을 붙잡으며 해수는 길게 숨을 내쉬었다. 미간을 좁히고 있는 운성의 매끈한 뺨을 타고 땀방울이 흘렀다. 제 목을 쓰다듬는 해수의 손길에 운성이 몸을 내렸다. 입술이 겹쳐짐과 동시에 조금 더 깊게 파고드는 느낌에 해수는 숨이 막혔지만 손끝에 닿는 운성의 어깨와 든든한 등이 그녀를 안심시키듯 감싸고 있다. 더는 가까워질 수 없을 만큼의 거리. 그 너른 등을 당겨 안자 끝까지 들어왔는지 운성이 신음을 내뱉었다.

눈꼬리를 타고 눈물이 흘러내린다. 운성과 맞닿아 있는 곳이 불덩이가 된 것처럼 뜨거웠다. 가슴과 허리를 부드럽게 쓸어주며 키스하는 그에게 매달린 해수의 몸이 파도처럼 흔들렸다. 부끄러움은 이미 흔적을 찾아볼 수 없었다.

그 어떤 것도 접근하지 못하게 자신을 지켜줄 것 같은 남자의 단단한 몸이 그녀를 감싸고 있었다. 누구보다 친밀하고 은밀한 거리에서 그녀를 품고 있었다. 통증보다 강렬한 만족감이 해수의 가슴을 가득 채웠다. 해수는 그녀의 눈물이 신경 쓰이는지 다정하게 몇 번이고 눈가에 키스하는 운성의 뺨을 감쌌다. 그의 입술에 겹쳐지는 해수의 입술이 아름답게 휘어졌다.

내 곁에 있어줘서 고마워요.

작게 속삭이는 그녀의 숨소리를 집어삼키는 운성의 눈가에 미소가 스쳤다. 새벽의 공기가 서늘하게 가라앉았지만, 한 몸으로 얽힌 두 사람은 한동안 떨어질 줄을 몰랐다.

재훈은 앉은 자리가 가시방석처럼 불편했다. 그가 계획했던 일이 무사히 진행될 거라는 확신은 점점 사라지고 있었고, 단순히 일이 무위로 돌아가는 것으로 그치지 않을 것이라는 불안은 점점 커지고 있었다. 초조하게 방을 서성이던 그의 전화가 울렸다.

[전무님, SI시큐리티 권운성 이사님 오셨습니다.]

"뭐?"

[안내해 드릴까요?]

어제는 뜬금없는 투자 위탁 건으로 찾아오더니, 오늘 또 왔다고? 혹시라도 그 자금에 문제가 있는 건 아닌지 의심이 들어 어제 내내 운성의 회사의 재무 상태를 분석해 봤지만 탄탄하다. 불법 자금은 아니라는 뜻이지만, 분명 무언가 의도가 있음에도 그 속뜻을 알 수 없다는 점이 재훈을 한없이 초조하게 만들었다.

[전무님?]

"들어오시라고 해."

시간이 갈수록 분에 맞지 않는 일을 벌였다는 생각이 들었지만 이미 돌아갈 수 없는 길이었다. 신해수 혼자였다면 일이 이렇게 번거롭게 되지는 않았을 텐데. 재훈은 가늘게 떨리는 손을 바지에 비비며 막 방으로 들어서는 운성을 바라보았다. 그의 불안을 어둠으로 형상화한 듯한 블랙 슈트를 몸에 걸친 운성의 서늘한 얼굴에 미소가 걸려 있었다.

"무슨 일입니까."

"아. 간밤에 전무님의 말씀을 곰곰이 되새겨 보니까 역시 환투자는 무리수인 것 같다는 생각이 들어서 말입니다. 계약 철회하러 왔습니다."

이건 또 무슨 꿍꿍이인가. 재훈의 얼굴이 구겨졌다. 느긋하게 소파에 앉은 운성이 따라 들어온 여자에게서 서류봉투를 건네받

앞다. 경황이 없어 재훈은 그녀의 얼굴을 확인하지 못하고 소파에 마주 앉아 운성을 노려보았다.

"말려도 굳이 하겠다고 하시더니? 계약 철회는 24시간 이내에만 가능합니다만."

"5분 전이죠, 지금?"

이 새끼가. 손목시계를 여유롭게 내려다보며 운성은 매력적인 미소를 짓고 있었지만 고의라는 것이 명백하다. 의중을 파악하지 못하고 경계하는 눈으로 자신을 바라보고 있는 재훈에게, 운성은 서류를 내밀었다.

"다른 좋은 투자처가 있다는 정보가 있어서 말입니다. 오후에 송금 예정이라 예치금 환급은 바로 해주셨으면 좋겠습니다."

"10억 이상의 예치금을 당일 환급하려면 부사장님 결재가 필요하……."

"그거 확인하시죠, 부사장님 허가 서류니까. 우리 최 전무님이 바쁘실까 봐 미리 부탁 좀 드렸습니다."

눈에 익은 서명은 부사장의 것이 맞다. 일이 어떻게 돌아가는지 알 수가 없었다. 재훈은 운성에게서 눈을 떼지 않은 채 전화기를 들었다.

"VIP 자산관리팀 최재훈 전무입니다. 부사장님, 방금 SI시큐리티의 권운성 이사가…… 예? 아, 알겠습니다."

내가 허가했으니 어서 지급해, 하고 성가신 듯 내뱉는 목소리에 재훈은 전화기를 내려놓았다. 서둘러 자리로 돌아가 모니터를 바라보던 재훈의 눈이 튀어나올 것처럼 커졌다. 보안코드를 입력하고 마우스를 움직여 다시 계좌를 확인해 봤지만 그의 눈에 보이는 것은 달라지지 않았다.

"이…… 이게 어떻게 된……."

"친절하게 구는 일에는 취미 없지만."

멀찍이 앉아 있던 운성이 몸을 일으키는 것이 모니터 너머로 보였다. 여유롭게 웃고 있는 매끈한 얼굴이 점점 다가오고 있었다.

"오늘은 기분이 좋으니 예외로 두죠. 일은 이렇게 될 겁니다. 계좌에 있던 100억이 사라졌죠? 나는 이 방을 나서자마자 부사장님을 찾아갈 겁니다. 그럼 회사에서는 돈의 행방을 추적하기 위해 네트워크 보안팀을 붙일 테고, 적당히 감춰놓은 흔적을 뒤지다 보면 돈을 분산시켜 이체해 둔 네 개의 스위스 계좌를 발견하게 될 겁니다. 물론 그 돈을 움직인 사람이 누구인지 확인하는 게 쉽진 않겠지만, 결국에는 알아낼 수 있을 겁니다. 딱 그만큼의 실마리는 남겨두었으니까."

"지, 지금 무슨 소릴 하는 거야!"

훤칠한 키에서 쏟아진 검은 그림자가 재훈의 앞을 가렸다. 양팔을 넓게 벌려 책상을 잡고 몸을 낮춘 운성의 날카로운 눈이 그를 응시하고 있었다.

"올해 스위스로 가장 많이 출장을 다녔고, 사흘 뒤 3개국을 경유하는 비행기 티켓을 끊어뒀더군. 휴가계도, 퇴직계도 내지 않은 상태에서. 부동산은 최근 두 달 새에 전부 현금화를 시켜뒀고, 집에는 아마 적당히 꾸려놓은 짐 가방 따위가 있겠지. 경찰이 어떻게 생각할 것 같습니까?"

덫은 닫혔고 그는 도망갈 길을 잃었다. 다가올 끔찍한 미래에 재훈의 얼굴이 일그러졌다. 이 일을 언제, 도대체 어떻게 꾸몄단 말인가. 그들에게 주어진 시간은 고작 며칠이었는데!

"권운성 너 이 새끼!"

재훈이 의자를 박차고 일어서서 운성의 멱살을 잡으려 했지만 그는 슬쩍 뒤로 몸을 젖히는 것만으로 재훈의 손길을 쉽게 피했다. 운성은 짧게 한숨을 내쉬었다. 손목을 잡아 꺾는 것은 어렵지 않았지만 지난밤의 과격한 운동의 여파로 아무래도 가슴 통증이 심해진 상태였던 것이다. 얼굴이 시뻘겋게 달아올라 그에게 손을 휘젓는 재훈을 차갑게 바라보는 운성의 입가가 삐딱하게 기울었다.

"당신 미래를 조금 앞당겨 준 것뿐이니까 그리 억울해할 일은 아니지. 이건 당신 인생을 무너뜨릴 수많은 방법 중 가장 우아한 방식이었어. 혹시 이 정도에서 끝내줘서 고맙다고 인사를 한다면 아마 그녀는 기꺼이 받아줄 겁니다. 나와는 어울리지 않게 착한 사람이라."

"……권운성 씨 이러는 걸 직접 보니까, 당신 진짜 악당이 잘 어울리네요."

"신해수가 만든 장기판에서 군말 없이 움직여 준 자에게, 그것 참 과분한 칭찬인데."

재훈은 운성의 등 뒤에서 빼꼼히 얼굴을 내미는 여자를 바라보며 가쁜 숨을 내뱉었다. 헤어스타일부터 옷차림까지, 자세히 보지 않으면 같은 사람이라고 알아챌 수 없을 만큼 그녀는 달라져 있었다. 그러나 기이하게 반짝이는 검은 눈동자는 분명 그녀다.

"시, 신해수……."

"그래서는 안 되는 거였어요."

해수의 목소리가 날카롭게 공기를 갈랐다. 멍한 눈으로 자신을 바라보는 재훈을 곧게 쳐다보며 해수가 차갑게 내뱉었다.

"이 사람을 다치게 하고, 내 오빠를 두고 장난을 치는 건 정말 사람이라면 해서는 안 되는 일이었다고요. 당신을 정말 죽일 수도, 사회적으로 아예 존재한 적 없는 유령처럼 만들 수도 있었어. 그렇지만⋯⋯."

짧게 숨을 들이마신 해수가 턱을 치켜들며 눈을 내리깔았다.

"이번엔 이쯤 해두죠. 난 언제, 어디서든 당신을 지켜볼 수 있어요. 내가 정말 뭘 할 수 있는 사람인지 보여줄 기회가, 다시 오지 않길 바랄게요."

이제 그만해요, 하고 해수는 운성의 소매를 잡아당겼다. 씩 웃어 보인 운성이 그녀의 어깨를 따뜻하게 감싸며 몸을 낮췄다.

"당신, 섹시한데."

"표정 관리나 해요."

옆구리를 콕 찌르며 짐짓 냉정한 얼굴을 하고 있지만 선이 아름다운 해수의 눈매에는 어쩔 수 없는 장난기가 머물러 있었다. 씩 웃으며 해수의 뺨에 입을 맞춘 운성이 목을 가다듬었다.

"대체 이게 어떻게 된 겁니까? 100억이 도대체 어디로 사라졌느냔 말입니다!"

넋을 잃은 재훈을 향해 우렁차게 외치는 운성의 목소리에 놀란 얼굴의 비서가 달려오기까지는 몇 초도 걸리지 않았다. 가면이라도 쓴 것처럼 능숙한 운성에 비해 경악한 표정을 연기할 자신이 없어 다시 선글라스를 쓴 채 슬그머니 방을 빠져나온 해수는 몇 걸음 떼지 못하고 결국 웃음을 터뜨리고 말았다.

"말씀드리지 않았습니까, 최재훈은 해결될 거라고. 좀 소란스러운 방법이었습니다만. 다음 주 이사회에서 가결되는 대로 사장직을 맡게 되실 겁니다. 음. G전자 보안팀과의 약속은 이번 주로 하죠."

운성의 통화 상대는 인섭이었다. G전자에서는 기존의 운영체제보다 훨씬 효율적이고 빠른 새로운 운영체제와 개발자를 위한 프로그래밍 언어를 만들고 있는 중이었다. 경쟁사들의 정보 유출 시도가 계속되고 있는 가운데 웹을 이용한 정보 보안을 강화하기 위한 대안 업체를 찾는 중이었다. 인섭은 G전자의 상무이사와 막역한 사이였고, 운성은 지금 막 그 일을 맡게 된 것이다.

"무슨 얘기예요? G전자는 또 뭔데요?"

통화를 끝낸 운성을 바라보며 해수가 물었다. 운성은 핸들을 잡은 채 무심하게 내뱉었다.

"당신 방법대로 우아하게 일을 마무리할 생각을 하니 분이 풀리지 않아서 말이야. 규모가 큰 일거리라도 덤으로 얻어야 덜 억울할 것 같아서 공작 좀 했지."

"덤? 공작?"

"계산적인 본성은 변하질 않는군."

가지런한 입술을 끌어 올려 피식 웃은 운성은 곧 입을 다물었다. D증권 사장의 아들인 인섭은 최재훈 전무 이하 몇 명의 임원들의 반대로 사장 취임에 제동이 걸린 상태였다. 눈엣가시 같던 최재훈을 솎아내 줄 테니 G전자의 일을 맡을 수 있게 다리를 놓아 달라 제안한 것은 운성이었다. 그러나 그는 이런 일들을 해수에게 설명할 생각은 없었다.

"뭔지는 몰라도 당신이 진짜 나쁜 놈처럼 보이는 건 알겠어요."

"그게 당신을 만나기 전까지의 내 대내외 이미지야. 이제 사내에서는 팔불출로 소문난 것 같지만."

슬쩍 그녀를 곁눈질하는 운성과 눈이 마주친 해수는 큼, 하고 헛기침을 하며 고개를 돌렸다. 낮게 웃는 운성의 목소리에 귓불이 빨갛게 달아올랐다.

"회사로 돌아가요?"

"글쎄. 오늘은 회의도, 급한 결재 건도 없으니 농땡이나 쳐볼까."

"무슨 이사가 이렇게 자꾸 놀 생각만 해요?"

"내가 방금 따낸 프로젝트로 회사는 반년은 놀 수 있어. 그럴 자격 충분하지 않나? 게다가 난 환자잖아."

"꼭 아쉬울 때만 환자 소리. 진짜 아프긴 한 거예요?"

"아침에 당신이 침대에서 굴러떨어지려던 걸 붙잡기 전까지는 괜찮았는데 말이야."

"그거야 갑자기 당신이……!"

버럭 항의를 하려던 해수의 말간 뺨이 순식간에 붉게 물들었다. 깔끔한 문양의 셔츠 소매를 걷은 운성의 팔을 보는 것만으로도 단단한 선을 그리던 어깨와 그녀를 안을 때 격정적으로 힘이 들어가던 몸이 눈앞에 고스란히 보이는 것만 같아 눈을 마주칠 수가 없었다. 문득 땀에 젖은 운성의 향기가 환각처럼 코끝에 아찔하게 스쳐 해수는 입술을 꼭 깨물었다.

"신해수, 나 홀리려고 작정했어?"

"무, 무슨 말이에요?"

"섹시했다, 귀여웠다. 하루에 두 가지 면을 다 보여주는 건 반칙인데."

신호등에 걸려 차가 멈춰 섰다. 팔을 뻗어 열이 오른 귓바퀴와 목덜미를 상황에 걸맞지 않는 손길로 쓸어내리는 운성의 팔을 간신히 붙잡은 해수가 그를 흘겨보았다.

"변화무쌍한 걸로 따지면 권운성 씨 따라갈 수 있겠어요, 내가?"

"사람 혼을 빼는 건 훌륭한 사업가의 재능이지. 그게 내가 성공한 이유고. 당신은 그런 거 배우지 마."

"왜요? 또 알아요? 나도 사업가의 재능이 있을지."

흠, 하고 운성의 단정한 입매가 미소를 띠었다. 슬쩍 고개를 돌려 해수를 내려다보는 시선이 나른했다.

"있지. 일단 날 첫눈에 홀렸잖아."

"……그냥 내 국어 과외 당신이 해주지 그래요? 당신만큼 좋은 선생님도 없을 것 같은데."

잠시 말문이 막힌 해수가 턱을 치켜들며 퉁명스레 말했다. 차창을 통해 들어오는 봄볕은 따스했지만, 그것과는 다른 종류의 열기에 몸이 더워지고 있었다. 그녀와 조용히 눈을 마주치며 운성이 낮게 말했다.

"난 좀 비싼데."

"몰라요? 나 돈 많은 거."

"나도 많은 걸 대가로 받을 생각은 없고."

"그럼 뭐가 필요한데요?"

"몰라서 물어?"

어느새 가까이 다가온 운성이 고개를 비틀어 해수의 입술을 물었다. 농밀하게 할짝이는 혀의 움직임에 짜릿한 전기가 관통한 것처럼 해수의 온몸이 튀어 올랐다. 감각이 예민한 입술의 세포들이 일시에 마비된 것 같았다. 매끈한 허리를 붙잡고 몸 안 깊숙이 들어와 격렬하게 그녀를 탐하던 어제의 그를 떠올리게 하는 키스였다.

빵, 하는 경적 소리가 울려 퍼졌다. 그 소리에 운성의 팔을 붙잡고 있던 해수가 재빨리 그의 어깻죽지를 두드렸다. 인상을 쓰며 해수에게서 떨어진 운성이 차를 출발시켰다.

"어디 가고 싶은 곳 있나?"

"어, 음, 글쎄요."

"아무래도 집에 가고 싶겠지. 익숙지 않아 옷도 불편할 테고."

"그거야 그러……."

무심코 대답하던 해수의 눈썹이 추켜 올라갔다. 덫에 사냥감이 걸리는지를 사냥꾼이 지켜볼 때의 공기가 어떤지, 해수는 몸소 느끼고 있었다. 거의 덫에 발을 올려놓은 사냥감을 볼 때처럼 운성은 씩 웃고 있었다.

"병원이나 가요!"

그녀의 생각을 읽었는지 전방을 주시하던 운성이 웃음을 터뜨렸다. 하여튼 방심할 수가 없어. 열 있는 것 같네 어쩌네 하면서 걱정해 주는 척해놓고는. 다리 세 개인 동물은 다 짐승이라더니!

숨이 거칠어진 해수를 흘끗 바라보던 운성이 놀릴 셈으로 무어라 입을 열려 했지만, 순간 그의 휴대폰이 몸을 떨며 울었다. 회사인가, 싶어 블루투스 버튼을 누른 운성이 네, 하고 짤막하게 내뱉었다.

[채서진입니다.]

차갑게 정돈된 목소리가 성능 좋은 스피커를 타고 흘러나왔다. 해수의 시선이 운성에게로 향했다.

"무슨 일 있습니까."

조용히 응대한 운성의 말에 한동안 서진은 대답이 없었다. 몇 번이고 말을 하려다 삼키는 숨소리만이 희미하게 들릴 뿐이었다. 그 소리에서 불온의 기운을 느낀 해수가 저도 모르게 운성의 손을 꽉 잡았다.

[하고 싶은 이야기가 있어요. 시간 좀 내주시겠어요?]

"사업, 문산호, 주제가 어느 쪽입니까."

[……문산호예요. 의논할 상대가, 흡, 다, 당신밖에 떠오르지를

않아서…….]

이제 와서 새삼 산호에 대한 투정을 부릴 여자는 아닌데, 생각하던 운성의 미간이 바짝 좁혀졌다. 서진의 숨소리가 거칠게 흔들렸다. 차가운 얼음성 같던 목소리가 무너지고 있었다.

"어디가 편한지 말해요."

액셀을 밟아 속력을 내는 운성의 날카로운 얼굴이 팽팽하게 굳어졌다. 숨죽이고 있던 해수의 커다란 눈에도 거센 파도가 몰아치고 있었다. 잠시 환하게 비추던 해가 구름에 가렸는지, 밖은 천천히 어두워지고 있었다.

운성은 천천히 걸음을 옮겼다. 널찍한 한낮의 공원에는 사람들이 드문드문 보였다. 구석진 곳의 그늘진 벤치에 꼿꼿한 자세로 앉아 있는 서진을 발견한 그는 짧은 한숨을 내쉬었다. 궁금해하면서도 제가 끼어들 자리가 아니라고 생각했는지 집에 가 있겠다는 해수의 선택이 옳았음을 서진의 표정이 보여주고 있었다.

늘 완벽한 모습을 보이던 여자였다. 외모도, 마음가짐도 철저하게 단속하던 여자. 산호에게 마음이 가는 것을 누군가에게 들키면 수치심을 느끼기라도 할 것처럼, 그렇게 빈틈없이 완벽하려 했던 여자.

항상 당당하던 서진의 가느다란 어깨가 떨리고 있었다. 젖은 뺨을 손으로 감싸고 있는 모습이 심상치 않다. 운성은 서진의 곁에 앉아 손수건을 내밀었다.

"자리를 피해주는 게 좋겠습니까."

"아…… 아니, 아니요. 그냥 있어주세요."

화장을 하지 않은 듯한 얼굴은 처음이다. 기다란 속눈썹에 맺혀 있던 눈물을 손수건으로 닦아낸 서진이 입술을 깨물었다. 도드라진 콧날이 오똑하다.

참 가진 게 많은 사람인데, 행복해 보이는 얼굴을 본 적은 단 한 번도 없었다. 행복을 가장한 표정을 봤을 뿐. 감정을 감춘 건조한 얼굴은 그 자신과도 어딘지 닮은 듯한 느낌이 있었다. 그녀는 문산호를 얻으면 행복할까. 그걸로 만족할까. 이제 와서 두 사람이 가능할까.

문산호는 뱃속에 미꾸라지를 키우고 있는 사람이었다. 들여다 볼라 치면 늘 흙탕물을 일으켜 다른 이들의 눈을 가리는 미꾸라지. 누구보다 감이 좋다고 자신하는 운성에게마저 제 속을 온전히 드러내 보이지 않는 그런 사람. 자신에게는 단 한 자락의 마음도 열어주지 않는 그런 녀석에게 서진이 자존심을 접고 새삼 감정을 드러낼 수 있을 리 없다.

짧게 고개를 내저은 운성은 조용히 서진이 마음을 진정시키기를 기다렸다. 제게 우는 모습을 보일 만큼 정신적인 여유가 없는 걸 보면 그녀가 하려는 이야기는 결코 가볍지 않을 것이다. 문산호에게 일어날 수 있는 골치 아픈 문제들을 떠올리며 미간을 찌푸리고 있던 운성은 문득 들리는 서진의 목소리에 고개를 돌렸다.

"누군가에게 말해야 할 것 같은데, 우리 집에도, 산호 씨 쪽에도 섣불리 꺼낼 이야기는 아니라고 생각했어요. 하지만 운성 씨라면, 분명 도와줄 수 있을 것 같아서요."

"대체 무슨 일입니까."

서진은 대답 대신 구겨진 서류봉투를 내밀었다. 의아한 눈으로 그녀를 바라보며 운성은 봉투에 손을 넣어 잡히는 것을 꺼내었다. X-ray 사진처럼 보이는 그것을 들여다보는 운성의 짙은 눈썹이 팽팽히 당겨졌다.

"이게 뭐……."

"수술이 힘들대요, 위치가 안 좋아서. 수술을 해도 종양을 다 제거할 순 없다더군요. 열었다가 실패하면 팔이나 다리에 마비가 올 수도, 치매와 비슷한 증상이 올 수도 있대요. 일단 방사선 치료를 권유했는데 그 사람은 한 번도 받지 않았다더군요."

아이들이 깔깔거리며 두 사람 앞을 지나쳤다. 비눗방울을 불었는지 혹, 하고 날아온 방울이 운성의 무릎에 닿았지만, 이내 톡 하고 터져 흔적 없이 사라졌다.

"무슨 소릴 하는 겁니까, 지금."

"그 사람 이야기를 하고 있는 거예요, 문산호."

날카롭게 치뜬 운성의 눈은 화를 내기 직전처럼 검게 부풀어 있었다. 차갑게 가라앉은 눈으로 그를 마주하며 서진이 짧게 내뱉었다.

"이대로라면 그 사람 오래 못 살아요."

운성의 도자기처럼 매끄러운 표정이 미세하게 부서지는 듯 느껴져 서진은 이를 악물었다. 또다시 뜨거운 눈물이 눈가에 차올랐지만 그녀는 참아내었다.

"난 억울해요. 이대로 끝낸다면 너무 억울해요. 무슨 고집으로 수술도, 치료도 받지 않으려는 건지 모르겠지만, 하긴, 내가 그 사람에 대해 아는 게 있기나 할까요? 나는, 나는 이대로 가만히 있을 수가 없어요. 뭐라도 해야겠다구요. 그러니까……."

서진은 입술을 깨문 채 크게 숨을 들이켰다. 손수건을 움켜쥔 손이 가늘게 떨리고 있었지만, 그녀는 단호한 눈으로 운성을 응시했다.

"날 좀 도와줘요, 권운성 씨. 그 사람 살릴 수 있게, 날 도와줘요. ……부탁합니다."

크고 단단한 손에 들려 있던 검은 필름이 천천히 구겨져 손바닥을 날카롭게 찌르고 있었지만, 운성은 어떤 감각도 느끼지 못했다. 봄을 몰고 오는 듯한 따뜻한 바람이 불고, 소란스럽게 달려가는 아이들을 부르는 누군가의 목소리가 주변에 낭랑하게 울려 퍼졌지만, 그는 아무것도 느낄 수가 없었다.

효주는 한참을 집중해서 키보드를 두드리고 있었다. 영어가 빽빽한 논문 더미를 뒤적거리던 그녀는 딸칵, 하는 소리에 퍼뜩 놀라 고개를 들었다. 선이 곧은 콧날에 걸쳐진 안경을 밀어 올리며 재준이 곁에 서 있었다. 따뜻한 김이 오르는 커피를 한 모금 마신 재준이 어지러운 책상을 바라보며 미간을 찌푸렸다.

"케이스별로 자료 정리 다 해놨더니, 또 다 뒤집어엎으신 거예요?"

"WHO grade IV만 모아놓은 자료 어딨어? 그리고 여기, 전이성 뇌종양 말고 원발성 악성종양 사례로 대체해야겠어. Lepeto 케이스 말이야."

"그게 아무래도 사진이 강렬하긴 하죠. Epilepsy(간질)로 실려왔다가 Glioblastoma(교모세포종)로 진단받았으니까…… 잠시만요. 이쪽 폴더에 몰아놨던 것 같은데."

의자 위에서 한쪽 무릎을 세우고 앉아 있던 효주는 등 뒤에서 몸을 굽히며 마우스를 집는 재준에게 밀려 목을 움츠렸다. 재준이 쓰는 향기가 훅 끼쳐 왔다. 마치 뒤에서 그녀를 덮치는 재준의 양 팔에 가둬진 듯한 기분이 들어 효주는 혀를 찼다.

"내 호르몬이 날뛸 시기에는 가까이 오지 마. 창창한 네 미래를 생각해서 하는 말이야."

"Menstruation(월경)이에요? 커피 말고 차로 가져다 드릴까요?"

"너……."

뺨이 스칠 듯 가까이 다가와 있는 재준을 흘끗 노려보았지만, 안경 너머 눈을 접어 웃어 보이는 얼굴이 천진하다. 의사라는 족속들이 다 그렇지. 효주는 짧게 한숨을 내쉬며 고개를 돌렸다.

"생리대도 사다 줄 기세네."

"배 아프면 누워 계세요. 발표 자료는 제가 마무리할 테니까. 어떤 종류 필요한지 알려주시면 사올게요."

"……너, 애인 노릇 참 잘하겠다."

"데려가세요, 그러니까."

재준이 폴더를 뒤지고 있는 노트북 화면을 멍하니 보고 있던 효주가 천천히 그를 돌아보았다. 코끝이 닿을 듯한 거리에 재준의 매끈한 뺨이 있었다. 장난처럼 던진 말에 낚여 파닥거릴 나이는 지났다. 효주는 작게 혀를 찼다.

"여유 부리며 놀 나이 아니야."

"어, 찾았다."

재준이 씩 웃으며 모니터를 향해 턱짓했다. 화면을 향해 고개를 돌리는 효주의 옆모습을 흘끗 바라보며 재준은 차분하게 말했다.

"매일같이 이런 뇌 사진 보면서 그런 생각 안 하세요? 내가 가진 시간이 참 짧을 수도 있겠다는."

"해."

"그 짧은 시간 안에 할 수 있는 건 뭐든 하자는 생각은요?"

"그것도 해."

"Then try it. I'm gonna be your man(그럼 시도해 봐요. 당신 남자가 될 테니까)."

낮게 가라앉은 목소리는 듣기 좋았지만, 모니터에 떠오른 사진을 바라보는 효주의 시선은 흔들리지 않았다. 과거의 어느 때를 회상하는 듯한 아련함이 스쳐 지나갔을 뿐이다.

"나중에 후회하지 말고 정신 차려."

덤덤하게 선을 그은 효주는 단순한 벨소리를 내고 있는 제 휴대폰을 바라보았다.

"전화받고 올 테니까 대체 케이스 정리해 놓고."

책상을 짚고 있는 자신의 팔을 망설임 없이 밀어낸 효주가 천천히 걸어가며 전화를 받는 모습을 돌아보며 재준은 한숨을 삼켰다.

"오늘도 실패군. 이걸로 4연패 기록 달성인가."

어차피 그는 단거리보다 장거리에 능하다. 효주의 온기가 남아 있는 의자에 털썩 앉은 재준은 피식 웃으며 마우스를 잡았다. 멀리서 웅웅대며 들리는 효주의 목소리에 반사적으로 귀를 기울이며 그는 능숙한 솜씨로 자료를 편집하기 시작했다.

효주는 맞은편에 앉아 있는 제 조카를 흘끗 바라보았다. 뜬금없이 호텔로 갈 테니까 5분만 시간 내주세요, 하고 찾아온 운성이 해쓱한 얼굴로 나타나자마자 불쑥 사진 몇 장을 내밀었던 것이다.

"너 몸은 괜찮은 거야? 아무리 일이 좋아도 그렇지, 며칠 더 병원에서 쉬라니까."

"그것 좀 봐주세요. 어떤 상태인지, 최대한 자세하게 알아야 해요."

딱딱하게 굳어진 운성의 표정에는 날이 선 긴장감이 흐르고 있었다. 몇 마디 물어보려던 효주가 인상을 찡그리며 테이블에 올려져 있는 사진을 들여다보았다. 그녀의 고운 미간에 주름이 깊이 파였다.

"이거 누구야? 넌 아닐 테고."

제 사진이었다면 이런 식으로 그녀를 찾아올 조카가 아님을 효주는 잘 알고 있었다. 점점 심각해지는 그녀의 얼굴을 뚫어져라 바라보며 운성이 말했다.

"살 수 있어요? 수술을 받든, 화학요법을 받든. ……살 수 있어요?"

"크기는 크지 않지만 수술은 힘들겠어. 위치가 위험해서 잘못하면 출혈로 바로 Brain Death야. 수술 안 하면 길어야 15개월. 누구냐니까."

간단하게 대답하며 들고 있던 사진에서 시선을 떼던 효주는 미동 없이 사진을 응시하고 있는 운성의 표정에 눈을 치켜떴다. 테이블을 짚고 있는 운성의 커다란 손이 가늘게 떨리고 있었다.

여간해서 동요하지 않는 조카의 성격을 안다. 주변에 사람을 많이 두지 않는 것도 잘 알고 있는 효주의 머릿속에 무언가 스쳐 지나갔다.

숨을 헐떡일 정도로 달려왔는데도 서늘한 기운의 식은땀이 가득하던 손. 경련과도 비슷한 짧은 떨림이 맞잡은 손으로 느껴져 의사로서의 노파심이 일어났지만 능수능란한 미소로 말문을 막던 그 영악한 녀석. 효주가 창백하게 질린 입술을 열었다.

"설마…… 산호니?"

말없이 입술을 단단히 깨물고 있는 운성의 시선이 긍정하고 있었다. 효주의 손에 들려 있던 MRI 사진이 팔랑이며 떨어졌다. 지나가던 호텔 직원이 친절하게 떨어진 사진을 주워 건네주었지만, 누구 하나 그녀에게 인사하는 사람은 없었다.

"아니, 죽이라는 게 아니라. 뭐, 난 그러고 싶긴 하지만 일단 배임죄로 엮어서 추징금은 꼭 받아내게끔 해, 3년 뒤 나왔을 때 빚더미에 앉아 있도록. 돈 때문에 선을 넘었던 자이니 돈이 필요하면 무슨 짓이든 하겠지. 진짜 지옥은 3년 뒤에 보게 될 테니까. 아, 그리고 그 교도관 중에 아버지가 직원 횡령 문제에 얽혀 화병으로 돌아가셨다는 사람, 최재훈 앞으로 배치해. 진짜 지옥에 오기 전에 예행연습할 기회는 줘야지."

가죽 의자를 빙글빙글 돌리며 장난스럽게 내뱉었지만 불도 켜지 않은 사무실의 공기는 어딘지 음울하게 가라앉은 구석이 있었다. 산호는 수화기를 내려놓으며 기지개를 켰다.

"난 정말 배려심이 넘친단 말이야. 배려심만 넘치나? 매력도 넘치지."

보는 사람도 없는데 어깨를 으쓱이며 짐짓 거만하게 중얼거리던 산호는 문득 이마를 짚었다. 머리가 어지럽다. 의자를 너무 돌렸나, 중얼거리던 산호는 순간 참을 수 없는 메슥거림에 비틀거리며 화장실로 달려갔다. 두통, 구토, 그리고 가끔씩 일어나는 손의 경련. 그것은 느긋한 발걸음으로 다가와 그의 일상을 천천히 잠식하고 있었다.

[이사장님, 권운성 이사님 오셨습니다…… 이사장님?]

속이 텅 비어 있어서 그런지 신물만 게워내고 입안을 헹구던 산호가 멀리서 들리는 소리에 인상을 찌푸렸다. 하여튼 여러모로 타이밍 한 번 기가 막힌 새끼다. 젖은 입술을 닦아내며 책상으로 걸어온 그는 내선 전화 버튼을 눌렀다.

"자리 비웠으니 다음에 오라고 해요."

[……벌써 올라가셨는데요.]

쳇, 하고 혀를 찬 산호가 소파에 힘없이 앉았다. 최근 들어 쉽게 피로가 느껴진다. 몸이 고장 나고 있다는 증거인가. 그는 차가운 가죽 위에 스르르 드러누워 눈을 감았다. 마른 눈꺼풀이 버석거리는 기분이었다.

철컥, 하고 부드럽게 문이 열린다. 성큼성큼 다가오는 발소리는 언제나 그렇듯 거침이 없다. 잘난 새끼. 멋있는 새끼. ……부러운 새끼.

"나 졸리다. 급한 용건 아니면 나중에 와. 최재훈은 네 계획대로 될 거야. 내가 고명만 좀 얹었다."

퉁명스레 내뱉었지만 반응이 없다. 맞은편 소파에 앉는지 부스럭거리는 소리가 들린다. 게슴츠레 실눈을 뜬 산호가 미간을 찌푸렸다.

"너, 그거 술이냐?"

"같이 마실 생각 없으니 졸리면 자라."

능숙하게 뚜껑을 뜯어낸 유리병에 황금색 액체가 찰랑거린다. 짙고 매혹적인 향기가 넘실거리며 방을 채우기 시작했다. 한동안 사람인 척한다 했더니, 또다시 기계처럼 감정 없는 표정으로 앉아 있는 운성의 기색에 산호는 천천히 몸을 일으켰다. 메슥거림은 많이 가라앉아 있었다.

"천하의 권기계를 대낮부터 술병을 따게 만들다니, 역시 우리 해수는 뭐가 달라도 달라. 그렇지?"

"나도 신해수가 아닌 다른 사람 때문에 이럴 줄은 몰랐다."

입가를 삐딱하게 끌어 올리는 운성의 말에 산호의 얼굴이 창백하게 굳었다. 그는 권운성을 잘 알았다. 해수와 엮이기 전의 운성은 사람 때문에 고민하는 일이 없었다. 그만큼 감정적으로 얽힌 사람이 없었고, 앞으로도 드물 것이 분명한데 해수가 아닌 다른 사람 때문이라니. 목을 젖혀 술을 털어 넣는 운성의 손을 붙잡은 산호가 날카롭게 말끝을 세웠다.

"그게 무슨 소리야. 권기계를 이렇게 동요시킬 수 있는 사람이 달리 누가 있는데?"

"몰랐는데 있더군. 제정신 놓고 사는 어떤 미친놈이."

흘끗 자신을 향하는 운성의 시선이 어둡다. 불길한 예감이 가슴 한구석을 저릿하게 울렸다. 산호는 어색하게 웃으며 그의 손등을 툭툭 두드렸다.

"어째 익숙한 수식언데. 뭐, 이 미친 세상에 그런 놈이 한둘이겠느냐마는. 안 그래?"

"적어도 내 주변엔 너 하나야."

꺄악, 하고 오버하며 받아칠 법도 했지만 운성의 말은 그렇게 가볍지 않았다. 얼떨결에 제 습관대로 반응할 타이밍을 놓친 산호가 목덜미를 긁적였다. 운성은 또다시 술을 들이켰다. 뭘 알고 왔느냐 물을까, 잠시 생각했지만 산호는 피식 웃으며 고개를 내저었다. 운성이 내려둔 술병을 들어 한 모금 마시자 건조하게 말라붙어 있던 식도가 독한 술을 반기며 찌르르 울렸다.

"뭐든 해."

"뭘."

"수술이든 치료든."

아, 역시. 툭, 하고 덤덤하게 뱉어진 운성의 말에 산호는 혀를 차며 웃었다. 권운성이 술을 가지고 온 게 이렇게 반갑게 느껴질 날이 다 오다니. 그는 들고 있던 술을 조금 더 들이켰다.

"둘 다 희망적이진 않아. 바람 타고 정처 없이 날아다니는 민들레 홀씨처럼 살다가, 이제 그 바람이 멈추는 것뿐이야."

"네 멋대로 멈추지 마라. 아직 안 끝났어."

"저 위에서 끝났다잖아. 그만 살고 돌아오라고. 내 인생 이제 방학이라니까? 영영 끝나지 않는 방학."

산호는 하늘을 향해 손가락을 세워 쿡쿡 찌르고는 다시 소파에 드러누웠다. 드릴로 두개골 내부를 휘젓는 듯한 두통이 밀려들었다가 순식간에 사라진다. 술로 해결할 생각은 해보지 않았는데 통증의 날을 둔탁하게 만들어주는 느낌이 나쁘지는 않았다.

"널 잃고 싶지 않다."

낮게 가라앉은 운성의 목소리가 공허한 사무실에 울려 퍼졌다.

"지옥 같은 수렁이었지만, 나 혼자가 아니라는 사실이 지금까지 나를 지탱했어. 미친 짓을 하는 네가 있어서 그나마 숨을 쉬며 살아왔단 말이다. 그렇게 쉽게…… 삶을 포기할 생각하지 마. 곁에 있는 사람들을 생각해서라도."

운성은 마른 얼굴을 손바닥으로 쓸어내렸다. 인간인 이상 살 생각을 먼저 했을 것이다. 아무리 문산호가 세상에 대한 상처가 많아도, 그래도 살아보려 했을 것이다. 그랬을 그가 이렇게 놓아버렸다는 것이 무슨 뜻인지 모르지 않았지만. 그렇지만.

"이거 영광인데! 오늘날의 권운성이 있기까지 음지에서 그를 받쳐 준 인물, 문산호! 인물사전에 오를 것 같은 포스…… 아아, 아야!"

"그 입 좀 다물어라, 이 모자란 새끼야."

운성은 훌쩍 몸을 일으켜 길게 누워 있는 산호의 귀를 세게 잡아당겼다. 발버둥 치는 산호는 껄껄 웃고 있었다. 그 장난스러운 표정을 바라보는 운성의 눈매가 날카롭게 좁아졌다. 어차피 쉽게 먹힐 거라고는 생각도 하지 않았다. 그는 무겁게 가라앉은 목을 가다듬고는 최대한 차갑게 내뱉었다.

"나는 감정을 표현하는 일에 서툴러. 게다가 신해수는 보통 여자가 아니지. 더 세심하게 마음을 살펴야 하는 사람이야. 그 여자가 미숙한 나로 인해 상처를 받는다고 해도 신해수 편을 들어줄 사람은 없어, 네가 없다면."

운성은 천천히 길쭉한 몸을 일으켜 앉는 산호를 내려다보며 한쪽 입술을 비스듬히 기울였다.

"오해가 쌓이고, 차라리 나를 알기 전이 나았다고 후회하는 날이 와도 그녀를 지켜줄 사람은 없지. 그 여자 곁에 사람이라고는 너와 나, 둘뿐인데 네놈이 나에게 맡기고 손을 떼어버렸으니. 나를 너무 믿는 거 아닌가, 문산호?"

"……살면서 권운성에게 감탄한 적은 한두 번이 아니었지만."

헝클어진 머리를 쓸어 넘기는 손길이 거칠다. 눈가가 붉어진 산호는 웃음기 없는 눈으로 운성을 노려보았다.

"오늘이 단연 최고다. 넌 정말 대단한 새끼야."

"살아. 그 꼴이 추하고 수치스러워도, 그래도 발버둥 쳐서 살아라. 다른 사람들에게 기대고 의지하면서 그렇게 살아. 이게…… 내가 너에게 처음으로 하는 부탁이다."

운성은 습기 찬 한숨을 내뱉었다. 그의 유일한, 가장 오랜 시간을 함께한 친구의 끝을 알 수 없는 칠흑 같은 눈동자가 거세게 흔들리고 있었다. 한동안 조용히 서로를 바라보던 침묵은 운성이 가볍게 어깨를 털어냄으로 부스스 깨어졌다.

"그리고 생각해 봐. 내가 신해수와 결혼할 때, 내 손에 그 여자 건네줄 사람 달리 누가 있을지."

묵직하던 공기가 순식간에 흐트러졌다. 산호의 시원스런 눈동자가 점점 커지는 것을 곁눈질로 확인한 운성이 낮게 웃으며 등을 돌렸다.

"에라이, 징그러운 새끼야! 철두철미한 새끼! 계산기 같은 새끼!"

산호는 손에 잡힌 가죽 쿠션을 멀어지는 운성을 향해 내던졌지만 그의 다리를 조금 스쳤을 뿐이었다. 방을 완전히 벗어나 운성이 사라지는 모습을 이를 갈며 바라본 산호는 다시금 소파에 드러누워 발로 허공을 걷어찼다. 술병을 던졌으면 맞았을까, 자문하며 꿍얼거리던 산호의 눈동자가 시간의 흐름에 따라 짙게 가라앉았다.

권운성이라는 인간을 잘 알지만, 인간이기에 얼마든지 변할 수 있다는 것도 안다. 그의 말은 한 점의 의혹의 씨앗을 산호의 마음에 흩뿌려 놓은 것이다.

"하여튼 사업하는 놈들은 죄다 속이 시커멓지. 기계가 교활하기까지 하니 당해낼 수가 있나."

고개를 설레설레 내젓자 또다시 눈앞이 아찔해져 그는 차라리 눈을 감아버렸다. 머릿속에 안개가 낀 것처럼 혼탁하다. 그 뿌연 생각의 늪에 천천히 침잠하며 산호는 긴 한숨을 내쉬었다.

◆◆ #23 ◆◆

　프로그램의 시스템 코드를 만들고 있던 해수는 문득 손목을 내
려다보았다. 집으로 가 있으라고 했지만 멀뚱히 기다리다가는 그
가 올 때까지 시계만 들여다볼 것 같아 일부러 회사로 들어왔다.
어차피 그녀가 작업하는 회의실에는 영우 이외의 사람은 드나들지
않고, 해수는 슬슬 영우와의 작업에 재미를 붙여가는 중이었다.

　"커피 가져다 드릴까요?"

　똑똑, 하고 문을 두드린 뒤 빼꼼히 얼굴을 들이민 영우가 물었
다. 평소와는 전혀 다른 옷차림의 해수가 낯설지만 보기 좋았다.
손목시계를 뚫어져라 바라보고 있던 해수가 퍼뜩 놀라 고개를 저
었다.

　"괜찮아요."

　"이사님이 늦으시네요. 퇴근 시간이 다 되어가는데."

"전 신경 쓰지 마세요. 여기서 만나기로 한 것도 아니고, 곧 들어갈 거예⋯⋯."

구형의 휴대폰이 드르륵, 하고 요란하게 몸을 떨기 시작해 해수는 말을 멈췄다. 운성의 번호임을 확인한 그녀의 창백한 얼굴에 금세 생기가 돌았다.

"끝났어요?"

[말 참 안 듣지. 집에 가 있으라니까 왜 회사야?]

"어? 어떻게 알았어요?"

[신해수 잡자고 나를 트럭으로 미는 미친놈을 겪었는데, 당신 위치 파악할 방법 하나 강구 안 해놨을까. 기다려.]

어느 틈에, 무슨 방법? 하고 되물으려 했지만 이미 전화는 끊긴 상태였다. 하얗게 드러난 목덜미를 긁적이던 해수가 몸을 일으켰다.

"이사님 전화입니까?"

"곧 올 건가 봐요. 바이러스 테스트 결과 프린트했는데."

"아, 제가 확인해 드리겠습니다."

"아뇨. 제가 보면 돼요."

구두를 신은 걸음걸이가 불편해 보여 도우려 했지만 이미 해수는 비틀거리며 회의실 밖으로 나선 상태였다. 사무실 직원들도 그녀에게 익숙해져 은근히 눈길을 주긴 했지만 필요 이상의 관심을 두지 않으려 노력하는 눈치가 역력했다. 프린터에서 결과지를 꺼내 천천히 눈으로 훑어보던 해수는 순간 웅성거리는 사람들의 기척에 고개를 들었다. 복도 끝에서 운성이 걸어오고 있었다.

무슨 이야기를 얼마나 오래 했길래 이렇게 늦게 와. 팔짱을 끼며 일부러 눈썹을 비스듬히 세우던 해수의 눈이 점차 부풀어 올랐다. 그녀를 응시하며 걸어오는 운성의 얼굴이, 가까워질수록 점점 일그러지는 것이 보였기 때문이다.

"왜…… 무슨 일 있……."

단숨에 그녀의 앞까지 다가온 운성이 세차게 그녀를 끌어안았다. 팔짱을 낀 해수의 손에 들려 있던 코드가 빽빽하게 적힌 종이들이 팔락이며 떨어졌다. 운성은 마치 무너지는 것처럼 그녀에게 몸을 기대고 있었다. 해수는 얼떨결에 그의 허리를 감싸 안았다. 누군가 꺅, 하고 비명을 내질렀다.

"왜, 왜 그래요? 아파요? 병원은 갔다 온 거예요?"

해수의 마른 어깨와 뒷목을 단단히 감은 운성의 뺨이 그녀의 목덜미에 짓눌렸다. 북받친 감정을 참아내는 사람처럼 그는 호흡이 거칠었다. 열이 올라 뜨겁게 느껴지는 숨이 해수의 어깨에 부딪치고 있었다.

두 팔 가득 느껴지는 운성의 너른 등이 들썩이고 있었다. 그저 눈을 감고 숨을 몰아쉬고 있을 뿐이었지만, 해수는 그가 우는 것처럼 느껴져 저도 모르게 운성의 등을 조심스레 쓸어주었다.

"괜찮아요. 무슨 일인지 모르지만, 음, 다 괜찮을 거예요. 뭐가 필요해요? 내가 어떻게 해줄까요?"

아이처럼 그녀의 목덜미에 코를 틀어박은 채 운성은 얼굴을 부비고 있었다. 호흡을 고르듯 후우, 하고 깊게 숨을 내뱉은 운성의 낮게 가라앉은 목소리가 해수의 앙상한 어깨를 간질였다.

"당신이 다칠 거야."

"……때릴 사람이라도 필요한 거예요?"

"더 강해져, 신해수."

농담으로 받아넘기려던 해수는 묵직한 운성의 말에 신경을 곤두세웠다. 가볍게 흘려들을 수 있는 말투가 아니었다.

"무슨 일이 일어나도, 어떤 것을 봐도 당신 자신의 마음을 지킬 수 있을 만큼 강해져. 그게 내가 바라는 거야."

그게 뭐 말처럼 쉽나, 입술을 삐죽이던 해수의 눈이 순간 무언가를 떠올리고는 딱딱하게 굳어졌다. 갸름한 턱이 가늘게 떨리기 시작했다.

"무슨 일…… 우리 오빠한테 무슨 일 있어요?"

"신준수 씨라면 괜찮아."

품에서 벗어나려 팔을 버둥거리는 해수의 어깨를 더 꽉 안으며 운성이 아프게 입술을 짓씹었다.

하지만 네 또 하나의 보호자가 괜찮지가 않아.

그 말은 가시처럼 날카롭게 목에 걸린 채 밖으로 뱉어지지가 않아, 운성은 그저 거친 한숨을 내쉬었다.

긴장으로 솟았던 가슴이 눈에 띄게 내려앉았지만 해수는 짐짓 덤덤한 목소리로 중얼거렸다.

"나도 괜찮아요. 오빠에 대한 마음의 준비는 10년 동안 해왔으니까. 놀라고 많이 슬프겠지만, 각오라면 되어 있다고요."

"난 당신 곁에 있을 거야."

천천히 고개를 들어 올리며 운성이 말했다. 얼굴을 돌리자 낮게 내리깐 눈을 들어 그녀와 고요하게 시선을 맞춘 운성이, 세뇌라도 시킬 것처럼 다시 한 번 느릿하게 말했다.

"언제든, 언제까지든, 나는 당신 곁에 있겠어. 잊지 마."

이지적인 그의 눈매는 늘 차고 날카로웠지만, 지금만큼은 그렇지 않았다. 검은 바다를 품고 있는 눈동자 너머의 세계에서는 비가 내리고 있는 것 같았지만, 운성의 얼굴은 그것을 억누르고 있는 듯 건조했다. 그 모순이 해수의 마음을 불안하게 만들었다.

"당연하죠. 내가 울타리를 어떻게 넘었는데. 이제 겨우 남들처럼 살아보려는 욕심을 내기 시작했는데, 이렇게 만들어놓고 당신이 곁에 없으면 안 되지. 그렇게 무책임하면 안 되는 거잖아."

"그래."

흔들리는 마음을 고스란히 반영한 해수의 목소리가 떨리고 있었다. 운성은 손을 올려 그녀의 뺨을 가볍게 쓸었다. 비스듬히 기운 입술이 아슬아슬한 미소를 그려내고 있었다. 해수는 뚫어져라 운성을 바라보다 작게 혀를 차고는 몸을 낮춰 속삭였다.

"그런데 꼭 이런 이야기를 사무실 한가운데에서 해야 했어요? 보는 눈이 몇 갠지 알아요?"

"신경 쓰지 마. 곧 내가 고개를 돌리면 우릴 보고 있는 사람은 단 한 명도 없을 거거든."

해수의 작은 목소리가 무색하게 운성은 모두 들으라는 듯 또렷하게 목청을 높였다. 그의 말이 떨어지자마자 일사불란하게 시선들이 거둬졌다. 하여튼 사람들 참 쉽게 다루지. 꿍얼거리던 해수는 제 얼굴을 감싸며 쪽, 하고 입을 맞추는 운성의 행동에 입을 떡 벌렸다.

"미쳤어."

"키스하고 싶다는 말을 퍽 과격하게 하는군."

"누가, 언제요!"

"데이트할까?"

끙, 하는 누군가의 신음이 들려 해수는 눈을 부릅뜨고는 여전히 제 얼굴을 더듬고 있는 운성의 커다란 손을 움켜쥐었다. 그러나 운성은 아랑곳하지 않고 그녀의 손을 맞잡으며 조용히 웃었다.

"해 지기 전에 좀 걷고 싶군. 이렇게 손잡고 말이야."

마음을 추스를 시간이 필요하다. 언젠가 사실을 알게 되었을 때 무너질 해수를 지탱하는 것은 그의 몫이었고, 그러기 위해서 운성은 제 마음을 먼저 단단히 다져 놓아야 했다.

불안이 완전히 가시지 않은 눈으로 자신을 올려다보는 해수의 손가락 사이를 파고들어 그는 빈틈없이 깍지를 꼈다. 운성에게도 위안이 필요했고, 해수의 체온은 그것을 위한 가장 효과적인 방법이었다.

새벽의 공기를 가르는 디지털 음은 날카로웠다. 등골이 서늘할 만큼의 차가운 물로 온몸을 씻어낸 산호는 막 바디타월로 몸을 닦아내던 참이었다. 건성으로 티셔츠를 꿰어 입으며 머리의 물기를 털어내던 산호는 오류가 계속되고 있음을 알리는 도어락의 경보음에 하아, 하고 고개를 내저었다.

현관문을 열자 긴 머리를 나풀거리며 서진이 쏟아졌다. 반사적으로 그녀의 몸을 받치던 산호가 콧잔등을 찡그렸다. 독한 술 냄새였다.

일 때문에 술을 마시고 들어오는 날이 있긴 했지만 이렇게 몸을 가누기 힘들어할 정도의 모습은 본 적이 없다. 물론, 집에 들어오는 서진과 마주친 것 자체가 드문 일이었지만.

그는 자신을 밀어내려는 듯 가느다란 손목으로 마구 휘젓는 서진의 등을 껴안은 채 문을 닫았다. 차갑게 식은 그의 팔을 잡은 서진의 손은 타는 듯이 뜨거웠다.

"저리…… 가!"

"싫어도 가만있어. 아침에 거실 바닥에서 깨고 싶지 않으면."

버둥대는 서진의 팔을 어깨에 둘러메려 했지만 그녀는 거칠게 몸을 뒤틀었다. 서진의 팔을 놓아주자 그녀가 비틀거리며 씩씩대는 숨을 들이쉬었다. 산호는 짧게 혀를 찼다.

"그럼 편할 대로 해. 밟지는 않도록 조심하지."

무표정한 얼굴로 어깨를 으쓱이는 산호를 노려보던 서진은 가방에서 서류봉투를 꺼내어 반으로 찢었다. 낯익은 봉투의 모양새에 산호의 눈썹이 높다랗게 추켜 올라갔다.

"이혼 서류를 보내셨던데, 이걸 어쩌나. 난 당신이랑 이혼할 생각이 없는데."

앙칼진 목소리로 내뱉으며 서진은 서류를 좀 더 잘게 찢기 시작했다. 종이의 결이 갈라지는 소리가 스산하게 한밤의 거실을 가로질렀다. 아직 젖어 있던 산호의 머리카락에서 흘러내린 물이 그의 목덜미를 적셨다. 또르르 구르는 물방울을 손바닥으로 훔치며 산호가 덤덤하게 말했다.

"예술재단 서류는 전부 당신 아버지 쪽으로 넘겼어. 자금과 관련된 건 깨끗하게 정리됐으니 지금이 이혼 절차 밟기에 적당한 시기라고 생각했는데."

서진은 몸매가 고스란히 부각되는 원피스를 입고 있었다. 누구나 돌아볼 만큼 아름다웠지만, 산호의 시선은 물건을 보는 것처럼 무감했다. 백 명, 천 명이 치켜세워 줘도 그녀의 자존심은 여전히 고개를 들지 못했다.

"웃기지 마. 누구 마음대로. 난 도장 안 찍어."

"당신 재혼 상대 정해졌어. 아직 못 들었나?"

술에 젖어 뜨거운 숨을 내뱉고 있었지만 서진은 비교적 정신이 또렷했다. 그렇기에 말을 내뱉는 산호의 표정과 그의 감정 없는 말투가 그녀의 가슴을 날카롭게 헤집는 고통을 똑똑히 느낄 수 있었다.

"뭐…… 라고?"

"이런 말 믿지 않겠지만, 나와의 이혼으로 K그룹은 얻는 게 더 많아. 재혼 상대도 재혼을 흠잡지 않을 거야. 당신에게 아주 푹 빠져 있다고 들었거든. 그러니 시간 낭비 말고 도장 찍지. 어차피 찍게 될 거."

"이건 내 결혼이야. 누구 마음대로 재혼을 운운하는 거야, 지금?"

흠, 하고 산호는 고개를 삐딱하게 기울였다. 그의 표정이 성가심을 담고 있어서 서진은 가슴이 아팠다. 취하려고 마셨지만 그러지 못한 스스로가 싫었다. 취기를 빌미로 그와 대화를 해보려는 속셈도 있었지만, 문산호는 여전히 그녀에게 열리지 않는 문이었다.

"당신이 그렇게 순진한 줄 미처 몰랐군. '내' 결혼이라니. 이건 당신 결혼도, 내 결혼도 아니야. 한우리와 K그룹의 결혼이지. 서로 필요한 걸 얻었고, 적당히 기회를 봐서 다른 사람의 손을 잡는 게 이쪽 방식 아니던가. 그리고 알잖아. 나와는 이혼하는 게 나아."

"사별보다 낫다는 뜻이야?"

차갑게 칼로 찌르듯 서진이 내뱉었지만 산호는 꼼짝도 하지 않앉다. 변화 없는 얼굴로 그녀를 바라볼 뿐이었다. 그녀가 도대체 왜 이러는지 전혀 이해하지 못하겠다는 얼굴을 하고.

　서진은 천천히 산호를 향해 다가섰다. 비틀거리는 몸으로 다가 가는 그녀를, 산호는 피하려고도 하지 않았다. 가만히 서 있는 그는 전보다 조금 말랐고 혈색이 창백했다.

　눈물이 왈칵 쏟아질 것 같았지만 서진은 일부러 그의 변화를 외면했다. 입술을 깨물고 악착같이 다가가 그의 티셔츠를 움켜잡았다. 순순히 그녀의 힘에 따라 몸을 숙이는 산호를 노려보며, 서진은 입가를 끌어 올려 웃었다.

　"그런데 난 너무 아쉽거든. 부부로 몇 년을 살았는데 당신과 한 번도 안 잤다는 게. 그게 내 자존심을 자꾸 건드려서, 그냥은 못 놓아주겠어."

　허, 하고 산호의 입술에서 웃음과 비슷한 한숨이 새어 나왔다. 경멸은 아니었다. 그는 얼떨떨한 표정을 짓고 있었다. 나른한 눈매를 깜빡이며 그녀의 말을 곱씹는 듯하던 산호가 이내 피식 웃었다.

　"그런 생각은 한 번도 못 해봤는데. 그게 당신이 제안하는 이혼 조건이라면, 좋아. 어려울 건 없지."

　"지금 무슨 소릴……."

　산호의 손이 서진의 목덜미를 감쌌다. 그 손끝이 너무 차가워 몸을 움츠리던 서진은 제 입술을 덮치는 뜨거운 산호의 입술에 숨을 멈췄다. 허리를 쓸어내린 산호의 손이 원피스의 지퍼를 내리고 있었다.

　양주로도 취하지 않았던 머리가 아찔해졌다. 맨살을 파고드는 남자의 손바닥이 거칠게 그녀의 몸을 더듬는다. 타액이 흐르는 것도 아랑곳하지 않고 그녀의 입술을 탐하는 산호의 가슴에 기댄 서진의 다리 아래로 하늘거리는 원피스가 흘러내렸다. 순식간에 속옷 차림이 된 서진의 어깨로 싸늘한 새벽의 공기가 엄습했지만, 봉긋하게 차오른 가슴을 움켜쥐는 산호의 손길에 그런 것을 느낄 틈이 없었다.

"하아……."

열띤 신음이 새어 나왔다. 산호의 손이 둥근 엉덩이를 쓰다듬자 저절로 허리가 떨려온다. 한 번도 제 몸에 닿은 적 없던 그의 손. 몸속으로 꿀꺽 넘어가는 그의 타액과 가까이에서 느껴지는 그의 숨결. 어느 하나 낯설지 않은 것이 없었다. 팬티 라인 안으로 파고 들어 와 지분대는 산호의 손길에 들뜬 눈을 천천히 뜨던 서진은 일순간 번개라도 맞은 것처럼 머릿속이 하얘지는 것을 느꼈다.

시원스럽게 뻗은 눈매가 보기 좋은 문산호는 생각에라도 잠겨 있는 듯한 표정이었다. 그의 이성은 흔들림 없이 굳건해 보였다. 다가올 열락에 들떠 온몸을 그에게 내맡기고 있는 자신과는 조금도 같지 않다. 그 순간, 참기 힘들 만큼의 모멸감과 수치심이 그녀를 뒤덮었다.

짝, 하고 날카로운 파열음과 함께 산호의 얼굴이 세게 돌아갔다. 불꽃이 튀는 것 같은 통증에 산호는 턱을 감쌌다. 비릿한 맛이 울컥 느껴지는 것이 입안이 꽤 길게 찢긴 듯했다.

"넌 정말 쓰레기 같은 놈이야. 알아?"

서진은 필사적으로 울먹임을 참아내었다. 그의 앞에서 절대로 눈물을 흘리고 싶지 않았다. 속옷 차림으로 서 있는 제 자신이 비참하게 느껴졌지만, 그녀는 고고하게 턱을 치켜들었다.

"난 이혼 안 해. 죽어도 내 옆에서 죽어."

저주처럼 싸늘하게 내뱉고 서진은 산호의 옆을 스쳐 지나갔다. 그러나 몇 걸음 가기도 전에 거실을 울리는 쿵, 하고 묵직한 소리가 그녀의 발목을 잡아챘다. 그리고 서진은 본능적으로 느꼈다. 바로 뒤에 서 있던 산호의 존재감이 사라졌음을.

헐떡이는 숨소리를 내뱉으며 뒤를 돌아본 서진의 몸이 무너져 내렸다. 산호가 쓰러져 있었다. 어느샌가 눈물이 터져 나와 앞이 흐릿해 서진은 무릎으로 더듬거리며 그를 향해 기어갔다.

"사…… 산호 씨?"

티셔츠 자락 넘어 마른 등을 몇 번 두드려 보았지만 기척이 없다. 숨이 막힐 듯한 공포가 그녀를 사로잡았다. 서진은 그의 어깨를 잡아당겼다.

"왜 이래, 문산호. 일어나. 일어나란 말이야! 지금 뭐 하는 거야!"

창백하게 질린 산호의 입가에 묻은 핏방울을 연신 닦아내는 서진의 손이 덜덜 떨렸다. 딸꾹질처럼 산발적으로 울음이 터졌다.

"119…… 119 부를 테니까 죽지 마…… 제발 죽지 마, 문산호……."

정신없이 기어가 가방을 뒤지며 서진은 쉬지 않고 되뇌었다.

죽지 마. 절대로 죽지 마, 문산호. 나 당신 안 놓아줘. 이렇게는 못 놓아줘. 그러니까 죽지 말고 살아. 내 옆에서 살아. 제발.

잠들어 있던 운성은 드르륵, 하는 소리에 가늘게 눈을 떴다. 새카만 새벽이었다. 품 안을 파고들어 곤하게 잠들어 있는 해수의 등을 무심코 토닥인 그는 조용히 몸을 일으켰다.

시간과 발신인을 확인한 운성의 흐릿하던 눈이 단숨에 또렷해졌다. 서둘러 통화버튼을 누른 운성의 목소리가 차갑게 가라앉은 새벽의 공기를 진동시켰다.

"무슨 일입니까. 산호한테 무슨 일이라도……."

[벼, 병원이에요. 갑자기 그 사람이 쓰러져서, 내, 내가 뺨을 때렸어요. 나도 모르게 내가……!]

"진정해요. 상태는 어떻습니까."

[모르…… 모르겠어요. 이대로 눈 뜨지 않는 건 아니겠죠? 네? 그 사람 얼굴이 하얗게 질려서…….]

"지금 갈 테니까 진정해요."

전화를 끊은 운성은 거칠어진 호흡을 가다듬었다. 버석거리는 얼굴을 두어 번 쓸어내린 그가 막 침대에서 빠져나오려 할 때, 조용한 목소리가 운성을 붙잡았다.

"산호 씨한테 무슨 일 있어요?"

잠이 덜 깬 듯 낮게 잠긴 목소리였다. 해수가 부스스 몸을 일으키고 있었다. 어둠 속에서 눈을 비비는 해수를 응시하던 운성이 큼, 하고 헛기침을 했다.

"잠든 지 얼마 안 돼서 피곤할 텐데 좀 더 자. 다녀올 데가 있어."

"내 질문에 대답 안 했어요."

검은 눈동자가 흔들림 없이 그를 바라보고 있었다. 뭐라고 해야 할까. 사실을 말하기엔 너무 잔혹하다. 해수가 그 아픔을 견딜 준비가 되어 있는지, 운성은 확신할 수가 없었다. 드물게도 운성의 얼굴에서 망설임을 읽은 해수의 눈매가 날카롭게 기울었다.

"내가 알아내요?"

막연하게 불안함을 감지한 듯 어둡게 일렁이는 해수의 눈을 바라보던 운성이 짧게 한숨을 내쉬며 그녀의 뺨을 감쌌다.

"같이 가지. 문산호가 지금 병원에 있어."

"병원엔 왜……? 또 깡패들이랑 시비라도 붙은 거예요?"

"준비해."

헝클어진 머리카락을 부드럽게 쓸어 넘겨준 운성이 침대에서 벗어났다. 티셔츠를 벗는 그의 등을 멍하니 바라보며 해수는 눈을 깜빡였다. 아직 꿈에서 다 깨어나지 못한 듯 정신이 몽롱했다.

병원은 고요했다. 복도에 유령처럼 앉아 있던 서진은 거침없이 다가오는 발걸음 소리에 천천히 고개를 들었다. 굳어진 얼굴을 하고 있는 운성의 곁에 창백한 얼굴을 한 해수가 있었다.

"어떻게 된 겁니까."

"지금은 괜찮아요. 갑자기 신경이 압박돼서 이런 일이 종종 있을 수 있대요."

전화할 때는 이성을 잃고 흐느끼던 서진도 조금은 진정이 된 모양이었다. 그러나 핏기 하나 없이 하얗게 질린 얼굴은 넋이 나간 것처럼 보였다. 그녀는 주문을 외우는 것처럼 고저 없는 목소리로 중얼거렸다.

"수술을 못 하겠대요. 유명한 신경외과라는 신경외과에는 모두 사진을 보내봤는데, 하겠다고 나서는 곳이 한 군데도 없어. 방사

선 치료라도 해야 하는데, 내 말은 듣지 않을 거예요. 그 사람에게 나는 아무런 의미도 없으니까. 집에 있는 가구처럼 인간적인 감정을 가질 필요가 없는 그런 상대니까. 알고 있었지만, 그랬지만……."

거칠게 숨을 토해내던 서진이 순간 의자에서 벌떡 일어섰다. 눈물로 젖은 눈가가 복도 조명을 받아 하얗게 빛나고 있었다. 그녀는 해수에게 다가가 절박하게 손을 붙잡았다.

"당신이 설득해 줘. 수술을 받든 치료를 받든 조금이라도 더 살 수 있는 방법을 선택하라고 설득하란 말이야. 늘 그랬잖아, 당신 앞에서는 그래도 조금은 사람처럼 굴었잖아. 둘만 공유하는 세상이 따로 있는 것처럼. 이렇게 아무것도 안 하다가는 저 사람 정말 죽어!"

"제수씨."

운성이 한 걸음 나섰지만 말을 잇지 못했다. 갈퀴처럼 제 손을 움켜쥔 서진의 하얀 손이 눈에 띄게 떨리는 걸 멍한 눈으로 바라보던 해수의 입술이 더디게 움직였다.

"무슨 소릴 하는 건지 모르겠어요. 누가 죽어요. 산호 씨는 왜 이 병원에 입원해 있는 건데요? 수술이라니, 치료라니, 그게 다 무슨 소리예요?"

"문산호, 죽을 날짜 받아놓고 사는 사람이잖아. 당신 정말 몰랐어?"

버럭 소리를 지르며 터져 나온 눈물을 닦아내는 서진을 향해 있던 해수의 얼굴이 천천히 운성을 향했다. 길고 긴 악몽에서 아직도 깨어나지 못한 모양이다. 아무리 그래도 이번 악몽은 견디기가 힘들었다. 해수는 그녀를 깨울 수 있는 유일한 남자의 소매를 잡아당겼다.

"나 좀 깨워줘요. 아직 자고 있는 것 같은데, 이제 그만 깨어나야 할 것 같아. 더 있으면 안 될 것 같아요. 나 좀 깨워줘요, 권운성 씨."

아프게 일그러진 얼굴로 운성이 그녀를 끌어안았다. 순순히 그의 품에 안긴 해수가 멍한 눈을 깜빡였다. 따뜻한 체온, 단단한 팔과 익숙한 그의 향기가 너무나도 생생하다. 꿈이면 이럴 리가 없는데. 이럴 수가 없는 건데. 혼잣말처럼 중얼거리는 해수의 눈동자가 텅 비어 흔들리고 있었다.

"그럴 수가 없어."

깊게 억눌린 운성의 목소리가 해수의 귀를 두드렸다. 그의 소매만을 생명줄처럼 꼭 붙잡고 있던 해수의 손이 떨리기 시작했다. 더 세게 그녀를 껴안은 운성이 어렵게 내뱉었다.

"이건 꿈이 아니야, 신해수."

하얗게 빛나던 병원 복도가 빙글빙글 돌다가, 일시에 그녀의 눈을 덮쳤다. 검은 어둠에 그대로 온몸을 내어준 해수의 세계는 그렇게 정지했다.

기분 좋은 바람이 분다. 맑고 청량한 공기를 가슴 깊숙이 들이마시자 머릿속이 깨끗하게 비워지는 느낌이 들었다. 발목에 사라락 스치는 풀잎들이 부드럽게 그를 어루만진다. 하늘을 조용히 올려다보자 눈이 부셔 그는 미간을 찌푸렸다. 널찍하게 펼쳐진 벌판에 그는 홀로 서 있었다.

그는 느긋하게 걸음을 옮겼다. 맨발에 닿는 흙의 느낌은 축축했지만 그 서늘함이 오히려 반갑다. 드물게도 머릿속이 조용하다. 지금까지 느껴본 적 없었던 평온함이 그를 감싸고 있었다.

좋은데. 낮게 중얼거리던 그는 그제야 이상함을 깨달았다. 아름다운 풍경에 그는 그림처럼 홀로 서 있었지만, 아무런 소리도 들리지 않았다. 제 목소리만이 적막하게 울렸다. 물속에서 외치는 것처럼 먹먹한 목소리였다. 그것은 제 입으로 뱉어내고 있었음에도 아주 멀리에서 들리는 것처럼 아득했다.

아무렴 어때. 시원스레 미소를 지은 그는 정처 없이 걸음을 옮겼다. 외로움이 흙을 타고 덩굴처럼 그의 발목을 감싸며 올라오고 있었지만 그것은 낯설지 않은 감촉이었다. 혼자라는 것. 그것은 그가 세상을 알게 되면서 가장 먼저 배운 것이었다.

썩 나쁘진 않잖아. 또다시 혼잣말을 중얼거리며 웃었지만 그 목소리는 공허했다. 문득 피로가 느껴진다. 눈을 꾹꾹 누르며 막 주저앉으려던 그의 귀에 낯선 소음이 파고들었다. 그것은 무척이나 반가운 목소리여서, 그는 멀리서 울리는 그 소리를 향해 걸음을 옮겼다.

「빨리 와요.」

맑은 웃음이 담긴 부름이었다. 걸음이 빨라져 어느새 그는 달리고 있었다. 숲길을 헤치던 그의 눈에 무언가 보였다. 고개를 돌려 자신을 향해 손짓하며, 해수가 웃고 있었다.

「왜 이렇게 늦게 와요?」

그 목소리는 마법처럼 죽어 있던 소리를 불러내었다. 바람에 나뭇잎이 스치는 소리, 제 발에 바스러지는 마른 나뭇잎 소리, 어디선가 듣기 좋게 지저귀는 새소리까지. 그는 벅찬 얼굴로 웃었다.

「네가 그렇게 웃는 거.」

산호는 천천히 해수에게 다가섰다. 눈을 동그랗게 뜬 채 그를 바라보는 해수의 표정에 웃음이 나온다. 머리를 부스스 헝클이자 해수가 콧잔등을 찡그렸다.

「그게 참 보기 좋다.」

땅을 밟고 서 있지 않은 것처럼 허공을 부유하는 것 같던 그의 마음이 비로소 바로 섰다. 해수의 웃음은 연처럼 하늘을 떠돌아다니는 그의 유일한 줄이었다.

「늘 그렇게 웃어. 그럴 일만 있을 거야.」

「그걸 어떻게 알아요?」

아이처럼 입술을 삐죽인 해수와 함께 걸으며 산호는 빙그레 웃었다.

「나쁜 일을 몰아서 겪었잖아. 이제 좋은 일이 줄지어 올 차례지. 게다가 이 세상에서 제일 강력한 부적 같은 권운성도 붙어 있으니, 나쁜 일들이 어디 무서워서 접근이나 하겠어?」

해수의 작은 웃음소리가 새소리처럼 지저귄다.

「결혼도 하고, 아기도 낳고. 네가 낳을 아이는 죽도록 궁금하지만, 권운성의 자식은 상상이 가질 않는군. 그 새끼 닮은 아들이라면 정말, 가히 이 세상의 재앙이라 말할 법하지.」

고개를 설레설레 내젓는 산호의 말에 해수의 웃음소리가 조금 더 커졌다. 그녀의 말간 옆모습을 내려다보며 산호가 중얼거렸다.

「그렇게 행복하게 살면서 늘 웃어. 지금까지 몽땅 나쁜 일들만 겪은 게 억울하니까, 복수하는 마음으로 가열차게.」

「좋은 일도 있었어요.」

고개를 숙이고 있던 해수가 눈을 찡긋거렸다.

「힘들 때마다 쉬어갈 수 있는 그늘이 있었으니까.」

아름답게 반짝이는 보석과 닮은 해수의 눈동자를 바라보며 산호가 멋쩍게 웃었다. 어린아이가 된 것처럼 마음이 가벼웠다.

「결혼도 하고, 아기도 낳을게요.」

몇 걸음 앞선 해수가 몸을 돌려 그를 가로막았다. 다정한 눈으로 내려다보는 산호를 향해, 해수가 말갛게 웃었다.

「그러니까 곁에서 지켜봐 줘요, 어디 가지 말고.」

글쎄. 산호는 어색하게 웃으며 그녀의 머리를 쓰다듬었다. 손가락 사이로 빠져나가는 부드러운 머리카락의 감촉이 아득하다. 불어오는 바람에 해수의 머리카락이 흩날렸다.

「그게 내 뜻대로 되는 게 아니라서 말이야.」

씁쓸하게 내뱉는 산호의 손에 따뜻한 체온이 닿았다. 그는 묵묵히 제 손을 가볍게 잡은 해수의 창백한 손을 내려다보았다. 불안하고 어지러워 언제든 무너질 준비를 하고 있던 제 세계를 지탱하던 그 작은 손. 생에 대한 그의 유일한 미련.

천천히 고개를 들자 말없이 그를 바라보고 있던 해수가 짓궂게 웃어 보였다.

「천하의 문산호가 못 하는 게 어딨어?」

맞잡은 손으로 온기가 전해져 온다. 맑은 눈을 반짝이며 웃고 있는 해수의 잔상이 굳게 감긴 눈꺼풀에 각인처럼 남았다. 산호는 그녀의 눈부신 미소를 머릿속에 새기며 천천히 눈을 떴다.

　새하얀 천장이 뿌옇게 보였다. 병원 특유의 건조한 냄새가 그의 코끝에 닿았다. 제 것이 아닌 양 둔하게 느껴지는 손가락을 움직이며 산호는 눈을 깜빡였다. 닫힌 블라인드 틈새로 실낱같은 햇살이 그의 몸에 쏟아지고 있었다.

　뻑뻑한 눈동자를 움직이자 창가에 몸을 기울이고 서 있는 여자의 뒷모습이 보였다. 하나로 느슨하게 묶은 긴 머리카락이 날씬한 등허리를 가로지르고 있었다. 우아한 실루엣의 원피스를 보자 손바닥에 스치던 그녀의 부드러운 살결이 불쑥 떠오른다. 산호는 작게 혀를 찼다.

　"그 타이밍에 뺨을 맞아서 다행이군. 더 곤란한 상황에서 쓰러졌다면 앞으로 남자 만날 때 트라우마가 됐을 거야."

　"⋯⋯내 걱정 하는 건가요?"

서진은 돌아보지 않은 채 물었지만 대답을 기대하지 않는 듯한 자조적인 말투였다. 산호는 묵직한 손을 들어 침대를 짚고 몸을 일으켰다. 회백색으로 퇴색된 기억들이 부산하게 제자리를 찾으려 머릿속을 휘저었지만 쉽지 않다.

쓴웃음을 머금은 산호는 눈을 감고 어지러운 머릿속 한가운데에 환하게 웃던 해수의 잔상을 액자처럼 놓았다. 그러자 그 모습에 연결된 기억들이 뿌리를 내리듯 제 위치를 찾았고, 그의 세계는 빠르게 복구를 시작했다. 이것이 매일 아침 눈을 뜰 때마다, 누군가 일부러 엉망으로 뒤섞어놓은 듯 복잡하게 엉켜 있는 제 기억들을 현실에 맞게 정렬하기 위한 그의 방법이었다.

"살면서 당신처럼 속을 알 수 없는 사람은 처음이었어요."

내일이면 무너질 모래성 같은 세계를 또 한 번 만들어낸 산호는 서진의 말에 눈을 들었다. 그녀의 차가운 목소리는 책을 읽는 것처럼 담담했지만, 가늘게 떨리는 것은 막지 못했다.

"하지만 상관없었죠. 사람들 앞에 나서기에 당신은 괜찮은 파트너였으니까. 진짜 감정은 하나도 드러내지 않는 마네킹 같은 당신을 보면서 저렇게 살아도 괜찮을까, 한 번쯤 생각해 본 적은 있었지만 그게 다였어. 그런데 사실은 당신이……."

숨을 고르는 듯한 한숨 소리가 조용한 병실의 공기를 뒤흔들었다. 서진은 입술을 깨물고는 제 어깨를 조금 더 세게 감쌌다.

"온 신경을 쏟아 누군가를 걱정하고, 그 사람 앞에서는 서슴없이 웃기도 한다는 걸 알게 됐죠. 제 발로 찾아가 수시로 얼굴을 비추고, 한밤중에 달려가 만날 생각도 없으면서 그 집 앞을 서성이다 오고. 그걸 지켜보면서 내가 무슨 생각을 했는지 알아요?"

"……."

"왜 내가 아닐까."

병실 안의 공기는 따뜻했지만 그녀는 추위를 느꼈다. 팔을 손바닥으로 비비며 서진은 어색하게 웃었다.

"참 웃기죠? 난 당신을 좋아하지 않았어요. 당신은 내 타입과는 너무 거리가 멀어. 난 내 말이라면 법처럼 따르는 사람을 좋아하거든. 항상 나에게 주의를 기울여 주는 그런 사람. 그게 편하니까. 그런데 당신은, 당신한테 나는 그냥."

숨이 벅차올라 가슴이 들썩인다. 서진은 이를 악물었다. 아름다운 눈매가 아프게 이지러졌다.

"소파, 장식장, 골프 클럽 같은 존재였죠. 자존심이 상해서 당신에게 집착한다고 생각했어. 다른 누군가에게는 속 편하게 웃어 줄 줄 아는 사람이 내 앞에서는 기계처럼 구는 게 못마땅해서. 진짜 부부로 산 것도 아니지만 그래도 내 남편이니까, 그런 이상한 소유욕이라고만 생각했어. 나도 그런 내가 이해가 되지 않았지만, 그렇게 생각할 수밖에 없었어."

눈물이 맺힐 틈도 없이 뺨을 타고 흘러내렸다. 서진은 천천히 돌아섰다. 침대에 앉아 창백한 얼굴을 하고 있는 산호는 여전히 속을 알 수 없는 표정으로 그녀를 바라보고 있었다. 그래, 이게 내 앞에서 보여주는 문산호의 얼굴이지. 쓴웃음을 머금은 서진이 서늘하게 입을 열었다.

"그런데 이제 그런 건 아무래도 좋아. 당신이 날 어떻게 생각하든, 당신이 내게 어떤 의미이든 그런 건 상관없어. 신해수 씨가, 당신이 살겠다는 의지를 갖는 데 필요하다면 내가 그렇게 해줄게요. 당신이 권운성에게 보낸 신해수, 내가 당신 곁에 돌려놓겠다고."

무감하던 산호의 표정에 균열이 일었다. 허, 하고 짧은 숨을 내뱉은 산호가 침대 아래로 다리를 늘어뜨렸다. 맨발로 바닥을 짚고 일어선 그의 말쑥한 얼굴에 희미한 미소와도 비슷한 것이 번져 있었다. 서진은 고개를 돌려 자신을 바라보는 산호의 날카로운 눈매를 노려보았다. 그가 어떻게 나오든 상관없다. 그녀는 자신을 지키기 위해, 해야 할 말을 내뱉었다.

"그러니까 살아. 무슨 짓을 해서든 살아. 당신 하고 싶은 대로 하면서 살 수 있게 도와줄 테니까."

"몰랐는데 채서진 당신."

산호는 웃차, 하고 환자복을 머리 위로 빼내었다. 마른 골격의 등이 하얗게 드러나 서진은 떨리는 손으로 입술을 틀어막았다. 한기가 느껴지는지 산호는 어깨를 부르르 떨며 팔을 부볐다. 느릿느릿 걸어가 옷장을 열어본 그가 셔츠를 꺼내며 중얼거렸다.

"나랑 닮은 구석이 있네."

팔을 집어넣고 단추를 여민다. 아직 감각이 둔한지 손가락이 빗나가 단추를 놓칠 때마다 서진의 입에서 억눌린 흐느낌이 새어 나왔지만, 산호는 덤덤한 얼굴로 끝까지 단추를 채우고 부스스한 머리를 가볍게 털었다.

"권운성이랑 싸워보겠다고? 어떡하나. 나는 그 새끼 편인데. 옛날부터 그 새끼랑 한편 먹으면 절대 지는 일은 없었거든."

재미있는 농담이라도 하듯 씨익 웃는 얼굴이 철없는 소년처럼 무구했다. 산호는 손을 뻗어 옷걸이에 걸려 있는 코트를 꺼내었다. 서진은 눈물로 투명하게 빛나는 눈으로 제게 다가오는 그를 피하지 않고 바라보았다.

산호는 서진 앞에 바로 섰다. 금방이라도 무너질 것처럼 슬픈 얼굴을 한 채 자신을 올려다보는 여자의 시선이 마음에 남는다. 늘 강인하고 흔들림 없던 차가운 눈이 감당하기 어려울 만큼의 감정을 품고 그에게 말없이 애원하고 있었다. 살아만 달라고. 그 눈을 마주하기가 버거워, 산호는 시선을 낮게 떨궜다.

"내가 인기 많은 줄은 알았지만 솔직히 당신은 예외일 거라 생각했는데 말이야."

펄럭, 하고 제 어깨를 덮는 코트의 감촉에 서진의 눈동자가 크게 일렁였다. 낯설지만 언제부턴가 마음으로 그리워했던 향기가 은은하게 배어 있는 부드러운 코트는 아직 냉기를 품고 있었지만 저도 모르게 어깨를 떨고 있던 서진에게는 충분히 따뜻하게 느껴졌다. 품이 큰 제 코트 앞섶을 추스르며 산호가 고개를 기울였다. 서진은 처음으로, 그가 자신을 바라보고 있음을 알았다. 산호의 마른 손이 그녀의 어깨를 가볍게 쥐었다.

"가서 이혼 준비해. 날 위해 뭔가를 할 생각 말고. 가져본 적 없는 것에 대한 동경과 집착, 아주 잘 알아. 그런데 그런 것에 당신 인생을 걸기에는 이미 가진 게 너무 아깝잖아. 안 그래?"

티끌 하나 없는 하얀 도자기 같은 피부에 번져 있는 눈물을 닦아줄까, 했지만 쓸데없는 짓이다. 산호는 삐딱하게 웃으며 한 걸음 물러섰지만, 서진이 손을 뻗어 멀어지려는 그의 팔을 붙잡았다. 두 사람의 시선이 다시 얽혔다.

"내가 당신을 모르는 만큼 당신도 날 몰라요. 동경? 집착? 내가 얻어낸 답은 그런 것보다 훨씬 단순해. 난, 당신이랑 제대로 살아보고 싶어요."

산호는 짧은 한숨을 내뱉었다. 제 셔츠를 잡은 서진의 손은 가늘지만 단단했다. 놓아줄 뜻이 없어 보여 그는 쓰게 웃으며 고개를 내저었다.

"파트너 관계는 끝났어. 부부놀이는 다음 상대와 해."

"그러지 않을 거야. 내가 사랑하는 건 당신이니까."

서진은 천천히 눈꺼풀을 들어 올려 자신을 향하는 산호의 눈을 똑바로 바라보았다. 그녀가 처음으로 본 문산호의 감정은 놀라움이었다. 선이 또렷한 눈매가 적지 않게 놀랐는지 크게 뜨인 채 그녀를 응시하고 있었다. 서진은 아랫입술을 깨물었다.

얻지 못해도 좋다. 하지만 시작조차 하지 않고 돌아서면 후회가 평생 그녀를 쫓아다니며 괴롭힐 것만 같았다. 더는 숨길 생각도, 그럴 필요도 없다. 이 목각인형 같은 남자가 스스로 제 팔다리에 매인 끈을 잘라 버리기 전에, 그녀는 할 수 있는 모든 것을 해볼 생각이었다. 언젠가 지금을 떠올리며 우는 것 말고는 할 수 있는 게 아무것도 없는 미래를 손 놓고 맞이할 생각은 없었다.

"나 당신 사랑해. 당신에게는 내 고백이 냉장고가 내는 소음과 다를 바 없을지 모르지만, 그래도 알아둬요. 난 내 욕심껏 당신 사랑할 거고, 그래서 당신 살려내고 말 거니까."

서진은 멍한 표정을 짓고 있는 산호의 몸을 당겼다. 낮춰진 그의 뺨을 감싸고 그녀는 입술을 겹쳤다. 체온이 낮은 듯한 피부를 쓰다듬고, 당황한 듯 벌어진 산호의 입술에 몇 번이고 입을 맞췄다. 당당하고도 거침없는 그녀의 키스에 휩쓸리던 산호의 손이 서진의 허리를 잡고 부드럽게 밀어내었다.

"이렇게 적극적인 구애는 처음인데."

낮게 가라앉은 목소리에 서진은 아름다운 눈을 치켜떴다. 이제 겨우 한 발, 그의 세계에 들어섰다. 온전히 자신에게만 집중하고 있는 산호의 눈을 올려다보는 서진의 입가에 호전적인 미소가 떠올랐다. 한 발, 또 한 발. 그렇게 간격을 좁히다 보면 언젠가 난 당신 심장까지 갈 수 있을 거야. 당신이 눈치채지도 못하는 사이에 그렇게.

서진의 눈동자는 열정으로 차갑게 반짝였다. 그녀는 아직까지는 단 한 번도, 제가 원하는 것을 이루지 못한 적이 없었다. 그렇기에 더더욱, 처음으로 그녀의 마음을 뒤흔든 남자를 명예롭지 않은 최초의 흔적으로 남길 생각은 조금도 없었다.

운성은 한숨을 내쉬었다. 큰 규모의 신사업을 두고 첨예한 회의가 이뤄지는 현장에 있었지만, 그의 머리는 전혀 다른 생각들로 가득 차 있었다.

"사람을 늘리던지 해야지. 두 명밖에 없는데 그 두 명이 동시에 속을 썩이니 버텨낼 재간이 없군."

영 내키지 않는 표정을 짓고 있는 운성의 눈치를 보며 프로젝트의 진행 예상도를 짚어내고 있던 직원이 입을 다물었다. 회의실에는 정적이 흘렀지만 원흉인 운성은 잘생긴 미간을 잔뜩 찌푸린 채 말이 없었다.

"이사님, 방금 뭐라고 하신 거죠?"

"못 들었는데. 사람을 늘린다고 하지 않으셨나?"

"인원 배치를 더 하라는 뜻일까요?"

"팀장님이 좀 물어봐 주세요."

"……그냥 기다리지."

작게 속삭이던 직원들은 갑자기 일어서는 운성의 기척에 놀라 일제히 몸을 일으켰다. 운성은 그들에게 손을 내저어 보이며 휴대폰을 꺼내었다.

"계약서에서 지식재산권 보호에 관한 조항 다시 한 번 확인하세요. 작년 G전자가 중국에서 철수한 공장이 있을 겁니다. 정보 유출 가능성이 있었는지 직원 보내서 직접 확인하시고, 현재 중국에서 비슷하게 개발되고 있는 소프트웨어에 대한 정보를 있는 대로 끌어모으세요. 회의는 그때 다시 한 번 합시다."

[바쁜 거 자랑하냐, 권기계? 회사 기밀 이런 식으로 막 흘려도 돼? 나 녹취 중이다.]

어느새 전화를 받았는지 산호의 퉁명스러운 목소리가 들려 운성은 회의실을 벗어났다.

"신준수 씨 병실에 가봐."

[새삼 왜? 대신 결혼 허락이라도 받아다 줄까? 말이 통하는 사람은 이 몸뿐이니까 말이지. 으하하.]

"신해수가 거기 틀어박힌 지 사흘째야."

필요 이상으로 밝게 웃고 있던 산호의 숨소리가 잠시 멎었다. 운성은 묵직해진 공기의 밀도에 낮게 눈을 내리깔았다. 탁하게 깔린 목소리가 튀어나왔다.

"내가 데리러 갈 때마다 조금만 더, 조금만 더, 하면서 사흘이야. 더는 안 되겠으니까, 네가 가서 이야기해. 그리고 데리고 나와."

제 할 말만 내뱉고 통화를 끊어버린 운성은 복도 벽에 기댄 채 얼굴을 쓸어내렸다. 이성적으로 생각을 하려 했지만 자꾸만 가슴이 답답하게 가라앉는다. 한숨을 내쉬고 있던 그는 건조한 소리를 내며 울리는 휴대폰을 흘긋 바라보다 서둘러 전화를 받았다.

"아, 이모님. 알아보셨습니까?"

낯익은 목소리에 귀를 기울이며 사무실을 향해 걸어가는 그의 발걸음이 빨라지고 있었다.

해수는 몸서리를 치며 눈을 떴다. 단거리를 전력으로 질주라도 한 것처럼 거친 숨에 가슴이 들썩이고 있었다. 한참을 숨을 뱉어내고 나서야, 그녀는 식은땀으로 범벅된 제 이마를 더듬었다. 의자에 앉은 채 준수의 침대에 엎드려 잠들었던 탓인지 어깨가 뻣뻣하게 경직되어 있었다.

검게 흔들리는 눈동자는 아직도 공포의 여운에 젖어 있었다. 말갛게 웃고 있는 산호의 어깨를 검은 그림자가 둘러싸고 있는 모습이 아직도 그녀의 망막에 흐릿하게 남아 있었다. 해수는 눈을 감은 채 머리를 설레설레 내저었다. 이불을 더듬으며 손을 뻗어 준수의 손을 붙잡았다. 살아 있는 사람의 체온과 그다지 다르지 않으면서도, 어딘지 서늘한 느낌이 드는 그 손을 움켜쥔 채 해수는 천천히 심호흡을 했다.

"올챙이……."

신음처럼 튀어나온 제 말에 해수는 순간 쓴웃음을 내뱉었다. 한동안 잊고 있었던 노래가 그녀의 머릿속에 언젠가의 영상을 끌어낸 것이다.

산호를 다시 만난 지 반년쯤 지났을 때였다. 불쑥 나타나곤 하는 그와 종종 가던 허름한 국수집이 있었다. 할머니 혼자서 꾸려 나가는 가게는 늘 사람이 없었다. 아주 맛있지는 않았지만 늦게까지 하는 데다 손님이 없어 부담 없이 찾기에 좋은 가게였다. 두 사람은 이렇다 할 대화도 나누지 않고 국수만 먹고 돌아오기 일쑤였지만, 그런 산호의 방문에 해수가 서서히 익숙해질 무렵이었다.

밤이었다. 더운 여름이었고, 그날도 갑자기 찾아온 산호와 나란히 앉아 국수를 먹고 있었다. 한 번도 물어본 적 없던 질문을 산호가 처음으로 꺼낸 날이었다.

"선글라스 벗고 먹는 게 편하지 않겠어?"

왜 낮밤을 가리지 않고 선글라스를 쓰고 있느냐고 산호는 묻지 않았다. 해수는 그에게 말을 할까, 말을 한다면 믿어줄까, 고민하던 때였고, 그래서 그의 말에 어떻게 대답해야 할지 망설였다.

날이 더워 콧잔등에 땀이 맺혔고, 선글라스가 자꾸만 미끄러졌다. 훅, 하고 김이 오르는 국수를 먹으며 선글라스를 밀어 올리는 것도 귀찮다. 해수는 말없이 선글라스를 벗어 옆에 두었다. 소리 없이 웃는 산호의 기척이 느껴져 그녀는 머쓱하게 코를 훔쳤다.

늘 계산을 하던 산호를 제치고 앞에 나선 것은 해수였다. 졸고 있던 주인 할머니에게 구깃한 지폐를 내밀던 해수의 손에서 팔락이며 돈이 떨어졌다. 허리를 굽혀 지폐를 주운 산호는 해수의 얼굴이 창백하게 질려가는 모습을 보았다.

"무슨 일이야. 왜 그래?"

공포. 크게 홉뜨인 검은 눈동자를 잠식한 것은 분명한 공포였다. 흑요석처럼 아름다운 눈은 한동안 깜빡이지도 않고 지폐를 받는 할머니에게 고정되어 있었다.

"신해수 씨? 무슨 일⋯⋯."

산호는 말없이 도망치듯 가게를 빠져나가는 해수의 뒷모습을 바라보았다. 할머니의 얼굴을 꼼꼼히 살폈지만 이상한 점을 찾을 수 없었다. 거스름돈을 사양하며 재빨리 뛰쳐나온 산호는 달리다시피 가게에서 멀어지고 있는 해수를 따라잡았다.

"갑자기 왜 그러는데. 뭐가 그렇게 무서운 건데?"

어깨를 잡자 해수가 걸음을 멈췄다. 안쓰러울 정도로 떨고 있는 그녀는 이를 악물고 있었다. 산호는 그녀의 앞을 가로막고 고개를 기울였다. 목에 걸린 단단한 무언가를 억지로 삼켜내는 사람처럼 숨을 멈추고 있던 해수가 천천히 눈을 들었다. 금방이라도 흘러내릴 것 같은 눈물을 가득 담고서, 그녀가 슬픈 얼굴로 웃었다.

"다음부터는 우리, 여기 오지 말아요."

무언가 마음에 안 들었나. 가볍게 생각하기에 해수의 표정이 너무 처연했다. 제 가슴마저 답답해져 산호는 어쩔 줄을 모르고 그녀의 어깨를 잡은 손에 힘만 주었다.

"도대체 무슨 일이야. 아는 사람이야? 이유를 말하면 내가 도와줄게. 그러니까 왜 겁에 질렸는지 말해봐."

해수는 입술을 깨물었다. 하얗게 질린 입술이 붉게 물들었다. 조용히 기다리고 있는 산호를 올려다보며, 해수는 수없이 미친 사람으로 치부되었던 이야기를, 헛된 희망을 품은 채 또 내뱉고 말았다.

"그림자가 보여요, 검은 그림자가. 믿을 수 없겠지만, 그게 보인 사람들은 곧 죽죠. 빠르면 당장, 아니면 내일이라도, 모레라도. 병이든, 사고든, 모두 죽어요. 내 눈엔 그런 게 보이죠. 그래서 선글라스를 쓰고 다니는 거예요."

묵은 한숨을 토해내듯 말을 꺼낸 해수가 숨을 몰아쉬었다. 저를 바라보는 산호의 시선에 의아함이 섞여 있음은 보지 않아도 느낄 수 있었다. 세상과 이어진 유일한 끈. 자신에게 관심을 가져주는 이 세상 속의 단 한 사람. 그 사람을 잃고 싶지 않았지만, 혼자서는 끝까지 버텨낼 수 없었다. 그럴 자신이 없었다.

"그러니까, 그 검은 그림자라는 게 주인 할머니에게서 보이기라도 했다는 거야?"

느릿하게, 제가 이해한 바가 맞는지 확인하듯 산호가 되물었다. 눈물이 터져 나왔다. 해수는 울음을 삼키며 힘없이 고개를 끄덕였다. 아는 이에게 찾아온 죽음의 그림자에 대한 두려움보다, 산호가 어떻게 나올지에 대한 두려움이 더욱 컸다. 다시는 그가 찾아오지 않을까 봐, 또다시 세상에 기댈 곳 없는 혼자로 돌아갈까 봐 무서웠다.

소리도 내지 못한 채 울고 있던 해수는 갑자기 끌어당기는 산호의 품에 부딪쳤다. 조심스레 그의 손길이 해수의 머리칼을 쓰다듬고 있었다. 사람의 온기가 그녀를 감싸고 있었다. 그 얼떨떨함 속에서도, 눈물은 더욱 서럽게 터져 나왔다.

"그래, 다시는 여기 오지 말자. 다음엔 더 맛있는 국수집으로 데려갈게."

그때 산호가 자신의 말을 믿었는지는 중요하지 않았다. 그저 자신의 곁에서 다음을 약속하는 그 따뜻한 체온이 좋아서, 늘 몸을 사리며 움츠리고 있던 마음이 감옥에서 탈출하듯 부드럽게 해방되어 해수는 아이처럼 펑펑 울었다. 제 머리를 쓰다듬는 손길에 어리광을 부리듯 그의 품을 파고든 채, 그녀는 오랫동안 억누르고 있던 눈물을 그렇게 쏟아낼 수 있었다.

집까지 돌아오는 길, 퉁퉁 부은 눈으로 비틀거리는 그녀의 손을 잡고 길을 안내하며 산호는 노래를 불렀다. 끝까지 가사를 아는 노래가 이 곡 하나라며 부른 노래는 동요였다. 뒷다리가 쏙, 앞다리가 쏙, 하고 경쾌하게 발차기를 하는 그의 노래는 수십 번도 넘게 반복되었지만, 해수는 조금도 지겹지 않았다. 영영 그 노래가 계속되길 바랐다.

어느새 눈물이 떨어져 준수의 이불을 적셨다. 해수는 그의 손을 꼭 잡은 채 습관처럼 울음을 참았다. 언제나 산호는 그녀의 곁에 있었다. 그녀가 원할 때는 언제나 기다리고 있었다는 듯 손을 내밀었다.

그런 그가 사라진다면. 다시는 만날 수 없게 되어버린다면.

상상만으로도 발밑을 받치고 있는 단단한 지반이 끝이 보이지 않는 나락으로 주저앉는 기분이 들었다. 그것은 헤어 나올 수 없는 절망이었다. 문산호는 그녀에게 기둥이고 문이고 다리였다. 그가 없는 세상은, 생각해 본 적이 없었다.

"얼마나 더 할 거예요?"

해수는 힘없이 중얼거렸다. 앙상하게 마른 제 손을 내려다보며 그녀는 속삭이듯 내뱉었다.

"나한테 얼마나 더 할 거예요? 부모님도 빼앗고, 오빠도 빼앗고, 이런 지랄 맞은 눈을 준 걸로도 모자라서 이제 그 사람까지 빼앗을 거예요? 세상에 사람이 얼마나 많은데. 이런 불행은 좀 나눠줘도 되잖아. 나 하나한테 이렇게까지 몰아주지 않아도 되잖아. 웃고 떠들며 행복한 사람들이 저 거리에 한가득인데, 왜 나예요…… 도대체 왜……?"

똑똑, 하는 노크 소리가 멀리서 들렸지만 해수는 석상처럼 움직이지 않았다. 드르륵, 하고 문이 열리고 가벼운 발소리가 들리자마자 그녀는 눈을 감았다.

"여기 감금된 공주님이 있다고 해서 구출하러 왔는데. 무사한가, 우리 아가씨?"

누가 뭐라고 해도 그는 제게 햇살 같은 사람이었다. 해수는 천천히 다가오는 산호의 기척을 느끼고 침대를 더듬어 선글라스를 찾았다. 장난처럼 어깨를 두드리는 손길과 그녀가 선글라스를 쓴 것은 거의 동시였다.

산호는 등을 돌리고 있는 해수에게 다가가 곁에 앉았다. 몸을 기울여 그녀를 바라본 산호의 매끈한 미간에 깊게 주름이 생겼다.

"권운성한테 용기 사탕을 좀 얻어올 걸 그랬나. 이제 이런 거 없이 나 봐주는 거 아니었어?"

"난 못 해요."

해수가 투박하게 내뱉었다. 산호는 준수의 침대에 한쪽 팔을 걸치고 그 팔에 머리를 기대었다. 선글라스를 끼고 있었지만 해수의 창백한 뺨에 있는 눈물자국은 아직 마르지 않아 반짝이고 있었다. 그 고집스러운 옆모습을 바라보는 산호의 가지런한 입가에 희미한 미소가 떠올랐다.

"보고 싶지 않아, 절대로. 내가 당신에게서 그걸 본다는 게 어떤 의미인지 알아요? 견딜 자신이 없어. 모르는 게 나아."

"와, 무섭다, 우리 해수. 벌써 머릿속으로는 나를 죽였는데?"

"뭐라고요?"

서슬 퍼런 기세로 해수가 고개를 돌렸다. 이를 드러내며 씩 웃은 산호는 빵야, 하고 그녀를 향해 손가락으로 총알을 날렸다.

"얼굴 보기 이렇게 힘들어서야, 원. 이러니 내가 권운성이 부러워 안 부러워?"

"그런 말 함부로 하지 말아요!"

해수가 날카롭게 소리쳤다. 선글라스에 가려 있었지만 그 아름다운 눈에 새겨져 있을 절박함이 고스란히 느껴져 산호는 멋쩍게 목덜미를 긁적였다. 그는 으아아, 하고 한숨을 내쉬며 침대에 엎드렸다. 빼꼼히 눈만 치켜뜬 채 해수를 올려다보자 그녀는 그를 피해 고개를 돌렸다.

또 뒷모습이네. 산호는 중얼거리며 웃었다. 많이 길어진 머리카락이 해수의 어깨를 스치고 있었다. 머릿속에 새겨진 막 피어나는 장미처럼 생기를 머금고 반짝이던 그녀의 미소를 눈앞의 해수에게 덧씌우며 산호는 혀를 찼다. 꿈만 꾸면 뭐 해. 진짜가 안 웃는데.

"안 죽을 확률도 있어. 100프로 죽는 건 아니라고. 어디서 무슨 소릴 어떻게 들었는지 모르지만, 난 우리 해수 앞에서는 거짓말 안 하는 거 알지?"

그제야 천천히 해수가 그를 돌아보았다. 산호는 눈을 찡긋거렸다.

"수술하면 나을 수 있어. 재발 가능성이 높지만 그땐 또 수술하면 되겠지, 뭐. 그 수술이 지랄 맞게 어렵다는 게 맹점이긴 하지만 말이야."

"농담이 나와요, 지금?"

"혼 좀 그만 내. 나 무섭다."

툭 떨어진 산호의 말에 해수가 입을 다물었다. 쓸쓸하게 웃는 산호를 바라보며 해수는 입을 열었다.

"그런데 왜 아무것도 안 하고 있었어요? 아팠을 텐데, 치료는 받을 수 있었잖아."

글쎄. 산호는 짧게 혀를 찼다.

탈모, 구토, 기억력 저하처럼 간단한 후유증부터 각종 합병증까지 우려해야 하는 그 치료라는 것이, 결국에는 임시방편밖에는 되지 않는다는 사실을 잘 알고 있었기 때문일까. 그런 식으로 동네방네 제 병을 드러내며 병원에 누워 무력하게 하루하루 죽음에 가까워지는 자신을 체감하고 싶지 않았던 것일까.

아니면 저를 보길 두려워할 해수를 마주하는 날을 조금이라도 더 미루고 싶었기 때문일까.

"……나는 겁쟁이니까."

산호는 작게 중얼거렸다. 피로한 삶, 언제든 그만둘 수 있었던 그 삶을 이어왔던 것은 벽장 안에 숨은 채 문틈으로 들어오는 희미한 빛줄기에 의지하며 살아가는 해수를 놓을 수 없었기 때문이다. 언젠가 그녀가 제 손으로 벽장 문을 열고 나오는 날이 오면, 그때가 되면 제 뜻 모를 삶에도 의미라는 것이 생길 것이다.

하지만 그때가 오면 나는 필요가 없어지겠지. 그녀가 제 발로 굳게 설 수 있게 된다면 말이야.

못나고 비겁한 생각이라는 것을 자각하면서도, 산호는 적극적으로 그녀의 등을 떠밀지 않았다. 그녀가 틀어박힌 벽장의 크기는 넓혀주었지만 문을 여는 법은 알려주고 싶지 않았다. 그리고 제 병이 아니었더라면, 그는 평생 그렇게 벽장 안에 있는 해수의 유일한 빛이라는 자만심에 취해 끝까지 문을 열어주지 않았을 자신을 알고 있었다.

"치졸하지, 문산호란 인간이 원래."

"내가 좋아하는 사람 욕하지 말아요."

입술을 삐죽이며 내뱉은 소리에 산호가 눈을 치켜떴다. 막을 새도 없이 헛웃음이 흘러나온다. 그는 멋쩍게 목덜미를 긁적이며 말했다.

"그래, 내 이기심이지. 죽음이 보일지도 모르는 상황에서 네가 날 봐주길 바라는 거 말이야."

"그런 식으로 말하지 말……."

"그게 위안이 될 거라고 생각했어."

산호는 부스스 상체를 일으켰다. 자신을 따라 고개를 치켜드는 해수의 머리를 툭툭 쓰다듬으며 그는 씩 웃었다.

"언제 맞을지 모르는 매를 기다리는 건 정말이지…… 짜증 나거든."

두 팔을 길게 뻗어 기지개를 켜는 산호를 바라보는 해수의 입술이 떨렸다. 산호는 어깨를 가볍게 털어내며 말했다.

"수술을 받아볼까 해. 다들 나 죽을 날만 기다릴 줄 알았더니, 의외로 곱게 못 보내주겠다고 덤벼들어서 말이야. 너도 알다시피, 안 하겠다고 버티면 나 모르게 기절시켜 수술대에 올리고도 남을 사람들이지. 사랑받는 게 이런 기분인가?"

산호는 이를 앙다문 채 자신을 올려다보는 해수를 바라보며 비뚜름하게 입술을 기울여 웃었다.

"난 도박 운이 강해서, 확률 게임에서는 대체로 이기는 편이야. 하지만 이번엔 상대가 상대이니만큼 승률을 장담할 순 없겠지. 그래서 혹시라도 내가 진다면, 해수야."

억눌린 눈물이 신음과 함께 새어 나왔다. 산호는 조심스레 손을 올려 해수의 뺨을 타고 흘러내리는 눈물을 닦아내었다. 손바닥에 닿는 눈물은 따뜻하고 축축했다.

"……지금 날 이런 식으로 보내는 걸 네가 후회할까 봐 걱정돼. 그러니까 그만 나 좀 봐주지?"

작게 흐느끼기 시작한 해수의 어깨를 부드럽게 감싸 안자 해수의 몸이 스르르 무너졌다. 어깨에 기댄 채 울고 있는 해수의 머리에 제 머리를 기댄 산호는 희미하게 웃으며 눈을 감았다. 그의 눈물은 건조한 한숨이 되어 흘러나왔다. 무언가를 잃는다는 것에 대한 두려움은, 처음부터 그것을 포기한 자에게도 너그럽지 않았다.

◆◆ #25 ◆◆

"감마나이프 수술로는 어려울 수 있어. 내가 말하는 건 양성자 치료기야. 정상 세포에는 악영향을 거의 주지 않고 종양 부위에만 방사선을 조사할 수 있거든. MGH(하버드대 부속병원)와 앤더슨암 센터, 일본 국립암센터 같은 몇 곳에서만 보유하고 있는데, 최근 우리 병원과 하버드에서 공동 연구로 2세대 양성자 치료기를 개 발했어. 세포를 검출하고 방사선을 쏘는 겐트리의 효율성이 월등 하지. 아직은 FDA 승인 전이라 상용화가 되기까지는 몇 년 걸리 겠지만, 그게 널 살릴 유일한 코드야. 비행기 안에서 좀 읽어보렴. 도움이 될 테니까."

효주는 잠이 덜 깬 얼굴을 하고 있는 산호의 어깨를 두드리며 두툼한 서류 더미를 내밀었다. 그 사이에 불쑥 내밀어져 서류를 낚아채는 손은 가늘었다. 편해 보이는 루즈한 니트에 걸친 우아한

라인의 네이비색 트렌치코트는 그녀의 서늘한 분위기를 조금은 누그러뜨려 주었다. 고개를 돌린 산호는 결이 좋은 긴 머리카락을 늘어뜨린 채 서류를 뒤적이는 서진을 바라보며 미간을 찌푸렸다.

"당신이 여기서 뭐 하는 거야?"

"어차피 비행기 타면 잠만 자는 거 알아요. 서류는 제가 읽죠. 병에 대한 기본 지식도, 증상도 이 사람보다 제가 더 잘 알아요."

"채서진, 당신이 공항에서 뭘 하고 있는 거냐고 묻잖아."

"회사는 휴직했어요. 보스턴으로 어학연수를 가는 길이고."

"뭐?"

비로소 잠이 깼는지 눈을 커다랗게 뜬 산호를 덤덤한 얼굴로 올려다보며 서진은 흘러내린 머리카락을 대충 틀어 묶었다. 산뜻하게 드러난 얼굴이 말갛다.

"당신은 정말 뭐든 대충이죠. 병원 근처 호텔을 겨우 일주일 예약해 뒀더군요. 얼마나 장기전이 될지도 모르는데. 수술 한 번 받아보고 그대로 당신이 보스턴에서 잠적하면 그땐 정말 당신을 찾기 힘들어질지도 모르잖아. 병원 근처 깨끗한 집을 하나 구해뒀어요. 1년 계약, 방은 세 개. 사람을 보내서 대충 필요한 건 채워 넣으라고 했어. 짐은 거기에 풀어요."

"과연 제수씨야."

어깨를 으쓱이며 성큼 걸어온 운성의 말에 산호는 팔짱을 끼며 길게 한숨을 내뱉었다.

"비행기 옆자리에 앉을 낯선 미인과의 로맨스는 기대할 수 없겠군."

"난 아직 당신 낯선데. 당신은 아니에요?"

군더더기 없이 내뱉은 서진은 코트 포켓에서 울리는 휴대폰을 귀에 가져다 대며 뒤돌아섰다. 산호는 얼굴을 구긴 채 운성에게 다가섰다.

"어떻게 된 건지 좀 들어볼까, 친구?"

"뭐가 궁금해. 사랑의 힘이 얼마나 대단한 추진제가 되는지?"

"……네 입에서 그런 말이 나오니까 내가 죽을 때가 되긴 한 것 같은데."

"재수 없는 소리."

딱, 하고 뒤통수를 내려치는 주먹에 산호의 멀끔한 얼굴이 더욱 구겨졌다. 운성은 조금 떨어져서 통화를 하고 있는 서진을 바라보며 말했다.

"K호텔 채 회장이 설득당했어. 너와 이혼시키고 다른 남자와 재혼시키려는 의지는 완강했지만, 눈앞에서 펄럭이는 제 치부를 감추고 싶은 마음만큼은 아니었던 모양이더군."

"치부?"

"뭐, 여러 개가 있지만 예를 들어 강원도에서 열릴 국제대회 유치를 대비해 채 회장의 차명 계좌에서 빠져나간 자금의 흐름이 적힌 자료라던지, 하는 거 말이야. 당장 그를 회장 자리에서 끌어내릴 수 있는 자료를 딸이 들이밀었으니 원하는 대로 해주는 수밖에. 네 몸값, 내 생각보다 비싸더군. 그걸 사업적으로 이용했을 경우를 생각해 보면 말이지."

"채서진이 그런 자료를 왜, 어떻게 가지고 있……."

무심코 되묻던 산호의 눈썹이 삐죽 솟았다. 운성의 뒤에서 천천히 모습을 드러내는 사람의 그림자가 보였던 탓이다. 부드러운 아이보리 색깔의 니트 코트를 입고 있는 그녀는, 새카만 선글라스를 쓰고 있었다. 반가움에, 그리고 애달픔에 산호의 얼굴에 아스라한 미소가 번졌다.

"아이디어 권운성, 자료 제공 신해수, 실행 채서진인 셈이지. 이 능력을 고작 문산호 하나 살리는 데 쓴 건 좀 아깝다만."

짓궂게 내뱉은 운성이 머뭇거리는 해수의 등을 가볍게 떠밀었다. 주춤거리며 산호에게 다가가는 그녀에게서 몇 걸음 물러서자 곁에 다가온 효주가 그의 어깨를 툭툭 두드렸다.

"결과를 보장할 순 없지만 지금까지의 사례로는 희망적이야. 너무 걱정할 것 없어."

"아마 괜찮을 겁니다."

자신을 아끼는 사람들의 마음을, 그 깊이를 알았을 테니까 문산호는 괜찮을 겁니다.

……그렇게 바라는 수밖에는 없겠지요.

"선배님, 양준영 교수가 안부인사 전해 드리라는군요."

운성은 낯선 목소리에 고개를 돌렸다. 훤칠한 키에 동양인 같지 않은 체격의 안경 쓴 남자가 서글서글한 미소를 지은 채 다가오고 있었다. 본능적으로 미간을 좁힌 그의 시선이 효주에게로 향했다.

"이 그림을 미처 예상하지 못했네. 음, 그러니까 저쪽은 같은 팀에서 일하는 내 후배, 이쪽은 내 조카."

아, 하고 반가운 얼굴을 한 남자가 운성에게 선뜻 손을 내밀었다.

"하재준입니다."

"권운성입니다."

맞잡은 손이 단단하다. 재준은 순식간에 제 속을 꿰뚫어 보는 듯 날카롭게 바라보는 운성의 시선에 쓴웃음을 지었다. 그는 확실히 효주를 닮았다. 재준은 제 예의 바르고 겸손한 태도, 그리고 멀끔한 생김새가 첫눈에 타인에게 호감을 준다는 것을 잘 알고 있었다. 그 이미지가 통하지 않은 것은 효주, 그리고 그녀의 조카뿐이었다.

"이모님이 성격이 좀 까다로워서, 곁에 있기 편하지는 않으실 텐데요."

"전 적응이 빠릅니다. 게다가 불편함 이상의 포상이 있으니까요."

운성의 날 선 눈매는 마치 재준에 대한 스캔을 마쳤다는 듯 끝이 누그러졌다. 그는 당위적인 오만함이 묻어나는 얼굴로 가볍게 웃었다.

"결혼은 한국에서 하셨으면 좋겠습니다."

"일단은 올해 안에 승부를 볼 예정이긴 합니다만, 벽이 만만치 않아서요."

"미로지만 답이 없는 미로는 아닙니다. 필요한 게 있으면 연락 주시죠. 잘 부탁드립니다."

재준은 운성이 내미는 명함을 받아 들었다. 그는 비즈니스에 익숙한 듯 웃고 있었지만 그 눈은 긴장의 끈을 놓지 않고 있었다. 허튼 짓을 한다면 사정없이 목을 물어뜯을 것처럼 매섭게 빛나는 눈빛에 재준은 깊은 한숨을 삼켰다. 어쩌면 효주의 미로를 풀어낸다 해도 더 높은 벽이 기다리고 있을 것 같은 암담한 느낌이 그를 휘감고 있었다.

산호는 고개를 숙이고 있는 해수를 바라보았다. 불과 얼마 전까지 제 스스로 쌓은 공간에서 나올 생각도, 누군가를 들일 생각도 하지 않던 소녀. 스스로를 위해서는 그 무엇도 하지 않던, 생에 대한 의지가 조금도 없었던 그녀의 앙상한 팔목은 조금쯤 살이 올라 있었다. 사람과 부딪치는 것에 대한 막막함도, 마음을 드러내는 것에 대한 두려움도 이겨내고 제 부리로 껍질을 깨뜨린 아기새는 이제 날갯짓을 준비하고 있었다.

입술을 끌어 올려 싱그럽게 웃으며 산호는 해수에게 휴대폰을 내밀었다. 의아한 듯 그의 손을 바라보는 해수에게 말을 내뱉었다.

"끝내 얼굴을 못 보여주겠다면 가서 예쁘게 사진이나 한 장 찍어와, 우리 해수. 이왕이면 눈 부릅뜨고 활짝 웃으면 더 좋고. 그건 할 수 있지?"

"……이건 그래서 쓴 거 아니에요."

해수가 퉁명스레 말했다. 잔잔하게 배어 나오는 슬픔을 감추기 위한 말투가 안쓰럽다.

"이틀 동안 두 시간도 못 잤어. 단시간에 K호텔의 비리를 캐느라 대형 서버가 필요해서 운성 씨 회사는 어제 강제휴무였던 거 알아요? 한영우 씨랑 정말 열심히 추적했어요. 그래서 지금 눈 밑은 새까맣고 눈은 잔뜩 충혈돼서 선글라스 쓴 거란 말이에요. 산호 씨를 볼 자신이 없어서가 아니라."

"고맙다."

기어코 떨리기 시작한 해수의 목소리를 가로막으며 산호가 말했다. 천천히 고개를 드는 그녀의 얼굴을 바라보며 산호는 씩 웃어 보였다.

"그게 뭐든, 나를 위해서 뭔가를 할 생각을 해줘서."

"당연하잖아요. 다른 사람 일도 아니고."

무뚝뚝하게 내뱉은 말에 가슴이 따뜻하게 울린다. 늘 망설임 없던 달변은 어디로 사라졌는지 도통 떠오르는 말이 없어 산호는 그저 조용히 웃었다. 그러자 천천히, 손을 들어 올린 해수가 선글라스를 벗었다.

그 창백한 얼굴 속에 밤하늘처럼 신비롭고 아름다운 눈동자가 자신을 바라본다. 산호는 놀란 얼굴로 그녀를 마주 보았다. 거친 숨을 내쉬듯 해수의 가슴이 들썩이고 있었다.

이내 해수의 얼굴에 미소가 번지기 시작했다. 새벽녘 어슴푸레한 저 끝 하늘에서부터 태양이 솟아올라 점점 세상이 밝아지듯, 해수의 마른 얼굴도 그렇게 햇빛에 물들 듯 눈부시게 빛나고 있었다.

"아무것도 보이지 않아요."

"……해수야."

"살 거예요. 꼭, 반드시 살 거예요, 산호 씨."

확신을 주듯 되뇌인 해수가 조심스레 그의 손을 잡았다. 눈물이 번져 반짝이는 해수의 두 눈을 바라보며, 산호는 그녀의 작은 손을 굳게 쥐었다.

이렇게까지 강해진 걸로 됐다. 그녀는 이제 더 이상 세상에, 인간에 움츠러드는 일은 없을 것이다. 그 따뜻하고 곧은 마음이 그의 허물어진 폐허 같은 세계를 감싸주고 있었다. 영영 계속될 것만 같았던 겨울의 끝은, 그렇게 다가오고 있었다.

"그래. 까짓 거 이기고 돌아올게."

해수의 머리를 부스스 쓰다듬으며 산호는 아이처럼 씨익 웃었다. 불쑥 다가온 운성이 무자비하게 그의 목덜미를 잡아채었다.

탑승 시간이 다 되었다며 당당하게 운성에게서 그를 건네받은 서진이 산호의 팔목을 잡아끌었다. 전화하겠다며 손을 내젓는 효주와 재준에게 인사를 하고 순식간에 허전해진 공간을 바라보는 해수의 뺨은 눈물에 젖어 있었다.

"신해수."

운성의 낮은 목소리가 그녀를 부른다. 눈을 감은 채 그녀 자신보다 힘이 있는 누군가에게 절실히 기도하던 해수가 천천히 고개를 돌렸다. 공항 안을 지나가는 수많은 사람들 사이로 멀리서 아른거리는 듯한 검은 그림자가 스치는 듯했지만, 그보다 훨씬 가까운 곳에 운성이 서 있었다.

"다른 거 보지 말고 이리 와."

흔들림도, 망설임도 없다. 그의 부름은 밤바다에 길을 비춰주는 등대와 같았다. 부산하게 흔들리는 파도처럼 움직이는 사람들 사이에 굳건하게 서서 그녀에게 손을 내밀고 있는 남자에게로, 해수는 발걸음을 옮겼다. 자신을 바라보는 운성의 시선이 짙어질수록, 그의 향기가 가까워질수록 마음을 좀먹고 있던 어두운 그림자가 점점 설 곳을 잃는다는 것을 그녀는 알고 있었다.

풀썩, 품에 안기는 해수의 어깨를 끌어안으며 운성은 그녀의 얼굴에 뺨을 비볐다. 축축하게 눈물로 젖은 뺨이 서늘하다. 부서질 것 같은 여린 몸을 단단히 감싸 안으며 운성은 그녀의 등을 토닥였다.

"그만 울어. 그놈 상대로 질투하는 거 지긋지긋해."

"그놈의 질투는 왜 아무 때나 하는 건데요?"

"아무 때나 했으면……."

운성의 입술이 해수의 뺨에 가볍게 닿았다. 입술의 움직임이 고스란히 느껴져 해수는 목을 움츠렸다.

"당신은 집 밖으로 나오지도 못했겠지."

느른하게 늘어지는 목소리가 묘하게 신경을 건드린다. 코를 훌쩍이던 해수가 혀를 차고는 꿍얼거렸다.

"아, 날 매일 사무실에 가둬두는 것도 그런 이유?"

"지금 당신을 집으로 데려가려는 것도 그런 이유지."

"머릿속에 그런 생각밖에 없어요?"

볼이 발긋해진 해수의 뺨을 톡톡 두드린 운성이 길게 웃었다.

"내 마음 읽지 마. 도망치고 싶어질걸."

해수는 운성이 부드러운 표정으로 내민 손을 머뭇거리지 않고 붙잡았다. 자연스럽게 얽혀오는 손가락이 따뜻하다. 그녀는 눈을 곧게 치켜뜬 채 삐딱하게 웃었다.

"당신이야말로 안 그러는 게 좋을 거예요. 나한테서는 숨을 수도 없을 테니까."

"그런 말은, 신해수."

운성은 그녀의 손을 당겨 허리를 감았다. 그는 반항적인 눈을 찌푸리는 해수의 이마에 입을 맞추며 속삭였다.

"침대에서 부탁하지."

으아악, 하고 비명이 튀어나오는 해수의 입술을 바라보는 운성의 얼굴에 미소가 머물렀다. 공항을 벗어나는 걸음은 누군가의 부재에 조금 쓸쓸해졌지만, 서로가 있기에 외롭지도, 두렵지도 않았다.

봄의 입김이 따뜻하다. 살면서 여러 번 맞이했던 봄이지만 다른 계절과의 온도차를 실감한 것은 정말이지 오랜만이었다. 늘 그녀의 세계는 우중충한 하늘 아래 스산한 바람이 불었고, 적대적인 시선을 보내는 사람들을 피해 더 어두운 곳으로 숨어들어야 했다.

이렇게 살 수밖에 없다고 생각했었다. 사방이 벽으로 막힌, 어둡지만 안온한 자신만의 공간에 틀어박혀 있어야 사람들과의 접촉을 최소한으로 줄일 수 있었다. 홀로 가시를 세우고 있는 선인장처럼, 시간이 흘러가는 대로 그렇게 숨을 죽여야만 했다.

그런 제 삶이 바뀔 것이라고는, 상상조차 해본 적이 없었다. 언젠가 이렇게 살다가 먼지처럼 흩어져 버릴 거라고, 그렇게 되면 적어도 '보는' 두려움은 더는 느끼지 않게 되겠지. 해수는 늘 그런 생각을 가슴에 품고 살았다.

따뜻한 바람이 불어 해수의 머리카락을 헝클었다. 어느새 길어진 머리가 어깨에 닿아 살랑거린다. 그녀는 고개를 들어 한 걸음 앞에서 걷고 있는 남자를 바라보았다.

스스로의 어둠에서 벗어난 사람. 그 무엇도 포기하지 않을 만큼 강한 사람. 다른 사람의 어둠까지 지탱할 만큼 단단한 사람.

그녀의 걸음이 더뎌지는 것을 느꼈는지 운성이 뒤를 돌아본다. 느지막한 주말 오후, 강변을 걷는 사람들은 제법 많았다. 그는 쓰고 있던 선글라스 너머로 해수를 바라보며 물었다.

"필요한가?"

"너무 얌체 같다고 생각하지 않아요? 나한테는 쓰지 말라고 잔소리를 한 시간이나 해놓고, 자기만 쓰고 나오다니. 나도 눈부시단 말이에요."

회사가 정신없이 바빠 이렇게 여유를 부리는 것도 오랜만이었다. 투덜대며 인상을 찡그리는 해수의 표정에 낮게 웃음을 흘린 운성이 선글라스를 벗었다. 편안한 느낌이 드는 니트에 걸쳐 두고 그는 손을 내밀었다.

"이건?"

쳇, 하고 혀를 차며 해수가 운성의 손을 마주 잡았다. 손가락을 얽으며 운성이 다시 걷기 시작했다. 사람을 보라고, 죽음에 대한 두려움도, 아무것도 할 수 없다는 무력감에도 익숙해지라고 말한 주제에 걱정이 되는지 내내 앞장서서 걸으며 등으로 그녀의 시야를 가로막고 있다.

아빠 손잡고 걸음마 배우는 것도 아니고. 해수는 입술을 삐죽거리며 웃었다. 흘끗 그녀를 돌아본 운성이 멈춰 섰다. 뚫어져라 자신을 바라보는 시선에 해수가 눈썹을 추켜 올렸다.

"뭘 그렇게 봐요?"

"신기해서."

"뭐가 신기한데요?"

"여자가 웃는 모습을 이렇게나 사랑스럽다고 생각하게 되는 날이 올 줄 몰랐거든."

"저기, 나는 그런 느끼한 말에 적응하려면 시간이 좀 필요하거든요."

"대비해, 언제 튀어나올지 모르니까."

가지런한 입매로 느긋하게 웃어 보인 운성이 미간을 세우며 팔짱을 꼈다. 무언가 못마땅하다는 듯 자신을 내려다보고 있다. 해수는 그를 따라 팔짱을 끼고는 턱을 치켜들었다.

"또 뭐요?"

"처음 봤을 때의 충격을 되새기고 있어. 내 미적 감각의 기반을 뒤엎을 만큼 가공할 패션 센스였지. 요즘도 가끔 꿈에 나와. 악몽에는 익숙하지 않은데 말이야."

"나도 썩 당신 마음에 안 들었어. 생긴 것만 멀쩡해서 하는 말마다 재수 없고, 거만하고. 다시는 엮이지 말아야겠다 다짐에 다짐을 했었죠."

"그래? 난 아니었어."

"거짓말 참 잘해. 악몽 어쩌고 해놓고는."

눈이 부셔 눈살을 찌푸린 해수가 코웃음을 쳤다. 운성은 어깨를 으쓱했다.

"반드시 엮어야겠다, 그런 생각을 했었거든."

풍선을 들고 있는 아이가 엄마 손을 잡고 그들을 지나쳤다. 해수는 불신의 눈으로 운성을 올려다보았지만, 다시 손을 내미는 운성을 마다하지 않았다.

"당신 같은 사람을 곁에 둔다면 내 일의 한계라는 게 없어질 거라는 계산이었지. 그렇다고는 해도, 당신은 내 인생에서 가장 자극적인 여자였어. 첫눈에 날 빠져들게 만들었잖아."

사업적인 계산이라고 생각했다. 그녀에게 호기심이 생기고, 조금씩 알아갈수록 세상을 피해 웅크리고 있는 그녀가 답답했지만 모두 곁에 두면 생길 이득을 무의식적으로 계산했기 때문이라고 생각했다. 그런데 언제부터였을까. 그녀가 안쓰럽고, 그래서 안아주고 싶고, 제 품으로 상처받지 않게 가려주고 싶다고 생각했던 때가.

지금 생각해 보면 첫눈에 끌렸던 것이다. 세상에 무심한, 전혀 다른 세계를 살아가는 듯한 분위기의 이 여자를 그냥 지나칠 수 없었다. 그래서 점점 자기답지 않은 행동을 하기 시작했고, 덕분에 그녀를 이렇게 곁에 둘 수 있었다.

망설임 없는 시선으로 서로 눈을 맞추고, 자신을 향해 거리낌 없이 웃는 얼굴을 볼 때마다 깨닫는다. 아, 내가 그녀를 사랑하는구나. 그녀의 멋쩍은 미소 한 번을 보기 위해서라면 못 할 게 없을 것 같다. 그런 생각을 하는 자신이 낯설지만, 누군가를 향해 그렇게나 격한 감정을 갖는 것이 나쁘지는 않았다.

그녀를 만나 운성은 처음으로 함께 살아간다는 것을 생각하게 되었다. 다른 사람이 곁에 있는 것이 마냥 거추장스럽고 불편하던 그였다. 그러나 이제는, 신해수라는 여자가 있는 제집이 얼마나 다른 장소가 되는지 아주 잘 알고 있었다. 마음을 기댈 수 있는 존재가 주는 안도감은 그 무엇과도 바꿀 수가 없었다.

"그러니까 평생 책임져야지."

해수의 손을 꼭 쥔 채 운성이 중얼거렸다. 곁에 다가선 해수는 흠, 하고 말을 늘였다.

"글쎄, 그건 생각 좀 해볼까요?"

"……뭐?"

"나랑 정말 결혼할 거예요?"

운성의 날카로운 눈매가 순간 멍해졌다. 예상치 못한 급습이라도 당한 것처럼 머릿속이 조용해졌다. 아름다운 눈동자를 깜빡이며 해수는 고개를 기울이고 있었다.

"음. 결혼. 난 결혼이 잘 상상이 안 돼서요. 내가 누군가와 결혼을 해서 잘살 수 있을지 솔직히 자신이 없기도 하고. 물론 당신이 너무 좋지만, 그래서 더 무섭기도 하…… 으악!"

갑자기 몸이 공중에 붕 뜨는 기분에 해수가 비명을 내질렀다. 짙은 눈썹을 무섭게 세운 운성이 그녀의 허리를 안아 들어 올렸던 것이다. 마른침을 꿀꺽 삼키며 해수가 주변을 둘러보았다. 강변을 산책하는 사람들의 시선이 쏠리고 있었다.

"히, 힘자랑은 나중에 다른 데서 하고, 나 좀 내려주……."

"같이 살자, 신해수."

운성의 묵직한 목소리가 들렸다. 곤란한 표정을 짓고 있던 해수가 눈을 동그랗게 뜬 채 그를 내려다보았다. 손이 닿으면 차갑게 느껴질 것 같은 얼굴이었지만, 그가 얼마나 자신에게 따뜻한 사람인지 해수는 모르지 않았다. 얼떨결에 그의 어깨를 잡은 채 해수는 입술을 깨물었다. 자신을 향해 있는 운성의 시선은 지나칠 정도로 직설적이었다.

"나랑 같이 살아줘. 평생, 내 곁에서."

그와 함께하는 미래는 어떨까. 어려운 일도, 슬픈 일도 있을 것이다. 하지만 분명한 것은, 그가 곁에 있다면 어떤 일에도 흔들리지 않을 수 있을 것 같았다. 그가 곁에 있다고 생각하면 무엇도 두렵지 않았다.

"대답해."

운성이 잘생긴 미간을 찌푸리며 재촉했다. 입술만 질근질근 깨물며 대답을 미루는 해수를 바라보며 그는 가늘게 눈을 떴다.

"구청 가서 혼인신고부터 할 수도 있어."

"완전 강제적이야. 일단 우리 오빠한테 허락부터 받지 그래요?"

"그건 걱정 마. 누구보다 당신 행복을 바라는 사람이라면 이 결혼 반대할 리가 없거든."

"……하여튼 말 막히는 법이 없다니까."

"대답해."

창백한 해수의 뺨이 노을에 물들어 발긋해지는 걸 신중하게 바라보며 운성은 그녀의 대답을 기다렸다. 설사 거절한다고 해도 물러설 생각은 없다. 거절하는 이유가 무엇이든 그는 설득할 자신이 있었다. 특히나 그것이 자신이 싫어서가 아니라면, 결국 시간문제다.

예스가 아닌 그 어떤 대답도 듣지 않겠다는 듯 완고한 얼굴로 자신을 바라보는 운성의 눈빛에 해수는 웃음이 흘러나오려는 것을 꾹 참고 있었다. 짐짓 심각해진 그의 얼굴을 내려다보는 마음이 간지럽다. 조금 더 시간을 끌어볼까 했지만 점점 주변의 시선이 노골적이 되어간다. 그녀는 결국 입가를 끌어 올려 웃으며 운성의 머리를 부드럽게 감쌌다.

"내 남자로 살 각오는 됐어요?"

"얼마든지."

날카롭게 뻗은 눈매가 따뜻하게 이지러진다. 솜털처럼 가볍게 포개지는 해수의 입술의 감촉에 웃음이 새어 나온다. 그녀의 등 뒤로 쏟아지는 햇살에 눈이 부셔, 운성은 가만히 눈을 감았다.

겨울은 갔고 봄이 왔다. 이렇게 계절은 순환하고 언젠가는 또다시 겨울을 맞게 될 것이다. 그렇지만 그들은 함께이기에, 봄을 기다리며 잠들어 있는 새순처럼 봄의 따뜻함을 잊지 않고 기다릴 수 있을 것이다. 온몸을 뒤덮고 있는 얼음장을 깨고 온기 가득한 햇살을 향해 돋아날 그 순간을.

◆◆ Epilogue ◆◆

"이상 신호 감지되었습니다!"

"어, 이거 갑자기 왜 이래?"

"메모리 해킹코드 같습니다. 시스템 서버에 접근 중입니다. 바이러스 진단 툴을 뚫고 들어왔는데요?"

"한 팀장님 어디 계셔?"

"회의실이요."

까맣게 변한 모니터 화면으로 코드가 번잡스럽게 올라가고 있었다. 상황 보고를 하려던 보안팀 직원들의 표정이 어정쩡하게 변했다. 회의실이라면 '그분'과 함께일 것이다. 최근 금융 보안을 위한 프로그램을 개발하고 있어서 종종 그분이 회사에 나오고 있었기 때문이다.

"일단 가서 보고는 드려야지. 막내, 가서 팀장님께 상황 보고 드려라."

입사한 지 갓 3개월이 넘은 남직원이 벌떡 일어섰다. 2년 경력직이지만 이쪽 보안팀에서는 병아리 취급을 당하는 중이었다. 특히나 최근 2주 정도는 살얼음을 걷는 듯 보안팀에 긴장감이 감돌아 그는 눈치만 보고 있었다.

"예!"

서둘러 회의실로 달려가는 그의 뒷모습을 바라보는 보안팀 직원들의 눈빛에 안쓰러움이 스쳤지만 그것은 잠시였다. 허리를 곧추세우고 키보드를 두드리는 손가락들이 바빠졌다.

상진은 굳게 닫혀 있는 회의실 문을 노크하고 급히 들어섰다. 안경을 막 치켜 올리던 영우가 고개를 돌렸다.

"아무도 들어오지 말라고 했을 텐데."

"저, 죄송합니다, 팀장님! 급한 일이 생겨서요. 지금 시스템 서버에 접근한 해킹코드가 있어서 팀장님께 보고를 드리려고……."

"됐으니까 나가요. 그 정도는 팀원들이 알아서 해결하겠지."

"아, 저, 그게 침투 속도가 너무 빠릅니다. 어디서부터 들어온 건지 메인 클라이언트를 아직 찾지 못해서요."

영우는 고개를 푹 숙였다. 하필 오늘 같은 날 이런 일이. 엊그제 J기업의 의료기기 부착용 소형 모터의 특허권 보호에 대한 계약을 체결했다. 그걸 노렸나, 싶어 한숨을 내쉰 영우가 몸을 일으켰다.

"잠시 다녀오겠습니다."

"백도어 설치 여부 확인해요. 지난주에도 비슷한 일 있었잖아."

카랑카랑한 목소리가 느릿하게 흘러나와 상진은 눈을 굴렸다.

영우의 맞은편에 앉아 있는 여자가 이 회사의 실권을 쥔 권운성 이사의 부인이라는 것쯤은 알고 있었다. 상진은 그녀와 눈을 마주치지 말라는 불문율 외에는 아는 것이 없었다. 때문에 지난주부터 그녀는 회사에 오고 있었지만 제대로 얼굴을 본 기억이 없었다.

궁금하다. 긴급한 상황이었지만 어차피 그가 할 수 있는 일이 없으니 바로 앞에 맞닥뜨린 소문 속의 인물에 대한 호기심이 우선이었다. 상진은 마른침을 꿀꺽 삼키고는 고개를 들었다. 딸꾹. 잘못 삼켜진 숨이 돌처럼 무겁게 그의 성대에 걸렸다. 그녀는 자신을 정면으로 바라보고 있었다.

값비싼 보석처럼 눈동자가 검게 반짝인다. 아름답다는 말로는 부족하다. 순식간에 사람을 빨아들이는 블랙홀처럼 깊고도 신비로운 느낌이 들었다. 딸꾹. 상진은 헛숨을 들이켰다.

하얀 셔츠를 입고 있는 여자는 머리를 느슨하게 묶고 있었다. 창백하게 보일 만큼 하얀 피부에 갸름한 얼굴 한가운데 빛나는 두 눈동자. 특이할 것은 아무것도 없는데도 어쩐지 이질적인 느낌이 온통 그녀를 감싸고 있었다.

"나가보지 그래요?"

제가 멀뚱히 그녀를 바라보고 있었음을 자각하지 못하고 있던 상진은 무심하게 뱉어내는 여자의 말에 뛸 듯이 놀라 말을 더듬었다.

"아, 저, 죄, 죄송합니다."

"죄송할 필요는 없고요."

여자의 시선이 다시 노트북으로 향했다. 손가락이 움직여 키보드를 두드린다. 곤충의 날개가 진동하는 것처럼, 혹은 여유로워

보이는 백조의 물장구처럼 묘하게 규칙적으로 느껴지는 그 빠른 소리는 차라리 절도 있는 음악에 가까웠다.

어쩐지 눈을 떼기가 힘들어 상진은 묵묵히 그 자리에 서 있었다. 하얗고 긴 손가락이 키보드를 두드리는 모습이 우아하게 느껴진다. 어쩜 저렇게 빠르고 정확하게 키보드를 누를 수 있을까. 저도 모르게 감탄하던 그는 불쑥 어깨를 잡는 손길에 으악, 하고 소리를 내뱉었다. 영우였다.

"불문율 잊었나, 병아리? 우리 보안팀의 존속을 위해 꼭 필요한 불문율이라고 말했을 텐데."

"아, 아닙니다! 나가보겠습니다!"

저도 모르게 경직된 차렷 자세로 외친 상진이 서둘러 회의실을 빠져나갔다. 그를 보며 한숨을 내쉰 영우가 목덜미를 긁적였다.

"저, 잠깐 봐주셔야 할 것…… 같은데……."

"뭐가 문제예요?"

"'이지스'랑 충돌을 일으키는 코드인지 여부를 확인을 좀 해주셔야 할 것 같습니다."

영우는 눈썹을 들썩이며 선선히 일어서는 해수를 바라보며 한숨을 내쉬었다. 그녀가 있는 현장에서 이런 일이 일어난 게 다행일까, 불행일까. 권운성 이사가 나타나지 않는다면 다행, 아니라면 불행일 것이다.

해수는 사무실 가운데에 놓인 메인 컴퓨터 앞에 섰다. 화면이 빠르게 변하고 있었다. 어지럽게 줄을 바꾸며 움직이는 코드를 가만히 들여다보던 해수가 의자에 앉아 키보드를 두드리기 시작했다. 어느새 주변의 직원들의 시선이 그녀에게 집중되어 있었다.

늘, 아니, 자주 있는 일이다. 그럴 때마다 제 부족함을 느끼게 되는 것이 조금 슬프긴 하지만 어쩔 수 없지 않은가. 그녀는 마치 컴퓨터와 텔레파시로 통하는 사람처럼 일을 해내니 말이다. 영우는 해수의 뒤에 서서 모니터를 들여다보았다.

"전원."

"예?"

"전원 코드 뽑아요."

헉, 하는 소리가 직원들에게서 새어 나왔다. 영우는 말없이 몸을 숙여 메인 컴퓨터의 전원 코드를 뽑았다. 그에게 있어 해수의 말은 언제나 옳은 진리와 같았다. 해수가 의자를 빙글 돌려 뒤를 돌아보았다.

"코드가 라우터를 타고 들어왔어요. 켤 때 보안코드 XD-3 모드로 들어가서 로컬 시스템 점검 한 번 돌리세요."

"예."

"인터넷 공유 IP 변동 솔루션을 보강합시다. 내일까지면 되겠죠?"

영우가 원망스러운 표정으로 해수를 바라보았지만, 그녀는 덤덤한 얼굴로 어깨를 으쓱했다. 충분하지 않느냐는 뜻이다. 물론 자신에게는 충분하지 않다. 몇 년째 말하지만 그녀에게는 통하지 않는다는 걸 배운 영우가 후우, 하고 한숨을 내쉬었다.

"최선을 다해보겠습니다. 온몸의 뼈가 바스라지도록!"

"회의실 밖으로 나오게 하지 말라고 했을 텐데."

오금이 저리는 낮은 목소리의 등장에 사무실의 공기가 순식간에 냉각되었다. 영우는 뻣뻣한 고개를 돌렸다. 외부 회의를 마치고 하필 이 타이밍에 딱 등장한, 늘 그렇지만 흠 하나 잡을 데 없이 완벽하고 깔끔한 얼굴을 한 운성이 그의 뒤에 버티고 서 있었다. 아니, 못 보던 흠이 하나 있다. 뺨에 가느다란 손톱자국이 빨갛게 도드라져 있었다.

싸웠나, 설마! 영우의 심장이 쿵쾅대며 뛰었다. 어떻게 수습해야 할지 알 수가 없이 막막했다.

"가끔은 괜찮잖아요. 내가 무슨 범죄자도 아니고, 허구한 날 방에 가둬두려고 해."

"당신 위해서 그러는 거잖아."

"그럼 오늘 저녁은 무조건 감자탕!"

"……어제도 먹었는데?"

"또 먹고 싶은데. 안 되나?"

슬쩍 그에게 다가선 해수가 운성의 소매를 잡았다. 고개를 기울이며 웃는 그녀의 얼굴에 운성의 표정도 부드럽게 풀어졌다. 그의 손이 자연스럽게 해수의 뺨을 쓰다듬었다.

이제 그에게 일일이 말은 안 하지만 해수는 여전히 길을 걷다가 온몸이 경직될 때가 있었다. 예기치 못한 비극을 목도한 것처럼 잠시 숨을 멈춘다. 그럴 때마다 그녀의 어깨를 감싸주는 것이 운성의 역할이었다. 가장 최근은 열흘 전 횡단보도 앞에서 차를 세웠을 때였다.

해수의 손가락이 콕, 하고 그의 뺨을 찔렀다. 따끔한 느낌에 운성의 미간이 찌푸려졌다.

"수겸이 손톱을 좀 일찍 깎아줄 걸 그랬다."

"다들 당신이 그런 줄 알더군."

"아니라고 안 했죠?"

눈을 흘기는 해수의 말에 운성이 가볍게 웃었다. 버릇처럼 입술을 삐죽이던 해수는 주머니에서 부르르 흔들리는 휴대폰을 집어들었다. 안산댁 아주머니였다.

"아, 네. 저 두세 시간 정도 후면 들어가요. 수겸이는요?"

해수는 손목시계를 내려다보며 물었다. 어린이집에서 데려올 시간이다. 이제 세 살이 된 아들을 떠올리자 저절로 웃음이 나온다. 그 꼬물거리는 손가락이 아른거려 눈을 접어 웃고 있던 해수의 얼굴이 순간 딱딱하게 굳어졌다. 그녀의 얼굴을 들여다보며 따라 웃고 있던 운성의 눈매가 날카로워졌다.

"누가 데리고 갔다니…… 누가요? 그게 무슨……!"

"왜 그래. 무슨 일이야."

운성이 휴대폰을 쥐고 있는 해수의 손을 잡았다. 가느다란 손이 떨리고 있었다. 눈에 보일 정도로 얼굴이 새파랗게 핏기가 질려가고 있었다. 검은 눈동자가 유리구슬처럼 투명하게 빛나는 듯했다.

"어린이집에 수겸이가 없대요. 한 시간 전에 아버지가 다쳤다면서 회사 직원이 데리러 왔었다고……."

해수의 몸이 휘청거렸다. 그녀의 허리를 감싸 안은 운성의 미간에 주름이 깊이 파였다. 그럴 만한 사람이 있을 리 없다. 유괴인가. 누가, 무슨 목적으로? 제길, 가능성 있는 상대가 너무 많다.

"GPS 추적기…… 위치 추적부터 해봐요."

더듬거리며 속삭이는 해수의 말에 운성이 제 사무실로 성큼 들어섰다. 서랍을 열어 손바닥만 한 기계를 꺼낸 그가 버튼을 눌렀지만 얼굴이 딱딱하게 굳었다. 좌표는 수겸이가 다니는 어린이집을 가리키고 있었다.

"어디…… 어디에 있어요?"

"어린이집. 떼어낸 모양이군."

손목에 시계처럼 채워두었던 추적기를 눈치채고 벗겨낸 것이 틀림없다. 생각보다 계획적인 범행인가. 두려울 것 없었던 운성이었지만 지금 이 순간, 형언할 수 없을 정도의 공포가 그를 덮쳤다. 운성은 턱이 으스러질 정도로 이를 악물었다.

"누가, 도대체 왜……?"

넋을 잃은 해수가 밭은 숨을 내뱉었다. 운성은 그녀의 어깨를 감싸 안았다. 제가 느끼고 있는 그 두려움을 그녀도 똑같이 느끼고 있을 것이었다.

"먼저 경찰에 연락해야겠어. 손이 닿는 선이 있으니까 근처 도로 CCTV라도 찾아달라……."

"그건 내가 빨라. 일단 어린이집부터 가요. 교통정보센터랑 경찰서 CCTV 신호 따면 그 근처 잡히는 화면은 볼 수 있으니까."

"당신 괜찮아?"

서둘러 걸음을 옮기는 해수의 손목을 잡은 운성이 그녀의 얼굴을 들여다보았다. 불행에 대한 예감으로 눈동자가 잘게 떨리고 있었지만, 그녀는 침착했다.

"가서 얼른 찾아요, 우리 수겸이."

도리어 그의 손등을 매만지는 해수의 손길에 운성이 고개를 짧게 끄덕였다. 꽃잎이 흩날리는 봄, 4월이었다.

지켜야 할 것이 있는 사람은 강해진다. 뒤도, 옆도 돌아보지 않고 앞만 보며 달리게 되고, 그 소중한 것 이외에는 아무것도 들리지도 보이지도 않는다.

깜짝 상자에서 갑자기 튀어나오는 흉측한 피에로처럼, 여전히 그림자들은 해수의 일상생활 곳곳에서 그녀를 기다리고 있었다. 죽음을 앞에 둔 사람들을 도와줄 수도, 외면할 수도 없다. 그 경계선에서 느껴지는 괴로움은 자신의 몫이었다.

그러나 이제 그녀는 살아야 했다. 귀신처럼 그녀의 기색을 눈치채고 가만히 제 손을 잡아오는 운성 때문에, 말간 눈망울로 자신에게 안겨오는 수겸 때문에 그녀는 살아야 했다. 더 이상 그녀의 삶은 그녀만의 삶이 아니었다. 더없이 소중한 사람들 때문에, 그리고 자신을 그렇게 여겨주는 사람들을 위해서 해수는 그렇게 강해졌다.

"도와주셔서 고마워요."

그녀는 제 곁에서 서 있는 남자를 바라보았다. 어린이집 근처 상가의 CCTV는 홈 시큐리티 회사에서 설치를 해둔 것이었다. 독특한 방식의 보안프로그램이 설치되어 있어 뚫고 들어가는 데 시간이 걸릴 것 같다는 그녀의 말에 운성이 그쪽 회사 대표에게 직접 전화를 걸었다. 자사의 건물 보안을 맡긴 곳이었고 최근 C기업의 하드웨어, 소프트웨어의 양쪽 보안 문제로 만난 적도 있었다.

운성의 이야기를 듣자마자 그는 직접 달려와 주었다. 노트북을 들고 나타나 회사 시스템에 접속해 보여주는 CCTV를 훑어보던 해수의 인사에 바른 자세로 곧게 서 있던 남자는 깍듯하게 고개를 숙였다.

"이걸로 도움이 된다면 얼마든지요. 아이와 관련된 일이라고

들었습니다. 유괴의 가능성도 생각해 볼 수 있는 겁니까?"

이성적인 말투였지만 태도가 조심스럽다. 예의범절이 몸에 밴 사람처럼 느껴져 적나라한 단어에도 불편하지 않았다. 한눈에 사람의 신뢰를 얻는 타입이 보안 회사를 맡고 있으니 젊은 나이에 대표 자리에 오른 거겠지. 해수의 시선이 전화를 마치고 그녀의 뒤로 다가서는 운성에게로 옮겨갔다.

"일단 아주머니께는 집에서 기다려 달라고 했어. 어디서든 전화가 올지 모르니까. 유괴 가능성이 아주 없다고는 말할 수 없겠군요, 차 대표. 하는 일의 성격이 그래서."

"이해합니다. 필요하시다면 직원 몇 명과 근처를 찾아보겠습니다."

"아, 그렇게까지……."

"저도 아이가 있어서요."

남자가 조용히 대답했다. 솔직한 눈에 안타까움이 묻어난다. 그러고 보니 제법 일찍 결혼을 했다고 했던가, 연상의 전직 검사와. 운성이 고마움의 뜻으로 고개를 숙였다.

"찾았어요. 수겸이에요. 2시 28분."

해수의 목소리가 떨렸다. CCTV에 찍힌 것은 수겸을 한 손으로 품에 안고 있는 남자였다. 트레이닝복 차림에 후드를 눌러쓴 데다 선글라스까지 쓰고 있어 얼굴을 식별하는 것은 쉽지 않다. 운성은 키보드 위에서 잘게 떨리고 있는 해수의 손을 잡아주었다. 얼굴이 안쓰러울 만큼 하얗게 질려 있었다.

"경찰과 공조할 때 쓰는 신체 분석 프로그램이 있습니다. 대략적인 키와 연령대 추정이 가능하죠. 바로 돌리겠습니다."

차 대표, 강준이 해수의 곁에 앉았다. 그녀는 고개를 끄덕이면서도 노트북 화면에서 눈을 떼지 않았다. 기다렸다는 듯이 알람이 울리자 해수는 키보드를 두드리기 시작했다.

"교통정보센터에 들어왔어요. 근처 CCTV 화면을 불러낼게요. 남자가 어디로 갔는지 따라가 보죠."

눈으로 따라가기 힘들 정도로 빽빽하게 코드가 입력되자 노트북에 16분할 화면이 나타났다. 가늘게 눈을 뜨고 화면을 훑어보던 운성은 뒤늦게 휴대폰이 울리고 있음을 깨닫고 액정을 바라보았다. 낯익은 번호가 찍혀 있었다.

"권운성입니다."

[채서진이에요. 오랜만이군요.]

"반갑지만 지금은 급한 일이 있어서 통화가……."

[문산호 행방불명이에요.]

운성의 짙은 눈썹이 바짝 추켜 올라갔다. 서진의 목소리는 다급하지 않았다. 단지 얼마간의 체념이 묻어날 뿐.

[오늘 귀국했어요, 12시 도착 비행기로. 공항으로 마중 나갔는데 사라지고 없더군요. 제일 먼저 어딜 갈 거라고 생각해요?]

"신준수 씨, 아니면……."

"신장 180에서 187. 체중 70에서 80으로 추정됩니다. 대략적인 골격의 형태나 걸음걸이로 봐서 20대에서 40대. 조금 더 선명하게 찍힌 화면이 있으면 추가 분석해 보겠습니다."

전화기 너머의 서진에게 반사적으로 대답하던 운성은 등 뒤에서 들리는 강준의 목소리에 입을 다물었다. 설마. 아니, 그 녀석이라면 이런 어린애 같은 행동도 있을 수 없는 일은 아니다. 긴장으로 뻣뻣해졌던 목덜미가 한숨과 함께 풀어지는 듯했다.

"문산호는 내가 찾지."

통화를 끝낸 운성은 제 소매를 붙잡는 손길에 고개를 들었다. 유령이라도 본 것처럼 눈동자가 검게 부푼 해수가 덜덜 떨고 있었다.

"총…… 총을 가지고 있어요, 이 사람."

도로변에서 손을 흔들어 택시를 타는 트레이닝복의 남자의 뒷주머니에서 떨어진 것은 분명 단총의 형태를 띠고 있었다. 차 문을 닫기 전 그것을 다시 주워 들고 가져가는 방향은 수겸이 앉아 있는 쪽을 향하고 있었다. 해수의 검은 눈동자에 파도치듯 눈물이 밀려들었다.

"어떡해요. 이제 어떡해요? 이, 일단 경찰에 신고부터, 아니, 저 택시 번호 추적부터……."

"신해수."

"뭐 하고 있어요? 빨리 경찰에 전화해요! 아니면 택시 회사에라도……."

"만나면 반갑다고 봐주지 말고 따귀라도 한 대 날려 버려."

"……뭐라고요?"

길게 한숨을 내쉬는 운성을 해수는 이해할 수 없다는 눈으로 올려다보았다. 무슨 말을 하는지 알 수가 없다. 멍한 눈을 깜빡이자 후드득 떨어지는 눈물을 손등으로 닦아내며, 운성은 가지런한 입매를 끌어 올려 길게 웃었다.

"웰컴 파티 준비나 하자고."

물론 살아서 볼 수 있다면 말이지, 하고 말을 이으며 운성이 주

먹 관절을 우두둑 꺾었다. 그의 기이한 여유에 해수와 강준의 시
선이 나란히 쏠렸지만 운성은 CCTV 화면 속의 남자를 바라보며
웃고 있을 뿐이었다.

　"수겸아, 우리 수겸이는 우리 해수 얼굴만 쏙쏙 빼닮았네. 준수
씨랑도 좀 닮았나? 내 목숨 연장시켜 준 것보다 권기계 유전자를
피해갔다는 게 더 감사하구나! 이거 봐. 무지막지하게 신기하지?
우리 수겸이 생일 선물 주려고 주문 제작한 'GLOCK 17'이야. 진
짜를 사올 수도 있었지만, 그건 플라스틱 권총이라 그립감은 오히
려 떨어지거든. 하부 프레임은 티타늄이고 리턴 스프링이 듀얼 방
식이라 반동이 엄청 세진 데다 스피디한 연사도 가능하지! 바로
이렇게!"

　품에 안은 아이의 작은 손가락을 총에 걸어주자 수겸이 바닥을
향해 방아쇠를 당겼다. 잔디밭을 향해 비비탄이 날아가자 아이가
괴성을 지르며 산호를 돌아보았다. 자그마한 얼굴은 처음 보는 물
건에 대한 호기심과 기쁨으로 가득했다.

　"총! 총!"

　"그래, 이게 바로 총이야. 우리 수겸이 이것만 가지고 있으면 어
린이집에서 널 괴롭힐 수 있는 사람은 없을 거다! 천하무적이지!
어, 어, 날 겨누면 안 되고. 이러니저러니 해도 권운성 피가 섞여
있긴 한 모양이군, 젠장."

　깔깔 웃고 있는 수겸의 손에 들려 있는 권총을 빼앗아 잠금쇠를
걸어 뒷주머니에 넣은 산호는 손을 뻗는 수겸을 한 손으로 끌어안
았다. 보드라운 살결과 햇살 냄새가 나는 것 같다. 품 안에서 꼼지

락거리는 수겸의 머리카락에 뺨을 비비자 아이가 간지럽다며 발버둥을 쳤다.

낯을 가린다고 들었는데 태어났을 때부터 그와 영상 통화를 워낙 많이 해서 그런지 수겸은 서슴없이 다가왔다. 아이가 자신을 보며 웃을 때 느꼈던 그 가슴 벅찬 따스함은 말로는 설명할 수 없으리라. 그리고 영영 잊지 못하겠지.

산호 씨, 하고 저를 부르는 목소리가 멀리서 들리는 것 같다. 제 몸을 타고 노는 수겸의 팔을 목에 감은 채 아이의 손에 입을 맞추던 산호가 피식 웃었다. 환청처럼 늘 제 곁을 맴도는 그 목소리는 곧 만날 진짜를 기다리지 못하고 또다시 그의 머릿속에 파고들어 온 모양이다. 종양이 사라졌다고 해서 내 뇌가 정상이라고는 말 못 하겠군.

쳇, 하고 혀를 차던 산호는 그의 등에서 쭉 미끄러져 내리는 수겸의 손을 잡았다. 아이는 어딘가를 바라보며 함박웃음을 짓고 있었다.

"엄마!"

산호는 자신의 품을 벗어나 어디론가 달려가는 수겸의 행동에 놀라 의자에서 일어섰다. 공원 반대쪽에서 그를 향해 달려오던 여자가 수겸을 품에 안았다. 아이의 손을 잡고 제게 다가오는 해수를 바라보는 산호의 시원스런 눈매가 부드럽게 이지러졌다. 그는 웃으며 양팔을 벌렸다.

"우리 아가씨, 나 보고 싶어서 달려왔으면 마저 해. 난 준비됐어."

"꿈 깨라. 비비탄 맞고 기절하기 싫으면."

어느새 뒤에서 불쑥 나타난 운성의 팔이 산호의 목을 휘어 감았다. 순간 허리가 꺾여 으억, 하고 괴성을 내지른 산호가 서둘러 그의 허리를 붙잡고 매달렸다.

"기껏 살려놨더니 고맙지 않은 모양이지? 이런 식으로 가는 길을 재촉하다니."

"컥, 뭐야? 왜 이렇게 일찍들 몰려와서 이러는데? 나 진짜 숨 막히는데 이것 좀 놓고……."

산호는 제 얼굴을 쥐고 비트는 운성의 손에 저항하며 버둥거렸다. 오랜만의 재횐데 이건 너무하다. 격렬한 환영은 고맙지만 이런 식은 아닌데, 하고 중얼거리는 산호의 목을 단단히 조이며 운성이 턱을 까닥거렸다.

"일단 한 대 맞고 시작하실까. 당신에게 양보하지. 내가 치면 바로 병원으로 데려가야 할지도 모르니까."

"음. 내가 예상했던 재회의 풍경과는 많이 다른데. 우리 해수, 안녕?"

해수는 얼굴에 피가 쏠려 빨갛게 물들어가고 있으면서도 저를 향해 찡긋, 눈을 깜빡이는 산호를 흘겨보았다. 보석처럼 아름다운 눈동자에 투명한 눈물이 맺혀 있었다.

"이게 뭐예요! 마음껏 반가워하지도 못하게!"

"왜 반가워하질 못하지? 결혼했다고 반가움의 포옹마저 못 하는 건 아니잖아. 권기계, 이 보수적인 새끼. 우리 해수 숨통 틀어쥐고 사는 거 아니지?"

"네가 아무래도 네 죄를 모르는 모양인데, 수겸이 유괴라도 당한 줄 알고 얼마나 놀랐는지 알아? 신해수 얼굴 밀랍인형처럼 창백해졌잖아."

"권기계 닦달에 질린 게 아니고? 아니, 그보다 유괴라니. 내가 메시지 남겼잖아, 네 휴대폰에."

"뭐?"

"무슨 소리예요?"

운성과 해수가 동시에 되물었다. 운성의 팔이 느슨해진 틈을 타 그에게서 빠져나온 산호가 켁켁거리며 거친 숨을 내뱉었다. 두 번의 수술에 연이은 치료까지 견디며 기껏 살아서 돌아온 문산호, 보람 없이 여기에 뼈를 묻을 뻔했네. 가슴 언저리를 툭툭 두드린 산호가 미간을 찌푸리고는 운성에게 삿대질을 시작했다.

"공항 도착하자마자 네놈한테 전화했는데 전화 안 받아서 음성메시지 남겼잖아. 수겸이 보고 싶으니까 데려가서 놀고 있으마, 7시에 '르 블랑'에서 보자고. 난 또 그새를 못 참고 내가 보고 싶어서 득달같이 달려온 줄 알았더니 보자마자 헤드락이냐!"

"메시지 와 있어요?"

"그런 거 안 왔어. 기껏 그게 네놈이 준비한 변명이냐? 응?"

또다시 팔을 꿈틀거리며 다가서는 운성에게서 지옥의 모습이 보인다. 산호가 주춤거리며 뒤로 물러섰다.

"뒷번호 8411, 아냐?"

"……8311이다, 이 모자란 놈아!"

귀를 잡고 늘어지는 손에 산호가 낑낑거렸다. 살려달라며 수겸에게 손을 뻗었지만 아이는 꺅꺅거리며 웃고 있다. 이 녀석, 아무래도 권운성 아들이 맞긴 맞군. 투덜거리던 산호의 귀에 나직한 해수의 목소리가 들렸다.

"어서 와요."

언젠가의 꿈처럼, 눈부신 햇살을 받으며 해수가 아름답게 미소 짓고 있다. 목이 반쯤 꺾인 채 운성의 손에서 벗어나려 버둥거리 던 산호의 움직임이 멈췄다.

"어서 와요, 산호 씨."

눈물이 아롱거리며 맺혀 있는 채로 해수가 입술을 깨물며 웃고 있었다. 산호는 그녀를 향해 마주 웃어 보였다.

"응. 이기고 돌아왔지. 말했잖아, 난 우리 해수 앞에서는 절대 거짓말 안 한다고."

그러니까 포옹 한 번, 하고 간절하게 손을 뻗었지만 그의 어깨 를 안아준 것은 딱딱한 운성의 팔이었다.

"수고했다."

낮게 가라앉은 운성의 목소리에 항의를 하려던 산호는 입을 다 물었다. 등을 가볍게 두드리는 손에서 짧은 말보다 더 묵직한 감 정이 새어 나오는 것 같다. 산호는 멋쩍은 눈길을 들어 올렸다. 운 성의 어깨 너머에 행복하게 웃는 눈으로 그를 바라보고 있는 해수 가, 그리고 그녀의 손을 잡은 채 고개를 치켜들고 있는 수겸이 있 었다.

"그래. 이제 좀 내 예상과 들어맞기 시작하네."

더없이 따뜻한 광경 속에 자신이 있었다. 늘 제게는 오지 않을 거라 생각했던 행복의 옷깃이 잡힐 듯 손끝을 스치고 있었다. 짓 궂게 웃은 산호가 운성에게 입술을 쭉 내밀었다.

"이렇게 애정 어린 포옹을 해주다니. 뽀뽀해 줄까, 뽀뽀?"

"그 입술, 내가 선약한 것 같은데요."

서늘한 목소리가 산호의 목덜미를 잡아챘다. 이어 운성의 뺨에 거의 닿을 뻔했던 산호의 입술을 틀어막은 손바닥이 그를 운성에게서 떼어놓았다.

　"왔어요?"

　해수가 서진을 향해 눈인사를 했다. 산호는 겸연쩍은 얼굴로 서진을 흘깃거렸다. 그보다 한 달 먼저 한국에 돌아온 서진이 우아한 눈을 가늘게 뜬 채 그를 노려보고 있었다.

　"마중 나갈 걸 뻔히 알면서 한마디 말도 없이 도망을 쳐요? 당신 대체 생각이 있……."

　"다녀왔어."

　한바탕할 기세로 차갑게 내뱉던 서진은 자신을 품에 끌어안는 산호의 손길에 입을 작게 벌린 채 말을 멈췄다. 익숙지 않은 그의 행동에 열에 덴 것처럼 얼굴이 화끈거리는 것 같았다.

　운성과 해수는 서진의 어깨를 감싼 채 자신들을 향해 쉿, 하고 손가락을 입술에 가져다 대며 눈을 찡긋거리는 산호의 표정에 가볍게 웃음을 터뜨렸다. 봄볕의 따스한 공기가 그들을 감싸고 있었다.

　"배가 고픈데 밥부터 먹으러 갈까? 전화를 못 받았다면 '르 블랑' 예약도 안 해놨겠네."

　"오랜만에 한국 온 거잖아요. 한식 먹어요."

　"난 감자탕 먹고 싶었는데."

　"오, 그것도 괜찮네, 감자탕. 마지막으로 먹은 게 10년은 된 것 같은데?"

　"한식 찬성. 신해수 당신, 요즘 고기 너무 먹어."

"산호 씨, 들었어요? 요즘 나한테 잔소리 엄청 많이 해요."

"내가 수겸이한테 생일 선물 줬거든? 권운성이 귀찮게 하면 그걸로 쏴버려."

"내일 비행기 티켓 줄 테니까 다시 가라, 보스턴."

"내 선물은 차에 있어요. 저녁에 줄게."

"고마워요. 수겸이, 고맙습니다, 해야지."

"고맙습니다!"

아이의 인사에 공원을 가로지르는 네 사람의 얼굴에 너나 할 것 없이 웃음이 넘실거렸다. 누군가를 소중하게 생각하고, 자신을 소중히 생각하는 사람들과 함께하는 느낌이 마음의 위안이 되어 깊은 곳으로 스며든다. 꽁꽁 얼어붙은 땅을 뚫고 솟아나는 새싹이 맞이하는 물줄기처럼, 그 위안은 양분이 되어 행복을 향한 꽃을 피울 것이다.

그렇게 봄이 오고 있었다.

〈Fin〉

◆◆ 작가 후기 ◆◆

안녕하세요, 우지혜(하니쁘)입니다. 세 번째 책이었던 '경계를 넘다'를 쓰면서 더는 아무것도 머리에서 나올 게 없겠다, 생각했던 제가 어느새 다섯 번째 책을 내게 되었습니다.

역시 말은 함부로 하는 것이 아니…… 엇흠. 애정 어린 독자님들의 따뜻한 시선이 있어서 가능했던 것 같습니다. 고맙습니다.

아직도 생각나네요. '그 겨울에 봄이 오면'을 처음 시작하던 날이요. 날짜도 기억합니다. 다이어리에 써놨거든요. 3월 11일, 친구를 기다리며 카페에 앉아 있다가 아무 생각 없이 쓰기 시작했던 글이었습니다. 완결을 낼 수 있을 거라고는 상상도 못 했던 시작이었죠.

상처가 많은 인물들을 모아놓은 글이어서 자칫 너무 어두워지지 않을까, 걱정도 했었습니다. 그 부분에 있어서는 문산호 씨에게 공을 돌리는 바입니다. 짝짝짝!

어두운 상처가 있지만 스스로 덮고 일어서기 위해 감정의 문을 닫은 권운성, 무력함과 죄책감으로 자신의 동굴 속으로 들어가 동떨어진 섬처럼 살던 신해수. 저는 개인적으로 딱 맞는 퍼즐처럼 잘 어울리는 커플이라고 생각했는데……! 아, 연재 당시의 악몽(?)이 떠오르는군요.

저는 '양손의 떡'을 '쓸데없이' 부풀리는 작가라는 '오명'을 갖고 있습니다! 사실 이전 책들에서는 할 말이 없었습니다만, 이 책에서까지 그런 이야기를 들을 거라고는 상상도 못 했습니다.

휴, 문산호…… 이 애증 덩어리 같으니! 유부남인 데다 정서적으로 불안하고, 돌발행동의 선수인 산호가 그렇게까지 독자분들의 사랑을 받을 줄은 정말 몰랐습니다. 진짜예요.

이전의 제 책에서의 남자 조연들이 그냥 커피라면, 문산호는…… 아시죠? 한 씬 나왔다 하면 댓글을 휩쓸었죠. 매력 있는 캐릭터라고 생각은 했지만, 나중에는 동정표까지 얻어서 거의 성역을 구축하고 말았습니다. 죽이려는 생각이 없었던 건 아닌데 말이에요. 이번에도 실패했네요. :)

결국은 따뜻하게 살아가는 사람들의 이야기를 쓰고 싶었습니다. 같이 살자, 사람들 사는 것처럼, 하고 말하던 권운성처럼요. 잘 전달이 되었으면 좋겠습니다.

늘 응원해 주는 사랑하는 우리 가족, 부족한 글을 아껴주시고 작가 멘탈까지 걱정해 주시는 독자님들, 그리고 글 쓰는 고락을 함께하는 작가님들, 사랑합니다!

저는 잠시 머리를 비우고, 더 설레는 글을 쓸 수 있을 때 돌아오겠습니다. 기다려 주세요.

—우지혜 올림.